恐　怖

アーサー・マッケン

アーサー・マッケンは平井呈一が最も愛した怪奇小説家だった。二十代の頃、友人から借りた英国の文芸雑誌で「パンの大神」に出会った平井青年は、読後の興奮収まらず、夜が明けるまで東京の街を歩き回ったという。戦後その翻訳紹介に尽力、晩年には『アーサー・マッケン作品集成』全６巻を完成させた。太古の恐怖が現代に甦る「パンの大神」「赤い手」「白魔」他の初期作に、大戦中に英国の或る地方を襲った怪事件の顛末を描く中篇「恐怖」など、異次元を覗く作家マッケンの傑作を平井呈一入魂の名訳で贈る。

恐　怖

アーサー・マッケン傑作選

アーサー・マッケン
平井呈一訳

創元推理文庫

THE TERROR

and Other Stories

by

Arthur Machen

1894, 1895, 1904, 1917

目次

恐怖

アーサー・マッケン傑作選

訳者のことば

アーサー・マッケンは前人未踏の独自の世界を創造した。その独自の世界とは、われわれが日々生活しているこの現実世界の溶解である。溶解の媒体に、マッケンは太古の神々の荒誕な淫楽の法悦と前史人の信仰伝承を藉(か)りて、そこに独特の超自然的な解明をあたえた。人間性の原点をひたすら求めつつ、われわれの日常世界の間隙に思わざる地獄の深淵をのぞかせる——これがマッケン文学の戦慄の核で、しかもこの「逆転」の世界を描くかれの手腕がユニークなので、われわれはかれの醸成する不信のサスペンスの虜(とりこ)となりながら、かれの創造する神秘の底流にいつのまにか快く惑溺してゆく。マッケン文学とは、このような恐怖のエクスタシーを与えてくれる異端の花園である。わたしは二十代にはじめてかれの「パンの大神」を読んで圧倒されて以来、五十年ちかくマッケン文学に心酔してきた。さいわい昨年、ある古書肆の好意で、多年捜し求めていたカーレオン版「マッケン作品集成」を入手できたのと、菅原君のような理解ある出版人とかれをとりまく編集グループの支援を得たので、自分の非力を知りつつ、今回の個人訳にとりかかることに踏み切った。従来のマッケン愛好家はもとより、大方の御賛助が得られれば幸甚である。

一九七三年一月　　　　平井呈一

パンの大神

一、実験

「よく来られたね、クラーク。ほんとによかった。じつは、時間のつごうがつくかどうか、心配してたんだが。」

「仕事は、四、五日分、まとめてかたづけて来た。いまたいして忙しくないんだ。ところでレイモンド、ほんとに心配ないのかね？　ぜったいにだいじょうぶなのか？」

　ドクター・レイモンドの家の前のテラスを、二人はゆっくりと歩いていた。夕日はまだ西の山の尾根の上にありながら、すでにものの影をひかぬ鈍い赤光に映え、あたりはひっそりと静かだった。見あげる山腹の大きな森から吹きおろしてくるさわやかな夕風にのって、ときおり、山鳩のしずかなくぐもり声が聞こえてくる。脚下には、えんえんとつらなる美しい峡谷を、ひとすじの川が、寂しい山のあいだを出でては隠れつ、うねうねと流れている、暮れなずむ夕日がようやく西に沈みきると、川の岸から夕靄が白々と立ちそめてきた。ドクター・レイモンドはきゅうに友人のほうをふり向いて、

「だいじょうぶかって？　むろんだいじょうぶさ。手術そのものは、まるで簡単なものなんだ。

どんな外科医にだってできるさ。」

「どんな場合にも、危険はないのかい？」

「ない。身体上の危険はぜったいにないね。このことは誓っていい。きみはいつも臆病だからなあ。ぼくの職歴ぐらい、きみだって知ってるだろうがね、ぼくはね、この二十年間、医学の奥妙に参じてきた人間だぜ。なるほど、世間のやつらは、ぼくのことをやれ藪医者だの、インチキ医者だの、ペテン師だのといってるさ。それはぼくの耳にも聞こえている。しかしだ、ぼくは終始、おれは正しい道を歩いてるのだと、自分で承知していた。五年前に、ぼくはやっとある目的点に行き着いたのだ。それ以来というもの、ぼくの毎日毎日は、すべて、今夜ぼくがきみとすることの準備だったんだぜ。」

「そりゃそのとおりだと、ぼくも信じたいさ」と、クラークは眉根をよせながら、まだ腑に落ちぬけしきで相手の顔を見つめて、「ほんとにきみ、請け合うのかい、きみの説が一場の夢でないということを？　いかにすばらしくたって、夢はけっきょく夢だからね。」

レイモンドは足をとめてキッとなってふり返った。中年の、痩せぎすな、顔の色の黄ばんだ男である。その黄ばんだ顔が、クラークと顔をつきあわせて答えたとき、やや紅潮を呈した。

「クラーク、きみのまわりを見まわしてみろ。山が見えるね。山また山が波のように重畳している。森、果樹園、黄いろく実った畑、それから草地、それが葦の茂った川の岸まで、ずっとつづいているね。ぼくはいま、きみのそばにこうして立っている。きみはぼくの声を聞いている。いいかね、きみ、よく聞けよ。すべてこれらのものは——そうだ、いまちょうど空に輝きだしてきたあの星から、この足の下にある大地にいたるまでのこの森羅万象、これはきみ、みんな一場の夢にすぎないんだぜ。影にすぎないんだぜ。——つまりだな、われわれの目から真実の世界をおおい隠している、一抹の影にすぎんのだよ、いいかね。真実の世界はあることはあるさ。しかしそれは、このまぼろし、この幻影のかなたにあるのだ。『アラースの狩場、駆けめぐる夢』のかなたに、ヴェールをへだてたごとくにあるのだ。そのヴェールを掲げた人間が、古今往来、はたしてあったかどうか、ぼくは知らんよ。しかしだね、クラーク、きみとぼくが今夜そのヴェールを、いま一人の人間の目の前で、掲げることだけはたしかなのだ。きみはけったいなたわごとだと思うかもしれん。あるいは不思議かもしれんよ。しかし真実なのだ。ヴェールを掲げることがなにを意味するか、大むかしの人間は知っていた。かれらはそれを『パンの大神』を見ると言っておったのさ。」

　クラークは身震いがしてきた。川の上になびいている夕靄が、ようやく冷え冷えしてきた。

「こりゃどうも、えらいことになったな。きみのいうのがほんとうだとすると、ぼくらはいま、不思議な世界の瀬戸ぎわに立っているとこなんだね。どうやら、刃物はぜったいに必要らしいね？」

「うん。灰白質に、ほんのすこし傷をつければ、つまり、脳髄の中をちょっとなおすんだがね、こいつは脳医学の専門家も、百人のうち九十九人までが、ついうっかり見のがしていた、ごく微細な転換なんだよ。まあしかし、専門のことで、ぼくはきみをわずらわす気は毛頭ない。鬼面人をおどすような専門知識を、いくらきみに並べたって、きみには百の足しにもならんからな。でも新聞のすみっこなどで、たぶんきみも読んで知ってると思うけど、最近の脳医学の進歩は、じつに長足なものがあるんだぜ。ついこのあいだも、ぼくはディグビーの学説とブラウン・ファーベルの発見の文献を読んだけれども、あんなものは、すでにぼくが十五年も前に言ったことを、いま言ってるのさ。十五年前に、ぼくがどんなことを唱えたか、そいつはいまここで言う必要はない。さっき、ぼくはある目的点に行きついたと言ったね。それは十五年前に自分が言いだした発見を、五年前に自分で完成したことなのだよ。これだけ言っておけばじゅうぶんだろう。長年の努力、暗中模索(もさく)の苦心、絶望と失意の日夜、そのさなかで、自分が探求しているものを他のやつらも求めているんだと思うと、ぼくは思わず、ゾッと寒気をおぼえることがよくあった。それがとうとう、長年かかって、魂を揺すぶるような喜びをさがしあてたのだ。長い旅路がやっと終わったのだよ。あの時分、どうもそうらしいと思われていたこと、今日でも、ひょっとしたらそういうこともあるらしいと思われていることによって――つまり、自分が何百回となく踏んで通った、馴染(なじみ)の道を追究するときの、ほんのちょっとした気まぐれな思考の暗示によって、大真理がぼくの上に降臨したのだ。ぼくらは今まで全然知らなかった未知の世界が、光の線でのこらず描きだされたのを見た。人類がはじめて目に太陽を仰ぎ、星を仰ぎ、静かな大地を見て以来、いまだかつて船の一度も通ったことのない（ぼくはそう信じている）大洋、大陸、島々、それをぼくは見たのだ。こんなことを言うと、なにを気ちがいじみたことをほざくかと、きみは言うかもしれんが、そのときの心持は、とても文字では言えないよ。そのくせ自分じゃ、平俗な、だれでも知っていることばではとても言えないようなことを自分が言おうとしている。しからばそれはなんなのだと開きなおられると、自分でもよくわからないがね。たとえば、今日の世界は、地上も海の底も、電線でグルグル巻きにされている。思想は、それ自体の速さ以上のものによって、日の出から日没まで、北から南へ、海も砂漠ものりこえて、四方八方に飛びめぐっている。かりにだよ、今日の電気学者が、自分たちは世界の基底にむかって小石を投げて遊んでいるのだ、ということを翻然とさとったとしたら、いったいどういうことになる？　そういう連中が、電流の前に無窮の空間がひろがっているのを見たら、いったいどういうことになる？　人間のことばが太陽に通じ、さらに太陽のかなたのべつの太陽系に通じ、人間が人工的にしゃべる声が、人間の思考を制限する空漠たる空間に反響をかえしてきたとしたら、いったいどういうことになるだろうね？　類推を煎じつめていくと、そういうことがりっぱに類推できるよ。ぼくがある晩ここに立って、自分の胸の中に感じたことは、きみにも多少はわかってもらえるだろう。あのときも、やはり夏の晩だった。やはり今夜と同じような谷の景色だった。ぼくはここに立って、二つの世界――物質と精神の二つの世界の間に深い口をあけている、言うべからざる、考うべからざる裂け目を眼前に見たのだ。ぼくは自分の前に、無限の奈落がもうもうと広がっているのを見た。するとその刹那に、一連の光の橋が、この地球から未知の彼岸へと、忽焉としてかかったのだ。無限の深淵に橋がかかったのだよ。ブラウン・ファーベルの著書を見ればわかるが、あのなかには、現代の科学者は存在を計量することができない、つまり、脳髄のなかのある神経網の作用を明示することができない、と言っている。その神経網というやつは、想像説でいえば未開発の土地で、いわば無人島なんだ。現在のぼくは、ブラウン・ファーベルや専門家の立場には立っていない。いまのぼくは、神経系統の中の神経中枢の可能な作用を完全に知っている。ちょっとさわるだけで、そいつを作用させることができる。ちょっと触れるだけで、自由に電流を通じさせられるし、ちょっとさわっただけで、感覚世界とそれから……あとは一足飛びに結論といこう。――そうだよ、刃物は必要さ。しかしその刃物から、どんな結果が出てくるか、そいつを考えてみたまえ。感覚というものの固定した壁を、ぼくは完全に倒してみせる。おそらく、人類開闢以来、はじめて精神が精神の世界に瞠目するのだね。クラーク、メリーはきっとパンの神を見るぞ！」

「そりゃいいが、きみは手紙の文句をおぼえているのか？　ぼくはね、それをするには、ぜひともメリーが……」

クラークは、あとのことばをドクターの耳のなかにささやいた。

「いや、そんな斟酌はいらんさ。そりゃきみ、意味ないよ。ありのままのほうがいいさ。ぼくはそう確信してる。」

「レイモンド、よくきみ、ことを考えてみろ。これはきみ、たいへんな責任だぞ。もしまずく行けば、きみの一生は、それこそ惨澹たるものになるぞ。」

「いや、そんなことは考えないな、よしんばまずいことがおこったって。きみも知ってのとおり、ぼくはメリーを子供のときに貧民窟からひろいあげて、飢から救ってやったのだよ。彼女の生命は当然ぼくのもので、ぼくが好きなように使っていいものだと、ぼくは思ってる。……

やあ、だいぶ暗くなってきたな。家のなかへはいったほうがよさそうだ。」

そう言って、レイモンドは先に立って家の中へはいり、玄関のホールを通って、長い暗い廊下を歩いて行った。そしてポケットから鍵を出すと、厚いとびらをあけて、クラークを実験室へ通した。そこはもと玉突き部屋だった部屋で、天井のまんなかにガラスの明り採りがついている。レイモンドは厚い笠のついたランプに火をともして、中央のテーブルの上においたが、明り採りからは、まだ暮れ方のうす青い光がさしていた。

クラークは部屋のなかを見まわしてみた。壁は下のほうだけ残して、いく段もの棚がグルリと吊ってあり、その上に、形・色とりどりの罐(かん)やら薬瓶(びん)やらがゴッソリとのっている。部屋の一方のすみには、小さなチッペンデール式のきゃしゃな本箱が据えてある。主人のレイモンドがその本箱を指さして、

「どうだね、あの羊皮紙の本は、オスワルド・クロリユースだよ。クロリユース自身がそれを発見していたとはぼくは思わんが、とにかく、ぼくにとっては、最初に一つの指針を授けてくれた人だ。そのなかで、クロリユースはこういうおもしろいことを言っている。『一粒の麦にも星の精は宿るなり』」

実験室の中には、家具らしいものはたいしてない。中央に大テーブル。これには、すみに水落としの穴のある板石が敷いてある。それから二人が腰かけている肱(ひじ)かけ椅子。ほかに、部屋のすみのほうに、みょうなかっこうをした椅子が一脚おいてある。家具はそれだけだった。クラークが、そのみょうなかっこうの椅子に目をつけていると、

「うん、あの椅子ね、あれは位置が好きなようになるんだ」と、レイモンドは立って行って、その椅子を明るいところへガラガラおし出してきた。そして座席を低くしたり、背のもたれをいろんな角度に変えたり、足をのせる台を調節したりして見せた。なるほど、見るからにかけ心地のよさそうな椅子で、クラークは主人が、しきりとテコを動かしているあいだ、ふかふかした緑色のビロードの張布を手でなでたりしてみた。

「ところでクラーク、きみ、しばらくそこでくつろいでいてくれたまえ。ぼく、ちょっとしたこした仕事があるんだ。一時間ばかりですむよ。」

そう言いおいて、レイモンドは大きなテーブルの板石の前へ行った。クラークが退屈しのぎに見ていると、レイモンドはずらりと並んだ薬瓶をのぞいてみて、それから坩堝(るつぼ)の下に火を点じた。板石の上に小棚があって、その上に小さなランプがのっている。これにも、大きいランプと同じような笠がついている。クラークはほの暗い影のなかに腰かけたまま、雑然たる室内を見まわして、ギラギラする明るいランプの光ともやもやした闇とが、おたがいにせりあっている微妙な効果を、ちょっとおもしろいものに思った。そのうちにかれは、なにか部屋のなかにみょうな匂(にお)いを感じだした。はじめはなにか臭(くさ)いなとおもう程度だったのが、だんだんはっきりした匂いになってきた。しかもそれが、薬屋の匂いとか、医者を思いだす匂いでないのが、かれには意外だった。クラークは知らず知らず、その匂いから受ける感じを分析している自分に気づいた。すると、その匂いから、自分が十五年のむかし、故郷の村に近い森や草原を歩きまわった日のことが、ふっと思いだされてきた。それは八月はじめの、焼けつくような炎天の日のことで、暑さのために遠くの景色はボーッと打ちかすみ、寒暖計がまるで熱帯地方みたいに、ばかな昇り方をした日であった。クラークの想像のなかへ、そんな五十年代の猛暑の日が、ふいに浮かんできたのも不思議であったが、とにかく、ジリジリ灼けるような炎天の感じが、いまいるこの実験室の明暗を消しとばしてしまうくらい、まざまざとよみがえってきたのである。あのとき顔に吹きつけた熱風が、いまもやはり感じられ、芝生からあがっていた陽炎が目に見えるようで、日盛りの万物の鳴りをしずめた音までが、ジーンと耳の底に聞こえてくるようであった。

「この匂い、気持悪かないだろうな、クラーク。べつにこれはからだには影響はないよ。ただ、ちっと眠くなるかもしれんな。それだけだ。」

ことばははっきり聞こえているし、レイモンドが言っているのだということも、ちゃんとわかっている。そのくせ、このうつらうつらした、いい心持の昏睡状態から、自分から思いきって身をおこすことが、どうにもできなかった。クラークはただ、十五年まえに、自分がひとりで故郷の山野をほっつき歩いていたときのことだけを、考えることができた。それは幼少のとき以来見知っている野や森を、最後に見たときの景色であった。それがいま、ランプの光のなかに、絵のようにありありと現われてきたのである。自分の鼻に匂っているのは夏の野の匂いで、ほのかな花の香にまじって、ひんやりとした森の下闇の匂いもする。胸いっぱいにひろげて、ほほえみかけている大地の、強烈な土の匂いもする。空想は、ちょうどそのとき自分がさまよったように、野から森へと、樫の木のひこばえのなかの細い小道を、かれにさまよわせた。

岩からしたたり落ちる清水（しみず）の音が、まるで夢のなかで聞く澄んだ音のように、ポタン、ポタンと響く。思い出はおのがじしに散らばりだし、それがまた、べつの思い出とまじわった。樫の木の谷あいは、やがて冬青（そよご）の木の下道となり、ぶどうの木が茂みから茂みをはいわたり、瑠璃（るり）いろの実のたわわな蔓（つる）を高く巻きあげている。そうかと思うと、オリーブの木のまばらな浅みどりの葉が、色濃い冬青の葉の間からくっきりと顔をのぞけている。深い夢のふところにいだかれながらも、クラークには、その道が父の家から自分を未知の国へと導いてくれる道だということがわかっていた。見なれぬ景色にうっとりと見とれているうちに、木の葉のそよぐ夏のさざめきが、きゅうにハタリとやんだと思うと、底知れぬ静寂が万物の上に落ちたようで、森はしんと息を殺したようになった。しばしの間、かれはあやしいものと顔をつきあわして立ちすくんだ。それは人間でもなく、けだものでもなく、生きているものでもなく、死んでいるものでもなく、あらゆるものがごっちゃになって、形はあれどもないようなものであった。とたんに、あっと思うまに霊肉のけじめが溶（と）けるように消えてしまい、なにかの声が「おい、あっちへ行こうぜ」と叫んだような気がした瞬間に、忽焉として星のかなたの暗黒界、無限の闇が洞然（どうぜん）と口をあいて……

ハッと思って目がさめると、レイモンドが緑色の薬瓶に、なにやら油のような物を数滴たらしこんでいるところであった。たらしこんでしまうと、かれは瓶の栓をキュッとかたくつめて、

「きみ、いま、うとうとしていたね。旅疲れだな、きっと。さてこれでしたくはすんだ。ではぼく、メリーをちょっと連れに行ってくるからね。十分ばかりで帰ってくるよ。」

クラークはそのまま椅子にのけぞりながら、みょうな心持がした。なんだか一度さめた夢から、またべつの夢路をたどっていくような心持であった。ひょっとすると、この実験室のぐるりの壁が溶けて消えてしまい、目がさめてみたら、自分はロンドンにいた、なんてことになるのじゃないかなと、半分本気でそんなことを考えながら、思わず夢のなかの自分の空想にギクリとしたりした。しばらくするととびらがあいて、レイモンドがもどってきた。そのあとから、まっ白な服を着た十六、七の少女がはいってきた。見ると、たいへん器量のいい女の子である。クラークは、なるほどレイモンドの手紙は、これあるかなと思った。少女は恥じらうように、顔や襟もとや腕を赤くしていたが、レイモンドはそんなことにはさらに頓着せず、

「メリー、いよいよときがきたよ。おまえね、自分の思ったとおり、なんでも率直に言うんだよ。どうだ、喜んでぼくに身をまかせられるかね？」

「はい。」

「クラーク、聞いたね、いまのことば。きみはぼくの証人だからね。……メリー、この椅子におかけ、らくにしていていいんだよ。そうそう、そうして腰をかけて、うしろへよりかかって。……いいかな、それで？」

「ええ、いいですわ。先生、はじめる前に、キスをしてください。」

医者は身をかがめて、彼女の口にやさしくくちびるをつけた。

「さあ、それでは目をつぶって。」

少女は瞼を閉じた。そのようすは、まるで疲れて眠がっているようなようすであった。レイ

モンドは緑色の薬瓶を彼女の鼻の穴にあてがった。みるみるうちに、少女の顔は、着ている白い服よりも白くなっていった。心持かすかに身をもがいたが、そのうちに深い素直な気持で、小さな子供がお祈りをするときのように、両手を胸の上に十字にまじえた。明るいランプの光が、少女の顔の上にまともに射している。クラークは、少女の顔の上を去来する変化を、じっと見守った。ちょうどそれは、夏のちぎれ雲が日の表をとおるとき、小山の上に影を落とす、あの変化によく似ていた。やがて少女は、顔も、手も、どこもかしこも白くなって、じっと動かなくなった。医者が少女の片方の瞼をそっと返してみたが、反応はなかった。レイモンドは槓杆をグイとおした。同時に、椅子がガクンとうしろに返った。クラークは、レイモンドが少女の髪の毛を、教会の剃髪式のときみたいに、まるく刈るのを見た。ランプがさらに近いところへ移された。レイモンドは小箱のなかから、なにかキラキラ光る小さな道具をとりだした。クラークはそれを見ると、ハッとなって目をそらした。しばらくして、ふたたび目をそちらに向けたときには、医者はすでに切った傷口を縫合しているところであった。

「これで、五分たつと目がさめる。」レイモンドは、それでもなおかつ、一糸乱れぬ冷静さであった。「もうこれ以上手を下すことはない。あとはただ待つばかりだ。」

　時間のたっていくのが、じつにのろくさかった。そののろくさい、重たげな「時」の音を、二人は耳に聞くことができた。部屋のそとの廊下に、古い掛時計がかけてあったのである。クラークはすこし気分が悪くなって、気が遠くなりそうであった。膝がガクガク震え、立つことができなかった。

そんなふうにして、しばらく成り行きを見守っているうちに、ふいに息を深く吸う音が聞こえた。するとたちまち少女の顔に、いままで消えていた血の色が、ふたたびポーッと浮かんできたと思うと、パッチリ目があいた。どこか遠い、あらぬほうを見ているようなその目は、へんにギラギラ光っていた。クラークは思わずギョッと身がすくんだ、少女はなにかひどく驚いている顔つきであった。そして、なにか目に見えないものにさわろうとするように、両手をグイとのばした。とたんに、驚きの表情が顔から消えて、こんどはものすごい恐怖の色がそれに代わった。顔の筋肉が恐ろしいくらい引きつり、まるで魂が肉体の宿のなかで身をもがいて震えているように、からだじゅうが頭のてっぺんから足の先まで、ガタガタ震えだした。なんとも言えぬ恐ろしい光景だった。そして、メリーがキャッと悲鳴をあげるといっしょに、床の上へドサリと落ちたとき、クラークは思わず身を前にのりだした。……

それから三日たったのち、レイモンドは、はじめてクラークをメリーのベッドのそばへ連れて行った。メリーはあお向けに寝たまま、大きな目をまじまじとあけて、枕にのせた頭をしきりとあちこち動かしながら、たあいもなくニタニタ笑っていた。

「どうだね。」レイモンドは、それでもなおかつ、冷静であった。「哀れなものさ。これはもう手のつけられない白痴だからね。助かる見こみはまずない。けっきょく、この女はパンの大神を見たのさ。」

二、クラークの思い出

ドクター・レイモンドによって、パンの大神の不思議な実験の証人に立たせられたクラークという紳士は、その性格に、用心深さと好事癖と、この二つのものがみょうに中途半端にまじりあっている人物であった。かれは、まじめなときには、異常なことやとっぴなことは見るのもいやだと考えている。が、そのくせ心の底には、人間性のなかにある奥深いものなら、なんでもいいからつつき出そうという、鵜の目鷹の目の穿鑿心があった。かれがレイモンドの招きに応じたときには、この後のほうの気持が強く働いたのであった。というのは、分別あるかれの判断からすれば、レイモンドの説など、平素なら一片の妄説として、歯牙にもかけないはずであるのに、そのじつ、内心は世の中の怪異というものに、ある確信を持っていたところから、一つその確信をたしかめてやろうと、つい助平根性を出したわけなのであった。その点、あの殺風景な実験室で実見した不思議は、ある意味でためになった。いままで自分は、まるで頭から信用できないものに巻きこまれていた。——それがあの実験ではっきりわかった。おかげでかれは、あれからのち数年間というものは、敢然として、常識常識と常識にのみすがりつき、神秘研究の機会には、いっさい自分を立ちよらせないようにしてきた。もっとも、これも一種の同種療法的な意味あいから、じじつ、ときおりは有名な霊媒者の出る降霊会などにも出席してみた。それはつまり、ああいう連中の拙劣きわまるトリックを見れば、ひいてはそれから、あれやこれやの神秘魔訶不思議に嫌気がさすだろうと思ってしたことであったが、ところがこの療法は、荒療治のわりに、あまり効力がなかったようである。してみると、自分はやっぱり霊界というものには心をひかれているのだな、ということが、むしろかえってそのためにはっきりしたような、いわば藪蛇的な結果になり、あの理由のわからぬ恐怖に震えたり、痙攣したりしたメリーの顔が、そろそろかれの記憶から色あせてきたころには、むかし凝った持病が、またすこしずつ、ぶりかえしてくるようなことになってきた。もっとも、むりもない。この男のように、昼間いちんち真剣な金儲けの仕事に没頭していれば、せめて夜だけは、なんとかして、くつろぎたいと思うのは、凡情であろう。この誘惑はそうとう大きなもので、ことに冬など、暖炉の火が、こぢんまりした独身アパートの部屋に、ぬくぬくした光を投げ、手もとには銘醸の白ブドー酒が一本ひかえている、というようなときには、なおさらであった。晩飯の腹ごなしに、ザッと目をとおす夕刊の見出しにも見あきてしまうと、しぜんとクラークのよだれの垂れそうな目は、炉ばたからほどよいところにおいてある、古い日本製の書棚のほうへ、ニンマリと向けられる。子供がジャム壺の前に立ったみたいに、しばらくよそうかどうしようかと思案はするが、そのたびに、のどから手の出る思いがいつも勝を制して、けっきょく椅子をひっぱって行って、ろうそくに火をともし、書棚の前に御輿をすえてしまうのが落ちであった。その書棚の棚やひきだしのなかには、このうえもない病的な題目の記録がいっぱいつまっており、下の段には、かれが苦心をして集めた、貴重な資料の大部な草稿がしまってあるのである。いったい、クラークという男は、活字になった文学を頭から軽蔑している。すごい怪談ばなしも、たまたまそれが印刷されたとなると、もう興がなくなってしまう。そういうかれのただ一つの楽しみは、「悪魔の実在を立証する記録集」と自称している草稿を、暇さえあれば反読復誦して、それを整理編集することであった。この仕事をはじめだすと、宵の時間は飛ぶように過ぎ、冬の夜も短すぎるような思いがするのであった。

ある霧の深い十二月の夜のことであった。その晩は霜のきびしい、いやな晩であったが、クラークは晩飯を急いですませると、どうしたのか、いつものように草稿をとりだして筆を加える慣例にとりかかろうともしないで、二、三度部屋のなかをあちこち歩いたのち、ようやく書棚を開き、しばらくその前に立っていたが、やがてそこへ腰をおろすと、椅子の背にもたれて、ややしばらくかってな思いにふけっていた。そのうちにやっと書棚の中から一冊の帳面をひっぱりだして、いちばん最後に記入したところを開いた。そこから三、四ページにわたって、丸味のある凡庸な書体の字が、黒々と書きこまれてあった。そして、書きだしの部分だけが、すこし大きめな文字で書いてあった。

わが友フィリップ博士の語りし奇談。——話中の事実はことごとく正確なる実話なること、博士の実証するところなり。なお関係人物の実名、ならびにこの怪事件の発生せる地名はかたく秘するものなり。

クラークは、その記事を反読しだした。読み返すのはこれで十ぺんめであった。ところどころに、友人からこの話を聞いたときに、鉛筆で書きこんだ自註がある。それにもかれは目を通していった。おれだって多少の文才はあるのだといううぬぼれが、かれにはあった。文章もこれなら相当のものだと、自分では思っている。それから、事件をドラマティックに配列するのに、大いに苦心がはらってある。その晩かれが読み返した話というのは、次のようなものであった。

この記録に登場する人物のうち、ヘレン・Vは、もしまだ存命ならば、本年二十三歳になっているはずの女性。レイチェル・Mは物故。前記ヘレンより一歳の年少。トレヴァ・Wは低能児で十八歳。——以上の人物は、この話のはじまるころ、みなウエールズの僻村(へきそん)に住んでいた。その村はローマ人占領時代には要衝の地であったが、今日では人口五百に満たぬ、見る影もない寒村である。海から六マイルほどはなれた山地に位し、美しい森のふところに隠れた村である。

ヘレン・Vはいまを去ること十一年ほど前、ある特殊な事情で本村へ来た。彼女は孤児で、幼いころ遠い親戚の家にもらわれ、十二歳までその家で育てられた。しかるに親戚の家の者は、彼女に同じ年ごろの遊び相手がないのを不憫(ふびん)に思い、二、三の地方新聞に、裕福な農家で十二歳の娘を里子に引きとるところはないかと広告を出したところ、上記の村の裕福な百姓でR氏という人が、その広告を見て応募してきた。いろいろ問合わせてみると、申しぶんないことがわかったから、養父は一通の手紙をつけて、もらい娘のヘレンをR氏の手もとにさし向けた。

その手紙には、契約の条件として、娘には一室をあてがうこと、また、娘には、世間に出てなにか仕事にたずさわる程度のしつけはしこんであるが、その上の教育については、里親において労をいとわぬこと云々(うんぬん)としたためてあった。じじつＲ氏は、娘が職業を見つけるのは当人のかってであるし、まあまあ好きなようにさせてやろうと考えていた。そこでＲ氏は、家から七マイルほどはなれた町の、もよりの駅まで出迎えに行ったところ、初対面の娘はべつだん変わったところも見うけられず、ただ前の暮らしや養父についてひとことも語らぬのが、不思議といえば不思議であった。娘はしかし本村の人々とはだいぶようすがちがっていた。肌(はだ)はさえざえとしたオリーブ色で、顔の造作がいかつく、どことなく異国の人のようであった。農家の暮らしには慣れているらしく、子供達にもじきに懐(なつ)かれ、森をぶらつく彼女に子供たちはよくいっしょについて行った。森をぶらつくのが彼女の楽しみなのであった。Ｒ氏の言うところによると、彼女は朝早く飯をたべると、すぐに一人で出かけ、夕方暗くなってもなかなか戻って来ない。若い娘が、そう何時間もひとりで外にいては心配なので、Ｒ氏は養父にそのむねを伝えてやると、養父からは、万事ヘレンの好きなようにさせてやってくれ、という簡単な返事があったそうである。冬になって森の道が通れなくなると、彼女はほとんど毎日寝所でばかり過ごすようになった。養父の差図(さしず)どおり、彼女はあてがわれた自分の寝所でひとりでやすんだ。この娘が関係する奇怪な事件がおこったのは、やはりそうした森歩きのときのことで、彼女が村へきてから一年ほどたった後のことであった。前年の冬が例年にないきびしい寒さで、雪が深く、霜がいつにないころまでつづいて降り、そのあとの夏の暑さが、これまた特筆するに足る猛暑であった。その暑さもいまが頂上という、暑いさなかのある日、ヘレン・Vは例のごとく弁当のパンと肉をたずさえて、いつもの森歩きに出かけた。旧街道へ行く原っぱで、何人かの人びとが彼女を見かけたが、旧街道は森のいちばん高いところを通る草深い土手道の上で、その日はほとんど熱帯のような炎暑だというのに、彼女が帽子をかぶらぬのを見て、人びとはあきれた。たまたま旧街道の近くの森のなかで、ジョセフ・Wという人夫が働いていた。正午になったので、トレヴァという小伜が、おやじのところへ昼飯のパンとチーズを持ってきた。食後、当時七歳だったトレヴァは、森へ花をさがしに行くのだといって、仕事にかかりだした父親のそばをはなれて、森のなかへはいって行った。花をみつけて喜んで大きな声をあげているのが聞こえるので、人夫もべつに心配せずにいると、しばらくしてけたたましい悲鳴の声を耳にしたので、人夫は仰天した。なんでも伜の行った方角で、なにか恐ろしいことでもおこったのにちがいない。何事ならんと人夫は道具をそこにおっぽりだして、走って行った。物音をたよりに道を分けていくと、まもなく、まっさおな顔をして、前へのめるようにこちらへ走ってくる伜に出会った。どうしたのだと聞いてみると、ようやくのことで伜が言うことに、花を摘んでいるうちにくたびれたので、草の上に寝転がっていたら寝こんでしまった。そしたら、聞きなれない音がするので、ハッと目がさめた。だれか歌を歌っているようだから、そっと木の枝の間からのぞいてみたら、ヘレンが「へんな裸の男の人」と草の上で遊んでいるのが見えた、というのである。その裸の男のことは、それ以上子供に言いようがないようであった。それからこわくなって、父親を呼びながら走ってきたというのである。ジョセフ・Wは伜の教える方角へ、なおもはいって行ってみると、なるほど、炭焼きが木を伐りひろげた森の空地のまんなかに、ヘレン・Vが草の上にすわりこんでいるのを見つけた。そこで伜をおどかしたりしちゃ困るじゃないかと叱りつけると、ヘレンは小言を言われる筋はなにもないといって、「へんな男」を見たという子供の話を一笑に付した。父親もその話はたいして真に受けてもいなかったから、たぶん子供によくあるように、伜もなにかにとつぜん驚いて目をさましたのだろうということに結着したが、しかし伜のトレヴァは、どこまでも自分の見た話を言いはって、えらく強情をつづけるので、父親は、こりゃおふくろになだめてもらうよりしかたがないと思って、やがて伜をつれて家にもどった。ところが、それから何週間かのあいだ、伜は両親を心配させた。どういうものか、伜はひどくものにおびえるようになり、ようすにもへんなところが見えるようになり、ひとりで家にいるのをいやがって、夜よなかでも目をさましては、「あ、森の人だ！　お父！　お父！」と喚きたて、そのたびに家の人たちをびっくりさせた。

けれども、ときがたつにつれて、トレヴァの印象もだんだん薄れて行ったようであった。それから三カ月ほどたったある日のこと、伜は父親につれられて、出入り先の近所のだんなの家へ行った。ジョセフは書院へとおされ、伜はホールに待たされていたが、四、五分もたったかと思うころ、だんながジョセフに差図を与えていると、キャッというけたたましい声と、なにかドサリと物の倒れた音に、二人は肝をつぶし、急いで飛びだして行ってみると、伜がホールの床に倒れたまま、顔を恐怖にひきつらせて失神している。すぐに医者をよんで診てもらうと、これはとつぜんのショックを受けて、痙攣をおこしたのだという。子供はそのまま、そこの寝所の一つへ運ばれ、しばらくして正気に返ったが、それでもなお、医者が強度のヒステリーだという症状を続けるばかりであった。医者はつよい鎮静剤をくれて、二時間もしたら歩いて家へ帰れるようになると言ったが、ホールを通るとまた恐怖の発作がおこり、こんどは前よりも、いっそうはげしかった。そのとき父親は、子供がなにかを指さして「森の人だ！　森の人だ！」と口走るのを聞き、指さすほうを見てみると、ホールの入口の上の壁のところに、なにやら醜怪なかっこうをした石の首があるのを見た。その石の首は、ここの主人がこのほど屋敷の模様がえをするにあたり、どこぞの便所の根太（ねだ）を掘ったところ、ローマ時代の作とおぼしい珍しい石の首がでてきたので、それを前記のようにホールの壁間に飾りつけたのだそうな。その首は、土地の考古家にいわせると、牧神（フォーン）とか森の神（サテイル）とかの首だということであった。

　ことの原因はなんであるにせよ、この二度めのショックは、トレヴァ少年にとってははげしすぎたとみえ、いまでもこの子は知能薄弱症で、根治の見こみはまずない。この事件は当時大いに世間に喧伝（けんでん）された。少女ヘレンはR氏からいろいろ訊問をうけたが、いっこうにらちがあかず、自分はぜったいにトレヴァを驚かせも、騒がせもしないと、強情に言いはった。

　さて、この少女の名まえの出る第二の事件は、いまを去る六年ほど前におこった。これは第一の事件よりもさらにいっそう奇怪な性質の事件であった。

　一八八二年の夏のはじめに、ヘレンは近所の裕福な農家の娘で、レイチェルという者と特別の親しいあいだがらになった。このレイチェルという少女は、ヘレンより一つ年下で、土地の人はこの子のほうが、ヘレンよりも器量好しだと見ていた。もっとも、ヘレンも歳を重ねるにつれ、いかつい顔だちがだいぶやさしくなってきていた。おりさえあれば、いつもいっしょにいるこの二人の少女は、またそれなりに人目につく対照をなしていた。一人のほうはキリリとした浅黒い肌で、まずイタリア型の容姿、いま一人のほうは、これはいかにもイギリスの田舎娘らしい、諺にもあるとおりの桃色の肌であった。ヘレンを引きとって養っているR氏に対して、村ではどこでも、あまり野放図に甘やかしすぎた罰だべ、あにさ、おおかたいまに、あの子の親戚からどえらい遺産でもころがりこむんだべと、みなそんな感じを受けていた。そういうわけゆえ、レイチェルの両親は、いまでこそとんだことをしたと後悔しているが、はじめは自分の家の娘がヘレンと親しむのを、べつに反対もしなかったし、むしろ親のほうからすすめさえしたくらいであった。前のようなことがあったにもかかわらず、ヘレンはあいかわらず森が好きで、レイチェルも、いくどか彼女といっしょに森へ行った。二人は朝早く出かけ、暗くなるまで森にいる。そんなことが一、二度あってから、レイチェルの母親は、どうも娘のそぶりがちと変だと思った。なんとなくグッタリとして、夢でも見ているような、言ってみれば「心ここにあらず」といったようすである。もっともそれは、よくよく気をつけて見なければわからないような、ごく些細な変わり方であった。ところがある日の夕方、レイチェルが家へ帰ってきたあと、自分の部屋でシクシク忍び泣いているけはいがするのを、母親は聞きつけた。行って見ると、ベッドの上に娘が、服を半分ぬいだまま、悲嘆に暮れたようすで、うつ伏している。娘は母親の姿を見るやいなや、「ああ、おかあさん、おかあさん、どうしてわたしをヘレンと森へなど行かしてくれたのよ?」と言って泣きわめいた。母親はこのみょうな問いにあっけにとられ、いろいろわけを聞いてみると、レイチェルは途方もない話をしだした。彼女の言うには——

ここまで読むと、クラークは帳面をパタンと閉じて、椅子を暖炉のほうへ向けなおした。かれの友人が、一夕、いまかれの腰かけている椅子に腰かけて、この話を語ったのであったが、そのときクラークは、恐怖のために気が遠くなりかけて、相手の話をさえぎって言ったものである。

「こりゃたいへんだ！　いまの話、よく考えてもらいたいね。とてもぼくには信じられない。だいいち、すごすぎる。この泰平の世の中に、そんなことがあるわけがない。人間が生きたり死んだり、あがいたりもがいたり、勝ったり負けたり、悲嘆の下積みになったり、長年悲運に苦しめられたり、——これはきみ、浮世のことでね、それといまの話とはまるでちがうよ。そりゃぜひなにか説明がなければ、……怪異じゃないという裏づけがなければ、だめだよ、きみ。そんなことがもしあったら、この天地は一つの夢魔になってしまうよ。」

しかし、友人のフィリップ博士は、そのときしまいまで話を語って、結びとしてこんなことを言った。

「ヘレンの失踪は、今日まで謎のままになっている。なにしろ、白昼、まっ光りのなかで、姿を消してしまったのだからね。彼女が草地を歩いているところを見た人があったが、それからじきに、そこにいなくなってしまったというのだからね。」

クラークはいま、暖炉の前にすわりこんで、もう一度この話をよく考えてみようとした。が、かれの心はいまもゾッと震えあがって、尻ごみしてしまった。あんな恐ろしい、言語に絶したようなことがこの世に君臨し、人間の肉体のなかで凱歌をあげるさまを想像すると、目の前が暗くなった。こうしていると、友人の言ったような、森のなかの青い土手道が、目の前に長く伸びているのが見えてくる。木の葉がそよぎ、木洩れ日が草の上にチラチラ影を落としているのが、見えてくる。日の光が見える。花が見える。遠くのほうから、はるか遠くのほうから、二人の人影がこちらへやってくる。一人はレイチェルだ。あとの一人は?……

クラークは、こういう話はつとめて信じまいと思った。そのくせ、かれはこの話を帳面に記したとき、いちばん最後のところに、次のようなことばを書き入れたのである。


かくて悪魔は化身するなり。人間は服従するなり。

三、復活の都

「ハーバート! いや、こりゃまた! なんともはや、思いがけない!」

「ぼくはハーバートですが。お顔は知ってるような気がしますが、お名まえがどうも思い出せませんな。ぼくの記憶はへんな記憶なんで。……」

「ウェーダムのヴィリヤズだよ。思い出せないかなあ？」

「あ、そうか。いや、こりゃどうも失礼した。しかしヴィリヤズ、いかになんでも、大学出のぼくが乞食をするなんて、自分でも思いもよらんからね。……ではまた、失敬。」

「おいおい、そう急ぐことはないさ。ぼくの宿はじきこの近くなんだが、まだ家へ行くのも早かろう。どうだい、シャフツベリの大通りをすこし歩かないか？……それにしても、いったいまあどうして、こんな破目になったんだ、ええ、ハーバート？」

「話せば長いことながらさ、ヴィリヤズ。みょうな話でね。お望みなら、聞いてもらってもいいよ。」

「じゃあ、すこし歩こうや。さあ、腕を組めよ。きみ、あんまりじょうぶじゃなさそうだな。」

みょうな取合わせのこの二人は、やがてルパート街をゆっくりと、上のほうへ歩いて行った。一人は見るも汚いボロ服を身にまとい、いま一人のほうは、これはまたいかにも下町育ちらしい、きちんとした、見るからに裕福そうな、瀟洒とした平服姿である。ヴィリヤズはいまもいまとて、料理の皿も幾品という贅を凝らした晩飯を、キャンティの小罎一本を相手にすませたのち、立ち出でたのがレストランの門口。ほろ酔いきげんは毎夜のこととて、しばしたたずむ軒先に、このロンドンの町々に時々刻々に生まれて行く、怪しい事件、怪しい人物をいざや探訪せんものと、おぼろに灯のはいった町の通りをそぞろにながめわたしていたところであった。日ごろからこの男は、ロンドン・ライフの日かげの迷路・陋巷のことなら、われこそは胸におぼえの探訪記者だと、ひそかに、みずから恃んでいた。一銭の儲けにもならぬこの天職に、かれはもっと重要な職に注ぎこんだらと惜しまれるほどの精励ぶりを発揮した。そんなわけで、今も街灯のかげに立って、行きずりの人の群れを、あけすけな好奇心をもって観察していると、古い文句だが、「争闘の都ロンドンとは古来の称なれど、現時のロンドンはまさに復活の都なり」というだれやらの名言が、心頭に浮かんでくる。そんな感慨にふけっている最中へ、だしぬけに肱のそばへ、哀れっぽい物乞いの声がしたのであった。舌打をして、ひょいと見返ったとたんに、かれは、ひょうたんから駒がとびだしたように、アッと驚いた。自分のそばに立っていたのは、顔こそ貧にやつれ、身に垢じみたぼろこそまとっておれ、まぎれるかたなく、自分と同じ日に大学の門をくぐって以来、めぐる十二の学期のあいだ、楽しく賢しくつきあった、旧友チャールズ・ハーバートだったのである。たがいにたずさわる仕事もちがい、興味も異にするところから、しばらく交情はうち絶えたままに、ここで会うのはじつに六年ぶりであった。しかもいま、思いもかけない尾羽打ち枯らした友のこの姿を、暗い涙で見るにつけても、ヴィリヤズは、いったいどのような境遇の鎖が、これほどまでにいたましい境涯にかれを引きずりおろしたのかと、大いに不審な気がせずにはいられなかった。が、その同情の気持といっしょに、一方かれは素人探偵の醍醐味をつくづくと感じて、レストランの門口でぼんやり感慨にふけっていた自分を、ひそかに慶祝もしたのである。

　二人は、しばらくどちらも無言のまま歩いて行ったが、なにしろ身なりのりゅうとした男と、どこから見ても乞食としか見えぬ男とが、たがいに腕を組んでゆく、この見なれぬかっこうを、道行く人は、一再ならずあきれたようにふり返って見る。それがうるさくて、ヴィリヤズは暗いソホの横町へと道をとった。そこまで来て、かれはもう一度さっきの問いをくりかえした。

「ハーバート、いったいこれはどうしたというわけなんだ？　ぼくはいつもきみは、ドーセットシャでさだめしけっこうな地位についてることとばかり、思っていたんだぜ。ご親父(しんぷ)はきみに遺産を下すったんだろう？　そうじゃなかったの？」

「むろん、くれたよ。おやじが亡(な)くなったとき、財産はぜんぶぼくのものになったさ。ぼくがオックスフォードを出た翌年に、おやじは死んだんだ。ぼくには非常によかったおやじでね、死んだときには、じっさいぼくは心からなげいたよ。しかし、なんといっても、ぼくもまだ若かったからね。おやじが死んでから数カ月たつと、ぼくは上京して、大いに社交界へ打って出たのさ。むろん引き立てはいいから、なんの苦労もなく泳ぎまわれたわけだ。勝負事もちっとはやったがね。なに、たいして大きな賭(かけ)はやりゃしなかった。競馬で借りた金がわずか数ポンド、と言やあ、まあ葉巻をおごるか、ちょいとした愉快をする程度の金さ。潮先が変わったのは、二年めのシーズンのときだったね。そう、ぼくの結婚のことは、むろんきみも聞いたろ？」

「いや、ぜんぜん知らん。」

「そうか。結婚したんだよ。ある少女に、知り合いの家でぼくは会ってね。これがまたすばらしい、不思議な美人なんだ。歳か？　歳は言えない。歳はぼくも知らないんだ。でも、だいたいの見当で、はじめて会ったときは十九ぐらいだったろうな。ぼくの友だちは、フローレンスでその娘を知っておったそうだが、本人は、自分は孤児で、父はイギリスの人、母はイタリア人だと吹聴(ふいちょう)してたそうだが、みんなぼくが恋着したように、参っていたらしいよ。はじめてぼくが会ったのは、夜会の晩でね。部屋の入口のところで、友人と立ち話をしていると、きゅうにガヤガヤいう人の話声のなかから、とつぜん胸をワクワクさせるような声が聞こえてきた。イタリアの歌を彼女が歌っていたんだよ。その晩はじめて紹介をされて、それから三月たって、ぼくはヘレンと結婚した。ヴィリヤズ、その女が――もし彼女を女と呼べれば――ぼくの良心を破滅させてしまったのだ。結婚の夜、ぼくはホテルの寝室で彼女の話を聞いた。彼女はベッドにすわって、ぼくは彼女の語る美しい声を聞いていた。そのとき彼女が話した話は、いまでもぼくは、夜暗いとこなんかじゃ、とても話せないね。ヴィリヤズ、きみは人生を知ってると思ってるだろう。きみはこのロンドンを、この恐ろしい都で夜昼おこってることを、自分じゃ知ってると思ってるだろう。でもね、きみがどんな言語道断なあさましい話を聞いたとしても、とうてい、ぼくが知ってるものの概念さえつかむことはできないよ。きみがどんな怪奇凄涼(せいりょう)な夢を見たって、ぼくが聞き、ぼくが見たことの影の影すら、きみには想像できまい。そうなんだ、ぼくは見たんだ。とても信じられないことを、ぼくは見たんだ。どうかするとぼく自身だって、往来のまんなかに立ち止まって、いったい人間にそんなものが見られるものなのかどうか、開きなおって聞きたくなるような、そういう恐ろしいものをぼくは見たんだ。それから一年たつと、ぼくはね、ヴィリヤズ、もうすっかり破産した人間になってしまったのだ。――肉体も心もだぜ。」

「だってハーバート、きみの財産はどうしたんだ？　きみはドーセットに広大な土地を持ってたじゃないか。」

「みんな売ったよ。田地も山も、あの懐しい古屋敷も。――なにもかにも。」

「で、その金は？」

「みんな彼女が巻きあげてしまったよ。」

「で、きみはポイを食ったのか？」

「そうなんだ。ある晩、彼女は姿を消してしまった。どこへ行ったか、行方はわからない。でも、こんど会えば、ぼくはきっとあの女に殺されるよ。それからあとの話は、おもしろくもないさ。惨澹たる不幸、ただそれだけだ。ヴィリヤズ、きみは、ぼくが大袈裟なことを言って、話に色をつけてると思うかしれないが、まだきみ、これは話半分にも足りないんだぜ。きみが真に受けるような話をしようと思えばできるけど、その話をすると、きみはこれから先、二度ともう楽しい日が送れなくなってしまうからね。つまり、ぼくと同じように、化物に憑かれた男として、地獄をのぞいた人間として、一生を送ることになってしまうからね。」

この不幸な友人を、ヴィリヤズはその晩、自分の宿まで連れて行って、食事を供した。ハーバートはほとんど何も食わず、ついで出した盃にも手を触れなかった。ただ黙って、炉のそばにすわりこんでいた。やがてヴィリヤズが、すこしばかり志の金を与えて送り出したとき、この不幸な友は、はじめてなにかホッと救われたようなようすであった。

「そうだ、ついでに聞いとくが」と、ヴィリヤズは玄関で別れるときに言った。「きみの奥さんの名まえはなんというんだっけね？　さっき、ヘレンとか言ってたね？　ヘレンなんというの？」

「ぼくが会ったときの名まえは、ヘレン・ヴォーンだったがね。でも、ほんとの名まえはぼくも知らないんだ。彼女に名まえがあったなんて思えんもの。いやいや、そういう意味じゃない。名まえを持っているのは、人間だけだよ、ヴィリヤズ。これ以上のことは、ぼくには言えない。じゃあ、さようなら。そうだ、またなにかのことで手を借りたいことがあったら、お邪魔（じゃま）にあがるよ。じゃあ、おやすみ。」

　そう言って、友は寒い夜のなかへ出て行った。ヴィリヤズは炉ばたへもどってきた。考えてみるとどうもハーバートのようすには、なにかことばでは言えない、ハッと目を見はるようなものがあった。それは、かれの着ていたボロ服とか、顔に刻（きざ）まれている貧乏やつれとか、そんなものではなかった。それよりも、かれの身辺に霧のようにまつわりついている、なんとも言えない奇怪な妖気であった。当人は、恥も外聞もないことを自分で認めているし、女のために肉体も心もめちゃめちゃにされたのだと、はっきり言っている。ヴィリヤズは、かつては自分の親しい友だったこの男が、なにか言語を絶した罪の芝居の実演者であるような気がした。かれの身の上話には、べつに証拠を求める必要はない。証拠は本人が身をもってあらわしている。ヴィリヤズは、いまのいま聞いたかれの話をたどり返してみて、なんだかへんな気がした。自分はいったい、物語の最初と最後だけを聞いたのだろうか。

「いや、あの話は、あれはたしかに最後じゃないな。たぶん、ほんの序の口なんだろう。なんだか中国の組箱みたいな話だな。一つの箱をあけると、中からまた一つ箱が出てくる。しかも、だんだん細工が奇妙になってくる。さしずめ、ハーバートは、そのいちばん外の箱で、まだあとから不思議なのが、いくつも出てきそうだぞ。」

　その晩、ヴィリヤズは、ハーバートの話から容易に心をそらすことができず、夜の更けるにつれて、ますます執拗（しつよう）に気にかかるような気がした。炉の火も火気がおとろえ、明けがたの寒さが、部屋のなかへしんしんと忍びこんできた。やがてかれは、炉の前から立ちあがりしなに、ちょっと気になって後ろをふり返ってみて、なにかゾクリとした寒けを覚えながら床のなかへもぐりこんだ。

　それから二、三日たったのち、かれはクラブで、知人のオースチンという紳士に会った。この男は、ロンドン生活については明暗両面、ともに知らざるところなしという、有名な通人であった。ヴィリヤズは、先夜のソホでの奇遇のことが、いまだに気にかかっていたところから、ひょっとすると、この男に聞いてみたら、あるいはハーバートの身の上話に、なんらかの光明がさすかもしれないと思って、二つ三つむだ話をしたあとで、唐突（とうとつ）にたずねてみた。

「ときに、ハーバートという男のことを、きみ、知らないかね？　チャールズ・ハーバートという男なんだが――」

　オースチンは、えっと驚いたような顔をして、ヴィリヤズの顔を穴のあくほど見つめた。

「チャールズ・ハーバートだって？　きみは三年前に下町（タウン）にいなかったかな？　いない。それじゃ、ポール街事件のことは聞いてないね？　当時、そうとうのセンセーションを起こした事件だぜ。」

「どういう事件？」

「トッテナム・コート・ロードの裏のポール街のある家で、そうとうの地位の紳士が死体となって発見されたんだがね。むろん、警察が発見したんじゃない。きみね、夜おそく窓に灯をつけておきていると、巡査がきて、うるさくベルを鳴らすがね、ところが、きみがもしよその家の地内で死んだとして見たまえ、きみはおっぽり出されっぱなしだよ。驚いて騒ぎだすのは、いつもフラフラ歩いているやつにきまっているようなものだが、このときもやっぱりそうだった。といっても、ふつうの浮浪者だの飲み屋の常連じゃない。よく働いてよく遊ぶ紳士、これがきみ、朝五時のロンドンの検察官さ。なんでもその紳士は、家へ帰る途中だったそうだが、ただフラフラと、どこから来てどこへ行くというあてもなしに、午前四時から五時の間に、ポール街を通ったんだね。そうすると、二十番地のところで、なんだか目についたものがあった。いやそう言えば、どうも家相のよくない家に見えたと、あとで先生、根も葉もないことを言ってたが、とにかくそこの窪庭をひょいと見て、びっくりした。敷石の上に、手足をちぢこめて、顔を上に向けた男がころがっているのだ。男の顔を見て、その紳士はゾッとしたそうだ。それからもよりの交番をさがしに駆けだした。巡査ははじめ事件を軽く見て、まあ酔っぱらいだろうぐらいに高(たか)をくくっていたが、来てみて男の顔を見たら、きゅうに調子が変わって、すっかりあわてだした。けっこうな虫をついばんだ朝雀の風来坊先生、さっそく医者へとんで行ったが、そのあと巡査は、その家の玄関をドンドン叩くと、寝乱れ姿の女中が寝ぼけまなこで出てきた。巡査が庭にころがっているものを指さしてみせると、女中は町内じゅうの目をさまさせるような声でキャッと叫んだ。ところが、死体の男は、女中のぜんぜん知らない男で、そこの家へ来たこともない人だというんだな。そうこうするうちに、最初の発見者が医者をつれてもどってきた。そうなれば、次は庭のなかへ踏みこむことだ。門が開かれて、四人の者は石段を降りた。医者はひと目死体を見て、気のどくだが、死後数時間たっていると言った。それから事件は、油がのってきてね。ところが、死んだ男は何一品奪られていない。ポケットから出た品を見ると、そうとうの良家の人で、社交界でも人気者だし、べつに遺恨をうけるような敵もないことなどが、だいたい判明した。あいにく、男の名まえをぼくは知らないんだが、名まえはしかし、この話にはたいして関係ないよ。だいいち、親戚身うちが一人もないというんだからね、名まえなんか穿鑿したってはじまらないさ。ただ不思議なことは、被害者の死因について、医者の意見がまちまちなんだね。肩のところにかすり傷がちょっとあるが、これは台所の入口から乱暴にとびだして打った程度の傷で、往来の欄干から投げこまれたとか、石段を引きずりおろされたとかいう傷じゃない。ほかに、これといって暴行された跡もないし、むろん、それで死ぬなんて致命傷はどこにもないんだ。解剖の結果は、毒物の痕跡も認められない。警察では、むろん二十番地の家に住んでいる人を、のこらず調べた。ところが、これは後になって、ぼくがある秘密の筋から聞きこんだのだが、非常に不思議な点が一、二出てきたんだ。その家に住んでいたのはチャールズ・ハーバートという夫婦者で、主人は大地主なんだそうだよ。そんな田舎のお大尽が、ポール街みたいなところに住むなんてと、近所の人はみんなあきれていたがね。ところが、妻君のほうは、名まえも素姓も、だれも知らないらしい。われわれのあいだでも知っている者がない。けだし、素姓を洗ってみたら、水がちがうてなことになるんだろうがね。むろん、夫婦は死人については、なにも知らぬと否認していたし、それをくつがえす反証もないわけさ。ところが、この夫妻について、はなはだおかしなことが出てきたのだ。死体が運び去られたのは、朝の五時から六時のあいだのことだったが、だいぶ人だかりがして、近所の人たちもことの成り行きを見に駆けつけるというわけで、みなとりどりの下馬評さ。それによると、二十番地の屋敷というのは、日ごろからひどく評判が悪いんだな。で、この噂には、なにか事実の裏づけがあるんだろうというんで、探偵がいろいろ探索してみたけれども、なにもあがってこない。近所の連中はみんな首をふり、眉をあげて、おおかたあすこの人たちは、変人なんだろう。自分の家へはいるところを見られたくないんだろう、という意見で、いっこう証拠があがらない。当局では、被害者は家のなかで死にいたり、台所の戸口から、外へ投げ出されたものと推定したけれども、それを裏づける証拠もなければ、暴力を語る跡も、毒物の痕跡も残っていない。おかしな事件だろう、ねえ？　ところが、さらに不思議なことは、話はまだほかにあるんだよ。ぼくは、死因を調査した医師の一人と偶然知り合いになってね、審理があってからしばらくして会ったときに、その医者にこう言ってきいたんだ。『あなたはあの事件で、ほんとに迷っているのか。じじつ、死因がわからないのか、本当のところをおっしゃっていただけないか』と言うと、その医者は答えた。『失礼だが、死因は完全にわかっています。あれは恐怖死です。すごい恐怖によるショック死ですよ。わたしも長年こうやって医者をしていますが、あんなにからだをよじり悶えた死体は、見たことがありません。あんな恐ろしい死顔は見たことがありません』というのだ。その医者は、ふだんから冷静な男だったが、そのときのとり乱したようすは、ぼくもちょっと驚いたよ。しかし、それ以上のことは、この医者からは聞き出せなかったがね。思うに、当局としては、一人の男を死ぬほど驚かしたという科では、なんともハーバート家を、罰するわけにはいかなかったんだろうなあ。とにかく、それで沙汰なしさ。事件はそれなりけりで、世間から忘れられてしまったよ。なにかきみは、ハーバートのことで、知ってることがあるのかい？」

「うん。あの男、大学時代のぼくの友だちなんだ。」

「なんだ、そうだったのか。じゃあきみ、妻君という人に会ったことあるのか？」

「いや、ない。なにしろ、ハーバートという男は、何年も影をひそめていた男なんだから。」

「そりゃまたおかしな話じゃないか。大学の門で別れて、それっきり何年も会わないで、しかも、そんなへんなところへヒョッコリ顔を出したところを見つけるなんて。ぼくはね、なんとかしてハーバート夫人に、いっぺん会いたいと思ってるんだよ。世間でへんな噂のある女だからね。」

「どんな噂？」

「さあ、なんて言ったらいいかなあ。警察で見た人に言わせると、すごい美人だが、なんとなく近よりがたいところがあると、みんな言ってるね。彼女を見たという人に、ぼくは聞いたことがあるけど、その人は、じっさい彼女の話をするときは震えておったよ。どうしてなんだか、当人にもわからない。どうも謎の女らしいな。だからね、もし死んだ男に口があったら、きっとつもない話が聞かれると思うな。ところで、ここにもう一つ謎があるんだ。いいかねきみ、無名氏（ブランク）（と、ぼくらは彼氏のことを、こう呼んでるんだが）のようなりっぱな地方紳士が、なんの必要あって、二十番地のあんなみょうな家にいたか、というのさ？　これもきみ、おかしな話じゃないか？」

「なるほど、おかしな話だな。いや、ぼくはさっき、自分の旧友のことできみにたずねたときには、まさかこんなみょうな話になるとは思いもしなかった。では、もう行かなきゃならないから、これで失敬する。」

ヴィリヤズは、自分が過日思いついた例の中国の組箱のたとえを思いだしながら、クラブを出て行った。なるほど、この組箱は、みょうな細工がしてある。

四、ポール街での発見

ヴィリヤズが、ハーバートに会ってから、二、三カ月たった後のことである。ある晩、クラーク氏はいつものように食後の炉ばたで、例の書棚のほうへ気移りがしないように、用心しながらすわりこんでいた。かれはもう一週間以上も、例の「記録集」に手を触れずにいることに成功していた。そろそろもうここらで、量見（りょうけん）を入れかえようと思っていたのである。が、そう努めながらも、かれはあの最後に自分が書いた話から呼びおこされた不審と好奇心だけは、どうしてももみけすことができなかった。かれはあの話——というよりも、あの話の荒筋を、友人のある科学者に話したところがその友人は頭（かぶり）をふって、クラークのことを神経衰弱にかかったのだと考えた。そんなことから、あの話だけは、なんとか筋の通った話にしたいと思って、いまもそれを考えているところであった。そこへとつぜんとびらをノックする音が、かれを考えごとから立ちあがらせた。

「ヴィリヤズが、お邪魔にあがりました。」

「よう、これはこれは。よく来てくださった。しばらく会いませんでしたな。かれこれ一年近くになるかな。さあ、どうぞ。……いかがですな、最近は？　なにかまたご調査のことでご相談ですか？」

「おかげで仕事のほうは、まあなんとか無事にやっております。じつはきょうは、最近すこし注意している不思議な事件のことで、ご相談にあがったのですが、……でも、お話をしたら、頭から、なんだばかばかしいと一蹴（いっしゅう）なさりゃしないかと思って。自分でもときどきそう思うことがあるんです。でも、あなたは実証的な方でおいでだから、それで意を決してあがったようなわけでしてね。」

ヴィリヤズは、この人の「悪魔の実在を立証する記録集」のことは知らないのである。

「いや、それはどうも。わたしのおよぶかぎりのことは、なんでも喜んで申しあげるが、で、お話というのは、どういう……？」

「それが、どうせぼくのことですから、例によって変わった話なんです。ああやってしじゅう町に目をさらしていますと、ずいぶん変わったみょうな話にぶつかりますが、こんどのはだいぶ大物でしてね。――三カ月ほど前の寒いいやな晩のことでした。レストランで一杯やって、そこを出て、しばらく舗道に立って、このロンドンの町や、こうやって今そこを通っている人たちのうえには、どんな秘密がひそんでいるだろうと考えながら、まあ酒の勢いも手伝っていたもんですから、小型本の一ページ分ぐらい、感慨にふけっていますと、ふいにうしろから物乞いをする乞食に声をかけられたので、なんの気なしにひょいとふり返ってみると、どうでしょう、その乞食があなた、ハーバートという、ぼくのむかし友だちなんです。どうしてまあ、こんなひどい境遇にと、いろいろわけを聞いてみますと、その旧友が話してくれました。暗いソホのふんどし町を、あっちへ歩き、こっちへ歩きしながら、その男の身の上ばなしを聞いたわけなんですが、友だちのいうには、自分は年下の美しい娘と結婚をした、ところがいっしょになったら、その女のために自分の肉体も心もめちゃめちゃにされた、とこう言うのです。くわしい話は、したくもできないと言いましてね、自分は自分の見たこと聞いたことに、昼も夜も憑きまとわれているのだと言うのですが、顔を見ると、どうもほんとうらしいのですね。なんとなく、こっちがゾッと恐ろしくなるようなものが、友だちの身辺に漂っていましてね。なぜだかぼくにもわかりませんが、たしかにそういうものがありました。すこしばかり金をやって、それから別れたんですが、その男が行ってしまったら、じっさい、ぼくはホッと息をつきました。その男がいるあいだじゅう、まるで血が凍りつくようでした。」

「どうもお話がちっとできすぎているようですな。だってその人は軽率な結婚をして、つまるところ、平たいことばでいえば、おちぶれたのでしょう?」

「ところが、こういう話があるんです。まあ聞いてください。」

ヴィリヤズはオースチンから聞いた話を、クラークに語った。

「……というわけで、その無名氏(ブランク)は……なんという名まえの人か知りませんが、とにかく、非常な恐怖のために死んだことは、疑いの余地がありません。なにかすごい、恐ろしいものを見て、それで命を絶たれたわけです。で、その恐ろしいものを見たのは、そこの家、つまり近所で評判の悪いそこの家で、見たのにちがいありません。そこでぼくはもの好きに、その家へじかに自分で出かけて行ってみたんです。なんだか陰気くさい町でしてね、汚れ腐った家ばかりで、といって、風変わりでおもしろいというほど年数のたった家もありません。見たところ、たいていの家が間貸しをしています。家具付きのもあるし、そうでないのもあって、どこの家にも、入口に三つぐらい呼鈴(よびりん)がついています。中には、一階がふつうの店舗になっているところも、あちこちにありましたが、とにかく、どう見ても陰々滅々たる町でした。行って見ると、二十番地の家というのは、空家になっていました。それから差配(さはい)のところへ行って、鍵をもらいましたが、むろんぼくは、その町内へ行っては、ハーバートのことなど聞いたこともないような顔をしていたことは、言うまでもありません。でも、律義(りちぎ)そうなその差配に、前の人はいつごろ出たのか、その後借り手はないのかとたずねると、差配はちょっとみょうな顔をして、ぼくの顔を見つめていましたが、ハーバートさんは例のいやなこと（と差配は言っていました）があったあと、じきにお引っ越しになりました、それからずっとあの家はあいています、という返事です。」

ヴィリヤズは、ここでちょっとひと息入れた。

「ぼくは前から空家歩きが好きでしてね。人気のない、ガランとしたあき部屋は、なにかこう夢があるものです。壁に釘が打ってあったり、窓の溝ほこりがうずたかく積もっていたりして。……ところが、ポール街の二十番地の家は大ちがいでした。廊下へ足を踏み入れたとたんに、ぼくは家の中の空気に、なんとなくみょうな、重苦しい感じを受けたのです。むろん、どの部屋も締め切ってあったことは言うまでもありませんが、どうも空気の流通が悪いのとはちがう感じなんです。その感じは、口ではちょっと言えませんが、とにかく、息がつまりそうでした。表の部屋、奥の部屋、それから下の台所へも降りて見ました。ご想像のとおり、どこもほこりだらけに汚れかえっていましたが、どの部屋も、なにかへんな感じがあるのですね。はっきりどうとは言えないけれども、とにかく、みょうな感じを受けたことだけは、自分でわかっています。とくに、一階のひと部屋がいけないんですよ。その部屋は広い部屋で、もとは壁紙なんかもきれいだったんでしょうが、ぼくが見たときには、ペンキも壁紙も、ひどく陰気くさく汚れ返っていました。どうもその部屋が、あやしいのですね。入口のとびらに手をかけたときに、きゅうにぼくは歯の根がガタガタしてきて、中へはいってみたら、なんだか気が遠くなって、そこへぶっ倒れそうな気がしました。でも、やっと気をとりなおして、そこの壁によりかかりながら、いったいどうしてこんなに手足がブルブルするんだろう、みょうな部屋だな、と思いましたが、心臓なんか、まるでいまにも死ぬ人みたいな打ち方なんですよ。部屋の片すみに、古新聞の山がぶっ積んであるので、そいつにぼくは目をつけました。三、四年前の古新聞で、半分破けたのもあれば、なにか包んだとみえて、クシャクシャになっているのもあります。そいつを全部ひっくり返して見ていくうちに、中に一枚、みょうな絵を見つけました。あとでそれはお目にかけます。ところが、とてもその部屋に、長く落ちついていられないんですね。なにかこう、上からのしかかってくるような感じがして。まもなく外へ飛び出したときには、まあ無事でよかったと、じっさいぼくはホッとしました。すると、往来を歩いていたぼくのことを、みんながジロジロ見るんですな。中には、酔っぱらいだなんて言ったやつもいましたが、とにかく、舗道をあっちへフラフラ、こっちへフラフラ歩いて、差配に鍵を返して、自分の家まで帰ってくるのが、やっとの思いでした。それから一週間ばかり寝こんでしまいました。医者は神経の過労だといっていましたが、その寝こんでいるうちに、ある晩夕刊を読んでいると、「餓死者」という見出しがひょいと目についたのです。例のごとき型どおりの記事で、マーリボンの模範宿泊所で、数日間とびらのあかない部屋があるので、とびらを破ってはいったところ、一人の男が椅子に腰かけたまま死んでいた。『死亡者はチャールズ・ハーバートなる者にて、以前は富裕なる地方紳士なりし由（よし）。死亡者の姓名はいまを去る三年前、トッテナム・コート・ロード、ポール街の怪死事件に関連して江湖（こうこ）に親炙（しんしゃ）せるものなり。当時死亡者は同町二十番地に住居せるが、同家の庭内に由緒ありげなる一紳士死体となりて発見され……』というような記事でした。いかがです、悲劇的な最期じゃありませんか？　もっとも、悲劇といえば、かれがぼくに語ったことが、真実だとしたら（ぼくは真実だと信じていますが）けっきょく、そんなことを言えば、人間の一生なんてみんな悲劇ですからなあ。舞台なんかへかけられるものとはまたちがった、もっと不可思議な悲劇ですからなあ。」

「お話というのは、それだけですか?」と、クラークは考え深そうに言った。

「ええ、話はこれだけです。」

「なるほど。まあわたしなどにはよくわからんけれども、いまのお話の事件のなかで特殊な事情というのは、ハーバートという人の庭内で死体が発見されたことと、死因について医師のみょうな説があったことでしょうな。しかし、この事実は、なんらかの正攻な方法で説明がつくと思いますね。それから、あなたが、そこの家を見に行かれたときに受けた感じだが、これはどうも、あなたの空想力が鋭すぎることに帰因するようだな。それまでいろいろな話を聞かれたこと、それをあなたは半分意識しながら、そういう気分を育てていたのにちがいないですよ。くわしいことはわからないが、なにかあなたはその事件に怪奇なものがあると、ご自分で考えていたんだな。ところが、ハーバートという人は死んでしまいましたね。そうなると、これ、どこへこんどは目をつけますかなあ?」

「ぼくは女に目をつけますな。——かれが結婚した女に。これがあやしいんですよ。」

二人はしばらく暖炉のそばにすわったまま、黙りこんでいた。クラークは、内心、自分が常識の支持者としての性格をうまくおし通せたことを喜んでいたし、ヴィリヤズはヴィリヤズで、これはまたかれらしい暗い空想に浸っていた。

「一服やらせていただきます。」やがてヴィリヤズはそう言って、煙草(たばこ)入れをさぐりにポケットに手をつっこんで、「あ、そうだ、お目にかけるものを忘れてたっけ。さっきぼく、ポール街の家で、古新聞の山のなかからみょうな絵が出てきたと言いましたね。これがその絵です。」
ヴィリヤズはポケットから、小さな薄い紙包みをとりだした。茶色の紙で包んで、上から紐(ひも)がかけてある、その結び目がなかなか解けない。ようやくのことで紐を解いて、上包みの紙をあけると、クラークが椅子から身をのりだした。中味は布で二重に包んである。それをほどくと、ヴィリヤズは小さな紙片を黙ってクラークの手にわたした。

五分、あるいはもっと長く、部屋のなかを静寂が領した。廊下の外のホールにある古風な掛時計の音が、ここまで聞こえるくらい、二人はじっと腰かけていた。そのうちの一人は、単調な、のろくさいその時を刻む音から、遠い遠い記憶を心のうちに思いだしていた。かれは女の顔を描いた小さなそのペン画を、穴のあくほどじっと見入った。ほんの略画だが、本職の画家が丹精こめて描いた絵にちがいない証拠には、その目もとや、不思議な微笑にほころびている口もとに、女の心持がよく出ている。その顔を、クラークはいつまでもじっとながめていた。すると、その顔が、何年か前の夏の宵の記憶を、まざまざとよみがえらせてきた。――美しい長い谷がある。小山のあいだをひとすじの川がうねうねと流れている。草地がある。穀物畑がある。赤い鈍色(にびいろ)の夕日、川づらから立ちのぼる冷え冷えとした白い夕靄。それがもう一度いま、目の前にあった。幾年もの歳月の波をこえて、自分に話しかけている声が耳にあった。「クラーク、メリーはパンの神を見るぜ！」……そうだ、それから自分は、ドクターのそばに立って、掛時計の時を刻む重い音をききながら、じっと見守りながら待ったのだ。ランプの灯の下の、草色の椅子に寝ている姿を見守りながら。……やがてメリーが目をさました。自分は、メリーの目をのぞきこんだ。とたんに、ハッと心臓が凍りついたのだ。……

「この女は、だれなんです？」

ややしばらくたってから、クラークはたずねた。その声は乾いた、太い声であった。

「これがハーバートの結婚した女なんです。」

クラークは、も一度その絵に見入った。いや、これはどうあってもメリーではない。メリーの顔にはちがいないけれど、でもなにかちがったものがある。白い服を着て、レイモンドといっしょに実験室にはいってきたときのあのメリーの顔にも、恐怖のうちに目をさましたときのあの顔にも、ベッドの上でニタニタしていたときのあの顔にも見られなかったなにかが、この絵にはある。それがなんであるにもせよ、この目つき、このむっちりとしたくちびるの笑み、この顔全体にある表情は、クラークを心の底からゾッと震えあがらせた。かれは無意識のうちに、「悪魔が化身して目のあたりに現われたのを、自分はかつて見たことがある」と書いてあったフィリップ博士のことばを考えていた。そして、なんの気もなく、手にした紙片の裏を返して見た。

「あ、こりゃ！　どうなさいました？　まっさおですよ、お顔が！」

かすかなうめき声を発して、クラークは手から紙片を落とすと、椅子の背にグタリと倒れた。ヴィリヤズはあわてて椅子から立ちあがった。

「いや、なんでもない。きゅうになんだか心持が悪くなって。……こういうことがよくあるんです、わたしは。すまないが、ブドー酒をくださらんか。……いや、ありがとう、これでおさまります。四、五分したら、なおるでしょう。」

　ヴィリヤズは絵を拾いあげ、クラークがしたように裏を返して、

「これ、ごらんになりましたか？　ぼくはこれで、この絵がハーバートの妻――いまじゃもう未亡人ですが――の肖像だということがわかったんです。いかがですか。ご気分は？」

「すこしよくなりました。ありがとう。ちょっと目がクラクラしたんでね。……いま言われたことばの意味がよくつかめなかったが、この絵がハーバートという人の妻だということは、なんでおっしゃるのですか？」

「絵の裏に『ヘレン』と書いてあるんです。女の名まえがヘレンだということを、先ほどぼく申しあげなかったかな？　そうなんです、ヘレン・ヴォーンというんです。」

　クラークは思わず「うーん」とうなった。もはや疑う余地はなかった。

「そこでですね、今晩お耳に入れた話と、この女がその話のなかで演じている役割に、非常にあやしい点があるというぼくの意見に、ご賛成くださいますか。いかがです？」

「賛成しますよ、ヴィリヤズ」クラークはほとんどささやくような声で言った。「なるほど、不思議な話ですね。不思議な話だな。とにかく、もうすこしこれは考える時間を与えてくださらんと、ご援助できるとも、できないとも、申しあげられないな。……おや、もうお帰りですか？　それはそれは。ではね、一週間たったら、またいらしていただきましょう。」

五、忠告の手紙

　五月のあるさわやかな朝、二人の友はピカデリーをぶらぶら歩きながら、「ねえ、オースチン」と、ヴィリヤズが言った。「きみがいつぞや、ポール街とハーバート一家について話してくれた話ね、あれはぼく、現代意外史の単なる一挿話（そうわ）だと信じているんだが、ぼくがハーバートのことをきみにたずねたのは、もう二、三カ月前のことになるな。じつはいまだから白状するが、あのときぼくは、ハーバートに会ったすぐ後だったんだよ。」

「なんだ、会ったのか？　どこで？」

「ある晩、かれは往来でぼくに物乞いをしてたけど、えらい見る影もないかっこうをしてたけど、すぐにかれだということがわかって、それからぼくは身の上話を――ほんの輪郭だけだったが――聞き出したんだ。まあ早く言えば、妻君のためにかれは破滅した、ということになるな。」

「どんなふうに？」

「さあ、そいつは言わなかった。ただ、おれは肉体も、心も、彼女にめちゃめちゃにされたと言っていた。あの男、もう死んだがね。」

「そうか。それで、妻君のほうはどうした？」

「それなんだよ、ぼくの知りたいのは。でもね、遅かれ早かれ、とにかく見つかるあてがつきそうなんだがね。ぼくの知人にクラークという人があってね。これはさっぱりした人で、本職は実業家なんだが、なかなか辛辣な人なんだ。といえばわかるだろうが、商売に辛辣という意味じゃないよ。人間と人生に関するあるものを、ほんとに知ってる人なんだ。で、ぼくはその人のところへ、あの話を持って行ったんだよ。そしたら、ひどく驚いてね。そのときは、この話はよくよく考えてみる必要があるから、一週間たったらまた来てくれという話だった。ところが、二、三日前に、こういうみょうな手紙が来たんだ。」

　オースチンはヴィリヤズから一通の封書を受けとると、中から手紙を出して、歩きながら読みはじめた。手紙は次のような文面だった。――

「拝啓、先夜きみからご相談をうけたことにつき、あれからいろいろ熟考した結果、このご忠告の手紙をさしあげます。例の肖像画はすみやかに火中せられよ。そして、あの話をきみの心頭から払拭してしまいたまえ。けっして迷いたもうな。迷うと、きみは悔いてもなお、およばぬことになりますぞ。きみは小生があのことに関して、なにか秘密の消息を持っていると思っておられるでしょうが、ある意味では、それにちがいありません。ただし、小生の知っていることは、ごく少々ばかりで、いわば小生は断崖をのぞきこんで、きゅうにこわくなって身を引いた、行きずりの旅人に似たりとでも言いましょうか。もっとも、小生の知っていることは、なかなかに、怪奇不可思議なことで、いまなおそこに、冬の炉辺の夜語り以上の恐ろしい、信じもならぬ深い深淵と怪奇があることは、とても小生の浅識などのおよぶところではありません。小生はこれ以上ことを明るみに出さぬことに決意しました。この決意はなにものも動かすことはできません。きみもきみの幸福を計ったら、同じ決意をなさるように。――またのご光来を鶴首します。そのときはもっと楽しい話題を語りましょう。」

オースチンは手紙をきちんともとのようにたたんで、ヴィリヤズに返した。

「なるほど、みょうな手紙だな。肖像というのはなんだね？」

「あ、そうそう。きみに話すのを忘れてた。ポール街へぼくが行ったときに、見つけた品なんだよ。」

ヴィリヤズがクラークに語ったとおりの話を語るのを、オースチンは黙って聞いていたが、かれも謎めいた心持がしたようであった。

「だいいち、きみがその部屋で不快な気持をおぼえたというのが、そもそもへんだな。空想力がどうしたのなんてこっちゃないぜ、それは。早くいえば、嫌忌感情というやつだな。」

「それがね、気持のうえというよりも、なにかじかにからだへ来る感じなんだ。息をするたんびに、なにか毒気でも吸わされてるようなぐあいでね、その毒気がからだじゅうの神経から骨の節々まで作用するみたいなんだ。まるでからだじゅう締め木にかけられてるようで、目はボーッとかすんでくるし、こりゃもう、お陀仏に近いという感じだったね。」

「だからさ、それが不思議だよ。きみの知人は、この女に関係のあるなにか不吉な話があると言ったんだって？　その話をしているときに、その人、なにか変わったようすを見せたかい？」

「うん、見せた。卒倒しそうになった。ときどき、こういうことがあると言ってたがね。」

「きみ、それを真に受けたのか？」

「そのときは、ぼくもそうだと思ったが、いまはそう思っていない。さっき言った肖像を出して見せるまでは、その人、ぼくの話を平然と聞いていたんだ。ところが、肖像を見せたとたんに、いまいうような発作がおこったんだ。顔がまっさおになっちゃってね。」

「してみると、その人、前にその女に会ったことがあるにちがいないな。もっとも、こういう言い抜けもあるわけかな。——自分が見知りごしなのは、顔ではなくて、名まえなんだとね。どう思う、きみは？」

「さあね。とにかく、ぼくの信ずるところでは、手に持った肖像を裏返したあとで、椅子から転げ落ちそうになったのだ。名まえは絵の裏に書いてあったんだからね。」

「そうだったね。しかし、結局こういうことには、なかなかキメ手というやつが出て来ないものだぜ。ぼくはメロドラマというやつは大きらいなんだ。売りものの怪談くらい、およそ常識的で退屈なものはないからな。だけどヴィリヤズ、この話の底には、じっさい、なにか妙なものがあるように思えるなあ。」

気がつかぬうちに、二人はいつのまにか、ピカデリーから北へ抜けるアシュリー街にさしかかっていた。長い陰気な通りだが、そちこちの家に、草花やはでなカーテン、入口に塗った明るいペンキの色などが、せめてものにぎわしになっている。オースチンが話しながら足を止めたので、ヴィリヤズはふと目をあげて、家並の中の一軒の家を見あげた。紅白のゼラニュームが窓の外に植えこんであり、水仙色のカーテンが引いてある。

「ちょっと楽しそうな家じゃないか。」

「うん。中へはいると、もっと楽しい。シーズンにはいちばん愉快な家だそうだ。ぼくは行ったことはないけど、行ったやつに会うと、みんな桁はずれにおもしろい家だと言ってるよ。」

「だれの家？」

「ミセス・ボーモントとか言ったな。」

「なにものだい？」

「わからん。話にきくと、なんでも南米から来た女だそうだが、女の素姓なんざ、たいした重要なことじゃないさ。えらい金持だそうだよ。これだけはたしかだ。だいぶ上流のやつらが、とり巻いてるそうだよ。なんでもブドー酒のすごいのを持ってるんだとさ。どうせ目が飛び出るほど高いにきまってらあね。アーゲンタイン卿がそんな話をしていたよ。大将、この前の日曜日の晩に行ったんだそうだが、あんな酒は飲んだことがないと、折紙をつけていた。あの大将なんか、そのほうじゃ大通だからな。そうだ、酒で思いだしたが、そのミセス・ボーモントという女も変わり者にちがいないぜ。アーゲンタインが、この酒は何年だときいたら、彼女、なんと言ったとおぼし召す？『はあ、千年ぐらいだと思います』とぬかしたとさ。畜生、なめてやがるなと思って、笑ってやると、相手は、嘘なんか申しません、なんなら罎をお見せしましょうかと言ったというんだ。それっきりアーゲンタインも二の句が継げなかったそうだがね。いくらなんでも、千年はちと古過ぎるよ、なあ。……や、こりゃぼくの家へ来てしまったね。どうだね、よって行かないか？」

「ありがとう。よってもいいね。しばらく骨董屋にもごぶさたしたからな。」

ぜいたくに、しかも風変わりに飾りつけた部屋だった。椅子、書棚、テーブル、あとは壁かけ、水さし、その他の装飾品、それが一つ一つ、それぞれの個性をもって、一城一郭のあるじみたいに群雄割拠しているというふうであった。

「最近なにか手に入れたかね？」ヴィリヤズはややあってからたずねた。

「いや、べつにない。そこにあるそのみょうな水差しは見たかな？　見たように思うな。ここんとこずっと、なんにも掘出しものにぶつからないんだ。」

オースチンは、なにか変わった目新しいものをと思って、部屋の中の棚や置戸棚をズラリと見まわした。やがてその目が、部屋のすみのうす暗いところに立っている、変わった彫りのしてある古ぼけた箱にとまった。

「そうだ、忘れてた。きみに見せるものがあった。」

そう言って、オースチンは、その古ぼけた箱の錠をあけると、中から分厚な大判の本をぬきだして、テーブルの上にそれをおいてから、いったん下においた葉巻を手にとって、

「ヴィリヤズ、きみ、アーサー・メイリックという画家を知ってたかね？」

「うん、多少知ってる。二、三度、友人の家で会ったことがある。その後、かれ、どうしたかね？　しばらく名まえを聞かないが……」

「かれ、死んだよ。」

「死んだ？　ちっとも知らなかったな。まだそんな年じゃないんだろう？」

「そう。行年三十歳だ。」

「なんで死んだね？」

「知らん。あの男は、ぼくとは親しい仲でね、とにかく、底なしにいい男だった。よくここへも来ちゃ、何時間も話しこんで行ったものだ。やつは、なかなか饒舌家でね、絵の話もむろんしたが、それより絵かきの話をよくした。一年半ほど前だったが、先生、すこし仕事をしすぎてね。そのときぼくのすすめもあったものだから、かれ、世界漫遊に出かけたんだよ。最初に荷をおろしたところはニューヨークだったと思うが、それっきりうんだともつぶれたとも、消息がないんだ。すると三月前に、この本がとどいてね。本といっしょに、ブエノス・アイレスでかれの病中ずっと診ておったという、イギリス人の医者から、非常に丁重な手紙がきたんだ。その手紙の中に、自分が死んだら、この包みを、これこれこういう男のところへ送ってくれと、口癖のように当人が言っていた、と書いてあったがね。とまあ、いったような、わけさ。」

「それで、きみはそれっきり問い合わせの手紙も出さないのか？」

「出そうと思ってる。その医者に手紙を出せというんだろう？」

「そうさ。それで、その本はどういうの？」

「着いたときには、密封してあった。たぶん、その医者殿も、中味は見ていないんだろうと思うね。」

「へーえ、そんな稀覯本なのかい、これは？　メイリックは蒐集家だったんだな、おそらく。」

「いや、やつは蒐集家とは言えないさ。ところで、そのアイヌの壺はどうだね？」

「ほう、変わってるね。でも、こういうのは、ぼくは好きだな。そりゃいいが、メイリックの遺贈の品を見せてくれるんじゃないのかい？」

「ほんにそうだった。遺贈の品というのが、これがまたちょっと変わっているんだ。まだだれにも見せないんだがね。ぼくがきみなら、まず一言も言わんところだね。これだ。」

　ヴィリヤズはその本を手にとって、いいかげんなところを開いてみた。

「へえ、こりゃ印刷本じゃないんだね。」

「そうさ。メイリック自筆の素描集だ。」

　ヴィリヤズは、あらためて第一ページから開いてみた。第一ページはなにも描いてない。第二ページに、ラテン語でなにか短い文句が書いてあった。読んでみると、

　昼は恐れを秘めて鎮もる世界、夜となれば星くず光り、牧神の歌声四方にひびきて、浜べには笛の音、鐃鈸の響きぞ高らかにきこゆなれ

　三ページめに、飾画が描いてあった。その飾画を見て、ヴィリヤズはハッとなって、オースチンの顔を見た。オースチンは窓からぼんやり外をながめていた。ヴィリヤズはページをくり、そこに現われた絵に、思わず魂を奪われたように見入った。ワルパギスの夜の悪魔饗宴の図で

あった。死んだ画家が、どぎつい白と黒とで描いた絵である。牧神や半獣神やイジパンの狂態が、かれの目の前で踊りくるった。森の暗がり、山頂の乱舞、荒涼たる浜べの図、緑したたるブドー園、奇岩峭々たる幽谷、そういうものが、次から次へとかれの前に現われては消えた。すべて人間の魂が慄然として尻ごみをするような世界であった。ヴィリヤズは後のほうのページは、急いで見おわった。見おわってかれは堪能したが、さて本を閉じようとしたときに、いちばん最後のページの絵が、ふっと目に止まった。

「オースチン!」

「ええ、なんだい?」

「これきみ、だれだか知ってるか?」

白いページの上に、ポツンと一つ、女の顔があった。

「だれだか知ってるかって? 知るもんかな、むろん。」

「ぼくは知ってる。」

「だれだい?」

「ミセス・ハーバートだ。」

「おい、ほんとか。」

「たしかにこれはそうだ。ああ、気のどくなメイリック! かれもまた彼女の歴史の一節だったんだなあ。」

「そりゃいいが、どう思う、その絵は?」

「すごいね。これはまあ、錠をおろして蔵って（しまって）おけよ、オースチン。ぼくがきみなら、焼いちまうところだ。本箱にしまっておいても、おっかないよ、こいつは。」

「そう、へんな絵ではある。だけどしかし、へんだなあ。いったい、メイリックとハーバート夫人となんの関係があるんだね？　彼女とこの絵になんのつながりがあるんだね？」

「ああ、それが言えればなあ！　まあ、ことがこれだけですんで、ぼくらなにも知らないですめば、けっこうだけどね。しかし、ぼくの考えでは、このヘレン・ヴォーン、つまりミセス・ハーバートは、これはほんの発端に過ぎないような気がするな。いずれこの女は、ロンドンへ帰ってくるよ。きっと帰ってくるぜ。そのときは、またまたぼくらは彼女の噂を聞くぜ。それも、けっして愉快なニュースじゃない、とぼくは思うな。」

六、自　殺

アーゲンタイン卿は、ロンドンの社交界ではたいした人気者であった。二十歳の年、かれは貧乏で、りっぱな家名を名のりながら、食うためには骨を粉にして稼が（かせが）なければならなかった。金貸しの中でも、すこし山勘（やまかん）の手あいは、いずれ襲名という貧乏を福運にかえるあてが当然先にあるくせに、五十の金もかれには貸してくれなかった。家君（かくん）にすれば、なんとか家長寺録の一つくらい、手に入れる出所（でどころ）は手近にあったのだけれども、息子のほうは、たとえ僧職を授けられたところで、じゅうぶんなものは得られるわけもなし、だいいち、自分の天職は、そんな坊主畑にはないと達観していた。そこでかれは、学士のガウンと、貧乏貴族の御孫杓子の頭の働きと、これを唯一の楯にして、世の荒波に臨んだのであった。これだけの身支度で、なんとかかれは辛い修羅場を乗りきった。二十五歳のとき、苦闘はなおつづき、自分は世の中と戦っていく人間だと、つくづく観じさせられたが、当時、かれと長兄との間にあった七人の兄弟のうち、三人だけが世に残っており、うち二人は、それぞれ「いい暮らし」をしていた。ところが、その時分はまだ、ズールー人の槍と腸チフスを防ぐ良薬はなかった。そのおかげ、と言っちゃへんだが、ある朝目がさめてみると、かれは一躍、アーゲンタイン卿になっていたのである。時に齢三十。それまでかずかずの生存の難局に直面し、そのつどなんとかしてそれを征服してきたかれのことだったから、棚から牡丹餅のこの栄進には大いに気をよくし、よし来た、こうなれば、いままで貧乏が楽しかったように、これからは、富貴もいちばん楽しいものにしてやろうと肚をきめた。そこでいろいろ考えたすえ、美味求真、いやこれにかぎる、食味はこれ芸術なり、堕天の人類にひらかれたる最上の楽事は食うことだと、ここに考えが決着して以来、アーゲンタイン卿の晩餐はロンドン名物の一つになり、卿の食卓に招かれることは、諸人渇望の的となったのである。こうして、貴族の地位と饗宴の十年がすぎたのちも、アーゲンタイン卿はいまもって衰えを見せず、あいかわらずの享楽生活をつづけ、だれ伝えるとなく、上流人の歓楽の大御所のようなものになっていたのである。そのかれが非業の最期をとげたのだから、騒ぎは大きく、かつ深刻であった。人々は新聞を前にしても、「貴族の怪死！」とどなりながら、町をチリンチリン駆けまわる号外売りの声をきいても、だれも本当にするものはなかった。号外の記事は簡単に――「今朝アーゲンタイン卿は侍僕によって惨死体を発見されたり、同卿が自殺を決行せるは疑いの余地なきところなれど、自殺の動機については、なんら心あたりなしという。故人は社交界に広くその名を知られ、温厚博愛なるその人となりを敬慕せられたり。なお後継者は――」云々と報じていた。

詳細はじょじょに明るみに出てきたが、事件はいぜんとして神秘にとざされたままであった。訊問にさいしての主なる証人は、故人の従僕であったが、その言うところによると、死ぬ前の晩アーゲンタイン卿はさる身分の婦人と会食をしたそうである。新聞の報道には、この婦人の姓名は伏せられていたが、とにかく、その晩十一時ごろに帰邸し、従僕には、明朝までもう用事はないと言ったそうである。しばらくして、従僕が広間を通ると、正面の戸口から、主人が足音をぬすんで出てくるのを見て、従僕はおやと驚いた。主人は夜会服をぬいで、背にバンドのついたノーフォーク・コートに着かえ、茶の低い帽子をかぶっていたが、そのとき自分のことを主人が見たとは、従僕には思えなかった。そんなに主人が夜遅くまでおきていることは、めったにないことであったが、従僕はそのまま朝まで何事も知らずに、つねのとおり九時十五分前に寝室のとびらをノックした。中から返事がないので、二、三度ノックしたのち、室内へはいってみると、アーゲンタイン卿のからだがベッドの裾から角のほうへとのり出しているのを見た。見ると、ベッドの柱に麻紐をしっかりとくくりつけ、まんなかで輪に結び、それに首を入れて、前へつんのめって首をジワジワ締めつけて死んだ模様である。着ているものは、昨夜出て行くところを従僕が見たままの軽装であった。駆けつけた医者は、死体は死後四時間以上経過していると言明した。書類、手紙その他のものは事前に整理したらしく、大なり小なり醜聞と目されるようなものは、なに一つ見あたらない。証拠はそれだけで、それ以上なんの発見もあろうわけがなかった。前夜出席した晩餐会には、四、五人の人が列席していたが、そのときもふだんと変わりない、なごやかなきげんだったそうである。従僕は、お帰りになられたとき、すこし興奮しておいでのようでしたが、べつにごようすにどうという変わったところはございませんでしたと自供している。手がかりは全然なく、一般の推定では、おそらく強激な自殺マニアにとつぜんおそわれたのだろう、ということに落ちついた。

ところが、それから三週間たつあいだに、相次いで三人の紳士の自殺事件が起こった。三人の自殺者のうち、一人は貴族、あとの二人も、地位の高い、豊かな収入のある人たちであった。不思議なことに、それが三人ほとんどまったく同じ方法で、非業の死をとげているのであった。スワンリ卿はある朝衣装部屋で、壁の釘に紐をかけて縊死しているところを発見されたし、マリア・スチュアート氏とヘリーズ氏とは、アーゲンタイン卿と同一の方法で自殺していたのである。しかも、アーゲンタイン卿を含めて、四人が四人とも、ぜんぜん自決の理由が不明なのである。多少のそれらしい事実はあったにしても、そんなものはとるに足りぬことで、とにかく、前の晩まで生きていた人間が、翌朝はどす黒くふくれた顔をして、死体になっていたのである。これまでホワイトチャペルの低俗な殺人犯人の逮捕と釈明には、当局は警察力の無力なことを言明させせられてきたけれども、ピカデリーやメイフェアの怪自殺事件の前には、警察はただ当惑するばかりであった。つまり、残忍凶悪というような説明は、イースト・エンドの犯罪の説明には任を果たすが、ウエストでは役にたたないからである。この見苦しい死に方を選んだ四人の男は、いずれもみな富裕な人たちばかりで、どこから見たって、厭世的な点などは薬にしたくもない。いかほど厳重に探索しても、四人の自殺行為には、潜在的な動機というものは影だに見いだすことができなかった。市中はもう戦々兢々たる気分で、人に会うと、おたがいに相手の顔を見て、ひょっとするとこの男が、五番めの悲劇の犠牲者になるのではないかと思うくらいであった。新聞社は切抜帳をひっくり返してみても、この事件に思いあたるような記事は、なにもさがし出せなかった。朝刊は、どこの家でも恐怖の思いでひろげられ、この次はいつどこで災難がおこるやら、だれも見当がつきかねるありさまであった。

この四人めの事件があってから、しばらくしたある日のこと、オースチンがヴィリヤズの宿へやってきた。オースチンは、ヴィリヤズがハーバート夫人の行方について、クラーク氏か、さもなければ他の筋から、なにか新しい発見を得ていやしないかと思って、それが知りたくて来たので、来ると腰をおろすなり、すぐにそのことをたずねた。

「いや、まだなにもわからないね」と、ヴィリヤズは答えた。「クラークに手紙を出したんだけど、握りつぶしてるようだから、べつの穴を探っているんだが、どこからもまだ色よい返事がない。ポール街を去ってから、ヘレン・ヴォーンがどうなったか、まるでわからん。きっと外国へ渡ったんだろう、とぼくは思うんだがね。そんなわけで、正直いうと、ぼくはこのあいだからおこった例の自殺事件には、あまり注意をはらわずにいたよ。ヘリーズはぼくも親しく知ってるもんだから、あれの怪死には、大きなショックを受けたけどね。」

「その気持はよくわかる」オースチンはまじめな顔をして、「きみも知ってのとおり、アーゲンタインはぼくの友人だ。いつだったか、きみがぼくのところへ来たときに、かれのことを話したっけね。」

「うん。例のアシュリー街のボーモント夫人の家のことに関連してね。なんでも、アーゲンタインがあの家でよく会食するとかいう話だったね。」

「そうそう、アーゲンタインは死ぬ前の晩も、あの家で飯を食ったんだよ。知ってるだろう？」

「いや、それは初耳だ。」

「そうか。もっとも、新聞はボーモント夫人の名まえを伏せているからな。アーゲンタインは彼女の大の贔屓(ひいき)でね。だから、あのことがあってから、しばらく彼女はえらい騒ぎだったそうだ。」

ヴィリヤズの顔に奇妙な色が浮かんだ。かれは言おうか、言うまいかと、迷っているふうであった。オースチンは、それにおかまいなく、話をつづけた。

「じっさい、アーゲンタインの死んだという記事を読んだときくらい、ギョッとしたことはなかったな。あのときだって、どうもぼくは腑に落ちなかったんだが、いまもってよくわからない。ぼくはかれのことはよく知っていた。そのかれが、あの冷静な血のなかで、どうしてああいう恐ろしい死に方を覚悟したか、ぼくにはなんとしても理解ができない。いったいこのロンドンというところでは、みんなお互いによく人の性格をあげつらう。ああいう事件がおこると、いままでも埋もれていた醜聞や隠されていた骸骨が、いろいろ明るみへ出てくるものだと思うだろうが、それがちっとも出てこない。そりゃマニア説は、検死の役人にとっちゃ、しごく都合がよかろうが、そんなものでたらめだということは、だれだって知ってら。天然痘じゃあるまいし、自殺マニアがやたらに伝染してたまるものか。」

オースチンはムッとして黙りこんだ。それにつられて、ヴィリヤズも黙って友人の顔をながめたまま、ムッツリとすわりこんでいた。かれの顔には、まださっきの迷いの色が動いていた。まるで自分の考えを天秤にかけて、とつおいつ、思案の最中といった表情であった。オースチンのほうは、藪知らずの迷路みたいに出口のわからない、こんがらかった悲劇の思い出を、一刻も早くはらいのけてしまいたい思いで、やがてこのシーズンの愉快な出来事や奇談などを、何気ない顔で語りだした。

「ほら、いつかぼくらが話したボーモント夫人ね、あれはきみ、このところ大あたりでね、目下ロンドンに嵐をまきおこしているぜ。このあいだの晩、ぼくはフルアムで彼女に会ったけれども、なるほどたいした女だな。」

「きみ、ボーモント夫人に会ったのか?」

「うん。彼女の周囲はごきげんとりでいっぱいさ。ああいうのを、すごい美人というんだろうが、ぼくなんか、どうも好かない顔だな。顔だちはすばらしいんだが、表情にどうも曰くがあってね。ぼくはずっと顔を見ていたが、家へ帰ってから、あの表情はどこかで見たことがあるなと思って、みょうな心持がしたよ。」

「まえに、きっと公園で見たんだよ。」

「いや、前に見たことはない。だからみょうな心持なんだよ。あれに似た女の人は見たおぼえもないし。なんだか遠いぼんやりした記憶みたいな、――ぼんやりしていながら、いやにこびりついている感じなんだよ。よく夢の中で見る架空の町だの、見たこともない土地だの、実際にいもしない人なんかが、いやに見慣れた、親しいものに見えるときがあるだろう。つまり、あんな感じだな。」


ヴィリヤズはうなずいて見せ、さてなにか話題をかえるものはないかと、部屋の中をあてもなく見まわした。すると、その目が古ぼけた文庫箱にとまった。まるでその箱のゴチック模様の下に、それを造った指物師（さしものし）の遺言がかくされている、とでもいったように。

「そういえば、メイリックのことで、例の医者様のところへ手紙を出したかね？」

「ああ、出した。病気のことと、死んだときのことを、くわしくたずねてやった。あと三週間かひと月しないと、返事は来まいな。いや、それといっしょにね、メイリックがハーバートという名まえのイギリス婦人を知っていたか、知ってれば医者様からなにかその女のことについて聞けるだろうと思ってさ。かりにメイリックがその女と恋に落ちたとすれば、ニューヨークか、メキシコか、サンフランシスコでなんだろうが、こっちはかれが漫遊して歩いた範囲や方角をぜんぜん知らないからな。」

「そうだね。それに、その女が名まえを二つも三つも持っているかもしれない、ということもありうるしね。」

「そうなんだ。だからね、ぼくはきみの持っていたあの女の肖像ね、あれを借りようと思ったのさ。あれを手紙と同封して、ドクター・マシューズに送ってやればいいと思ってね。」

「そりゃいいね。そこまでぼくは気がつかなかった。さっそく送ってやろうじゃないか。……おや、なにか子供がどなっているね？」

二人が話しているうちに、表のほうで、なにかガヤガヤいう声が、だんだん大きくなってきた。その声は東のほうから起こって、ピカデリーのほうへとだんだん大きくなって、波のようにこちらへ近づいてくる。ふだんは静かな町が、いやにざわめきたち、どこの家の窓からも、物見だかい顔がのぞいていた。騒ぎと声とは、ヴィリヤズの住む静かな町へも響いてきて、近づくにつれてしだいにそれがはっきりしてきた。ちょうどヴィリヤズが、なにかどなっているねと言ったとき、下の舗道からそれに答えるように、

「ウエスト・エンドの怪事件だ！　またまた恐ろしい自殺だよ！　くわしく出ている号外、号外！」

オースチンは急いで階段を駆け降りて、号外を一枚買ってくると、ヴィリヤズにそれを読んで聞かせた。往来の騒ぎは高くなり低くなり、窓をあけてみると、町の空気は、騒ぎと恐怖で満ちあふれているようであった。

「去月ウエスト・エンドにおこりし恐ろしき自殺の流行に、またまた一人の紳士犠牲とな

りて倒れたり。デヴォン区キングス・ポマロイ、フルアムに住むシドニー・クラショー氏は、本日一時同家の庭内なる木の枝に縊死体となりて発見されたり。同氏は昨夜カールトン・クラブにおいて食事をせしさいには、平素と変わりなく元気のようすなりしが、十時ごろ同クラブを出でてのち、セント・ゼイムス街を行く姿を見し者ありたれど、それよりのちの行動はまったく踪跡なし。死体発覚ののちただちに医師を呼びたれど、すでに絶命ののち長時間を経しこと明らかとなり、目下知れるかぎりにては苦悩心痛というべきものはなんら心あたりなし。この非業の自殺は去月よりの第五人めのものと記憶すべし。警視庁においても相次ぐこの種変事についてはなんらの釈明をも洩らすこと能わざる状態なり。」

オースチンは、深い恐怖のうちに、号外を下において言った。

「あす、ぼくはロンドンを逃げ出すぜ。これじゃあ、まるで悪夢の都だ。じつに恐ろしいなあ！」

ヴィリヤズは窓ぎわに腰かけて、静かに往来をながめていた。かれはオースチンの読みあげる号外の文句を、一字一句聞きもらすまいと、耳を傾けて聞いていたのであるが、その顔には、もはや先刻のような迷いの色は見えなかった。

「オースチン、まあ待てよ。昨夜の出来事ですこし耳に入れたいことがあるから。――号外にはたしか、クラショーは十時ちょっと過ぎに、セント・ゼイムス街で姿を見られたのが、最後だと書いてあったね?」

「たしかそうだったな。も一度読んで見よう。――そうだ、きみの言うとおりだ。」

「そうだろう。それだと、ぼくは号外の記事を反駁する立場に立つな。クラショーの姿は十時過ぎにも見られたよ。それも、そうとう夜が更けてからだ。」

「どうして、そんなことを知ってるんだ?」

「けさぼくは、二時ごろに、クラショーを偶然見かけたんだ。」

「クラショーを見かけた? きみがか、ヴィリヤズ?」

「うん。はっきり見た。二人の間は何フィートもはなれていなかった。」

「いったいぜんたい、どこで見たんだ?」

「ここから遠くないところだ。アシュリー街で見たのさ。ちょうどかれは、ある家から出てくるところだった。」

「きみ、その家をよく見ておいたかね?」

「うん。その家は、ボーモント夫人の家だった。」

「ヴィリヤズ! よく考えてものを言えよ。そりゃきっとなにかのまちがいだよ。朝の二時ごろに、クラショーが、ボーモント夫人の家にいるわけがない。きっと、そりゃきみが夢でも見たんだよ。きみはどっちかというと空想家だからな。」

「いや違う。ぼくははっきり目をさましていた。よしんば、きみの言うように、それがぼくの夢だったとしても、見たことはいまでもはっきり目に浮かんでくる。」

「なにを見たんだ？　いったいなにを見たんだよ？　クラショーにどこか変わったところがあったかい？……しかし信じられない、ぼくには。そんなこと、あるわけがないものな。」

「まあいいさ。お望みなら、ぼくが見たことを話そうか？　話せといえば、ぼくは自分で見た、と思うことを話すよ。判断はそっちでかってにつけてもらおう。」

「よし、そうしよう、ヴィリヤズ。」

　往来の騒ぎもいつしかおさまり、まだどこか遠くのほうで号外売りの呼ぶ声がしていたが、町は地震か嵐のあとの静けさのように、鉛（なまり）のような重苦しい沈黙が領していた。ヴィリヤズは窓ぎわから部屋の中へ向きなおると、語りだした。

「昨夜ぼくは、リゼント・パークのそばのある家へ行っていて、そこを出ると、珍しく今夜は一つ馬車に乗らずに、テクで帰ってやろうと思ったのさ。晴れた、さわやかな晩でね、しばらくブラブラ行くと、町がまたばかにいいんだよ。夜、ロンドンを一人で歩くなんて、ほんとに珍しいことさ。ガス灯が見わたすかぎりずっとつづいていて、あたりはしんと静かで、ときどき石畳みの道をガラガラ馬車が走っていくと、馬のひずめから火花が飛ぶ。ぼくは毎夜の夜遊びにもすこしあきあきしていたから、元気に歩いて行った。ちょうどアシュリー街へさしかかったとき、大時計が二時を打っていた。あすこは帰り道にあたるからね。昨夜はまた、いつもよりいちだんとあのへんは静かで、ガス灯もまばらだし、まるで冬の森の中みたいに暗くてね。かれこれ町のなかばあたりまで来ると、どこかの家の玄関が、静かに締まった音がしたので、こんな時に、おれと同じように帰っていくやつもあるんだなと思って、何気なしにそっちを見ると、その家のすぐ前にちょうど街灯があって、一人の男が石段に立っているのが見えた。男はいましがた玄関の戸を締めたところで、通りのほうへ顔を向けていたが、ぼくはひと目見て、それがクラショーだとわかった。話しかけたことはないけれども、顔はちょいちょい見ている。ぼくは一度会った人間は忘れない男だからね。クラショーだなと思って相手の顔をのぞいたとたんに、正直いうと、ぼくは後をも見ずにいきなり駆けだして、そのまま家へはいるまで駆け通してしまった。」

「なぜ?」

「なぜって、相手の顔をのぞいたとたんに、ゾーッと血が凍りついてしまったからさ。ぼくは人間の目から、あんなすごい激情の混乱した光が出るとは、想像したこともないね。ひょいと見たとき、ほとんどぼくは気を失いそうになったよ、あれはきみ、魂をなくした人間の目だよ。人間の殻だけが残っていて、中味は地獄がつまっている、というのはまさにあれだな。はげしい肉情、火のような憎念、あらゆる希望の喪失、歯をくいしばりながら夜にむかって絶叫するような恐怖感、お先まっくらな絶望。相手はぼくのことなんか、きっと見えなかったにちがいないな。いや、あの男は、ぼくやきみがこうしてものを見るように、見ていやしなかったんだ。そのかわり、ぼくらなら絶対に見たくないものを、かれは見ていたのだよ。かれがいつ死んだか知らないけど、たぶん、あれから一、二時間たったあとじゃないかな、もっとも、ぼくがアシュリー街を通って、とびらの締まる音を聞いた、あのときすでにあの男は、この世のものではなかったね。ぼくが見た顔は、悪魔の顔だったもの。」

ヴィリヤズが語りおわると、しばらくのあいだ部屋の中は沈黙が領した。外の光もようやく暗くなりかけて、いっとき前の騒音はパッタリと息を沈めてしまっていた。オースチンは話の終わるころには、ぐったりと首を垂れて、片方の手で目の上をおおっていた。

「いったいいまの話は、どういうことなんだね？」ややあってから、かれは言った。

「だれにもわからないさ、オースチン。だれにもわかりゃしないよ。悪魔のしわざだもの。だけどねオースチン、このことは当分のあいだここだけの話にしておいたほうがいいと、ぼくは思うよ。とにかく、ぼくはなんとかして手蔓（てづる）を求めて、裏口からあの家のことを聞きこめないかどうか、一つやってみるよ。そのうえで、もしなんらかの光明をつかめたら、そのときはさっそくきみに知らせるよ。」

七、めぐりあい

三週間ののち、オースチンはヴィリヤズから、きょうの午後か、あす来てくれという手紙を受けとった。早いほうがいいと思って、かれはさっそくたずねていってみると、ヴィリヤズは例のごとく窓ぎわにすわって、往来を通る車馬をながめながら、なにやら考えごとにふけっているところだった。そばに、蒔絵（まきえ）のおもしろい形をした竹卓があって、その上に小さな書類の束が、クラーク氏の事務所で見たように、きちんと分類してのせてあった。

「どうだね、この三週間のあいだに、なにか発見があったかい？」

「あったと思う。ここに一つ二つ、ぼくを驚かした手記があるし、それからきみの注意をよびたい報告もあるんだ。」

「この書類は、ボーモント夫人に関係のある書類なのかい？　あの晩、きみがアシュリー街の家の入口の石段に立っているところを見たというのは、ほんとにクラショーだったかね？」

「その点のぼくの信念は、いまでも変わらないよ。だけどね、ぼくがあれからいろいろ探索したのは、とくにクラショーに関係したことではないんだ。ところが、その探索からみょうなものが飛び出してきた。じつは、ボーモント夫人の素姓がやっとわかったよ。」

「へー、あの女、何者だい？　どうしてまたそれがわかった？」

「あの女はね、きみもぼくもべつの名まえで聞けばよく知ってる女なんだ。」

「なんという名まえだ？」

「ハーバート。」

「えっ、ハーバート！」オースチンは鸚鵡（おうむ）がえしに、目をまるくして言った。

「そうなんだ。ポール街のハーバート夫人だ。すなわちヘレン・ヴォーン、すなわちボーモント夫人だ。ヘレン・ヴォーン時代の奇談は、ぼくは知らないが、きみが彼女の表情を気にするわけだよ。家へ帰って、メイリックのあのすごい本にある顔を、見てみたまえ。そうすりゃ記憶の出どころがわかるから。」

「で、その証拠があるのかい？」

「証拠も証拠も、たいした証拠だ。じつはボーモント夫人――というよりハーバート夫人と言おう――に、ぼくは会ったんだよ。」

「どこでね？」

「それがね、まさかピカデリーのアシュリー街におすまいの淑女に、ここで会おうとは思いもかけないような場所さ。ソホのね、じつに小汚いひどい家へ彼女がはいるところをぼくは見かけたのだ。その家でぼくは人と会う約束――彼女とじゃないよ――があって行ったんだが、家も時間も、偶然同じだったというわけさ。」

「そりゃまた奇蹟みたいな話だが、しかしありそうな話ではあるな。そういえば、いつかぼくがロンドンの社交界の人たちのなかで見かけたときも、彼女は平民どもと平凡な客間で、コーヒーを飲みながら談笑していたからな。それで、どういうことになった？」

「ぼくは、できるだけ、自分ひとりのあて推量や想像におちいらないように気をつけた。ロンドン生活の暗黒面の中にボーモント夫人を探索して、ヘレン・ヴォーンをさがしあてるなんて、想像もつきゃしないよ。ところが、結果はそういうことだったのだ。」

「あれからきみは、さだめし、ほうぼうみょうなところへ行ったんだろう？」

「うん。だいぶほうぼう、みょうなところへ行った。アシュリー街へ行って、あの女の前歴を掻いだしてみたところで、どうせむだなことはわかっていたからね。彼女の前歴があまりきれいなものでないとすると、以前は、いまみたいな上流社会でない社会に沈湎していたにちがいないもの。川の上水に泥が浮いていれば、その泥は、もとは川底にあった泥だからね。だからぼくは川底へ行ったのさ。いままでだって、ぼくは自分の道楽で、いかがわしい町へ潜りこむのは好きなほうなんだから、おかげであのへんのことや、あすこいらに住んでる人間に顔見知りのあることが、だいぶこんどは役にたったよ。ボーモント夫人の名まえを知っているやつは、友だちのなかにはなしさ、おまけにこっちは顔も見たことがないんだから、こういう女だと、人相書を描いて見せることができない。そんなわけで、ずいぶん遠まわりをした。でも、あのへんの連中には、ぼくはときどきつくしてやってあるから、むこうじゃ知ってるからね、いろいろ腹蔵のない意見を聞かしてくれたよ。ぼくが直接にも間接にも、警察には関係のない人間だということを、やつら知ってるからね。もっとも、こっちの思う壺の獲物を手に入れるまでには、あれやこれや、ずいぶんあれで釣糸を投げたな。じっさい獲物があがってきたときだって、しばらくのあいだは、こいつがおれの魚だとは想像もしなかったね。こっちはきみ、生まれつきむだ話は大好きなんだから、黙って話を聞いてたが、自分のさがしてる話とは気つかずに、へーえ、こりゃ思ったとおりおもしろい話になってきたな、と思っていたのさ。話というのは、こういう話なんだ。——なんでも五、六年前に、その近所へレイモンドという名まえの女が、とつぜんどこからか現われたんだね。話によると、ごく若い女で、年は十七、八、顔だちのきれいな子で、なりは田舎出らしいかっこうだったそうだ。それがあの特殊地域へやってきて、ちょうど自分に身分相応なところだと思って近所の人とつきあいをはじめた。というと聞こえがいいが、どうも聞いた話から察すると、ロンドンの魔窟といわれるあの界隈ですら、その女にはちともったいなすぎるくらいだったらしい。この話をぼくにしてくれた男は、むろん清教徒でもなんでもなかったけれども、さすがにその女の堕落の模様を話すときには、身震いをしていたっけ。で、一年あまりそこにいたのかな。そうしたら、はじめに来たときのようにとつぜんまた姿を消してしまって、それっきり、例のポール街の事件のときまで、影を見せなかったそうだ。ところが、ポール街の事件があってから、またときどき昔の古巣へ来るようになって、だんだん足しげくなって、しまいには半年かそこら、またそこへ居ついていたそうだ。その女がそこでどんな生活をしていたか、いまここでくわしく言うこともないが、まあ、しいてそれが知りたかったら、メイリックのあの画集を見ればいい。あの絵はね、きみ、あれは作者の想像で描かれたものではないよ。――ところが、そのうちに、また女の姿がパッタリ見えなくなった。それから半年ばかりは、まるっきり姿を見せなかったそうだ。ごらんなさい、あすこが近ごろ女の借りている部屋ですよといって、話してくれた男はその家をぼくにさして見せてくれたが、このごろは一週に二、三度、朝十時になると、きまって女はその部屋へ来るというんだよ。で、先週のある日、きょうは女が来る日だからと言われて、ぼくは期待をかけて出かけて行ってみた。十時十五分前に、相棒といっしょにのぞいていると、案のじょう、十時きっかりに女はやってきた。ぼくと相棒は、通りからすこしひっこんだ拱門（アーチ）の下に立っていたんだが、女は目ざとく見つけて、ジロリとこっちを見たが、そのときの目つきは忘れもしないね。ぼくは女の顔を見ただけで、もうじゅうぶんだった。ミス・レイモンドがミセス・ハーバートであることがわかったのだ。そのときは、ミセス・ボーモントのことは、全然念頭になかったがね。やがて女は家のなかへはいった。ぼくは四時まで張り番をしていた。四時に、女が出てきたから、ぼくは跡を尾けた。長い尾行でね、用心してぼくは女の跡からずっとはなれながら、見はぐれないように尾けて行った。えらく引っぱりまわしやがったよ。ストランドからウエストミンスター、あれからセント・ゼイムス街へ出て、やっとピカデリーへやってきた。おかしなもんだね、女がアシュリー街へまがったとたんに、ふっとぼくの頭に、ミセス・ハーバートはミセス・ボーモントだという考えが浮かんできた。でも、まだほんとうとは思えないから、ぼくは女から目をはなさないようにして、町角で待ちながら、女が立ち止まった家をくわしく観察した。はでなカーテンの下がった、花のあるその家が、どうだろうきみ、クラショーが庭で首を縊ったあの晩出てきた、あの家なんだ。ぼくはこれだけ発見すればもういいと思って、行こうとすると、そこへ空馬車が一台やってきて、そこの家の前にとまるじゃないか。ははあ、ミセス・ハーバートはドライブにお出かけだなと思っていると、案のじょう、そのとおりだった。それからぼくも、通りかかった辻馬車を雇って、また跡を尾けて、こんどはパークへ行った。と、パークで、ぼくは知り合いの男にパッタリ会った。それからね、馬車道からすこしはなれたところへ降りて、知人と立ち話をしていると、ぼくは道を背にして立っていたんだが、十分ばかり話しているうちに、いきなり知人が帽子をとって挨拶をするから、そっちを見ると、ぼくがその日いちんち跡を尾けていた女の馬車じゃないか。『あれ、だれなの？』と、ぼくが聞くと知人は『ボーモント夫人だよ。アシュリー街に住んでいる――』という答えだ。こりゃもう、疑う余地はないやね。そのとき女がぼくのことを見たかどうか、よくわからなかったが、たぶん見なかったと思う。それからぼくはすぐに家へ帰って、いろいろ思案のすえ、これはクラークのところへ行くのが上策だと考えた――」

「クラークのところへ、なぜ？」

「だって、クラークはあの女に関して、ぼくの知らない事実をにぎってるにちがいないもの。」

「なるほど。それでどうしたね？」

ヴィリヤズはそれに答える前に、しばらく椅子の背にのけぞったまま、オースチンの顔をじっと見守っていたが、

「ぼくはね、クラークとつれだって、ボーモント夫人の家へ二人で訪ねて行くことを思いついたのさ。」

「そんなきみ、きみがそんな家へなにが行くもんか。だめだめ、そりゃきみ、だめだ。だいいちきみ、考えても見たまえ、そんなとこへ行って、どんな結果が……」

「そのことは、あとで話す。いまぼくは、自分の報告がまだ終わっていないということを言おうとしているんだ。それがね、じつにみょうなぐあいにけりがついたんだよ。……きみ、この草稿の綴(と)じたのを、ちょっと見てみたまえ。ほら、このとおりページが打ってあるだろう。ぼくが洒落(しゃれ)て赤いリボンで綴じたんだが、ちっと法文くさくなったかな。まあなんでもいいから、これを読んで見たまえ。これはね、ボーモント夫人が飛び切りの上客だけにもてなした、サービスの報告書だ。これを書いた男は隠居をしたけど、あともう何年も生きられまいと思う。どの医者も申し合わせたように、この人はいままでによほどひどい衝撃(ショック)を神経に受けてると言ってるそうだから。」

オースチンは草稿を手にとったが、中味は読もうとしなかった。手垢のつかないページをただ漫然と開いて、目についた文字や文句を、飛び飛びに拾い見していったが、そのうちに胸が苦しくなってきて、くちびるが白くなり、こめかみに冷たい脂汗がにじんできた。かれは草稿をそこへ投げだすと、

「ヴィリヤズ、こんなもの、どこかへやってしまえよ。二度ともう口にするな。きみは石仏か？　朝早く断頭台に立つ男が、耳に鐘の音を聞きながら、横木がガタンと落ちるのを待っているときの心持、死の恐怖、それだってこれとはくらべものにならんぞ。ぼくは読まん。読んだら、また夜眠れなくなる。」

「よし、よし。きみが見たものは想像できる。そうだよ、じつにこれは恐ろしいよ。しかしね、結局これはむかし話さ。むかしの怪異が、こんにち、ぶどう畑やオリーブの園のかわりに、ロンドンのどまんなかで演じられたのさ。パンの大神に会えた人間には、どんなことがおこるかということが、ぼくらにわかったのだ。賢明な人間は、あらゆる象徴というものは何物かの象徴であって、無の象徴はないということを知っている。じっさい、そいつは精妙な象徴だからね。人間は遠いむかし、ものの核心にある恐ろしい秘密の力の知識を、うまくヴェールで隠していたんだね。その秘密の力の前に出ると、人間の霊魂はちょうど電流に触れるとからだじゅうまっ黒焦げになるように、まっ黒にひからびて死んだものなんだ。そういう力は、名もつけられなければ、口にも言えず、想像もつかなかったんだね、ヴェールが象徴をかくす以外にはね。その象徴が、多くの人間には、精妙な詩的な思いつきに見え、ある少数の人間には、ばか

げた話に見えたのさ。とにかく、きみとぼくは、生命のかくしどころにある恐ろしさを、人間の肉情の下に現われた恐ろしさを、知ったわけだ。形なきものは、おのずから形をとるのだね。ねえオースチン、いったいどういうことになるんだろうねえ？　このものの前では、太陽の光も闇とならず、この固い大地が、その重みの下で溶けて煮えくり返るとは、どういうんだろうねえ？」

ヴィリヤズは部屋のなかをあちこち歩いた。その額には汗の玉が浮いていた。オースチンはしばらく黙ってすわっていたが、やがて胸の上に十字を切りながら、

「ヴィリヤズ、くどいようだが、きみは二度とそんな家へ行くんじゃないだろうな？　こんど行ったら、生きちゃ出て来られんぞ。」

「いや、生きて出てくるさ。行くときは、クラークといっしょに行くもの。」

「そりゃまた、どういう意味なんだ？　どんなことがあろうと、きみは……」

「まあ、待てというのに。……けさはね、非常にさわやかな、すがすがしい朝だった。ここらのような陰気な町中にも、朝風がそよそよ吹いて、とてもいい心持だったもんだから、ぼくは珍しく、そこらをひとまわりして来ようと思ったのさ。朝のピカデリーは、ずっと町の先のほうまで明るくのびててね、朝日が馬車の屋根や公園の木の葉にキラキラさして、ほんとに楽しい朝だった。男も女も、みんな空を見あげて、にこにこしながら仕事にとりかかっていた。朝風がまるで草地かかんばしいエニシダを吹くように楽しいんだ。でも、ぼくはどういうわけか、にぎやかな陽気な町を通りぬけて、いつのまにか朝日の光も朝風もない、陰気な通りを歩いて

いた。そのへんは道行く人もまばらで、町角や拱門（アーチ）のあたりを、どこへ行くでもなくブラブラしている人間が多い。ぼくはべつに行く先もわからず、またそこへ行ってなにをするともわからず、そのくせ、ここを行けば、自分の知らない目的地に行けるという、ばくぜんとした考えに急（せ）き立てられるような気持で、歩いて行ったのさ。こういう気持は、よくあるもんだよ。牛乳屋の車に気をとめてみたり、小さなウインドの中に、安パイプに安タバコ、駄菓子や新聞や流行歌の唄（うた）本、そんなものがゴチャゴチャならべてあるのが、それはそれなりに雑然たる階調をもっているのをおもしろく思ったりしながら、あっちを見、こっちを見、足の向くままにブラブラ歩いて行ったが、そのうちに、自分のほしいと思っていた品が、やっと見つかった。あ、あすこにあるぞ、と自分に言ったときには、さすがにヒヤリとしたね。ぼくは舗道から見やって、一軒の埃まみれな店の前に足を止めた。店の上に出ている看板の字も色あせ、二百年も前の赤煉瓦はまっ黒けに煤（すす）けかえり、ウインドなんざ、幾星霜の霧と埃を一手に掻き集めていたというていたらくだ。ぼくは入用の品を見て、五分ばかりちゅうちょしていたが、やっとのことで量見をきめて、店の中へはいって、なにげない顔をして落ちついた声で、これをくださいと言った。きっとその声は震えていたにちがいないよ。その証拠に、奥から出てきたおやじが、モゾクザと品物を出しながら、けげんな顔をして包みをこさえてくれたからな。ぼくは代を払って、帳場のところにもたれながら、買った品物をみょうに不承不承受けとって、どうだね、おとっさん景気はと聞いてみると、へい、当節はもうあがったりでござんす、ここもな、前方（まえかた）人通りのありました時分にゃ、こんなじゃござんせんでしたよ、もっともわたしのおやじが死ぬ前の話で、ざっと四十年もむかしのことで……と、おやじの話さ。ぼくは店を出ると、さっさと歩きだした。じっさい、そこは陰気くさい通りでね、にぎやかなところへ出てきて、ぼくはホッとした。どうだい、ぼくの買物を見せようかね？」

　オースチンは黙ってうなずいた。かれはまだ青い顔をしていた。ヴィリヤズは竹卓のひきだしをあけて、中から新しい長い麻の綱を出して、オースチンに見せた。綱の先には輪っかが結んであった。

「これはきみ、上等の麻縄だよ」ヴィリヤズが言った。「むかしはこういう品ばかりだったと、店のおやじが言ってた。まじりっけは一本もないとさ。」

　オースチンは口を「へ」の字に結んで、ヴィリヤズの顔を食い入るように見つめた。顔の色がますます青くなってきた。

「おい、まさかやるんじゃあるまいな。自分の手を血で汚すんじゃあるまいな。」かれはここまでつぶやくような声で言ったが、きゅうに「おい！」と大きな声で呼んで「ヴィリヤズ、この縄で、貴様、まさか首を縊るんじゃあるまいな?」

「とんでもない。こいつをね、ヘレン・ヴォーンにわたして、さあこの綱で好きなようにしろと、十五分間一室に閉じこめておいてやるのさ。十五分たって、まだやってなかったら、そのときはもよりの警官を呼んでやるんだ。それだけだ。」

「おれはもう帰るよ。とてもこれ以上、ここにはいられない。がまんできない。あばよ。」

「あばよ、オースチン。」

とびらが締まったが、すぐにまたそれが開き、まっさおな顔をしたオースチンが入口に立っていた。

「言うことがありすぎて、言うのを忘れた。ブエノス・アイレスのドクター・ハーディングから手紙が来たよ。それによると、ドクターは、メイリックが死ぬ前三週間診ていたんだそうだ。」

「死因はなんだと言って来た？　熱病じゃあるまい？」

「うん、熱病じゃない。ドクターによると、なにかひどいショックからきた全身衰弱だそうだ。でも、患者はそのことについてひとことも言わないので、治療上じつに困ったと、手紙には書いてある。」

「ほかになにか言って来たかい？」

「うん。手紙のしまいは、こう言って結んであった。『これがあなたのご友人に関して、自分の申しあげられる報告のすべてであります。ご友人はブエノス・アイレスには長くおられなかったから、ヴォーンとやら申す夫人を去られてからは、小生を除いたほか、知人は一人もおられませんでした。』」

八、断片

〔ピカデリー、アシュリー街の知名の医師、ロバート・マチースン博士は、一八九二年の初めつ方、卒中のために急逝したが、その遺品のなかから、鉛筆で記した草稿一葉が発見された。草稿はラテン語で書かれ、略字など多く、あきらかに倉卒(そうそつ)の間に草されたものと思われる。苦心をしてわずかに判読されるに過ぎぬが、そのうち若干語は、専門家の努力をもってしても、今日なお不明のままに残されている。草稿の右のすみに「一八八八年七月念五」と日付が打ってある。以下はマチースン博士の草稿の訳文である。〕

「この短文は、よし印行されたとしても、学界を裨益(ひえき)するものであるやいなや、自分は存知せぬ。むしろ疑わしいものと思っている。この中に出てくる二人の人物に対して、自分はかってな悪口を言っているし、また、ことの詳細ははなはだ忌むべくいとうべきものであるから、これに記せる一語半句といえども、公刊公表する責任を自分はとらぬことにする。おそらく、熟慮百考ののち、ことの是非(ぜひ)を考量すれば、自分は他日この草稿を破棄するか、しからずんば、畏友Dの知慮に信憑(しんぴょう)して、これを封緘(ふうかん)したままかれに託し、あるいは用いるとも、もしくは火中するとも、かれが適切と考えるままにゆだねることになるだろうと考える。

　当然のことながら、自分はなんら妄見は抱いておらぬということを闡明(せんめい)するために、自分の全知識をこれに傾注した。当初、自分は驚愕して、ほとんど考えることが能(あた)わなかった。しかし、すぐさま自分の脈搏が正常で、しっかり打っていることをたしかめて、だいじょうぶだ、おれは正気だぞという確信をえた。それから自分は、自分の目の前にあるものに、しずかに目を凝らしたのである。

自分は悪寒と嘔気(はきけ)をもよおし、紛々(ふんぷん)たる死臭に思わず息がつまりそうになったが、気はたしかであった。ベッドの上に墨(すみ)のごとく黒くなり、変わりはてた姿となって横たわっているものを、自分は見た。これを見た自分は、はたして幸運だったのであるか、それとも不運だったのであるか、いずれとも言えぬ。人体の皮膚、肉、筋、骨、——人間の体軀は金剛石のごとく、永久不変のものと思っていたのに、それが溶けはじめ、崩れだしていたのである。

人体は外部の力によって、それぞれの要素に分解するものと心得ていた自分は、そのとき見たものをどうしても信ずることができなかった。なぜというのに、自分がそのとき見たものには、自分の存知せぬ内部の力があって、それが解体と変化の因となっていたからである。

そこにはまた、人間がそれによって形成された作用がことごとく現前しており、それが自分の目の前でいくたびとなく反復された。形態が性から性へと移行し、細胞が分裂し、分裂したものがさらにまた結合するのを、自分は見た。肉体はいちど昇華したところから獣性に降下した。最高まで昇ったものが最低まで——いっさいの生物のどん底まで落ちて行くのである。外形が変化するあいだは、有機体を形成してゆく生命の原理はつねに残っていた。

室内の光線はすでに昏黒(こんこく)に移りつつあった。その闇はしかし、夜の暗黒ではなかった。夜の闇なら、物体はおぼろげにしか見えぬが、自分ははっきりと、困難を感じないでものを見ることができた。そのくせ、それは光の否定であった。言うならば、物体はなんらの媒体なくして、肉眼に現じているのであった。それゆえ、かりにその室内にプリズムをおいたとしても、当然そこに現出すべき色彩は見えなかったにちがいない。そういった現じ方であった。

自分は凝視していた。そのうちに、とうとう、ゼリーのような物質しか見えなくなった。すると階梯はふたたび上昇してきた。……（このところ草稿の文字不明）……一瞬、自分は『形』を見た。それは目の前にもうろうと現われた形、とよりほかに言いようがない。その形が表わしていたものは、古代の彫刻や溶岩の下から発掘された壁画などに、どうかすると見られるものであったが、ともあれ、語るべくあまりに醜怪な……人にあらず獣にあらず、奇怪言うべからざる形が人間の形に変じて……やがてついに死が来た。

驚怖と嫌悪をもってこの全部を見た自分は、ここに署名して、ここに記したことが、ことごとく真実なることを実証するものである。

医博ロバート・マチースン」

＊

……レイモンド、これがわたしの知り、わたしの見てきた話だ。自分ひとりでになうには、荷の勝ちすぎる話だったが、それでもわたしは、きみ以外のものには、だれにもこの話は打ち明けなかった。ヴィリヤズは、最後までわたしと行をともにしたが、あの男とて、あの森の中のはげしい秘密についてはなにも知らない。きみとわたしと二人して、あの死ぬところを見たものが、日なたと日かげの相なかばした、あの夏の花咲く柔らかな芝草の上に、どんなふうに横たわっていたか、——レイチェルという娘の手をにぎりながら、まだ大地の上に形は崩れぬまま、仲間の名を呼んでいたときのあの恐ろしさを、ヴィリヤズは知らない。あの恐ろしさは、絵によってわずかに伝えることができるものだ、わたしはヴィリヤズにはこのことを言うつもりはなかったし、また、それと似たもので、例の肖像画を見たとき、自分の心を打ちのめしたあの慄然たる思いも、かれに打ち明けるつもりはなかった。あの肖像画は、最後にこの恐怖の盃を満たした毒酒であった。この話がいったいなにを意味するのか、わたしには見当もつかない。ただわたしの知っているのは、自分があの死ぬところを見たのはメリーではなかったこと、そのくせ、メリーではないのに、あの断末魔の苦しみのなかで、メリーの目がわたしの目をじっと見入っていたことだ。わたしはこの一連の恐ろしい怪異談に、最後の鎖の輪をはめることのできる人がいるかどうか知らないが、もしそれのできる人がいるとすれば、レイモンド、それはきみよりほかにない。もっとも、きみが秘密を知っているとしても、それを語る語らないは、きみの随意だが。

わたしはいま帰京して、すぐにこの手紙をきみにあてて書いている。じつは、ここ四、五日、田舎へ行ってきたのだ。どの方面へ行ったか、おそらくきみには見当がつくだろう。ロンドンの恐怖と驚異が絶頂に達したとき、——つまり「ミセス・ボーモント」が社交界にのりだしたとき、わたしは友人のドクター・フィリップに手紙を出して、事件の荒筋を知らせ、というよりほんの輪郭をもらしたうえ、フィリップがわたしに知らせてくれた事件のおこった村の名を教えてくれるようにたのんでやった。フィリップはすぐに躊躇(ちゅうちょ)なくその村の名を知らせてくれた。それはレイチェルの両親がすでに物故し、遺族の者は七カ月前に、すでにワシントンの親戚のもとへ行ったあとだったからであったが、フィリップの言うところによると、レイチェルの両親は疑いもなく、娘の恐ろしい死から受けた悲嘆と恐怖のために死んだのだそうだ。フィリップの手紙を受けとった日の夕方、わたしはカーマエンに来て、千七百年の星霜で白く虫の食った城壁の下に立って、むかし「海神」を祭った古い寺のあった草原をながめ、夕日に輝く一軒の家をながめた。その家というのは、かつてヘレンが住んでいた家だった。わたしはカーマエンに数日滞在した。土地の人たちはなにも知らないので、わたしはあてがはずれた。わたしが例の事件を話した人たちは、町からきた考古学者（わたしは自分のことを、そう触れこんでおいた）が、村の悲劇のことで手を焼いているとあきれているようだった。村の人たちは、この悲劇に常識的な解釈しか下していなかったから、きみにも知らせなかったわけだ。村のちょうど真上に大きな森があって、わたしはたいていそこへ行くか、あるいは、小高い丘へ登るか、または谷間の川へ下りるかして、時間を消した。いつぞやの夏の夕べ、きみの家の前を歩いたときながめたような、ああいう美しい谷だ。森の中の小道を右へ左へ曲がり、日中でも涼しい木かげの道をゆっくり歩いたり、大きな樫の木の下に休んだり、そうかと思うと、芝草を刈りこんだ跡へ、ごろりと寝転んだり、そんなことをして過ごしたが、野バラの甘い匂いが風にのってほのかに匂い、それにまじって、死人の部屋の匂いみたいなニワトコの匂いがして、まるで香のけむりに死臭がまじったようだったりする。森のはずれへ行くと、きつねの手袋が羊歯(しだ)の茂みのあいだにみっしり行列していて、カッとさす日にまっかに光っている。そのむこうの下草の深く茂ったなかに岩から吹き上げる清水があって、水草が濡れた髪のように気味悪く生えている。だが、そうして森の中を歩いているうちに、たった一カ所わたしの避けていた場所があったが、昨日はじめてわたしは山の頂上に登って、山の尾根を縫っている昔のローマ街道に立ってみた。ここの静かな土手道を、ヘレンとレイチェルは歩いたのだ。わたしは藪の中に分かれている道を抜け、遠く左右にひらけている森の斜面を一方に見ながら、二人の歩いた跡をたどって行った。この森がひろびろした平野にくだったその先に黄いろい海があり、海を隔ててそのむこうに陸地がある。森の反対がわは谷と川で、こちらは山また山が波のようにつづき、森、草地、畑、その間に白い農家が点々と光り、その先に大きな屏風(びょうぶ)のような山脈がたたなわり、青い峰が遠く北にそびえている。やがてわたしは問題の場所へきた。道は爪先あがりになり、そこを登って行くと、厚い藪畳にかこまれた、ちょっとした広みへ出る。そこから道はまた細くなって、その先は遠く夏がすみの中に没している。この楽しい夏の森のなかの空地へ、レイチェルは処女ではいって、そしてそこを出てきたのだが、なにになって出てきたかは、だれも言えるものはない。わたしはそこに長くもいなかった。

　カーマエンの近くの小さな町に博物館があって、そこにこの近傍(きんぼう)でときに発掘される、古代ローマの遺物が多く蔵されている。カーマエンに着いて、問題の町へ行った日に、わたしはこの博物館を参観する機会を得た。石彫、石棺、輪、貨幣、舗石の断片など見たあと、白い石でできた、みょうな四角な小さな柱を見せられた。この柱は、前に言った森の中で最近発見されたもので、よく聞いてみると、旧ローマ街道をひろげた、かの空地で発見されたのだそうだ。角柱の一方の面に碑文があったのを、わたしは写してきたが、ところどころ文字の消えた個所があり、これは補字をしてみたが、だいたい誤りはないと思う。次のが碑文の全文だ。

ノデンスの大神のために故(かれ)この日かげの下に
みそなわせ給いし婚賀を記念して
ラヴィス・セニリスこの柱を建立す

博物館長の説によると、当地の考古学家は、この碑文の翻訳の難易はともかくとして、こうした諷示(ふうじ)が行なわれた事態、すなわち、そういう祭祀について、だいぶ頭を悩ましているそうだ。

＊

……ところで、親愛なるクラーク、きみがヘレン・ヴォーンについて知らせてくれたことについてだがね。きみはまったく信じられないくらい凄惨な死に方をしているところを見たというが、あの報告はぼくにはおもしろかった。しかしきみの知らせてくれたことは、ぼくはすでに知っていたよ。それから肖像と実物の顔が不思議に似ているということも、ぼくにはよくわかる。きみは何年か前の夏の晩、ぼくがまぼろしのかなたの世界、つまりパンの大神の世界についで話したことをおぼえているだろう。きみはメリーをおぼえているだろう。あのメリーがヘレン・ヴォーンの母親なんだよ。あの晩から九カ月たったのち、ヘレンが生まれたのだ。メリーはあれきり正気に返らなかった。彼女はあのときさきみが見たように、ずっと床に寝たきりで、出産後数日して死んだ。いざ息を引きとるという間ぎわに、彼女はぼくのことがわかったらしい。ぼくがベッドのそばに立っていると、一瞬、彼女の目にむかしの正気の光が浮かび、ブルブルッとからだを震わせたと思うと、のどがゴロゴロと鳴って、それなりこと切れた。きみがきてくれたあの晩、じつはぼくはへまをやったのだ。生命の家のとびらをぼくは切開して、うっかりするとそのなかへなにかはいるかもしれないということを、ぼくは知らずにいたのだ。だから、べつに注意もしなかった。あの晩きみはぼくにつめよって、貴様は妄説の上に立って、一人の人間の理性を、ばかげた実験のために破壊してしまうのではないかといって詰問したが、ある意味で、あれはあたっていたよ。きみは正しかったのだ。きみはよくぞぼくに忠言してくれたと思うが、しかしぼくの理論はけっして妄説ではなかったのだ。かならず見るぞとぼくが言ったものを、メリーは見たのだ。ところが、ぼくは、人間の目がああいうまぼろしを見れば、害なきを得ないということを忘れていたのだ。またきみが言ったように、生命の家をあんなふうにあけ放すと、なにが飛びこんでくるか知れたものではない、ひょっとすると、人間の肉体は真言秘密の悪魔のかぶりものにならないともかぎらない、ということもぼくは忘れていたのだ。つまり、ぼくは自分にまだわかっていない力をもてあそんだのだ。その結果は、きみの見たとおりのことになった。死は恐ろしいもの、こわいもののくせに、ヘレン・ヴォーンは首に綱をまきつけて、往生を遂げた。まっ黒になった顔、ベッドのうえのすごい姿、きみの目の前で、女から男に溶けて変わり、人間から獣に、獣からさらに下等なものに変わって行った――あのきみが目のあたりに見たいっさいの怪異には、ぼくはすこしも驚かない。きみが呼んできた医者が見て、震えあがって言ったことなどは、ぼくはとうのむかしに知っていた。メリーの子供が生まれたときに、ぼくは自分でやってみたのだよ。その子が五歳になるやならずのときに、ぼくはすでに驚いていたのだ。遊び友だちのあいだになにがあったか、それはきみのご想像にまかせるが、とにかく一度や二度ではなく何回もあった。それがぼくには、不断の化身の恐怖となり、それから数年たってから、もうどうにもがまんができなくなったので、ぼくはヘレン・ヴォーンをよそへくれてやったのだ。例の木樵の少年が森のなかで震えあがったことがなんであったかも、いまとなれば、きみにも納得がいくだろう。このほかにまだ、きみの友人が発見したようなこの奇談の後日談は、せいぜいぼくも心がけて、まずは最後の章まで、そのときどきにきみから知らせてもらうようにしよう。いまヘレンは彼女の仲間たちといっしょにいるよ。……

内奥の光

一

ある秋の夕暮であった。ロンドンの醜さがうす青い狭霧につつまれて、その全景や遠くのびている街衢のさまが、すばらしいものに見えるひとときである。チャールズ・サリスベリ君は、ルパート街をぶらりぶらり歩きながら、日ごろひいきにしているレストランへと、ゆっくりした足どりで近づきつつあった。舗道の甃に気をとられて、足もとばかり見ながら歩いていたかれは、お目当ての料理店の狭い入口へはいろうとしたとき、ちょうど通りのむこうからこちらへやってきた通行人と、鉢合わせをしてぶつかった。

「こりゃどうも失礼。うっかり前を見なかったもんで。——おや、ダイスンじゃないか！」

「ええ、そうですが……よう、サリスベリか！　これは、これは。どうだ、元気かね？」

「まあまあね。それより、君はあれからずっとどこに？　かれこれ五年ぐらい会わないんじゃないかな？」

「いやあ、まさかそうはならんさ。そうだ、そう言や、君がチャーロット街の宿へ来てくれたぼくの苦境時代のこと、おぼえてるかい？」

「おぼえてるともさ。なんでもあのときは、部屋代が五つとか溜ったとかで、ぼくがほんのちょっぴり用立ててあげた抵当に、きみが金時計を置いてったの、憶えてるよ。」

「へえ、もの憶えのいいやつだなあ。そうなんだ、あのときは知ってのとおり、ぼくもすっかりお手上げでね。ところが、あのあとがおかしいんだ。ぼくの財政状態を友人がね、『あいつもとうとう破産やがった』と言やがってさ、こっちはそんな隠語はさっぱり知らんだろう。あはは、ま、とにかくそんな状態だったよ。――そりゃいいが、どうだ、中へはいろうじゃないか。時分どきだから、客がつっかけてくるぞ。――人間、食い気にゃ勝てんからな。」

「ほんとだ。じゃ、はいることにするか。いやね、いまも歩きながら、あの隅っこのテーブル塞がったかなと思ってたところなんだ。あのほら、ビロードの背のついた席――」

「知ってる、知ってる。……おい、空いてるぞ。……そうなんだよ、それでね、今も言ったように、とうとう二進も三進もいかなくなってさ。」

「で、どうした?」サリスベリは脱いだ帽子をわきにかけ、坐席の奥にどっかりと陣どると、メニュに目をとおしながらたずねた。

「どうしたかって、とにかく、どっちりと腰をすえて考えた。大体ぼくは古典教育をうけた口なんで、宮仕えなんてことは金輪際性にあわん男だからね。世間というものにそもそも直面したといえば、それはこの首都だった。君ね、世間のやつらは、オリーヴなんて汚らわしいものだなんてよく言うけど、なんともはや、憐れむべき俗物どもだよ。おれなんかオリーヴと赤い酒があれば、りっぱな詩が書けると、よく思ったものさ。――おい、酒はキャンティといこうや。中味は極上とはいかんだろうが、あれは鬢（びん）が何ともいえんからな。」

「ここのは中味もけっこういけるぜ。おなじことなら、大瓶といこうかね。」

「おおいによろし。——それでね、ぼくは自分の先の見通しがたりなかったことを深く反省して、けっきょく、文学の道へのりだすことに踏み切ったんだ。」

「ほう、そいつは初耳だったな。だいぶ景気がよさそうじゃないか、それにしては。」

「それにしてははないだろう。高尚な職業にたいして厭味（いやみ）というもんだぞ、それは。サリスベリ、君は芸術家を尊重するという社会通念をもっとらんようだな。まあ、ぼくを訪ねてやろうという奇特な志があれば、見せてやれるがね、いちど、机の前にすわってるぼくを見ることだな。ぼくの前には、ペンとインクのほかには何もありゃしない。それがだ、一、二時間たってもういちど来てみろ。まず十中の八、九、そこには一篇の創作がちゃんと出来あがっている！」

「へえ、そんなものかねえ。ぼくはまた、文学なんて、およそ間尺（ましゃく）にあわない仕事だと思ってたが。」

「そら、そういうことを言うのが、どだい間違っているんだ。報酬は莫大さ。ことの序（つい）でだから言っとくけど、ぼくはあのとき君に会ってからまもなく、まあ雀の涙ほどのものではあるけど、きまった年収がはいるようになったんだ。伯父が亡くなってね、この伯父が意外とおおような人だったもんだからね。」

「なあるほど。そいつは棚ぼただったな。」

「うれしかったよ。——手放しでうれしかったね。ぼくは自分の仕事の上の才能に照らして、いつもそのことを考えてる。さっきぼくは文士だといったけど、自分じゃむしろ学究人と訂正したい気持でいる。」

「ダイスン、何年か会わないうちに、だいぶ君も変わったもんだな。いやね、君は知らないかしれんが、いつだったかな、君が町ののらものになってるという噂を耳にしたことがあってね。五月から七月ごろにかけて、よくピカデリの北あたりで見かける、ああいう手輩にさ。」

「そうなんだ、そのとおりだよ。あの当時は自分じゃ無意識だったが、そういう修行をしていたよ。君も知ってるように、ぼくのおやじは貧乏で、ぼくを大学へやるだけの金がなかったからね。伜のぼくは自分の学業が全うできないことを、自分の世間見ずから、しょっちゅう不平に思ってたんだ。あれは、だから、ぼくの若気の道楽だったのさ。だけど、あすこでぼくは、いままでも身についている大きな学問をしたな。」

「学問って、何の?」

「大都市学。――つまり、ロンドンの生態学さ。これはね、文字どおりにも、また理論の上から言っても、人間の知性が考えうる最大の題目だぜ。いまでもぼくは、このロンドンの尨大さと複雑さを考えると、われながら圧倒されてしまうことがよくある。たとえばパリはね、あすこはある程度の研究をつめば、ひととおりの知識をつかめるようになれるが、ロンドンというところは、これはつねに神秘だよ。かりに君がパリへ行けば、『ここは女優の住んでるところ、あすこはボヘミアンの住むところ、ここはごろつきの住むところ』と言えるだろう。ところがロンドンはまるで違う。そりゃ洗濯女の住んでる区域はどことどこだと、正確に町名をさすことはできるだろうが、あすこの二階にはカルディの根を勉強している男がおるし、すじ向かいの家の屋根裏では、無名の画家が刻々に死に瀕しているかもしれんしな。」

「なるほどね。君はやっぱり昔のダイスンだな。ちっとも変わっちゃいないや。変わるわけもないがね。」サリスベリはキャンティの盃をゆっくり啜りながら、「あいかわらず君は、熱っぽい空想に浮かされてるらしいな。ロンドンが神秘だなんて、そりゃ君の空想のなかだけの絵そらごとだよ。ぼくなんか、ロンドンなんておよそ退屈なところとしか思えんな。そこへいくとパリは、あすこにゃいろんなものが溢れてるように思うけどなあ。」

「もう一杯ついでもらおう。ありがとう。――そういうけどね、そりゃ君がまちがっとるよ。ほんとだぜ。なるほど、犯罪面では赤恥をかくような、非道な事件はないさ。いかんせん、この大都市にはホーマーもアガメムノンもいないのだ。Carent quia vate sacro（かれらには神聖な詩人がいないから）なんだよ。」

「そうそう、そんな言葉があったっけな。だけど、君の説には、どうもぼくは蹤いていけないな。」

「つまりね、わかりやすくいえば、ロンドンには、そういう事件の特異性を書く敏腕記者がいないということさ。ここの一般報道人ときたら、まったくなまくらばかりだからなあ。やつらの語る記事は、語ることですべてぶちこわしているんだ。あの連中の戦慄の観念、恐怖をあおる考えかた、こりゃもう情ないほど低い。ただむやみやたらと血腥いこと、俗悪な赤い血以外に、やつらを満足させるものは何もないんだ。だから、そういったネタをつかむと、ぼんくら頭で、そいつを虎の子でも捕ったようにして、しめた、これで特ダネが書けるぞと大張り切りだ。その考えたるや、なんともはや、哀れ憫然たるものさ。そのうえ因果なもんでね、つねに最大の注意をひく、ありきたりの凶暴な殺人事件というと、これでもか、これでもかと、いやが上にも舞文曲筆をふるうとくる。たとえば『ハールズデン事件』というのを、君は聞いたことあるまい?」

「ないな。憶えていないな。」

「そうだろうな。これはじつに妙な事件でね。まあ、コーヒーでも飲みながら、ゆっくり話そう。そうだな、ハールズデンなんてところ、君は知らないかもしれんな。ロンドンのずっとはずれの、またそのはずれだよ。君の知ってるノーウッドやハムステッドのような、ああいう昔から上流階級の住んでる、古くからある美しい郊外とは、だいぶ趣きがちがうんだ。ハムステッドも、近ごろは三文画家なんかがだいぶはいりこんでるようだが、君なんかが考えると、やっぱり、三エーカーもある広い地所に、パイナップルの温室が幾棟も建ってるような、昔ながらの豪壮な邸の主人がすぐ頭に浮かぶんだろうな。ノーウッドなんかも、あすこは御用邸があるんで、――御用邸なんか、半年もたてば鼻についちまうのに――金のある中流階級の巣になってるけども、ハールズデンには、そういった特色は何一つない。新開町だから、まだ特色をもつまでに到っていないんだ。赤い屋根、白い家、はでな緑いろの鎧戸のついた窓、ペンキのブクブクにふくらんでいる玄関、お庭と称している家の裏の小さな空地――まあ、そんな住宅が幾列かに並んでるほかには、しけた店屋が三、四軒あるっきりだ。マイ・ホームの見本でも見に行こうと思ったら、そんな望みはいっぺんにふっ飛んでしまうような、お寒いところさ。」

「で、そこが一体どうしたというんだね？　まさかそういう小住宅が、見ている前でバタバタ将棋倒しにひっくり返ったというでもあるまい？」

「あたりまえさ。そんなんじゃないけど、しかしある意味では、実在としてのハールズデンの町は、あっと思うまに消えてなくなっちまうな。町の大通りはひっそりとした小路(こうじ)になり、目をまるくして見た家並はたちまちのうちに楡(にれ)の並木にかわり、家の裏の小庭はいつのまにか緑の草っ原になっちまう。つまり、町からすぐに田園に筒抜けになっちまうんだな。小さな田舎町なんかへ行くと、よくあるだろう、町なかからだんだんに宿(しゅく)はずれになっていく、ああした風情(ふぜい)が一つもないんだな。ひろい芝地や果樹畑に、しだいに人家が建てこんでくるといった、ああいうのんびりした変わりかたがなくて、いきなり町が死んじまったように、プツンと切れちまってるんだよ。住民の大部分は、おそらく都心へかよってるんだろう。都心へかよう満員バスを、一、二どぼくも見かけたことがあるから。そんなことはどうであれ、この町が深夜よりもまっ昼間、まるで沙漠みたいに森閑寂莫(しんかんじゃくまく)としていることは認めざるをえない。まるで死の都だよ。往来はまぶしいくらい明るいのに、人っ子ひとり見えない。ここを通りすがった人は、誰だって、これでもロンドンの内なのかとびっくりするよ。でね、この町に、一、二年前のことだが、医者が一人住んでたんだ。日あたりのいい町のはずれに、真鍮(しんちゅう)の標札を出して、赤い外灯をつけて、家の裏は北のほうへと広い畑になっていてね。ブラックというその医者が、どうしてそんな飛び地みたいな郊外へ居をさだめたのか、その事情はしらんが、いずれ将来は発展すると先を見込んだんだろうな。あとになって、いろいろ様子がわかったんだが、それによると、親戚身うちは何年もこの男の行衛がわからず、医者になったことも知らず、もちろん住所も知らなかったらしい。とにかくかれは、よせあつめみたいな、チグハグの医療器具に、十人並はずれた美人の細君をつれて、このハールズデンに開業医をひらいたわけだ。町の人たちは、ブラック夫妻が入居してからまもなく、夏の夕方など、よく二人して仲よく散歩している姿を見かけたりして、外見にはしごく仲睦じい夫婦に見えたそうだ。この散歩は、秋になってもずっとつづいていたが、やがてぱったりと途絶えた。空の暗い日がまいにちのように続いて、陽気は寒くなる、町の近くの野道にも目をひくような花もなくなるわけだから、あたりまえな話だが、町の連中はそのひと冬、医者の細君の姿を見かけたものがなかった。患者がブラック医師にきくと、『家内はすこし加減がわるくて、春にでもなればきっと快方に向かうでしょう』という返事だ。ところが、春になっても、夏が来ても、細君の姿はいっこうに見えない。そのうちに、町の連中は寄るとさわると、おたがいに妙な噂をしあうようになった。こういう郊外の町で、住民たちの唯一の娯楽といえば、家々でするお茶の会ぐらいなものだが、そういう席で、妙な話が出るようになったんだな、当人のブラック医師が、自分に投げられる町の連中の胡散くさい目つきに驚きだしたころには、かれの家の玄関は、もう目に見えてさびれだしていたというわけさ。要するに、近所同志、あっちでもこっちでも、ブラックの奥さんは死んだんだ、下手人はあの医者どんだと、蔭でひそひそささやきあったわけだ。ところがね、事件はそんなことではなくて、六月にはいって、細君の生きている姿を見たものがいるんだよ。ちょうど日曜日の午後のことでね、その日は気象庁でも、この季節にはまれに見る天気のいい日だと通報してたもんだから、それっというんで、ロンドンの人口の半数は、初夏の野の香りを求めて、野バラの花が垣根に見られるかなと、西郊、東郊、南郊、北郊、いやもう郊外の野という野へドッとくり出すという騒ぎだ。ぼくもその朝は早めに家を出て、だいぶ遠出をしてね、さてそろそろ帰ろうと思って気がついてみたら、これがいつのまにやら、今話しているハールズデンに来ていてさ。ありていにいうと、あのへんでまあ一ばん小ぎれいな『ゼネラル・ゴードン』という飲み屋で、ビールを一杯ひっかけて、そこを出てからブラブラ当（あて）もなく行くうちに、生垣つづきのいかにも歩いてみたくなるような細い小路があったんで、よし、ここを行って、その先の原っぱを探険してやろうという気になってね。いちんち郊外の石ころ道を歩きづめの足に、柔かい草がばかにありがたくて、しばらくそこらを歩きまわってから、長い土手の上に腰をおろして、一服吸おうと思って煙草入れを出しながら、なんの気なしに土手下の住宅の並んでる方へひょいと目をやったとたんに、思わずウッと息をのむようなものを見ちまったんだ。とたんに歯の根がガタガタして、ほんとにぼくは、片手に握ってたステッキを思わず両手で握りしめたね。背すじを電流が走ったというか、体じゅうがしばらくビリビリしてるような感じで、じっさいはごく短かい時間だったんだろうが、自分に一体何が起こったのか、まるでキツネにつままれたような心持だったたな。そのうちに、自分の心臓がいっぺんに縮み上がって、体じゅうの骨がいちどにギリギリ挽（ひ）かれるようなこの痛みのおこったわけが、やっと自分にわかってきた。さっきひょいと目をあげて眺めたときに、ぼくはすぐ目の前の住宅の列の、いちばんどんじりの家をまともに見たんだ。そのとき、そこの家の二階の窓に、ちらっと顔が見えたんだ。それこそ一秒の何分の一かの、ほんの瞬間だよ。それは女の顔だったが、人間の顔じゃないんだ。――ねえサリスベリ、おれたち学生時代に、イギリス流のもの堅いなりをして教会の席にかしこまった時分にさ、やれ満たされない欲望だとか、永久に消せない地獄の業火だとか、そんな話をよく聞かされたもんだが、あの意味のわかったやつは一人もいなかったよな。あんなもの、わからない方がいいぞ。おれはな、いいか、頭の上に青い空があって、暖かい風がそよそよ吹いてるなかで、その窓の顔を見たときに、別の世界をのぞいたことがわかったんだ。――どこにでもある平凡な新建ちの家の窓から、おれは自分の目の前に口をあけている地獄を見たんだ。最初のショックが納まったあと、二ども三ども失神しそうな気がして、顔には冷たい汗が流れる、息づかいは泣いてるときみたいに引く息ばかりで、半分溺れかけてるみたいだった。やっとのことで立ち上がって、それから通りの方へまわって、その家の前まで行ってみたんだ。門の柱に、『ドクター・ブラック』という標札が出ていた。と、そのとき、因果だか運がよかったのか知らんが、ぼくが門の前を通りすぎようとしたとき、そこの家の玄関の扉があいて、人が出てきて、石段を下りてきた。この男がドクターにちがいないなと、ぼくは見た。ロンドンならどこでもざらに見かけるタイプの男で、背が高くて痩せがたで、つやのない顔に口ひげをはやしていた。舗道ですれちがったとき、むこうはチラリとこっちに目をくれたが、それは何でもない行きずりの人がくれる、何気ないまなざしだったけれど、ぼくは何となくいやなやつだなと、ピンと来たね。君ね、自分の見たものに、なにか化かされてるような半信半疑の気持で怯えながら道を歩いてた、そんときのおれの気持、想像できるだろう。ぼくはもう一ど、さっきの『ゼネラル・ゴードン』という飲み屋へ行って、ブラック医師に関する土地の風評をいろいろと聞きあつめてみたんだ。窓に女の顔を見たことは話さなかったけど、ブラック夫人の美しい金髪が、みんなから褒めそやされていると聞いたときには、思わずゾーッとしたね。ぼくの見た夫人は、黄いろい髪が半人半獣神の後光みたいに、フワッとなびいていたんだから。とにかく、なにもかもが言葉ではいえない形で、ぼくをかき乱した。家に帰ってから、自分がまぼろしとして受けた印象を何とかしてまとめてみようと思って、いろいろ苦心してやってみたけど、駄目だったね。今君に話したとおりのことを、自分がまざまざとこの目で見たことは、自分でもよくわかっていたし、ブラック夫人を自分が見たことは、今でもぼくは自分で確信している。そのとき聞いた土地の風評だがね、なにか不正行為があったという臆測は、これはでっち上げだとすぐにわかった。ぼくの確信では、デヴォン街道のあの角の赤い家では、なにか恐ろしいいたずらみたいなことが行なわれている。――これがぼくの確信だった。そこで、この二つの要素から合理的な理論を立てるには、どうしたらいいか。まあ早く言えば、すでにそのときから、ぼくは謎の世界に巻きこまれていたというわけさ。ぼくはその謎に頭を悩まして、なんとか推理の糸を一本にまとめようと思って、ずいぶん暇もつぶしたんだが、実際の解決の方向には一歩も進展しない。夏の日々は事件の上に、前の月に見た夢魔のような漠然とした影をひいたまま、ますます霧と曖昧さを濃くしながら過ぎて行った。まあ、そのうちに頭のどこか奥の方へ消えてしまうだろうと思っていたが、なかなかそれがすっぱりと忘れきれない。忘れきれるようなことじゃないものな。――ところが、ある朝新聞を読んでいたら、小さな活字で組んだ二十行ばかりの記事の見出しが、ふと目にとまったんだ。『ハールズデン事件』という簡単な見出しで、すぐとあの事件だなとわかった。ブラック夫人が死んだんだよ。ブラックは死亡証明にほかの医師を招んだり、ほかにもなにやかや嫌疑のかどがあって、召喚尋問と死体解剖がおこなわれた。結果かい？　それがね、じつはぼくも驚いたんだ。予期しないことの勝利だったよ。死体検証をした二名の医師は、違法行為の形跡はどこにも発見できなかったと言って、精密な検査と薬品分析の結果、毒物の痕跡も微量だに検出できなかった旨を供述したあとで、死因はよくわからないが、学問上非常に興味ある形の脳疾患だと断定しているんだ。なんでも脳組織と灰白質の微細胞に、一連の異常変化があらわれていたというんだな。その二名の検死医のうちの若い方の医師は、脳疾患の専門医として、多少名前の知れてる男らしかったが、この人の証言のなかのある個所に、ぼくはつよく打たれたんだ。もっとも、そのときはぼくも完全な意味をつかんだわけじゃなかったが、かれはこう言うんだ。――『自分はこれまで多少広い経験をつんできたものだが、今回の検査は、はじめから自分には全く新しい形質を発見したことにまず驚かされた。その状況を今はくわしく述べる必要もないが、ただこの検定調査を径行している間じゅう、自分の前におかれている脳髄が、いやしくも人間の脳髄であるとは到底信じられなかったことだけを申し上げて、今の自分は満足しておくことにする』というんだ。この陳述には、君もそう思うだろうが、まったく意表外なものがあったので、検屍官が、では死体の脳髄には動物の脳髄に類似したものがあるという意味なのかと問いただすと、その医師は、『いや、そのようには考えていません。状況のある点に、そういう方向をさしているものがあることは認めますが、他の部分——これがさらに意外なことなのですが、他の部分は、人間や下等動物とは全然異質の神経組織を示しているのです』と答弁している。これはなんとも奇怪な証言だよ。しかし陪審員は、死因は自然死なりと評決をして、とにかく公判では、事件は一応それで落着したんだがね。しかし、ぼくはその医師の陳述を読んでから、もっともっと多くのことが知りたくなって、この興味ある調査を立証する仕事にとりかかったわけさ。やってみると、厄介なことはたくさんあったけれども、まあまあ、ある程度の成果はあがった。……おい、そりゃいいが、さっきから時間に気がつかずにいたが、おれたち四時間近くもここにいたんだな。給仕人がジロジロ見てるぜ。お会計にして、出るとしようや。」

二人はものも言わずに、早々に表へ出ると、しばらく涼しい夜風のなかに佇んで、辻馬車の鈴の音や夕刊少年の売り声といっしょに、コヴェント街を目まぐるしく往きかう車馬の動きを眺めていた。あわただしいその騒音の底からは、ロンドンの町々の遠いどよめきが、汐騒のようだに絶えまなく湧きあがっていた。「どうだい、妙な事件だろう？」と、ややあってからダイスンが言った。「どう思う、君は？」

「そうだなあ、結末をまだ聞かないから、意見はさしひかえておくが、あとの話はいつ聞けるんだね？」

「そのうち、ぼくんとこへ来いよ。そうさな、来週の水曜日あたり。住所はここだ。じゃ、ぼくは失敬する。ストランドへまわる用があるから。」

ダイスンは通りすがった辻馬車を呼びとめ、サリスベリは自分の宿のほうへと、北に向かって歩きだした。

二

サリスベリ君は、今夜の会食中にも、せいぜい案内役程度の口かずしか、ものを喋らなかったのを見てもわかるように、とかく謎めいたことや異常なことにはそっぽを向いて逃げ腰になるし、おまけに逆説は体質的に大きらいという、少々変屈なくらい堅物(かたぶつ)の、知性型の若い紳士であった。かれはレストランでの食事中、筋のしくみやミステリにかけては天成の才をもった男の語る、ありそうにもない眉唾(まゆつば)ばなしの巧みな綾(あや)を、ほとんど黙りこくったまま、むり往生(おうじょう)に聞き役をつとめたせいもあってか、シャフツベリ・アヴェニュを向こうへ渡ったときには、さすがにやれやれ疲れたといった感じであった。あれからソホ区の奥の方へとはいって行ったのは、かれの宿がオックスフォド街もずっと北のひっこんだ区域にあったからであるが、かれは途々(みちみち)歩きながら、べつに親戚身うちのお恵み援助もなしに、文学の道ひとすじにすがっていくダイスンの宿命のようなものを考えると、あれだけ冴えた空想力にみごとに密着したかれの制作も、せいぜいサンドウィッチマンの二枚の広告看板か、わずか一回こっきりの新聞の大見出しぐらいが、関の山の報酬なのではないのかと推断せざるをえなかった。そんなことを考えながら、しかしそれにしても、とにかく、あの病人の女の顔と脳疾患症状とを一篇の物語の材料にして見せる、あのひねりのきいた器用さは大したものだなどと感心したりしながら、かれは、おりからきゅうに吹き出してきた荒い夜風が、ときおり街角の鋪道に紙屑やゴミ屑をクルクル渦に巻いては、汐(しお)のひくようにサッとひいていくのにも気づかずに、街灯の暗い横町をブラブラ歩いて行った。空にはいつのまにやら、病みほうけたような黄いろい月のおもてに、黒い雲がかかっていた。ポツリ、ポツリと二粒三粒、風にはこばれてきた雨粒が顔にあたったが、それでもかれはもの思いからさめなかった。そのうちに、たちまちザーッと路面を叩きつけるように降りだしてきた驟雨(しゅうう)に、ようやくかれは、こりゃどこか雨宿りするところを見つけなけりゃと、にわかに慌てだした。雨は風にのって、まるで夕立の烈しさで路面にしぶきをあげながら、篠(しの)つくように沛然(はいぜん)と降りそそぎ、またたくうちに滝のような流れとなって溝を流れ、つまった下水からあふれ出した雨水は、みるみる往来のそこここに池をつくった。ついさっきまで町を歩いていた、というより漫然とぶらついていた人びとも、ものに愕(おどろ)いた野兎が逃げまどうように、そうそうにどこか見えない避難所に散り失せてしまった。サリスベリは辻馬車を呼ぼうと思って、口笛を高く吹き鳴らしてみたが、辻馬車は影も見えない。オックスフォド街の自分の宿からどのくらいの距離のところへ来たのかと、あたりを見まわしてみたが、どうやらウカウカ歩いているうちに、いつのまにか道をはずれて、とんでもない知らない区域へ来てしまったようで、どこを見ても、安直に雨宿りのできそうな手軽な飲み屋一軒見あたらない人間に、自分がなっているのに気づいた。そこは街灯もまばらで、灯油の煤(すす)で曇ったガラスのなかでチラチラ燃えている灯影で、やっとその横町が、暗い大きな古い屋敷町であることがわかった。濡れてんぼうになった体を、降りしく雨にすくめるようにして、足早にそこを通りすぎながら、大きな玄関にぶら下がっている鈴索や、その下に出ている真鍮の表札に、もうだいぶ以前に彫った名前が消えかけているのや、歳月の垢に黒くよごれた玄関庇の、粋をこらした彫刻などが目についたが、肝心の雨は止むどころか、ますます降りがしげくなるようであった。かれはもう頭からずぶ濡れで、おかげで新調の帽子はあたら台なしになったが、目ざすオックスフォド街は、まだまだ遙か先のようであった。そのとき、ふと行く手に、風はともかく雨だけはなんとか凌げそうな、まっ暗な拱道が見えたので、濡れネズミ先生、やれやれ助かったとホッとした。さっそく飛びこんで、いちばん濡れていなそうな隅の方に陣どって、さてあたりを見まわしてみると、どうやらそこは、家屋の下につけた路次のようなところらしく、自分が立っているうしろには、両側とも窓もなにもない壁になっているまっ暗な狭い通路が、どこだか知らない区域へとのびている。かれはややしばらくそこにつっ立って、体からポタポタ落ちる雨雫をいくらかでも除けようと、むだな心づかいをしながら、通りすがる辻馬車の音に耳をすましていると、ふいにうしろの路次の方角から、なにやら人の高声が聞こえだして、だんだんそれがこちらの方へと大きくなって近づいてくるけはいに気をとられた。なにかしゃがれ声でガミガミ怒鳴ってるのは女の声で、だいぶむくれ喚いているそのビンビンした高調子が、路次の石壁にひびきかえるその合間々々に、なにかブツクサぼやく間延びのした男の声も聞こえる。どう聞いても、およそ色も香もない、お座のさめるやりとりであったが、これも町なかの色どりのうちだとサリスベリが思ったのは、酔っぱらいのごたくを面白がる野次馬根性のせいだったのかもしれない。そこでかれは、グランド・オペラの常連か何かの心意気で、ひとつ耳をほじって見物してやろうと、身じまいを改めたのである。ところが、あいにくなことに、喧嘩の嵐はきゅうに納まったとみえて、こちらへやってくる女のじれったそうな足どりと、男の千鳥足の音が聞こえるだけになってしまった。そのままサリスベリは、壁のかげにじっと背中をくっつけていると、二人の男女がだんだんこっちへ近づいてくるのが見えた。男の方は、もちろんへベレケに酔っていて、狭い路次のなかを壁にぶつからないように、右に左にフラフラよろけながら来るのが、まるで颪にもまれる小舟みたいである。女の方は目を前に見すえながら、その目から涙がポロポロこぼれていたが、歩いているうちに、また胸の炎が火の手をぶりかえしてきたと見えて、いきなりつれの男のまん前に立ち塞がったとおもうと、またまた早口で悪態雑言を浴びせだした。

「だいたいね、おまえさんはうすのろだってんだよ、こののら犬！　ごろんぼう！」とさんざん悪態呼ばわりを並べたてたあげく、「なんだい、手めえはグリン街の阿魔っ子の尻ばっかり追っかけやがって、稼いだ金はからっけつになるまで飲んだくれやがって、そいであたいがのんこのしゃあでいつまでも働いて、へいこら奉ってると思ってんのかよ？　そう思ったら、大間違いのコンコンチキだよ、サム。あたしゃね、もうこれ以上辛抱はできないからね。畜生、この盗っ人野郎、掻っぱらい！　いいかい、あたしはね、おまえさんや親分といっしょに仕事をしたんだよ。こんどはおまえさんがひとっ走り行っといでなね。ヘン、そうしてみんなに思うさま、とっちめられるがいいんだ！」

　女は着ている服の胸のあたりをかきわけて、なにやら紙きれらしいものをとり出すと、それをクシャクシャに丸めて、ポイと投げ捨てた。それがサリスベリの足もとに落ちた。女は何を思ったか、いきなり駆けだしたとおもうと、そのまま闇のなかへ姿を消した。男の方は、なにやら呂律のまわらぬ調子で、ぶつくさひとりごとを言いながら、これもヨロヨロ通りの方へ出て行った。サリスベリがそっとあとをのぞいて見ると、男は舗道を足もとと怪しく、フラフラ、ヨロヨロ、歩いては立ち止まり、立ち止まるとはユラユラ揺れ、やがてどこかの角を曲がって行った。いつのまにか雨のあがった空を、迅い雲脚が、天心高くのぼった月のおもてを掠め飛んでいた。雲の通るたびに、月は照り昃りしながら、澄みわたったその白い光を路次のなかまでさし入れた。月の光でサリスベリは、女がいましがた投げ捨てて行った、小さな白い紙玉を見た。なにが書いてあるのだろうと、かれはその場の出来ごころで、それを拾ってポケットに入れると、それから改めて帰りの道中に踏み出したのであった。

三

　サリスベリ君は節制家であった。肌までグッスリ濡れて、着ているものはグショグショ、帽子もポタポタ雫がたれるほどになって宿に帰ると、まっさきに考えたのは、平素から気をつけている体の健康のことであった。そこで濡れた服をさっそく着かえ、あたたかなガウンを上にはおると、熱い湯で割ったジンで体を温める支度にとりかかった。もちろん湯は、現代の独身生活をよりいっそう簡便なものにしてくれる、アルコール・ランプで沸かした。用意ができる間、サリスベリはパイプを一服して乱れた気持をしずめ、やがて気つけの温め酒を一杯やってから、ベッドにもぐりこんで、やっと先刻のまっ暗な路次のなかでの出来事や、ダイスンが夕食の肴(さかな)に話してくれた怪異談のことをいっさい考えずに、ほんわかとした放心状態になることができた。翌朝、朝食のときも、やはり同じ状態であった。日ごろかれは、朝食にかぎらず、三度々々の食事中は、いっさい考えごとをしないことにしていた。そのかわり、食事がすんで、食器を洗い、ひと片づきしたところで、ゆっくり一服することにしている。けさもそうやって朝のパイプに火をつけたとき、ふとかれは昨夜の紙玉のことをおもいだして、濡れたコートのポケットを探ってみた。あのとき、どっちのポケットへそれを入れたか、よく憶えてもいなかったので、あっちこっち手をつっこんで探っているうちに、いや、あんなものはない方がいい、いっそ出てきてくれるなと願いたいような、妙に不安な心持がわいてきた。たかがあんな紙玉のあるなしに執着することが、自分の生活にとってなんの意味があるのか、その説明はできなかったけれど、そのくせ、指の先がポケットのなかの紙玉にさわったときには、やれやれとホッと安心をした。そして、そっとそれを取り出すと、まるで珍らしい宝石かなんぞのように大事をとって、安楽椅子のわきの机の上にそっと置いた。サリスベリは、パイプをくゆらしながら、ややしばらく自分の見つけだしたものを打ち眺めていたが、こんなものはさっさと火のなかにくべてしまいたい気持と、でも中に何か書いてあれば見てみたい気持とが、いっとき心のなかで闘ぎ合った。なぜあのとき、いきり立って怒っていたあの女が、この紙玉を、あんなふうに叩きつけるようにして捨てたのか、その原因を知りたい気持もあった。けっきょく予期したとおり、見たい知りたいの気持の方が勝って、かれは紙玉を手にとりあげて中をひろげると、自分の前に置いてみたが、なんとなく反撥するものがあった。それは一枚のうす汚れた、なんの変哲もない紙きれであった。安物の雑記帖をひきちぎったものらしく、そのまんなかに二、三行、いやに震えた手で書いたような文字が書いてある。サリスベリはややしばらく首をこごめて、その文句を眺めていたが、やがてふーっと溜息をついて椅子の背にのけぞり、目の前に視線を浮かせていたが、いきなり何を思ったか、爆発したような大きな声で笑いだした。あんまりばかでかい、しかも長い爆笑だったものだから、よく眠っていた階下の家主の赤ん坊が目をさまして、これがまたかれのばか笑いに応えるような大きな声をたてて泣きだした。

サリスベリはなんどか立て続けに爆笑をくりかえしたのち、あらためて紙きれを手にとりあげると、なにかつまらないことが書いてあるらしい文句を読んでみた。――

“Q. had to go and see his friends in Paris. Traverse Handel S. ‘Once around the grass, and twice around the lass, and thrice around the maple-tree.’ ”

（『Qはパリの仲間に会いに行く用ができた。ヘンデル街をつっきれ。「原っぱを一ぺんまーわって、あの娘を二へんまーわって、カエデの木を三べんまーわれ。」』）

サリスベリは、昨夜の女が腹立ちまぎれにしたように、紙きれを手のなかで丸めると、暖炉の火のなかへ抛りこもうと覘いをつけたが、けっきょくそこへは投げずに、当なしにポイと投げたのが、机のインク壺をはめこむ穴のなかへコロコロと落ちこんだので、また笑った。愚にもつかぬことをしたことに気が咎めたのである。ちょうど、新聞の尋ね人や遺失物の欄の大げさな見出しに釣りこまれて読んでみたら、くだらない広告と知れたときみたいに、自分の思いすごしが気恥かしかったのである。かれはつと窓ぎわへ立って行って、おもしろくもない近所界隈の朝げしきを眺めるともなく眺めた。機械染めのよれよれの服を着た女中が、入口の階段をゴシゴシ洗っていた。肉屋と魚屋が御用聞きにまわっている。軒なみ並んでいる小さな店屋の前では、あるじたちがおたがいに店の不景気を立ち話でこぼしあっている。遠くの方はあさぎ色の朝もやが立ちこめているが、どこを見渡しても、活気のない、重苦しいけしきであった。こんなけしきをおもしろがるのは、どんなものにも珍らしさと美点を見いだす、ロンドン生活の研究家ぐらいなものだろう。サリスベリは憮然として、窓ぎわからひき返すと、青竹色の布張りに黄いろい縁紐をつけた、この部屋自慢の肱かけ椅子にどっかと腰をおろして、さてその日の午前中の仕事にかかる身がまえをした。——調馬師と女学生との合作かといいたいような、スポーツと恋愛をあつかった小説を読んで、吟味採点をする仕事である。いつもだと昼食まで、けっこう筋をたのしんで、時間がどんどん運ぶのであるが、それがけさはどうしたものか、尻が椅子におちつかず、立ってみたり、坐ってみたり、本を手に持ってみたり、下に置いてみたり、しまいにはエイ畜生と力んでみても、かえって気がイライラ、ムシャクシャするばかりであった。というのも、じつは路次のなかで拾った紙きれの歌みたいな文句が、いつのまにか頭にしみこんで、「原っぱを一ぺんまーわって、あの娘を二へんまーわって、カエデの木を三べんまーわれ」この文句を、ついつい口のうちで、くりかえし呟かずにはいられないのであった。まるでそれは、半年ものあいだ街の子供たちの口ぐせになっている流行歌を、夜昼かまわず四六時中ぶっ通しで聞かされる馬鹿らしい迷惑みたいに、なんともやりきれない苦痛になってきた。かれは街に出て、人ごみや車の騒音のなかで、なんとかこの邪魔ものを忘れようとしてみたが、どこか静かなところへこっそり身をおこうと思って、人通りのすくない裏通りなどへはいってみても、頭のもやもやは鎮まるどころか、べつに意味もなんにもないあの紙きれの文句に、むりになにか意味をくっつけようとして、かえってやきもき気が炒れるばかりであった。そんななかへ水曜日がめぐってきたのは、まさに地獄に仏であった。かれはダイスンに会いに行く約束のことを思い出して、あの自称文士の見えすいた絵そらごとも、この休むまもない反覆、それこそ出口のない迷路に迷いこんだような今の思いにくらべれば、まだしも気晴らしになりそうな気がした。ダイスンのすまいは、ストランド街を河の方へすこし下った、ごく閑静な町なかにあった。サリスベリは、狭い階段を友人の部屋へのぼって行ったとき、ダイスンの伯父なる人がいかに温情な人物であったかが、目のあたりに髣髴する思いがした。床は東洋風な極彩色で燃えたつばかりに輝き、なるほどダイスンが「夢のなかの落日」と誇張して言っていたとおりであった。街灯の光、ロンドンの街の黄昏の光は、金糸入りのキラキラした珍らしい織物のカーテンで遮断されていた。家紋のはいったオークの棚には、フランスの古陶瓷の壺や皿がギッシリと陳(なら)んでおり、ヘイマーケットやボンド街あたりでは見られないような墨刷りの版画が、みごとな日本紙の上にあざやかに浮き上がっていた。サリスベリは暖炉のそばの木製の腰掛に腰をかけて、薫香のかおりと葉巻の匂いのまじった部屋のなかで鼻をひこつかせながら、緑いろの畝織(うねおり)に石版画に、金色の枠にはまった大鏡という、豪奢ずくめの部屋の飾りつけを前にして、しばらくはあっけにとられて言葉も出ないくらいであった。

「よく来てくれたな」とダイスンは言った。「どうだい。こじんまりした気分のいい部屋だろ？　そりゃいいが、君、顔色がなんだかよくないな。なにかおもしろくないことでもあったのかい？」

「いや、べつに。もっともこの二、三日、だいぶまいっていることはいるんだがね。いやね、妙なことがあってね。君なんかに言わせると、冒険とでもいうのかな。ほら、君に会ったあの晩ね、あれからずっとそのことが気になってね。原因というのは、ごくもうたわいもないことなんだが、ま、それはまたあとで話すことにして、君の方はこの間の妙な話の続きを聞かせてくれるつもりなんだろう？」

「そうさ。しかし、君は昔といっこう変わらんようだな。いわゆる事実というものに、君は汲々としている。内心は、あの事件の妙なところはぼくの作り話で、しかもそれが警察の調書並みに明々白だということを、君ははっきり知ってる。とにかく、話がもう始まっちゃったから、先を続けるがね。そのまえに、どうだ、なにか飲もうや。いいから、君はパイプでもやってくれ。」

ダイスンはオークの食器棚の前へ行って、奥からダルマ型の瓶と、きれいな金張りの小さなコップを二つ出してきた。

「ベネディクティンだが、飲るだろう？」

サリスベリはうなづいた。二人はしばらくの間盃をすすり、パイプをゆったりとふかしていた。

やがてダイスンが語りだした。

「えーと、たしか審理のところだったたっけね？　いや、あすこはもう済んで、そうだ思い出した、ぼくが事件の聞きこみ捜査に成功したあらましを話したんだった。どこんとこまで話したっけ？」

「えーとね、たしか『たとえ何とか』というのが最後の言葉だったかな。」

「そうだ、そうだ。あの晩以来、ぼくは何べんもそれを考えて、あの『たとえ』は非常に重要な『たとえ』だったという結論に達したんだった。あの晩はしかしそこへ重点をおかないで、ぼくが探り出したこと、いや探り出したと自分で思ったことが、じつは徒労に終ったいきさつを話したんだったね。今ではぼくも、あの事件の核心からはだいぶ離れた心境になっているけど、でも知ってることだけは話すことにしよう。審理のとき証言した医者の言葉にぼくが大きな感銘をうけたことは、この前話したね。それでね、ぼくはまず第一歩として、あの医師から何か決定的な、明確なことをつかみ出してやろうと思って、出来るか出来ないか、とにかくやってみることにしたんだ。で、いろいろ苦労して手をまわして、あの医師への紹介をとりつけてさ、やっといつ幾日に会いに来いというところまで漕ぎつけたんだ。会ってみると、案外気さくな、親切な男でね、年はまだ若いが、へんな型にはまった医者タイプなんかちっともなくて、ウイスキーに葉巻なんかすすめながら、気楽に話してくれたよ。ぼくは、どうせ遠まわしに藪を叩いたって、碌な獲物は出てこないと思ったから、おもいきってそのものズバリ、単刀直入の手で、自分はあなたがハールズデン事件の審理でされた証言のある個所に、特異な感銘をうけたんだと切り出してさ、ガリ版刷りの調書のその部分に、アンダーラインを引いたものを出して見せると、相手はちょっとそれに目を通して、妙な顔をしてぼくの顔を見て、『ここのところが特異だと思われるんですな』と念をおして、『そうですね、あの事件はたいへん特異な事件だったと記憶しています。事実、いまでもわたしは、あのなかには独特の特徴がいくつかあったと、はっきり言えます。――あれはちょっと類がありませんよ』『ええ、そうなんです。ぼくが関心をもったのも、そこなんです。それで出来ればもう少し詳しいことが知りたいと思って、それにはほかの人に聞くより、あなたに伺うのが一ばんだと思いましてね。あれについての御意見は、どういうのですか?』

われながらえらく短兵急な質問だったんで、医者もちょっとたじろいだようすだったよ。『そうですな、あなたの御質問の動機は、たんなる好奇心かと思いますから、許せる範囲の気軽な気持で、私見を申しましょう。あなたね、ダイスンさんでしたか、わたしの意見が知りたいとおっしゃるなら、それはこうです。――ブラック医師は妻を殺害した。わたしはそう信じています。』

『しかし判決は――あのときの評決は、あなたの証言に基いたものでしたが。』

『ええ、そのとおりです。あのときの評決は、あのばあい、わたしの同僚とわたしの証言に従って出されたものでした。あの裁判長はたいへんもののわかった断を下されたと思います。実際のはなし、あれよりほかに裁決はなかったでしょうな。しかし、わたしは自分の意見を飽くまで固持します。でも、はっきり言って、ブラック医師がわたしの確信していることをやったとしても、それはべつに不思議ではないとわたしは思っています。かれは神に許されたものと思いますね。』

『神に許された！　どうしてまたそんなことが？』とぼくは反問した。ところが、医師の答はまったく意外だったね。かれは回転椅子をクルリとまわすと、答える前にややしばらくぼくの顔をじっと見つめていたが、やがて言った。

『これはわたしの想像ですが、あなたは科学者じゃないのでしょう？　そうでしょう？　それなら、わたしの言うことをとやかく穿鑿なさっても、むだですよ。わたしはこれまで、生理学と心理学の間を結びつけることには、つねに頑強に反対してきた人間です。この二つはたがいに傷つけあうものだと、わたしは信じています。この越えることのできない溝、つまり、物質の世界と意識の世界とを切り離している、この底なしの淵をはっきりと認識しているものは、このわたしをも含めて、まだ誰もいません。意識の変化には、脳髄の灰白質のなかの細胞の配列転換が伴なうことはわかっていますが、それはただそれだけのことで、両者の関係がどういうものなのか、どうしてそれが同時に起こるのか、そういうことは一切わかっていないし、学界のあらゆる権威者たちが、そんなことはわかるはずがないと信じているのが現状なのです。しかし、これだけのことは言えるでしょう。あのばあい、わたしが執刀のさいにわたしの前に置かれていたものは、あれは一人の死んだ女の脳髄ではなかった、――すくなくとも、人間の脳髄ではなかった、ということはね。わたしはこのことを、あらゆる学説を超えて確信しています。むろん、わたしはあのとき顔も見ました。表情の全然ない、ごく平凡な顔でした。若いときはさだめし美人だったでしょうな。でも正直のところ、あの顔に生命が宿っていたときには千ギニも二千ギニもした顔を自分がのぞいているなんて気は、さらさらなかったですね。』

『いやあ先生、ますますどうも驚き入りました。人間の脳髄ではなかったと今言われましたが、一体全体、何だったんですか?』

『悪魔の脳髄ですよ』と医者は涼しい顔でそう言って、顔の筋肉ひとつ動かさなかったよ。

『あれは悪魔の脳髄です。おそらくブラック医師は、それに終止符を打つというか、つまり止(とど)めをさすなんらかの方法を発見したんでしょうな。かれがその方法を発見したことを、わたしは非難しようとは思いません。ブラック夫人が何物だったかは知らないが、とにかく彼女は、この世にとどまるに適(ふさ)わしいものではなかったのですよ。あとまだなにか御質問は? ありませんか。では、今夜はこれで失礼します。さよなら。おやすみなさい。』

　どうだね、科学者の口から出た意見としては、ずいぶん変ってるだろうが? ――生きてるとき千ギニも二千ギニもした顔を、自分は見たんじゃない……医者がそう言ったとき、ぼくは自分が見た顔のことを考えたが、でもそのことは口外しなかった。その後、ぼくはハールズデンへまたぞろ出かけて行って、一軒々々店屋へはいって、こまかい買物をしては、今はもう普通の家ではなくなったブラック家にについて、なにかこぼれ話がないかと思って、いろいろ探索してみたんだが、耳新しい話はなんにもなかったな。ある商人は、自分はあの奥さんのことはよく知っている、よく店へ見えては、二人世帯（女中を置いていなかったから）の食料品を買って行かれたが、出入りの石炭婦も、奥さんの亡くなる前は幾月も顔を見なかったと言ってたそうだ。この商人は、奥さんは『おきれいな方』で、ふだんから親切で思いやりがあって、町の連中が誰もそう思ってたように、まことに仲のいい、相惚れの御夫婦でした、と言ってた。だけど、ぼくは一方であの検死医の意見を聞いていたから、自分の見たものを知ってたからね。それやこれやを綜合して考えてみると、結局ぼくに力を貸してくれそうな人物は、ブラック医師以外にはないと思えてきたんだ。それで、なんとかしてかれを捜し出してやろうと考えたのさ。もちろん、ハールズデンにはいなかった。なんでも細君の葬式のすぐあと、町を立ち退いたそうでね、家財道具を洗いざらい売り払って、ある晴れた日に、小さな鞄を一つぶらさげて、汽車に乗って行ったきり、どこへ行ったか誰も知ってるものはない。二度とふたたび便りでも聞けば、それこそ百年目だ。ところがだよ、そのブラックにひょっこりぼくは行き逢ったんだから、これこそほんとの百年目だったね。ある日ぼくは、どこへ行くという当てもなく、いつものようにグレイズ・イン・ロードをあちこち見ながらぶらついていたんだ。三月はじめの風のひどい日でね、インの前の木立なんか揉みくちゃになるようなひどい風なんで、ぼくは帽子を手にもって、ホルバン街のはずれの方からやってきて、ちょうどセオボルド・ロードへさしかかったときに、前を歩いていく男にふと目がとまったんだ。ステッキをついて、腰のすこし曲がった、見たところいやに痩せひょろけた男でね、その格好になんとなく目をひくものがあったんで、とっさに追いついてやろうという気になってさ、すこし足早に歩きだしたとたんに、その男のかぶってた帽子がいきなり風にふっ飛ばされて、舗道をはずみながら、ぼくの足もとまでコロコロころがってきたのさ。ぼくはその帽子を拾って、持主のところへ持って行きながら、帽子の内側を見てみると、帽子の由来がそこに記してあった。ピカデリの帽子屋の名前こそついてるが、それが君、乞食だって溝ん中から拾わないような代物なんだ。おやおやと思って、ひょいと向こうを見ると、ナント君、ハールズデンのブラック医師が、ぼくの拾ってやった帽子を待って立ってるじゃないか。ねえ、奇遇じゃないか。ところがね、サリスベリ、そのまあ何という変りはてた姿！　まえにハールズデンの家の玄関の石段を下りてきた時に見かけたブラックは、腰なんか曲がっちゃいなかった。シャンとして、しっかりした足どりで歩いて行ったんだ。いってみれば、今が男ざかりだったぜ。それがどうだろう、いま目の前にいるかれは、膝は曲がる、痩せやつれはする、まるで萎びて縮まったような男だ。頰はこけ、髪はまっ白、手はブルブルふるえる、目には零落が宿っている。帽子を拾ってやった礼を何度もぼくに述べてね、『ぶじに手もとに戻るとは、思いもよらんことで。この体ではよう走れませんものでな。きょうはまたえらい風で』と言って、そのまま向こうへ立ち去っていくから、よし、ここで会ったが百年目だ、ちっと話をたぐり出してやろうとこっちは思ってさ、いっしょに肩を並べて東の方に向かって歩いていくと、むこうはぼくのことを隙があれば撒きたがっている様子だったが、こっちはむろん手放す気は毛頭ない。やがて、みすぼらしい町のみすぼらしい家の前で、やっこさん、足を止めた。それがね、ぼくもこんなひどいところは見たことがないほどの陋巷でさ、どこの家も、もともと建ったときからひどい安普請だったにちがいないが、それが年数をくってますます汚れくさって、今にもぶっ倒れそうに傾いでいてね。『わたくし、ここの上に住んでおります』ブラックはそう言って屋根瓦を指さして、『表側じゃござんせん、裏側でしてな。おかげと静かでございます。きょうのところはお上がり頂くわけにもまいりませんが、いずれまた後日――』と言うのをぼくは引きとめて、いやいや、ぼくの方はあんたにめぐり逢えただけでも喜んでいるんだと言ってやると、やっこさん妙な顔をして、おれのことを気にとめるお前は一体何者だというような、胡散な目つきでみてやがったよ。とにかく、その日は入口のかいがねをまさぐるかれを後にして、ぼくは別れてきたんだが、それから二、三週間たつうちに、ぼくがブラックと昵懇の仲になったといったら、君は、へえ、そいつはお手柄だったなというだろうな。はじめてかれの部屋へ行った時のことを、ぼくは生涯忘れんな。あんな目もあてられない、むさくるしい貧乏世帯は、正直いって二度と見たくないよ。壁紙は模様はおろか、模様の痕跡さえとうの昔に消えちまって、陋巷の煤と垢がこびりついて浸みこんだやつが、ボロボロの槍の旌印みたいになって、壁からぶらさがっててね、頭がつかえずに立っていられるのは、部屋のつきあたりの隅っこだけなんだ。侘しいベッドのさまや、部屋のなかに立ちこめている物の饐えたような臭気に、ぼくはもう胸がムカムカして気が遠くなりそうだった。そのなかで、やつはカサカサになったパン屑をモソモソ食べているんだ。ぼくが約束を忘れずにいたことを、やっこさん、意外に思ったらしくて、ともあれ、ベッドの脇にあった椅子をぼくにくれ、自分はベッドに腰をかけて話したようなわけさ。その後もぼくはちょいちょい会いに行って、ずいぶん長っ話もしたけど、ハールズデンのことや細君のことは、けぶりにも口に出さない。むこうは、あの事件をぼくが知らないと思ってるようだったな。噂ぐらいは聞いてるとしても、まさかハールズデンのブラック先生と、ロンドンの裏町の屋根裏に住んでる男とを結びつけるようなことはあるまいと思ってたんだろうさ。とにかく変わり者だったよ。いっしょに煙草なんかのみながら坐ってると、一体この男、気ちがいなのか正気なのか、けじめがつかなくなることがよくあったよ。あの汚(きた)ない穴ぼこで、こっちが根掘り葉掘りしつこく聞き出したやつの意見にくらべたら、パラセルラス（十五世紀のスイスの医者の倅で、煉金術・星占術を修得して、ヨーロッパ諸国を遍歴し、呪術や魔法で病人を治し、その名声と経験でドイツのバーゼル大学の教授に任じられ、多くの難病者を治療し、自分はこの世界の王者だと豪語したという人物であるが、ある意味で近代医学の始祖ともいわれている。詩人ブラウニングに、この人物を諷詠した有名な長詩がある）やバラ十字会員（これも十五世紀にドイツ人ローゼンクルーツが創始したという、煉金術や魔法で万有を黄金にかえ、人間の永生を主唱実践した大きな団体で、十七世紀には宗教改革にも参加した。マッケンの古い友人のアーサー・ウエイトがこの研究の権威で、『バラ十字会員とフリーメーソン』という名著がある）の荒唐無稽な夢なんか、まるで平板な、野暮ったいものに見えちゃうな。それに類することで、いちどやつの口占(くちうら)をひいてみたことがあるんだ。何だったか今ちょっと忘れたが、かれの言ったことがおよそ学問とあらゆる経験に矛盾したようなことだったんで、そいつをぼくが指摘するとね、かれの答がおもしろいんだ。――『いやいや、あらゆる経験ではありませんぞ。多少でも頼りになるのは自分の経験だけですぞ。わたしは証明づきでない意見は買わんので、わたしの申すことはみな自分で証明したものばかりです。これにはえらい金がかかりました。知識というものには、あなた方のご存じない領域がありましてな。利口な人間はそれを疫病みたいに遠くから離れて見ておるが、わたしはそのなかへズカズカはいって行ったのです。まあ、あなたなんかそれを知ったら、――どんなことが行なわれているか、一人か二人の人間がわれわれの静かな世界のなかでやってきたことを想像しただけでも、失礼だがあなたの魂はあなたのなかで震えすくんで、気絶してしまうでしょうな。わたしから聞きなすったことなんか、どれもみな、真の学問――つまり、死を意味する学問を得度した者にとっては、死よりも恐ろしいその学問のほんの外側を包んでいる薄皮にすぎませんのさ。この世には不思議があるなんて言ってる連中は、自分たちのまわりにいつでもいっしょにある恐怖や戦慄は、わかっちゃおらんのですからな。』じっさいね、あの男には、いやあの男の身辺には、なにかぼくを引きつける不思議な力があったね。ぼくはよんどころない用があって、ロンドンを一、二カ月留守しなけりゃならなくなったのを、じっさい残念に思ったくらいだったよ、おもしろい話が聞けなくなるんで。で、旅から帰って、二、三日してから、さっそく挨拶に行った。いつもかれを呼ぶときに鳴らす鈴を二つ鳴らしたが、返事がない。二度ガラン、ガラン鳴らして、諦めて帰ろうとしたら、入口の扉があいて、うす汚ない女が、なにか用かい？　と聞くんだ。同宿人のところへきた反物屋か何かと、ぼくのことを間違えたんだろうな。ブラックさんは在宅ですかと尋ねると、女は目をまるくして、「ブラックさんなんて人、ここにゃいないよ。あの人、死んだよ。もう、亡くなって六週間にならあね。ふだんからちっと頭がおかしいのか、それともひどい難儀な目にでもあったんじゃないかしらなんてさ、思ってたんだけどね。毎朝十時から一時まで、どっかへ出かけてって、あれはいつだったかね、たしか月曜日の朝だったよ、珍らしくいつになく早くノコノコ帰ってきてね、部屋へはいって扉をしめた音がしたと思ったら、そうね二、三分たったかしらね、ちょうどうちじゃみんなで夕食に坐ってたところへ、いきなり胆をつぶすようなえらい音がしてさ、まもなくドタドタッと足音がして、あの人下りてきてさ、まあえらい見幕でありったけの悪態杢態並べてさ、何百万とかするものを盗まれたって、大声で地団太踏んで口悔しがるのよね。そのうち廊下へドタンとぶっ倒れる音がしたから、いやだよまあ、あの人死んじゃったわと思ってさ、それからみんなして部屋へかつぎこんで、とにかくベッドへ寐かして、うちの宿六が医者へとんでくあいだ、あたしが側についてたのよ。見ると、窓があけっぱなしになってて、床の上に小さなカンカラ罐がころがってて、蓋があいてて、中味がからっぽなのさ。だけど、むろん窓から誰かはいって盗むわけもなしね、だいいち馬鹿にしてるわよ、盗られるような物はなに一と品ありもしないくせにさ。家賃もだいぶ溜ってたんだよ。うちの人が表へつき出すって何遍もおどかしたんだけどね。そりゃうちだって、よそさんとおんなじで、のらくら暮しだろ。——そりゃそうよ、ほんとの話だよ。でもね、あの人変わり者だったけど、うちがもうちっと工面がよければさ、あたしだって何もそんな阿漕なことはしたかなかったんだよ。そうこうするうち、医者さまが見えて、診て下すったら、もう手遅れだっていうんじゃないのさ。あの人、だから、あの晩あたしが側についてるうちに、息をひきとったってわけよ。そりゃさ、こっちにだって言いたいことは山ほどあるわよ。おかげで、うちは大損さ。だって、何か売っぱぐろうたって、ろくな衣服一枚ないんだものね。』——ぼくはそのかみさんに、骨折り賃に半クラウン一枚つかませて帰ってきたけど、途々、宿のかみさんの喋った弔辞を考えて、あの男が何か盗まれたなんて妙な思いつきをしたのが、どう考えても解せなかった。まさかあすこの部屋を気に病むこともなかったろうしね、でもあるいはほんとに頭がおかしくなって、きゅうに狂気が昂じて死んだのかとも想像されるしね。宿のかみさんも言ってたが、一、二ど何かの用で、かれの部屋へはいったことがあったそうだが、（おおかた、部屋代の催促にでも行ったんだろうがね）かれはそのときかみさんを部屋の外へ待たしておいてね、かみさんが中へはいったときには、例のカンカラ罐を窓ぎわの隅っこへコソコソ隠していたそうだよ。そんなことから想像すると、どうもかれは、なにか大事な宝物という観念にでもとっ憑かれて、あのどん底のなかで、自分が大金持になったような心持になってたんじゃないのかな。これでぼくの長っ話は幕になるんだけど、とにかく、聞いたとおり、結局かれとは面識はえたものの、肝心の細君の死のいきさつについては、なんにもわからなかったわけだ。——これがハールズデン事件さ、サリスベリ。それにしても何だな、とかく人間ってやつは、ぼくにしろ誰にしろ、一つの事について、それ以上のことを知る可能性らしきものがそこに見えないと、余計かえって関心が深くなるようだな。ねえ、どう思うね、君は？」

「そうだな、ぼくに言わせれば、君は自分のこしらえた謎で全体をひっくるめようと躍鬼になったんじゃないのかなあ。ぼくは例の検屍医の決論ね、——ブラックは妻を殺害した、ブラック自身は未成熟な狂人だったという説に賛成だな。」

「え？　それじゃ君は、彼女はこの地上にいることを許されない怪物だと信じるのか？　君はあの医者が、あれは悪魔の脳髄だと言ったの、憶えてるな？」

「憶えてるよ。でもそれは比喩的な意味で言ったんだろう。あの言葉をそういうふうにとれば、じっさいはごく単純な事件だよ。」

「なるほどな。あるいは君の言うとおりかもしれん。しかし、ぼくはそうじゃないと確信している。まあ、いいや、今さらいくら議論したって、どうってことないんだから。それよりどうだね、ベネディクティン、もうすこし飲らないか？　いらんのか。じゃ、煙草でもやってくれ。そう言や、さっきなにか弱ってることがあるとか言ってたね？　何だい、一体？　いっしょに食事をしたあの晩、何かあったのかい？」

「そうなんだよ、ダイスン。それで弱ってるんだ。いやね、つまらんことなんだがね。――じつに馬鹿馬鹿しいことで、こんなことで君を煩わすのは恥かしいんだけどさ。」

「かまわんよ。馬鹿馬鹿しかろうと何だろうと、聞かしてもらおうよ。」

いくどもためらい、事の馬鹿らしさに内心忸怩としながら、サリスベリは自分の話を友に打ち明け、ダイスンが大きな声でふき出すことを覚悟の上で、どうも知恵のない話で、たかが反古紙の下らん文句のことで……と煮えきらない調子でくりかえした。

「これしきのことクヨクヨ気に病むなんて、われながら体の調子でもどこか悪いのかしらねえ？」とテレ臭そうに、かれは例の紙玉の文句を、一ぺん、二へん、三べんまで、口ごもりながら復誦した。

　ダイスンは話の始終をまじめな顔をして、しまいまで聞いていた。そして、ややしばらく考えこんでいたが、やがて言った。

「そうだな、君がちょうどその二人の通りかかった路次に雨宿りをしたのは、そりゃ君、ただのまわり合わせだよ。だけど、その紙きれの文句は、そいつは出鱈目(でたらめ)の文句とは思えんな。たしかに妙な文句にはちがいないが、でも誰かに宛てた意味の文句だと思うね。ちょっともう一ぺん言ってくれよ。書きとっておくから。ぼくなんかにゃ歯も立たんが、何かの暗号だということがわかるかもしれんから。」

　サリスベリの煮えきらない唇が、口にするのも厭なその妙な文句を、ゆっくりと口ごもりながら言うのを、ダイスンは紙きれに書きとった。

「いいかね、もう一ぺんよく見てくれよ」ダイスンは写しおわると言った。「一字でも違っていないことが肝心だからな、大丈夫かい、それで?」

「うん、完全な写しだ。でも、こんなものから何か摑(つか)めるとは思えないがなあ。こんなものに頼ったって、意味ないぜ。ただのなぐり書きだもの。……さてと、そろそろお暇(いとま)しなけりゃ。いや、もういいんだ。君の材料はなかなかしっかりしている。じゃ、失敬。」

「なにかぼくの方でわかれば、君だって聞きたいだろう?」

「いやあ、ぼくの方はもういいよ。もうそのことは聞きたくないから。君の材料みたいに、もしそれが本物なら、君はまたなにか発見するかもしれないが。」

「よっしゃ。じゃ失敬。」

四

サリスベリが草色畝織張りの椅子の仲間のある宿へ帰って行ったあと、ダイスンはだいぶ長いこと、日本の古い物語もどきに「文机」の前にじっと坐りこんで、パイプを何服もふかしながら、友人の話を考えこんでいた。サリスベリを悩ましつづけていたという紙きれの文字の謎は、かれにとっては一つの魅力であった。かれはときどきそれを手にとり上げては、自分の写し取ったものを思案深げに声を出して読んでみた。とりわけ、最後のへんな語呂合わせみたいなところはくりかえし音読してみて、これは暗号ではなく、なにかの印、なにかの象徴で、これを投げ捨てた女は、おそらくこの意味は全然知らないのだろうと考えた。彼女は、さんざっぱら罵ったあげくにふり捨てて行ったあの「サム」という男の手先であって、そのサムという男も、これも誰か知らないやつの手先なのだろう。その誰か知らないやつというのが、Qという人間で、こいつがフランスの友達のところへ、どうしても行かなければならなくなったのだ、とかれは解釈した。だが、"Traverse Handel S."というのが、何のことだかわからない。謎の根拠と因はこれだなと考えたかれは、ヴァージニア・タバコを喫みつくしてしまったほど考えたけれども、なんの手がかりらしいものも出てきそうになかった。どうやらほとんど望みなしという形勢だったが、そこはダイスン、謎にかけては必勝将軍ウエリントンを以て自任している男だから、その晩ベッドにはいりながら、なあに遅かれ早かれ、きっと正解をもののみごとにぶち当ててやるぞと、自信満々であった。それから数日、かれは執筆の仕事があって、それに没頭した。創作の労苦というものは、どんな親密な友だちにも、これだけは真言秘密のものである。日本製の大机の前に坐って、つよいタバコと紅茶を伴侶に、何時間も悪戦苦闘、粉心鏤骨（るこつ）のあげくに出来るものなんだから、駅の売店の本棚をむだに漁（あさ）るような連中には、端倪（たんげい）することができない。こんどもダイスンは、まる四日間というもの、部屋に籠（こも）りきりであった。さてペンを措（お）いて、やれやれとホッと息をつくと、かれはさっそく新鮮な空気を吸って、体をのびのびとほぐすために、町へ出かけて行った。外はもうガス灯がともって、街では十五版目の夕刊をどなっている時刻であった。ダイスンは静かなところがほしかったので、騒音のひどいストランド街を横にそれて、北西の方へブラブラ足を向けて行った。やがて、いつのまにか自分の靴音がひびき返ってくるような静かな街へきていたが、そこからだだっぴろい新道をつっ切って、なおも西はずれのほうへとはいって行き、とうとうソホ区の奥の方まで来てしまった。ここはまた活気があった。フランスやイタリヤの珍らしい銘柄酒をばか安の値で売って客足をよせている店、こちらには山と積み並べたチーズあり、こちらにはオリーヴ油、かと思うと、食通好みのソーセージの袋がごっそりと並んでおり、その隣りの店では、パリの印刷物なら何でも売っている。往来のまんなかは雑多な国の人が右往左往にゾロゾロ歩いているから、辻馬車も四輪馬車もめったにここへははいって来ない。そして両側にある家の二階三階のどの窓からも、住んでいる人達がみんな顔を出して、この往来のけしきを楽しそうに眺めている。ダイスンは、砂利道をごったがえしている人混みのなかを、ゆっくりと足をはこびながら、フランス、ドイツ、イタリヤ、イギリス、各国の人々がガヤガヤ喋る蟬噪を耳にとめたり、ときおり商店の飾窓のなかにズラリと並んでいる酒の瓶に目をくれなどして行くうちに、ふと、界隈の店屋とはあざやかな対照をなしている、一軒の小さな角店に目がとまったときには、もうほとんど通りのはずれ近くまで来てしまっていた。その店は貧民街の代表的な店舗で、イギリスの品ばかり置いている店であった。小銭を入れると出てくる煙草や菓子、素焼やサクラの木の安パイプ、ザラ紙の雑記帳とペン軸が「コミック・ソング」の唄本の上席に幅をきかし、物語の内容をあらわしたどぎつい絵入りの赤新聞が、現実生活のなまなましい夕刊新聞のわきに、これ見よがしに顔をのぞかしており、店の入口にはいろんなビラ紙がヒラヒラしている。ダイスンはなんの気なしに、店の上に出ている名前を見上げたとたんに、全身がビクッとして、溝のわきに立ちすくんだ。なにかを見つけた人が覚える、いきなり胸をキュッと締めつけられたような気持で、一瞬、身動きができなくなったのである。店の上に出ていた名前は Traverse であった。ダイスンはもう一どそれを見上げてから、こんどは街灯の上の外壁の角のところを見上げて、紺地に白字で「西区ヘンデル街」と記してある標示板を見、町名のすぐ下の文字の薄れた由来記を見た。かれは満足の溜息をひとつ洩らすと、あとは何のためらいもなく、そのままズイと店のなかへはいって行って、帳場のかげに坐っている太った男の顔をじっと睨みつけた。帳場の男は立ち上がりながら、ちょっと不審そうに目を返して、紋切り型の挨拶をした。

――

「へい、何をさし上げますかな?」

　ダイスンは、相手の顔に狼狽の色がきざしてきたのを見て、こいつはおもしろくなってきたぞと思った。そして、手に持っていたステッキを、倒れないように用心して帳場に立てかけておいて、それからゆっくりと、勿体をつけた調子で言った。——

「芝生を一ぺんまわって、娘っ子を二へんまわって、カエデの木を三べんまーわれ。」

　言葉の効果をねらって言ったのであるが、かれの期待ははずれなかった。雑貨屋の主人は、きゅうに息が止まったようにウッと詰まって、魚みたいに口をあけ、帳場台につかまったまま、固くなった。ややあって、やっと何か言いだしたが、それはおろおろした、呂律のはっきりしない、しゃがれた呟き声であった。

「だ、だんな、もう一ぺん言っておくんなさいな。よく聞きとれなかったから」

「おい、おれは言いがかりをつけてるんじゃないぜ。確かなことを言ってるんだぜ。おまえさん今、おれがはっきりわかるように言ってやったことを聞いたな。この店にゃ時計があるかい？　おお、あった、あった。なるほど、ありゃあ狂ってない時計らしいな。よし、いいか、あの時計で、一分待ってやる。」

　相手がふんぎりのつかない様子で、あたりをおろおろ見まわしているので、ダイスンは、今こそ高飛車に大きく出てやる時だと思った。

「おい、見ろトラヴァーズ、時間はもうないぞ。きさま、Qってやつのこと、知ってるだろう。忘れなさんなよ、きさまの命は、このおれがこの手に握ってるんだぜ。さあ、どうする！」

　ダイスンは自分が大胆に出た効目に、自分でびっくりした。相手はひとたまりもなく縮みあ

がって、恐怖にガタガタ震え、灰がらのように色を失った顔からポタポタ汗をたらしながら、両手をかれの前にさし出して、

「デイヴィスさん、デイヴィスさん、そうまあ言わねえでおくんなさいよ。——後生だから、頼みますよ。いえね、最初あたしゃあなたとは知らなかったんでさ。いいえ、ほんとだって。ねえ、助けて下さいよ、デイヴィスさん。ねえ、あたしの身を破滅させるんじゃないでしょうね？　今すぐに持ってきますからさ。」

「時間をむだにしねえ方がよさそうだぜ。」

　あるじは見るも哀れな格好をして、店から奥の部屋へコソコソひっこんで行った。ダイスンは、あるじが震える指で鍵束をまさぐる音を聞き、なにか箱らしいものをギーとあける音を聞いた。やがてあるじは、茶色の紙できちんと包んだ紙包みを手に持って出てきた。そして、まだ恐怖の消えやらぬようすで、その品をダイスンの手に渡した。

「そいつを捨てちまわないで、よござんしたよ。もうこんな仕事はこりごりだ、もう金輪際しませんよ。」

　ダイスンは、その紙包みとステッキをかかえると、一揖(いちゆう)してその店を出た。出しなにふり返って見ると、あるじのトラヴァーズは帳場の席に尻もちをついたような格好で、まだ恐怖に青くなった顔のまんま、額に小手をあて惘然(ぼうぜん)としていた。ダイスンは、だいぶ荒事(あらごと)だったけれど、なんとか演じ了(おお)せた今の珍劇のことを思いかえしながら、足早にさっさと大通りの方へ歩いて行った。そして、目にとまった四輪馬車を呼び止めると、それに乗って家に帰った。部屋には

いって、吊りランプに火を入れ、テーブルの上に例の紙包みをおいて、しばらくそこに立ったまま、へんだな、このランプじきに明るくなるのかなと首をかしげた。それから扉に鍵をかけ、紙包みの紐を切って、包んである紙をていねいに明けていくと、中から小さな木箱が出てきた。飾りもなにもない頑丈な木箱で、鍵もついていない。ダイスンは簡単な木箱の蓋を、息を深く吸いこみながらそっと持ち上げたとたんに、ハッとうしろへ身を引いた。どうしたのか、吊りランプはいまだに一本蠟燭(ろうそく)の灯のように、ぼんやりした光で揺らいでいるのに、部屋のなかはこうこうと明るいのである。それがただの光で明るいのではなくて、なにかたくさんの色――ステンド・グラスの窓みたいに、いろんな色の光で明るいのである。部屋の壁も、見慣れた家具も、どこもかしこもそういう色の光を照り返している。その光の光源は、どうやらその小さな木箱のようで、そして反射した光はふたたびそこへと流れ戻ってくるらしい。というのは、木箱のなかの柔らかいウールの布(きれ)を張った台座の上には、夢にも見たことのないような、みごとな宝石が一個のっていて、その宝石のなかに、紺碧(こんぺき)の空の青と、浜べの海の緑と、紅玉の赤と、濃いスミレ色の光が燦然(さんぜん)と光っているのであった。しかもそのまんなかのところは、まるで火の噴水がふき上がっているように真赤で、吹き上がっては落ち、落ちては吹きあがる火の玉が、星のようにピカピカ光っている。ダイスンは思わずウーンと溜息をつくなり、椅子にどっかりと腰をおとして、両手を目の上にあてて考えこんでしまった。宝石はオパールのようであるが、長年宝石店の飾窓で見てきた経験では、この四分の一の大きさ、いや、八分の一の大きさだって、そんな大粒のオパールがあるなどとはついぞ知らなかった。かれは恐わ恐(こ)わもう一どよく見てから、それをランプの下のテーブルの上にそっと置いて、まんなかの芯のところでキラキラ、ピカピカ光っている不思議な火の玉を、しばらく打ち眺めているうちに、まだなにかほかにびっくりするような物が中にはいっていやしないかなと好奇心を起こして、木箱のところへまた戻った。そして、オパールがそこにのっていた布張りの台座をもちあげて、箱の底を見てみると、宝石はなかったかわりに、使い古してぼろぼろになった、一冊の小さな手帳があった。その表紙をひらいて見て、ダイスンはギョッと愕いて、目の前がくらくらとして、手帖を手からとり落とした。かれはそこに、青インクできちんと書いてある持主の名前を読んだのである。

医学士スティーヴン・ブラック
ハールズデン、デヴォン・ロード、オランモア

ダイスンがふたたび手帖を開いてみる気になったのは、四、五分たったのちのことであった。かれはあの屋根裏部屋の哀れな流人のことをおもい出した。あの男の語った不思議な話を思い出した。おもいではまた、あの窓で見た顔や検屍医の言った言葉を、かれの頭にどっと蘇らせた。手帖の表紙に指をおきながら、もしかしたら中に書いてあるかもしれないことが怖くなって、ダイスンは指先が震えた。やっとのことで手にもって、ページをひらいてみると、最初の二枚は空白になっており、三枚目から、きれいな細かい文字が一面に書きこまれてあった。ダ

イスンは自分の目のなかにキラキラ燃えているオパールの光で読みだしたのである。

五

「自分は若いころから」――と記録ははじまっていた。――「知識のなかでも奇妙でよくわからない、曖昧不明な枝葉を調べるという、本業とは別の研究に、あらゆる余暇と多くの時間をささげてきた。世間でいう人生の快楽などというものは、自分にはなんの魅力もなかった。自分は仲間の学生たちを避けて、ロンドンの郊外にひとりで住み、そのお返えしに仲間の連中からも、あいつは自分のことにばかりかまけている友達甲斐のないやつだと、みんなから除け者にされていた。自分の求める本来の知識とは、多くの人たちには深い秘密になっている、人間の正体についての知識であって、この特殊の知識をつかみたいと願う自分の欲求が満たされた時こそ、自分の最高の幸福な時なのであった。自分は幾晩も幾晩も、夜通しまっ暗な自分の部屋に坐りこんでは、自分の辿る断崖すれすれの不思議な世界のことを、よく考えたものだ。でも、裏へはいればそれ以上やはり曖昧不明な本職の医学上の研究と、学位をとる必要から、大嫌いな下積みの仕事もしなければならず、その後まもなく資格がとれてから、のちに自分の妻となったアグネスに自分は出会ったのであった。二人はこの郊外のはずれに新世帯をもち、ここで自分はまじめな開業医としての正規な道を踏み出した。数カ月の間、われわれは生活を分担しながら、充分たのしく暮らした。ただ、ときどき自分は、以前あれほど自分の全存在を魅了した秘学(オカルト・サイエンス)のことを、ふとした時に考えることがあった。自分の辿りだしたあの道が、言語を絶した至難で危険な道だということは、自分でも充分に知っていたし、一歩誤れば一生の破滅になる可能性のあることも、充分に知っていた。あれは非常に恐ろしい領域に足を踏み入れることで、それを考えただけでも人間の心は縮み上がってしまうということも、もちろん知っていた。それにだいいち、結婚後自分がどっぷり浸(つか)っていた静穏と平和は、およそそんな平和などありえない世界から、遠いところへ自分を引き離していたのであった。ところが、あるとき突然――それはある晩ベッドの上で目がさめて、闇のなかをじっと見入っていた時のことだったと思うが――ふっと昔の願望やあこがれが、久しく忘れていたために、きゅうに昔の十倍もの力になって戻ってきた。夜が明けて、窓から外をのぞき、疲れた目に東の空の日の出を見たとき、自分の運命が宣告されていることを知って、以前あれだけ遠くまで行ったように、今こそためらわず、しっかりした足どりで、さらに遠いところまでぜひとも行かなければならないことを自覚した。自分は家内がスヤスヤ眠っているベッドに戻って、中にはいって横になったが、自分たちのしあわせな生活を約束してくれたあの太陽が、こんどは二人に恐怖の夜明けをもたらして昇ってきたのかと思うと、苦い涙に枕を濡らした。それからあとの詳しいことは、ここには書くまい。とにかく、自分は何食わぬ顔をして日々の勤めの往診にまわり、家内にはなにも言わなかった。ところが、家内はまもなく、夫の自分が変わったことを悟ったらしい。自分は暇なときには、研究室にあてている部屋で時間をすごすことにして、よく朝など、まだ夜の明けきらない、おびただしい灯火がロンドン中にキラキラしているほの暗い時間に、二階へこっそり上がって行ったものだ。そして毎晩のように、いよいよ自分が渡りこえようとする意識の世界と物象の世界との空隙にかかる橋を、一歩々々、足音を盗み盗み渡って行った。実験の数が多いし、また実験の性質によって非常に複雑なので、大体の指向がわかるまでには二、三カ月かかったが、それがある瞬間、ここぞと覘いがついたときには、さすがに自分で自分の顔がまっ青になったのを覚え、まだまだ自分のなかには心情があるのだと思った。だが、そこから引き返す力、目のまえに今大きく開いた扉の前に立ちながら、そこから中へはいらずにいる力は、とうの昔に自分にはなくなっていた。道は行き止まりだ。扉を抜けて先へ行くよりほかになかった。ちょうど自分の立場は、土牢のなかに籠められた囚人と同じで、まったくの八方塞がりで、頭上からさす一導の光だけが唯一の光明であった。扉が締まれば、もう逃げ出すことはできない。実験に実験を重ねたが、案のごとく同じ結果ばかり出る。自分にはわかっていた。この仕事には、どこの研究室にもそなえてない材料がどうしても必要で、その材料は秤では量れないものだという考えが頭をよぎる時でさえ、それがわかっていながら、自分は尻ごみした。この仕事をやれば、命あってそこから出てこられるかどうかは自分でも怪しい。生命そのものははいってくるにちがいない。ある人間からエッセンス（それを人間は霊魂と呼んでいる）を抜き出して、それをあるべき場所（この世のしくみのなかには、空いている部屋は一つもないから）に入れるのである。その場所とは、およそ人間の口には言えない、人間の心が死そのものの恐怖よりもまだ恐ろしい恐怖なくしては見ることのできないところだ。自分はこのことを知ったとき、この運命が当然下るべき者のことをも同時に知った。自分は妻の目のなかをじっと覗きこんだ。その時でさえ、ここでもし自分が部屋の外から綱を持ってきて、自分で首をくくれば、自分も逃れられるし、妻も助かる、それ以外に方法はないと思った。自分はついに一切を妻に打ち明けた。妻は震えあがった。そして、泣いて彼女の亡き母に助けを呼んだ。妻は自分に、あなたには慈悲の心はないのかとくどいたが、自分はただ溜息をつくばかりであった。自分はなにもかも包まず妻に話した。施術をした晩に彼女はどうなるのか、彼女の生命があったところに何がはいるのか、そういうことを自分は諄々と妻に説いてきかせた。慚愧にたえない非行であること、世にも恐ろしい行為であることを話したのである。ああ、自分が死んだ時これを読む人が——この記録をもしも後の世に残すようなことになれば——箱をあけて中味を見て、あのオパールのなかに隠されているものが何であるかわかってくれれば！　ある夜家内は、自分が懇望したことを承引してくれた。あの美しい顔に涙を流し、はげしい恥辱に頸や胸のあたりをまっかにしながら、夫のために忍んですることを承知してくれたのである。自分は窓をあけて、これが最後の時と、二人して夜空と暗い大地をいっしょに眺めた。星のきらめくよく晴れた夜で、ここちよい微風が吹いていた。自分が家内の唇を吸うと、家内の涙が自分の顔の上に流れ落ちた。その夜、家内は自分の研究室へやってきた。研究室は、窓の鎧戸に閂がおろしてあるし、厚いカーテンがぴったり引いてあるから、部屋のなかからは星の光りは見えない。アルコール・ランプの上で坩堝が沸々と音をたてて煮えたぎっているなかで、自分は自分のなすべきことをし、もはや一人の女性ではないものをつくり出す施術を行なったのである。ところがそのとき、テーブルの上に置いたオパール石が、人間の眼にはとうてい凝視できないような光炎をあげて燃えだし、パチパチ閃光を放ち、光炎はオパール石のなかでも閃光を発し、自分の心臓までも照らした。いよいよの時、家内はたった一つのことを自分に頼んだ。それは、自分が彼女に語ったような最後の時がきたら、わたしを殺してくれということであった。自分はその約束を守った。」

記録はこれだけで、あとはなかった。ダイスンは小さな手帖を木箱のなかに落とすと、ふりかえって、もう一ど芯のところで燃え輝いているオパールを眺めたが、眺めているうちに、なんとも言うに言えない恐怖の思いが胸にこみあげてきて、いきなりオパールを摑むなり、床の上に力いっぱい叩きつけて、その上を靴の踵で踏みにじった。こちらへ向き直ったときの顔は恐怖でまっ青になり、一瞬、立ちくらんだような震えがきたが、ハッと思って、夢中ですっ飛ぶと、入口の扉にペッタリとへばりついた。とたんに、蒸汽が強く圧搾された下からシューッと逃げるような音がして、身動きもせずにじっと見まもっているうちに、宝石の芯から濃い黄いろい煙がモクモク出てきたとおもうと、蛇がとぐろを巻くような形になって、よじれながら天井の方へのぼって行った、と、その煙のなかから、細い白っぽい炎がボッと出て、すぐに消えた。そして床の上には、まっくろけな、触(さわ)ると粉ごなに崩れそうな、燃え殻のようなものが残っていたのである。

輝く金字塔

一、鏃（やじり）の文字

「いつも気にかかっていたって？」

「うん、しじゅうね。君、憶えてないかな、ほら、三年まえに会ったときに、君の郷里の西部地方の話をいろいろしてくれたろう？　年古りた森林がぐるりにうっそうと茂っていて、丸屋根みたいな山は何年にも荒れほうだいで、起伏の多いでこぼこした土地だって。それが頭のなかに、夢に見た絵みたいになって残っててね、この渦まくようなロンドンのどまんなかで街の騒音をききながら、こうやって机の前に坐ってても、しじゅうそれが目の前にちらついてさ。

そりゃそうと、いつ上京したんだね？」

「いや、それがねダイスン、たった今汽車から降りたばかりなんだ。けさ早くに駅まで乗りつけて、ちょうど十時四十五分のにうまく間に合ったんでね。」

「そうか。でもほんとによく来てくれた。ところで、一別以来どうしてる？　奥さんはまだのようだな。」

「うん」とヴォーンは言った。「ご同様に、いまだに世捨て人さ。なんにもしないで、まあのらくら遊んでるよ。」

ヴォーンはパイプに火をつけると、ひじかけ椅子に腰をおろしたが、なにかモジモジ、キョロキョロして、おちつかない様子であった。ダイスンのほうは、客がはいってきたときには、回転椅子を机のほうにまわして、片肱を机にのせ、前のめりの格好で原稿を書いていたところであった。

「あいかわらず、以前のような仕事をやってるんだね?」とヴォーンは嵩だかな原稿用紙と、いくつにも仕切った薬味だんすのような小棚を指さしながら言った。

「ああ、まあね。変わりばえもなく、錬金術みたいな実にもならん文学をやってるよ。そりゃそうと、こんどはしばらく滞在できるんだろう? 今夜はさてどういうことにするかな?」

「いやいや、こんどはね、二、三日君を西へひっぱって行きたいと思ってるんだ。田舎はからだにいいぞ、君。」

「ご親切はありがたいけどね、ヴォーン、九月のロンドンはちょっとどうも離れにくいな。いや、二、三日まえも、夕方オックスフォド街を見たんだが、まあ何だね、あれ以上美しい神秘的な夕景色は、おそらくドーレ(十九世紀のフランス画家。風景画、風俗画のほか、挿絵画家としても有名で、とくに「聖書」や、ダンテの「神曲」の挿絵は名高い)だって描けないだろうな。燃えるような落日、そしてうす青い夕もや、それが殺風景な街をまるで『遠い精霊の都』のように変貌させてしまうんだものな。」

「そりゃそうだろうが、そんなことはどうでもいいさ。とにかく、いっしょに来てもらいたいんだ。うちの方の山を歩いてみろよ、どんなに楽しいかわからんぞ。どうだい、この騒音!

夜昼ぶっ通しこれなのかい？　おれなんか頭がフラフラになっちまわあ。よくこのなかで仕事ができるもんだな。まあ、森のなかの古いぼくの家の、のんびり静かなとこへ来てみろって。きっと気に入るから。」

　ヴォーンはパイプに火をつけなおしながら、誘いの効目（ききめ）があったかどうかを測（はか）るような目つきで、相手のようすをうかがったが、ダイスンの方はニヤニヤしながら頭（かぶり）をふって、挺（てこ）でも動かんぞという気概（きがい）を固めた。

「その手にゃのらんよ。」

「そうかい、そんならそれでもいいがね。田舎の閑静なことを説くこっちが口下手（べた）だったんだろうよ。いやね、田舎ってところは、なにか一つ悲劇がおこったとなると、まるで池のなかへ石を抛（ほう）りこんだように、水の輪がどこまでもひろがりつづけて、二どとふたたび静止しないようなことになるらしいな。」

「村で、まえになにか悲劇がおこったことがあったのか？」

「それはよく知らないがね、じつは一と月ほど前に、ある事件がおこってね、それで困ってるところなんだよ。もっとも、ふつうにいう言葉で、それが悲劇といえるかどうかわからんがね。」

「なにが起こったんだ？」

「うん、じつはその、女の子が一人行衛（ゆくえ）不明になってね。ところが、その居なくなりかたがどうもへんなんだ。両親はトレヴァという裕福な百姓でね、総領娘のアニーというのが、これが村でも評判の小町娘なんだ。じじつ、十人並はずれた、なかなかの器量よしでね、その子がある日の午後、やもめ暮らしで自作農をやってる伯母に会いにいくと言って、家を出かけたんだな。伯母の家とは五、六マイル離れていて、娘は出かけるとき、山越しをして近道を行くからと、両親に言いおいて出たんだそうだ。ところが、それっきり伯母の家にも着かないし、今もって姿をあらわさない。手短かに言うと、そういう事件なんだ。」

「そりゃしかしおかしいなあ。その山越しをした山には、鉱山の廃坑なんかなかったんだろう？　通っちゃいけないことになってる崖っぷちを駆け抜ける、なんてこともなさそうだしな。」

「娘が通ったはずの道には、古い廃坑なんかどこにもないさ。枝道からだいぶはいったところにある、禿山をこえる細い道なんだから。何マイル行っても、人っ子ひとり行き会わないような山道だけど、安全なことはこの上なしの道なんだ。」

「土地の人たちは何て言ってるんだ？」

「いやあ、土地の連中は非常識なことばかり言ってら。——連中同志の間で。君なんか知るまいが、ぼくの郷里のような辺鄙な山村の連中ときたら、その迷信ぶかいことは、そりゃもう、アイルランド人跣足だよ。頭かずこそ少ないけど、コソコソ隠し立てをすることにかけちゃ、こっちの方が一枚上手だからね。」

「でもさ、その人達、何て言ってるんだね？」

「かわいそうに、あの子は妖精といっしょに行ったんだろうとか、『妖精かくし』に遭ったんだろうとか、そういう下らないことばかり言ってら。事件が悲劇でなけりゃ、それこそいい笑いものさ。」

ダイスンはいくらか興味ありげな顔つきで、

「なるほどね。たしかにきょう日、『妖精かくし』とは、ちと耳珍らしいようだな。しかし、警察は何て言ってるんだね？　警察はまさか妖精説を認めちゃいまい？」

「そりゃそうさ。でもね、警察も途方に暮れてるらしいや。ただね、ぼくが心配なのは、アニーが途中で暴漢の手にでも落ちたんじゃないかということなんだ。キャッスルタウンは、知ってのとおり、あすこは大きな港だからね。ときおり、外国船員の悪いやつらが船を下りて、田舎の方までウロウロはいってくることがよくあるんだ。まだ何年にもならない前のことだが、ガルシアというスペイン人の水夫が、六ペンスの値打もないガラクタの品を盗むために、一家皆殺しにしたようなこともあるんでね。ああいう連中は、それこそ人情も糞もないやつらだからね、ひょっとしたら可哀そうな少女も恐ろしい最期を遂げたんじゃないかと、それが心配でさ。」

「だって外国人の水夫なんか、村で見かけた者はいないんだろう？」

「うん、それはいない。大体、田舎の人間は、ちょっと変わった風体や風采をしたものがいたりすると、とても目ざといからね。ぼくの説も、まあ、そういうこともないとは限らない、という程度の解釈にすぎなかったらしいけどね。」

「そうすると、判断の材料は何もないわけか」とダイスンは思案深げに言った。「恋愛関係とか、それに類するような問題もないんだね？」

「そんなものはけぶりにもない。かりにアニーが生きていれば、自分が無事でいることを、なんとか母親に知らせるだろうと思うんだがなあ。」

「そりゃ大きにそうだ。しかし、生きてはいても、友達と文通できない状況にいる、ということもありうるぜ。何としても、君としては大きに心配だろう。」

「そうなんだよ。おれは謎の事件というやつは、どうも苦手でな。とくに恐怖につつまれた事件てやつは、どうも虫が好かん。だけどねダイスン、正直のことというと、そんな話をしに、こんどこうやってわざわざ上京してきたんじゃないんだよ。」

「そりゃむろん、そうだろうとも」とダイスンは、ヴォーンのなにか落ちつかない様子が少々意外なおももちで、「もっと愉快なことを喋りに来たんだろうさ。」

「それがそうじゃないんだよ。いままで話したことは一と月前に起こったことなんだけど、そうじゃなくて、ついこの二、三日、もっと個人的に気になることが持ち上がっているらしいあんばいなんだ。はっきり言うと、ぼくは君なら力になってもらえると思って、それでこうやってわざわざ上京してきたようなわけなんだ。君ね、この前会ったときに話してくれた、あの不思議な事件ね、あれ憶えてるだろう、眼鏡つくりだとかいう男の話。」

「ああ、あれね。いや、あのときはだいぶ自分の炯眼をひけらかしたっけな。ところが、警察は今日まで、なぜ黄いろい眼鏡が入用だったのかなんて考えは、全然持ってないよ。そんなことはいいが、それよりヴォーン、君はほんとになにか屈託があるらしい顔つきだが、何なんだね、なにか深刻なことでなければいいが。」

「いや、そんな深刻なことじゃないんだ。ちっと言いかたが大袈裟だったかな。まあ、その点は安心してもらうとして、とにかく妙な出来事なんだ。」

「何があったんだ？」

「どうせ君は笑うにきまってるが、話というのはこうなんだ。ぼくの家の地所うちを通っている道が一本あってね、――ちゃんとした公道だよ――それが台所の塀にすぐくっついているんだ。そこを使ってる者はたんとはいないが、ときおり杣の連中が便利なんで通ったり、五、六人の子供が村の小学校へ通学するのに、日に二回通るぐらいなものなんだが、二、三日まえのこと、朝ぼくが食事まえにブラブラそこを歩いていて、パイプに煙草を詰めるんで、庭の塀の木戸のそばに足を止めたのさ。そこは塀から四、五フィート中まで、森が割りこんできていて、今いう道は木立の影のなかを通っているんだがね、木立のかげで気持がいいというよりも、風除けにここはいいなと思って、地面を見ながらパイプをふかしていると、ふと目についたものがあるんだ。塀のすぐ下の雑草がはえてるところに、火打石みたいな石のかけらがいくつか、なにかの模様みたいに並べてあるんだ。こんなふうに――」と言って、ヴォーンはありあう紙きれに鉛筆で点々を描いて、「そうさな、数でいうと十二個ぐらい、その十二個の石が、この紙にかいたように一列に、おなじ間隔をおいて、きちんと並べてあるんだ。みんな先の尖った堅い石でね、その先っぽが、一つ一つ念入りに、みんな一つ方向をさしているんだ。」

「ふーん」とダイスンは大して興味もなさそうな顔つきで、「そりゃきっと、さっき君の言ってた小学生が、通学の道草にそんなものをこしらえて遊んでたんだろう。子供ってものは、知ってるだろうが、貝殻だとか、石ころだとか、花だとか、そんな道に落ちてるものを工風して遊ぶのが好きなんだから。」

「おれもそう思ってね、へえ、石ころが模様みたいに並べてあるなと目にとめただけで、そのときはそのまま散歩をつづけたんだよ。ところが、翌朝、また同じところを散歩すると——そこを歩くのが習慣になってるんでね——また同じ場所に、また石ころが並べてあるんだな。こんどは妙な模様でね——車の輻みたいに、共通の中心に向かって石の先がみんな一つに集まっていて、その中心のところが細工をして、鉢みたいな形になっているんだ。いいかい、石のかけらでこれが出来てるんだぜ。」

「なるほど、そりゃおかしいな。でも、そりゃやっぱり、その小学生どもが石ころでそんな思いつきをしたんだと考えるのが、妥当だろうな。」

「そう。だからね、このあとがどういうことになるのか見てやろうと思ってさ、子供たちは毎日夕方五時半に木戸の前を通るから、六時にもう一度そこへ行って見たんだ。そしたら、石は朝並んでた形のまんまになってるんだよ。翌朝は七時十五分に行って見た。ところが、きれいに形が変わってる。こんどは草の上に、石でピラミッドの形が描いてあるんだ。それから一時間半ほどたって、そこを通る子供たちのようすを見ていたら、みんなその場所を駆けぬけて行って、右も左も全然見ないんだよ。夕方、下校するところを見張っていたが、やっぱりおんなじ。すると、けさ——けさだよ、六時にぼくが木戸のところへ行って見ると、石ころは半月の形になって、ぼくを待っていたというわけさ。」

「そうすると、こういう順序になるんだな。最初が一列だろ、それから車の輻と鉢のかたち、つぎがピラミッド、そして最後が――つまりけさが、半月と。この順だね？」

「そう、その通り。それがぼくをえらく不安にしたわけを、君は知るまい？　これもまた馬鹿げた話にとられそうだが、どうもぼくには、自分のすぐ鼻の下で、合図だか警告だか何だか知らんが、とにかくそういう、なにか不穏なことが行なわれているような気がしてならんのだよ。」

「だけど、何が一体君を脅かすんだね？　君に敵なんかいやしないだろうが？」

「そんなものはいないが、でもおれんとこには大事にしている古い皿がある。」

「そうすると、強盗を考えてるのか？」とダイスンはひどく興味が湧いてきたらしい調子で、

「そりゃ君、隣り近所をよく知っとくこったな。臭いやつがいるのか？」

「さあ、これと睨(にら)んだやつはいないが、だけどさっき言った水夫みたいなやつもいるからね。」

「君んとこの奉公人たちは信用できる連中かい？」

「そりゃ大丈夫さ。皿は頑丈な部屋にしまってあるし、鍵のある場所を知ってるのは、下男頭の爺さんだけなんだから。そっちは間違いないんだが、ただね、ぼくの家に古い銀器がごっそりあることはみんなが知っていて、郷里の連中がいろいろ評判を撒きちらしているもんだから、思いもかけないような所まで噂がひろがっているんでね。」

「なるほど。しかし、強盗説にはぼくは少々納得しかねる節があるな。だいいち、誰が誰に合

図をするんだね？　その説明をどうつけるか、その方法がぼくにはちょっとわからんな。一体、その石のかけらの印だか何だかが、君の頭のなかで所蔵の皿と結びつくのは、どういうことからなんだ？」

「鉢の形をしてたからさ」とヴォーンは言った。「むかしチャールズ二世が愛用されたという、とても大きなポンチ酒の鉢が、おれの家にあるんだよ。これはじつに精巧をこらした浮き彫りがしてあって、大した値打ちものなんだが、さっき話した石の印（しるし）が、そのポンチ酒の大鉢の形にそっくりなんだ。」

「へんな暗合だな。だけどさ、ほかの形だの模様はどうなんだ？　まさかピラミッド型の皿なんか持ってやしまい？」

「それがね、ますますへんだと思うだろうが、そのポンチ鉢には、古い柄杓（ひしゃく）が一組ついててね、これもりっぱな骨董品なんだが、その柄杓がピラミッド型をした、マホガニーの箱にはいってるんだよ。四面がてっぺんでつぼんだ、末広がりになってて。」

「いろいろ話をきくと、だいぶこりゃおもしろくなってきたな。ひとつ行ってみるかな。――ほかの形はどういうんだっけ？　最初の印は一列で、言ってみりゃ、こりゃ軍隊だな。これは皿とどう結びつくんだい？　それから、三日月だか半月だかも？」

「その二つは、ぼくにもつながりがよくわからないんだがね。だけど、ぼくがこの出来事に好奇心をいだいたわけは、わかってもらえたろう？　ぼくとしては、古い皿が一枚でもなくなったら、それこそ一大事だからね、家重代の家宝なんだから。だから、どこかのやくざ者がそいつを盗み出そうというんで、夜な夜な仲間と合図をかわしている——その考えが頭から抜けないんだよ。」

「いや、正直のところをいって、ぼくには何もわからんよ。まるっきり畑違いの人間だからね。君の理屈は、なるほど一理あるとは思うけれども、しかしだいぶこじつけのところがあるなあ。」

ダイスンはそう言って、椅子の背にのけぞると、二人は顔をつきあわし、額に八の字をよせあいながら、しばらくはその奇怪な問題にほとほと考えあぐねていた。

「ときに」とダイスンが長い沈黙を破って言った。「君の郷里は、地質的にはどういう土壌の構造なんだい?」

意表外な質問だったので、ヴォーンは怪訝(けげん)な顔をあげて、

「さあ、たしか古い砂岩と石灰岩じゃないのかな。うちの方は石炭層とはちょっと離れてるからね。」

「だけど、砂岩だの石灰岩のところには、火打石のような堅い石はないはずだぜ。」

「そうらしいな。おれも今まで畑や野原で火打石を見つけたことはないもの。それでじつは、どうもこれは少しへんだなとは思ったんだがね。」

「当然、へんだと思うよ。これは非常に重要な点だぜ。ところで、その模様をこしらえた火打石の大きさは、どのくらいなんだね?」

「それだよ。ちょうど一つここへ持ってきて見たんだ。けさ拾ったやつを。」

「すると、半月形のなかのだね?」

「そう、そう。これがそれだよ。」

ヴォーンが手のひらにのせて出したのは、先端が細くなっている小さな火打石で、長さ三インチぐらいのものであった。

ヴォーンの手からその石をとり上げたダイスンの顔が、きゅうに上気したように怪しく輝きだした。

「へーえ」とややあってダイスンは言った。「君の田舎にはへんな骨董好きがいるんだな。そういう連中が、君んとこのポンチの鉢をどこかへ隠すようなことをするとは思わないが、これ君知ってるのか? これは大昔の石鏃(せきぞく)だぜ。しかもこれは特種の石鏃だよ。石鏃は、ぼくもいろんな所で標本を見たけども、こういう形をしたのは、ちょっと珍らしいな。」

ダイスンはパイプを置くと、机のひきだしから汽車の時刻表をとり出して、言った。

「えーと、そうだな、キャッスルタウンへは、今からだと、五時四五分のにちょうど間にあうな。」

二、煉瓦塀の眼

ダイスンは山の空気を深く吸いこみ、四囲の景物にすっかり魅了されてしまった心持であった。朝もまだ早く、主家(おもや)の前のテラスに、かれは立っていた。ヴォーン家の先々代が建てたこの家は、大きな丘陵の裾の斜面に、三方をかこむ老曾(おいそ)の森の下蔭に建てられており、残る一方の南西側は、土地がなだらかななぞえになって、その末は谷にくだっている。谷には、細い渓流が幽邃(ゆうすい)のなかを出つ入りつしながら、榛(はん)の木のほの暗い茂みが、辛くも流れのゆくえを目に辿らせている。木蔭になっているテラスには、風もなく、あたりの木立さえそよりとも動かない。その静けさを破る音といえば、はるか脚下に水のせせらぐ音だけである。清冽(せいれつ)な、キラキラ光る水が、小さな波をたてて岩をのりこえ暗い淵へと落ちるときに呟(つぶや)く水の歌を、ダイスンは聞いた。その小さな流れにかけた石橋が、家のすぐ真下にある。アーチ型をした橋桁(はしげた)、橋杭は、中世の代の古い名ごりの一つだ。その小橋をわたると、そこからまた山がかりになって、ところどころ暗い森や下藪の茂みに蔽われながら、しだいに大きな城の稜堡のような、まるい山に盛り上がってゆく。頂のあたりにはほとんど木はなく、灰色の白茅(ちがや)とわらびの群生が、燻(いぶ)し金のような羊歯(しだ)とあちこちで混りあっている。ダイスンは北を眺め、南を望み、なだらかな小山の壁を見、年古りた森を見、森と森とのあいだへ吸いこまれるように隠れてはまた現われる小川などを、飽かず眺めながら立ちつくしていた。灰色の空の下に、朝靄(もや)でぼーっと打ちかすんだ一望の野山は、ひっそりとした、なにか妖気めいたもののなかに包まれているようであった。

この静寂のなかへ、いきなりヴォーンの声がとびこんで来た。

「やあ。疲れていたのに、こんなに早くは起きられまいと思ってたよ」とヴォーンは言った。

「だいぶ眺めがお気に召したようだな。うちの祖父さんのメイリック・ヴォーンは、この家を建てるとき、景色のことなんか大して考えもしなかったらしいが、なかなかいい眺めだろう？　ちょっと渋い、さびのあるところだろうが？」

「いいところだ。それにまた、この家がこの環境にぴったりだな。なにかこう、あのくすんだ山と、下のあの古色蒼然たる石橋と、この家が、ひとつ塊りになってるみたいでさ。」

「いやね、ぼくは何だかちゃらんぽらんな口実をこしらえて、君をこんなとこへ引っぱって来たようで、恐縮してるんだ」とヴォーンは、ダイスンとテラスをぶらつきながら言った。「いま例の場所を見てきたんだが、けさはなんの印もないぜ。」

「へえ、そうかい。まあいいさ、あとでいっしょにそっちへ廻って見よう。」

　二人は芝生をわたり、ヒイラギの木立のなかの細い道をぬけて、家の裏手へまわった。家の裏からは、谷へ下りて森の上の山の頂へ登る道がついている。ヴォーンはその道をダイスンにおしえ、やがて二人は大きな木戸をくぐって、庭のそとの煉瓦塀の下に立った。

「ここなんだよ、その例のものがあったのは」ヴォーンはそう言って、雑草のはえている地面の一点を指さした。「ちょうど君の今立ってるところに立って、あの朝はじめてぼくは石のかけらを見たんだ。」

「なるほど。その朝がぼくの言った軍隊の列で、それから鉢で、つぎがピラミッド、そしてきのうが半月だったね。――へえ、これはまた妙な古い石だな」ダイスンは、塀のすぐ下の雑草のなかから、ニュッと突きでている岩塊を指さして言った。「矮人の柱みたいだが、やっぱりこれは自然石なんだね。」

「そうらしいよ。主屋は赤い砂岩の上に立ってるから、そいつはどっかから持ってきたものらしいや。昔の建物の土台石に使ったものなんだろうな。」

「そうらしいな」ダイスンはあたりを見まわし、地面から煉瓦塀、煉瓦塀から庭へともろにかぶさって、朝でもほの暗い木下闇(こしたやみ)になっている木立のほうなどを、しさいに眺めまわしていたが、やがて言った。

「おい、ちょっとここを見ろよ。こりゃ君、子供のしわざだね。ほら、これ。」

そう言って、ダイスンは腰をかがめて、光らない素焼の赤煉瓦の塀のくすんだ表面に見入った。ヴォーンもそばへ寄って、ダイスンの指さすところへ眼をすえたが、赤煉瓦の濃い色の上に、なにかかすかな印のようなものがあるのが、はっきりと見えなかった。

「なんだい、これ？　ぼくにゃよく見えないが。」

「もっと側へよって、よく見ろよ。人間の眼を描こうとしたものだよ。そう見えないか？」

「そう言われれば、そう見えるな。いやね、ぼくは視力が弱いんだ。なるほど、そうだ、君のいうとおり、目だね、これは。子供が学校の図画で教わったんだろう。」

「そうね。だけど、なんとも妙な眼だな。アーモンド型の眼だぜ。そう見えるだろう？　中国人の眼みたいだ。」

ダイスンは未熟な画家の作品を、思案深げに眺めていたが、もういちど側へよると、そこへ膝をついて、ためつすがめつ調べだした。ややあって、かれは言った。

「こんな道のはずれへ、どうして子供がこんなモンゴリヤ人の眼を描く気になんかなったのか、それが知りたいな。大体ね、子供というものは、物の実体に対して非常に明確な印象をもつものなんだ。円を描くとか、円に似たようなものを描いて、そのまんなかに点を打つとかね。子供がこんな形をした眼を実際にイメージに持つとは、ちょっと考えられないな。幼児芸術の因襲伝統というものは、今言ったような単純なものなんだよ。その点、このアーモンド型の眼は、ひどくぼくを惑わせるな。おそらく、食料品屋にある中国茶の罐の金ピカの絵からでもおぼえたんだろうな。もっとも、まるでこれは似てもつかないけどね。」

「しかし、君はまた、なぜこれが子供の描いたものだときめてかかるんだね？」

「そりゃ君、この高さを見てみたまえ。こういう旧式の煉瓦は、大体厚さは二インチたらずだよ。だから、地面からこの絵のところまで、煉瓦約二十枚とすると、高さが約三フィート半ぐらいになる。ところで、こういう塀みたいな垂直のところへ物を書くばあいを考えてみたまえ。たとえば、大人が鉛筆で描くとすると、その鉛筆は、大体自分の目の高さあたりの塀にさわるわけだから、地面からは五フィート以上の高さになるわけだ。それから推していくと、この塀の眼は、どうしたって十歳ぐらいの子供が描いたものだ、という結論が出てくるじゃないか。」

「なるほどそうか。そこまでは考えなかったな。そうすると、むろん、あの小学生のなかの一人が描いたものにちがいないな。」

「と思うがね。だけど、どうもこの二本の線と、この楕円形に近い目の玉が、どことなく子供らしくないところがあるなあ。なんだかいやに古風な感じで、それと筆づかいも、なんかこう、楽しいところがないんだ。かりにだよ、これを描いた同じ手が、もし顔全体を描いたとしたら、やっぱり楽しくない顔になるんじゃないかと、なんかそんな気がしてならないよ。まあしかし、結局これは何の意味もない、ただの楽書の絵で、われわれの調査に一歩を加えるものではなさそうだ。あの石のかけらの連続事件が、こんなことであっけなく終ってしまうのは、なんだか拍子抜けだね。」

二人は主屋の方へ引き返した。玄関の前まできたとき、ようやく灰色の空に雲が切れて、うす墨色の前山に朝日がさしそめてきた。

その日いちにち、ダイスンは、家のまわりの野や山を、考えごとに耽りながらほっつき歩いた。かれは自分の方からはっきりさせようなどと言い出した、つまらない出来事のために、どうしていいか全く途方に暮れてしまった。そして、例の石の鏃をポケットからとり出して、とっくり返しおっくり返し、改めて入念に調べ直してみると、どうもこの石鏃には、まえに自分が博物舘や個人のコレクションで見た標本とは、どこかまるで違うところがあるように思えてきた。形は紛れもない鏃で、刃のまわりに小さな点がポチポチと一列に彫ってあるのは、むろん飾りにちがいない。それにしても、こんな辺鄙な片田舎の誰が一体こんな品を、あんなに数多く所蔵してるのだろう？　しかもその持主は、その品で、ヴォーン家の煉瓦塀の下に、意味もない模様を描くなんて妙な使いかたをするとは、一体どんな持主なんだろう？　——とにかく、どこから見ても、じつに下らない馬鹿げたことをしたもので、その馬鹿らしさかげんに、ダイスンはむしょうに腹が立った。そう思いながらも、考えれば考えるほど、吐いて捨ててしまいたいような屁理屈ばかり頭に浮かんでくるので、いっそのこと次の汽車でロンドンへ帰ってしまいたい誘惑を、つよく感じたくらいであった。ヴォーンが虎の子の家宝にしている夥しい銀器類も見たし、コレクションのなかのお職ともいうべき、例のポンチの大鉢もくわしく見せてもらった。執事の爺さんにも会い、いろいろ意見を聞いてみて、宝物の納めてある貴重品箱を盗み出すことは、絶対不可能なこともわかった。大鉢の納めてある、分厚なマホガニーの板でつくった箱は、明らかに今世紀のはじめ頃にこしらえた品らしく、その厳丈堅固なことは、まさにピラミッドを思わせるものがあった。ダイスンも、はじめは一挺やったろかと、柄にもない探偵気を出しかけたのであったが、さて白面に返って考えてみると、強盗説なんか到底成り立ちっこないことがわかった。そこでかれは、もっと納得のいくようなことに、思いきって考えを転換してみることにしたのである。かれはヴォーンに、この界隈にジプシーはいるかと訊くと、ジプシーはここ何年にも見かけたことがないという返事であった。ジプシーが屯していた場所を立ちのく際には、その行進する道に妙な象形文字を書きのこしていく風習のあることを、前からかれは知っていたので、ふとその考えが閃いたのであったが、何年にも見かけないと聞いて、大いにがっかりした。このことを尋ねたときには、ダイスンは古風なこの家の炉端で、ヴォーンと向かいあって寛いでいたのであるが、自分の思いつきがもろくも崩れ去ったので、いかにも苦い顔をして椅子にのけぞった。

「この村では」とヴォーンがいった。「昔からジプシーとのいざこざは、あったためしがないね。ときおり、百姓が山の奥なんかで、焚火のあとを見つけることがあるけど、誰も火を焚いたやつを見た者がないんだ。」

「そりゃてっきりジプシーだろう?」

「いやいや、ジプシーはそんな山奥へは行かないさ。いかけ屋だのジプシーだの、そういう渡り者のたぐいは、みんな街道筋にへばりついていて、百姓家から遠く離れたところへは行かないものだよ。」

「いやどうも、さっぱりわからなくなってきた。昼間、小学生の通るところを見たけど、君の言うとおり、脇目もふらずに、まっすぐに駆けてってしまった。煉瓦塀の眼も、あれで見納めだな、きっと。」

「いや、おれは何としても待ち伏せして、いつかかならず描いたやつを見つけ出してやる。」

翌朝、ヴォーンが芝生をわたって、いつも通る道を家の裏へと行くと、ダイスンが一と足先に、庭の木戸のところで待っていた。かれは明らかになにか興奮状態にあるようであった。ヴォーンの姿を見ると、かれは急いで烈(はげ)しい身ぶりで手招ぎをした。

「何だい、また石が見つかったのか?」とヴォーンがきくと、

「ちがう、ちがう。見ろよ、そこの塀を。ほら、そこんとこ、見えるだろう?」

「やっ! また眼か!」

「そうなんだ。前のよりすこし離れて描いてある。高さはほとんど同じだが、けさの方がやや低いかな。」

「一体全体、誰がこんなことをするんだ? 子供たちがするはずはない。ゆうべはこんなもの

なかったんだし、あと一時間たたなけりゃ、子供たちはここを通らないんだからな。一体、どういうことなんだ、これは？」

「どうやらこの裏には悪魔がいるらしいぞ。むろん誰が見たって、このアーモンド型のいやらしい眼が、例の鏃(やじり)の奸計と同じ力でもくろまれているという結論は、否定できまい。その結論を押し進めていくとどこへ行くか、そいつはぼくなんかに言えるこっちゃないよ。まあ、ぼくとしては、自分の想像力に強いブレーキをかけないといかんが、こいつはしかし、だんだんえらいことになってくるぞ。」

「ヴォーン」と、二人が塀ぎわをあとに歩きだしたときに、ダイスンは言った。「君ね、あの石でこしらえた形と、塀に描かれた二つの眼とのあいだに、なにか共通したもの――なにかとくに妙だと思った点があるかい？」

「何なんだね、あれは？」とヴォーンは逆に問い返した。その顔には、なんともつかぬ恐怖の影が落ちていた。

「それなんだ。つまり、われわれは例の軍隊の印も、それから鉢、ピラミッド、半月と、みんなこれが夜のうちに作られたに違いないことが、これでわかったわけだ。だから、夜なら犯人は見られるわけだ。そう、同じ理屈は塀の眼にも当てはまるわけだ。」

「どうも君の言う要点がよくわからないが。」

「まあ、いいさ。今ね、夜はちょうど闇夜だ。ぼくがここへ来てから、ずっと毎晩曇っていたね。だいいち、天気のいい晩だって、ああ木がおっかぶさっていては、あの塀の下はまっ暗闇だ。」

「なるほど?」

「それで考えたんだ。やつらは——その『やつら』は誰でもまあいいとして——あの木立のまっ暗な影のなかで、あの鏃を複雑な順序に並べたり、塀の上にあの目玉を書き損じなく書いたりするということは、こりゃ君、とくべつに目のいいやつらだということだよ。」

「そういえば、ぼくも何かの本で読んだことがある。何年も地下牢へぶちこまれていた人間は、まっ暗闇のなかでも、なんでもよく見えるそうだね。」

「そうなんだ」とダイスンは言った。「『モンテ・クリスト』の坊主なんかが、それだよ。もっとも、ありゃ特別な例だがね。」

三、鉢さがし

「いましがた、帽子に手をかけて君に挨拶した爺さん、ありゃ誰?」

主屋に近い小道の曲り角まできたとき、ダイスンがきいた。

「ああ、あれか。あれはトレヴァ爺さんだ。気の毒に、爺さんだいぶ窶れたなあ。」

「トレヴァって、どういう人?」

「憶えてないかな、ほら、君の家へ行ったときに話したろうが? アニー・トレヴァという娘が五週間ほど前、わけのわからん行衛不明になったって。今のがその娘のおやじだよ。」

「ああ、そうそう、思い出した。正直、こっちはそんなことすっかり忘れてた。その後、その娘さん、やっぱり杳として音沙汰なしか？」

「なんにもない。警察がへまなんだ。」

「あん時くわしく話してくれたが、うっかり上の空で聞いてたんだな。その娘さん、どっちの方へ行ったんだって？」

「あの子の行った道は、おれんとこの上の、ほら、あの山ね、あれをまっすぐに越えて行くんだが、そうね、一ばん近い道を行っても、ここから二マイルはあるだろうな。」

「と、きのうぼくが見た小さな部落の近くか？」

「君が見た部落というのは、たぶんクロイスザキルヨッグのことだろう。例の小学生たちはそっちの方から来るんだ。君のいう部落より、もっと北に寄ったところだがね。」

「いやあ、そっちの方は行かなかったな。」

二人は家のなかにはいると、ダイスンは自分にあてがわれた部屋にひとり閉じこもって、ひとりで怪しげな考えごとに耽った。このところ、疑念々々と疑念づくめで過ごしたせいか、最初から雲をつかむような幻想じみたことが、どうもはっきりした形をとって浮かんで来なかった。かれは明けはなした窓ぎわに坐りこんで、下の谷あいや、そこを縫うように流れている小川や、灰いろの石橋、その向こうにもり上がっている小山など、一幅の絵のような景色にうっとりと眺め入った。満目静寂、森々とおいかぶさる森をゆるがす風もなく、夕日がヒイラギ林に暖かく映えて、はるか下の方からは白い狭霧が小川から立ちのぼりだしている。やがて夕闇が濃く迫ってきて、遠くぼんやりと大きな砦のようにそばだつ山々や森が、しだいに模糊とした影を深くしてくるのを眺めているうちに、ダイスンは、さきほどから自分を捉えていた考えが、頭から不可能なこととは思えなくなってきた。夜に入ってからも、引きつづきかれは空想のうちに過ごし、すぐそばでヴォーンが何を言っても、まるで上の空であった。やがてホールへ蠟燭をとりに行ったとき、かれは友人にお休みの挨拶をいうまえに、ちょっと足をとめて言った。

「おれね、今夜は先に休ましてもらうぜ。あしたする仕事が見つかったから。」

「なにか書きものか?」

「いや、鉢をさがしに行くんだ。」

「鉢! おれのポンチの鉢だったら、金庫にしまってあるから大丈夫だぜ。」

「いや、ポンチの鉢じゃないんだ。こういうと君は、いや皿だって今までいちども脅かされたことはないというかもしれんが、ぼくはけっして自分の空想したことで君に迷惑かけるようなことはせんから、その点は安心してくれ。たぶん——ま、十中八、九、空想以上の強力なものが、遠からず摑めるはずだ。そう思ってもらおう。じゃ、おやすみ。」

翌朝、朝食をすませると、ダイスンはすぐに出かけた。裏の煉瓦塀にそうた細い道に出ると、けさは、塀にうすく書いてあるあの気味わるいアーモンド型の眼が、八つになっているのを見た。

「よし、もうあと六日だ」とかれはひとりごとを言った。でも、そうは言ったものの、自分が組み立てた推理を考えなおしてみると、つよい自信はおろか、いかにも荒唐無稽な、眉唾ものの空論のようにおもわれて、われながら気持がひるんだ。うっそうとおい茂った森の下闇を、脇目もふらずにグングン登っていくと、やがてまもなく禿山の中腹に出た。そこからさらに、足もとのツルツル辷る芝草のはえたところを、ヴォーンが教えてくれた指示に従って、北の方へ北の方へと道をとりながら、上へ上へと登って行くうちに、ダイスンは、なんだか知らないが、人間世界や世俗の世界から遙か上の方へと、だんだん自分が昇って行くような、そんな心持がしてきた。右手のほうに果樹園の一端が見え、うす青い煙が一本の柱のように立ちのぼっているのが見えた。そこは例の通学の子供たちが出てくる村であった。灰色をしたヴォーン家の古い屋敷は、森にかこまれて隠れているので、なんだかその村だけが生きているしるしみたいであった。やっとのことで、山の頂上らしいところへ辿りついたとき、かれははじめて、このへん一帯の辺鄙な山地の孤寥と隔絶のさまを、目のあたりに見ることができた。そこには灰色の空と、灰色の丘陵と、涯もなくひろがっている広漠とした高原と、遠く北の方へと消え去っている青い山脈のすがたのほかには、何もなかった。やがてかれは、人の踏んだ跡もあるかないような、ほそい小径に出た。場所から見ても、またヴォーンから聞いた話に照らし合わせても、この小径こそ、行衛の知れなくなったアニー・トレヴァが通った道にちがいないことがわかった。ダイスンは、禿山の頂上にあるその細い小径をたどって行った。ところどころ、芝草のなかから、ふた抱えも三抱えもあるような大きな石灰岩の塊りがつき出ているのを、ダイスンは伝説にある南海の偶像みたいに、見たら目がつぶれる恐ろしいもののように見ながら、そばを通りすぎた。と、突然かれは、おもわずハッとして足を止めた。自分が捜しにきたものが見つかったのであったが、意外の驚きであった。地面がほとんど何の予告もなしに八方へなだれ落ちて、大きな円形の窖になっているのを、ダイスンはすぐ目のまえに見たのである。ひょっとするとそれは、むかしローマ人が円形劇場につくったものなのかもしれなかった。ぶざまに切り立った石灰岩が、ちょうど崩れおちた壁のように、窖のへりをぐるりと縁どっていた。ダイスンは窖のまわりを歩いてみて、ぐるりの岩の位置をいちいち手帖に書きとめ、それから家に向かって山を下りはじめた。

「あの窖は、あれはただの珍らしいものなんてもんじゃないな」とかれは途々ひとりで考えた。「さて鉢はこれで見つかったが、ピラミッドはどこにあるのかな?」

家にかえると、かれはすぐにヴォーンに言った。

「おいヴォーン、おれ、鉢を見つけたぞ。今のところ、言えることはそれだけだ。きょうから六日間、おれたち完全な休日だぜ。なんにもすることがないんだ。」

四、ピラミッドの秘密

「今、庭をひとまわりしてきたんだが」と、ある朝、ヴォーンが言った。「あのいやな眼を数えてみたら、みんなで十四あるぞ。ダイスン、後生だから、あれ一体どういう意味のものなんだか、おしえてくれよ。」

「そういうことをしようとすると、おれはかならずあとで後悔するんだ。そりゃね、ああだろうとか、こうだろうとか、大体の見当はつけられるけど、おれはだから、自分の推定はいつも自分で温めておく主義にしてるんだ。だいいち、こんどのことは、とても予測できるような事件じゃないものな。君、この間おれが、これから六日間は休日だといったの憶えてるだろう？　きょうがちょうどその六日目でね、のんびりしていられる最後の日なんだよ。どうだい、今夜ひとつ、ぶらっと見回りに出かけようや。」

「見まわり！　君が行動をおこすといったのは、そのことなのか？」

「うん。おもしろいものをご覧に入れられるかもしれんよ。はっきり言うとね、今夜九時に、君と裏の山へ出かけようと思ってるんだ。山で一と晩夜明かしすることになるだろうから、身じたくはよくして行ったほうがいいな。それから例のブランデーも持ってな。」

「おい、そりゃ冗談なんだろう？」ヴォーンは、妙ななりゆきになったことと妙な臆測に戸惑いながら、きいた。

「冗談なんか考えてもいないさ。おれの考えに大過がなければ、事件の謎の重大な解明が見られるはずなんだ。大丈夫だな、いっしょに行ってくれるな？」

「ああ、いいとも。それで、どっちの方へ行くんだ？」

「君の言ってた道さ。アニー・トレヴァが連れて行かれたとおぼしい道だよ。」

ヴォーンは少女の名前が出たのを聞くと、色をうしなった。

「あの道へ君が行ったとは思わなかったな」とヴォーンは言った。「君がかかずらってたのは、石の模様とあの怪しい眼のことだとばっかり思ってた。そうなれば否も応もないさ、むろんいっしょに行くよ。」

その晩、九時十五分前に、二人は家を出た。そして森のなかの細い道をぬけて、山の中腹を登って行った。暗い、おも苦しいような晩で、空には雲が厚くたれこめ、谷には霧が濃く、道はどこまで行っても影と幽暗の世界を歩いているようで、二人はほとんど口もきかずに、ただ黙々と歩いて行った。あたりに立ちこめている静寂を破るのが恐ろしかったからである。やがて断崖のような嶮しい山腹へと出た。気圧されるような森林の圧迫にかわって、そこには草のはえた、帯のように細長い平地があり、ところどころにニョキニョキつき出ている石灰岩の岩くれが、闇のなかからそれとなく恐怖を暗示していた。山をこえて海の方へ吹きぬける夜風がヒューヒューうなり、風のとおり道に立つと、心臓のまわりがひんやりと冷えわたるようであった。だいぶ長い時間、二人は歩きに歩いたようであったが、夜空にうっすらと浮かんでいる山の稜線は、まだまだ遠く行く手にのびていて、闇のなかにはあいかわらずゴツゴツした大きな岩塊が、ニョキニョキつっ立っていた。そのときダイスンが、きゅうに息を切らしながら側へよってきて、小声でささやいた。

「ここですこし横になろうや。まだ何もはじまらないようだから。」

「ここはぼくも知ってる」とヴォーンがそのあとすぐに言った。「昼間明るいうちに、よく来たことがある。村のものは、ここへ来るのを恐わがっているらしいよ。妖精の棲家か何かがあると思ってるらしいんだ。だけど、なんでまたこんなとこへ来たんだね？」

「もっと小さな声で話せよ」とダイスンは言った。「立ち聞きされるとまずいよ。」

「立ち聞き！　こんなとこで！　ここは君、三マイル四方、人っ子ひとりいやしないぜ。」

「そうでないらしいんだ。いや、そうでないとはっきり言おう。どこかそこらに、誰かいるかもしれんよ。」

「どうも言うことがさっぱりわからんな」とヴォーンもダイスンに調子を合わせて、小声で言った。「とにかく、なんでこんなとこへ来たんだよ？」

「だからさ、今ぼくらの前にあるこの窪地ね、この窨が、これが『鉢』なんだよ。おい、小さな声でも、しばらく話をしない方がよさそうだ。」

二人は芝草の上に腹ばいに寝そべった。二人の顔と窨のあいだには、例のとびでた岩があった。ダイスンは黒っぽいソフト帽の鍔をときどき上げては、片目をそっとのぞかせ、すぐとまたひっこませ、なるべく長く覗かないようにして、何かを見ている。かと思うと、地べたに耳をつけて、何かを聞いている。時間はどんどんたっていくが、闇はいよいよ濃くなっていくようで、ものの音といえば、かすかな風の音だけであった。

ヴォーンは、この得体の知れぬ恐怖をじっと打ち戍っている沈黙の苦しさに耐えられなくなってきた。というのは、かれには何が何やら、全然理解の具象も形も何もなかったからで、こんなことをして一と晩夜明かしするのが、なんだか退屈千万な茶番劇みたいに思われだしてきた。

「まだよっぽど長くこうやっているのかい？」と小さな声でダイスンにきくと、息を殺してじっと注意を集中しているダイスンは、ヴォーンの耳もとに口を寄せて、

「キミハ　ミミヲスマシテ　キイテイルノカ？」と、まるで司祭の牧師が、なにか厳粛なことを宣告するときみたいに、一語々々、ことばを区切って聞き返してきた。

　ヴォーンは、ダイスンのやつ、なにが聞こえるのかな、と怪しみながら、自分も両手を地面について、首を前につきだして腹這った。はじめのうちは何も聞こえなかったが、そのうちに、なにか低い静かなざわめきのようなものが、ごくしずかに、窖のなかから聞こえてくるようであった。それはちょっと言葉に言いあらわせないような、ごく微かな音で、なんと言ったらいいか、上顎に舌をくっつけて息をシューッと出すような、そんな響きであった。そして、なおも耳をすまして一所けんめいに聞いているうちに、ざわめきはだんだんに大きくなってきて、やがてのことに、ものすごい高熱でブクブク煮えくりかえる焦熱地獄のような、ものすさまじい音になってきた。ヴォーンは、もはやどっちつかずの中ぶらりんな心持ではいられなくなって、自分もダイスンに倣って、顔半分をかくすように帽子の鍔を下げると、すぐ目の下の窖のなかを恐る恐るのぞきこんだ。

　なるほど、たしかに窖のなかは、地獄の釜のように、ほんとにブクブク泡をたてて煮えたぎっていた。よく見ると、窖の底にも、横っ腹のところにも、足音をたてずに右往左往している、なにかもやもやした、めまぐるしい形をしたものが、よじれもじれ、のたうちまわりながら、

あっちにもこっちにも固まり合って、それがおたがいに蛇の這いずるような、気味のわるいシユルシュルいう舌足らずの声音で、なにごとか話しあっているらしい様子である。まるで美しい草のはえた大地が、突然穢ならしい、ウニョウニョ身をくねらせる蛆虫みたいなもので、きゅうに活潑になったかのようであった。ヴォーンは、ダイスンに指でつつかれたのを感じたが、そっちへ顔を向けることもならず、ひと塊まりになって蠢いているものを夢中で覗きこんでいるうちに、なにか顔みたいなものや、人間の手足に似たようなものが、そのなかにあるのがかすかに見えた。でも、あんな虫けらみたいな、人間の皮をかぶったようなものが、あんなに塊りになってのたうちまわり、あんなにシーシー声を出して犇いたりするはずはないと思うと、ヴォーンは心の底からゾーッと寒けを覚えた。悚然として、かれは驚怖のあまり、息が吃逆みたいにのどの奥へ引きこまれるようであった。そのうちに、おぞましい形をしたものは、窖のまんなかの何か形のわからない物のまわりに、黒山のようになって集まると、舌足らずのような話し声はますます盛んになり、あやふやな光のなかで、朧ろげながらもはっきりそれとわかる、いやらしい無数の手足が、よじれあい、からみあっているのが見えた。しかも、人間の言葉でない話し声がざわざわ、ぴちゃぴちゃしているなかに、ごく微かだが人間の低い呻き声もきこえるように思った。ヴォーンは自分の心のなかで、何物かが「腐れ蛆虫、不滅の蛆虫」という声が、いつまでも囁きつづけているような気がして、穢い臓物のきれっぱしのようなものが、ブヨブヨ膨れかえった蛆虫どもといっしょになって、そこらじゅうをズルズル、ヌルヌル這いまわっている光景が、想像のなかにあくどく描かれてくるのであった。どす黒い手足のからみあいはなお続き、やがてそれは窖の中央にある黒い形のもののまわりに、房になって固まったように見えた。ヴォーンの額からは脂汗が流れ、それが顔の下の手の甲に冷たく落ちた。

　と、そのとき、あっと思うまに、見るもおぞましいその塊りがすーっと溶けて、「鉢」の内側へサッとひろがった。その瞬間、ヴォーンは窖のまんなかに、人間の腕が二本、ニュッとつきでているのを見た。と思ったとたんに、窖の底からパッと閃光が光って、火が燃えついたといっしょに、キャーッという女の苦悶と恐怖の悲鳴がきこえ、大きな炎のピラミッドが噴水の栓をひらいたように炎々と燃え上がって、全山に明るい火あかりを投げた。その刹那、ヴォーンは窖の底に夥しい数の人間を見た。それは、形こそ人間の形をしているが、ひどい畸形児のように成長の止まった人たちで、顔には言い知れぬ邪心と淫欲に燃えたアーモンド型の眼をそなえ、まっ裸の肉塊は死びとのように黄いろかった。やがて、あたかも魔法が解けたように、窖のなかはすっからかんになった。すっからかんになった窖のなかで、炎だけがバリバリ音をたてて燃えさかり、火あかりがあたり一面を明るく照らした。

「どうだ、ピラミッドを見たろう」とダイスンがヴォーンの耳もとで言った。「炎のピラミッドを。」

五、矮人(こびと)

「この品、見覚えがあるかい?」

「ある、ある。そりゃアニー・トレヴァがいつも日曜日にかけてたブローチだ。その型に見覚えがある。どこで見つけた?　まさかあの子が見つかったんじゃあるまい?」

「このブローチをぼくがどこで見つけたか、君にゃ見当つかんだろうな。ヴォーン、君ね、ゆうべのこと忘れちゃいまいな?」

「ダイスン」と相手はひどくまじめな調子で言った。「おれね、けさ君が外へ出て行ったあいだに、ゆうべのことをいろいろ思い返していたんだ。自分が見たもの、というより、自分が見たと思ったことと言った方がいいのかな、それをいろいろと考えたんだ。そしてその結果、あいうことはとても思い出すにたえないという結論に達したんだよ。ぼくもこれまで世間の人たちとおんなじように、つね日ごろ、神を畏(おそ)れながら、まじめに正直に生きてきた。だから、いまの自分にできる精いっぱいのことは、自分がある恐ろしい迷いというか、妄想というか、それから生ずるまぼろしに悩まされていたんだと信じることなんだ。ゆうべもぼくは、自分が見たと思ったことについては、一言(ひとこと)も口に出さずに、黙りこくったまま君といっしょに家へ帰ってきたろう。おれたちおたがいに、あのことについては、沈黙を守ってる方がいいんじゃないのか?　けさ、ぼくはおだやかな朝日のさしてるなかを散歩してみて、つくづく、大地はかくのごとく神の讃えに満ち満ちていると思ったね。塀のそばを通ったら、あの忌まわしい印は、もう一つもなくなってた。残ってた跡も、ぼくはきれいに消してきたよ。つまり、謎はもうこれで終ったんだ。ぼくらはふたたびまた静かに、平和に暮らすことができるのさ。ここ二、三週間ばかり、なんか毒気みたいなものが作用してたらしいや。おかげで、狂気と紙一重のところを歩かされたけど、今はもう正気だ。」

　ヴォーンは熱のはいった話ぶりだったが、話しおわると椅子からのり出して、なにか言ってもらいたいような目つきで、ダイスンのことを見た。

「ねえ、ヴォーン」ややあって、ダイスンは言った。「今さらそんなことを言ったって、なんの役にも立たんさ。もう遅蒔きだよ。おれたち深入りしすぎたんだ。君だっておれと同じように、こんどの事件に妄想だのまぼろしなんてものは一つもないことは承知のはずだ。おれももっと打ちこんでやりゃよかったんだ。そんなことはまあいいが、ただ自分に公平であるために、ひと通りやっぱり、知ってるだけのことは君に話しておかなければな。」

「ああ、けっこうだとも」ヴォーンは大息して、「君の気のすむようにしてくれ。」

「じゃ、勝手だけど、最後のところから始めさしてもらうよ」とダイスンは言った。「まずこのブローチだがね、これはぼくが『鉢』といった、君も知ってるあの窖（あな）で見つけたんだ。あすこに火を焚いた跡のような灰の山があって、燃えかすはまだ熱かった。そこの地面に、むろん火の燃えた外のところだが、そこにこのブローチが転がっていたんだ。掛けていた人の服から偶然に落ちたんだろうな。――まあ待て、話のあいだへ口を出さんでくれよ。さて最後を話したから、こんどは振り出しにもどって、君がロンドンのぼくの部屋へ会いにきた日のことだ。ぼくの憶えてるかぎりでは、君は部屋へはいるとまもなく、田舎の君の村でおこった、不幸な謎の出来事のことを語りだした。アニー・トレヴァという女の子が、親戚のものに会いに行ったきり、行衛が知れなくなったという話ね。正直のところ、ぼくはあのとき、君の話に大して興味を感じなかったんだ。理由はいろいろあったろうが、ま、一人の人間、ことに女の子が親戚知人の圏内から姿を消したという事実を、ごく手軽に考えた、ということなんだろうな。そりゃそうだろうよ。かりに警察に相談でもしてみたまえ。ロンドンでは一週間おきぐらいに、誰かしらが謎の失踪をしてるんだから、警察の係の者はきっと肩をすくめて、均等法という法律の建前からいえば、そりゃ申出は当然至極なんですがね……というにきまってるよ。ご同様に、ぼくも不届千万だったが、君の話をうわの空で聞いてたのさ。それに、君の話に興味を感じなかったもう一つの理由は、どうも君の話が不可解だったことなんだ。君はあのとき、浮浪者の強盗船員の例を引合に出していたけど、あの解釈はぼくはすぐに捨てた。理由はいろいろあるが、出来ごころでついフラフラとやった犯人、つまり素人の凶悪犯人は、かならず逮捕るからね。ことに犯行の舞台に地方を選んだばあいはね。君の話したガルシアのばあいが、そうだろう。やつは犯行の翌日、血だらけのズボンのまんま、ノコノコ汽車の駅へやってきている。盗んだオランダ製の安物の置き時計は、紙にきちんと包んで持っていた。君が一例として挙げたこの話は、すぐにぼくは捨てたが、肝心の君の方の話は、どうもよくわからなかった。だから、興味が湧かなかったんだ。そう、今の『だから』は、これは慥かな根拠に基いた結論による『だから』だぜ。君ね、いままで自分で、これは不可解だとわかってる問題について、頭を悩ましてみたことがあるかい？　たとえば、アキレスと亀のような昔からある謎について、さんざ考えに考えぬいたことあるかね？　むろん、ないだろう。それは君が、その問題はとうてい望みのない問題だと知ってるからさ。それと同じように、君から失踪少女の話をきいたときに、ぼくはその話をあっさりと望みのない、不可解の部類のなかへ入れて、それっきりその事件のことは考えずにいたんだ。ところが、自分の間違っていたことが、あとになってわかった。一方、君の方は、憶えてるだろうが、あのあとまもなく、個人的な理由からもっと関心の深い出来事がおこったもんだから、そっちの方へ鞍替えしてしまった。例の石の印の話さ。あの話はもうここで繰り返す必要もないけど、あれも最初は、何だ下らん、子供の遊びかいたずらだろう、ぐらいにぼくは思ったんだ。ところが、君から石鏃(せきぞく)を見せられて、はじめて強い興味が目ざめた。これは常識をこえた何かがある、こいつはほんものの珍事件だと見たんで、ここへ来るが否や、君から聞いた石の印の順序を何度も自分に言い聞かせながら、解決を見いだす仕事にとりかかったわけだ。一番目が、二人で名前をつけた『軍隊』、――これはいくつかの石鏃が一列に並べられて、その尖端が一つの方向をさしていたやつだったね。その次が、車の輻(や)のような線が中央の『鉢』の部分に集まってるやつ。それからピラミッドの三角。最後が半月。――いやね、今だから白状するけど、この謎のヴェールをひっぺがす苦心で、じつはぼくもまったくヘトヘトになったな。君もわかってくれるだろうが、なにしろ問題が二重三重だろう。一体これらの形は何を意味するのか、誰がこんな模様を考えたのか、さんざん自問自答して見た。だいいち、こんな貴重な石を、一体誰が持ってるのか？　石の値打を知っていて、こんな道っぱたへ投げ出しているのか？　そうやって詰めに詰めていくうちに、どうも問題の人物は――一人なのか大勢なのか知らんが――どうやら石の値打を知らないんじゃないか、という考えになってきてね。もっとも、相当の学識者でも、こういう考古学上のことは案外知らないからと思って、まだその考えには踏み切れずにいるところへ、例の煉瓦塀の眼が割りこんできて、いよいよますますこんがらかってきた。でも、この二つのケースに同じ力が働いているという結論は、どうしても避けられなかった。これは君も憶えてるだろう。塀に描かれた眼の特異な位置、このことから、ぼくはこの村に一寸法師はいないかといって訊いたんだが、そんなものはいないとわかった。毎日通る子供たちも、この件には関係がないこともわかった。あんときも指摘したとおり、人間は垂直面にものを書くときには、誰でも本能的に自分の顔の高さに書くから、それから推して、塀に眼を描いたやつは、身長三フィートから四フィート半のやつだと、ぼくは確信した。つぎに、こんどは眼のかたちが問題になってきた。あの眼型は、イギリスの田舎の連中なんかが全然概念をもつはずのない、モンゴリヤ人種の眼型だし、それにもう一つ厄介な条件として、あれを描いた人間は、ふだんから暗闇で物が見える者でなければならないという、明白な事実がある。君もあの時言ってたように、何年もまっくらな部屋か土牢にでも押しこめられていた者なら、そういう力を身につけられたろうが、エドモン・ダンテスこのかた、今どきヨーロッパのどこの国に、そんな牢獄があるかね？　まあ、かなり長い期間、中国の土牢にでも押しこめられていた船乗りでもいれば、そんなのがこっちの捜すつぼの人間だろうが、とてもじゃないが、そんなのはありっこない話だし、おまけにそいつが一寸法師でなければ駄目となると、それだって絶対にないとは言えないかもしれないが、しかし、かりに注文通りの船乗りがいたとして、それが前史人の石鏃をふんだんに持ってるなんてのは、こりゃどう考えたって、いるわけがないやね。かりにいたとしてもだよ、あの石の印やアーモンド型の眼の意味や目的が、一体どうなりますかよ？　君の言ってた強盗仮想説ね、あれはぼくは始めから支持できないと見たし、正直のところ白状するが、ぼくも自分の作業仮説にはほとほと途方に暮れたんだ。あの山道へ行ったのは、あれはもう、ほんの偶然のことでね。あの朝、気の毒なトレヴァ老人と行き会って、君から名前を聞いてさ、あの人の娘さんが行衛不明になったんだと聞いて、ぼくは忘れていたというか、それっきり追究もしないでおっぽり出したまんまになってた話を思い出してさ、こりゃまた別の問題が出てきたわいと、あのとき思わずひとりごとを洩らしてね、これはしかし、自分が今悩んでる謎に関連して、この事件が証明されるとしたら、どういうことになるだろうと、ふっとそう思ったんで、それから部屋に閉じこもって、自分の頭のなかから偏見という偏見を根こそぎ追っぱらった上で、アニー・トレヴァの失踪が、あの鏃（やじり）の印と塀の眼となんらかのつながりがあるものと仮定してさ、問題をぜんぶ新規まきなおしに調べなおして行ったんだ。しかし、この新しい仮定をしばらく考えるうちに、ああ、駄目だ駄目だ、もうなにもかもお手揚げだと思って、問題全部をあきらめかけたときに、ふいと『鉢』の意味がパッとひらめいたんだな。サリー州に、ほら、Devil's Punch-Bowl という所があるの、知ってるだろう。そこでね、この称号は、ここの土地でも、どこかそういう地形をした場所につけられてるかもしれないと思ってさ、この二つの極を一つにして、迷子になった少女の通った道の近くに『鉢』を捜してみよう、そう思ってね、そしてご覧のとおり、見つけたというわけさ。あの鏃の印ね、あれをぼくは自分なりに会解して、こう解釈したんだ。まず『軍隊』から始めてね、こう読んだんだ。――〈『鉢』のところで、十四日目の夜（これが『半月』だよ）、『ピラミッド』を見るために、――あるいは『ピラミッド』を建てるために――集会がある。〉……それから、毎日一つずつ書かれて行ったあの眼ね、あれは言うまでもなく、日付を引き合わしていったもので、だから『半月』の十四になれば、それ以上は書かれないことがわかったんだ。まあ、ざっとこんなぐあいでね、だいぶ道は遠かったけど、わりあい平坦な気がした。あんな寂しい山の、しかも一ばん寂しい、一ばんみんなからおっかながられている所で、一体どんな集会があるのか、誰が集まるのか。これは大して骨折って調べることもなかったな。アイルランドや、中国、アメリカの西部あたりで、この問題の答は、案外かんたんに出ているはずだからね。不平分子の集まり、秘密結社の集会、等々。――自警団員がいろいろ報告をまとめているよ。事それ自体は、ごく単純なものなんだろうが、しかしイギリスの、純朴温良な連中の住んでいる、こういう静かな片田舎では、今のところ、ちょっとそういう想定は出来にくいな。でもぼくは、そういう集まりを見る機会は、かならず持てると思ってたから、べつに自分で望みのない研究調査に迷いこんでも構わないと思っていた。荒唐無稽な空想に屁理屈をつけるかわりに、判断に取り組んだんだ。ぼくは村の連中がアニー・トレヴァの失踪について、『アニーは妖精に淩われた』と言ったのを思い出した。断っておくがね、ヴォーン、ぼくは君とご同様に正気な人間だし、憚りながら頭だって、ありもしない馬鹿げたことを易やすと容れるほど、からっぽ頭じゃないと、自分じゃ思ってる。だから、へんな空想を追っ払うことには、自分なりに全力をつくしたつもりだ。するとね、『矮人』という古い妖精の名前が、ふっと浮かんだんだ。つまり、この国に居住していた前史人、テュラニー人の伝承を語る、いかにも尤もらしい信仰さ。テュラニー人は穴居人だった。そう思ったとたんに、ぼくは、身長四フィートそこそこで、暗闇のなかに棲息し、いろんな石器類を持っていて、風貌がモンゴリヤ人種によく似ている人間を自分が捜しているんだということを、閃くように実感したんだ。ぼくはね、ヴォーン、君がゆうべその眼でしかと見たものがなかったら、こんな夢みたいなことを、恥かしげもなく君の前では言えないはずだよ。おそらく、君という証人がなければ、ぼくは自分の視覚と聴覚が捉えたものを疑ったろうと思う。ところが、君もぼくも、げんに今こうして、おたがいに顔を避けて、あれは嘘だ、妄想だといって、嘘のなすりっこもできずにいる。君がぼくのすぐ脇の草の上に腹ん這いになってたとき、ぼくは君の体がガタガタ震えていたのも感じたし、あの炎の光のなかで君のおびえた眼も見た。だからこそ、ぼくは今こうして、ゆうべあの森のなかを抜けて、あの山へ登って、あの岩の上に俯伏せになって隠れていたときの自分の心のなかのことを、なんの恥らいもなく、こうして君に話していられるんだよ。

ただね、一つだけ、わかっていることで、最後まで謎だったことがあるんだ。『ピラミッド』の印を解読したことは、さっき話したね。その『ピラミッド』を見るために、集会があった。

この象徴のほんとうの意味が、最後の瞬間まで、ぼくにわからなかったんだ。むかしから言われている火の由来、——ゆうべの火は、あれは作りものだったが——これが今回の追跡調査に当然ぼくを定着させるものだったはずなのに、それが全然おこらなかった。

　あとはもう、大して言う必要もないと思う。君も知ってるように、われわれは何かが起こるということは予見してたけど、しかしずいぶん心細かったよな。ああ、あの石の印が並べられた場所かい？　そう、あれは不思議だね。しかし、ぼくの判断するかぎりでは、ここの家は、この山間のほぼ中央にあるよね。そんなところから見て、——まあ賛否はいろいろあるだろうが、おそらく、ここの家の庭の、あの煉瓦塀のそばの、あの妙な古い石灰岩の礎のあるあたりが、大昔、ケルト人がブリテンに足を踏み入れる以前の、集会場所だったんじゃないのかな。……あ、それから一言(ひとこと)ちょっと言い添えておきたいのは、あの哀れな娘さんね、あれを追跡できずに終ったことを、ぼくは悔んでいない。君はあの窨(あな)のなかに、あれだけ黒山のように集まって、よじれもつれていたものの光景を見たけど、あのまんなかに縛られて横たわっていたものは、あれはもはや、この地上には適(ふさ)わしからぬものだったと、君も確認するだろう。」

「なるほどな」とヴォーンは言った。

「だから彼女は、あの業火のなかに消えて行ったのさ」とダイスンは言った。「そして、かれらはふたたび地底へ——あの山の底へと消え去って行ったのさ。」

赤い手

一、魚鉤の問題

「何と言おうが、ぼくの説が正しいことは疑いないさ」とフィリップスが言った。「これは先史人の石鉤(せきこう)だよ。」

「おそらくね。でも近頃は、こういうものがよく扉の鍵なんかに模造されているのを見かけるからな。」

「ばか言いなさんな！」とフィリップスは言った。「ぼくはね、ダイスン、君の文学上の才能はかねがね尊敬しているが、しかし君の人種学の知識はまことにお寒いというより、むしろ無にちかいものだぜ。この石鉤はいかなる鑑識にもこたえうる、正真正銘のものさ。」

「そりゃそうかもしれんが、今も言ったように、どうも君の行き方だと、逆の結果が出てきそうだな。大体君はね、みすみすどこかの町かどで自分がぶつかる機会というものを、せっかく君のことを待ってる機会というものを、無視してるよ。この渦まく神秘不可思議な大都会のなかで、原始人にめぐりあう機会からまったく尻ごみをして、このレッド・ライオン・スクエアにぬくぬくと閑居して、そんな石のかけらをひねくりまわして、退屈な時を過している。しかもその石は、いま言ったように、十中八、九はひどい贋物だ。」

フィリップスはそこにある小さな物体の一つをとると、激昂してその品を高くふりかざしながら、「この刃をよく見たまえ。こんな刃が贋物にあってたまるか?」

ダイスンは咳ばらいをしただけで、パイプに火をつけた。二人はしばらく椅子に黙りこんだまま、窓の外を眺めながらパイプをふかしていた。窓の外では、広場で遊んでいる子供たちが、街灯のついた暮色のなかを、暗い森のふちを飛んでいる蝙蝠(こうもり)のように、つかまえどこもなくあちこちと飛び跳ねていた。

「そうだなあ」とややあってからフィリップスが言った。「君がそうやってズバズバ遠慮のないことを言うのも、ずいぶん久しいもんだなあ。やっぱり前のような仕事をずっとしてるんだろう?」

「うん」とダイスンは言った。「あいかわらず文体を追っかけまわしているよ。この探究でぼくもだんだん老いこんでいくのさ。でもね、文体というものがどういう意味のものかを知っているやつが、イギリスに十人とはいないことを考えると、けっこう大きな慰めになるよ。」

「そんなものかねえ。その点、人種学の研究というやつは、まだまだ一般からは遠いものだからね。むずかしいことだらけさ。原始人なんて、何億年という歳月の大きな橋のはるかかなたに霞(かす)んでるものだからね。」

「そりゃそうと」とフィリップスはちょっと息を入れてから、言葉をつづけた。「さっき君、町角だかどこだかで原始人に出っこわす機会から尻ごみしているとか何とか、へんなことを言ってたが、あれはどういうことなんだね？　なるほど、われわれのまわりには原始的な、未開な考えをもってる人間がわんさといるがね。」

「フィリップス、ぼくの言ったことなんかに、あんまり小理屈をつけないでくれ。正確な文句を思い出すと、この渦まく神秘不可思議な大都会のなかで、君は原始人に出会う機会から尻ごみしている、という意味のことを言ったんだ。生き残る年数を誰が制限できるかね？　穴居人だの湖上住居者は、おそらく黒人々種の代表者なんだろうが、かれらが今日なおわれわれの間に潜伏しておって、フロック・コートを着たり立派な服装（なり）をした人間と肩をすれあいながら、じつは心の奥は狼のように荒れ狂い、沼沢地や暗い洞穴にいたときの危険な情念をたぎらしていることだって、ないとはいえまい。ぼくはホーバン街やフリート街を歩いているとき、ときおり、顔をそむけたくなるようないやな顔を見ることがあるが、そんなときに自分のなかに起こる、身ぶるいが出るような汚らわしいという感じが、なぜ自分に起こるのか、今でもよくわからないんだ。」

「ダイスン、ぼくは君の文学的空想に同調することは、御免こうむるぜ。そりゃ先史人の生き残りがいるということは、ぼくだって知ってる。しかし、物事には限界というものがあるぜ。君の推定は、そりゃむちゃというもんだよ。君はぼくが穴居人は現代にもいると信ずるまえに、その穴居人なるものを君が捕まえてくれなきゃな。」

「ああいいとも、捕まえてやるとも」ダイスンは、相手をまんまとそこまで引っぱり出せたことにほくそ笑みながら、「ちょうどお誂（あつら）え向きだ。ブラブラ歩くにゃ持ってこいの晩だぜ」と言って、帽子をとりあげた。

「言うことがむちゃだよ、君の話は」とフィリップスは言った。「ただし、散歩にゃ反対しないぜ。おっしゃるとおり、いい晩だ。」

「では、出ようぜ」ダイスンはニヤニヤしながら、「だが、今の約束を忘れなさんなよ。」

二人の男は町かどの広場に出ると、そこから北東の方へ出る出口になっている狭い道路を、ぶらぶら歩いて行った。灯火のキラキラしている歩道を通っていくと、子供たちのワイワイいってる声と、今が書き入れどきの「グロリア」の店でピアノをガンガン弾いている音の合間に、ホーバン街を行きかう車馬の音がいつまでも消えない谺(こだま)のようにしつこく耳に聞こえた。ダイスンは通りの右と左を見ては道をたしかめながら、やがて人影のない広い四つ辻や、深夜のようにまっ暗な、しんとした通りをいくつか越えると、さらに静かな区域を通りぬけた。そのへんまで来ると、フィリップスは、まるで方角の見当がわからなくなってしまった。そして、だんだん品(ひん)のなくなってきた区域が、さらに雅人の目をそむけさせるような汚れくさった漆喰(しっくい)壁の家並になるにつれて、かれは、こんな殺風景な陳腐な界隈は見たことないなと、思わず口に出して言った。

「こんな怪しげな所はと言いたいんだろう」とダイスンは言った。「気をつけたまえ、フィリップス。だいぶ匂いがしてきたぞ。」

二人は、そこからさらに煉瓦建の迷路のなかへと深くはいって行った。ここまで来るまでに、東西に走る賑やかな大通りを一本渡ったが、いま歩いているところは、まるで秩序も特徴もない区域のようであった。広い庭園のあるかなりの屋敷があるかとおもうと、さびれた活気のない広場があり、そうかと思うと、暗い曲り角の奥は袋小路になっていて、そこに高い煉瓦塀をめぐらした工場が何軒もあったりした。うす暗い街灯もまばらで、あたりには重い静けさが澱(よど)んでいた。

やがて粗末な二階家の並んだ、いかにもわびしい通りを下っていきながら、ダイスンは暗い怪しげな角を見つけて言った。

「ぼくはこういう横町が好きなんだ。なにかありそうな気がしてね。」

路地の入口に街灯が一本立っていて、そのずっと奥のはずれの方にも一本、チラチラ瞬(また)いていた。街灯の下の石畳みの上には、昼のうち大道絵師がここで店をひろげていたと見えて、けばけばしい色の粉が人に踏まれて混(ま)ざりあい、折れたチョークのかけらが塀の下に、小さな山になって捨ててあった。

「見たまえ君、こんな横町でも、たまには人が通るんだね」ダイスンは大道絵かきの残物を指さしながら言った。「まさかこんな路地にこんなものがあるとは思わなかったな。おい、ひとつ探険してみようや。」

この抜け裏の片側は大きな材木置場で、かこい塀の上に材木が形もなく乱雑に積みあげてあり、反対側はどこかの屋敷の塀で、これは材木置場の塀よりも高く、その上に樹木の影らしいものが見え、葉ずれの音が夜の静寂を破っているところを見ると、中は庭園らしい。月のない晩で、日が落ちてから雲が厚くなったせいか、かすかな街灯の光にはさまれた路次のなかはまっ暗で、ものの形もさだかでなく、足をとめて耳をすますと、靴音のやんだ闇のなかに、ロンドンの雑閙の鈍いどよめきが、幾重もの丘をこえてくるように遙か遠くから聞こえてきた。フィリップスがやっと勇を鼓して、おい、だいぶこりゃ遠走りだな、と言おうとしたとたんに、ダイスンが突然大きな声を出したので、その考えを破られた。

「おい待て待て、踏んづけるぞ！　ほら、君のすぐ足もとだ！」

　言われてフィリップスが足もとを見ると、なにやらぼーっと黒い形をしたものが甃の上に横たわっているのが、闇のなかにぼんやりと見えた。ダイスンが手早く擦ったマッチの火に、白いカフスがチラリと光ったと思うと、すぐにマッチは消えた。

「酔っぱらいだよ」とフィリップスはそっけなく言った。

「おい、こりゃ殺された人間だ！」ダイスンはそう言うと、あらんかぎりの声で警官を呼んだ。ほどなく、遠くの方から走ってくる靴音が聞こえ、だんだんそれが大きくなって、なにかどなる声も聞こえた。

　一番乗りにやってきたのは警官であった。「何があったのかね？」と警官は直立不動の姿勢で、息をはずませながら言った。「失せ物でもしたかね？」警官は路上のものを見もしないで尋ねた。

「ごらんなさい！」とダイスンが暗闇のなかから言った。「そこをごらんなさい！　友人とぼくが三分前にここへ来て見つけたものが、それなんだ。」

　警官はまっ黒な形のものに角灯をさしつけると、叫んだ。

「や、こりゃ殺人だ。血がこれ、死体のまわりじゅうに。溝のなかにも、これ。こりゃ死後、まだいくらもたっとらんな。あ！　傷口がある！　首をやられとる。」

ダイスンは、そこに横たわっているものの上にかがみこんだ。かれは仕立のいい服を着た、裕福らしい紳士をそこに見た。手入れよく刈りこんである顎ひげには、白いものが少しまじっており、つい一時間ほど前には、おそらく、四十五歳ぐらいだったのであろう。チョッキのポケットから、りっぱな金時計が半分ずり出していた。顎と耳のあいだの頸部の肉に、ザックリやられた傷口が大きな口をあけており、乾いた血がそのまわりにこびりつき、白い頬が鮮血の上に灯（とも）したランプのように光っていた。

ダイスンはふり返って、あたりを入念に見まわしてみた。死人は頭を塀の方に向けて横たわっており、傷口から出た血は路を横切って流れ、警官がいったように、溝のなかに黒い血の池をためていた。そこへさらに二人の警官が駆けつけてきて、まわりの町内からガヤガヤ集ってきた物見高い弥次馬連を、そばに寄らないように極力制していた。三つの角灯があっちこっちにギラギラ光り、その光のなかでダイスンは、路上に妙なものを見つけたので、いちばん近くに居合わせた警官に注意を促してやった。

「おい、フィリップス」とダイスンは、警官が路上から拾い上げたものを見せてくれたときに、フィリップスに言った。「こいつは君の畑の物らしいぞ。」

それは黒耀石のような光沢をもった堅い石で、斧を形どったような広い刃のついたものであった。一方の端は太くて、手に握れるようになっており、全体の長さは五インチたらずのもので、刃にはべットリ血がついていた。

「何だい、これは、フィリップス？」とダイスンがきくと、フィリップスはしばらくためつすがめつ見ていたが、

「石斧だね、これは。一万年ぐらい前につくられたものだ。これとそっくりのものが、先年ウィルトシャのエイバリの近くで出土して、その時その道の権威者たちが、一万年前のものだと折紙をつけたんだ。」

警官は、事件がそんな方面に発展していくのに目をまるくしていたし、当のフィリップス自身も、自分の言った言葉に自分で驚いていた。ダイスンはそんなことは気にとめていなかった。そこへ警部が駆けつけてきて、部下からひととおり事件のあらましを聴取してから、被害者の頸部に角灯をかざして見ていた。ダイスンの方は、そのとき、死体の横たわっているすぐ上の塀に、ひどく好奇心を燃やしていた。塀には、赤いチョークで、一筆描きみたいな絵が描いてあった。

「これは陰謀事件だな」と警部がややあってから言った。「この人を誰か知ってる者はいるかね？」

一人の男が群集をかきわけて、前に出てきた。「だんな、あっしゃ知ってますぜ」とその男が言った。「このかたは大先生ですぜ。名前はタマス・ヴィヴィアン先生。――あっしゃ六カ月ばかり前に病院にへえってましてね、この先生の御回診を受けたんでね。とても親切な先生でしたよ。」

「えっ」と警部が叫んだ。「こりゃえらいこったぞ。タマス・ヴィヴィアン先生といえば、王家へお出入りなさる方だぞ。このポケットの金時計だって、十ギニもする品だぞ。これがこうしてここにあるところを見ると、物盗りではないな。」

ダイスンとフィリップスは、警部に名刺をわたすと、まださかんに詰めかけてくる弥次馬のなかをやっとのことで押し分けて、その場を立ち去った。それまで人っ子ひとりいなかった寂しい路地も、鵜の目鷹の目で詰めかけてくる連中の白けだった顔と、噂と恐怖のささやきと、警官たちの制止の声とで、まるで時ならぬ鼎のように湧きかえっていた。ふたりは弥次馬の群れから抜け出すと、元気のいい足どりでさっさと歩きだしたが、ものの二十分ほどというものは、どちらも一言も物を言わなかった。

「フィリップス」とダイスンは、灯火の明るい、小ぎれいな、狭いが賑やかな通りへ出たときに言った。「ぼくは君に詫びの借りができちゃったな。さっき君のとこで、あんな言い方をして悪かった。あんなひどい揶揄うようなことを言って」と熱をおびた調子で「まるで有益な問題は何もないかのように冗談言って。なにか天邪鬼みたいな気持に自分が乗ったようでさ。」

「もうよせ、ダイスン。後生だから、もう言うなよ」フィリップスは心のおののきを懸命に呑みこむような調子で言った。「君はさっきぼくの部屋で、本当のことを言ったんだよ。穴居人は、君の言ったように、今もこの地上に潜んでいたんだ。ついそこらの街という街で、血を見たいばかりに殺戮を行なっているんだ。」

レッド・ライオン・スクエアまで来たとき、ダイスンは言った。

「ちょっとお邪魔してってもいいかな。君にすこしききたいことがあるんだ。とにかく、どんなことがあっても、おたがい隠しごとはしないようにしような。」

フィリップスは黙ってうなずいた。そして二人は部屋へ上がって行った。部屋のなかは戸外からさすほのかな灯影で、物のありかがぼんやりしていた。蠟燭がともされ、二人が顔を向きあって立ったとき、ダイスンは言った。

「君はたぶん、ぼくがあの死体の頭があった真上の塀をのぞきこんでいたのに気がつかなかったろうが、警部の角灯がまともにあすこを照らしたときに、妙なものをぼくは見たんで、それでしさいに調べていたんだがね。塀にね、だれか赤いチョークで手の形を――人間の手だよ――走り書きに書いたやつがいたんだな。そりゃまあいいが、ぼくがおやっと思ったのは、その指の格好なんだよ」と言って、ダイスンは鉛筆で紙きれに走り書きをして、書き上がったものをフィリップスに渡した。それは内側から見た握り拳の略画で、親指のさきが人さし指と中指のあいだにつき出ていて、つきでた親指のさきが、なにか下にあるものを指さしているように、下を向いている図であった。

「塀の絵は、ちょうどこんなふうになっていてね」とダイスンは、まだ血の気のない青ざめた色をしているフィリップスの顔を見ながら、言った。「この親指が、ちょうど真下の死体を指すように下を向いていて、なんだか生きている手が気味のわるい真似をしてるように見えたね。そして、この手の絵のすぐ下のところに、チョークの粉のついた小さな点みたいな印があって、――まるで誰かに一撃を食って、握っていたチョークが手のなかで折れたという感じだったな。

そのチョークのかけらも、地面にころがっていた。この手の絵を君はどう考えるね?」

「それは昔からある恐ろしい符牒だよ。悪魔の目の説に関係をもった、最も恐ろしい符牒の一つだよ。イタリアでは今でも用いられているが、だいぶ古くから知られていたことは疑いないはずだ。これもやっぱり大昔の遺物の一つで、その起原ということになると、人類が最初に地球上に生まれた時代の暗い沼沢地に求めなければなるまいな。」

ダイスンは帽子をとりあげて、帰りじたくをしながら、

「冗談は別として、どうやらぼくは約束を守ったようだし、さっきも言ったように、われわれの嗅覚は鋭かったようだな。どうやらぼくは、君に原始人を、あるいは原始人の手仕事を、目のあたり見せてやれたようだね。」

二、手紙の事件

心臓疾患の専門家として世界的尊敬をうけていたタマス・ヴィヴィアン卿の、世にもふしぎな謎の殺害事件から一と月ほどたったのち、ダイスンが友人のフィリップスをふたたび訪ねると、フィリップスはいつになく安楽椅子にゆったりと身を沈めながら、むずかしい研究に没頭していた。かれはダイスンの来たことを心から喜んで迎えた。

「よく来てくれたな。じつは、君のとこへ行こうと思っていたところなんだ。例のことね、あ

れはもう疑いの影は全くなくなったよ。」

「例のことって、タマス・ヴィヴィアン卿の事件かい？」

「いやいや、とんでもない。ぼくのいうのは例の石鉤の問題さ。この前君がうちへ来たとき、あのときはぼくも少々独断すぎたが、あれからあと、また別の事実がいろいろとわかってきてね。つい昨日のことだが、学士院から手紙がきて、それで一応まあ、はっきりと決ったようなわけなんだ。この次は何と取り組もうかと今考え中なんだが、いわゆる解読できない碑文とか銘刻だね、この方面にはまだまだすべきことがたくさんあると思ってるんだ。」

「君のその研究方針は、ぼくも気に入ったな」とダイスンは言った。「それは有益な研究だと思うな。ところで話はちがうが、例のタマス・ヴィヴィアン事件には、だいぶ謎めいた点があるようだぞ。」

「さあ、どうかな。あの晩はぼくも手放しでびっくりしちまったが、わりかしあれは常識的な解釈ですむことは疑いあるまい。」

「ほう、そうかい！　で、御高説はどういうんだね？」

「いや、ぼくはね、ヴィヴィアンは生涯のある時期に、あまり評判のよくない新聞種になったような事件に加わっていたにちがいないと想像するんだ。そのときかれが痛い目にあわせたイタリア人に怨まれて、その復讐に殺されたんだと思うな。」

「どうしてイタリア人なんだね？」

「それはあの手だよ。呪いの手の印さ。あれは今日ではイタリア人だけが用いている手真似なんだ。まあ、見ていて見たまえ、そのうち事件の黒い霧が明るみに出てくるから。」

「そういうことだな。それで、あの石斧は？」

「あれは簡単さ。犯人はあの品をイタリアで手に入れたか、さもなければ、博物館からでも盗み出したんだろうな。ま、いちばん面倒のない線を考えると、君の言うように、原始人を山の下の大昔の墓のなかからひっぱり出して来る必要はないということだね。」

「君の言うことには多少妥当なふしもある」とダイスンは言った。「そうすると、ぼくの理解するかぎりでは、君のいうイタリア人はヴィヴィアンを殺害したあと、ロンドン警視庁に有力な手がかりをあたえるために、ご親切にもあの手の絵をチョークで描いたということになるんだね？」

「いけないかね？　君ね、殺人犯というものはつねに狂人だということを、忘れないでくれよ。殺人犯というやつは、まるで将棋の名人か数学者のような正確な読みで、筋書をかんがえ、計画の十分の九までを立てるんだが、そのくせどこかしらに大きな知恵の抜け穴がポカッとあって、それで馬鹿みたいな行動をするものなんだ。だからね、犯罪者の狂った自負とか見栄（みえ）とかいうものを、計算に入れてかからなきゃ駄目だよ、君。やつらは印をあとに残すのが——いわば自分の手仕事をあとに残すのが、好きなんだよ。」

「なるほど、御高説はたいへんけっこうだがね、予審調書を君は読んだかね？」

「いや、全然。ぼくは正直に自分の証言を述べた上で、法廷を出てきて、それきりあの事件は自分の頭からきれいさっぱり追い出しちゃったもの。」

「なるほど。ではね、君がもし厭でなければ、事件の一端をぜひ聞かせたいんだ。あれ以来、すこし立ち入って調べてみたんだがね、正直のところ、なかなかおもしろかったよ。」

「いいとも、聞かせてもらうよ。そのかわり断っておくが、謎解きはさっきやったからね。あとは事実を処理するだけだぜ。」

「そうとも。これから御披露するのは事実だよ。その第一は、こうなんだ。警官がタマス・ヴィヴィアン卿の死体を動かしたときに、死体の下から開いたナイフが出てきた。船員が持ってるような、開くと刃の出るごついやつで、刃は研ぎ上げられて、いつでも使えるばかりになっているが、血痕がぜんぜんついていない。ナイフは新品だとわかったが、けっきょくこれは使われなかったんだね。ちょっと見ると、なるほどそのナイフは、君の想像するイタリア人が持っていそうな品に見えるけれども、よく考えてみたまえ、そういう男がだよ、人殺しをするというんで新しいナイフを買うかしらね？　また、かりにそういうナイフを持っていたとしたら、なぜそれを使わないで、へんな石斧なんか使ったのか？

それから、次のことを君に糺したいんだがね。君は犯人が犯行をしたあとで、大時代なイタリアの暗殺者気どりで、あの手をチョークで描いたと考えている。真犯人がそんなことをするものかどうか、その疑問はしばらくおくとして、じつはぼくの調べた医学上の証拠だと、ヴィヴィアン卿は、死後一時間以上はたっていないということなんだ。そうなると、犯行は十時十五分前に行なわれたという推定が成り立つ。君も知ってるとおり、あの晩ぼくらが九時半にここを出たときには、外は完全に暗くなっていたね。ことにあの横町は暗くて、街灯も乏しいのに、あの手の絵は略描きとはいえ、暗闇のなかだの目をつぶって書くときに当然見られる線の失敗や、当てずっぽうなところがなくて、じつに正確なんだな。ためしにどこか街角のようなところで、お手本も見ずに、なにか簡単な絵を描いて見たまえ。その上で、君のいうイタリア人が、首へ縄がかかるのを承知しながら、あの横町の暗闇のなかで、あれだけ正確に間違わずに、あの手の絵が塀に描けたことを、ぼくに納得させてもらいたいね。どう考えたって、こりゃ不合理だろ。そうなると、結局あの手は、夕方まだ明るいうちに、犯行のまだ行なわれないうちに描かれたか、さもなければ――ここが君、肝心なところだぜ。――暗がりや闇にしじゅう慣れっこになっている人間が描いたか、どっちかだということになる。つまり、縛り首の怖さなんてものを全然知らない人間がね。

つぎに、ヴィヴィアン卿のポケットから、妙な手紙が発見されたんだ。封筒も便箋も、どこにでもざらにある品でね、ウエスト中央局の消印がおしてあるんだ。手紙の内容はあとまわしにして、問題はまずその書体なんだがね。上書(うわがき)の宛名は、小さなはっきりした字できれいに書かれているんだが、手紙の方は、どうも英字を習いおぼえたペルシャ人の筆跡みたいなんだ。直立体でね、文字がへんに曲っていて、読みにくいことはないんだが、横棒やあとへ丸く返る筆づかいなどから、ぼくは東洋の古文書(こもんじょ)をすぐに思い出したね。ところが、ここにまた難問題が出てくるんだが――被害者のチョッキのポケットを調べたら、鉛筆でいっぱい何か書きこんである小さな手帳が出てきたんだね。このメモは職業上の控えではなくて、おもにプライベートな事柄ばかりで、友人に会う約束の日どりだとか、芝居の初日のおぼえ書きだとか、フランスのツールへ行ったときの待遇のよかったホテルの名前だとか、新刊小説の題名だとか――どれを見ても、これという重要な記事は一つもない。ところで、この鉛筆書きの書体と、同じ死人のポケットから出てきた手紙の書体が、ほとんど同じなんだよ！　鑑定家も、この両者は二人の人間が書いたものではないと証言しているほど、ごくわずかな違いなんだ。この筆跡に関するヴィヴィアン未亡人の証言があるから、いま読んでみるがね。プリントのやれを持ってきたんだ。いいかね、夫人はここんとこでこう言っている。『わたくしは亡くなった夫のもとへ七年前に嫁いでまいりましたが、御提出の封書の字に似た筆跡で夫のところへまいった手紙は、一度も見たことがございませんし、また夫がわたくしの前で、あんな字で手紙を書いていたのも見たことがございません。亡夫がメモの手帖を使っていたのも見たことがございませんが、きっと何でもそれに書きとめておりましたのでしょう。この五月に、フランスのツールのホテル・デュ・フェーザンに泊まりましたときの所書きが手帖に書いてありますので、そう思うのでございますが、そういえば、六週間前に「歩哨」という小説本を買いましたことを憶えております。芝居は初日の晩にまいりませんと、機嫌が悪うございました。亡夫がいつも書いておりました字と手帖の字とは、まるで書体が違いますです。』

　そこでね、話は手紙の文面にもどるが、これがその複製だよ。クリーヴ警部の好意で一部わけてくれたんだが、警部はぼくの素人推理をおもしろいと言って、喜んでくれてね。まあ、読んで見たまえ。きっと君は、このなかにある訳のわからない記述に興味をもつよ。君に解読してもらいたいところが幾カ所かあるんだ。」

ダイスンの語るまるで方面違いの話に、おもわず聞きとれていたフィリップスは、目の前に出された紙きれを手にとると、しさいに目を通した。なるほど、奇妙な書体であった。ダイスンの言うように、全体の書きぶりはペルシャ文字に似ていなくもなかったが、しかし、きわめて読みやすい字であった。

「声を出して読んで見たまえ」とダイスンが言うので、フィリップスは言われる通りに声を出して読んだ。


「手はむだには指さなかった。星の意味は今日ではもはやわからなくなっている。奇怪なことに、黒い天は消失したか、もしくはきのう盗まれたかした。しかし自分は天体を持っているから、そのことには少しも痛痒を感じない。われわれの軌道は今も変わらない。君は合図の番号を忘れずにいた。それとも、どこかほかの家にするか？　自分は月の裏側にいるから、なにか君にみやげを持って行けるだろう。」


「どうだ、何を言ってるのかわかるかね？」とダイスンが言った。

「まるでチンプンカンプンだな」とフィリップスは言った。「これ君、意味があると思うのか？」

「いや、まったくだ。それは殺される三日前に書いた手紙だよ。それが殺された当人のポケットから発見されたんだぜ。しかも、被害者自身が手帖に書いている書体の字で書いてあるんだ。

意味があるにちがいないよ。どうもぼくは、タマス・ヴィヴィアン殺害事件の裏には、なにか臭いものがあるような気がするな。」

「で、君はどういう推理を立てたんだい？」

「いやあ、推理と言ったって、まだごく初歩の段階だし、結論を出すには早すぎるけどね。しかし、君のイタリア人説はぼくは頂けないな。くどいようだが、ぼくはね、フィリップス、どうもこの事件はなにか臭いものがぼくの目には映るんだ。ぼくは君の流儀のようにはできないさ。手堅い定理公式を楯にして、これは起こらない、あれも起こらない、これはかつて起こったことがない、というふうにして処理していくことは、ぼくには出来ない。今読んだ手紙ね、あれの書き出しの言葉は『手』だったね。どうもぼくにはそれが、塀に描いてあった手についてぼくらが知ってること、それの意味、——君が教えてくれたあの符牒の由来、表徴の意味、それと太古の信仰との関連、等々を考えると、結局、すべてが害意を語っているとしか考えられんのだ。いや、ぼくはあの晩出かける前に君に冗談半分に言ったことを、今でも固執しているよ。われわれの周囲には、善の洗礼があると同時に悪の洗礼もあってね、一生のうちには、洞穴があって暗くて、薄明のなかに住んでいる者がいるような、そういう未知の世界の信仰に動いていくことがあるものなんだ。人間は、ときどきどうかすると、進化の母胎に戻ることがあるらしいよ。恐ろしい伝説は今日でも滅びてはいないというのが、ぼくの信仰なんだ。」

「君のその説には、ぼくはついて行けないな」とフィリップスは言った。「どうも君はこの事件に妙に興味があるようだな。それで一体、どうしようというんだね？」

「それでね、フィリップス」ダイスンはすこし明るい調子になって、「当分のあいだ、ぼくはすこし下層社会へ下りて行かなけりゃならんかもしれんよ。質屋を訪ねたり、居酒屋のおやじなんかも当ってみたりね。そうだな、ビールも四杯ぐらいまで手を上げなくちゃな。荒刻みの煙草は前から好きだから……まあ、せいぜいやってみるよ。」

三、消えた天を捜す

フィリップスと論議をしてから、あのあと幾日間か、ダイスンは自分で考え出した捜索の線に断固としてのり出した。どす黒い曖昧不明瞭なものにたいする熱っぽい好奇心と生得の好みが、大きな刺激となったが、とくにこんどのタマス・ヴィヴィアンの死（ダイスンは「殺人」とか「殺害」とかいう言葉が、このところ、少々鼻につきだしていた）のばあいは、たんに珍らしいとか変だとかという以上に、なにかもっと本質的なものがあるような気がした。塀に描かれた赤い手の印、死をあたえた石斧、手帖の筆跡とあの宗教的な意味をふくんだ奇怪な手紙の筆跡が、ほとんど同一であること、こうしたバラバラな、色とりどりの糸がつながり集って、かれの頭のなかに、さながら古いつづれ織の壁掛に揺らめいている巨きな人物像のような、ヌーッとそびえ立った、そのくせ輪郭のぼやけた、なんとなく気味のわるい形になって、暗い、怪しい絵を織り出していた。かれは手紙の意味の手がかりは何とかつかめたと思った。そして、例の消えてしまったという「黒い天」を徹底的に究めるためには、質屋のおやじに親しまれるような姿をしたり、うす汚ない居酒屋の常連になったりして、ロンドンのまんなかにある陋巷へ足しげく通うことを考えたのである。

しばらくはこれという獲物もなかった。ひょっとすると「黒い天」は、ペックハムあたりの閑静な屋敷町か、あるいはずっと離れたウイルズデンあたりにひょっこり潜んでいるのかもしれないと、そんな思いに気をもんだりしたが、とどのつまりは、かれが信を置いていた「ありそうもないこと」が、救いの神になったのであった。冬近いことを思わせる、吹き荒れる北風まじりの暗い雨の晩のことであった。ダイスンはグレイズ・インにほど遠からぬ、とある小路を当もなくほっつき歩いたあげく、雨やどりに一軒のきたならしい居酒屋にとびこむと、ビールを注文し、しばらくは仕事のことも打ち忘れて、暗い悩ましい気分にひたりながら、ひたすら屋根を吹きわたる烈しい夜風の音と降りしく雨の音のみを考えこんでいた。酒場の飲み台のまわりには、常連らしい連中が何人か集っており、しだらもない女たちや垢光りのした黒っぽい服を着た男たちが、ぼそぼそした声で何かひそひそ語りあっているこちらに気焔をあげているものもあり、それとは離れて五、六人、ごくうちばにおとなしく立ち飲みをしている連中は、舌を灼くような安酒の味を、黙ってちびりちびりたのしんでいる。そういう連中たちの享楽ぶりに、ダイスンが感服するような怪訝な思いをしているところへ、突然高調子な声がとびこんできた。両開きの入口の扉がバタンとあいて、中年の女が一人、酒台の方へフラフラやってきたと思うと、まるで時化にあった船の甲板を歩いているみたいに、錫張りの酒台の縁にしがみついた。ダイスンは、こういう階層の女の好見本だとおもって、女のことをそれとなく見まもった。女は黒っぽいよれよれの服を着て、黒い粗末な皮の袋入れをさげており、だいぶもう酔っているようであった。酒台の前までヨロヨロきたものの、立っているのがやっとであった。さっきから渋い顔をして女のことを見ていたバーテンは、しゃがれた太い声で一杯おくれとねだる女に、首をふって見せた。すると女はきゅうに荒っぽい態度になって、血走った眼でバーテンを睨みつけると、まるでありったけの英語の語法をぶちまけるように、立て板に水の悪口雑言をベラベラまくしたてた。

「いいから、出て行きな」とバーテンが言った。「締め出してくれるから、さっさと出て行け。さもないと、警察を呼ぶぞ。」

「ヘン、警察だと――」女はがなりたてた。「ヘン、こっちが――こっちが手前を警察につきだしてやらあ!」と言って、持っていた袋入れにすばやく手をつっこむと、中から何やらつかみだして、いきなりそれをバーテンの頭めがけて、力いっぱい投げつけた。

バーテンがとっさにひょいと頭をひっこめたので、投げたものは頭ごしに飛んで、酒罎を一本粉ごなに割った。女は大きな笑い声をたてるといっしょに、入口へつっ走った。そして濡れた舗道をピチャピチャ駆けていく足音が、店のなかまで聞こえた。

バーテンは恨めしそうにあたりを見まわして、

「あんな女追っかけたって、大したこたあねえや。ずらかるくれえだから、割ったウィスキーの代を払う気はねえだろうし」と言って、割れた罎のかけらのなかから、なにか黒い四角な石

のようなものを拾いあげると、それを高だかとかざしながら、

「ソーレ、値打ちもんの骨董品だよ、さあさあ、どなたも鶴の一声。さあ、いくらいくら」

樽前の常連たちは、今のひと騒ぎの間も、徳利とコップからそっちを振り向いたものは、ほとんどなかった。酒の罎がカチャンと割れたときには、いっときそっちを見やったが、それっきり、あとはあいかわらず気の合った同志のひそひそ声と、おだを上げるガラガラ声にもどり、おとなしく突っ立ってチビリチビリやっていた連中も、ふたたびまた舌の灼けるような安酒の賞味にもどった。

ダイスンは、バーテンが目の前に高くかかげた物を目ざとく見て、言った。

「それ、ちょっとぼくに見せてくれないか。だいぶ変った年代ものじゃないか。」

それは幅が約二インチ半、長さが四インチぐらいの黒い石の板であった。手にとってみると、見た目よりも、なにか非常に古いものにじかに触れたという感じがした。石の表面には、なんだか細(こま)かい彫りのようなものがあって、そのなかに、ダイスンの心を思わずハッと飛び上がらせるような印があったのである。

「こんなもの持ってく気もないが、どうだい、二シリングでは？」

「エー半ドル。半ドルだよ！　二シリングと五十！」取引はきまった。ダイスンはポットのビールをひと息にぐっと飲み干し、うまいなあと思いながらパイプに火をつけると、まもなくゆったりした足どりで表へ出た。そして自分の部屋に帰ってくると、扉に鍵をかけて、手に入れた小さな石の板を机の上におき、それから椅子にどっかりと腰をおろした。包囲した町を目の

前にして、塹壕に待期している兵隊の覚悟のようなものがあった。石牌は笠のついた蠟燭の灯の下にある。近ぢかと目をすえて見て、まず目に入ったのは、指のあいだから親指のつきでた手の図であった。それは灰墨色の石のおもてに、手ぎわよくしっかりと彫ってあり、親指のさきは下に彫ってあるものを指している。

「これはしかし、ただの飾りだな」ダイスンはひとりごとを言った。「おそらく表徴的な飾りだな。銘とか、なにかの言葉の印じゃあるまい。」

手は、その下にある一連の不思議な形をしたもの——螺旋と渦巻をさしているのである。この螺旋と渦巻は、どれもみごとなごく細い線で刻まれていて、線と線との間の空間のところは、石の表面のままになっている。模様というよりも、窓ガラスについた指紋のような、繊細で複雑なものであった。

「もともと石にあった紋様かな？」とダイスンは考えた。「人間が加工しないでも、自然の石に、動物だの花に似たおもしろい紋様のあるのが、よくあるからな」そう思って、廓大鏡でのぞいてみると、自然に出来たものでは、これほど多種多様な線の迷路を描き出すことは到底できまいということがわかった。渦巻は大きいのと小さいのとあって、小さいのは直径が一インチの十分の一にも足りないほどのがあり、いちばん大きいもので、六ペンス銀貨よりちょっと小ぶりである。廓大鏡で見ると、彫りの整然としていることと正確なことがよくわかり、小さい螺旋など、線と線との間が百分の一インチずつの間隔を置いて、整然と流れている。とにかく、全体としても、見た目にじつにみごとな奇想を凝らしたもので、手の図の下にある神秘的な渦巻などをじっと見ていると、ダイスンは、茫洋とした遠い世の、固い岩石がまだドロドロに溶けてブクブク煮えたぎっていたころ、まだ山も海もできない前に、こんな石にこんな謎を書いた生物がいた、そんな遠い世のことが、なにかひしひしと胸に迫ってくるような心持がした。

「『黒い天』はこれで見つかったわけだが、あの星の意味は、おれなんかにはちっとやそっとではわかりっこありそうもないな」ダイスンは歎息した。

ロンドンの戸外もようやく静かになってきた。蠟燭の灯にうす黒く光っている石牌と睨めっこをしているダイスンの部屋のなかへ、うそ寒い風が吹きこんできた。やがて、古い世の石の上に机の蓋をしめたとき、ダイスンは、タマス・ヴィヴィアン卿事件の謎が十倍にも重くなったように思った。そして、あのけっこうな身なりをした裕福な紳士が、赤い手の印の下で謎の死をとげていたことを考えると、今を流行のウエスト・エンドの名医と、石牌の表にある気味のわるい螺旋との間には、なにか想像もつかない秘密の環があるという、拠りどころのない確信がかれを捉えてはなさなかった。

幾日も幾日も、かれは机の前で石牌と首っ引きで坐りこみ、天然磁石のように人をひきつける石の魔力に手むかうことができずにいた。助けてくれるものはなし、ほとほと情なくなるくらい、秘密に刻まれた象徴を解く望みはさらになかった。とうとうしまいに、かれは手も足も出なくなり、万策つきてフィリップスのところへ相談をしに訪ねて行って、その石の発見談をかいつまんで話した。

「へえ、そうかい。これは君、たいへんな珍品だよ」とフィリップスは言った。「ほんとに、よくこれを掘り出したなあ。ぼくにはヒタイト族の石印よりもさらに時代の古いもののように思えるがね。正直言うと、この文字——もし文字とすれば——は、ぼくには全く目新しいものだ。この渦巻なんか、じつに繊細で美しいな。」

「そうなんだ。しかし、こっちはその意味が知りたいんだ。君も憶えてるはずだが、この石が、タマス・ヴィヴィアン卿のポケットにあった手紙の『黒い天』なんだよ。この石が、かれの死に直接つながっているんだよ。」

「いやあ、そりゃ君、ひどい出鱈目だ。これは君、疑いもなくごく古い石牌だぜ。どこかのコレクションから盗まれた品だよ。そうだよ、この手の印は、これは偶然の暗合さ。結局、ただ、暗合にすぎんさ。」

「フィリップス、君はあいかわらず、極端なる懐疑主義はただの軽信なりという公式真理の生き見本なんだな。そりゃいいが、この石の銘は解読できるかい？」

「解読なら、何でも引き請けるよ」とフィリップスは言った。「解けないなんてこと、ぼくは信じないね。この石牌の文字は珍らしいものだが、歯の立たないものだとは思わんよ。」

「では、この品は君んとこへ預けていくから、一つやってみてくれ。ここんとこ、そいつにぼくは憑かれかけているんだ。まるでスフィンクスと睨めっこでもしているような心持だよ。」

フィリップスは石牌を内ポケットに入れると、家を出かけた。かれは成功することを多く疑わなかった。古銘解読の三十七カ条の規則を丸呑みにしていたからである。ところが一週間たって、かれがダイスンの家へ訪ねてきたときには、成功したらしい色はかれの顔のどこにもなかった。かれはダイスンがいらいらしたおちつかない様子で、怒っている人みたいに部屋のなかを行ったり来たりしているところへ行った。扉をあけると、ダイスンはとび上がるようにこっちを向いて言った。

「やあ、わかったかね？　どうなったい？」

「いやね、それが残念なことに、完全に失敗だったよ。知ってる方法は全部やってみたんだが、だめだった。博物館にいる知人にも知恵をかりようと思って、おせっかいに頼んでみたんだがね、その男はその方面ではちょっとした権威なんだが、どうも弱った弱ったといってる始末でね。まあ、絶滅した種族の遺物にちがいないとはぼくも思うんだがね。――つまり、われわれの世界とはちがう別の世界の断碑だとね。ダイスン、ぼくは君も知ってるように、迷信的な人間じゃないから、えらそうな妄想みたいなものとは無縁な人間だよ。でもね、正直のところ、この小さな黒い四角な石を、ぼくはほんとにどこかへ捨ててしまいたいね。この石のために、この一週間、ぼくはひどい目に逢った。この石は、どうやらぼくにとっては、先史人のような忌まわしいものらしいや。」

　そう言って、フィリップスは石牌をとりだすと、ダイスンの前の机の上に置いた。

「ついでに言っとくがね」とフィリップスはつづけた。「こんどのことで、たった一つだけ、ぼくの説が正しかったことがある。それはね、この石がどこかのコレクションの中の一つだということだ。石の裏に、黒くなった紙の切れっぱしがついているが、あれは前に貼ってあったたにちがいないよ。ぼくは石の出所のことなんかあんまり考えてなかったし、ただ銘刻の意味が知りたいばかりだったんで、この紙には注意を払わずにいたんだ。とにかくこの石は、どうしようもない謎らしいな。そのくせ、こいつが最大の重要な品なのになあ。」

フィリップスは、まもなく暇を告げて帰って行った。ダイスンは、まだ未練たらしく、石牌を手にとりあげて裏をひっくりかえして見た。ラベルはひどく汚れて黒ずんでいるので、ただの汚染みたいに見えたが、ダイスンは漫然と眺めているうちに、注意してよく見ると、なにか鉛筆のあとらしいものが見えたので、廓大鏡で熱心にのぞいて見た。あいにく、ラベルのその部分は切れてなくなっていたが、さんざんためつすがめつして見るうちに、やっとのことで、ちぎれた半端な言葉といくつかの言葉の切れっぱしが見えてきた。最初に読めたのは、"in-road"というふうに見える文字で、その下に"stony-hearted step——"とあって、そのあとは破れて無くなっている。でも、一瞬、解読らしいものが閃いたようであった。ダイスンは大きな喜びに、ひとりでクスクス笑った。

「そうだ！」と思わずかれは大きな声を出して言った。「なるほど、ここはロンドンでいちばん美しい場所であるばかりでなく、いちばん便利な場所なんだ。ここにいれば、おれは監視塔の上に坐って、片側の通りの出来事は何でも見わたせるわけだよ。」

かれはきゅうに何か偉くなったように、窓から大英博物館の正門の前に通ずる通りを見わたした。すると、あのいや味のない公共建造物の境の石塀のかげで、チョークで地面に絵をかく大道絵師が見世(みせ)を出して、さあさあ御用とお急ぎのない方はどなたも見ておいで、代は見てのお戻りだよと、道行く人に投銭を乞いながら、鋪道の上にみごとな放れ業(わざ)の絵を描いていた。

「こりゃあ、お誂え向きだ！　大道絵師がすぐ手近かに、ちゃんと一人いらっしゃるわい。」

四、大道絵師

フィリップスはまっこうから否認していたにも拘(かか)わらず、――つまり、自分がいつか大きなことの言える領域や限界意識の壁があったにも拘わらず、タマス・ヴィヴィアン卿の事件には、内心は深い好奇心をもっていたのである。友人のダイスンには、弱気を見せない平然とした顔つきでいたけれども、そのじつかれの理性は、ダイスンがこの事件は悪と謎の両面をもっているとはっきり出した決論を、うまく拒否することができなかった。そこには被害者の大動脈を切った、滅亡した種族の凶器があったし、殺害した人物を指さしている赤い手があったし、きっと捜し出して見せるとダイスンが言ったとおり見つかった石牌(せきはい)があった。石牌には呪いの印の手が刻んであって、その下には、大昔の楔形(くさびがた)文字に匹敵するような文字で、一つの言い伝えが書かれてある。まだそのほかにも、かんがえ迷う点がいくつかあった。死体の下から見つかった、血のついていない裸ナイフは、あれは一体どう考えたらよいのか？　しかも、あの塀に書かれていた赤い手が、暗殺された本人の手で書かれたものに相違ないという推定は、かれを暗い底知れぬ恐怖の連想で脅やかした。そんなわけで、じつを言うとかれは、事のなりゆきに少なからず好奇心をもち、石牌を返してから十日ほどたったのち、ひそかに「私立探偵」と呼んでいる友人のもとへ、ふたたび訪ねて行ってみたのである。

グレート・ラッセル街の、おちついた瀟洒な部屋へ行ってみると、前のすまいとは雰囲気が一変しているのに気づいた。しじゅういらいらしていた様子がダイスンから消えて、顔つきもおだやかになり、書物や原稿用紙をいっぱい積み上げた窓ぎわの机の前にゆったりと坐って、なにか楽しんでいるような表情で、街の通りを眺めていた。

「やあ、フィリップス、よく来てくれたね。きゅうに引越したりして、すまなかった。まあ、その椅子をこっちへ引っぱってきて、粗葉だが刻みでも喫ってくれたまえ。」

「ありがとう。その煙のぐあいだと、ちょっと強そうだな。そりゃいいが、一体何なんだね？　何を眺めているんだ？」

「ここはぼくの監視塔さ。いやね、こうやって好きな街を眺めて、あの博物館の玄関のクラシックな美しさを眺めていると、ほんとに時間のたつのがいやに早いような気がするよ。」

「あいかわらずの君のノンシャランぶりには恐れ入るが、ところで例の石の解読は成功したのかね？　こっちはそれが気になってさ。」

「ああ、あの石ね、あれはここんとこ、大して注意を払っていないんだ」とダイスンは言った。

「あの螺旋文字は、気長に待ってれば解けると思うよ。」

「ほう！　じゃ、ヴィヴィアン殺人事件の方はどうなんだね？」

「おや、君はあの事件に興味があるのか？　そうね、何だかんだ言っても、奇妙な事件だったということは否定できないものな。でも『殺人』という言葉は、すこしお粗末じゃないかな？『殺人』なんていうと、なんだか警察の貼紙くさいよ。ぼくなんか頽廃派（デカダン）のはしくれだけど、美しい言葉というものはあると思ってるな。たとえば、『犠牲』なんて言葉は『殺人』よりもずっと美しい。」

「ぼくはまったく五里霧中でいる。君があの事件の迷路のなかで、どんな動きかたをしているのか、ぼくには想像もつかん。」

「ぼくはね、そう遠くない将来に、事件の全貌ははっきりすると思うよ。もっとも、君がその時、話を聞く気があるかどうかわからんがね。」

　ダイスンはパイプに新しく火をつけると、椅子に背をもたれた姿勢のままで、しきりと窓外の街を眺めていた。そして、だいぶ長い沈黙ののち、ダイスンは大きな溜息をついて窓ぎわの椅子から立つと、部屋のなかを歩きはじめたので、フィリップスは呆気（あっけ）にとられていた。

「やれやれ、きょうも一日終ったか」とダイスンは言った。「やっぱりこれで、少々疲れるな。」

　フィリップスは怪訝に思いながら、街の通りをのぞいてみた。外はそろそろ暗くなって、博物館の大きな棟が街灯の光をまえに、夕闇のなかに高だかとそびえ、舗道には行人の影があわただしくなっていた。往来を向こうへ越えたところに、大道絵師が道具を片づけながら、行人に口上を呼びかけているそのすこし先では、店の大戸をガラガラおろす音がしている。フィリップスは、ダイスンがきゅうに見張りの姿勢をやめたわけが腑におちないのと、さっきからの何か棘のある不可解なことどもに、少々気がいらいらしてきた。

「どうだい、フィリップス」とダイスンが屈托もなさそうに部屋のなかを歩きながら言った。「ぼくのやってることを話そうかね。ぼくは今、ありそうもないことの原理に基いてやってるんだよ。この原理は御存じないだろう？　説明しよう。たとえば、かりにぼくがセント・ポール寺院の石段の上に立って、左足がびっこの盲目の男を捜しているとする。一時間待ったって、そんな男を見かけることは、こりゃ誰に言わせたって、まずありっこないことだ。二時間待てば、ありそうもないことはそれだけ減るとしても、まだまだどうして。まる一日見張っていても、成功の見込はまずなかろうね。ところが、そうやって幾日も幾日も、何週も何週も同じところに立っていると、ありそうもないことが少しずつ減っていくことが——日いちんちとだんだん小さくなっていくのが、わかってくるんだな。平行していない二本の線だって、最後の一点に合するまで、その合点に向かっておたがいにだんだん近寄って行くじゃないか？　そして最後には、ありそうもないことが消えてしまうじゃないか？　ぼくがこの黒い石牌を見つけた方法がそれなんだよ。結局ね、五百万人のなかから、一人の見ず知らずの人間を拾い出すには、この学問的原理よりほかにないんだよ。」

「それで君は、その黒い石牌の解読者を、その方法で見つけ出そうというのか？」

「そのとおりだ。」

「タマス・ヴィヴィアンを殺した犯人をもか？」

「そうとも。ぼくはそれと全くおなじ方法で、タマス・ヴィヴィアンの死に連累した人物を、自分の手できっと捕まえるつもりでいる。」

フィリップスが帰ったあと、ダイスンは、残りの宵の時間を、ぶらぶら町の散歩に費した。そしてだいぶ夜ふけて帰宅したあとは、かれのいわゆる文辞を追いかける文学的労役に従事した。翌朝はまた窓ぎわの見張りをつづけた。食事は机の上へ持ってきてもらって、街を眺めながら食べた。ほんの短い合間合間に、ときどき体を伸ばして休んだが、とにかくまる一日監視をつづけ、あたりにようやく暮色が濃くなって、家々の鎧戸がしまり、例の大道絵師が一日の路上の仕事をむざんにも消し去って、街灯がそろそろ宵闇のなかにまたたきそめる頃になって、やっとかれは部署をはなれて解放された気分になった。この休む間もない街上監視は連日つづけられて、とうとうしまいには、宿のおかみが、そんな一文の得にもならない、むだな粘り強さに不審をいだいて、気味わるがったほどであった。

しかし、ついにある晩、光と影の戯れがこれからはじまろうというころ、空は雲一つなく晴れて、ものの形が夕光りにさえざえとするとき、問題の瞬間が到来したのである。中年の男で、髭をはやし、耳のあたりに白いものがまじって、腰のやや曲った男が、東の方から、ラッセル街の北側の舗道をブラリブラリとやってきた。男は歩きながら博物館の建物を見上げ、やがて大道絵師の路上にかいた絵を何気なく見やり、絵のそばに帽子を手にして坐りこんでいる絵師を見て、ちょっとその前に立ち止まった。男の体が、なにか考えごとでもしているように、こころもち前後に揺れている。ダイスンは、男が両手を固く握り拳にして、肩のあたりを震わし、こちらから見える顔の半面が妙にひきつって、癲癇のおこる前のあの言うに言われぬ苦しさみたいに、見る見る歪んでいくのを見た。ダイスンはやにわにソフト帽をポケットにつっこむと、階段を駆け下りるなり、そのまま玄関から表へとび出して行った。

通りまで出ると、えらく苦悶していたと見た人物は、くるりと向きをかえ、はたの目にはおかまいなしに、来た道とは逆にブラムスベリ広場の方へせかせかと歩いていた。

ダイスンは舗道に坐りこんでいる大道絵師の前へいくと、金をいくらかやって、「絵はかかなくてもいいんだぜ」と言った。それから自分もくるりと向きをかえると、今の男が先の方を歩いていく方角へとぶらりぶらり歩いて行った。うしろで大きなお辞儀をしている大道絵師とダイスンとの距離は、しだいに間が離れて行った。

五、宝の庫のはなし

「ぼくの家よりも、君んとこで会う方がいいと思ったのは、いろいろそこにわけがあるんだ。だいいち、相手の男が中立の立場にいた方が、気が楽だろうと思ったんでね。」

「正直いうとね、ダイスン」とフィリップスが言った。「ぼくは今、待ちきれない気持と不安な気持と、その両方を感じている。君はぼくの立場を知っている。君に言わせれば、もっとも露骨な物質主義者のぼくだ。ところが、今回のヴィヴィアン事件には、そういうぼくを、なにか落ち着かせないものがあるんだ。いったい君は、どうやってその男を説得したんだね？」

「かれね、おれの力をだいぶ買いかぶっているんだ。君はぼくが前に、ありそうもないことについて説を立てたの、おぼえてるな。あの説が働きだすと、内幕を知らん者にはびっくりするようなことが起こるんだよ。――あ、今鳴ってるの八時だね？　ほーら、呼鈴が鳴った。」

二人は階段をあがってくる足音を聞いた。やがて入口の扉があいて、あご髭をはやした、耳のあたりにゴマ塩の髪をボサボサにした中年の男が、一礼をして部屋のなかへはいってきた。フィリップスはその男の顔をひと目見て、ちり毛の立つような人相を見てとった。

「いらっしゃい、セルビーさん」とダイスンが言った。「ここにいるのはフィリップスというぼくの親友で、今夜の主人だ。あんた、なにか飲むかね？　そう、ではさっそく話を伺った方がよさそうだな。――だいぶ変った話のようだから。」

男はすこし震えをおびたしわがれ声で語りだした。傍目もふらず、じっとひとところを見すえている目が、これからさきの余生を、自分の目の前から夜も昼も離れずにいる、なにか恐ろしいものに向けられているように見えた。

「少々ばかり前置きをお許し願えましょうな」と男はまず冒頭に言った。「肝心なところだけ手っとり早く申し上げることにします。わたくし、生国はイギリスの西部もずっと端の方でしてな、森と山にぐるりを囲まれ、谷には渓流がうねうね流れているといった、生まれつき空想の多いものには、とかく神秘的なものを考えさせがちなところで、餓鬼の時分から、どっち向いても丸っこい山また山、急な山肌にしがんでいる深い森、砦のような秘境の谷にかこまれたなかで、普通の言葉ではちょっと言えないような空想にひたりながら育ったのです。すこし齢がいってからは、おやじの持ってた本なんか齧りだしましてな、まあ蜜蜂みたいに本能的にとでも申しますか、空想を肥やすものには何にでもとびついて行きました。そんなわけで、古くさい秘学の本を読んだり、土地の古老たちがいまだに信じている、荒唐無稽な言い伝えなんかを聞いたりしているうちに、大昔栄えた民族が、山の下に埋蔵した財宝がきっとどこかに残っているにちがいないと、そんな考えをだんだん固めていくようになりましてな、この青草の下を四、五尺も掘れば、おれの空想どおり、埋蔵金がザクザク出てくるぞと、寝ても覚めても、それればっかり考えておりました。とりわけ一カ所、魔法にでも教わったように、自分でここぞと思いこんだ場所がありましてね。それは山の頂上にある太古人の塚、つまり古墳ですな、これにわたしは目星をつけたのです。夏の晩など、よくそこをぶらついて、頂上の大きな岩に腰かけては、はるか遠いデヴォンシャの海岸の方の海を眺めたものでした。ある日のこと、岩の表面にはびこっている蘚苔を、何の気なしにステッキの石突ではがしていますと、青い蘚苔の下に、なんですか模様みたいなものがあるのが目にとまりましてな。弓なりをした線があって、自然がつくったとは思えない印がいくつもあって、最初見たとき、こりゃ何か珍らしい化石を見つけたかなと思いましてね、ナイフをとりだして、一尺四方ばかりきれいに蘚苔をかきのけてみましたんです。すると、模様が二つ出てまいりました。驚きましたな。一つは握った手で、指の間から親指がつき出ていて、それが下を指さしている図、そしてその下に螺旋と渦巻の模様が、固い岩の表面にはっきりとたどれます。こりゃてっきり、なにかどえらい秘密の手引きにちがいないぞと思いましたが、しかしだいぶ前にここは考古学者が大ぜいやってきて、さんざん古墳を掘りちらしたときにも、鏃一つ出てこなかったことを思いだしましたら、なんだかきゅうに興ざめしちまいましてね。でも、よく考えると、岩の印は、べつにこの場所をさしたものとはかぎらないということに気がついて、そうなると、よっぽどこりゃ広い範囲を捜さなければ駄目だと、肚をきめました。で、山を下りてブラブラやってくると、一軒の家の前の道ばたで、子供が三、四人、一人は何か手に持っていて、みんなで宝かくしみたいなことをして遊んでおりましてね。わたしはその小さい子供が持った物に目がとまったので、坊や、それ、見せてくれないかときいてみると、子供たちが遊んでいた遊びは、細長い黒い石の板をつかう遊びで、子供の持ってた石には、いましがた山の岩に見てきたのと同じの、下を指さしている手と、手の下には螺旋と渦巻が彫ってあって、その彫りがものすごく丁寧でみごとに見えたので、わたしは二シリングでその玩具の石を子供から買いとりました。そこの家の女のひとがいうのに、その石は何年もそこらにころがっていた石で、たしかうちの人が、いつだったか家の前の小川で見つけたんだと思う。なんでも暑かった年のことで、小川の水が涸れて、川底の石の間でうちの人が見つけたんだと聞いて、その日わざわざわたしは、その小川の上の、奥山のさびしい谷の、冷たい清水の噴き出てるところまで行ってみたことを、憶えております。それから約二十年、やっと今年の八月になって、わたしはその不思議な石の絵の解読に成功しましたが、いや、そこまで来るまでのわたしの苦労話なんざ、申し上げたところで御迷惑なだけですから、ま、世間さま御同様に、わたしも故郷をすててロンドンへ出てきた、とだけ申し上げておきましょう。もともと金はなし、知った顔もなし、でもまあいいあんばいに、グレイズ・インのはずれの穢い裏町に安い宿が見つかりましてね。亡くなったタマス・ヴィヴィアン卿も、その時分はわたしなんぞよりまだひどい貧乏ぐらしでしてね、同じ宿の屋根裏にご逼塞でしたよ。で、幾日もたたないうちに、おたがいに懇親な間柄になったもんですから、わたしもね、自分の一生の目的をあの人に打ち明けたんです。最初は、こっちがまるっきり当のない、途方もない調べものに夜も日も明けずにいることを納得させるのに大骨を折りましたが、さてわかってくれたとなったら、こんどはわたしより向こうがのぼせだして、なんとか辛抱して頭を使えば一躍金持になれるという思いに、えらく熱を上げてきましてね。わたしはあの人が好きでしたから、それだけに、あの人がそんなふうになったのが不憫でね。もともと、開業医になりたいというのが念願でしたが、月謝を払うことができないで、ほんとに餓死すれすれになったことさえ一度や二度じゃなかったんですから。わたしは欲得はなれて、ざっくばらんに、本気で約束してやったんです。もし自分に運が当たって、宝の山がころげこむようなことになれば、かならずそのときにはあんたにも頒け前を上げるからってね。そりゃあなた、いつもピイピイ風車で、わたしなんかにゃ見当もつかないほど富と快楽に飢えている人間にとったら、この約束はたいへんな励ましでさあね。それからというものは、先生、そりゃもう熱烈な興味をもって仕事に打ちこむようになって、石の文字の解読に、あの人のもってる明敏な知恵と飽くことのない辛抱をつぎこんだわけでさ。ところで、自分のことになりますが、わたしという人間は物好きな人間で、よく小器用な人にあることですが、筆跡というか書体というか、これまで自分でもちょいちょい使ったような、風変りなおもしろい書体を工風するのが道楽でしてね。ところがヴィヴィアンもそれにかぶれましてな、わたしの考え出した書体を苦心して真似るほどの熱の入れ方で、どうだい、おたがいにいつの日か別れ別れになるようなことが起こったら、命から二番目に大事なことを通信しあうばあいには、おれの工風したこの妙な書体を使うことにしようぜ、などと冗談半分に約束をしまして、その後も今言ったような目的のために、半分暗号めいたものまで、二人でいろいろ工風をしました。そんなこんなのうちに、さすがのわたしどもも謎の真意をつかむ努力に少々疲れてまいりましてな、二年ほどしますと、ヴィヴィアンも少々山勘やつれが見えてきて、ある晩つくづく述懐していうのに、二人ともこんな見込みもない努力をのんべんと続けていたら、あたら一生を了やしてしまやしないかと、感慨無量の体でしみじみ洩らしとりました。ところが、それからものの幾月もたちませんうちに、かれ、自分でもそんなもののあることを忘れていた遠縁の者から、かなりの額の遺産がころげこむという有卦に入ったことがあって、銀行に預金ができ、一時わたくしとも赤の他人になりました。予備試験は何年かまえに通っていたので、さっそくかれは聖タマス病院に勤めることにきめ、どこかもっと便利なところへ宿を見つけなければ、などといっとりましたが、いよいよ別れるというときに、ふとわたくし、いつぞや約束したことをおもいだして、本気でそのことを蒸しかえしますと、ヴィヴィアンは憐憫と軽蔑の中間みたいな声と顔つきで笑いながら、礼をいっとりました。わたくしも今では長い生活苦と貧乏から足を洗いましたが、ひとりぼっちの寂しさは倍になりました。でも、自分としては最後の成功をあきらめず、投げずに、毎日石と睨めっくらをつづけ、日が暮れると家を出て、オックスフォード街をぶらつく日課の散歩。やはり、あの街のざわめき、うごき、灯火のきらめき、あれに引かれますんでしょうかな。

　この散歩はもう習慣のようになりましてね、毎晩、それこそ雨が降ろうが槍が降ろうが、お天気にはおかまいなしで、グレイズ・イン・ロードをつっきると、あれから西へ、ときには北の道をとることもありますが、ユーストン・ロード、トテナム・コート・ロードを通って、ときにはホーバンあたりを、ときにはグレート・ラッセル街へ出ることもあります。毎晩一時間、オックスフォード街の北側の舗道を行ったり来たりして、『石の心もてる継母よ』とド・キンシーがいったあの通りから、あの物語（ド・キンシーの『阿片吸飲者の告白』）と作者の名をよく思い出したものです。そしてまたむさくるしい塒（ねぐら）に帰ってくると、目の前に置かれた謎のいつ果てるともない分析に、何時間も過ごすのでした。

　ちょうど二、三週間前のある晩のことでしたな。とうとう解答が出ましてな。はっとした瞬間に頭にピカリと閃きましてね、わたしは刻銘を読んで、長の年月、むだな日々を過ごしたのでなかったということが、やっとその時わかりました。『宝の庫（くら）はかれらの住む下にあり』——これがわたくしの読んだ最初の言葉で、それが読めたら、あとは、故郷の例の場所に大量の埋蔵金があるという指示がすぐに読めました。この道は行ってよい、この穴ぼこは避ける、道はここのとこで塹壕ぐらいの狭さになり、ここでまた広くなって、ついに目的の室に行きつく。……わたしはこの発見を確かめるのに、一刻もむだにすまいと思いましてな。それはべつにこの大発見を疑ったからではなくて、今は金持になって隆々としている古い友人のヴィヴィアンを、万が一にもがっかりさせるようなことは、自分としては死んでもしたくなかったからだったのです。わたしはすぐに西行きの汽車にのって、ある夜、心おぼえの地図を片手に山道をたどり、いったんは眩い宝の光をすぐ目の前に見るところまで行ったのですが、それから先へはどうしても足が前へ出ませんでね。とにかくヴィヴィアンをいっしょに連れてこなければとわたしは肚をきめて、これこれかくかくだとわけを話す証拠の品に、山道にころがっていた珍らしい石斧を土産に持って、帰ってきたのです。ところが、ロンドンの宿に帰ってみると、どうしたことか、命から二番目の肝心の石牌が机の上から消えてなくなっているんですな。目の色かえて捜したが、出てこない。わたしのいる宿の女あるじというのは、これはもう手のつけられない大酒飲みで、これにきいても知らぬ存ぜぬの一点張りで、わたしもまさかウィスキー一杯か二杯の代にもならない、あんなものを盗むわけがないと、べつに彼女に嫌疑はかけませんでした。もっとも、こっちは石の文字は目をつぶったって描けるので、さっそく正確な写しをこしらえましたから、原物を紛失したことは、正直、さほど深刻なことではなかったのですが、一つ困ったことは、はじめて石が自分の手にはいったときに、わたしは日付と見つけた場所を紙きれに書いて、石の裏に貼っておいた、それへ後になって、ついいたずら心に自分の住所の町名を鉛筆で書きこんでおいたんです。わたしとすれば、その頃の思い出は貴重なものなんで、このさき自分が絶望と戦うような時に、昔の自分をおもい出す何かの足しになるだろうと、はかないことのようですが、そんなことを考えたんですな。とにかく、とりあえずわたしは、ヴィヴィアンに報告の手紙を、前に申し上げたような暗号まがいの書体で書いて出しました。解読に成功したこと、石牌は紛失したが、文字の写しはとっておいたことを知らせ、例の約束のこともあるから、折返し返事をくれるなり、ご足労を願いたいといってやると、先方からの返事は、むかし二人がよく知っているクラークンウエルの暗い路次で会おうということなので、ある晩七時にわたしは会いに行きました。路地の角のところでブラブラしながら待ってますと、ふと道の上に大道絵師が描きちらした絵があって、絵かきが捨てて行ったチョークのかけらが落ちていたのを何の気なしに拾って、路地の中を行ったり来たりしながら、別れてから何年ぶりかで会う男がどんな様子になったか、埋れ去った昔がきゅうに自分にどっと帰ってくる思いに、わたしは地べたから目もあげずに、懐旧の念にひたりながら無心に歩いていますと、いきなりどなりつけるような声に考えごとを破られました。なぜ右側を歩かんのだとつっけんどんに詰(なじ)る声に、ひょいと顔を上げると、目のまえにりっぱな貫禄のある紳士が、わたしの見すぼらしい姿を嫌悪と軽蔑のまなざしで見下ろしながら立っています。こっちは昔の友だちだということはすぐにわかりましたから、わたしだよ、セルビーだよといって名のると、相手は、いや、こりゃどうも失敬したと詫びをいって、改めて君の親切に心から感謝すると礼を述べだしたその口ぶりが、どうもこっちの心証を疑ってるような、かかりあいになるのを躊躇してるような気味がありましてね。こっちはつい今しがたまで、おたがいの友情の思い出にひたっていたのに、むこうは昔のことなんか聞きたくもないといった風情(ふぜい)で、いやに慇懃な受け答えをしながら、しきりと『用件』に切りこんできます。そこでわたしは話をかえて、さきほど申し上げたことを詳しく話しますと、相手の態度がガラッと変ってきました。そして、われわれの合言葉で『月の裏側へ行く』と言っている、例の場所へ行ってきたという証拠に、山道で拾った例の石斧を出して見せますと、きゅうにかれは声も出ないような熱意を見せ、顔つきまで平静を失ってきたようで、なんだかこっちは気味のわるいギリギリの決意みたいな恐ろしいものを覗いたような心持がしましてね、おたがいに努めて平静でいようとする気持が窺われましたが、でもわたしはこんなとき割合しっかりしていられる性（たち）で、そのときも存外気軽い気持でいましたから、ポケットに赤いチョークがあったのを思い出して、そいつをとり出すと、そこの塀の上に例の手の絵を手早く描いて、「いいかい、これほら、例の手の絵だ」と言って、わたしの解読した絵の意味を説明し、『この親指が、人さし指と中指の間につき出ているね。これに注意したまえ』と言って、話の先を続けるために、さらにほかの図形をチョークで書いていますと、いきなりその手を叩かれました。びっくりして顔を見ると、『もういい、もういい。そんなものはあとでいい。ここはどこへも逃げやせんから。それよりすこしそこらを歩こう。そして何もかも詳しく説明してもらおう』と言いますから、こっちは待ってましたとばかりに承知をすると、かれは人通りの少ない横町を選んで、わたしをひっぱって行きます。わたしは歩きながら、宝の庫のありかをくわしく説明してやりました。話の合間にそれとなく様子を見ますと、ヴィヴィアンはいやに落ちかないソワソワしたそぶりで、しきりとあたりに目をくばっています。あちこちキョロキョロ見上げたり、見下ろしたり、家並を眺めまわしたり、こっちの方が気色（きしょく）が悪くなるくらい、落ちつきのないそぶりなんですな。そのうちに、

『そうだ、北の方へ行こう。こういう話にはどこか気持のいい横町がいい。今夜はぼくもゆっくり君につきあうよ』と言うから、わたしはオックスフォード街は勘弁してくれと言って断りました。で、わたしも知ってる曲り角や曲りくねった横町を、かれが知ってるところまで歩きつくしましたが、いつのまにかまた元の町へ引き返してきて、さっき塀に赤い手を書いた暗い横町へまた戻ってきたのが、頭の上に梢をさし出している樹木の影でわかりました。『なんだ、また振出しへ戻っちまったね。ほら、さっき手を書いた塀へ、こうやって指が置かれる。あんたもね、あの山の呪いの手に指を置こうと思えば、いつでも置けるんだよ。小川と岩の間だと憶えときなさい。』

先刻自分の描いたにちがいないと思うものを、こごみ腰になって覗いていると、きゅうに荒い息づかいが聞こえたから、びっくりして腰をあげると、ヴィヴィアンが抜き身の刃物を握った手をふり上げざま、目の色を変えています。とっさにわたしは自分の身を護るために、ポケットに入れていた例の石斧をつかむと、怖さに無我夢中でヴィヴィアン目がけて、力いっぱいそいつを投げつけたのです。次の瞬間、かれは甃(いしだたみ)の上に伸びて、こと切れていました。

話はこれで全部だと思います」セルビーは、そう言って、ちょっとひと息入れてから、
「ところで、わたしからダイスンさんに伺いたいことが残ってるんですがね、あなた一体、どうやってわたしのことを捜し出しになったんですか?」
「ぼくはいろんな指示に従ったまでさ」とダイスンは言った。「いやね、前にぼくは何度もそれで大しくじりをやってるもんだから、こんどはね、はじめから頭のよさとか明敏さに頼るこ

とは、いっさい捨てることにしたんだよ。あんたのあの天体の暗号ね、あれは正直いうと、そう大してぼくは厄介じゃなかった。天文学の用語が普通の言葉や文句のかわりに使われているということは、すぐにわかった。あんたは何か黒い物を失くしたか、盗まれたかしたんだったね。天体儀は天の模型だから、あんたが失くしたものは何かの写しだとわかったんだ。問題の物体にはきっと重大な告知が含まれていて、その告知は文字か絵であらわしてあるに違いない。それであんたは、文字だか表徴だか、そういうものが刻むか描くかしてある、何か黒い物を失くしたんだという決論に達したことは、言うまでもないやね。『われわれの軌道は変わらずにのこっている』というのは、これは明らかに、今までの道程、もしくは取りきめのことだし、『当方の符号の数』というのは、天体の運行の数、つまり九星とか十二宮とかの連想から、これは住居の番号のことだ。それから『月の裏側』というのは、誰も行ったことのない場所のことであることは言うまでもないし、『どこかほかの家』というのは、どこかほかの会合場所ということだ。『家』は『天の宿』という古語だからね。さあ、そうなると、ぼくの次の一歩は、盗まれた『黒い天』を見つけ出すことだ。これをぼくは気ながに、飽きずに、時間をかけてやったよ。」

「その石を手にお入れになりましたか？」

「入れたともさ。そして、石の裏に君が貼った小さな紙きれに“Inroad”と記してあるのに、だいぶ頭をひねったよ。でも、けっきょくあれは、“Gray's Inn Rood”だと考えた。nが二つ重なるのを、君は一つ落としたんだね。“stony-hearted step——”これは君も言ってるとおり、ド・キンシーの文句だと、すぐ見当がついた。（ド・キンシーの『阿片吸飲者の告白』の、有名なアンを思いだすくだりに出てくる。――So then, Oxford Street, stony-hearted step-mother, ...）そこでね、だいぶ乱暴だが正確な覘いをつけて、グレイズ・イン・ロードかその近くに住んでいる人で、オックスフォード街を散歩する習慣のある人物と当たりをつけたのさ。阿片常習者のド・キンシーが、あの通りをいつも退屈な散歩道にしていたことを、あんたも思い出していたんだろうからね。けっきょく、ぼくはあんたがギルフォード街、ラッセル広場、グレート・ラッセル街と、歩く道をきめているものと判断したんだ。長い時間をかけて見張っていれば、きっと会えるものと思ってそれでぼくの部屋の向こう通りに出ている大道絵師に、だれにも目につく例の手の絵を、うしろの塀に毎日大きく描いてもらっていたのさ。なんでもない人間は素通りしていくだろうが、あの符号が恐ろしい表徴になっている人間が、いきなりあの絵を見れば、おもわずギックリするにちがいないと思ったんでね。あとは御存じの通りだ。いやね、今だから白状するけど、あんたを捕まえるについては、ほんとに念には念を入れたんだぜ。宿借り連中がしじゅう出たりはいったりする引越しの頻繁な町内に、あんたが珍らしく長年一つ宿に住んでいるという事実から、これはどうも一定の固定した習慣のある人だと認めをつけてね、かりにどこかへ飛んだあとでも、この人はかならずまたオックスフォード街を散歩しにやってくると、ぼくは確信してたんだ。はたしてニュー・オックスフォード街をやってきたから、ぼくはあの角で待っていたというわけさ。」

「いや恐れ入りました、いちいちおみごとな御推断ですて」とセルビーは言った。「じつを申すと、タマス・ヴィヴィアンが死んだ晩も、わたくしはオックスフォード街を歩きましたんです。これでどうやら、申し上げることは全部お話したようで。」

「まあ、そんなとこだな」とダイスンは言った。「宝ものはどうするんだね?」

「それは……そのことはあの晩話をいたしませんでした。」セルビーのこめかみのあたりがまっさおになった。

「馬鹿だね、君は。何を言ってるんだ。ぼくらはゆすりじゃないぜ。だいいち、君はぼくらの前じゃ袋のネズミだということを知ってるんだろうが。」

「そこまでおっしゃられては、ダイスンさん、なにもかも白状いたしますが、あれからわたくし、あの場所へ行ってまいりましたんです。前よりもう少し先まで行ってきましたんです。」

男はそう言って、言葉をプツリと切った。口元がひきつったようにねじれて、唇がすこしひらき、きゅうに引く息が早くなったと思うと、すすり泣いていた。

「いいさ、いいさ」とダイスンは言った。「これで君も清々したんだ。」

「清々しました」セルビーはいっしょけんめいに涙をおさえながら、「そう、地獄の火がいつまでも自分のなかでカッカと燃えてるような、いい心持です。わたくし、あの山のなかの恐ろしい家の先で拾ったものを持って帰ってきただけでした。それはあの石斧を見つけた場所のすこし先にころがっていたもので――」

「なぜもっといろいろ持って来なかったんだね?」

哀れな男の五体が、みるみるうちに縮んで、萎(しな)びていった。顔が黄蠟のように黄いろくなって、額から大粒の汗がポタポタ落ちた。見ていると気色(きしょく)が悪くなるような、思わずちり毛が寒くなるような光景であった。やがて声が出たとおもうと、その声は蛇が草むらを這うような音であった。

「持主がまだそこにいたからです。その持主もわたしは見ました。持って帰った品というのは、これなんです」と言って、かれは小さな黄金細工のへんな像のようなものをとりだして見せた。

「これが『山羊の罰』です。」

胸の悪くなるような猥褻なものを見て、フィリップスとダイスンは恐ろしくなって叫んだ。

「おい、そんなもの、しまっちまえ。早くかくしちまえ。後生だから、かくしちまってくれ！」

「これをそのとき持ってきたんです」とセルビーは言った。「あんなけだもの同様の連中が住んでるところに、長居できなかったのは当然とお思い下さるでしょう。今ごらんになった物より千倍もすごいものが、あすこには住んでおります。」

「これ、持って行きなさい。何かの役に立つ時もあろうかと思って、箱に入れて肌身はなさず持っていたんだ」ダイスンは例の黒い石をとりだすと、おびえふるえている男の手に渡してやった。

「さあ、もういいから、帰んなさい。」

二人の友人は、おたがいの顔をまじまじ見合いながら、唇をわなわなさせてしばらく口もきかずに坐りこんでいた。

「ぼくはあの男の言うことを信用すると言いたいな」とフィリップスが言った。

「ねえフィリップス」とダイスンは部屋の窓をいっぱいにあけながら、言った。「けっきょく何だな、ぼくがこの奇妙な事件に首をつっこんだことは、まんざら馬鹿げたことでもなかったようだね。」

白魔

プロローグ

「妖法と浄行、これは二つながら実相さ。どちらも法悦だ。日常生活からの逃避だね」とアンブローズは言った。

コトグレーヴは聴いていて、おもしろいと思った。かれはロンドンの北郊の、この腐れかけたような家へ友人に連れられて、古びのついた庭を通って、アンブローズ散人が万巻の書を擁して、沈思夢想にふけってる部屋へ通されたのであった。

散人は語をつづけた。「そう、妖法はその後継者たちを罪なしとしている。ところが一方、世の中には、美食家の肥えた舌と同じ喜びをもって、乾いたパン屑を食らい、水を飲んで欣々としているものが、たくさんいるようだ。」

「それは、いわゆる聖者のことをおっしゃっているのですか？」

「そうだ。それと罪びとのこととね。どうも君は、精神界というものを卓越した善人にのみ限定している、世間一般の謬見にとらわれているようだな。極悪人だって、当然、そのなかへはいる分与権は持ってるはずだぜ。なにも君、物欲や肉欲のつよい人間だけが、聖人よりも罪が深いとはかぎらんさ。人間なんてものは、たいがいは取るにたらん平々凡々な、善も悪も混ざりあった生きものなのさ。われわれはね、ものごとの意味も、もっと深い玄妙な意義も、何ひとつわかりもせんで、ただ世の中をひっかきまわして、まごまごしているだけのものなのさ。だからね、やれ善心だ悪心だなんて言ったって、みんな似たり寄ったりの、中途半端な、碌でもないものなのさ。」

「そうしますと、先生は、大罪人も大聖人とおなじように、一個の苦行者だとお考えなのですか?」

「あらゆる種類の偉いやつらは、みんな君、他人の不完全な引き写しなんか捨てて、完全な独立独歩の道を歩むものだよ。わたしはね、聖人中の大聖人といわれるものも、世間の連中がごく普通の意味で言ってるような、いわゆる『善行』なんてものは、一つもしてやしないと思ってる。一方、罪のどん底だ、極悪人だといわれてきた連中のなかにも、生涯、『悪行』を何ひとつしなかったものがいくらもいるからね。」

散人はそう言って、しばらく部屋から出て行った。コトグレーヴはひどく嬉しそうに友人の方をふり向いて、紹介してもらった礼をのべた。

「えらい人だね。ああいう一風変わった人に会ったのは、ぼくははじめてだな。」

と言っているところへ、散人はおかわりのウイスキーの罎をもって戻ってくると、二人の客に気さくな調子で酒を注いでやった。客に炭酸水をわたしながら、禁酒主義者をくそみそにこきおろし、自分は水割りにして、さらに独り談義をつづけようとするところを、コトグレーヴが横合から言った。――

「先生、なんぼなんでも、すこし酷すぎますよ。先生の逆説は猛烈すぎます。大罪人の人間が、罪ふかいことは何もしていないなんて！」

「それは君の言うのが間違っている」とアンブローズは言った。「わたしは逆説を弄してるんじゃない。出来ればやってみたいくらいだ。わたしはただ、ロマネ・コンティ（フランス、ブルゴーニュ産の名酒）の味がわかる人間も、四種のビールは嗅ぎわけられないと言っただけだ。逆説どころか、ごくわかりきった道理じゃないか。わたしの言うことにびっくりしているのは、君がまだ罪というものの何たるかを本当に知ってないからさ。そりゃ大文字で書かれる大罪と、殺人、窃盗、姦通、その他ありきたりの罪と称しているものとの間には、多少の関連性はある。だけどそれは、A、B、Cと、りっぱな文学との関係と同じさ。しかし今いう誤解というやつ――こいつは天下に瀰蔓している――はだ、大体において、物事を社会的な色めがねで見るところから生ずるものだと、わたしは考えている。早いはなしが、われわれは自分に対して、あるいは隣人に対して悪いことをした人間は、あいつは悪いやつにちがいないと思う。そんなふうに、社会的な見地から考える。ところが、『悪』というものは、本来は孤立したものなんだ。『悪』とは孤独の欲情であり、個人的な熱情だということが、君にはわからないかね？　ふつうの殺人者なんてものは、ありゃ殺人者としては、本当の意味での罪びとでも何でもありゃしないよ。あんなものは、われわれがやつの刃物から首を避けさえすればいい野獣にすぎんさ。わたしなら、あんなのは罪びとよりも虜のなかに分類するね。」

「なんだかどうも少々変ですな。」

「変なものか。殺人者というやつは、積極的な素質から人を殺すんじゃなくて、消極的な素質から人を殺すんだからね。『悪』——これはむろん、悪い面だけからいえば、全面的に積極的なものだよ。本当の意味での罪というものははなはだ稀少だということは、君も信じるだろう。おそらく今日まで、罪びとの数は聖者の数よりはるかに少ないだろうな。そう、君の考えは、現世的な社会的目的からいえば、間違ってはいない。とかく人間ってやつは、自分にとって不愉快な気にくわない人物を見ると、あいつは大罪人にちがいないと、しぜんきめこんでしまう傾向がある。人のポケットから物を掏られたりすれば、そりゃ不愉快さ。だから、そういうやつを大罪人ときめつける。ところが、そんなやつはただの未発達な人間なんだよ。むろん、泥棒は聖人にはなれない。しかし、ひょっとするとかれは、戒律を一つも破ったことのない連中にまさる、底なしにいいやつなのかもしれん。そういう例はよくある。むろん泥棒は、われわれにとって大きな厄介者だ。だから、捕まれば当然禁錮される。しかしね、かれの厄介千万な非社会行為と『悪』とのつながりは、これは君、ごく薄弱なものなんだぜ。」

夜もだいぶもう更けていた。コトグレーヴをつれてきた男は、さきほどからおとなしそうな、分別ありげな微笑を浮かべながら頷いているところを見ると、おそらく前にもこの話を聞かされたことがあるのだろう。それにひきかえコトグレーヴの方は、自分が「変わりもの」だと考えていた相手が、どうやらだんだん「聖人」に変わってきたことを考えはじめていたのである。

「いや、先生のお話は、たいへんおもしろいと思います。そうしますと、人間は罪の正体なるものがわかっていないのだと、こうお考えなんですね？」

「いや、そんなことを考えてやせんよ。われわれはね、罪というものを過大評価したり、過小評価したりしてるのさ。こんにち、われわれはむやみやたらと多い社会的な『規約』――これは人間社会を協同で保っていく上に、必要欠くべからざる適正な規則だが、これがむやみやたらと多いもんだから、むやみやたらと違反の罰則を課せられている。おかげで、『罪』だの『悪』だのというものが、いかに御繁昌であるかに、みんな驚いてる始末だ。これは君、誰が見たって、じつに馬鹿げたことだよ。たとえば、泥棒を例にとって見たまえ。ロビン・フッドのことを考えて、怖いと思うやつがいるかね？　あれは君、十七世紀の高地々方の山賊だぜ。国境荒らしさ。こんにちでいえば、会社の発起人だろう？　そうなるとだ、逆にわれわれは悪を軽視しているわけだ。われわれのポケットに手を出したり、かみさんに手を出したりする『罪悪』を、とんでもなく重視するもんだから、ほんとうの罪の恐ろしさというものを、すっかり忘れてしまっているんだよ。」

「そうしますと、罪とは一体どういうものなんでしょうか？」

「君のその質問には、別のことで答えなければならんようだな。いいかね、これはまじめな話だよ。かりにもし君の飼い猫か飼い犬が、主人の君に話をはじめたり、人間とおんなじ調子で君と口論をはじめたら、君はどんな気持がする？　気味わるくなって、躯（からだ）が震えて、魂がでんぐり返ってしまうだろう？　そりゃそうなるさ。庭に咲いてるバラの花が、いきなり気味のわるい歌でも歌いだして見たまえ、君は気が狂ってしまうよ。道ばたの石ころが、君の目の前でふくらんだり縮んだりしたり、夜目についた小石が、翌朝見たら花が咲いてた、なんてことになったら、どんな心持になる？　どうだね、今あげた例は、罪とはほんとは何なのかという概念を与えられそうだがな。」

「あの、先生」と最前から落ちつきこんでいた三人目の男が、そのとき言った。「だいぶお二人の間に話がおはずみのようですが、わたくしお先に失礼させて頂きます。汽車に乗り遅れると、歩いて帰らなきゃならないんで……」

相手の男が、霧の立ちこめた早暁の、街灯の灯が白ずんでいる表へ出て行ったあと、アンブローズとコトグレーヴは、さらに椅子に深く腰をおちつけ直したようであった。

「いやどうも、驚き入ることばかりで。今おっしゃったようなことなんか、考えたこともありませんでした。ほんとにそうだとすると、物事なんでも逆さにひっくり返さないと駄目ですな。もし罪の本質が――」

「嵐のときの空を見ると、ちょうどそんなふうに見えるね」とアンブローズは言った。「別のもっと高い領分へと、許されていないやり方で、簡単にわりこんで行く。――そんなふうに見える。罪というものがなぜ稀少なのか、わかるだろう。高い所だろうが低い所だろうが、許されている方法だろうが禁じられている方法だろうが、別の領分へはいりたいと望むものは、ごく少ないものなんだよ。人間ってやつは、ひとつ塊り(かたま)になってれば、各自それぞれに見つけた生活で充分に満足している。だから、聖人もやたらには出ないし、罪びと（本当の意味での）は、さらにそれより少ないし、ときにはその両方を兼ね具えている天才もいるけれども、そいつもめったには出ないわけだ。そうだよ、だから全体から見ると、おそらく大聖人になるよりも、大罪人になる方がずっとむずかしいというわけさ。」

「でも先生、罪というものには、なにかこう、えらく自然でないものがありますでしょう。あれはどういうことなんですか？」

「たしかにそうだ。聖行、これは大へんな苦行、努力を要する。だが、この苦行は、かつては自然であった軌道の上で行なうのだ。つまり、アダムとイヴ以前にあった法悦を、もういちど取り戻そうという努力だ。ところが、罪というやつは、天使だけのものである法悦と知識を、自分の手に入れようとする努力なんだな。そしてその努力をかさねていくうちに、人間は鬼になるんだ。だから、ただの殺人者は罪びとじゃないと、さっき言ったろう？　それはそのとおりなんだが、しかし罪びとがときには殺人者であることもある。ジル・ド・レイ（いわゆる「青ひげ」と呼ばれる十五世紀のフランスの将軍で、かつてはオルレアンの戦で、ジャンヌ・ダルクの下で勲功をたてた軍人であるが、退職後、当時流行の降神術に凝り、多数の小児をかどわかして絞殺したり、殺人をしたりした罪で処刑された。「青ひげ」とはペローのお伽ばなしに出てくる人物に因んでつけられた呼称である）なんか、その一例だ。そこでだ、人間にはもともと生まれつき善も悪もないんだから、ことに今日のような社会的人間、いわゆる文明人にとっては、もっと深い意味で、悪は善より不自然なものになってきたんだな。聖者はおのれが失なった天からの贈物をとりもどそうと努力する。罪びとはおのれのものではない物を手に入れようと努力する。手っとり早くいえば、罪びとはアダムとイヴの人間の堕落をくりかえしているのさ。」

「先生はカトリック教徒でいらっしゃるんですか？」

「うん、英国聖公会員だ。」

「そうしますと、先生がほんのささいな堕落だといっておられる罪について、聖書の文句はどう断定しているのですか?」

「そうだね、一カ所、『妖法家』という言葉が同じ一節のなかに出てくる。これがどうもわたしには主旨を与えているように思われるね。考えても見たまえ、一人の無実の人間を救う詐り(いつわり)の陳述が罪悪だなんて、考えられるかね? 考えられないだろう。よろしい、そうなると、そういう言葉を吐いたために放逐された人間は、これは嘘つきじゃないね。そうなれば、なかんずく人間の大事な生命をあつかう『妖法家』、非道な目的を手に入れる手段として、その大事な命にありがちな弱点を利用する『妖法家』は、嘘つきではないということになる。わたしに言わせれば、人間の分別なんてものは愚かなものだし、われわれは物質主義にどっぷり浸っているんだから、そういう場合にぶつかっても、おそらく本物の悪を見抜けないことが当然あるわけだ。」

「でも、そういう場合には、われわれはある種の恐怖を経験するんじゃないでしょうか? さきほど先生がおっしゃった、バラの花が歌をうたいだした場合に経験するような戦慄を。——悪人を目のまえに見ただけで……」

「われわれが生まれ落ちた時のまんまの人間なら、当然それは感じるだろうな。子供や女のひとは、君のいうような戦慄を感じるね。動物だって感じるよ。ところが、因襲や文明や教育に毒されたわれわれの多くは、盲目になり、聾(つんぼ)になって、生まれながらの理性がすっかり曇ってしまっているんだ。いや、どうかするとわれわれは、善心を憎むことで悪心を認めることさえあるものな。詩人のキーツが『ブラックウッド・マガジン』の評論で、――人間は無意識のうちに指令する力にたよった推測には、あまり深入りしないがいいと言ってるが、実際これはありがちなことだよ。まあ、トペテの神官たちも、気がつかずに通してしまったり、ときには、こいつ根はいい人間なんだが考え違いをしやがって……ぐらいで通すんだろうと思うね。（昔、エルサレムに近いヒノムの谷のトペテは、偶像教徒の礼拝する場所で、神に供えた子供を塵埃といっしょに焼き、その火が年中絶えなかったので、焦熱地獄といわれた。トペテの神官とは、仏教でいう地獄の青鬼赤鬼のごときものと思えばいい）」

「いま先生はキーツの評論の『無意識』という言葉を使われましたが、悪心というものはいつも無意識なのでしょうか？」

「ああ、いつも無意識だね。その点も、聖人や天才によく似ている。いうなれば、魂の狂喜、つまり法悦だ。ふつうの境涯を飛びこえようという超絶的な努力だな。ところが、そいつを飛びこえると、理解をも飛びこえてしまうんだな。つまり、飛びこえる前に来るものを注意する能力まで飛びこえてしまうんだよ。いや、ひょっとすると人間というやつは、恐ろしいくらい底なしに性悪なもので、そんなことは考えていないのかもしれんな。とにかく、そういう意味で、悪というものは、その本来の意味からいって、はなはだ稀少なものなんだ。だんだん稀少になってきていると思うね。」

「そのことをしっかりと摑むことにします」とコトグレーヴは言った。「先生の言われることからすると、真の悪は、われわれが悪といってるものとは、総体的に違うとおっしゃるんですね？」

「そのとおりだ。むろん、真の悪と、世間一般がいってる悪との間には、類似点はある。たとえば、われわれがよく使う言葉で、"the *foot* of mountain"（山のふもと）と"the *leg* of the table"（テーブルの脚）というのがあるが、その程度の似よりはある。そして、この二つは、むろん同一の言葉でいわれる場合もあるわな。鉱山で働いてる、乱暴で自制力のない鉱夫とか精煉工なんかが、いつもよりちっとメートルをあげて帰って、つんけん当る無教育な女房を蹴って死なせるようなことは、よくあることだが、これだって殺人者だ。さっき言ったジル・ド・レイだって、殺人者だ。この両者を区分する境目が、君にわかるかね？　言葉はおなじだけど、意味はぜんぜん違う。『ホブスン・ジョブスン』はよく二人の人間に間違えられるが、これはじつは凶悪犯人の名前で、それよりもむしろ、ジャガノートとアルゴノート隊は語原の上から何か関係があるのかなと、人が思うようなものさ。社会的罪悪と、ほんとうの精神的罪悪との間には、それと同じような弱い相似や類似があることは勿論で、あるばあいには、『校長』になる前に『教頭』が存在するような、影と実体のような関係もあるだろう。君が神学者だったら、こういうことが大事なことがわかるよ。」

「いや、残念ながら、わたしはこれまで神学なんてものに暇を割いたことがないんです。それどころか、神学者なんて、自分の好きな研究に、学問のための学問の看板をかけて、一体どんなことをしているのかと、不思議に思うことがよくありました。神学の本もちっとは覗いて見ましたが、どうも力のない、きざっぽい信仰か、でなければイスラエルの王様がどうしたの、ユダがどうしたのというようなことばかり言ってるような気がして。そんな王様のことなんか聞く気もしないし……」

アンブローズはニヤニヤ笑って、

「まあ、神学の議論はよしとこう。君はなかなか辛辣な議論家らしいからな。でも『諸王の事蹟』と神学との関係は、女房殺しの鉱夫と悪との関係に大いに似ているようだぞ。」

「では、神学論はお預けにしまして、本題に戻るとして、罪というものは密教的な、秘学的なものと、先生はお考えなんですね？」

「そうだ。聖行は天上のものだ。同じように、罪というものは地獄の奇蹟だ。ときにそれは、われわれがその存在を推し測れないほど高度なものに昇ることがあって、ちょうど大きなオルガンの低音みたいに、あんまり音が太すぎて、われわれの耳には聞こえないことがある。ほかの場合だったら、気ちがい病院行きか、あるいはもっとへんな結果になりかねない。だが、これを単なる社会的非行と混同してはいかんよ。その反対の善行について言うとき、使徒は、慈善行為と慈悲心というものをはっきり区別している。人は貧しいものに物を与えるけれども、そういう連中には慈悲の心が欠けていると言っている。それと同じように、人はあらゆる犯罪を犯さずにいても、なおかつ罪びとであることは可能なのだ。」

「先生の心理学は、わたくしなんかには大へん耳新しいものです」とコトグレーヴは言った。「でも、正直いって、先生のお説はわたくし気に入りました。どうやら先生の前提からしますと、罪びとはただの者に、あいつは無実だという印象を与えうるという決論がひき出せるようですな。」

「そのとおりだ。本当の悪というものは、社会生活だの社会的規約とはぜんぜん無関係なものだからね。関係があるとすれば、ほんのそれは付随的な、偶発的なものにすぎん。悪というものは、魂の孤独の情熱、もしくは、孤独な魂の情熱なんだ。どっちでも好きな方をとるがいいが、とにかく、われわれにそのことがわかって、その意味を充分につかんだときに、はじめてわれわれは愕然として、恐怖でいっぱいになるんだ。だがこの恐怖は、ふつうの犯罪者に対してわれわれが考える不安や不快とは、大きく区別されるものでね、ふつうの犯罪者に対する不安とか不快は、これは大体、われわれが自分の肌や財布に対してもっている考えの上に立った感情だ。われわれは殺人者を忌み嫌う。それは自分が殺されるのは厭だということを承知しているから、忌み嫌うんだ。同じように、このことを反対の面、つまり善の面でいうと、われわれは聖者を崇敬はするけれども、友だちを好きになるようには好きになれない。君は聖パウロ会に入会して、ほんとに自分は楽しいと自分で納得できるかね？　君やわたしが、ガラハド卿（アーサー王の侍者。聖杯の発見者）と心からウマが合って、うまくやって行けると思うかね？　けっきょく、罪びとのばあいも、聖人のばあいも、おんなじことさ。君が極悪人に会って、そいつの悪事を知ったとする。相手はかならず君を戦慄と恐怖におとしこむにきまっている。君がそいつを忌み嫌う理由は、何もありゃしないんだ。君がもし罪という考えをうまく頭から追い払えれば、君はその罪びとをこよなき友人として見いだすことが出来、しばらくするとまた気がついて、また恐怖に逆戻りするだろう。そりゃ君、怖いさ、バラやユリの花が、朝になったらきゅうに歌いだしたり、家具がいきなり列をつくって動きだしたりしたら。——モーパッサンの小説にあるようにな。」

「ああ、よかった。やっとお話のなかに比較が出てきました」とコトグレーヴは言った、「いえね、じっはそういう花とか家具とか、自分で動けないものの想像上の芸当に、人間性のなかで対応できるものは何なのか、それが伺いたかったんです。ひとくちにいうと、罪とは何なのか？　抽象的な意味はおしえて頂きましたが、具体的な例がほしかったんです。」

「だからそれは非常に稀だといったろう」とアンブローズは、なんとなく直接の答を与えるのを避けたがっている様子で言った。「現代の物質主義は、神聖を抹殺することをたくさんやったが、おそらくそれ以上に、悪を抹殺することもやっている。われわれはこの地上を、これ以上昇りも下りもせず、どっちにも傾かない、まことに住みよいところだと思っている。まるでそれは、学者が、「『トペテ』に限定する」ことに決めて、純粋な古代研究にはいっていくのと同じようなものさ、古生物学者で、生きた恐竜を見せてくれたものは、一人もまだいないんだよ。」

「でも先生は『限定』なさったと思います。わたしは先生の御研究は、現代まで降っていたと信じます。」

「君はほんとに興味をもってるらしいな。よし、わかった。それじゃ白状するが、わたしなんか、道楽半分にすこしばかり手を出しただけさ。お望みとあれば、今夜論じたこの妙な題目に関係のあるもので、なにか見せてあげてもいいよ。」

散人は蠟燭を持って、部屋のすみのうす暗いところへ行った。見ていると、そこの貴重戸棚をあけて、秘蔵品らしいもののなかから、なにか紙に包んだものをとり出すと、またもとの窓ぎわに戻ってきた。

包み紙をひらいて、散人は中から緑色の本をとりだして、

「これね、気をつけて扱ってくれよ。そこらへおっぽり出しておかんようにな。これはおれのコレクションのなかでも逸品の一つなんだから、失くなされでもすると困るからね。」

そう言って、色のさめた表紙をひらいて、

「これを書いた女の子を、わたしは知っていてね。これを読めば、今夜議論したことが例証されているのがわかるよ。結果も出ているが、ま、それは言わないでおこう。」

「そう、二、三カ月まえのある評論雑誌に、妙な論文が出ていた」と散人はきゅうに話題をかえるような口ぶりで、ふたたび語りだした。「医者が書いたものでね、たしかドクター・コリンとかいったな。かれがいうのに、ある婦人が客間の窓ぎわで、遊んでいる小さな娘の守りをしていたら、とつぜん窓の重いサッシがはずれて、その子の指の上に倒れたんだそうだ。おそらくその婦人は気絶しかけたんだろうが、とにかく医者が呼ばれた。医者は怪我をした子供の指の手当をして、母親を呼ぶと、母親が痛みで唸ってるんだ。見ると、母親の指が三本、――怪我をした子供の指とおんなじ指が三本腫れあがって、炎症をおこしてるんだな。医者のことばだと、母親の指は、まもなく紫色に腫れてきたそうだよ。」

アンブローズは、緑色の本をだいじそうにまだ手に持ったままでいたが、

「これ君、読んだらすぐに返してくれたまえよ」と、いかにも自分の宝ものに別れがたないよ

うな調子で重ねて言いながら、二人はホールに出、それから白ユリのほのかな香りのする庭に出た。

コトグレーヴが暇を告げたとき、東の空には朝焼けのまっかな帯がのび、かれの立っている高台からは、夢のなかで見るようなロンドンの森厳な景色が見わたされた。

緑いろの帖面

帖面のモロッコ皮の表紙は褪色して、色があるかなきかになっていたが、使ったときの疵や汚点は一つもなく、まるで七、八十年前に「ロンドンへ上京した折」に買って、そのまま忘れて、どこかへ蔵いっぱなしになっていたというふうで、よく百年以上もたつ古い家具などについている、そこはかとない古びた匂いがしみこんでいた。表紙の内側――見返しは、金粉の錆びた色刷りの変わり模様で飾られており、判はやや小ぶりだが、上質の紙が使ってあるのでわりあい部厚で、中は細かく丁寧に書いた文字でびっしり埋まっていた。

わたしはこの帖面を（と手記ははじまっていた）、階段の踊り場の古いたんすのひきだしのなかから見つけました。ちょうど雨のざんざん降りの日で外へ出られないので、お昼すぎ、蠟燭を持ってたんすのなかをかきまわしていたのです。どのひきだしにも古い衣類がいっぱい詰まっていましたが、そのなかのからっぽのように見えた小ひきだしの奥のほうから、この帖面が出てきたのです。まえからこんな帖面が一冊ほしいと思っていたので、なにか書くのにちょうど手ごろなのでもらっておきました。この帖面には秘密がいっぱいあります。今まで書いた秘密の帖面は何冊もあって、それは安全な場所に全部かくしてあります。こんどの帖面には、古い秘密とすこし新しい秘密を書こうと思っていますが、そのなかにはとても書けないようなものもいくつかあります。たとえば、一年前におこったあのことなど、日付や月日(がっぴ)など本当のことは書けませんし、アクロ文字やキオス語の書き方、あのみごとな環状列石のこと、マオ遊びのこと、いつもあの連中が歌っていた歌のことなども、ぜったいに書けません。そのなかからいくつかのことを書いていくつもりですが、しさいあって、やり方をくわしく書くわけにはいきません。また、女精(ニンフ)やドールやジーロが何者か、ヴーラスということばがどういう意味か、そういうこともいっさい言うわけにはいきません。すべて秘中の秘です。あの人たちがどんなふうだったか、自分がどんなにたくさんのすばらしい言葉を知ってるか、そういうことを自分で思い出してみるのはとても楽しいことだけど、そういう内所(ないしょ)の内所のことは、ひとりっきりでいる時以外には、あまり考えないようにしています。ひとりでいるときには、目をつぶって両手をその上において、あのことばをそっとささやくと、アラーラの姿が浮かんできます。これは夜、自分のお部屋のなかか、自分の知ってる森のなかにいるときだけにすることで、その森も秘密ですし、あのことばも秘密ですから、ここには書けません。次にあの儀式があります。あれは一ばんだいじなことで、白い儀式、みどりの儀式、真紅の儀式と、三通りありますが、なかでも真紅の儀式が最高で、そのまねごとはほかのところでもよくやりますが、正式におこなわれる場所は一カ所しかありません。そのほか、ダンスもしますし、喜劇も演じます。喜劇はほかの連中が見ているときにも何どかやりましたが、あの連中にはわかってもらえなかったようでした。わたしがこういうことをはじめて知ったのは、ごくまだ小さい時分のことだったのです。

ごく幼い時分、母がまだ存命していたころから、わたしはそれより前のいろんなことを憶えていた記憶がありますが、今はもうみんなごっちゃになってしまいました。でも、五つか六つのころ、わたしが気がつかないと思って、みんながわたしの蔭口をきいていたのを耳にしたのは憶えています。なんでも一、二年まえのわたしがおかしな子で、みんなにわからない言葉でなにかひとりごとを言っているのを、母に聞きに来るように乳母が呼びに行ったとかいうそんな話でした。わたしはそのときズー語をしゃべっていたのですが、今はもうほんのふた言か三言それとゆりかごに寝かされているとき、いつもわたしの顔をのぞきこんでいた、小さな白い顔が何人もいたのを憶えているぐらいなものです。その白い顔の人たちは、いつもわたしに話しかけてくれたので、わたしはその言葉をいつのまにかおぼえて、自分の方からもよく話しかけていました。なんでもその人たちの住んでいるところは、大そう広いまっ白なところで、木も草もみんな白くて、月までとどくような高い白い山があって、寒い風が吹いているところだそうでした。その後、ときどき夢のなかでそこを見ましたが、でも白い顔の人たちはわたしがごく小さいうちに、どこかへ行ってしまいました。ところが、わたしが五つぐらいのときに、不思議なことがおこったのです。ある日、乳母がわたしを肩にのせて、外へつれだしました。

黄いろいトウモロシ畑があって、そこを抜けていきましたが、とても暑い日でした。森の小道へはいると、うしろから背の高い男があとをつけてきて、深い池のところまでいっしょに来ました。木が茂っていて、ばかに暗い池でした。乳母はわたしを木かげのやわらかい苔の上におろすと、「この子はまだ池までは行けやしないわ」と男に言って、二人してわたしをそこにのこしたまま、どこかへ行ってしまいました。わたしがおとなしくじっとそこに坐っていると、水のなかと森のなかから、美しい白い人が二人あらわれて、たわむれたり歌ったり踊ったりしだしました。二人とも、お客間にある古い象牙の置物みたいな、クリームのような白さで、一人は美しい女のひとで、やさしい黒い目をした、沈んだ顔つきの、長い黒い髪の毛の人でこのひとが妙な愁いをふくんだ笑顔を見せると、もう一人のほうが笑いながら寄ってきました。二人はたわむれながら、池のまわりをグルグル踊りまわって、わたしが眠ってしまうまで歌をうたっていました。わたしは戻ってきた乳母にゆり起こされたのですが、なんだか乳母のようすがさっきの白い女のひとにどことなく似ているようなので、わたしはそのことを言って、どうしてあの人に似ているのとたずねました。すると乳母は、まず「えっ!」と大きな声をたてて、それからひどくおびえたようにまっ青になりました。そして抱いていたわたしを草の上におろすと、わたしの顔をまじまじと見つめていましたが、わたしには乳母のからだがガタガタふるえているのがはっきりと見えました。やがて乳母は、わたしが夢を見たのだといいましたが、わたしは夢ではないことを承知していました。乳母はこのことは誰にも言ってはいけませんよとわたしに約束をさせ、もし約束を破ったら地獄の穴へ投げこまれてしまいますよと言いました。わたしは乳母のいうことなどちっとも恐わくはなかったけれど、でもそのときのことは忘れられませんでした。目をつぶって、しずかなところに一人でいると、そのときのことがかすかに遠くだけれど、とてもあざやかに浮かんできて、二人が歌っていた歌の文句まで、自分では歌えないけれど、頭のなかに思い出されてくるのでした。

　わたしが世にも不思議な冒険をしたのは、十三のとき、それも十四にそろそろ近いときで、あんまり不思議なので、わたしはそれ以来その日を「白い日」と呼んでいます。母はすでに一年以上まえに亡くなっていました。午前中はお勉強の時間で、午後は散歩に出てもいいことになっていました。その日は、どこか今まで行ったことのない新しい道を歩いてみようと思って、小さな川づたいに歩いていくと、やがて来たことのない区域に出ました。やぶをいくつも抜けたり、低い木の枝をくぐりぬけたりするような歩きにくい道を通ったので、上着がかぎ裂きだらけになってしまいました。そこを抜けると、イバラのおい茂った丘をのぼり、棘草のはびこっている暗い森のそばの道を先へ先へと行きました。ずいぶん長い道で、なんだかこのまんま、いつまでもいつまでも歩きつづけていくような気がするほど、長い道でした。以前は小川だったにちがいないが、今は水が涸れて、川底の岩盤が出たトンネルみたいになっているところなどもあって、そこは這って行きましたが、両がわの高やぶが頭の上で合わさっているので、トンネルのなかはまっ暗でした。そのまっ暗なところをドンドン歩いていきましたがずいぶんそれが長い道でした。すると、これまで見たことのない山に出ました。わたしは黒い小枝のからみあった暗いやぶのなかにはまりこんで、そこをガサガサ通りぬけるときに、からだじゅうひっかかれたので、痛くて泣き泣き行くうちに、気がついたら、いつのまにか山を登っていたのです。それからそこをグングン登っていくと、やがてとうとうやぶは切れて、広い頂上のすぐ下のところへ出たので、わたしは思わずわっと快哉をさけびました。そこは草原の到るところに、ぶかっこうな灰色の石がゴロゴロころがっていて、曲がりくねった小さないじけたような木が、石の下から蛇のようにはえています。わたしは頂上をさして、そこをドンドン歩いていきました。こんな大きな、形のぶかっこうな石は見たことがありません。土の下からとび出したようなのもあり、どこからか転がってきたようなのもあり、それが見わたすかぎり、はるか遠くのほうまで、どこまでもどこまでも続いています。大石と大石の間から見える国は、まるで見たこともない国でした。冬のことで、山をぐるりととりまいて、黒い凄いような森がうっそうと茂っているのが、まるで黒いカーテンの下がった大きな部屋でも見るようで、しかもその木々の形が、今までわたしが見た木のすがたとはまるで違っているようで、なんだかわたしは怖くなってきました。森のむこうには、見たこともない、またべつの山なみがぐるりと大きな輪になってたたなわっていて、全体が黒々と見え、そのどれもが頭に渦巻をかぶっています。どこもかも森閑として物音ひとつなく、重く垂れた灰色の空はどんよりとして、あの意地のわるい地獄の殿堂の渦巻の天井のようです。わたしは気味のわるい岩石の群のなかへどんどんはいっていきました。石は何千何百という数です。ニタニタ笑っている気味のわるい男のようなのもあり、なんだかいきなりこっちへとびかかってきて、わたしをつかまえて岩のかげにひきずりこんで、いつまでも放さないぞという顔つきに見えます。そうかとおもうと、舌をペロペあ口出して這っている怖ろしい動物みたいなのもあり、わたしには言えない言葉のようなのもあり、草の上にたおれている死人みたいなのもあります。そんななかを怖わ怖わすすんでいくと石どもが歌ういやらしい歌が胸いっぱいにしみこんでくるようで、自分も岩がしているように顔をしかめたり、からだをねじくったりしたくなってきました。そんな気持で長い道を歩いていくうちに、だんだんわたしはその岩たちが好きになってきて、そうなると岩の方でも、もうわたしのことを怖わがらすことをしなくなりました。わたしは石の歌と思われる歌——ここには書いてはならない言葉の歌を、自分でも歌いはじめたのです。そして岩とおんなじ顔をしたり、岩とおんなじようにからだをねじくったり、死人のように地面にごろんところがったり、岩が歯をむきだしニヤニヤしていれば、自分も歯をむきだしてニヤニヤしながら、そばへ行って、その岩を抱きしめてやったりしました。そんなふうにして、岩のあいだを縫いながら進んでいくと、やがて岩のあるまんなかのところに、塚のようなまるい小山のあるところへきました。家の高さぐらいあるまるい塚で、盃を伏せたような格好をして、滑かな草がはえており、てっぺんに棒のような石が一本立っています。道もないそこをわたしは登りかけたのですが、かなり嶮しくて滑って落ちそうなので、登るのはやめました。ころがり落ちて、下の岩に頭でもぶつけたら、それこそ死んでしまいます。でも、なんとしてもてっぺんまで行ってみたくてたまらなかったので、わたしは斜面に這いつくばるようにして、両手で草をつかみ、それでからだをちっとずつずりあげずりあげして、やっとの思いで頂上へ登りつきました。そしてまんなかにある棒石の上に腰をおろして、あたりを見まわしてみて、まあ、こんなに遠い道をきたのかと思いました。まるで家から百マイルも離れた、よその国へきたようで、「鬼神譚」か「アラビアン・ナイト」で読んだ見知らぬ国へきたか、あるいは何年もかかって遠く海を渡って、まだ誰も見たことも聞いたこともない別世界の国へきてしまったか、それとも広い空を流れ流れたはてに、本で読んだどこかの星へ落ち、なにもかも死滅した、寒い灰色の、空気もなければ風も吹かない世界へきてしまったか、そんな心持でした。わたしは石の上に腰かけたまま、あたり四方を見上げ見下ろしました。なんだか自分が大きな廃墟のようながらんとした町のまんなかの塔の上にでもいるような気がしたのは、どこを見ても、地面にころがっている岩よりほかに何も見えるものがなかったからです。岩が何の形をしているのか、いっこうにわからないけれど、でも長い長い道中に見てきた岩石をよくよく見てみると、どうやらそれらの岩石は、なにかの模様か、形か、すがたに並べてあるようです。いや、みんな地面からとび出している岩なんだから、地下の岩石につながっているはずで、そんなことがあるわけがないとは知りつつ、なおよく見てみると、どうもやはり、岩はいくつかの環になっているように見えるのです。大きな環のなかに小さな環があって、ピラミッド型のも、丸屋根型のも、尖塔型のも、わたしの坐っているぐるりの岩という岩は、みんなそうなっているふうで、見れば見るほど、大きな岩の環が順々に大きくなりながらひろがっています。長く見つめていたせいか、大きな岩の環が大きな車輪のようにグルグルまわりだして、そのまんなかにいる自分までがグルグルまわっているような心持になりました。なんだか目がまわって、頭のなかがおかしくなり、見るものが靄でもかかったように判然としなくなるうちに、なにか青い光がチカチカ光るのが見え、岩がグルグルまわりながら、ピョンピョン跳ねたり踊ったりしているようなふうでした。わたしはまた怖わくなって、大きな声をあげ、腰かけている石からとびあがって、下へころげ落ちました。起き上がってみると、岩の群が静止しているのでまあよかったとホッとして、それから尻餅をついた格好で小山のてっぺんから滑り下り、ふたたび歩きだしたのです。わたしはさっき目がまわったときに踊りだした岩の方へと、自分もグルグルまわりながら踊って行きましたが、それが上手に踊れたので、ばかに嬉しくなって、なおも踊りつづけながら、頭のなかにはいっていたへんてこな歌をうたったりしました。やがて山の麓の広い平らなところへ出ると、ここには岩はもう一つもなく、道はそこからまたまた窪地のなかのうす暗いやぶのなかへとはいります。登り道で、前と同じようなひどい道でしたが、こんどはそれほど苦にもならなかったのは、さっき見たへんな踊りのまねが上手にできたので、嬉しかったせいでしょう。やぶのなかをガサガサ這うようにして行くと、高いイラクサが足のすねを刺すのでヒリヒリしたけれど、そんなことは物ともせず、木の枝やイバラにひっかかれながらも、わたしはただ笑いながら歌をうたって前進しました。やぶを出ると、せまい谷間へ出ました。狭くて深くて、ぐるりにうっそうとした森林がとりまいているので、人の知らない暗い路次のような、こじんまりした隠れたところでした。木のおいかぶさった切り立った崖には、さっきの山の上では茶いろに枯れていたシダの葉が、ここでは冬のあいだも緑の色をたもっていて、モミの木の匂いにそっくりな甘い芳香を放っています。小さな谷川は、わたしでもらくに飛び越せるくらい細いもので、手で掬って飲んだら、豊醇なお酒のような味がしました。水は赤や黄いろや緑いろの美しい石の上をキラキラと白い泡を立てて流れているので、生き生きとして七色に輝いています。わたしは手で一口飲み二口飲み、それでもなお飲み足りなくて、しまいにはそこへ腹這いになって、じかに口をつけてゴクゴク飲みました。そうやって飲むとよけいおいしくて、なんだか水の方から口元へきてキスしてくれるようで、わたしはわらってまたゴクゴク飲みました。わが家の古い絵にあるような女精(ニンフ)が、この谷川の水のなかにも棲んでいて、わたしにキスしてくれたような気がしたので、わたしは水の上に首をさしのべて、そっと唇を水につけると、また来るわねと女精(ニンフ)にささやきました。きっとこの水はただの水ではない、とわたしは思いました。起きあがって歩きだすと、なんだかばかに嬉しくなって、また踊りながら、わたしは両岸に山の迫った谷間の道を上へ上へと登って行きました。そして頂上へたどりつくと、またそこに、壁のように切り立った高い山がすぐ目のまえにそびえ立っていて、緑の壁と空のほかには何もありません。「ああ、とこしなえに、とこしなえに涯(はて)なき世界よ、アーメン」わたしはそんな言葉を考えて、自分はその世界の涯をほんとに見つけたのにちがいないと思いました。それはそこが一切のものの終焉のようで、そこから先には何もない、あるのは渦巻の国だけで、そこでは渦巻が消えると光が消え、太陽が渦巻を取り去ると水が流れる――そんなふうに思われたからです。わたしはここまでやって来た長い長い道のことを考え、小川を見つけてそれを追い追い、やぶを抜けイバラやイラクサの茂みを抜け、棘のある下草がいちめんに這っている暗い森のなかを抜けてきたことをふりかえってみました。木の下のトンネルを這いずって登ったり、やぶのなかを掻きのぼったり、灰色の岩の環をながめたグルグルまわる岩のまんなかに坐ったり、そしてその灰色の岩の間を通りぬけて、またチクチク刺す棘だらけのやぶをかきわけて山を降りて、こんどは暗い谷間をまたウンスン登ったり、思えばほんとに長い長い道でした。さてこれから、どうやって家へ帰ったらいいのかしら。道が見つかるかしら。家が元のところにまだあるかしら。「アラビアン・ナイト」の話みたいに、家のひとはみんな石になっているのじゃないかしら。そんなことを思って、わたしは草の上に坐りこんで、これからどうしようかと考えました。歩きくたびれて、両足はぽっぽとほてっています。あたりを見まわすと、ちょうど草のおい茂った、切り立ったような高い崖のま下のところに、みごとな泉があります。ぐるりには、いちめんにキラキラした緑したたる苔がびっしりはえていて、いろんな種類の苔があります。美しい小さなシダみたいのや、シュロの葉やモミの葉に似たのや、みんな緑の宝石のような灰色をして、ダイヤモンドのような水玉を宿しています。そのまんなかにある大きな泉は、水がきれいなので、底の赤い砂にすぐ手がとどきそうに見えますが、そのじつはかなり深いのでした。わたしはそのそばに立って、鏡でものぞくように、中をのぞいて見ました。泉の底のまんなかあたりの赤い砂は、しきりなしにそよぐように動いていて、水の噴き上げるぐあいがよく見えますが、水の表面は平らで、なみなみと縁からあふれています。大きな泉で、浴槽みたいに大きくて、ぐるりをキラキラ光る苔がとりまいているところは、緑いろの宝石にかこまれた大きな白い宝石のようです。わたしは両足がほてってだるかったので、靴も靴下もぬいで、水のなかにそっと足を浸しました。水は冷たくて気持よく、立ち上がったときには疲れなんかどこかへふっとんでしまい、もうすこし先まで歩いて、泉のむこうの山の上がどうなっているのか見たくなったので、わたしはそこの斜面を斜にとゆっくり登っていきました。てっぺんに登りついて、あたりを見まわしてみると、さっきの岩だらけの山よりももっと奇妙な、見たこともないようなへんな国に自分がいるのがわかったのです。そこは、まるで大地の精たちが鋤や鍬を使っていたずらにこしらえたかのように、山も窪地もみんな城と城壁で、その上に草がおい茂っている、そんなふうに見えます。蜂の巣を伏せたような、丸っこい大きなどっしりとした丘が二つあり、深い窪地があちこちにあり、いつだったか大きな大砲と兵隊さんのいた海辺で見たような、切り立った嶮しい崖がいくつもあります。わたしはすぐ足元からなだれこむように落ちこんでいる窪地の斜面を一気に駆け下りると、窪地の底に立って、上を見上げてみました。なんだか異様なものものしい眺めでした。どんよりとした灰色の空と窪地の横腹のほかには何にもなく、ほかのものはみんなどこかへ消えてしまって、この窪地だけが全世界なのです。こんなところは、さだめし夜になって、月の光が真夜中にこの底にさしこむと、幽霊だのフワフワする影だのボーッと白いものなどがいっぱい現われて、風が空をヒューヒュー吹きすさむにちがいありません。なんだか死んだ異教の神々のうつろな祠のような、異様で、ものものしい、そして寂しいところで、わたしはふと幼いころ乳母から聞いた話をおもい出しました。この乳母は、わたしがあの美しい白い人たちを見た森へ、わたしを連れて行ってくれた乳母で、北風に木の枝が塀にぶつかり、子供部屋の暖炉の煙突がヒューヒュー鳴る冬の夜、寝ものがたりに聞かしてくれた話です。乳母の話だと、どことかに、ちょうどわたしが今立っているような深い穴ぼこがあって、そこは不吉な場所として、誰も怖わがって中へはいったり側へ近寄ったりするものがありません。ところがあるとき、一人の貧しい女の子が、あたしがはいってやるといって、みんなが止めるのも聞かずに、穴のなかへ下りていきました。やがて女の子は笑いながら穴のなかから戻ってくると、なんにもなかったわよ、ただ緑の草と赤い石と、白い石と黄いろい花があっただけだわと言っていました。それからまもなく、人々はその女の子がたいそう美しいエメラルドの耳飾りをつけているのを見て、もともと貧乏な母娘なので、おまえどこでそんな品を手に入れたのだといってたずねると、女の子は笑って、この耳飾りはエメラルドなんかじゃないわよ、ただの草っ葉よと言いました。するとある日のこと、こんどはその女の子の胸に、だれもまだ見たこともないような真紅のルビーが光っていたのです。ニワトリの卵ほどもある大きなルビーで、燃えている石炭の火のようにみごとな光を放っています。母娘が貧乏なのを知ってる人たちは、おまえどこでそんなものを手に入れたんだときくと、女の子は笑って、これはルビーなんかじゃないわ、ただの赤い石ころよといいました。するとまたある日のこと、女の子は、こんどは女王さまのものよりももっとりっぱな首飾りを首にかけていました。何百という大粒のダイアモンドをちりばめた、目もまばゆいような首飾りで、その光はまるで六月の夜の星空のようでした。おまえどこでこんな品を手に入れたんだときくと、女の子は笑って、これはダイアモンドなんかじゃないわ、ただの白い石ころよと言いました。するとまたある日のこと、女の子は、こんどは純金の冠をかぶって宮廷へ出かけていきました。乳母の話によると、それは日輪のように輝いて、王さまがおかぶりになる王冠より何層倍もすばらしいものだったそうで、しかも耳にはエメラルドの耳飾り、胸には大きなルビーのブローチ、首には大粒のダイアモンドの首飾りが燦然と光り輝いていたということです。王さまもお后さまも、これはどこかの国の王女さまが遠路はるばるやってこられたものとお思いになって、玉座からお降りになってお出迎いあそばすと、側近のどなたかが彼女の素姓を申し上げ、あれなるものは賤の女にございまするとと言上しました。そこで王さまは、これはなはだ異なることと思召して、おまえはどこの何者か、なにゆえ黄金の王冠をかぶっているのか、親は貧しいのに、どこでそのような品を手に入れたのかとおたずねになりました。すると彼女は笑って、これは黄金の冠ではございません、髪にさしました黄いろい花でございますと答えたので、王さまはいよいよ怪しいとお考えになり、ともかくも宮廷に泊るがよいとおっしゃって、しばらく様子をごらんになることにしました。それにしても彼女はいかにも美しくて愛らしいので、誰もが彼女の眼はエメラルドより碧い、唇はルビーより赤く、肌はダイアモンドより白く、髪は金の冠よりも輝かしいと口々に言いました。そんなわけで、王子さまが彼女と結婚したいと言い、王さまもよかろうとお許しになりました。そこで司教が二人を結ばせ、盛大な祝賀の宴がもよおされ、宴後、王子は新妻のお部屋へお渡りになりました。ところが、扉に手をかけられたとき、そこに一人の背の高い恐ろしい顔をした、黒ずくめのなりをした男が、扉のまえに立っているのをごらんになりました。男の声が言いました。——

命惜しくば諦めよ
こはわが定めの妻なれば

王子はその場に昏倒してしまいました。廷臣たちが駆けつけて、部屋へはいろうとしましたが、いくらやってもはいれません。とうとうしまいに斧で扉を叩き破ろうとしましたが、扉の板が鉄のように硬くなってるうえに、部屋のなかから金切り声や笑い声やどなる声がするのに怖じ毛をふるって、みんな逃げ出してしまいました。あくる日、一同が中へはいってみると、部屋のなかは黒い煙がもうもうと立ちこめているだけで、あの黒い男が浚って行ったのか、女の子の姿は見えず、ただベッドの上に枯れた草が二本と、赤い石ころが一つに白い石ころが少しばかり、それと凋れた黄いろい花がひとつまみほどあっただけでした。わたしは深い窪地の底に立って、この乳母の話してくれた話をおもい出しているうちに、こんな見たこともない寂しいところに一人でいるのが怖わくなってきました。べつに石ころや花を見たわけではありませんでしたが、でも知らないで何か持ってきてしまうといけないし、あの黒い男の除けにもと思って、わたしはおまじないをしておこうと思いました。そこで穴のまんまんなかに立って、祟りのあるようなことは何もしなかったことをよく確かめてから、ある特別な作法で目、唇、髪などを撫で、乳母が悪事災難除けにおしえてくれた妙な言葉を口のうちで唱えました。これで安心したので、わたしは窪地を這い出ると、かずかずの小高い丘や窪地や崖をのりこえ下り抜けて、やがてこのあたりでいちばん高い所へやってきました。そこから眺めると、ここの地形のそれぞれ違った形が、あの灰色の岩のあったところと同じように、型こそ違え、やはり全体が模様になっているのが、よく見えます。そろそろ暗くなってきて、あたりがはっきりしませんでしたが、それでもわたしの立っているところから見ると、なんだかここの地形は、二人の大きな人間が草の上に寝ているようなかたちに見えました。わたしはそこからまたドンドン歩いて、やがてとうとうある森のところへ出ました。ここは秘密の場所なので、くわしいことは書けません。この森へはいる道は誰も知っている者はないのですが、わたしは妙なことから、なにか小さな動物が森のなかへ逃げこむのを偶然に見たので、その道がわかったのです。で、その動物のあとを追うようにして、わたしはイバラをくぐり藪をもぐって、細いその道をたどり、森のまんなかのすこし開けた空地のようなところへ出たときには、あたりはもうほとんど暗くなっていましたが、わたしはそこで見たこともない、じつに不思議な光景を見たのです。もっとも、見たといってもほんの瞬きする間のことで、とっさにわたしはまっしぐらにそこを逃げ出し、今来た道を無我夢中で走って、森から這い出るようにして逃げてきたのです。自分の見たものが、あんまり不思議で奇怪で美しかったので、怖わくなったからでした。わたしは家へ帰って、よくそのことを考えて見たいと思いました。こんな森に長居をしていたら、なにが起こるか知れません。そう思うと、からだじゅうがカッカしてきて、ブルブル震え、心臓がドキドキして、森から逃げ出すときも、なにか自分でも抑えきれないへんな叫びが胸をつきあげてくるようでした。まるい丘のむこうから大きな白い月がのぼって、道を照らしてくれたので、わたしはホッとして、おかげで小山や窪地を通りぬけ、狭い谷間へ下り、灰色の岩のあるところへとやぶのなかを登り、ようやくのことでわが家へ戻ることができました。父は書斎で仕事中でしたし、女中たちはわたしが帰らないことを黙っていてくれましたが、みんなハラハラして、どうしていいのかわからずに困っているところでした。わたしは道に迷ってしまったのだと言って、自分の行った方角は悟られないようにしておきました。床にはいると、わたしは夜どおし眠らずに、きょう見たことをいろいろと考えました。あの森の細い道から出たとき、あたりはもうすっかり暗いのに、なにもかもが晄々（こうこう）と光っているように見え、あれから家まで帰る道みち、自分がこの眼で見たことは夢でも嘘でもない、早く自分の部屋に戻って一人になって、目をつぶって森のなかにいる気持になって、それで怖い気がしなければ、今までどおりに何でも出来ると思ったのです。ところが、いざ目をつぶってみると、あの光景がさっぱり浮かんできません。わたしはもういちど、きょうの出来事を改めて初めから全部思い返してみましたが、けっきょく、うす暗くて変だったことが思い出されるだけで、みんなあれは自分の見間違いなんじゃないのかという気がしてきました。だって、あんなことが起るはずはないのですから。なるほど、小さいときに乳母から聞かされた話によく似てはいましたが、あの窪地の底でその話を思い出してわたしはゾッとしたものの、ほんとはあの話を信じてはいなかったのです。子供の時分乳母から聞いたいろんな話が頭に浮かんできましたが、自分がきょう見たと思ったことは、あれはほんとに実際にあったのか、乳母から聞いたあんな話が昔ほんとにあったのか、われながら不審に思えてきました。なんとも妙な心持で、わたしは家の裏手にある部屋のベッドのなかで、目をあいたまま横になっていました。月は川のむこう側を照らしているので、晄々とした光は家の塀にはささず、家のなかはしんとしています。父が二階へ行く足音がきこえたあと、まもなく時計が十二時を打ち、そのあと家のなかはまるで人が住んでいないように、ガランとして静まりかえっていました。部屋のなかはあやめもわかぬ暗さですが、白いブラインドを通して、なにか青白い、ぼーっとした光のようなものがさしているので、いちど起きて窓の外をのぞいてみると、家の大きな黒い影が庭いっぱいに落ちていて、まるでたくさんの人が絞首刑にあった獄屋のように見え、そのむこうはなにもかもまっ白で、森が木立の間の黒い切れ目を黒くくっきりと刻みながら、白く輝いています。静かに澄みわたった夜で、空には雲ひとつありません。わたしは森で見たものを考えたいと思っても、考えることができなかったので、せめて遠い以前に乳母が話してくれた話を思い出そうとしてみると、もうとうの昔に忘れていたと思っていた物語が、きょう歩いたやぶや灰色の岩や窪地や秘密の森などと混ぜこぜになってぜんぶ戻ってきて、どれが新しいのかどれが古いのか、夢なのか夢でないのか、なにが何だかわからなくなってしまいました。そのうちに、そうだ、もうずいぶん前のことになるが、乳母がわたしを木蔭においてけぼりにして、池と森のなかから白い人が出てきて、戯れたり踊ったり歌ったりしたのは、あれは暑い夏の昼さがりだったっけとわたしは思い出し、あの白い人たちを自分が見るまえに、そんな話を乳母はしたかしらと考えてみましたが、そのことははっきりと思い出せませんでした。そのときふとわたしは、あの白い人は乳母だったのかしらと思いました。乳母は色が白くて美人で、眼も髪も黒く、「むかしむかし」とか「むかし仙女がいたころ」とかいって物語をはじめる時のにっこり笑うようすが、あの女の人にそっくりでしたから。でも、乳母があの白い女の人のはずはない、あのときあの女の人は別の道から森へきたようでしたし、あとからきたあの男の人が別の道から来たとも思えません。でなければ、あの秘密の森のあの驚くべき秘密を、わたしは見られなかったはずです。月のせいだったのかなとも考えてみましたが、月は、わたしがあの荒地——どこもかしこも城壁で、ふしぎな窪地やまるい丘があって、地形全体が大きな人の影になっていた——のまんなかにきたあと、白い大きな姿をまるい山のかなたから見せたのです。こんなことをあれやこれや考えているうちに、しまいにわたしは、自分がどうかしてしまったのではないかと思って、なんだか怖くなってきました。そして乳母の話にあった貧しい女の子が、穴のなかへはいって、最後には黒い男に連れていかれたことを思い出し、ひょっとするとわたしも同じ穴のなかで、なにか恐ろしいことをしてしまったのかもしれないと思って、もういちど魔除けのおまじないをしておこうと思い、目と唇と髪の毛を撫で、妖精のつかう古い言葉を唱えて、これでもう大丈夫、連れて行かれないだろうと思ったのです。わたしはもう一ぺんあの秘密の森を見たいと思い、あのやぶの細道を這いのぼったところで見たものを見たいと思ったのですが、それがうまく思い出せなかったので、乳母の物話の方に考えを戻しました。思い出した話というのは、若い狩人の出てくる話でした。むかし、若い狩人が狩に出かけ、一日中猟犬と川を越え、森に入り、沼地をまわりましたが、獲物が一つも見つからず、山の端に日が沈みかけるころまで歩きまわりました。若者は獲物が何もないのに腹を立てて帰ろうとしたとき、ちょうど夕日が山の頂にかかり、若者はすぐ目のまえのやぶのなかに、一匹の美しい白鹿を見つけました。それというので猟犬をけしかけましたが、どうしたのか猟犬どもは鼻を鳴らすだけで追いかけようとしません。そこで馬を励ましましたが、これもブルブル震えて棒のようにつっ立ったきりです。若者は馬からとび下りると、犬どもをそこに残したまま、ひとりで鹿を追いかけにかかりました。まもなくあたりはとっぷりと暮れ、空は星一つなくまっ暗で、鹿はその闇のなかへ逃げていきます。狩人は鉄砲を持っていましたが、なんとか生け捕りにしたいと思ったので、鉄砲は撃たず、獲物を闇のなかに見失うのが気がかりでしたが、空もあたりもまっ暗なのに、一度も見失うこともなく、どんどん逃げていく鹿を追っていくうちに、とうとう若者は、自分が今どこにいるのかわからなくなってしまいました。大きな森をいくつも抜けました。森には、なにか囁(ささや)くような声がいっぱいあって、倒れ朽ちた大木からは鬼火のような青白い光が燃えています。若者が鹿を見失ったかなと思うたびに、鹿は全身まっ白にかがやく姿をすぐ目の前にあらわし、それをつかまえようといっさんに駆けると、鹿の方もいっそう早く走るので、なかなかつかまりません。こうして大きな森をぬけ、川を泳いで渡り、ブクブク泡のたっている黒い沼地をズブズブ渉(わた)っていくと、鬼火がそこらじゅうに燃えているあたりで、鹿は岩だらけの狭い谷間のようなところへピョンと飛びこみました。そこはなんだか墓穴のような臭いのするところで、若者も鹿のあとからそこへ飛びこみました。そこからやがて大きな山を越え、空からヒューヒュー風の吹きおろすなかを、鹿はどんどん逃げ、若者はどんどん追いかけました。そのうちに、とうとう日がのぼってきて、見ると若者は、いつのまにか見たこともない、知らない国へきていました。そこは、キラキラ光った谷川の流れている美しい谷間で、なかほどにまるい大きな山があります。鹿はその谷を、山の方へと降りて行きました。だいぶ疲れたようすでノロノロ行くので、若者も疲れてはいましたが、こんどこそきっとつかまえてやるぞと、いっしょけんめいで走りました。ところが、まるい山の麓までできて、あわやつかまえようと手をのばしたとたんに、鹿は忽然と地のなかへ消えてしまったのです。若者はくやしがって泣きだしました。長いこと追いに追ったあげくの果に逃がしてしまったので、残念でたまらなかったのです。ところが、泣きながらひょいと見ると、すぐ目の前の山に入口があいていますから、若者は中へはいってみました。中はまっ暗でしたが、ここを行けばきっと白い鹿が見つかると思って、かまわずドンドン奥へはいっていきました。すると、とつぜんあたりが明るくなったとおもうと、青空が見え、太陽がさんさんと輝いて、小鳥が木々に囀り、美しい吹井がそこにありました。そして吹井のそばには、一人の美しい女の人が坐っていました。その女の人は仙女の女王でした。仙女の女王は若い狩人にいいました。わたしは仙女の女王ですが、あなたを好きになったので、ここへあなたを連れてこようと思って、鹿に姿をかえたのです。そういって、彼女は仙女の御殿から、宝石のいっぱいついた大きな金の盃をもってくると、それにお酒をついで、狩人にすすめました。若者はそのお酒を飲むと、飲めば飲むほどあとをひいて飲みたくなりました。そのお酒には魔法がかかっていたのです。若者は美しい女の人に口づけをして彼女を妻にし、彼女のいる山に一泊して、さて目がさめてみたら、自分が最初に鹿を見た場所のすぐ近くの地べたにころがっているのでした。乗ってきた馬も猟犬も、そこで主人を待っていました。見上げると、夕日は山のかげに沈んだところでした。若者は家に帰り、その後長生きをしましたが、それきりほかの女のひとには口づけをしたことがありませんでした。なにしろ、仙女の女王に口づけをしたのですから。また、一生、お酒は一滴も口にしませんでした。なにせ、魔法のお酒を飲んだのですから。――こんなふうに、わたしの乳母は曾祖母(ひいおばあさん)から聞いたという物語を、ときどきわたしに話してくれたものでした。曾祖母というひとは高齢で、山小屋のようなところに一人で住んでいて、物語はその山についての話が多く、昔はその山に村の人たちが集まって、乳母が話してくれたような妙な遊びやへんなことをしたのだそうですが、幼いわたしには何のことやらわかりませんでした。乳母のいうには、今ではもう曾祖母以外には誰もそんなことは忘れてしまい、その山がどこにあるかも知らず、曾祖母ですらわからないということでした。乳母はもう一つ不思議な話を語ってくれました。それは今思い出してもゾクゾクするような話です。なんでも乳母の話だと、そこでは毎年夏になると、村の人たちはカンカン暑いときに、その山で踊りまくらなければならないのだそうです。まず闇の晩になると、木立でいっそう暗くなったところへ、村の人たちが方々から、だれも知らない秘密の細道を通って一人ずつ集まってきます。木戸のところに番人が二人いて、そこへくると一人々々、妙な合図の格好をして見せます。乳母はその格好のまねをして見せましたが、本当の格好は見せられないといっていました。やって来るのはいろんな人達で、村のおもだちもあればお百姓もあり、老若男女さまざまで、ごく小さな子供たちは坐って見物役です。みんな集まってくるうちに、あたりはまっ暗になりますが、一カ所だけ、だれか何か強い甘い香りのするものを燃している所だけは明るくて、そこへ大ぜい集って高(たか)声で笑いながら、燃えている石炭からあがる赤い煙を見ています。こうして大ぜいの人達が集まって、やがて一ばんおしまいの人がはいると、木戸はなくなって、もう誰もはいれず、中で何がはじまるか知っている人でもはいることはできません。あるとき、馬にのってよその国からきた旅の人が、夜道に迷い、馬がまるでめちゃくちゃにひっくり返ったような、ここの荒地のまんまんなかへ迷いこんでしまいました。恐ろしい沼地はあるし、足もとは穴ぼこだらけだし、大きな木の枝がまるで処刑台の横木みたいに道につき出していたりして、旅の人はもう生きた心地もなく、馬は震えだして一歩も先へ動こうともしないので、馬から降りて引っぱって行こうとするが、馬はいっかな動かず、全身に汗をふいて死んだように言うことをききません。そこで旅の人は、仕方なしに一人ぼっちでトボトボ歩いて、ますますひどい荒地に迷いこんでしまい、とうとう、聞いたこともないような叫び声や、歌をうたう声や、なにかどなる声のきこえる、なんだかまっ暗なところへやってきました。声はすぐ近くにきこえるのに、どこからはいるのか道がわからないので、大きな声で呼んでみました。すると、うしろへ何かやってきたと思うと、あっというまに口を塞（ふさ）がれ手足を縛られたので、旅の人は気絶してそこへぶっ倒れてしまいました。しばらくして正気に返ってみると、自分は道ばたにころがっていて、よく見ると、そこは最初に道に迷ったところで、幹の黒い樫（かし）の大木の下に馬がちゃんとつながれていました。旅の人はその馬にのって町へ出て、町の人たちにいちぶしじゅうを話すと、ある人は愕（おどろ）き、ある人は承知していたそうです。そんなふうで、むかしは他国の人が勝手に通れるような木戸はどこにもなかったのです。——さて、集まってきた人たちがみんな中へはいると、大きな輪になって手をつなぎ、暗闇のなかで誰かが歌をうたいだし、誰かが何か太鼓がわりのようなものをドンドコ鳴らしはじめます。その音は、しずかな夜など、ずいぶん遠いところまで聞こえるそうで、真夜中、床のなかで眼がさめて、山の上の遠雷のようなその音をきいた人は、思わず胸に十字を切ったということです。歌と騒ぎは長いこと続き、輪になった人たちは前後左右にすこし揺れうごきます。歌は今ではだれも知っている人のない古い古い言葉で、節もへんな節です。乳母はまだごく年のいかない時分、曾祖母がいくらかそれを知っていた人から聞いておぼえたというその歌をうたってくれましたが、なんだかへんな節で、聞いていたわたしはまるで死人にさわりでもしたように、骨身がゾクゾク寒くなったのを憶えています。歌う人は男のときも女のひとのときもあるのだそうですが、上手に歌われると、きっと二、三人はキャーといってぶっ倒れて、両手で地べたを掻きむしったといいます。それでも歌はなおつづき、輪になった人たちは長いこと前後左右に揺れうごいていますが、やがてかれらが「トール・デオル」と呼んでいる月がのぼって、揺れている人の輪を端から端まで照らし、燃えている石炭から立ちのぼる濃い甘い香りの煙が、人の輪のまわりに立ちこめます。それから夜食がはじまります。男の子と女の子がそれを運んできます。男の子は大きな盃を、女の子は味つけのパンを運んできます。それをみんなが順ぐりに取ってまわしていくのですが、お酒もパンもふつうのものとは全然味のちがうもので、それを味わった者を別人のように変えてしまいます。それからみんな総立ちになって踊りだします。そのとき内所の品が隠してある場所から持ち出されて、とんでもない戯れがはじまり、月あかりのなかでグルグル、グルグル踊りまわるうちに、ときにはなかの何人かがきゅうに姿を消してしまうこともあります。その連中にどんなことが起ったのか、だれも知っているものはありません。あとの連中は妙なお酒をガブガブ飲んで、へんな人形をいくつもこしらえると、それを拝みます。その人形がどんなものか、ある日乳母は散歩に出たときに教えてくれました。ちょうど湿った粘土のあるところを通りかかったときに、乳母が、山の上でみんなが作った人形はどんな人形か知りたいかとききますから、ええ、知りたいわとわたしが答えると、乳母は、だれにも喋らないと約束するか、もし喋ったら死んだ人といっしょにまっ暗な穴のなかへ投げこんでしまいますよというから、きっと喋らないとわたしは約束しました。乳母はなんども、なんども、くどいように念を押して、わたしに約束をさせ、それからわたしの持っていた木の小鋤(こすき)で、粘土の大きな塊を掘りおこすと、それをわたしのブリキのバケツに入れて、もしだれかに会ったら、お家へ帰ってこれでおままごとのパイをこしらえるのと言うんですよとおしえました。それからすこし先へ行って、シダのおいかぶさっている道までくると、乳母は足をとめてあたりをうかがい、柵のむこうの野原の方をのぞいて見て、「さ、早く!」といい、わたしたちはやぶのなかに駆けこむと、這うようにしてそこをくぐりぬけて、路からいいかげん離れたやぶのかげに坐りこみました。わたしは乳母が粘土で何をこしらえるのか、早く見たくてたまらなかったのですが、乳母は始めるまえに、もういちどわたしに何も言わないように約束をさせ、細い道で誰もそんなとこまで来る人はないのに、念のためにもう一どやぶ越しにあたりを窺(うかが)いました。二人はそこに坐りこみ、乳母はバケツから粘土をとりだすと、それを両手でこねて、へんな物をつくり、しばらくひねくりまわして見てから、それを大きなスイバの葉の下にかくし、それをとり出すと、ちょっと立ち上がって坐りなおし、それからへんな格好をして、粘土のまわりをグルグル歩きまわりました。そのあいだ、ずっと何か歌みたいなものを口ずさんでいるうちに、顔がまっ赤になってきました。それからまた坐って、粘土を手にとりあげると、それで人形をこしらえはじめました。人形といっても、わたしが家に持ってるような人形ではなく、見たこともないようなへんな人形を、湿った粘土全部を使ってこしらえ、それをカンカチに乾かすために、やぶの茂みの下にかくしました。人形をこしらえる間も、乳母はさっきのような歌をやはりひとりごとのように歌いつづけ、同じように顔がだんだん赤くなってきました。そしてわたしたちは、人形を誰にも見つからないやぶの茂みにかくしたまま、そこを立ち去ってきました。二、三日してから、同じような散歩に出たとき、乳母は土手までつづいているやぶの狭いうす暗い小道へくると、またわたしに口外しないという約束をさせ、前にしたようにあたりの様子をうかがってから、二人してやぶのなかへ這いずりこみ、小さな粘土の男の人形を匿しておいた場所へ行きました。わたしはそのとき八歳でしたが、今でもその時のことはよく憶えています。それは今これを書いている八年前のことになりますが、空はナス紺色で、二人が腰をおろしたやぶのまんなかには、花の満開の一本の老木があり、その反対側にはシモツケの群生があったことをはっきり憶えています。いまでもその日のことを思い出すと、その老木の花とシモツケの花の香りが部屋いっぱいに匂ってくるようで、目をつぶると、青く輝く空に白い雲が浮かび、遠い昔に去って行った乳母が、あの森のなかで見た美しい白い女のひとのような様子をして、わたしの前に坐っている光景がありありと浮かんできます。——やぶのなかに坐りこむと、乳母は人形をかくした場所からとりだして、「さあ、お祈りをしなければ」といって、そのやり方を教えてくれました。目をはなさずに見ていると、乳母はその粘土でこしらえた小さな人と、へんなことをいろいろしました。ここまでゆっくりと歩いてきたのに、よく見ると乳母の顔から汗がダクダク流れていました。やがてわたしにも「お祈りをなさい」といいますから、わたしは乳母が好きですから教えられた通りのことをしましたが、ずいぶんへんなお祈りでした。乳母がいうにはもし好きな人ができたようなとき、この粘土の人を使ってあることをすれば、きっとその恋は叶えられるし、また嫌いな人ができたときは、また別のことをすれば、同じように験があるのだそうで、二人して長いことその人形を使って、いろんな真似をさせて遊びました。この人形のことも、乳母は曾祖母からおそわったのだそうですが、わたしたちがそのときしたのは、べつに危害もなにもない、ただのお遊びでした。でも、乳母がそのとき話してくれたある人形の物語は、とても怖わい話でした。わたしがあの秘密の森を見てきた晩、自分のお部屋のまっ暗な闇のなかで、森のことを考えながら眠れずにいたとき思い出した話というのは、その話だったのです。乳母は言いました。むかし、ある大きなお城に、身分の高い、若い婦人が住んでいました。大そう美しい人だったので、殿方という殿方はみんな彼女と結婚したいと思いました。だれも見たことがないほど美しくて、しかもだれにも一様にやさしかったので、だれもみんな気だてのいい人だと思ったのです。彼女は、自分を妻に懇望する人を風に柳と受け流しながら、まだ心をきめかねるとか、まだどなたとも結婚する気はないなどといって言いそらしていました。大きな領主で彼女を深く愛している父親も、さすがに怒って、城へやってくる大ぜいの美男子のなかから、なぜ独身者を選ぼうとしないのかといって、娘にたずねました。しかし彼女は、どの男も大して好きになれないんですもの。もう少し待ってみて、あんまりはたがうるさいようだったら、あたしお城を出て尼寺へ行って尼になりますと答えました。そこで男の人たちは、そういうことならしばらく遠ざかることにして、一年と一日待つことにしよう、そして一年と一日たったら、もういちど来て、だれと結婚してくれるか言ってもらうことにしようと言いました。こうして月が定められ、男の人たちはそれまで遠ざかっていることになり、彼女は、では一年と一日たったら、その日を、あなたがたのなかの一人との結婚の日にすることを約束しました。ところが、ほんとうは彼女は、夏の夜々あの山の上で踊りを踊る連中の女王だったのです。そして定めの夜になると、彼女は自分の部屋に鍵をかけて、おつきの女中と二人で、二人だけが知っている秘密の通路からこっそりお城をぬけ出して、あの荒地の山の上へ登っていくのでした。あとにも先にも、彼女は誰よりもそういう秘事を数多く知っていて、そのいちばん奥深い秘伝は誰にも教えなかったのです。恐ろしいお祈りの仕方とか、若い男を翻弄して殺してしまう方法とか、人に呪いをかける術とか、まだほかにもわたしなどのよくわからないことを、何でも彼女は知っていました。彼女のほんとうの名はレディー・エヴリンというのですが、踊りを踊る連中はキャサップと呼んでいました。キャサップというのは、昔のことばで大へん賢い人という意味です。その彼女は仲間の闇のなかだと眼がルビーのように赤く光り、誰も歌えない歌がうたえ、彼女が歌をうたうと、みんな額を地べたにつけて彼女のことを拝みます。仲間の連中が「シブ・ショー」といっている、とても不思議な魔力のあることも、彼女は演じることができます。大領主の父親には、いつも森へ花を摘みに行くといっているので、父親も許していたのですが、じつは女中と二人で誰も来ない森へ行き、女中が番をしているそばで、彼女は木立の下に長々と寝そべって、腕を大の字にひろげて妙な歌をうたいだすと、大きな蛇が木の間をスルスル出たりはいったりしながら、ふた叉（また）になった舌をペロペロ出して側へ這ってきます。やがて森じゅうの蛇がニョロニョロ集まってきて、彼女のからだや腕や首にからみついて、しまいには頭しか見えなくなります。彼女は蛇たちになにごとか囁いて歌いだすと、蛇はズルズル、ズルズル、だんだん早くからみ動き、やがて彼女が、さあもういいからお離れというと、蛇はまっすぐに穴へと帰っていきます。蛇のからんだ彼女の胸は、まるで美しい宝石みたいになって、全身に蛇の鱗（うろこ）に似た、卵型の紺や黄色や赤や緑の模様がキラキラとあらわれます。それはグレーム・ストーンといって、それのあらわれた人はどんな不思議なことでもできるのだそうです。乳母の話だと、乳母の曾祖母もそのグレーム・ストーンを見たことがあったそうで、それこそ蛇の鱗のように光っていたということです。お城の女の人はまだまだほかにもたくさんのことができたのですが、でもお嫁に行かないという気持はなかなか固かったようです。引く手あまたの男の人たちのなかに、重だった人が五人いました。サイモン卿、ジョン卿、オリヴァー卿、リチャード卿、ローランド卿という名前の面々でした。サイモン卿を除いたあとの連中は、彼女が一年と一日たったら婿選びをするという約束をみな信じていましたが、ひとりサイモン卿だけは、この人はたいへん悪知恵のはたらく人でしたから、彼女はみんなを騙（だま）しているのだと考えて、ひとつ様子を見まもって、何が何でも本心を発（あば）いてやろうと誓ったのです。サイモン卿は若いに似ずなかなか頭がよくて、顔はのっぺりした女の子のような顔をしていましたが、ほかの連中と同じように、自分も一年と一日は城へは来ない、そのかわり海を渡って外国へ行ってくると言いましたが、それは口の先だけで、じつはほんの少し出かけただけで、女中のなりに変装してひき返してくると、詐って（いつわって）お城へ皿洗いの女中として住みこんだのです。かれは待ちました。あたりに目をくばりました。聞き耳をたて、ものも言わずに、昼は物蔭にかくれ、夜は起きて外をのぞき、目と耳を働かして、自分の考えている不思議なことをかぎまわったのです。頭のこすからい男ですから、そのうちに彼女のおつきの女中を手なずけて、じつは自分は若い男なのだが、おまえを慕うあまりに、一つ屋敷にいたいと思って、こうして女装をして忍びこんだのだと明かすと、女は嬉しくなって、いろんなことをかれに喋ったので、かれは、レディー・エヴリンが自分たちを騙しているという確証をつかんだのでした。そこで利口なかれは、相手の女中に嘘っぱちをいって、ようやくのことである夜、レディー・エヴリンの部屋のカーテンのかげに忍びこむところまで漕ぎつけました。カーテンのかげにじっと身じろぎもせずにかくれていると、やがて彼女がやってきました。彼女はベッドの下にかがみこむと、床石を持ち上げて、縁の下のかくし穴のなかから、ちょうど乳母とわたしが茂みのなかでこしらえた粘土の人形にそっくりな、蠟人形をとりだしました。そのあいだ、彼女の目は、ルビーのように光り輝いていました。彼女は蠟人形を両手で抱きあげて、なにか囁いたり呟いたりしながら、高く上げたり下に降ろしたりしていましたが、そのうちに高々と揚げ、また降ろしてから、それを下に寝かしました。そしてこんなことを言いました。「幸いなるかな、司教を生めるもの、牧師を任じたるもの、男と婚い（めあ）し女、妻をもてる男、その住家をつくり、蜂を飼いて、おのれの真実の愛もてつくりし蠟を集めたる者は幸いなるかな」そういって、彼女は戸棚から黄金の大きな鉢をとりだし、押入れから大きな酒壺をとりだすと、大鉢に酒をついで、そのなかに人形をしずかに浸して、酒ですっかり洗い浄めました。それから食器戸棚のところへ行って、小さな丸い菓子を持ってくると、それを人形の口の上にのせ、しずかにほぐして人形の口にかぶせました。サイモン卿は、この次第をずっと見まもりながら、恐ろしくてふるえていましたが、彼女が膝をついて両腕をのばして小声で何か歌いだしたとき、サイモン卿は、いつのまにか彼女のそばに一人の若い美男子が現われて、その男が彼女の唇にキスをしたのを見ました。そして二人は黄金の鉢からいっしょにお酒を飲み、いっしょにお菓子を食べました。でも、日がのぼった時、部屋のなかにいるのは蠟人形だけとなり、それをレディー・エヴリンはふたたびベッドの穴のなかに匿しました。サイモン卿は、これでレディー・エヴリンが何者であるかがよくわかったので、かれはなおも引き続き城内にひそんで、見張りをつづけているうちに、約束の期間がようやく終りに近づいて、一年と一日があと一週間に迫ってきました。するとある晩のこと、彼女の部屋のカーテンのかげで見張っていると、彼女が前よりも多い数の蠟人形をこしらえているのが見えました。彼女は五つの蠟人形をこしらえて、それを例の穴のなかに匿しました。すると、その翌晩、彼女はそのなかから一個をとり出して、高々とさしあげ、黄金の鉢に水を入れて、人形の首のところをつかんで水のなかに浸けながら、こんなことを唱えたのです。――

リチャード卿よ、リチャード卿よ、そなたの寿命は尽きたぞよ
浅瀬にはまって死ぬがよい

するとその翌日、リチャード卿が浅瀬で溺れたという知らせが、お城にとどきました。その晩、彼女はべつの人形の首にむらさきの紐を巻きつけて、それを釘にぶら下げて、こんなことを唱えました。——

ローランド卿よ、そなたの息の緒は尽きたぞよ
高い木に吊られて死ぬがよい

すると次の日、ローランド卿が森のなかで、盗賊の手にかかって縛り首にあって死んだという知らせが、お城へとどきました。その夜、彼女はまた別の人形を出して、こんどは人形の心臓に自分のヘアピンを突き刺して、こんなことを唱えました。——

オリヴァー卿よ、オリヴァー卿、そなたの命は終ったぞ
ナイフで心臓刺されるぞ

翌日、オリヴァー卿が宿屋で知らない男と渡りあって、胸を刺されて死んだという知らせが、

お城へとどきました。その晩、彼女はまた別の人形を出してきて、石炭の火にかざして、人形が溶けるまで火焙りにしました、そしてこんなことを唱えました。――

ジョン卿よ、ジョン卿よ、そなたも土に還るぞよ
火のような熱で死ぬがよい

翌日、ジョン卿が高熱で死んだという知らせが、お城にとどきました。そこでサイモン卿は城をぬけ出すと、馬に乗って司教のところへ行って、いちぶしじゅうを語りました。司教はさっそく人をやってレディー・エヴリンを捕え、彼女のしたことが一々明るみに出ました。そして約束の一年と一日がきた翌日、彼女は刑衣を着せられて町を引きまわされたのち、市場のまんなかでお仕置の柱に縛りつけられ、首に蠟人形をぶらさげたまま、司教の面前で、生きながら火焙りの刑に処せられました。人の噂だと、燃えあがる火柱のなかで、蠟人形がヒーヒー悲鳴をあげたということです。わたしはこの物語を、寝床のなかで眠れないまま、なんどもなんども考えながら、レディー・エヴリンが市場のまんなかで、あの美しいまっ白いからだを黄いろい炎に食われていく光景が、目に見えるような気がしました。そしてあんまりそのことを考えすぎたせいか、自分が物語のなかにはいりこんでしまって、なんだか自分があのレディーで、みんなにつかまって火焙りの場所へつれて来られて、衆人の見ている前で自分が焼かれるところを想像したりしました。あんなかずかずの不思議なことをしたあと、彼女はもう思いのこす

ところはなく、平気でいたのかしら。杙に縛られて焼かれることが、そんなに苦になったかしらと、わたしは首をかしげる思いでした。もう乳母の話なんか忘れてしまおう、それよりその日森で見てきた秘密のことを思い出そうと、なんべんもその気になったのですが、ただまっ暗で、そのまっ暗ななかにチカチカした光が見えるだけで、そのうちその光もどこかへ消えてしまって、ただ夢中で走っている自分と、大きな月が暗いまるい山の端から白じらと昇ってきたことだけしか目に浮かんできません。そのうちにまたいろんな古い物語と、乳母が歌ってくれた子守唄のきれはしが頭にうかんできました。子守唄の一つに、"Halsy cumsy Helen musty"ではじまるのがあって、わたしが眠たくなると、よく乳母がうたってくれました。それを頭のなかで歌いながら、わたしは眠りについたのでした。

翌朝、わたしはいやにだるくて眠くて、お勉強にも身が入らず、やっとそれがすんでお昼食をすますと、わたしは早く外へ出て一人になりたかったので、やれやれと思いました。暖い日で、わたしは川ぞいの芝のはえた丘へ行って、そのつもりで持ってきた母の古いショールを敷いて、その上に坐りました。空はきのうと同じように曇っていましたが、でもきょうは雲のうしろに白い光があって、わたしの坐ったところからも町が見下ろされ、白くて静かな町が絵のようでした。わたしはこの丘の上で、乳母が「トロイの町」という昔の遊びを教えてくれたことを思い出しました。その遊びは、一人が踊りながら、草のなかに描いた図形の上を出たりはいったりしながらグルグルまわり、充分踊りまわったところで、べつの人が問いかけをします。問われたものは答えたかろうがなかろうが、答えろと言われたことは答えなければならないと思って、何でも答えなければならないのです。こういう一部の人だけが知ってるような遊びは、むかしはたくさんあったものだと乳母は言っていました。その一つに、自分の好きなものなら何にでもなれる遊びがあって、乳母の曾祖母が会った老人は、一人の少女が大きな蛇になったのを知っていたそうです。また、踊ったりグルグル回ったり変身したりする昔の遊びのなかには、自分のからだを抜け出して、その抜け出した自分は好きな間どこかへ隠しておいて、抜け殻になった軀の方は何の感じもなく、抜け殻のまんまで歩いているというのもありました。でも、そんなことより、わたしがその日丘の上にやってきたのは、前の日に起こったこととあの森の秘密を、よく考えてみたかったからでした。わたしの坐っているところからは、町のはるか向こうの、わたしが見つけた細い道へはいるあたりまで見えました。そこにはわたしを知らない国へ導いてくれた小さな流れ川があります。わたしはもういちどその小川を遡っていく自分になったつもりになり、頭のなかでその道を全部行き、そしてとうとうあの森を見つけて、やぶの下を這いくぐり、やがてあたりがうす暗くなったなかで、わたしはまるで自分のからだが火の玉にでもなったように感じたものを見、自分も踊って歌って空に舞い上がりたくなったように感じたのでした。それは自分がすばらしいものに変わったからでした。ところがわたしの見たものは、ちっとも変わっておらず、年もとっていません。あんなことがありうるかしら、乳母の話はしんじつ本当なのかしらと、わたしは何度も何度も首をかしげました。昼間、戸外では、どんなことも、夜見たこととはまるで違って見えるもので、わたしが怖くなったことも、自分が火あぶりになったような気がしたことも、みんな嘘みたいに思えたのです。まえに一度、わたしは父に乳母の幽霊の話をちょっとして、本当の話かどうか尋ねてみたことがあります。そのとき父は、そんな話は嘘っ話さ、世間の無知な連中だけがそういう馬鹿げた話を信じるのだと言っていました。父は乳母がそんな話をわたしに話したことにひどく腹を立てて、乳母を叱りつけました。あとでわたしは乳母に、もうけっして人に洩らすようなことはしない、もし約束を破ったら、森の池の大きな黒蛇に嚙まれてもいいと誓いました。わたしは丘の上で、何が本当なのかと一人で怪しみました。あの森のなかで、わたしはびっくりするような美しいものを見たのです。その話も、乳母から聞いて知っていました。もしわたしが本当に見たのだったら、――あの闇や、暗いやぶや、まるい山の上にのぼった月のせいで作られたものではなくて、本当に見たのだとしたら、あれには考えただけでも驚嘆すべき、美しい、そして恐ろしいものがあったのです。ですからわたしは、あんなにあこがれたり、おののいたり、カッカと燃えたり、寒けがしたりしたのです。わたしは物音ひとつしない、白い小さな絵のような静かな町を見下ろしながら、本当なのか、どうなのかと考えつづけたのですが、ある決心がつくまでには長い時間がかかりました。心臓が妙にドキドキして、そのドキドキがおまえなんかの頭で何が決心がつくものかと囁いているようでした。むろん、それはとうてい不可能なことのようで、父や世間の人たちから、とんでもないばかげたことだと言われることは、自分でもわかっていたので、父やほかの人に話してみようなんて、夢にも思っていませんでした。言ったって無駄ですし、どうせ笑われるか叱られるかにきまっているので、当分わたしはおとなしくして、ひそかに考えをすすめていたのです。夜になると、わたしはびっくりするようなことをよく夢に見ましたし、朝がたに大きな声を出してとび起きることも、よくありました。乳母から聞いた物語が本当だとすると、よくよく用心しないと、どんな危険なことがおこるか、どんな恐ろしいことが身にふりかかるかわからないので、わたしはやはり怖わかったのです。昔の話が夜も朝がたもいつも頭のなかにあって、いつもそのことばかり考え、くりかえしくりかえしひとり言のように自分に話して聞かせながら、乳母がその話を話してくれた場所へ散歩に行くのでした。夜、子供部屋の暖炉のそばに坐っているようなときも、いつもわたしは向こう前の椅子に乳母が腰かけていて、人に聞かれないように低い声で、不思議な話を話してくれているところを想像するのです。でも、乳母がそんな話をいちばん話したがるのは、やはり家から遠く離れた野外でするのが常で、こういう秘密の話をするのだから、お家のなかでは壁に耳ありでねと、乳母はいっていました。そして、ふだんの内証ばなし以上の秘事を話すときには、やぶか森のなかへ隠れてするのです。やぶ垣づたいに這いながら物音を立てないように行ったり、やぶのかげに隠れて、だれも見ているものがいないことを確かめると、いっさんに森のなかへ駆けこんだりするのが、とてもおもしろいとよく思ったものです。そんなふうにして、わたしたちは二人だけの秘密を持ち、その秘密は誰にも知られずにすむのでした。今いったような隠れたところで、乳母はいろんな種類のへんなことを見せてくれたのです。今でも憶えていますが、ある日、わたしたちは川を見下ろすハシバミの茂みのなかにいました。そこはこじんまりしていて、四月のように温々して、日ざしはかなり暑く、木の葉がちょうど芽吹いたところでした。乳母は、きょうはおかしくて笑いだすようなものを見せてあげましょうといって、誰にも気がつかれずに家を逆さまにひっくり返す術をおしえてくれました。鍋やポットは躍りだし、皿小鉢は割れ、椅子なんかもひとりでひっくり返るのです。わたしはその術を、ある日台所で試しにやってみると、われながら上手に出来て、炊事のおばさんの見ている前で、いろんな物をのせた炊事台のテーブルがみごとにひっくり返ったので、炊事のおばさんはびっくりしてまっ青になりました。わたしはこのおばさんが好きでしたから、それっきり二度とはやりませんでした。その後乳母は、またあのハシバミの茂みのなかで、物がゴロゴロ転がる術や、やかましい音を立てる術を見せてくれて、わたしはその術を教わりました。それから、ある特定のおりにうたう歌とか、また、ある特定のおりに使う印など、ほかにもいろんなことを教わりましたが、みんなそれは、乳母がまだ小娘の時分に、曾祖母から教わったものなのだそうです。以上のようなことを、わたしは森で大秘密を見たと思ったあの不思議な散歩の日のあと、ずっと考えていたのですが、それにしても乳母がいたら、いろんなことを尋ねたかったのですが、彼女は二年以上前にわたしの家を去って、その後どうしたか、どこへ行ったかだれも消息を知っているものがありません。でもわたしはいくつになっても、あの頃のことは始終忘れずに思い出すことでしょう。なにせ寝ても醒めても、ふしぎだな、ふしぎだなと思いながら、怪しんだり疑ったり、またある時は確かにあったのだと思い、そうと心にきめてみたり、そのうちにまた、あんなことが起こるはずがないと信じこんだり、そんなことをくり返していたのですから。でも、とても危険なことになりかねないある事だけは、けっしてしまいと用心していました。だから長い間、へんだへんだと怪しみながら、待っていたのでした。確かだという自信もなかったけれど、自分ではっきりさせてみようという勇気もなかったのでした。ところがある日、乳母のいったことは本当だったと確信するようになったのです。それを発見したときには、わたしは一人ぼっちでした。わたしは喜びと怖れにふるえながら、乳母と二人でよく行ったイバラの茂みへ急いで駆けこみました。そこは細道のすぐそばの茂みで、例の粘土の人形を乳母がこしらえたところです。わたしはそこへ駆けこんで、ニワトコの木のところまで這って行くと、両手で顔をおおって、草の上に平グモのようにうつ伏せになったまま、二時間あまり身じろぎもせずに、身のとろけるような恐ろしいことを一人で囁きながら、ある言葉をくりかえし、くりかえし唱えていました。とにかく正真正銘の真実で、不思議で、すばらしいことでした。わたしは乳母から聞いた話を思い出し、自分が実際に見たと思ったことを考えながら、からだじゅうが熱くなったり寒くなったりしました。なんだかあたりが馥郁（ふくいく）とした香りと花と歌ごえでいっぱいになったようでした。そこではじめてわたしは、ずっと前に乳母がこしらえたものと同じような粘土の人形を、自分もこしらえてみようと思ったのです。それでこしらえ方を考え、なにか手近なもので作れないかと思って、材料の工風を考えました。わたしが何をするか、何をするつもりか、想像のつく人は誰もないだろうし、といって、いまさらブリキのバケツで粘土を運ぶ齢（とし）でもないからです。で、いろいろ考えた末、湿った粘土をやぶまで持ってきて、乳母のした通りにやってみたら、乳母のこしらえたものよりずっとましな人形ができました。それをわたしがあらんかぎりの想像をはたらかして、乳母がこしらえた以上の人形に仕上げられたのは、じつはあるものに極力似せたからだったのです。二、三日たって、わたしはお勉強を早めにすますと、もういちど川ぞいの道を歩いて、ふしぎの国へはいって行きました。小川に沿って、やぶを抜け木の枝をくぐりくぐり、棘だらけの茂みのなかを丘へのぼって、イラクサの這っている森のそばの長い長い道を歩いていきました。やがて、以前は細い川だったごろた石の多い暗いトンネル道を這いずり抜けて、やっとのことで草山の裾までたどりつき、そこから芽吹いた木々の下を通って行きましたが、そのあたりは初めて来たときと同じように、昼なお暗い木下闇で、茂みもあのときとそっくり同じでした。そこをゆっくり降りていくと、まもなくあの大きな禿山の上へ出て、あのふしぎな岩の間を歩いていくことになります。わたしはもういちど、あの気味のわるい渦巻が何の上にもあるのを見ました。空は明るく晴れているのに、まわりの荒涼たる山の輪は、音もなく静まりかえって暗く、うっそうとおい茂る森も黒くても の凄く、そのなかにあの奇岩怪石だけがいつまでも灰色の岩肌を見せています。わたしは大きな塚山の上の棒石に腰かけて、ぐるりを見下ろしたとき、あの目を見はるような巨大な環が今も見え、輪のなかに輪のある全景を眺めてじっと坐っていると、いくつもの輪がまたしても自分のまわりでグルグルまわり出し、岩という岩がそれぞれその場所で踊りながら、みんなで大きな渦巻になってグルグル、グルグル回るので、まるでこっちは星群のまんなかにいて、その星群が音を立てて空中をこちらへ突進してくるのが聞こえるようでした。そこでわたしも岩といっしょに踊りながら、へんな歌をうたって、岩のあいだを縫いながら下りていき、またべつの茂みのなかを抜けて、かくれ谷に近い、キラキラ光った流れの泡だつ水に唇をひたして、水を飲み、それからあの光り輝く苔のなかにある、縁からあふれている深い泉のあるところまで行って、腰をおろしました。目の前の暗い谷をのぞき、うしろを見れば草のおい茂った高い屏風のような山で、ぐるりはおいかぶさったような森が囲んでいて、いかにもかくれ谷らしいところです。まわりにはわたしを知っている者は誰もいないし、誰も見ているものはありません。わたしは靴をぬぎ靴下をぬいで、自分の知っている言葉を唱えながら、冷たい水のなかにそっと両足を浸(つ)けました。水は思ったほど冷たくなくて、温くて気持がよく、まるで絹のなかへ足を入れたようで、なんだか女精(ニンフ)にキスをされているような心持でした。それをしてから、べつの言葉を唱え、九字を切り、持ってきたタオルで足を拭いて、靴下をはき靴をはいてから、切り立ったような嶮しい崖をのぼりました。そして例の窪地が方々にあり、美しい丘が二つあり、まるいもっこりした隆起がいくつもあるところへやってきましたが、このときは例の穴へは降りないで、その縁のところでふり返ると、この前の時よりもあたりが明るかったので、例の人(ひと)型(がた)がはっきりと見え、前のときにはすっかり忘れていた、その人型にまつわる話を、わたしは思い出しました。その話のなかで、二つの人型はアダムとイヴと呼ばれているのですが、話を知ってる人たちもその意味は知らないのだそうです。そこからまたどんどん歩いて、とうとうわたしは、言わずの森のあの秘密の場所にたどりつき、まえに見つけた細い道からそこへ忍びこみました。中ほどまで行ったところで、わたしは立ち止まってグルリとうしろ向きになり、用意のハンケチで目隠しをし、あたりの木の枝も、葉っぱの先も、空のひかりも見えないようにしっかりと結びました。黄色の大きな水玉模様のある、まっかな絹の古ハンケチなので、二(ふた)重(え)に巻くと、何も見えないのです。そうしておいて、わたしはひと足ひと足、ゆっくりと前にすすみました。心臓の音がだんだん早くなり、なにかのど元へつきあげてきて息がつまるようになり、わっと声をあげたくなりましたが、わたしは口を固く閉じて、ソロリソロリと進みつづけました。木の枝が髪にひっかかったり、大きな棘に足をバラ掻きにされながら、道のどんづまりまで行って、そこで立ち止まりました。わたしは両手をさしのべて跼(かが)みこみ、まずぐるりとまわって手さぐりをしてみましたが、何もありません。二回目にぐるりとまわって手さぐりをしましたが、やはり何もありません。三回まわって手さぐりをしました。乳母の話は本当でした。わたしは歳月がどんどん過ぎ去って、一日も早く自分がいつまでもいつまでも倖せでいられる日が来ることを願いました。

　乳母はきっと聖書に出てくる予言者のような人だったのにちがいありません。乳母の言ったことは、何でも本当のことになって現われだしてきました。そしてそれ以来、彼女が話してくれたほかのことも、みんな彼女の言ったとおりに起こっています。以上が、彼女の話がみな本当だったとわたしが知るに到ったいきさつで、これはわたしが自分の頭からひねり出した作り話ではありません。ところが、その日起こったことがもう一つあります。その日、帰り道に例のかくれ谷へ二度目に行ったときのことです。あの縁からあふれている深い泉のところで、わたしが苔の上に立って中をのぞきこんだときに、自分がまだごく小さい子供の時分森の池のなかから現われたのを見たあの白い女のひとの正体が、はじめてその時わかったのです。わたしはもう軀じゅうがガタガタ震えました。というのは、そのことはまたもう一つ別のことを語っていたからです。森のなかで白い人を見たあと、乳母はしつこいくらい、何度もそのもようをわたしに尋ねました。わたしはそのつど同じことを答えました。乳母は長い間それについては何も言いませんでしたが、とうとうある日、「お嬢さんはいつかもう一度その人を見ますよ」と言いました。わたしはそのときそのことを思い出して、むかし何が起こったのか、今また何が起ころうとしているかがわかったのです。わたしは女精のこともわかりました。わたしはどんなところでも女精に会うことができ、女精はいつでもわたしを助けてくれることがわかったのです。ですから、わたしはいつも女精を探しもとめ、あらゆる奇妙な姿や形をした彼女たちを見つけなければならないのです。女精がいなかったら、わたしはあの秘密を見つけることなど、とうていできなかったし、またほかのいろんなことも起こらなかったはずです。そういう女精のことを、乳母はむかしわたしに全部話してくれたのですが、べつの名前で呼んだりするものだから、子供のわたしには話の意味が何のことやら、何の話をしているのやらまるでわからなくて、ただずいぶんへんな話だとしかわからなかったのです。女精には明るいのと暗いのと二種類あって、どちらも大へん美しく、大へんみごとなのですが、ある人には一方だけが見え、ある人にはべつの一方だけが見え、ある人は両方とも見えるものだそうです。それもふつうは暗い方が先に見え、あとから明るい方が見えるのだそうで、女精についてはいろいろ変わった話がたくさんあります。わたしがはじめて女精たちを本当に知ったのは、あの秘密の場所から家へ帰って、一日二日たったあとのことでした。乳母は女精の呼び方をわたしに教えてくれ、わたしも口まねしてみたのですが、乳母が何でそんなことを教えてくれるのか、子供のわたしにはその真意がわからなかったので、何だ馬鹿くさいことをいうと思っていました。でも、もういちどわたしは試してみようと思って、あの白い人を見た池のある森へ行って、もういちど試しに呼んでみたのです。すると暗い方の女精アランナが現われて、たちまち、水の池を火の池に変えたとおもうと……

エピローグ

「なんとも奇怪な話でした」と、コトグレーヴは緑いろの本をアンブローズに返しながら言った。「およその意味はわかりますが、どうしても摑めないことがだいぶあります。たとえば、最後のページの『妖精たち』というのは、あれはどういう意味なんでしょう?」

「そうだね、ある経過を書いているこの手記には、遠い昔から何代も何代も言い伝えられてきた伝承に関するものが、いろいろあるからね。このなかに出てくるものでも、最近になってやっと学問の分野に採り上げられ出したものもある。まあ、ようやくそこまで、というよりも、ようやくそこへ行く段階まで、全然別の道から、なんとか辿りついたというわけさ。『妖精』のことは、この物語の経過の一つの参考だと、わたしは考えているがね。」

「ああいうものが存在すると、先生は信じておいでなんですか?」

「信じている。その証拠は見せてあげられると思うよ。君はおそらく、錬金術の研究なんかしたことないだろうな。残念ながら、象徴主義というやつは非常に美しいもんでね、君がもし錬金術のことを書いた何かの本で、その美しさを知っていたら、君の読んだこの手記のなかに、充分説明のつくことを憶い出すことができたろうと思うがね。」

「はあ。しかし自分としては、ああいう幻想の根底には、なにかそれだけの事実の基礎があると、本気で先生は考えておられるのか、そこんとこが伺いたいのです。ああいうことは、すべて詩の領域のことではないのでしょうか？　人間が自分で自分を誑かしている奇妙な夢ではないんですか？」

「わたしに言えることはね、大衆はあんなことはみんな夢だといって片づけてしまった方がいいということだけだね。でも、君がほんとにわたしがああいうことを信じているのかと尋ねるのなら、話はまた別だ。いや、信じているとは言わん。むしろ、知識だ。わたしはね、人間がなにかの拍子にああいうことに躓くと、まるで予想もつかないような結果になってびっくりさせられた例を、いくつか知ってるんだよ。今思い浮かぶいくつかの例では、『暗示』なんてものも、潜在意識的行動なんてものも、全然ありえない。まあ、学生がお前にはアイスキュロスが宿っているぞと暗示を受けながら、格変化をコツコツ勉強している、そんな程度に考えたらいいかな。そりゃいいが、君はこの手記が世間には公表しない、日蔭のものだということは、わかってるね。とくにこの手記のばあいは、書いた当人が、自分の手記が人手に渡るなんてことは考えていないから、本能の赴くままに書いたものに違いないんだ。しかしやったことはごくありふれたことで、それには好都合なことがあったんだ。あの子の家には薬剤がいっぱいあって、そのなかには当然劇薬もあった、鍵のかかる戸棚にしまってね。その鍵を、あの子は偶然何かの拍子に見つけたんだね。そして自殺するつもりで嚥んだところが、それが昔から学問的に探究されていた仙薬で、父親が鍵を工風して厳重に秘蔵している貴重薬だったというわけさ。」

「詳しく話して頂けませんか？」

「いや、それはよしておこう。君も知らん方がいい。でも、この手記が、先夜ここで議論した話の解明になってることはわかったんだろう？」

「あの少女は今も生きているんですか？」

「いや。わたしはあの子を見つけた一人だがね。父親とはよく知っとった。法律家でね、娘にはしたいほうだいのことをさせておった。証文と契約期限以外のことは何も考えない男だったが、知らせがあったときにはまったくの寝耳に水で、えらく驚いとったよ。ある朝きゅうに行衛が知れなくなってね。そうね、君の読んだものを書いてから、一年ぐらいたってからだったかな。召使どもを呼んでいろいろ話を聞いてみたが、どれもこれもきまりきった常識的な解釈――つまり、誤まった解釈ばかりでね。その召使どもが娘の部屋のどこかから、この緑色の帖面を見つけ出してきたんだが、このなかに大へん怖がって書いているところがあったね。あの彫像の前で倒れていたのが見つかったんだよ。」

「あれは彫像だったんですか？」

「そうなんだ。まわりにイバラや雑草がいっぱい茂って隠れていたがね。なにしろ、荒涼とした、さびしい田舎だからね。手記に書かれていることから、大体そんなところだと見当がつくだろう。もっとも、手記ではだいぶ誇張されているが、子供の想像力は実際よりいくらだって高くも深くもなるからね。彼女には可哀そうだったが、よほど想像以上のものを見たんだろうな。おそらく、言葉にある程度捉えている当人の心のなかの絵は、幻想画家が見るのと同じような風景だったろうが、とにかく珍らしい荒寥とした土地だよ。」

「それで、彼女は死んでたんですか？」

「うん、毒を嚥んでいた。——まあ、いずれはやったことさ。いや、世間並な意味で、彼女に文句をつける言葉は何もないよ。この間の晩話した、窓のサッシで指をつぶされたわが子を見た婦人の話、あれを思い出してみるといいね。」

「それで、あの彫像は何なんですか？」

「あれはローマ人の職人がこしらえたもので、何百年たっても黒くならないどころか、まっ白にピカピカ光ってる石の像だ。まわりの草に埋れていたが、中世のころには、古い言い伝えを守っていた人たちが、それぞれ独自の目的で、あの像の使い方を知ってたんだろうね。サバトの恐ろしい儀式なんかにも担ぎ出されていたらしいよ。手記のなかに、チカチカ光る白いものが見えて、二度近づくと目がつぶれるという所があったろう。あすこは非常に意味深長なところだよ。」

「今でもあの像はあるんですか？」

「わたしが道具を持って来させて、こっぱみじんにぶっ欠いた。」

アンブローズは、ひと息入れてから、話をつづけた。

「伝承を長く保持しているということは、なにも驚くにはあたらない。あの子が幼いときに聞いたような伝説は、今でも秘呪(オカルト)のなかに、いっこうに衰えない力をもって存在しているし、そういうところがイギリスの教区のなかにも、方々にまだある。いや、わたしからいえば、これは『結末』のない一篇の怪奇譚さ。驚異とは魂のものだと、つねに信じているわたしにとってはね。」

生活の欠片

一

エドワード・ダーネルは年古りた森の夢から目がさめた。夢のなかでは、もやっとしたギラギラする暑さの下の、灰色の膜をかけたような濛気（もうき）のなかへ、清冽な泉がボクン、ボクン、噴きあげていた。目をあけると、部屋のなかには明るい朝日がさしこんでいて、新しい家具の塗料がテラテラ光っているのが見えた。横を見ると、ベッドのなかの妻の寝ていたところは、すでに藻抜けになっていた。夢のなかの混乱と驚きがまだ尾をひいているような心持で、かれは床から起きると、寝すごしたなと思って、いそいで着換えにかかった。バスは九時十五分に、いつもの角を通るのである。かれは上背（うわぜい）のある痩せがたの男で、髪が黒く眼も黒い。毎日回数券を勘定しいしい、十年一日のごとく、単調な、判でおしたような仕事をしに都心へ通勤しているが、そのわりに勤めボケもせず、いまでもどこかに、ちょうど夢に見たような森のなかに生まれて、青苔のはえた岩の間から噴きでる泉をいつも見ているような、世間ずれのしない、生（き）のままみたいな、純真なところがのこっている男である。

朝食は階下の、フランス窓のある庭に面した次の間のついている部屋に、すでに用意してあった。フライド・ベーコンののっているテーブルに坐るまえに、かれは細君にもっともらしい顔をして、おつとめのような朝の接吻をした。細君のほうは、これは髪も眼も茶色の、じみでおっとりとした、きれいな顔だちで、これも見る人によっては、旦那さまを老曾の森のかげで待ち、岩の間にたたえた池で水浴びでもしそうな、古風な女だと言うかもしれない。

コーヒーを飲み、ベーコンを食べながら、夫婦が仲よく喋っているところへ、顔のうす汚れた、すこし頭の鈍そうな、ジロジロものを見る癖のある女中が、主人の茹で玉子を持ってきた。この夫婦は結婚して一年になるが、夫婦仲はいたって睦まじく、一時間以上二人で黙って坐りこんでいるようなことは、めったにない。それがここ二、三週間というものは、叔母のマリアンからもらった贈物のことが、夫婦の会話に尽きせぬ話題を提供しているようであった。ダーネルの細君は、旧姓をメアリ・レイノルズといって、ノッティング・ヒルで競売商と不動産屋をやっている家の娘であった。マリアン叔母というのは、彼女の母方の妹で、この人は自分から望んで、身分の低い、ターンハム・グリーンの小さな石炭商のもとに嫁いだ。叔母はそのために、実家の連中の白い眼がずいぶん身にこたえていたし、夫がコツコツ稼いで溜めこんだ金で、クラウチ・エンドの近くに、ここなら前よりずっと便宜がよいと思って土地を借り、曲りなりにも店を一軒建てたときにも、さんざん実家からいろんなことを言われて、ずいぶん口惜しい思いをした。夫のニクソンがそんな大仕事をするとは、誰も考えていなかったのである。叔母夫婦がまだバーネットに、弓なり窓のついた、ちょっとした木立もある厩つきの小ぎれいな家に住んでいたころには、レイノルズ家もまだそれほど裕福でもなかったので、両家はほとんど往き来をしていなかったが、メアリの婚礼のときには、むろん叔母夫婦も招ばれ、そのときも、柄に十二使徒の像のついた銀の匙を一組、お粗末な品ですがと言訳たらたらで祝い物に贈ったが、なにかまたアラ探しをされやしないかと、内心ビクビクものであった。ところが、こんどメアリの誕生日に、叔母は情愛あふれる手紙をくれて、そのなかに百ポンドの小切手が、叔父と連名で封入されてあった。ダーネル家では、その金を受け取って以来、この思いやりある贈り物の問題を、夫婦して話し合いつづけていたのである。細君のほうは、金額を国債に換えたいと思ったが、夫は国債の法外に低利子なことを指摘して、いろいろ談合の末、けっきょくダーネルは、百ポンドのうち九十ポンドを、利子五分つきの安全な鉱山に投資することに細君を説得したが、残りの十ポンドを細君は手元に置くことを主張し、夫婦はそのことで、まるで学校の討論会みたいな果てしない議論を重ねていたのである。

ダーネルは最初から、げんざい客用の余分の明き部屋になっているところへ、この際家具を入れることを提案した。ここの家には寝室が四部屋ある。夫婦の寝室に、女中用の小さな寝部屋、あとの二室はどちらも庭を見下ろす部屋で、一室はげんざい納戸に使われている。がらくたもののはいった箱だとか、綱だとか、古雑誌、古新聞、その他処分のしようのわからないいま、念入りに包んで積み上げてあるダーネルの古い服などがそこに押しこんであるが、もう一室のほうは、正直のところ、まったくむだな、使っていない明き室になっている。――ある土曜日の午後、ダーネルはバスで家に帰る途みち、十ポンドの金の使いみちに頭を悩めているうちに、ふとこの部屋が芸もなくがらあきになっているのを思い出して、叔母から贈られた金であすこへ家具を入れたらと思いつき、こいつはわれながら名案だと得意になった。家に帰りつくまで、かれはこの楽しい思いつきに胸がわくわくしたが、でももうすこし案を練らなくてはと思ったので、帰宅しても細君には何も言わなかった。かれは細君に、ちょっと大事な用があるので出掛けてくるが、六時半のお茶までにはまちがいなく戻るからと言った。細君は、この二、三日家計簿の記入がたまっていたので、ひとりでいることにべつに不服はなかった。ダーネルは明き部屋の飾りつけのことで頭がいっぱいなので、フルハムにいる友人のウイルソンにいろいろ相談したかったのである。ウイルソンには、これまでにもたびたび利殖の割り得な投資法のことなどで、分別のある知恵を借りていたが、ただ、商売がボルドー酒の販売取引関係なので、この時間にうまく家にいるかどうかが危ぶまれた。

でも、万事好都合に行った。ゴールドホーク・ロードを電車に乗り、降りてからブラブラ歩いていくと、いいあんばいに庭で花壇いじりをしているウイルソンに会えたので、かれはほっとした。

「よう、こりゃまた、ずいぶん久しぶりだな」とウイルソンはダーネルが門をガタガタさせた音を聞いて、元気な声で言った。ダーネルが門のノッブをしきりと回しながら、中へはいれないでいるのを見て、「ああ、それね、そんなことをしたってはいれないんだ。まだ教えてなかったかな。」

六月の暑い日のことで、ウイルソンは家へ帰るなりすぐに着かえたらしい、軽い身なりでいた。うしろに日除けの布のついた麦わら帽子をかぶり、ノーフォーク風の混色織りのジャケットに半ズボンという軽装である。

「どうだい、名案だろう」と客を門のなかへ入れながら、「これね、ノッブは回さなくていいんだ。まず、こうやってギュッと押しといて、それからこう引けばいいんだよ。ちょいとしたおれのいたずらさ。そのうち特許をとってやろうと思ってるんだ。歓迎しない客は敬遠しようという寸法さ。郊外に住んでる連中には一大福音だぜ。これなら、留守番のかみさんものうのうしていられるしな。君なんかも、前にゃおれんとこじゃお履物組だったんだぞ、知るめえ。」

「だけど客がきたときは、どうするんだ、これ？　どうやって中へはいるんだ？」

「教えてやるのさ。誰かしら家の中から外は見ているもの。かみさんがしじゅう窓ぎわにいるしさ。今ちょっと出ているが、友だちんとこへでも行ったんだろう。たしかきょうはベネットのとこが在宅日だったかな。第一土曜だろ、きょうは？　君はベネット知ってたな。そうそう、取引所へ出てる。やっこさん、ここんとこ当り屋らしいや。この間、おれにもちっとばかり儲けさしてくれたがね。」

玄関のほうへ歩いて行きながら、ウイルソンはさらにつづけて、

「そりゃいいが、君はまた何でそんな黒っぽいものを着てるんだ？　暑苦しそうだぜ。今庭いじりしてたんだけどさ、これ君、とても涼しいぞ。どこで仕入れたか、わかるまい？　大ていのやつは知らないな。ねえ、どこで仕入れたと思う？」

「そうさな、イースト・エンドあたりかな」ダーネルは慇懃なつもりで言った。

「そうなんだよ。みんなそう言う。仕立もけっこういいんだ。おい、あんまり人に吹聴しなさ

んなよ。ぼくはジェイムスンから穴を教わってね。知ってるだろ、ジェイムスン？　イーストブルック三九番の支那貿易の『ジム・ジャムズ』さ。やつが言うんだよ、都心の連中にゃこの穴は教えられないって。なあに構うもんかね、ジェニングズの店へ行って、おれの名前をいえばオッケイさ。これでいくらすると思う？」

「さあ、わからないな」生まれてまだそういう服を買ったことのないダーネルは言った。

「まあ、当ててみろよ。」

ダーネルは相手が大まじめなのを見た。

問題のジャケットは、麻袋を着たようにダブダブだし、半ズボンは膝っ子の下までダランと下がってるし、それにやまのところがどこも混色の織糸がねぼけているように見える。

「そうだな、ギリギリのとこで三ポンドはするだろうな」とダーネルはあぐねた末に言った。

「こないだ、近所にいるデンチにきいたら、四ポンド・十シリングとつけやがったよ。やつのおやじは、コンディット街で大商売してるからね。どうだい、たったのこれが三十五シリング・六ペンスだぜ。寸法？　むろん取ったさ。まあ見ろよ、この仕立を。」

ダーネルは値の安いのにびっくりした。

「ものは序でだが」とウイルソンは穿いている茶色の新しい長靴を指さして、「この靴、どこで買ったと思召す？　こりゃ誰でもお手上げだろうな。これも穴があるんだ。カニング街の『ビル』って店で、九シリング・六ペンスだぜ、これ。」

そんな話をしながら、二人は庭をひとまわりした。ウイルスンは花壇や境の草花をあれこれと指さしたが、花はほとんど咲いていない。手入れはどこもかもよく届いている。

「ここは球根のグラスゴーニアだ」と棘のある植物の整然とした列を見せながら、「あっちはスキンタセア。ここのは新種でね、モルダヴィア・センペルフロリダ・アンデルソニイ。それからこれがプラットシア。」

「いつごろ芽が出るんだね？」

「大体、八月末か九月の始めだね」とウイルソンはあっさり答えた。ダーネルが草花に趣味がないのを見て、少々花のことを喋りすぎたかなと気がさしたらしい。客のほうは、わざわざここへやってきた漠然とした自分の考えが忘れきれずに、灰色の塀だの、いろんな香りのする古い荒庭のことや、小川のほとりの牧草地の匂いなどを、ぼんやり考えていた。

「じつはね、家具のことで君に相談したいと思ってね」と、やっとのことでダーネルは切り出した。「知ってのとおり、うちには明き部屋が一と部屋あるんで、そこへ何やかや入れようと思ってるんだ。まだはっきり決めたわけじゃないんだけど、君に聞けばなにかまた助言してもらえるんじゃないかと思ってね。」

「おれの部屋へ来いよ」とウイルソンは言った。「いや、こっちだ、裏のほうだ」ウイルソンはそこの入口にも、人がかけがねにさわると、とたんに消魂しい音が家じゅうに鳴りひびくように工風した、ベルが仕掛けてあるのを見せた。ウイルソンがかけがねに軽くさわると、なるほど、びっくりするようなベルの音が鳴り出して、寝室で奥さまの服をこっそり着てみていた女中が、窓ぎわへすっ飛んできたと思ったら、アハアハ笑って踊った。土曜の午後の客間のテーブルの上には、漆喰の粉がのっていた。そのテーブルで、ウイルソンは「地震の震動」による現象について、「フルハム・クロニクル」に投書の手紙を書いていたのである。

ウイルソンは、自分の工風した仕掛がもたらした結果のことはお構いなしに、客を裏手のほうへ案内した。猫の額ほどの芝生があって、植込みを背景に、芝草はやや枯れ色を見せだしている。芝生のまんなかに、九つか十歳になる男の子が、なにか気色ばんだ様子でつっ立っていた。

「うちの上の坊主だよ」とウイルソンが言った。「ハヴェロックというんだ。——おい、ロッキー、そんなとこで何してるんだ？　弟や妹はどこへ行った？」

少年はすこしもはにかまずに、一所けんめい、出来事の次第の説明をはじめだした。

「ぼく、神さまごっこしてたんだ」と子どもは愛嬌のある卒直さで言った。「そいでさ、ファーガスとジャネットを悪い場所へやったの。あすこの藪ん中。そしたら、それっきり二人とも出て来ないんだ。あいつら、いつまでもいつまでも、燃えてるんだ。」

「どう思うね、あいつ？　九つのチビにしちゃ、悪かないほうだろう？　日曜学校で人気者なんだよ。……まあ、おれの穴ぼこへはいろうや。」

穴ぼことというのは、家の裏手につきでた小部屋で、もとは裏の台所と洗濯場になっていたのを、ウイルソンが加工モスリンで炊事竈を張りかくし、流しに板を張って、職人の腰掛みたいにしてある。

「こじんまりしてて、悪くないだろ？」ウイルソンは二つある籐椅子の一つをすすめながら、

「ここでおれはいろんなことを考え出すのさ。静かだよ。どうだい、ここの装飾は？　君んとこは、大がかりにやるのか？」

「いやいや、とんでもない、その反対だよ。じつをいうと、手持の金で充分かどうか聞きたいと思ってさ。あの明き部屋は、知ってのとおり、十フィートに十二フィートの西向きでね、出来れば今よりもうちっと楽しい飾りつけにしたいと思ってね。客を招べるのは楽しいことだものな。たとえば、うちのニクソン叔母なんかさ。ところが、あの叔母は諸事きれいごとにしてるんでね。」

「費用はどのくらい掛けるつもりなんだ？」

「うん、それがね、まあせいぜい十ポンド以内と思ってるんだがね。」

ウイルソンは立ち上がって、台所の扉をバタンと締めた。

「なあ、君がぼくんとこへイの一番に来てくれて嬉しいよ。そいで、君は自分じゃどこへ行こうと思ってるんだ？」

「うん、まあ、ハムステッド・ロードあたりと考えてるんだが」とダーネルは言い渋るような口ぶりであった。

「そう来るだろうと思ったよ。けど、どうしてウエスト・エンドのような高い店へわざわざ行くのか、料簡が聞きたいな。あんなとこで金を使ったって、何もいい品は手にはいりゃしないぜ。流行に金を払うようなもんだよ。」

「いや、そういうけど、サミュエルの店で、いいのを見たぜ。ああいう高級店の品は、みんなピカピカに磨きこんであるからね。家内といっしょになったときに行ったんだがね。」

「そりゃそうさ。そのかわり、一割方高くつくぞ。さっき費用はいくらと言ったっけ？　十ポンドか。いいかい、よく聞けよ。おれに言わせればだよ、六ポンド十シリングで、とびきりの寝室家具が買えるね。どうだ？　陶器類もそのなかにはいってだぜ。色のみごとな真四角のカーペットが、たったの十五シリング六ペンスだぜ。いつでもいいよ、土曜の午後に、セヴン・シスタズ・ロードのディックの店へ行って、おれの名前を言って、ジョンストン君に聞いてみたまえ。『エリザベス朝』型のトネリコ製のセットだぜ。六ポンド十シリングで、陶器込み。九フィート四方の『オリエント製』の絨氈が、十五シリング六ペンス。店の名前はディック。」

事、飾りつけのことになると、ウイルソンは大熱弁であった。そして、今は時代が変わったこと、古いどっしりした家具は流行らないことを指摘した。

「そりゃね、ここ百年みんなが買いつけていた品はみんな昔のもので、今はそんなものじゃないさ。いやね、家内とおれが結婚するちょっと前に、北部にいたおれの叔父貴が死んでね、家具をそっくりぼくに遺してくれたのさ。こっちもその時は、家具や飾りつけのことを考えてた時だったから、こりゃ調法な物が届くだろうと思った。ところが、いざ届いてみると、自分の家へ入れようと思ってたような品は一と品もないんだ。どれもこれもどっしりとした、古いマホガニー出来でさ、でっかい本箱にでっかい戸棚、猫足の椅子にごついテーブルときた。おれは女房に言ったたね（まもなくそれからいっしょになったからね）、『こりゃまあ、こんな恐怖の間に据えとくような家具は、おれんとこには御無用だ』ってね。そんなわけで、せっかく貰ったものをみんなきれいに売っ払ったよ。ほんとは明るい楽しい部屋が、おれは好きなんだから。」

ダーネルは、芸術家は古風な調度類が好きだと聞いたことがある、と言った。

「ああ、おそらく、そういうのは不潔な向日葵(ひまわり)族の連中だろうさ。『デイリー・ポスト』に出ていた記事を見たかい？　ああいうやつらは、おれは大嫌いだ。ありゃ不健康だよ。イギリス人があんなものを認めるとは、おれは信じないね。ただし、骨董品ということになれば、そりゃまた話がちがう。おれだって、多少値打のあるものをここにもいくつか持ってるがね。」

ウイルソンは、部屋の隅の埃(ほこり)にまみれた物のなかから、虫食いだらけの小型の聖書をとり出して、ダーネルに見せた。「創世紀」の初めの五章と、「黙示録」の最後のページが欠けていて、一七五三年という年号がついている。

「これなんか値打ちもんだと思うよ。この虫食いの穴を見たまえ。みんなが言うように、君もこれは『欠落本』だというだろうが、古書のなかには、いざ売るときにその『欠落』が値打になるものがあるんだぜ。知ってるかい？」

会見はそれからまもなく終って、ダーネルはお茶の時間までに家に戻った。かれはウイルソンの助言を本気で採り上げようと思っていた。そしてお茶のあとで、自分の意見と、ウイルソンがおしえてくれたディックの店のことを、メアリに話した。

メアリは詳細を聞いて、夫の計画にだいぶ気持が傾いた。だいいち、値段がたいへん格好なのに驚いた。二人は暖炉（それは風景を描いた、きれいなボール紙の衝立(ついたて)で隠されていた）の両はしに向かいあって腰をかけ、彼女は片手を頰杖について、美しい茶色の眼は夢でも見るように、珍らしいヴィジョンを見ているようであった。彼女はダーネルの計画を現実のなかで考えていたのである。

「そうね、その計画、たいへんよさそうですわね。でも、もっとよく話し合ってみないことにはね。ただあたし心配なのは、日数が長くかかって、十ポンドを大幅に越えるようなことになると、困ると思うのよ。よくよく熟考すべきことがたくさんありますわ。今ある寝台だって、こんどは真鍮の踏台なんかない、普通のを新規に入れるとなると、きっと見すぼらしく見えてよ。それから藁ぶとんにマットレス、敷布に掛けぶとん、――そういうもの全部となると、相当の金額になりますわ。」

彼女は必要な品全部の経費を計算しながら、ふたたび夢見るような目つきになった。ダーネルは彼女といっしょに計算をしながら、さて結論はどう出るかなと、心配そうに相手の顔いろをうかがっていた。一瞬、上品な彼女の顔の色や、品のある姿や、耳のあたりにかぶさって、頸のまわりにふさふさした巻毛になって垂れている焦茶色の髪が、まだかれの教わっていない未知の言葉を、おのずから語っているように見えた。やがて彼女は語りだした。

「寝具はだいぶ金嵩になるかもしれませんわね。ディックの店はブーンやサミュエルに比べてずっと安いにしてもよ。ねえあなた、炉棚の上の飾り立てもするんでしたでしょ。あたしこの間ね、ウイルキン・ドッドの店で、十一シル三ペンスでとてもいい花瓶を見てきたのよ。ああいうのが最少限六つはいるし、テーブルのまんなかに置くのもいるし、そうするとたいへんな額になってしまうわ。」

　ダーネルは黙っていた。かれは細君がこちらの計画なりに総計しているのを見て、気持は計画に置いていながらも、彼女の言うことを拒むことができなかった。

「十ポンドを突破して、十二ポンド近くになりそうよ。絨氈のまわりの床も汚れてるでしょうしね。絨氈は九フィート四方だっておっしゃったわね？　洗面台の下にはリノリュームも敷きたいし、壁も何か絵がなくては、あんまり裸すぎますしね。」

「絵のことは考えてあるんだ」ダーネルはきゅうに熱をおびた調子でいいだした。ここで引っこんではいられないと思ったのである。「ほら、納戸の隅に立てかけてある『ダービー・デー』と『停車場』の絵があるだろう。あれは額縁もちゃんとついてるからね。まあ、ちっと古風だけど、寝室なら構わんさ。それに写真を使ってもいいじゃないか。都心(シティー)で見たんだけど、生地(きじ)のオークのさっぱりした縁で、六枚はいるやつが一シル六ペンスであったぜ。それへ君のお父さんに、ジェイムズ兄さん、マリアン叔母さまに、やもめ頭巾(ずきん)をかぶったお祖母ちゃまと、こう四枚は入れられるぜ。――ほかにまだアルバムに何かあったでしょう。それからシナ鞄のなかにも、古い家族の絵があったな。あれは炉棚の上にかけるといい。」

「ああ、あの金(きん)の枠にはいったお祖父(じい)さまの絵？　でも、あれはあんまり大時代すぎやしないかしら？　鬘(かつら)なんかおつけになって、なんだかおかしいわ。このお部屋には似合いませんよ。」

　ダーネルはいっとき考えた。あの肖像は、一七五〇年代の服を堂々と着た、大祖父の若い紳士時代の半身像で、父がこの先祖についてよく話してくれた昔ばなしを、今でもダーネルはうすうす憶えていた。――深い谷間の森と野の、遠き世の西部の州の物語である。

「そういわれると、なるほど時代遅れかもしれないね。でもね、都心でぼくは大へんよく出来た昔の絵の複製を見たぜ。額縁にはいってて、ばかに安いんだ。」

「そう。とにかく、すっかり数え上げた上で、よく話し合いましょうよ。よくよく慎重にやらなければね。」

　女中が夜食をもってはいってきた。奥さまにはビスケットの罐と牛乳、旦那さまにはビールの小瓶にチーズ。食後、エドワードは甘露のようなパイプを二服のんで、夫婦ははやばやと床につた。初夜のときからの式に従って、メアリが一と足先に床入りをし、夫は十五分遅れて、あとからはいった。部屋の前後の扉に錠がおろされ、ガスはメートルのところで消された。ダーネルが二階へ上がって行ったときには、細君はすでに床にはいっていて、枕にのせた首をこちらに向けて、もの柔らかな声で言った。

「ねえあなた、一ポンド十一シリング以下で、見っともなくないベッドを買うなんて、とても出来ない相談よ。それにいい敷布はどこでも高いし。」

　ダーネルは服を脱いで、しずかに床のなかへ滑りこむと、小卓の上の蠟燭を消した。ブラインドはみな下ろしてあったが、六月の夜は、塀そとのシェファード・ブッシュの寂しい静寂のかなたに、大きな金いろの月が薄雲をかぶって丘の上にのぼり、大地は端山の上にまだ残っている落日の余光と、丘の上から森にさしこんでいる月あかりとの間の、妖しげな光で満たされていた。ダーネルは寝室のなかに魔法の光がさしているように思った。青白い壁と、白いベッドと、枕につけた茶色の髪のなかの妻の顔とが、その光をおびている。かれは野原で鳴いている、聞こえるか聞こえないほどのクイナの声と、イバラの茂っている藪のなかから奇妙な声を鳴き立てている木葉木菟の声と、夜通し小川のほとりのハンの木で囀っている夜鶯の、魔法の歌が木魂するような声に、耳をすました。何も言うこともなく、かれは妻の頸の下にそっと腕をさし入れて、茶色の巻毛をもてあそんだ。妻は身動きもせずに、しずかな息をたてながら、美しい眼で何もない天井を見上げていた。かれがキスをねだると、すなおに彼女はキスをかえした。たぶん彼女は口に言えないようなことを考えていたのにちがいないので、かれは何か言おうとしたのをためらった。——

二人はなかなか目がつかなかった。ダーネルが昨夜の夢のことを考えていると、しずかな声で彼女が言った。

「ねえ、あなた、とてもうちではそんな余裕はないんじゃないかしら。」

ダーネルは妻のこの言葉を、岩の間からきれいな下の池に落ちる水の音のあいだに聞いたのである。

日曜の朝は、いつも懈けるだけ懈けていられる時間であった。家事にはまめなメアリが、日曜の朝だけは起きたりしないで、明るい朝の日ざしでも眺めていてくれれば、夫婦は朝食など抜きにして、家のなかはひっそりかんと静まりかえっていたことだろう。彼女は五分ほど、夫がそばに寝ている床のなかにじっと臥たまま、女中のアリスが階下でコトコト動きだす音に、聞き耳をたてて待っていた。板すだれの隙間からさしこむ金色の朝の日ざしが、枕につけた彼女の頸のまわりの茶色の髪に照り映えている。彼女は「御大家」にあるような化粧台と、色陶器の洗面台と、額に入れた「あいびき」と「わかれ」の絵が壁にかけてある部屋のなかを、しかと目に入れた。女中の足音に耳をすましながら、まだ半分は夢のなかにいる彼女に、一つの考えがこっそりと忍びより、たまゆらの夢の瞬間に、まるで別の世界のことをぼんやり頭に描いていた。そこは酒が狂喜となる世界で、人は深い谷間をさまよい歩き、月がいつも赤く森の上にかかっている世界である。彼女はハムステッドの野を思い出した。まぼろしに浮かぶ塀のかなたの世界といえば、彼女にはそんなところしかなかった。だが、ヒースの野を考えているうちに、彼女は、きょうは銀行が休みだったことに気づき、それから女中のアリスに考えが飛んだ。家のなかはコトリとの音もしない。新聞売りの声がエドナ・ロードの角あたりで聞こえだし、牛乳配りがバケツを鳴らして大声で呼ばなかったら、まるで真夜中の静けさだったろう。

ようやくのことで、彼女ははっきり目がさめた。床の上に坐りこんで、耳をすましたが、女中はまだぐっすり寝こんでいるらしい。起こしてやらないと、きょう一日の仕事の手順が狂ってしまう。彼女は夫がとくに日曜日、一週間の長い都心勤めのあとで、家のなかが家事のことでガタピシ言い合いするようなことは大嫌いなことを思い出し、まだよく眠っている夫のことを、愛情ふかい目で見やるとニッコリ笑って、それからそっと床を抜け出し、ナイトガウンを着たまま、女中を起こしに女中部屋へはいって行った。

女中部屋は狭いうえに、ことに昨夜は暑かったので、ムーッとして息が詰まりそうであった。メアリは入口の前で、ほんとにアリスはまだ寝床にいるのかしらと思って、しばらく立ち止まった。いちんちくすぶった顔をして、家のなかをドタドタしている娘だが、それでも土曜日の午後などは、いやに顔をテカテカさせて、紫いろの服なんか着こんで、夕方早く外出ができるように、お茶を早目に持ってきたりするような、妙に派手っぽいところもある。髪が黒くて、肌の青ざめた、というよりも青黒い。寝ているときは片っぽの腕に頭をのせて、グーグー寝ている。その寝相はメアリに、ずっと前イズリントンの上町の商店の飾窓で見た、「疲れたバッカスの女司祭」の三色版の絵をおもい出させた。教会の鐘が鳴りだした。八時五分前の時の鐘である。朝の支度はまだ何もしてない。

メアリは女中の肩をそっと揺すると、女中は目をあいてニヤリと笑った。それからハッと目をさまして、あわてて飛び起きた。メアリは寝室にもどって、ゆっくりと着がえをした。そのあいだ、夫はまだスヤスヤ眠っていた。やがてチェリー色の服にバンドをしめながら、彼女は夫を起こして、早く着がえをなさらないと、ベーコンがカリカリになりますわよ、と言った。

朝食がすむと、夫婦はまた明き部屋の問題を蒸しかえした。細君は、部屋に家具を入れることは認めるものの、十ポンドではどれだけのことができるかわからないと言う。二人ともつましいたちの方だったから、自分たちの貯金に手をつける気は、はじめからなかった。エドワードはかなりの高給取りの方で(忙しい週には勤務外手当もあったので)、年収百四十ポンドは欠かさない。メアリの方も、伯父や名づけ親の遺産が三百ポンドばかりあって、その方から四分半の利息が上がった。その総収入に加えて、こんどのマリアン叔母の贈与を計上すると、年収百五十八ポンドになる。いまの家の家具類は、ダーネルが五、六年前から溜めておいた貯金の金で買い入れたのだから、現在のところ、借金は一銭もない。はじめかれが都心で暮らしていた時分には、むろん収入は少なかった。その中からはしけておくなどという考えはかれにはなく、それこそ気まま放題に暮らしていた。芝居とミュージック・ホールへ行くのが道楽で、一週間のうち、一軒や二軒（むろん平土間だが）はかならず木戸をくぐる。それと、たまに好きな女優の写真を買うぐらいで、そういう写真は、メアリと婚約したときに、全部焼き捨ててしまった。その晩のことは、今でも忘れずに憶えている。胸のなかが喜びと妙な感動でいっぱいになった。翌日、夕方勤め先から戻ると、下宿のおばさんから、暖炉が燃えがらで詰まって困ったといって、えらく怒られた。ところが、金が失くなっていた。記憶するかぎりでは、十シリングか十二シリングの金であった。じつは前から、「東洋製」の色のみごとな絨氈を一枚買いたいと思って、そのために除けておいた金だったので、なおのこと金の紛失は気になった。その時分は若かったから、ほかにもいろいろ出費があった。一本三ペニか四ペニの葉巻を買いおぼえ、四ペニのは後にはめったに買わなくなったが、三ペニのやつはちょいちょい買った。一本買いのときもあったが、ときにはまとめて、十二シリングか半クラウンの束になったやつを買うこともあった。煙草といえば、いちどメシャムのパイプが欲しくて欲しくて、一と月以上も買おうかどうしようかと迷いつづけたことがある。刻み煙草の「ローン・スター」の箱入りを買いにいくと、煙草屋のおやじが、抽斗からメシャムのパイプをへんにこっそりと取り出して見せる。むだ使いといえば、今言ったアメリカ煙草の「ローン・スター」のほか、「ロング・ジャッジ」、「オールド・ハンク」、「サルトリ・クライム」など、二オンス箱入り、一シリングから一シリング六ペンスぐらいするのを、あれこれ買った。それが今では、バラで一オンス三ペンス半の甘ったるいやつを喫っている。そんなことから、その時分は商売上手の商人から、この人は値の張る乙な品を買う客と目星をつけられて、曰くありげにニンマリうなづきながら、パチンと箱の蓋をあけて、ダーネルが咽喉から手の出そうなメシャムのパイプを、これ見よがしに目の前に出して見せられた。雁首に女の首とトルソーが彫ってあって、吸口は極上の瑪瑙で、それで値段はたったの十二シリング六ペンスだという。瑪瑙だけでもお値段以上のお値打がございますよ、とたばこ屋のおやじは言って、「この手のお品は、きまったお得意様以外には、どなたにもお見せする品じゃございません。しじゅうご贔屓を頂いているあなたさまのことですから、見す見す損を承知で正札よりお格安になっております」という。ダーネルはそのときは辞退したが、結局、パイプは日毎夜毎にかれを悩ましつづけ、とうとう兜をぬいでそれを買った。そしてしばらくは勤め先の若い同僚たちに見せびらかして煙脂下がっていたが、しかしけっして吸いいいパイプじゃなかった上に、雁首の彫刻の性質からいっても、女房の前ではちょっと吸いにくい代物だったので、メアリと結婚する直前にどこかへ捨ててしまった。また、いつだったかヘイスティングスで休暇をとっていたときに、籐のステッキを買ったことがある。七シリングもした無用の長物であった。家主のおばさんの味も素気もないフライド・チョップをご免蒙って、イズリントンの上町（下宿はホロウエイにあった）のイタリア料理の店へブラリと出かけて、カツレツにグリン・ピース、トマト・ソースで煮た牛肉のから揚げ、馬鈴薯つきのヒレ肉のステーキ、いちばんしまいが一切れ二ペンスのグルエル・チーズと、たらふく食べたあとなど、むだ使いの趣味のある自分のことを困ったものだと、よく反省したものである。給料日には、キャンティの小瓶をあけ、さらにベネディクティンを奢り、それにコーヒー、煙草とくれば、それだけでも不相応な費出になる上に、勘定書を持ってきた給仕にチップをはずむ。家庭でこれだけの金をかければ、それこそ大盤振舞ができる。いや、まだこのほかに、むだ使いは数えきれないほどあった。ダーネルはときおり自分の生活ぶりを後悔しては、もうちっと気をつければ、年に五ポンドや六ポンドは浮くはずだと考えることが、よくあった。

だんだん大げさな規模になった明き部屋の問題は、こういう後悔にかれをひき戻したのである。なあに、こっちの思い通りのことをやったって、せいぜい五ポンドばかり足が出ることを覚悟すりゃいいんだと、多寡をくくっていたが、むろんこれはかれのそろばん違いであった。もっとも、そのおかげで、現在の条件では、夫婦が蓄えた小額の金ではどうにも埋合わせのつかないことがはっきりとわかった。家賃が三十五シリング、いろんな公共料金に税金を入れて約十ポンド、収入の四分の一がすまいにかかる。メアリはあらんかぎりの知恵をしぼって、家計簿を切り詰めてはいるものの、肉は高いし、ひょっとすると意地汚なの女中が、骨つきのところから肉をごまかして、夜なかにこっそり寝部屋で、パンと蜂蜜でそれを食べてやしないかと、そんなことにまで気をまわしたりした。ダーネルは、近頃ではもうレストランのことは、安直なところも高級なところも、すっぱりと諦めている。このごろは弁当をもって通勤し、夕方は自宅で肉料理――チョップか小切れのステーキ、日曜日にはしけたコールド・ミートぐらいで、細君とお茶をつきあうことにしている。細君のほうは、おやつにパンとジャム、それに牛乳をすこし飲むが、なんとか収入の範囲内で暮らし、不時の費出のために少しでも貯金をしておこうというギリギリのその経済と努力は、涙ぐましいほどきびしいものであった。夫婦は新婚旅行にウォルトン岬へ行ってだいぶ金を使ったので、このところ三年越し、避暑にも避寒にも、どこへも出かけないことにきめていた。これからは休日なんかとらないで、なにか有益なことに金を使おうね、ええそうしましょうねと二人は誓い合い、そのおかげで何とか曲がりなりにも、十ポンドの貯えができたのであった。

ところで、この有益なという考慮が、ダーネルの計画にとっての止めの致命傷になったのである。夫婦は、ベッドに寝具、床に敷くリノリューム、部屋の装飾の費用の計算を何べんもくりかえし、さんざん苦労したあげくに総計費をはじき出した結果が、「十ポンドを少々超過」という段に漕ぎついたというわけであった。そのときメアリが唐突に言い出した。――

「でもねエドワード、けっきょくあたしたち、実際はあのお部屋に家具を入れようなんて、思ってはいないのよね。ということは、必要なことではないということよ。やりだしたら、費用はどこまで行くかわからないわ。人さまはそれを聞けば、どれどれといって皆さんお出でになるにきまってるし、それにうちじゃ田舎に親戚が大ぜいいるでしょ。ですから、マリングへちょいと一言洩らせば、ドヤドヤやってくるにきまってますもの。」

ダーネルは形勢を見て、議論することは断念したが、ひどく力抜けがしてしまった。

「いやあ、うまく行きそうだったんだがなあ」と溜息まじりに言った。

「いいわよ、気になさらなくても」とメアリは夫がいやに悄気(しょげ)てしまったのを見て、「そのうちまた、有益をかねた、何かほかのいいプランを考えましょうよ。」

　彼女は夫より三つ年下であったが、よくかれに向かって母親みたいな口をきくことがあった。

「さあさあ、教会へ行く支度をしなけりゃ。あなた、いらっしゃるんでしょ？」

　ダーネルは、きょうはご免蒙ろうと思うと答えた。いつもは細君と同伴で朝拝に行くのであったが、きょうはなにか気分が冴えないので、猫の額ほどの小さな庭のまんなかに立っている大きな桑の木の下で、日なたぼっこでもしていたかったのである。このへんも以前は、柔らかい緑の甘い香りの芝草のはえた、広い原っぱだったところで、ここの庭もその名ごりなのであるが、その原っぱも、いまでは出る道もわからない、迷路の巣みたいな陰気な町なかであった。

　メアリはすなおに一人で教会へ出かけて行った。聖パウロ教会はすぐ隣りの町内にあって、ゴシック風なその構えは、復古史を研究する人達の興味をひいているものであった。もちろん職人が修理をして、昔どおりに復元したものであるが、様式はいわゆる「幾何学的装飾」で、窓格子などは改修されたものらしい。本堂、聖壇、内陣は、いかにもほどよい調和がとれている。ただ厳密にいうと、キリスト十字架像の帷(とばり)がわりの、鉄扉のついた低い内陣の壁だけは、どうも見た目が悪い。もっともこれは、昔の考えを現代の要望に適応させたものと考えれば、大出来だと褒めてもよかろう。建築全体が、モルタル造りからゴシック殿堂の標準型である石造りまで併用されては、なぜ神の冒瀆になるのか、そのへんの説明はなかなかむずかしいことだろう。讃美歌は口調で、鐘の音にあわせて歌われる。聖公会派の讃美歌で、その日の説教は福音書であった。説教師は現代流の品（ひん）のいい英語なので、よく聞きとれた。

晩食（その日はハマースミスの「世界屋」で買った、濠州産のいい羊肉であった）のあと、夫婦はしばらく庭に出て、近所から見えないように、桑の木の下に離ればなれに坐った。エドワードは好きなパイプをふかし、その様子をメアリは情愛こめて眺めながら、やがて言った。

「ねえあなた、銀行のお仲間の方たちのこと、ちっともお話しにならないわね。なかには、いい方もいらっしゃるんでしょ？」

「うん、いるよ。みんな嗜（たしな）みはいいやつだよ。そのうち、順ぐりに家へ連れて来なきゃな。」来ればウイスキーを奮発してやらなければと思うと、頭痛のたねであった。まさか客に招（よ）んでおいて、ギャロン十ペンスのテーブル・ビールも出せない。

「どういう方たちなんですの？　結婚のお祝を頂いた方たちなんでしょ？」

「さあ、どうかなあ。おれたち、あんまりそういうことはお互いにしてないからな。でも、みんなおとなしい連中だよ。そう、ハーヴィというのがいる。蔭ではみんな『ソース』と呼んでるが、こいつは自転車気ちがいでね、去年はアマチュア・クラブの二マイル競走に出た。もうちっと練習してたら、レコード取れたんだがね。それからジェイムズというのは、こいつは運動家だ。この男の側へはあんまり近寄らない方がいいぞ。馬小屋臭いんだ。」

「まあ、いやですこと」メアリは夫がすこしあけすけになりすぎていると見て、目を伏せた。

「ディキンスンはきっと君も気に入るよ。こいつは冗談ばかり叩いて、大法螺（ぼら）ふきでね。なにか話しだしたらまた嘘っ話だと、みんな心得てるんだ。この間も、うちの総裁がロンドン橋の近くの屋台店で、蛤を買ってるところを見たといってね、そこへ来合わせたジョーンズがまんまと一杯喰わされたよ。」

ダーネルは思い出し笑いをして、ひとりでクックッ言って笑っていた。

「ソルターの奥さんの話なんか、穿ったもんだったな。ソルターさんというのは、うちの支配人でね、ディキンスンはノッティング・ヒルのソルターさんの家のじき側に住んでいるんだが、ある朝ポートベロ・ロードで、ソルターさんの奥さんが赤い長靴をはいて、ピアノに合わせてダンスしてたのを見たというのさ。」

「その方、すこしどうかなすってるんじゃないんですの？　そんなお話、おかしくも何ともないと思いますけど。」

「いや、それがね、男同志の間だと、そうでないんだよ。ウォーリスなんか、君は気に入るかもしれないな。この男は大へんな写真道楽でね、よく自分家の子供たちを写して見せてくれるんだが、——三つになる女の子のなんか、風呂の中だよ。当人にぼくは言ってやったんだ、この娘さんが二十二、三になったら、そんな写真見て喜ぶかって。」

ダーネル夫人は目を伏せて、返事をしなかった。

ダーネルがパイプをぷかぷかやっている間、しばらく沈黙がつづいたが、やがて夫が言った。

「ねえメアリ、うちで下宿人を置いたら、どうだろうね？」

「下宿人？　考えたこともありませんわ。どこへ置くんですの？」

「いや、あの明き部屋を考えてたのさ。この案は君も反対できないんじゃないかな？　都心では下宿人を置いてる家はざらにあって、みんなそれで稼いでるからね。まあ、年に十ポンドの収入がふえることは請合いだな。出納係のレドグレーヴなんか、下宿目当なら、大きな家を借りてもそろばんに合うって言ってた。かれの家にはテニスコートもあるし、玉突室もあるんだ。」

メアリは、例の夢見るような目つきになって、まじめに考えこんでいた。

「でもね、エドワード、うちじゃとても賄いなんかしきれないと思いますわ。いろんな点で不便なことが起こりますわよ。」彼女はちょっと言い渋っていたが、「それに、うちで若い男の人の世話をするなんて、あたし真平ですわ。いくらささやかなものでも、設備ということになると、うちなんかでは制限がありますもの。」

そう言って、彼女は顔を赤く染めた。ダーネルはちょっぴりがっかりしながらも、学者がすばらしいものにも平凡なものにも思える象形文字を前にした時のような、奇妙な切望の思いで、細君の顔色をうかがった。隣家の庭では、子供たちが大声で笑ったり、叫んだり、言い合いをしたり、駆けまわったりして、キャーキャーいって遊んでいたが、そのとき二階の窓があいて、はずんだような声がきこえた。

「エニッド！　チャールズ！　すぐにお部屋へいらっしゃい！」

庭の騒ぎはパタリと止み、子供たちの声がだんだん遠ざかって消えて行った。

「パーカーさんとこの奥さんは、子供さんのしつけがいいようですのね。この間うちのアリスがそう言ってました。アリスはお隣りの女中さんに何かお喋りしていたんで、あたし女中同志のお喋りをけしかけるのはよくないと思って、なんにも言わないでそっと立ち聞きしていましたの。女中の話なんて、大袈裟なのね。お隣りのお子さんたち、ときどきお小言を食うんですって。」

そういえば、子供たちは恐怖に襲われでもしたように、すっかり音をひそめてしまっていた。ダーネルは泣き声らしいものが隣家で聞こえたような気がしたが、たしかに泣き声だという確信はなかった。何の気なしに反対側をふり向くと、そこに半白の口ひげをはやした老人が、庭の向こう側をブラブラ行ったり来たりしていた。老人の眼がダーネルの眼と会い、同じ瞬間にメアリもそっちを見ると、老人はいんぎんにツイードの帽子を上げて挨拶をした。とたんに、メアリが顔をまっかに染めたのを見て、ダーネルは意外な思いをした。

「セイスさんとは、よくロンドン行きのバスでいっしょになるんだよ。最近、偶然二、三日、隣り合わせに腰かけたことがあってね。たしかあの人、バーモンジーの皮会社のセールスマンだったと思うが、ぼくは愉快な人だという感じを受けた。お隣りはきれいな女中さんがいるんじゃないのか?」

「アリスがそう言ってました。あちらの話もいろいろ聞きました」とメアリは言った。「なんだか御近所からは、あんまりよく思われていらっしゃらないようよ。――あたし、お茶の支度ができたかどうか、ちょいと見てきます。アリスも外出したがってるでしょうから。」

ダーネルは足早に去っていく細君のうしろかげを見送った。わかったような、わからないような心持だった。彼女の美しいうしろ姿と、茶色の巻毛が頸のうしろでいい形に房になっているのは見ることができたが、象形文字を見て迷った学者の気持を、またここでもかれは味わった。その心持は口に言い表わすことはできなかった。その鍵が見つかるかどうかも怪しいと思った。そして、メアリが自分に明かすまえに、こちらから聞いてはいけないと、何物かが教えているようであった。彼女は台所口から家のなかへはいったらしいが、あとの戸が明けっぱなしなので、お湯が煮えたぎっているとか何とか言ってる声が、手にとるように聞こえた。ダーネルは、またやってるなと憤(いきど)おる自分に愕(おどろ)いた。そのくせ、耳に聞こえる言葉のひびきは、ひとふしひとふし、なにか心の奥まで沁(し)みとおる、不思議な世界の音楽のように耳珍らしく聞こえた。自分は彼女の夫で、結婚してからかれこれもう一年近くになるのに、それでいて彼女が何か言うと、この女は底知れない喜びの秘密を知ってる魔物ではないかと思って、われ知らず緊張して、彼女のいう言葉の意味に耳を傾けざるをえないのであった。

　ダーネルは桑の木の葉ごしにのぞいてみた。お隣りのセイスさんの姿はよくは見えなかったが、セイスさんのふかしている葉巻の青い煙が、木かげにユラユラ漂っているのが見えた。ダーネルは、先刻セイスさんの名前を言ったときの、妻の様子に首をかしげながら、わが家のなかになにか不穏なことでもあるのではないかと、ぼんやり考えるともなく考えていると、メアリが食堂の窓に姿を現わして、お茶ですよといって、かれを呼んだ。ダーネルが声のする方を見やると、メアリはニッコリと笑った。かれは急いで立ち上がると、おれはすこし「変人」かな、もやもやしたこの気分もへんだし、自分のなかに頭をもたげているもやもやした刺戟、これもおかしいんじゃないかな、などと思いながら、足をはこんで行った。

ティー・ポットと熱湯を入れた水差を運んできた女中のアリスは、派手な紫いろの服を着こんで、いい匂いをプンプンさせていた。どうやら、さきほど台所へはいって行ったとき、ダーネル夫人は十ポンドの新しい使い道について何か閃いたものがあったらしい。ここの家では、まえから料理竈が細君の苦労の種になっていた。台所へ行くと、いつも竈の火がガンガン音をたてて燃えていて、その火が半分は煙突のなかへ上がっている。これでは石炭のむだ使いだからといって、まいど女中に小言をいうのであるが、いくら言っても効目がなかった。女中のアリスも、たかが牛肉か羊肉のひときれを焼くか（ここの家ではそれをローストといっている）、せいぜい馬鈴薯かキャベツを茹でるのに、そんなに火をガンガン燃すのはもったいないことを認めていて、その欠点は蒸し釜に熱が全然まわらない、竈自体の非能率的な構造にあるのだということを、かねがね奥さんに実地に説明して見せていた。チョップやステーキのようなものをつくる場合も、具合の悪いことはほとんど同じで、かんじんの熱がどうも煙突や部屋のなかへ逃げてしまうらしいのである。メアリも、とうから石炭の使用額がびっくりするほど嵩むことを、なんども夫に洩らしていた。今、いちばん安い石炭でも、トン当り十八シリング以下では手にはいらない。ダーネルは家主に手紙を出した。すると大工の方から、竈をストーヴに換えれば、奥さんの言われる欠点は解消するという、無教育な、ケンもホロロの返事が返ってきた。まるでダーネル家では女中も置かずに、奥さんがなにもかも一人でやっているような口ぶりであった。竈はそれなり今日まで、悩みと冗費を忍ぶままに任されてきたのである。アリスは毎朝、竈に火を燃しつけるのに大難儀をし、やっとのことで燃しつけても、その火は煙突のなかへ燃え上がっていくだけのようであった。つい三、四日前にも、メアリはそのことについて、夫に真剣に話したばかりであった。晩食にコテージ・パイを一皿つくるにも、女中にいいつけて大量の石炭を焚かさせなければならないし、パイが焼き上がったあと、焚口から熾(おき)をかきだすと、ふつうの倍に近い量の熾が出てくるのであった。

「ねえ、この間の晩、竈のお話をしたの憶えておいでね？」とメアリはお茶をいれながら言った。夫はふだんは機嫌の平らな人であるが、きょうは例の空室の話で彼女がきっぱり断を下したことで、やや痛手をうけているにちがいないと察したので、彼女はなにかいい話のきっかけを出したいと思って、言ったのであった。

「竈？」ダーネルはマーマレードをパンになすりながら、ちょっと考えこんでいたが、「いや、憶えてないよ。いつの晩？」

「火曜日の晩よ。憶えていらっしゃらない？『残業』で、だいぶ遅くなってお帰りになった時——」

彼女は言葉を切って、かすかに顔を赤らめた。やがて竈の具合の悪いことを蒸し返しはじめ、このコテージ・パイも、支度をするうちから石炭をガンガン焚いたのだと話した。

「ああ、そうか、思い出した。たしかあれは、夜鶯を聞いたと思った晩だ。（このへんの人は、ベドフォド公園で夜鶯が聞けるといっている）夜空がすばらしい紺碧だった。」

青バスの止まったアックスブリッジ・ロードのバス停から歩いてきたのだが、アクトンの下では煉瓦窯(がま)の臭いにおいがしていたのに、家の近くは夏野の香りがいっぱいしていて、籬(まがき)の赤い野バラの花の匂いがまだあたりにするような気がしたのを、かれは思い出した。門口までくると、メアリが入口に灯火を持って出迎えに立っていた。いきなり自分は烈しく妻を抱いて、耳もとに小声であることを囁き、香わしい髪に唇をつけた。かれは自分の囁いた言葉がちょっと恥しくなり、馬鹿なことを言って彼女をびっくりさせたかなと思った。メアリは面食らって困っていたようであった。

「そう、思い出したよ。あんときはつまらんことを言っちゃったな。ああいうものに金を捨てるの、ぼくはいやなんだ。」

「あら、なにを考えてらっしゃるの、あなた？　あのねえ、叔母さまに頂いたお金で、いい竈を買おうかしらって、あたくし申し上げてるのよ。そうすりゃ節約にもなるし、お料理だって今よりぐっとおいしくなると思うし。」

ダーネルはマーマレードを向こうへ押しやって、おい、そりゃ名案だな、と本音を吐いた。

「メアリ、その考えはぼくのより遙かにいいぞ」とダーネルは嘘もかくしもないところを言った。「君がそれを考えてくれたのはうれしいね。だけど、これはよく話し合おうよ。なにも慌てて買うことはないんだから。レンジもいろんな製品が出てるようだからね。」

二人とも、奇蹟的発明品とみえるレンジを、今までにいろいろと見ていた。ダーネルは都心の界隈で、細君の方は歯医者へ通院したときに、オックスフォド街やリジェント街で見ていた。夫婦はお茶のときにそのことを語りあい、そのあと、夕方の涼しい庭を歩きまわりながら、また話し合った。

『ニュー・キャッスル』というのは、何でも燃せるんですって。コークスも焚けるんだそうよ。」

「しかし『グロウ』はパリの博覧会で金牌をもらったんだぜ。」

「それより、キッチナーの『ユートピア』というのは、どうかしら？　オックスフォド街で実演してるの、あなたご覧になって？　なんでも通気の仕掛が独特のもので、いいそうよ。」

「こないだフリート街へ行ったときに、『ブリッス』という特許竃を見たけど、市場に出まわってるどの品よりも少ない燃料ですむといって、メイカーが宣伝してた。」

かれは妻の腰にそっと腕をまわした。彼女は夫のいうことには答えないで、小声でやさしく囁いた。

「パーカーさんの奥さんが窓のとこにいるわよ。」

かれはそっと妻の腰から腕をはなした。

「竃のことはゆっくり相談することにしよう。べつに急ぐことはないさ。ぼくも都心の近くを二、三当ってみるから、君もオックスフォド街、リジェント街、ピカデリ辺を当って見るんだね。そうすりゃ見てきた品を比べられるから。」

メアリは夫の機嫌のいいのを喜んだ。夫がこちらの計画のあら探しをしてくれないで、ほんとによかった。「やっぱりわたしには親切なんだわ」と彼女は思った。このことは、ダーネルのことをあまり気にかけていない兄に、まえから彼女がよく言っていることであった。夫婦は庭の桑の木の下に寄り添って腰かけながら、彼女は夫に自分の手をとらせたまま、木かげのなかで自分にされる夫の指先にためらいながらも、自分も夫の手をそっと握り返し、自分の手を撫でてくれる夫の息を頸に感じつつ、昂る夫のためらうような囁き声が、唇を頰に押しつけながら、「可愛いい、可愛いい」と何度もくりかえすのを聞いた。彼女は身うちをやや震わせながら、待ちもうけた。ダーネルは彼女の頰にやさしくキスすると、抱いていた手をそっと抜いて、息のつまったような声で言った。

「家ん中へはいった方がいいな。露が、こら、こんなだ。風邪ひくといけないよ。」

　温い、芳しい風が塀のむこうから、二人の上に吹きわたってきた。一晩じゅう、こうやっておまえと木の下にいて、おまえの髪の匂いを嗅ぎしめながら、おまえの裳裾がぼくの足にまつわるのを感じながら、こうして囁きあっていたい、とかれは言いたかったが、でも、その言葉を見つけることができなかった。たわいもないことだったが、しかし自分がねだることは、どんなたわいのないことでも、すなおに言うままになってくれる彼女であった。かれは妻の唇にキスする資格がないような気がして、そこへ膝をつくと、服の上から彼女の胴のあたりにキスをした。彼女がまたしても身うちを震わしたのを感じ、かれは妻を驚かしたのではないかと思って、恥かしくなった。

　二人は肩を並べあって、ゆっくりと家のなかへはいった。ダーネルが居間のガスに灯をともした。二人はいつも日曜日の夕方には、ここで過ごすのである。メアリはすこし疲れたようで、ソファに横になった。ダーネルはそれと向かい合った肱かけ椅子に腰をかけた。二人はしばらくそうやって黙っていたが、そのうちにダーネルがだしぬけに言い出した――

「セイスさんのとこと何か具合の悪いことでもあったのかい？　君はあすこの家の人たちに、なにか妙なことを考えてるらしいね。女中さんはごくおとなしい人のようだがな。」

「あら、あたし女中の噂ばなしなんか気にしちゃいませんわよ。嘘っぱなしが多いから。」

「アリスが何か君に吹きこんだんだろう？」

「ええ、二、三日まえ台所にいたとき、そんな話を聞きました。」

「どんな話？」

「それは申し上げない方がいいわ。愉快な話じゃないから。あたしアリスに、二度とそんなことをあたしの前で言うんじゃないって、叱ってやりましたの。」

ダーネルは立って、ソファのそばの小さな腰かけに座を移して、

「話してごらん」と妙にしつこく繰り返した。隣りの家の中のことなど、ほんとは聞く気もなかったのであるが、あのとき妻の頬がさっと赤くなったのを思い出して、かれは妻の目のなかをじっとのぞきこんだ。

「いやよ、ほんとにお話できないの。恥かしくって。」

「だって、君はぼくの妻だぜ。」

「それはそうですけど、それとこれとは違うのよ。女って、そういうことは口に出したがらないものですわ。」

ダーネルは頭をうなだれた。胸がドキドキした。自分の耳を彼女の口のところへもって行って、「小さな声で言ってごらんよ。」

メアリは夫の頭をやさしく押しかえして、頰を染めながら小声で言った。

「アリスが言うにはね、——お隣りじゃお二階に家具のはいってるお部屋は、一と部屋きりなんですって。——お隣りの女中さんがそう言うんですって。」

われ知らず彼女はいきなり夫の頭を自分の胸に抱きしめると、夫はそれに答えて、彼女の赤い唇に自分の唇をのせかけたときに、しずかな家のなかに、いきなりガラン、ガランという大きな音が鳴りひびいた。夫婦は思わずいっしょに上半身をおこすと、メアリが急いで玄関へ出て行った。

「アリスですわ。あの娘、いつも時間すれすれに帰ってくるんだから。いま、ちょうど十時打ったばかりでしょ。」

ダーネルはむしゃくしゃして身悶えをした。なにか言おうとして口を開きかけたが、ふと床の上に、メアリがいつか小学校時代の友達からもらったきれいな半巾が、いい匂いをして落ちているのを拾い上げると、それにキスして、ポケットに入れた。

竈の問題は、六月いっぱい、さらに七月の初めにかけて、夫婦のあいだの話題となった。ダーネル夫人はウエスト・エンドへ行く機会のあるごとに、新製品の性能を調べては、新しい改良点を克明に批判し、店員のいうことをくわしく聞いてきた。ダーネルの方は、これは自分でも言っていたように、都心で目を配った。こうして夫婦は手分けをして、できるだけ文献を集め、写真入りのパンフレットをもらってくると、夜分、その絵をあれやこれやと見るのが、このところ一つの娯しみになっていた。パンフレットには、ホテルや公共施設用の大きな竈も出ていた。それぞれ違った用途につかわれる、幾種類もの竈がずらりと並んでいる大がかりな設備を、夫婦は畏敬と興味をもっていろいろ談じ合った。まるで料理人に技師長のような威厳を授けるような、補足器具のそろった調理場で煮たり焼いたりする料理場風景は、まことに偉観であった。そういうのを見たあと、カタログのなかで、三ポンドかせいぜい四ポンドぐらいの玩具のような家庭竈の写真に出会ったりすると、自分たちが購入するつもりでいた、八ポンドも十ポンドもする器具の長所をさえ、なんとなく軽視するような心持になったりした。——ちょうど、多種多様な特許の価値と長所が絶対的な決定のポイントになってきたときに、夫婦はそういうものを見たのであった。

「レイヴン」という印の品が、とうからメアリの欲しいと思っていた品であった。この品は性能も最高で、しかも経済的にも最高という折り紙のついている品であった。夫婦はこの品を注文しようと、なんども考えたのであるが、でも「グロウ」という印の品にも、同じように惹かれた。「レイヴン」印の方は九ポンド・七シリングなのに、「グロウ」印の方は八ポンド・五シリングであった。「レイヴン」印の方は宮内省御用になっているが、「グロウ」印の方は、ヨーロッパ全土の有名人各位から、きびしい試用検査の報告が寄せられていた。

議論はいつまでやっても切りがないようであった。ダーネルが年古りた森の夢からさめたあの朝まで、夫婦は来る日も来る日も、竈論議を飽きもせずにえんえんと続けてきたのである。あの朝、寝坊をしたかれは、九時十五分に町の角を通る市バスに遅れたら大へんと思って、急いで着がえをして朝食に下りて行きながら、ふっとある考えが浮かんだ。

「メアリ、おれね、君のプランを手直ししたよ」とダーネルは得意顔で言った。「いいかね、ちょっとこれを見なさい」と言って、テーブルの上に一冊の本を抛り出した。

　かれは笑って、「いやね、君の意見を全部ひっくり返すようなことになるけどね、結局、石炭費が大きいということなんだ。竈が問題じゃないんだ。――少なくとも、竈には実際のミスはないわけだ。石炭が高いんだよ。そこでね、この石油竈を見てご覧。これはね、石炭なんか一つも焚かないで、世の中で一ばん安い燃料の石油を使うのさ。いいかね、二ポンド・十シリングで、なんでもしたいことが出来る竈が手にはいる。こういう寸法だ。」

「そのご本、わたくしに拝借さしてよ」とメアリは言った。「お帰りになったら、今夜ゆっくりそのお話をしましょうよ。さ、あなた、もうお出かけにならなくては。」

　ダーネルは気がかりな目を時計に投げた。

「じゃ、行ってくる。」二人は心から接吻をしあった。メアリの眼が、夢に見た森の木かげのさびしい池を、ダーネルに思わせた。

　こうしてかれは、毎日々々、死と同じような灰色のかげろうに似た世界を暮らして行った。それは多くの人たちが生活と呼んでいる生きる権利を、なんとかしてよいものにしようとしてきた世界であった。ダーネルには、これまで真実の生活とは狂気の沙汰のように思われていたのだろう。そして、ときおりかれは、自分の歩いている道の向こうにさす光で映る影や、ぼんやりした物の姿を恐れて、ありきたりの出来事や、ありきたりの興味で出来ている、健全な「現実」と自分で呼んでいるもののなかへ逃げこんできたのである。その健全な「現実」が台所の竈であったり、二、三シリング臍くったりすることなので、おそらく「現実」の下らなさがわかりきっていただけに、競馬馬の厩だの、蒸汽ヨットだの、何千ポンドという金のかかるものを考える時、人生、道楽が何より偉大なのだと思っていたのであろう。

でも、こんなふうに毎日を過ごしていると、ともするとかれは、生を死ととりちがえ、狂気を正気ととりちがえ、目的もなくフラフラしている幽霊どもを、真の存在だととりちがえているのかもしれなかった。そのくせかれは、正当な遺産相続によって自分のものになった王国の、遠く輝く栄光と秘密は忘れて、自分は都心に勤め先をもつ一介のサラリーマンであり、シェファード・ブッシュに住んでる一銀行員なのだという、ごくまじめな意見をもっている人間なのであった。

二

終日、市内は猛烈な溽暑に蒸れかえっていた。その日、ダーネルが家の近くまで帰ってきたときには、湿った低地はすっかり霧がかかり、南のベドフォド公園のあたりに渦を巻いている霧が西の方へとなびいて、アクトン教会の尖塔などは、灰色の湖からにょっぽり立ってるように見えた。のろのろバスから見た沿線の広場の草や芝生は、埃の色に灼けていたし、シェファード・ブッシュ・グリーンも枯れ色に踏みしだかれたむざんな荒地みたいで、ぐるりの単調なポプラ並木も、風のない、熱い煙に蒸れかえった空に、そよりともしない葉をぐったりと垂れていた。道行く人も舗道に疲れた足をひきずって歩き、煉瓦工場のいきれに混った、炒れるような残暑のいきれは、まるでむさ苦しい病室の臭いを嗅いだように、息がつまりそうであった。

お茶のテーブルに出ていた冷し羊肉の皿にナイフを入れながら、ダーネルは、この陽気と仕事で、さすがにきょうは少しまいったと白状した。

「あたしもきょうは試練の日だったの」とメアリが言った。「アリスがどうしたのか、きょうは一日変調子で手に負えなかったんで、すこしまじめに言ってやったんですの。あの娘、いつも日曜に外出すると、そのあと、何かこう落ちつかなくなるらしいのね。どうしたらいいんでしょうね？」

「若い男でもできたのか？」

「ええ、それもあるらしいの。ゴールドホークのウィルキンズという食料品屋ね、あすこから来る番頭らしいのよ。あたしここへ引越してきたとき、あすこの店から品物をとってみたんだけど、どうも気に入らなかったんですの。」

「こんな時刻まで、二人で何をしているんだね？　自由時間は五時から十時までなんだろう？」

「ええ。かれこれ五時間か五時間半になりますわね。いつも散歩なんでしょうけどね、一、二度テンプル街まで男につれて行かれたこともあるし、この前の前の日曜日には、オックスフォド街をぶらついて、公園で休んだんですって。この前の日曜日は、プトニーに住んでる男の母親と三人でお茶を飲みに行ったらしいの。あたしね、一度その母親という人に、こっちの考えをよく言って置きたいのよ。」

「どうして？　何かあったのか？　阿母（おふくろ）があの娘（こ）に辛く当るのか？」

「それがね、こういうことなのよ。あの娘（こ）、前にも何度かひどくいやな思いをしたことがあって、相手の男がはじめてアリスを母親に会わせに連れてったときに――それが三月のことで――、あの娘、泣いてその時帰ってきたんですの。あんな婆さんにはもう二度と会いたくないと当人がいうから、それが誇張でなければ、お前がそう思うのはむりもないって、あたしそのときあの娘にそう言ってやったのよ。」

「なぜ？　何でアリスが泣いたんだね？」

「それがね、どうもその阿母（おふくろ）という人は――プトニーの裏町の小さな家に住んでるんですけど、いやに権式ばってて、ろくに口もきかないらしいのね。近所の家から女の子を借りてきて、それに女中風な扮装（なり）をさせて、アリスはその女の子が黒い服に白いエプロンをつけて、白い帽子をかぶって扉をあけたのを見て、唖気（あっけ）にとられてね。なんでも扉の把手（とって）にやっと手の届くぐらいの女の子だったらしいの。ジョージ（というのは、相手の若い男の名前）は、前からその小さな家の話をして、台所は殺風景で旧式だけど居心地はいいよと、いろいろ吹きこんでたらしいのね。ところが奥へ通しもしないで、田舎から持ってきたらしい大竈に火が焚いてある側に坐らされて、その女の子から名前を聞かれて（そんな馬鹿な話ってあります？）、それから狭い客間に通されたら、そこにマリ老婦人が（公爵夫人みたいに）色紙（いろがみ）をいっぱい貼った暖炉のそばに控えていて、部屋のなかは氷のように寒いんですって。そして老婦人は偉ぶってて、アリスに口もきかないんですってさ。」

「そりゃ不愉快だったろう。」

「可哀そうに、あの娘、オロオロしてしまったらしいのね。老婦人がいうことに、『お近づきになれて、大へんうれしい。わしゃ奉公しとる人間はよう知らんもんでな』ですって。あの娘、その話しっぷりを真似してたけど、あたしには出来ないわ。それから老婦人が自分の一族の話をしだして、五百年も自分の地所を耕してきた——どうでしょ、馬鹿々々しい！——アリスは前にジョージから聞いていて、なんでもエセックスのどことやらに、手びろい庭に畑が二枚ある昔からの小百姓で、それが老婦人の話だと、さもさも田舎の上流家庭みたいで、教区長さまだの、何とかいうお医者さまがしじゅう見えて、大地主のなんとか様もお越しになるという、まるでそういう人達が親切で訪ねてくるのではないような自慢ばなしに、あの娘、その老婦人の顔を見て噴きだしそうになったと言ってたわ。ジョージという男は、田舎の地所のことはアリスに何もかも話していて、猫の額みたいな土地で、父親が死んだ時にジョージはまだ子供で、母親一人では暮らしが立たないので、地主が親切に土地を買い上げてくれたいきさつを、アリスは前に聞いていたのに、その馬鹿な阿母は「馬鹿の上塗り」をして、図に乗って、身分ちがいの倅との結婚のことを言い出して、大事な倅が身分の下の者と結婚すると知った親は、どれほど不倖せか、そういってアリスのことを怖い目をしてジロリと見るもんだから、倅の方はばつが悪くなって、だいぶ機嫌を損じたんですって。まあ、そんなことがあったらしいんですけど、アリスは男が何のことかわからないような顔をして、空惚けている様子に気づいたらしいのね。そのうち、男が横合から、母さん、隣りの家から飾り物を買ったことがあったっけねと言い出したのは、子供の時分、隣りのミセス・エリスという家の炉棚に飾ってあった緑色のカットグラスの対の花瓶と、ミス・ターヴィの家にあった蠟細工の花のことを思い出したんだそうよ。そしたら老婦人が苦い顔をして、いきなりそこにあった何冊かの本をひっくり返したそうよ。ジョージが慌てて拾ったけど、アリスは、ははあ、あの本も、女の子を近所から女中に借りたように、家のなかを豪儀に見せるために、近所からの借り物なんだなと、ピンと来たんですって。まあそんなことで、それからお茶になったんだけど、アリスに言わせると、お茶は色をつけた水みたいなお茶で、それに薄っぺらなバタつきのパンと、ハイ・ストリートのスイス製品を売ってる店の安物のパイ。饐えたような油くさい、ギチギチしたものだったそうよ。あとはまたマリ婆さんの自慢話がはじまって、アリスを鼻の先であしらいながらの長談義で、あの娘、とうとう夢中で逃げ出してきちまったんですって。とてもみじめな気持で。それはむりないと思いますわ、あたし。」

「なるほどね、たしかに愉快な話じゃないね」と、ダーネルは細君を夢のように眺めながら言った。話の肝心な点はあまり気を入れて聞いてもいなかったが、ただ何か耳に呪文でも聞くように響く彼女の声を聞くのが好きで、その声の調子が魔法の世界をかれの前にひろげるのであった。

「その若者の阿母というのは、いつもそんなふうなのかなあ？」

しばらく黙っていたが、声の音楽をつづけてもらいたさに、かれはそういって訊いた。

「ええいつも、それもついこの間、先週の日曜日まで、ずっとそうだったようよ。むろんアリスは、あの娘だって感じやすい年頃の娘ですからね、さっそくジョージに言ってやったんですって。――自分は男の側の姑といっしょに住む夫婦に、いつもこう答えるとは思わないけれど、自分の見るかぎりでは、あなたのお母さんはわたしに好意を持っていないようねって。そしたらジョージはいつもの調子で、――いや、あれが阿母の癖なんだ。べつに悪気があって言ってるんじゃないんだ、というようなことを言ってたそうよ。アリスはそれをはねつけて、自分をとるか、あなたのお母さんをとるか、ギリギリの時がきたようだ、ということを、暗にそれとなく言ってやったんだそうですよ。そんな状態が春から夏と続いて、銀行の暑中休みの前に、ジョージはまたアリスにその話を持ち出して、とにかく君を不愉快にしたことは、自分としては残念でならないが、自分としては君に阿母といっしょに暮らしてもらいたい。母はああいう昔かたぎの、おかしな癖のある人だが、あのあと誰もいないところで、あの娘さんはお前に似合いの人だと言っていたと、アリスに話したらしいのね。それで結局、アリスが一度行ってみたいと歌にうたっていたハンプトン・コートへ行くことになって、この月曜日に三人で行ったらしいのよ。あの日はすばらしいいいお天気だったこと、憶えていらっしゃるでしょ？」

「待ってくれよ」とダーネルは夢見ごこちで、「ああ、そうそう、憶えてる、憶えてる。あの日は、いちんちぼくは桑の木の下にいて、食事もあの木の下でしたんだった。ちょっとしたピクニック気分だったね。毛虫が玉に瑕だったが、でも、一日中すごく楽しかった。」

　かれの耳は、なにか太古の歌、というよりも、太初に言葉がつくられ、その言葉は心より魂に語られる力の象徴であったころの、天上の荘厳な調べのようなものに蠱惑されていた。椅子の背にのけぞりながら、かれは言った。

「それで、どうなった?」

「それがね、どうでしょう、あのいやなお婆さんが、まえよりもまたいやな態度だったんですって。約束通りキュー・ブリッジで落ち合って、そこから大型遊覧バスで目的地へ行くまでが大へんでね、アリスは大いに楽しむつもりで行ったんですが、それが大当て違いで、挨拶もしないうちに、マリ婆さんが植物園(キュー)の話をはじめだして、やれ植物園てところはきっと美しいにちがいないとか、これがハンプトンにあれば、便利でもあり費用もかからないし、だいいち長い橋を渡らないですむとかいろいろ厭味を並べて、それからバスを待ってる間の話になって、やれハンプトンには見る物は何もない、あるのは穢(きた)ならしい陰気くさい古い絵ばかりで、そのなかには学問のない女や女の子に見せるのは適(ふさ)わしくないものもある。なぜ女王陛下はあんな絵を許しておくんだろう、あんなものを見せたら、もともと脳味噌の軽い女の子の頭に、下らない知恵を植えつけるようなものだ、などといって、アリスのことを蔑(さげす)むような目つきで見るので、あとでアリスが言ってましたけど、このくそ婆あ、これが年寄りでなけりゃ、ジョージのおっ母さんでなけりゃ、横っ面(つら)ひっぱたいてやろうと思ったって。相手はまだしちくどく植物園のことを持ち出して、やれ温室がすばらしいの、椰子(やし)の木だのいろんな珍らしいものがあるし、客間のテーブルほどもあるユリの花が咲いているし、川を見渡す眺めがすばらしいことの、さんざん並べ立てていたそうです。アリスがいうには、ジョージはその日は大出来だったんですって。阿母(おふくろ)はきょうは出来るだけ行儀よく、おとなしくしていると堅い約束がしてあったんで、ジョージも不意を打たれたようでしたが、あんまりくどいので、おだやかに、きっぱりとたしなめたそうです。『母ちゃん、アリスはね、きょうはハンプトンときめて来たんだから、植物園はまたの日にしようや。おれもハンプトンが見たいんだ』と言うと、マリ婆さんはフンと鼻を鳴らして、苦い顔をしてアリスのことを睨めると、ちょうどそこへ遊覧バスがきたんで、三人は先を争って乗りこんだんだそうですけど、婆さんはハンプトンへ着くまで、なんだか一人でブツブツ言ってたそうよ。アリスにはよく聞きとれなかったそうですけど、ところどころ、こんな文句が切れ切れに聞こえたそうよ。……息子暴なるときは、老いたるものを憫れめ。父母を敬え。家妻は古き靴に向かいて棚に置かれてあれと云い、心曲れる息子は母に向かいて云いぬ。……われ汝に乳を与えぬ。汝われに無視を与う。……アリスはジョージがいつも母親のことを旧弊人だといってる通り、バスのなかで婆さんが呟いた諺（むろん十戒以外の誡めですけど）は、婆さんが自分でつくったもので、そんなことをするのが旧弊人で、おまけに意地の悪い、心のねじけた、土曜日の晩の肉屋より口数の多い、ほんとにいやな性分の婆さんだと、あの娘は言ってます。それでね、やっとのことでまあハンプトンに着いて、アリスはすっかりあすこが気に入ったようで、三人はどうやら楽しく見物したらしいんですが、でも婆さんがブツブツ何か言ったり、大きな声を立てたりするもんだから、まわりの人がジロジロこっちを見て、なかには『ヘン、お前さん達だって、そのうち爺や婆あになるんだよ』と聞こえよがしにいう女がいたりして、アリスは、何さ、べつにこっちは何も言っていないのに、大きなお世話じゃないのと、ひどく腹が立ったそうです。ブッシー・パークの大きな栗の木を見せてやれば、まあまあ、こんなに高いまっすぐな木は、見るのに首がかったるくなるよと言うし、鹿を見せてやれば（鹿ってほんとにきれいですよね）、婆さんは、おやおや、えらくまた痩せっぽちで、貧相だことなどと、まるでもっと野菜の屑でも餌のなかに入れてやった方がいいみたいな口ぶりで、あの目つきをご覧な、しあわせそうじゃないよ、きっと飼主にぶたれるんだよと言ったり、すべてがこの調子で、しまいにはハマースミスやガナスベリの市場の庭を思い出して、あすこの方がよっぽどいい花があるよなんて言ったり、水のある木蔭へ連れていけば、このうえ運河見物だなんて、遊覧船でのんびり行くんならいざ知らず、もう足が棒になって歩けやしないやね、と駄々をこねる始末で、まあ一日中そんなふうで、早く家へ帰ってアリスから逃れたがっているふうだったそうですよ。年ごろの若い娘にしたら、さぞかしいやな思いをしたことでしょうよねえ。」

「そりゃそうに違いないさ。それで、先週の日曜日にはどんなことがあったんだね？」

「それが変わってるんですのよ。あの朝、アリスの様子がどうもおかしくて、朝食の洗い物にだらだら長いことかかってるから、さあさあ、お洗濯の手伝いの支度をさっさとして頂戴というと、いやにツンケンした返事なんで、何をしてるのかと思って台所へ見にいってみると、ムッとした様子で仕事をしていますから、一体何があったのと聞くと、やっと訳がわかりましたの。あたしね、あの娘があれだけ我慢をしてよく尽したはずのあのマリ婆さんについて洩らした言葉を聞いたとき、自分の耳が信じられないくらいでしたわ。でも、洗い浚い聞き出すまで、あれやこれや畳みかけて聞いてみました。まあ、年頃の娘というものがいかに愚かで、頭がないか、あれでよくわかりますね。あんたそんなこと言ったら、風見の鶏とおんなじじゃないのって、あたし言ってやったんです。それがね、あの鬼婆あが、べつの晩にあの娘が会いに行ってみると、まるで別人になってるんですって。ほんとなのよ、あなた。あたしもまさかと思ったんですけど、でも本当なのよ。あの鬼婆がよ、おやまあ今夜はまた大そう別嬪だこと。様子もキリッとして、歩く姿もいいし。ずいぶん娘さんも知ってるけど、こんな利口な、御良家のお嬢さんらしい娘御は、半分もいやしないなどと、お世辞たらたらで、いろいろ細かい点を拾って、ふだんから言い値じゃ物を買わない、しまつ屋の、何にでも用心鍵をかけておくといった下層階級の連中によくあるでしょ、自分の蓄めこめる額を高く見積っておいて、それからそくそくと小出しに使うという、まあ貧乏人根性って言うのかしら、あたしゃお前さんが気に入った、かわいい伜がこんないい女房としあわせに暮らすとなれば、これで自分も安心してお墓へ行ける、お前さんの蓄めたお給金を足せば、小さな家の一軒ぐらいは建てられるしと、心にもないお土砂をさんざん降りかけたあげくに、『まあね、お前さんが年寄りの言うことをようく汲んでくれれば、きっと御婚礼の鐘の鳴る日も、そんなに先のことじゃないだろうよ』というようなことで、その晩は市が栄えたらしいんですの。」

「へーえ。そんな結果になって、アリスはさだめし不満だろう?」

「ええ、まだ若いし、単純なんですね。あたしようく話して、あのマリ婆さんがどれほどいやな人だったかを思い出させて、お前が今いる所を変えたら、それは悪い方へ変わるんだよと、よく言いきかしてやりましたの。落ちついてよく考えるように、よく言い聞かしてやったつもりなんですけど、それであたし、思いついたことがあるのよ。何だかおわかりになる？　あの悪婆ね、アリスをここの家から暇をとらせる魂胆なのよ。あたし、そう踏んでる。おそらくアリスは気の変わりやすい女だといって、あの阿母（おふくろ）、息子に吹っこんでるんですよ。『浮気女（うわき）は一生の不作』って諺を、あの狸婆あに教えてやりたいわよ！」

「ほんと、ほんと。君のためにも、今あの娘に行かれちゃ困るからな。新規に女中をさがすとなったら、こりゃ君、仕事だぞ。」

ダーネルはパイプを詰めかえて、プカリプカリやりながら、一日の空（むな）しさと気疲れのあと、とにあれ、清々した気分になれた。明けはなしたフランス窓から、乾ききった谷間の、それでもまだ緑の色を失なわない木々から、夜が絞った涼しい夜風がはいってきた。先刻ダーネルがうっとりと聞き惚れていた天上の歌と、きょうみたいな乾燥した日にも、森の国という名を今でもつけられている、この暗い郊外を吹くそよ風は、先日見た森の夢をかれに思い出させた。いっときかれは、口では言いあらわされないようなことを考えていた。

「いや、その婆あはじつに悪い婆あだなあ。」

「マリ婆さんですか？　もちろんですわ。一と癖も二た癖もある婆あよ。せっかく倖せでいる居ごこちのいい所から、女の子を引っこ抜こうなんて！」

「そうだよ。だいいち、ハンプトン・コートが嫌いだなんて、それが何より悪婆の証拠だよ。」

「あすこは美しいんでしょ？」

「ぼくなんか、あすこを初めて見たときの印象は、生涯忘れないだろうな。ロンドンへぼくが出てきて間もなくのことだよ。一年目だったな。七月に休暇がとれてね、その時分はまだ薄給だったから、海岸みたいなとこへ行くなんてことは、とても考えやしないやね。今でも憶えてるが、同僚の一人がぼくと徒歩旅行をしたいといってね、ぼくは行きたかったんだが、お金が足りなくてさ。その時ぼくが何をしたか、知ってるか？　その時分ぼくはグレート・カレッジ街に住んでてね。休暇の第一日目は、朝食の時間過ぎまでベッドにもぐりこんでて、午後はパイプをふかしながら、のんびりしてたんだ。刻み煙草の新種を手に入れたんでね。ふだん使いには少し高くて、二オンス袋で一シリング・四ペンスだったが、うまい煙草だった。外は猛烈な暑さで、窓をしめてブラインドを下ろしたら、ますます暑くなっちゃって、五時には部屋のなかはまるで蒸し風呂さ。でも市内へ出かけなくていいんだから、こっちはのうのうしたもんで、なんの気がねもなく、貧乏なおやじの蔵書だった妙な本をボツボツ読みだした。意味はよくわからなかったけど、何となく性に合うものがあって、お茶の時間まで、読んだり煙草を吸ったりしていて、それから散歩に出た。寝る前にちっと新鮮な空気を吸った方がいいと思ってね。どこを歩いてるのか、べつに気にもとめずに、気の向くまま足の向くままに、あっちへ曲りこっちへ折れして、だいぶ遠くまで、何マイルぐらいかな、とにかく相当遠くまで来ちゃったらしい。よく道に迷うと、オーストラリアの藪ん中で迷子（まいご）になったようだというが、だいぶグルグル回り歩いたな。金をやるからと言われても、あん時の道をもう一ど歩くことは、とてもじゃないが出来ないね。とにかく、あたりが薄暗くなっても、まだ知らない町をテクテク歩いてたんだ。点灯夫が外灯から外灯へ、パタパタ駆けて灯火をつけていく。すばらしい夕方で、あの時分君がいたらなあと思うな。」

「いやですわ、あたしはまだその時はほんの少女よ。」

「そうだったんだね。とにかく、すばらしい夜でね、今でも憶えてるけど、化粧漆喰の笠石や柱のある、おんなじような小さな灰色の家並のつづいた小さな町を歩いていくと、玄関に真鍮の表札の出ている家が何軒もあって、そのなかの一軒に、『貝殻箱製造人』というのがあった。よく海浜で売ってるああいう箱だの何かは、どこで出来るのかなと前から思ってたんで、その看板を見たときには、ばかに嬉しくなっちゃってね。往来では、子供が三、四人、石蹴りをして遊んでいるし、角の小さな居酒屋では、お客が唄をうたっている。ぼくは思わず夕空を見上げて、きれいな空の色が刻々に変わるのを、しばらく眺めてた。むろんその後も見てるけど、あの晩のようなのは、後にも先にも見たことないな。濃い縹色がすみれ色に輝いて、異国の空だなんてよく言うのは、こんな空なのかなと思ったね。その空のせいか、何のせいか知らないが、何だかこう妙な心持になってきて、何もかもが自分にゃわからない仕掛で、根こそぎ変貌したように見えたよ。おやじの友達だった老人に——この人、五年前に、いやもっとになるかな、とにかく亡くなったが、その人にその時の気持を話したら、その老人、ぼくの顔をじっと見て、まるでお伽の国みたいな話やな、と言ったよ。老人がどういう意味で言ったのか知らないが、とにかくその時ぼくは、その裏町をじつに美しいと感じた。子供の遊ぶ声も、居酒屋の客の歌う声も、いかにもその時の空の色に適わしい、いや、空の一部に溶けこんでいるような、そんな心持がしたんだ。人間は嬉しいときに、『有頂天になる』とか『空気を踏むようだ』なんてよく言うが、ほんとにその時、ぼくの歩いていた感じがそれだったよ。むろん空気を踏むのとは違うが、舗道がビロードか、ごく柔かな絨氈みたいだったね。それから——これはこっちの気のせいだと思うが、空気が教会の薫香みたいな甘い香りがするようで、自分の息までが、なにかに興奮した時みたいに、妙にハア、ハアはずんできてね。あんな妙な心持になったことは、後にも先にもなかったな。」

ダーネルはそこで言葉を切って、妻を見上げた。彼女は唇をこころもち開いたまま、熱心な驚異の目ざしで、夫の顔をまじまじと見つめていた。

「何てこともない話で、うんざりしちゃったろう。君はきょうは一日馬鹿な女中のことで悩まされたんだから、早く寝た方がいいよ。そうしなさい。」

「ええ、ありがとう。でも、いいの。ちっとも疲れてなんかいませんから。あたし、あなたがそんなふうにお話しなさるの、好きなのよ。お続けになって。」

「それでね、それから少し歩いたら、その妙な心持はどこかへ消えてしまったようだった。少し歩いたらと今言ったけど、自分じゃせいぜい五分ぐらい歩いたと思ったんだが、その小さな町へはいるちょっと前に時計を見て、その時もう一度見たら、十一時だった。約八マイル歩いたことになる。自分の眼が信じられなかったから、時計が狂っているんだろうと思って、あとで確かめて見たら、時計はピッタリ合ってるんだ。何がどうなったのか、今でもよくわからない。時間は、エドナ・ロードのこっちの端から向こうの端まで歩いたぐらいの間なんだぜ。それなのに、自分は広い田園のまんなかに立ってるんだ。涼しい風が森から吹いてきて、風のなかにサヤサヤ木々の葉ずれの音がして、藪のなかから鳥の声がきこえて、路の下を流れている小川が水の音をたてているんだ。小橋の上に立って、ぼくはマッチを擦って時計を見ながら、へんな晩だなあと思ったね。何もかもが、生まれてこのかた見てきたもの、とくにここ何年か見慣れてきたものとは、まるっきり違ってるんだものね。だから、自分というものすら、毎朝市内へ出て行って、おもしろくもない手紙を何本も書いて、そして夕方また帰ってくる、そんな人間のはずがないような気がしてね。一つの世界からまるで別の世界へ、いきなり抛りこまれたみたいだった。いや、帰り道はどうやらこうやらわかったがね。歩きながら、ぼくはその時、この休暇をどうやって過ごすか決めたのさ。──『よし、おれもフェラーズのように旅をして歩こう。ただし、おれのは「ロンドンとその周辺」の旅だ』そう肚(はら)をきめて、朝の四時頃に宿へ帰ったときには、すっかりもう計画ができあがっていた。朝日が輝いていたが、街はまだ真夜中の森のなかのように、しんと静まりかえっていたよ。」

「それは大計画でしたのね。その旅行はなさったの？　ロンドンの地図はお買いになったの？」

「旅行は順調にしたよ。地図は買わなかった。計画を書きこんだり、名前を書きこんだり、里程を計ったりして、汚しちまうもの。ぼくが望んだのはね、誰もまだ行かないところへ自分が行ってみるという、その心持だったんだ。まるでロンドンやイギリスのどこかに、そういう場所がありでもするようにね。馬鹿げた望みだろう？」

「あなたのそのお気持、あたしよくわかりますわ。一種の発見の旅、そのお気持がほしかったんでしょ、そうじゃありませんの？」

「そうなんだ、君のいう通りなんだ。ぼくは地図なんか買いたくなかった。自分で地図をつくったのさ。」

「それ、どういう意味ですの？　ご自分の頭で地図をおつくりになったの？」

「そのことは後で話そう。そりゃいいが、君ほんとにぼくの大旅行の話が聞きたいのか？」

「ええ、もちろんですわ。きっと楽しいにちがいないわ。とても独創的なお考えですわ。」

「そう、ぼくはその考えでいっぱいだった。君がいま発見の旅といったことから、ぼくはその時の自分の気持を思い出すが、ぼくは子供の時分から、偉大な旅行家の話を読むのが大好きでね。子供は誰でもみんなそうだろうと思うが——航路をはずれて、まだ誰も行ったことのない海へ出てしまった船乗りの話とか、見たこともない不思議な国の、不思議な都を発見した人の話とかね。休暇の二日目は、昔そういう本を読んだ時のような気持で、一日いたよ。二日目の朝も、かなり遅くまで起きなかった。きのうあんなに何マイルも歩き通しだったんで、クタクタにくたびれていたけど、朝食をすましたあとパイプを詰めながら、ぼくは最高の気分だったよ。まるでロンドンにそんな不思議な所がありでもするように……馬鹿もいいとこだよなあ。」

「そういう所はないとおっしゃるの？　どうしてですの？」

「そんなこと言われたって、わからんよ。ただ、あとになって、おれは馬鹿な小僧だったとよく思った。とにかく、ぼくは大願の日を持ったわけだ。自分でしたいことを計画し、半ば信じながら——まるで子供みたいに——どこへ自分が行ってしまうのか、何が自分に起こるのかもわからずにさ。でも、これは自分だけの秘密だ、自分が何を見ても、それは自分だけにそっと蔵っておける、そう思うと、すごく嬉しかったね。ぼくは書物についても、いつもそんな気持を持っていたんだ。ぼくは本を読むことが大好きで、もし自分が発見者なら、自分の発見はそっと隠しておくだろうという気がしたね。かりにぼくがコロンブスで、ああいうことが出来たとしたら、ぼくは自分一人でアメリカを発見して、誰にもそのことは言わないですましたろうな。海の向こうの、誰も夢にも思わなかった大きな世界のことは、今じゃ誰でも知っているという考えがありながら、自分のいる町のなかを歩きまわって、いろんな人に話しかけることが、どんなに美しいことかなんて、呆れた話さ。それが好きで好きで仕様がなかったんだからな、このぼくは！　ぼくがしようと思った旅の気持は、そういうんでね。ぼくは誰にもそれは知らせまいと心にきめた。だから、あれから今日が日まで、誰もこのことは聞いたやつがいないんだ。」

「それをあたしに話して下さるのね？」

「君は別さ。でも、君にも残らず話すというわけにはいくまいな。話したくないんじゃないよ。あんなにしこたま見たものを、とても話しきれやしないもの。」

「見たものって、ほんとにロンドンで、びっくりするような変わったものをご覧になったの？」

「そうね、見たともいえるし、見なかったともいえるね。ぼくが見たもの、まあ見たに近いものというか、それはみんな今でも存在していて、何万という人間が同じ光景を見ている。銀行の連中も、あとになってわかったんだが、みんないろんな所をよく知ってるよ、あの頃、『ロンドンとその周辺』という本をぼくは読んだことがあるんだが、どうしてだか知らないが、銀行の連中も、その本の著者も、ぼくの見たものを見ていないらしいんだ。それで、その本は読むの止(よ)してしまったが、どうも物事から生命というか、ほんとうの心を抜いてしまって、博物館の剝製の鳥みたいに、カサカサのつまらんものになっちゃってるようなんだ。その晩はあすの予定を考えて、元気に起きるために、早目に床にはいった。正直いって、ぼくはまあこうしてロンドンで半生を暮らしてきたけど、休日や休暇中は別として、ロンドンには、ほんとにこれはと思うようなものはないよね。もちろん、知ってるのは大通りばかりで、――ストランド、リジェント街、オックスフォド街など、それから小学校へ通っていた頃の道、都心へはいる道ぐらいのもので、それもよく言う『羊が山を歩く』ように、きまった道だけ歩いていたものだ。そこで、そういう道を辿(たど)ることにしたんだ。そのほうが、新しい世界を発見するのに、ぼくとしては楽(らく)だと思ったんでね。」

ダーネルは話の流れのなかで、ひと息ついた。メアリが聞き飽きてやしないかと思って、顔色をうかがったが、彼女は飽きもせず、興味深げにじっと夫に眼をすえていた。その眼は、この人なら、どんな不思議が明かされるかわからないが、かならず謎を明かしてくれると、なかば期待しているものの眼であった。宵闇を四角に区切って明けはなしてある窓を背にして坐っているのが、ちょうど画家が厚いビロードの帷(とばり)を背景に垂らしたようなぐあいであった。編みかけの編物が床に落ちていた。両手をこめかみにあてて首を支えている彼女の眼は、ダーネルが夜も昼も夢に見る、あの森の泉のように青く澄んでいた。

「出発の朝は、今まで自分の聞いたいろんな珍らしい話が、みんな頭のなかにあった」とかれは黙っていた間に頭に浮かんだ考えを語るように、話をつづけた。「前の晩は、充分休養をとるために早寝をしたことは、さっきも言ったけど、旅の第一歩から、これまでにない珍らしい時刻にしたいと思って、目覚まし時計を三時にかけておいたが、目覚ましが鳴るまえに目がさめたよ。世間はまだしんとしていた。そのうちに、隣りの楡の木で小鳥がチイチク囀りだし、窓からのぞいてみると、どこもかもしんとしていて、生まれて覚えのないような澄んだ、朝の甘い空気が息づいていた。ぼくの部屋は家の裏側にあって、裏庭には木がいっぱい茂っていたので、立木ごしに隣り町の家並が、むかしの町の城壁みたいに高く聳えているのが見えた。日が昇るのを見ているうちに、窓に朝日がいっぱいさしこんできて、その日が始まった。

いつも見なれた街からひとたび外へ出ると、二日前におこったあの妙な心持が、いつのまにかまた起こっていた。薫香のかおりこそ匂っていなかったけれども、それでも自分が不思議な世界を今通りかかっているという気持は充分にあったね。そこには、ロンドンの街なら誰でも見かけるものがあった。塀にからんでいるキヅタやイチジクの木、籠で囀っているヒバリの声、庭に咲いている灌木の花、変わった形をした屋根、変わった鉄の欄干のついた露台。おそらく、そうしたものの一つや二つは、どこの街でも見られるだろう。ところがその朝は、そういうどこにでもあるものが、まるで自分がお伽ばなしの魔法の眼鏡をかけて、お伽ばなしのなかの人物にでもなったように、なにか新しい光のなかで、ぼくの目にあざやかに浮き出して見えてね、ぼくはその新しい光のなかをテクテク歩いて行ったわけだ。どこだか知らないが、高原みたいなところを通って行ったのを憶えてるな。そこには日に輝いてる池や沼がいくつもあって、風に揺れてる黒松の林のなかに、白い大きな家が何軒も建っていてね。やがて小高い山の裾をまわると、広い道から分かれて森のなかへはいっていく細い小道に出た。その小道のかげに、軒に鐘をつるした、玄関の格子など海の色みたいに青く錆びた、古びた小さな家が一軒あって、庭に高く伸びた白いユリの花が咲いていた。いつだったか、ほら、君と古い絵を見に行ったことがあったろう、あのときの絵にそっくりなんだよ。白いユリの花が銀色に光っていて、あたりに甘い匂いがプンプン漂っていた。その家のあたりからだったな、高原や谷が日の光のなかに、だんだん遠くへ消えていくのを見たのは。そこからさらに森や野原にそうてどんどん行くと、やがて丘の上の小さな町へ出た。何百年も地べたに這いつくばってるような古い家がたくさんある町でね、朝だから静かで、どこの家の軒からも、青い煙がまっすぐに空へ立ちのぼっていて、ずっと下の谷の方から、昔の唱歌をうたいながら小学校へ行く子供たちの声が聞こえるくらい、静かなところなんだ。そろそろ起き出した町の、古い、まっ黒けな家の軒下を通って行くうちに、教会の鐘が鳴りだした。

その町を後にしてまもなくだったな、不思議な道を見つけたのは。埃っぽい街道から分かれている道があってね、草もはえてるようすなので、そっちへはいって行って見ると、まもなく、なんだかまるで新しい国へはいったような心持がしてきたんだ。その道が、おやじがよく話してくれたローマン街道の一つだったかどうかはわからんが、とにかく深ぶかとした芝草に蔽われた道で、両側に、百年以上も手をつけないような高藪が、かなり幅ひろく、伸びほうだいに伸びて、頭の上へおっかぶさるほどになってるんだ。歩きながら、あちこちチラチラ見ただけだったけど、なんだかまるで夢のなかを歩いてるようでね。道のあるまま、そこをぼくは先へ先へとどんどん歩いて行った。小高い山を登ったり下りたりした。とても踏み分けてなんぞはいれないような、野バラの藪があったり、そうかと思うと、広い原っぱのようなところへ出たり、かと思うと谷間へ下りて、下りきるとそこには、小さな流れが丸木橋の上を越えて、淙々と流れていたりした。疲れたので、どこかですこし昼寝をしたいと思って、トネリコの木の下に柔らかな日蔭があったから、そこで二、三時間も寝たかな、目がさめたら、午後もだいぶもう遅くなっていた。そこでまた歩き出して、やがて草のはえた細い道から街道へと出て、ふと見上げてみると、高いところにまた別の町があって、町のまんなかに教会の尖塔が立っているのが見えたので、そこへ登って行くと、教会のなかから大きなオルガンの音が鳴りひびいて、聖歌隊が歌っているところだった。」

話しているダーネルの声が、だんだん熱をおびてきて、物語を歌のように盛り上がらせてきた。言葉が切れたところで、かれは長い息をつきながら、過ぎ去った遠い夏の日の、物みなに何か呪文のようなものがかけられて、よろずのものがみな聖きものに変えられたために、地上の万象ことごとくが永遠の炎と光明に燃えかがやいた、かの日と同じ思いでいっぱいになった。

その永遠の光は、宵闇のほの暗いなかにじっと坐っているメアリの顔にも映えて、黒い髪がいっそう彼女の顔をかんがりとさせていた。彼女もしばらく黙ったままでいたが、やがて言った。――

「まあ、あなた、どうしてそんなすばらしいお話を、長いことあたしにお話しにならなかったの？　美しいお話だと思うわ。どうぞ続けて頂だい。」

「馬鹿げた話だと思われやしないかと思って、話さなかったんだ」とダーネルは言った。「それに自分が感じたことを、どう説明していいかわからなかったんだ。じつは今夜のように、こんなふうに話せるとは自分でも思わなかった。」

「それで、それから毎日、それと同じようなことがあったんですの？」

「毎日って、その旅じゅうかい？　そうだよ、旅は毎日成功だったと思う。むろん、そう毎日遠くまで行ったわけじゃなかった。なにしろ、くたびれたよ。ときには、いちんち昼間のうち休養をとってランプがついてから出かけたことも、ちょいちょいあったね。そんなときには、せいぜい一マイルか二マイルだったがね。昔のさびれた暗い広場をぶらついたり、山から吹きおろす風にさやぐ木々の声を聞いたり、灯火のきらめく大きな町へきたと思うと、通行人はぼく一人だけで、外灯の数も少なく光も暗くて、光より影しかささないようなひっそりした道を隠れるように歩いたりして、前にも言ったように、すべて自分の秘密だけにしておくように――影も、かすかな灯火も、夕涼も、低く垂れた暗い雲のような木々も、みんな自分一人のもので、ほかの人は誰も知らない世界、誰もそのなかへははいれない世界に、自分だけがいる。――そういう気持でいたのさ。

　ある晩、だいぶ遠くまで行った時のことを憶えている。どこかずっと西の方だったが、そこは果樹園だの菜園があって、川べりの木立まで広い草地がなだらかにひろがっていてね。日が沈むと、夕靄と薄雲のなかから大きな赤い月が昇って、ぼくは果樹園の細い小径をぶらぶら歩いて行った。やがて丘の麓のところへ出た。丘の上に、月が大きなバラの花のように輝いていたよ。するとね、その月とぼくとの間を、なにか大きな袋を肩にかついで、腰を二つ折りにかがめた人の姿が、列になって、一人、続いてまた一人と通りすぎて行くのが見えるんだ。中の一人はなにか歌をうたっていて、その歌声のなかに、ぼくはゾッとするような、恐ろしい笑い声を聞いた。年とった婆さんのような、ケラケラいうしゃがれた笑い声でね、みんな一人ずつ木立のかげへと消えて行ってしまった。おそらく、仕事に行く人か、でなければ果樹園から帰ってくる人たちだったんだろうと思うが、なんだか夢魔を見ているみたいだったな。ハンプトンへも行ったが、あすこのことはとても話せないや。話したら切りがないもの。あすこは夕方行ったんだが、門をしめるちょっと前で、もう人はいくらも歩いていなかった。赤煉瓦の、静まりかえった、こだまが返ってくるような中庭、夜がくると夢の国に散る花、黒いイチイの並木、影のように立っている銅像、そして並木道を遠くしずかに流れている水、なにもかもが青い霧のなかに溶けこんで、人間の目から隠されているものが、まるで紗の幕が切って落とされたように、ひとつずつ、粛々と一大儀典をいとなむ。ねえメアリ、あれはどういうのかねえ？河のむこうのはるか遠くの方から、鐘の音がしずかに三つ鳴った。三つ、そしてまた三つ。ぼくはそれを聞いて引き返してきたんだが、眼に涙がいっぱいだったよ。行った時は、そこが何なのか知らなかったんだ。あとで、そうだ、ハンプトン・コートにちがいないとわかったのさ。銀行の同僚の一人は、喫茶店の女の子をあすこへ連れて行って、だいぶ愉快だったような話をしていた。なんでも迷子になって、出て来られなくなって、河を渡って、もうちっとで溺れそうになったと言ってた。あすこの画廊には猥画が何枚とかあるとかでね、いっしょに行った女の子が、キャッキャッいって笑ったとさ。」

この挿話を、メアリは聞かないふりをした。

「ご自分で地図をつくるんだっておっしゃったわね。どんな地図でしたの？」

「見たけりゃ、そのうち見せてやるよ。行ったところには全部印をつけて、自分がどんなものを見たか思い出すのに、変体文字を書いておいたんだが、それはぼく以外の者には誰にもわからないさ。絵を描きたかったんだが、あいにく描き方を習わなかったんでね。だから、なんにも書かなかった所で、絵が描きたかったところもあるわけだ。最初の日に行った山の上の町は、絵に描いとこうと思って、やってみたんだ。てっぺんに町のある切り立った山を描いて、まんなかに山より高く教会や尖塔を描いて、その上の空に、後光のさし出ている盃を描きたかったんだが、うまく描けなかった。ハンプトン・コートにはへんな印を書いて、それへ自分で考えた名前がつけてある。」

翌朝、朝食に坐ったとき、夫婦はおたがいの眼を避けあった。明けがたに雨が降ったせいか、暑さはだいぶ凌ぎよくなった。まぶしいような青空を、南西から大きな白い雲が巻きながら渡って、爽かな風が明けはなした窓からはいってきた。朝靄はいつのまにやら消えていた。消えた靄といっしょに、夜前メアリとダーネルを捉えた、あの神秘的な物の感じもどうやら消えてしまったようであった。窓から澄みわたった朝の光をのぞいてみると、つい四、五時間まえに、ふだんの思考や暮らしの流れから遠くはなれた昔の話を、一人が語り、一人が耳を傾けて聴いたことなど、まるで嘘のようであった。夫婦は、おたがいにはにかんだような目を見かわしながら、共通の話題――たとえば、アリスが小狡いマリ婆さんに丸めこまれてしまうかとか、メアリが果たしてアリスに、婆さんがはじめから邪な動機で動いていることを納得させることができるかとか、そんなことを話し合った。

「おそらく、ぼくが君だったら、店屋へねじこんで、この間の肉は筋が多くて、あんなの食えるかって文句言ってやるよ。」

出がけに、ダーネルは、細君にそんなことを言った。

三

夜になれば、また変わるかもしれなかったが、ダーネルは欲ばって、ある工風を暖めていた。仕事で眼が疲れているのを口実に、かれはガス灯を一つにして細めにしてくれないかと、細君に頼むつもりであった。部屋を暗くすれば、またいろんなことが起こるだろうと考えたのである。そして窓を明けておけば、坐ったまま夫婦で夜を眺めることもできるし、芝生の立木のさやめきを聞くこともできる。ところが、この計画はあたらおじゃんになった。勤めから帰って、庭木戸のところまでくると、迎えに出た細君が目を泣きはらしながら、かれの方へ近づいてきた。

「まあエドワード、たいへんなことが持ち上がったのよ。あたし、あの人あんまり好きじゃなかったんだけど、まさかそんな恐ろしいことをするとは思ってなかったわ。」

「何のことさ？　誰のことなんだよ？　何が起こったんだ？　アリスの男のことか？」

「いいえ、そんなんじゃないのよ。まあ、中へはいりましょ。お向こうの女が見てるから。あの女、いつも覗き屋なんだから。」

「ところで、何なんだね？」とダーネルはお茶の席に坐ると言った。「早く話しなさいって。びっくりさせられたぜ。」

「どう言いだしたらいいのか、どこから始めたらいいのか、わからないわ。マリアン叔母さまがね、ここんとこ、何となくへんだったのよ。それが発覚したのよ。手短かにいうと、ロバート叔父があばずれ娘と浮気をしてるんですって。叔母さまに逐一わかってしまったんですって。」

「おい、まさかお前！　あの古狸が！　六十より七十に近いんだぜ！」

「六十五ですよ。それでね、女に入り揚げたお金が――」

　最初のショックがおさまったところで、ダーネルはミンチ・パイに向き直った。

「とにかく、話はお茶をすませてからにしよう、ニクソンの老いぼれなんかに食事を台なしにされちゃ叶わん。お茶をついでくれないか。」

「ほう、こりゃうまいミンチだ」とかれはおちつき払って言った。「レモンの汁にハムがはいってるんだね。なにか特別番外のことがあると思ったよ。アリスは無事かい？　そりゃよかった。あの子は、あんな馬鹿げたことは乗りこえるさ。」

ダーネルは、メアリが意外に思ったほど、おちついた調子でお喋りをつづけた。細君は、ロバート叔父の不始末がわが家の秩序をひっくり返し、その知らせが第二便で届いているからには、夫は食事もろくすっぽ手につかなくなるだろうと思っていたのであった。彼女は叔母からの知らせで、約束のヴィクトリア駅の一等待合室へ駆けつけ、その日の大半をそこで過ごして、話の全部を聞いてきたのであった。

「さてと」ダーネルは食卓の上が片づいたときに言った。「さっきの話をしようかね。一体どのくらいそんなことが続いていたんだ？」

「叔母はね、細かいことをいろいろ思い出してみて、すくなくとも一年ぐらいは続いているものと思ってるのよ。叔母の言うには、もうとうから叔父の挙動に不審な節があったんだそうよ。叔母は、叔父がてっきり無政府主義者か何か、そういう恐ろしい仲間に巻きこまれたものとばっかり思ってたのね。」

「叔母さんはまた何からそう思ったんだ？」

「ええ、それがね、なんでも一、二度叔父と表を歩いてるときに、どこからか口笛が聞こえて、びっくりしたんですって。しかもその口笛が、叔父たちの行くところへどこへでも追っかけてくるんですって。ほら、バーネットという所ね、あすこはけっこう田舎並に散歩なんか出来るところがありますでしょう、ことにトタリッジ橋の近くの野原なんか。叔父夫婦はお天気のいい日曜なんか、よくあすこいらを散歩の場所にしていたらしいのね。むろん、口笛が聞こえたのはその時が始めてですから、叔母はびっくりしたらしいんです。それから何週間も、夜よく眠れなかったそうよ。」

「口笛？　どうもよくわからないな。たかが口笛でなぜそんなに驚くのかなあ？」

「それなんですよ。初めて聞いたのは、ことしの五月の日曜のことなんですって。その前の前の日曜にも、なんだか人につけられてるような気がしたんだそうですけど、そのときは高藪で何かガサガサ音がした以外には、何も見えなかったのね。ところが、問題のその日曜日は、木戸から原っぱへはいるかはいらないかに、ただの口笛とは違う、低い口笛が聞こえたけど、叔母は自分だの叔父には関係のないことだと思ったから、べつに気にもとめずに、そのままブラブラ歩いていくと、また聞こえる、また聞こえるで、散歩している間じゅう後をつけているみたいで、どこから聞こえるのか、誰が吹くのか、どうしてそんなことをするのか、さっぱりわからないから、いやだよまあと思って、いい心持がしなかったんだそうよ。そのうちに、原っぱを出て横町へはいると、叔父がきゅうになんだか気分が悪くなつて、近くにある『タービンズ・ヘッド』という居酒屋で、気つけにブランデーでも飲んでこようと思ったらしいのね。叔母が叔父の顔いろを見ると、ふつう目まいがして気分が悪くなればまっ青な顔になるのに、それが紫色なんですって。でも叔母は何も言わずに、叔父はふだんから我儘で勝手放題をやってる人だから、目まいの時も人とは変わってるんだろうと思って、道ばたで待ってることにしたのね。叔父はそのまま人混みのなかへとっとと歩いて行って、叔母のいうにはその時物蔭から、小柄な男がチョコチョコ出てきて、叔父の後をつけて行ったような気がしたけど、はっきり見たわけじゃなかったんだそうよ。やがて叔父が戻ってきた顔を見ると、紫色じゃなく赤い顔をしていて、だいぶ気分がよくなったというんで、叔母も安心して、そのまま二人は家に戻って、それっきり何も話は出なかったのね。口笛のことなんか、叔父はプツリとも言わないんですって。叔母の方は、二人とも人に狙われて撃たれるんじゃないかと思って、それこそ口もきけないくらい恐かったんだそうよ。で、そのことは何ももう考えないようにしていると、それから二週間あとのやはり日曜日に、同じことがまた起こったのね。こんどは叔母も思いきって、一体どういうことなのかといって叔父に尋ねると、叔父が何と言ったとお思い？『鳥だよ、ありゃお前、鳥だよ』──むろん叔母は、羽根のある鳥があんな声で鳴くもんですかと、叔父に言いました。その間も、いたずらの低い口笛の音は間をおいて聞こえているので、叔父は、北ミッドルセックスやハートフォドシャには珍らしい鳥がたくさん棲んでいるんだというから、『出鱈目おっしゃい。一マイル以上もずっと跡をつけているというのに、よくそんなことが言えたもんね』と叔母が言うと、いや、鳥のなかには人懐こいのがあって、どうかすると何マイルも後を追ってくるのがあるんだよ。誰かの紀行文のなかにそう書いてあったのを読んだことがある、と言って、家に帰ってから、叔父は友人を証人にひっぱってきて、『ハートフォドシャの自然研究家』という書物のなかの文章を、叔母に見せたそうですの。その本には、あの近辺にいる珍らしい鳥の地方的呼称がいろいろ出ていて、そんな名前は聞いたこともないと叔母が言うと、叔父はしゃあしゃあした顔をして、ここのとこをごらんな、ムラサキ・サンドパイパー（くさしぎ）という鳥は『けたたましき声にて続けて啼く』と書いてあると言って、書棚から『シベリア紀行』という本を抜いてきて、森のなかを通った男が一日中小鳥に後を追いかけられたと書いてある個所を見せたそうです。叔母が何より腹にすえかねたのは、叔父のこういうところで、うちの人はここまで企らんで、自分の邪な目的にこじつけるために、こんな本まで用意していたのかと思ったのね。でも散歩していたときは、叔父が鳥だといった底意が叔母にはわからなかったから、うちの人らしくもない、何を馬鹿みたいなことを言ってるんだろうぐらいで、そのまま歩いていると、また気味わるい口笛がきこえたので、叔母はもう怖いよりも腹が立って、脇目もふらずにさっさと歩いて、次の木戸を抜けたところで、後ろをふり返ってみると、叔父の姿が見えない！　おやっと思って、叔母はすぐに口笛のことを思い併せ、とたんに顔がまっ青になったのが自分でもわかったそうです。叔父はてっきり神隠しにあったか、でなければどこかへ誘拐されたにちがいないと思ったから、叔母は気ちがいみたいになって『ロバート、ロバート』と金切り声で呼ぶと、じきそこの横町の角から、叔父が涼しい顔をして、手に何か持って、悠々と出てきて、今ね見過ごせない花があったもんだからねと言うので、よく見ると根こそぎひっこ抜いたタンポポの株を手に持っているので、叔母は頭がクルクルまわるような心持だったと言ってました。」

　メアリの話は、突然ここで遮断された。それはダーネルが妻の気持を傷つけないように気をつかいつかい、さっきから椅子のなかで腹をよじっていたのが、今のタンポポの話があんまりおかしかったので、ちょうどアメリカ土人が鬨の声をあげるのを一所けんめいに我慢しているうちに、怒りがだんだん昂まってくるように、矯めていた笑いがいっぺんに爆発して、いきなり大きな笑い声をあげたからであった。台所で洗い物をしていた女中のアリスは、びっくりして三シリング何ぼの陶器を落として欠くし、その音を聞きつけて、お隣では刃傷沙汰でもあったのかと、庭へとび出した。メアリは夫を咎めるような目つきで睨んだ。

「エドワード、あなたどうしてそんな冷たい気持でいらっしゃれるの？」と彼女は、ややあって夫が笑いくたびれてグッタリとなった時に言った。「あなたね、叔母の頬を涙が流れているのをご覧になったら、とても笑ってなんかいられないと思ってよ。あたし、あなたがそんな薄情な方だとは思いませんでしたわ。」

「いや、メアリ」とダーネルは笑い涙のうちに息をつぎながら、絶え絶えの声で言った。「すまない、すまない。ほんとにすまかった。正直のとこ、悲しかったんだよ。けっして冷たい気持でいたわけじゃないよ。だってさ、クサシギにタンポポと来ちゃ――」

思い出し笑いにまた顔をしかめ、歯を食いしばって怺えた。その顔を、メアリは真顔でまじまじ見つめているうちに、何を思ったか、いきなり両手で顔を蔽った。ダーネルは、彼女もやはりおかしさに身をもみよじっているのを見た。

「いやあね、あたしも同罪だわ」と、ややたってから彼女は言った。「あたし、あの時はそんなふうに考えなかったの。考えなくてよかったわ。さもないと、あたし、叔母に面とむかって笑ってたわよ、きっと。でもあたし、それは世間のためにもしたくなかった。ほんとに気の毒な人よ。叔母は胸が張り裂けるばかりに泣いていましたわ。あたしね、ヴィクトリア駅へ呼び出されて叔母に会って、二人でお菓子屋へはいってスープを飲んだんですけど、ほとんどあたし、スープには手を触れなかった。それから二人で待合室へ行って、叔母はそこでえらく泣きました。」

「それで、その次は何がおこったんだね？　――いや、もう笑わないよ。」

「駄目よ、笑ったりしちゃ。冗談にするには真剣な話なんですから。――それでね、叔母は家へ帰って、一体これはどういうことなのか、へんだな、へんだなと思って、いろいろ考えてみたんですが、思い当ることはさっぱりないし、ひょっとすると叔父は仕事のやりすぎで、頭がどうかなったんじゃないかと、心配になってきたんですね。というのは、ここんとこ、土地契約のこまごました仕事で、ロンドンで徹夜することが多くなって（と叔父はそういってるんですが）、ヨークシャへ出張することなどが続いていたんだそうですの。（あの嘘っ話のうまい古狸が！）叔母は、いくらうちの人が器用な人でも、空で口笛を吹かせることなど出来るわけがないと考え直して、その方は諦らめて、前に何かの本で、音なんか何もないのに音の聞こえる人があるという話を読んだことがあるのを思い出して、そうすると原因は自分にあるのかしらとも考えたのね。でも、口笛のことはそれで証明できるかもしれないけど、タンポポだのクサシギだの、気分が悪くなったら顔が紫色になったことなどは、説明がつかない。そんなわけで叔母は、これは毎日聖書を初めから読むよりほかにないと考えたんだと言ってました。で、それを日課に始めて、歴代志まで読みすすんだ頃には、気分もすこしよくなって、それから三、四週間は、日曜日に散歩に出ても、なにごともなかったそうです。叔父の方は、なんだか心ここにあらずといったふうで、あいかわらず叔母には当りがつよく、やっぱり仕事が忙しいせいだと叔母はとってたようね。終列車前に帰ってくることはほとんどなくて、大てい朝の三時から四時の間に帰ってくることが多いんですって。叔母は、訳のわからないことにいつまで頭を悩めたって仕様がないと思って、なんとか気持が落ちつきかけた矢先へ、またまたある日曜日の夕方、散歩の最中に、口笛が何度もしつこく聞こえて、こんどは前よりももっと悪いことが起こったんです。叔母はもう、何を言ったって叔父が嘘っ話をするのを承知していましたから、なんにも言わずに、歯を食いしばって黙って散歩をつづけていると、うしろで何かのけはいがしたので、振り返って見ると、生垣のかげから赤毛の男の子がこっちをのぞいて、ニヤニヤ笑ってるんですって。叔母のいうには、その子は気味のわるい顔をした子で、なんだか矮人（こびと）みたいな、尋常の人間の顔にはないものがあったそうです。よくたしかめて見るまもなく、その子は電光のようにサッと見えなくなったんで、叔母はそのまま気が遠くなってしまったんですって。」

「赤毛の男の子？　ふーん。——なんとも妙な話だなあ。聞いたこともないな、そんなけったいな話。何者だい、その男の子？」

「それはあとでわかります。でもずいぶん妙な話でしょ？」

「妙な話だ！」

ダーネルはしばらく考えこんでいた。

「メアリ、いくら考えたって、そんな話は信じられんよ。ぼくは叔母さんの頭が狂いかけてるんだと思うな。いや、すでに狂ってしまって、妄想が出てるんだと思うな。話全体が、どうもぼくには、気ちがいがひねり出した話みたいに聞こえるもの。」

「それは違います。ひと言ひと言、本当のことよ。まあ先を続けさして頂けば、何があったかおわかりになるわ。」

「よろしい、先を話しなさい。」

「待ってよ、あたし、どこまでお話したかしら？　ああ、わかったわ、叔母が生垣のかげにニヤニヤしている男の子を見たところでしたわね。それで、叔母はとっさにギョッとしたのね、その子の顔にただならないものがあったんで。でも叔母は気をとり直して、『いいわ、拳銃をもった大男よりは、赤毛の男の子の方がまだましだわ』とひとりごとを言って、改めて叔父の顔をよく見ると、どうも叔父の顔つきが、その場の様子をすべて承知していて、さて次に打つ手をどうしたらいいかに戸惑って、迷っているというふうで、お魚みたいに口をパクパクさせているから、叔母は何も言わずに、叔父の顔をじっと見ていると、叔父は夕日がきれいだとか何とかテレかくしに言ってるんですって。叔母は、そんなこと知ったことかと、わざとすました顔でいると、叔父はもう一つ先の原っぱにいる誰かにでも言うような大きな声で、『おいマリアン、おれの言ってることが聞こえないのか！』とどなりつけるように言うから、叔母は、おや、すみませんでしたねと、知らん面をして、わざと聾になったふりをしていると、叔父はホッとしたような顔をしていたそうよ。叔母はその顔を見て、ははあ、この人、わたしが口笛を聞かなかったと思ってるんだな、とわかったんですって。すると、いきなり叔父は、藪垣の高いとこに咲いている忍冬を見つけたふりをして、あの花をとってやろうというから、叔母は、ははあ、この人、わたしが監視の目を光らしているのを気にしているなと思って、どこまでも先手に出てやる気で、あら、きれいだこと、ほしいわねといって、藪垣の蔭へもぐりこんだのね。おかげでバラの棘で顔をひっかかれたけど、叔父の姿は丸見えになったとたんに、藪のかげから出てきた男の子と叔父が何か話しているのが見えたんですって。あたりはまだその子の赤毛を隠すほどには暗くなっていなかったから、それがさっきの男の子だということが叔母にもわかったのね。叔父はその子をつかまえようと手を伸ばしたそうですけど、その子は藪のなかへすばやく逃げこんで行ったそうよ。叔母はそのときは何も言わないで、家へ帰ってから自分が見たことを叔父に話して、一体あれはどういうことなのかといって尋ねたそうです。叔父は不意をつかれてギックリしたようで、言うこともへどもどしながら、スパイはお前のことは気がつかなかったようだよといったあと、これは絶対に他言をしてはいかんよと固く釘をさしておいて、じつは自分はフリーメーソンの幹部になっているので、あの少年は組織の密使として、ある重大なメッセージを持ってきたのだと言うのよ。でも叔母は、叔父が秘密結社の一員だなんて、そんなけぶりは今まで見たこともないから、そんな言葉は真に受けなかったわけ。叔母が叔父のことを無政府主義者の一味じゃないかと思ったのは、その時からで、それ以来玄関のベルが鳴るたんびに、もしや叔父の身状が発覚して、警察の人が来たんじゃないかと、ビクビクものだったそうよ。」

「馬鹿々々しいこった！　家も地所もある男が、無政府主義者だなんて。」

「いいえ、叔母はね、なにかこれには恐ろしい秘密があるにちがいないと見たのよ。そこで郵便で出す物を集めだしたんですって。」

「郵便で出す物！　そりゃまたどういうんだ？」

「いろんな物なのよ。瓶のかけらを宝石みたいに丹念に小包にしたりしてね。そのまた小包が大へんなの。中国の容れこの箱みたいに、幾重にも幾重にも包んで、いちばん芯のところまで明けると、そこに大きな字で『見本』と書いてあって、それをあけると、中に入歯の古いのだの、ひからびた紅菓子だの、アブラ虫の死んだのまではいってるのよ。」

「アブラ虫を郵送するのか！　こりゃお話にならんわ。君の叔母さん、いよいよ頭にきたんだよ。」

「その小包をあたしに見せてくれたわよ。巻煙草の空箱に、アブラ虫の死んだのが三匹はいってましたわ。それとおんなじ煙草の箱に、煙草が半分ばかりはいっているのを、叔父の外套のポケットから見つけて、それからよけい頭が変になったらしいのよ。」

　ダーネルはウーンと呻って、椅子に身をよじらせた。マリアン叔母の家庭のなかの苦労ばなしが、なんとなく悪夢の様相を呈してきたのを感じたからであった。

「ほかにまだ何かあるのか？」

「あなたね、あたし今日じゅうかかったって、とてもじゃないけど、叔母の話の半分も話せやしませんわよ。お庭の藪で幽霊らしきものを見たという話もあるのよ。鶏小屋をよく締めておかなかったんで、ニワトリのことが気がかりになって、もし小屋から出ていたら餌で呼ぼうと思って、玉子とパン屑をもって、夜暗くなってから庭へ出て行ったのね。そうしたら、すぐ目と鼻の先を、ボーッとした影が、ツツジの木のそばをすーっと通って行ったのを見たんですって。それがね、何百年も昔の衣裳を着た、背の低い痩せた人で、腰に剣をさげて、鳥毛の兜をかぶってるんですってさ。叔母は、これはてっきり自分が死んじゃったんだと思ったのね。――自分でそう言うのよ。――もちろんそれは、ほんの一瞬の間のことで、気のせいだといっしょ懸命に思いながら、家のなかへはいったといっしょに、気が遠くなってしまったのね。ちょうどその晩は叔父が珍らしく家にいて、叔母がその話をすると、叔父は外へ飛び出して行って、三十分近くも外にいて、やがて戻ってくると、なんにも見つからなかったと言ってたそうです。そのとたんに、叔母は窓のすぐ外で口笛の音を聞いたので、また叔父は外へ飛び出して行ったそうです。」

「ねえメアリ、話を一応要点に戻そうよ。一体、何でそういうことになったんだね?」

「あら、まだおわかりにならないの? むろん、あの小娘がやった仕事ですわよ。」

「小娘? お前さっき、赤毛の男の子だと言ったじゃないか?」

「わからない方ね。女優なのよ、彼女は。女優だから、いろんな衣裳着るわよ。彼女は叔父と離れていたくないのよ。一週間のうち、ほとんど毎晩のように叔父といっしょにいるだけじゃ足りなくて、日曜日にも叔父のあとを追っかけなくてはいられないわけよ。叔母は恐ろしいことを書いた手紙を見つけたので、それで一切がわかったんです。エニッド・ヴィヴィアンと自分じゃ名のってますけど、どうせ一つや二つの名前じゃないでしょうね。それでね、問題はこれからどうするかということなんですの。」

「それはまた改めて話し合うことにしようよ。ぼくは一服して、今夜はもう寝るぞ。」

夫婦が眠りかけたとき、メアリが唐突に言いだした。——

「でもねあなた、おかしいみたいね。ゆうべはあなたがあんな美しい話をなさったのに、今夜はわたしが不良老年のご乱行の話なんかして——」

「さあねえ」ダーネルは夢ごこちで答えた。「あの丘の上の教会の壁には、歯をむきだしたへんな怪物の像が、たくさんあったのを見たな。」

ロバート・ニクソンの不品行は、その後引きつづき、この夫婦に思いもかけない結果をもたらした。それはなにもこの夫婦が、メアリの語った最初の出来事の何やら夢想めいた筋を、自分たちで続けて発展させたわけではなかった。じっさい、問題のマリアン叔母がある日曜日の午後、はるばるシェファード・ブッシュのダーネル家へやってきたとき、エドワード・ダーネルは、自分はあの時一体、なんで一人の傷心の婦人の不幸をあんなふうに笑うような料簡になったのだろうと、不審に思ったくらいであった。

ダーネルは妻の叔母にはまだ一度も会ったことがなかった。だから、九月のまだ残暑のきびしい蒸し蒸しした日曜日に、夫婦で庭に坐っていたところへ、ひょっこり叔母が姿を見せたときには、かれはいささか意外な思いに驚いたのであった。ごく最近は別として、この叔母は、かれにはいつも豪富と成功者という観念で結びついていた。妻のメアリも、ニクソン家のことは、平素から尊敬の気味で語っていた。ニクソン氏の人生苦闘、そして徐々にではあるが着々とのし上がってきた出世談は、かれもなんどとなく聞いていた。メアリの話は、むろん両親から聞いた受け売りばなしで、それはひと昔前、地方の青年が一攫千金を夢みて続々と郷関を出てきた時代に、中部平野のさして繁栄もしない小さな町から、当人がロンドンへ飛び出してきた頃からの物語であった。ロバート・ニクソンの父親は、その小さな田舎町の目ぬきの通りで雑貨商をいとなんでいた。後年、石炭商と土建業で成功した伜のロバートは、よくその時分の退屈な地方生活の話を人に聞かせるのが好きで、かれが自分の勝利の自慢ばなしをはじめだすと、聞いているものにおのずと、成功達成法の秘訣がわかった人間になれたという気分をおこさせるのであった。ひと昔もふた昔も前の古いはなしで、その時分ロンドンやヨークへ出て行く数少ない連中は、みんな夜も暗いうちにむりに起きて首途をし、難儀な沼沢地を十マイルも道をさぐりさぐり歩き、やっとのことで北街道まで出て、そこで「カンテラ」馬車のくるのを待つ。この乗合馬車は、当時ものすごいスピードを目のあたり如実に具現したものとして、どこの地方にも、到るところ喧伝されていたものであった。「いや実際、むかしの駅伝馬車というやつは、そりゃもういつだって、時間通りにぴったり来たものさ。その点じゃ、今のダンハム鉄道なんかより遙かに上だよ」とニクソンもきっと言ったことだろう。それはニクソン家が、胴形の張り出し窓から市場の見える店で、おそらく百年も隆々とつづいていた商売で儲けていた時代のダンハムの町のことである。そのじぶんは競争もなかったし、町の連中や小金のある百姓たち、牧師から在方の衆まで、みんなニクソンの店を、町の公会堂（ローマ風の柱のある）や教区の教会並みに、常設の寄り合い所と考えていたのである。ところが、時代の変遷はここへもやってきた。鉄道がだんだん近くまで延びてくると、百姓も田舎大尽も、しだいに暮らしにくくなってきた。皮工場なども、二マイルほど離れた大きな町に設立された大企業に押されて、零細な地方工業に転落する。ニクソン家の利益も年々減る一方であった。息子のロバートが家をとび出したのは、ちょうどこのころのことで、おそらくかれは、ロンドン市内の丁稚・店員のお寒い給金のなかからチビチビ蓄めて、最初の貧乏時代を膨らましてきたのであろう。当時、ロバートと朋輩の店員の一人は、俗にいう「百ポンドの身上になった」とき、石炭の取引に目をつけて、有金全部をそれに注ぎこんだのである。それがロバートの運のひらき始めで、むろん巨万の身代にはまだまだ程遠かったが、かれがマリアン・レイノルズ嬢に会ったのは、ちょうどその時分のことで、彼女がガナスベリの友達を訪ねにきた時であった。その後とんとん拍子に勝利は勝利をかさね、ニクソンの荷揚げ場は伝馬船の目じるしになって、かれの力は海外にも伸び、持ち船は船団をつくって海へ出て行き、あらゆる運河を通じて遠い国まではいりこんで行った。扱かう商品も、石灰、セメント、煉瓦などが加えられ、それがまた大当りをして、ロンドンの北に広大な土地を買いこんだ。ニクソン自身は、この大成功は生まれつきの機敏と資本を握ったからだといっているが、同時に、取引の間に誰彼が「うまくしてやられた」という、芳しからぬ噂のあったことも事実であった。ともあれ、ニクソン家はうなぎ登りの身代となり、メアリは全盛時代の叔母の屋敷のようすや、仕着を着た大ぜいの奉公人の話、豪奢な客間のもよう、みごとな杉の大木が昼なお暗い木下闇をつくっている広い芝生の庭のはなしなどを、よく夫に話したものであった。そんなわけでダーネルも、この地所持ちの令夫人のことは、けっしてただの成り上がりの勿体ぶり屋ではないと思いこまされていたのである。かれが想像に描いていたのは、背も低からず、貫禄じゅうぶんで、いくらか肥りすぎの気味はあるが、それも何不自由なく、のんびり暮らして金持の老婦人に不似合なものではなく、髪も半白になりかけていようから、老刀自らしい赤ら顔――そんな風貌をかれは想像していた。玄関のベルが鳴ったのは、日曜日の昼すぎ、庭の桑の木の下に坐っていたときで、体をのり出して容姿をのぞくと、高価な黒の服に、太い金鎖を帯メに巻いているのが見えた。

女中のあとから老婦人が庭へはいってきた意外な現われ方に、ダーネルは度胆をぬかれた。ニクソン夫人は小柄な、瘦せた老婦人であった。それが女中のアリスのあとから、腰を曲げてチョコチョコとはいってきた。終始伏し目のままで、ダーネルが出迎えに立ち上がっても、その目を上げなかった。握手をしたときも、おちつきなく目を右へそらし、メアリがキスした時も左の方へ目をそらした。背中にクッションをかった庭の席に腰を下ろしても、彼女は裏通りに面した家の裏の方へ目をそらしていた。なるほど、黒い服こそ着ているが、ダーネルが見てさえ、ガウンは着古したもので、ケープの縁の毛皮や頸に巻いている毛皮の襟巻も、なにか薄汚れてわびしく、裏町の古着屋の店で見るような、いやに陰気くさい感じであった。黒のキッドの手袋も、はめ古して皺だらけな上に、指の先などは色が剝げて、痛々しく繕ったあとが見えた。髪油をこってりとつけた髪を額にべったりと下げ、使いつけると髪に光沢が出るというので、そういうものを使っているのだろうが、なにか冴えない沈んだ髪の色で、揺れるとカチャカチャ触れ合って鳴る、黒い下げものの飾りがついた、大時代のボンネットをちょこんとその上にかぶっていた。

ダーネルが想像していたものに応えるようなものは、ニクソン老夫人の顔のどこにもなかった。血色もわるいし、皺だらけだし、どことなく窶れが見えた。鼻すじのとおった肉の薄い鼻が先の方で尖っていて、目縁の赤い眼の玉が妙に水っぽい灰色で、光線や人の視線に逢うことを極力避けているふうであった。緑色の庭のベンチの、メアリの脇に彼女が坐ったとき、客間から持ち出した籐椅子に座を占めたダーネルは、メアリのいんぎんな問いにボソボソ呟くように答えている、この陰々滅々たる内気な老女の姿に、妻の誕生日にポンと百ポンドの金を贈ってくれた、裕福で威権のある叔母という観念からはまったく程遠いものを感ぜざるを得なかった。はじめのうち、老夫人は喋ろうともしなかった。じつは、ここまで来る途中がばかに暑かったのと、今頃の季節なら夜も昼と同じように暑いのに、そんなことは知らない人みたいに軽いものを着てこなかったのとで、すこし疲れていたのである。このへんは日が落ちると冷たい霧が出がちであるが、気管支炎にかかる危険のあることなどは、いっこうに気にかけていなかった。

「わたし、ここへは来まいと思ってた」と彼女は唐人笛みたいな、おかしな声で言った。「ここがこんな場末になったとは知らなかったよ。この近くにいたのは、もう何年も前のことだからねえ。」

彼女は目がしらを拭いていた。きっと、ニクソンと結婚して早々、ターンハム・グリーンに住んでいた時分のことを思い出していたのだろう。涙を拭いたそのハンケチを、提げてきたというより鷲摑みにしてきた、使い古しの黒いバッグにしまったが、その手もとをじっと見まもっていたダーネルは、はち切れそうにいっぱい何かはいってるらしいバッグを見て、中味は何なんだろうと考えるともなく考え、おそらくロバート叔父の不実と邪慳を証拠立てる手紙か何かだろうと思った。かれはさきほどから叔母が、自分たち夫婦のことをいやに白眼でジロジロ見ているのを見て、内心おもしろくなかったので、籐椅子から立ち上がって庭の隅へ行くと、そこでパイプに火をつけて、プカリプカリやりながら、小砂利を敷いたところをあちこちブラブラしているうちに、想像していた叔母と実物の叔母との間の大きな開きに、今さらながら驚く気持であった。

やがてヒソヒソ囁く声が聞こえ、叔母がメアリの方へ顔を寄せて、なにごとか話しているのを見た。そして、こんどはメアリが立って、かれの方へつかつかとやってきた。

「ねえあなた、ちょっと客間へ行ってらして下さらない？　叔母があなたの前では、立ち入った話がもち出せないって言うのよ。あたしそれ、むりないと思うの。」

「ああ、いいよ。だけど、客間にいたってしょうがないから、気晴らしにすこし散歩してくる。すこし遅くなっても、心配しなさんなよ。叔母さんが帰るまでには帰ってこないから、君からよろしく言っといてくれね。」

かれは幹線道路へとブラブラ出て行った。電車がゴーゴー行きちがっていた。広い道路へ出ても、まだなにか頭がこんぐらかってるようで、自分が叔母の前から逃げてきてホッとしたのはどういうわけなのか、考えてみた。亭主の不実を歎く叔母の気持は、むろん同情に値することはわかりきっているが、同時に、あのよろけた黒い服を着て庭に坐りこんで、汚れたハンケチで泣き腫らした眼を拭いている姿を見ると、なにか肉体的な嫌悪をおぼえるのである。まだ若いころに、今でも憶えているが、動物園へ行ったことがあって、何とかいった大蛇が小さな池から池へズルズル這いわたるのを見て、気味わるくなって体がゾッと縮む思いをしたことがある。その感じと叔母の感じに似寄ったものがあるのに、なにかかれは腹の立つ思いで、日曜日らしいロンドン郊外の美しくもないあたりの景色を眺めながら、平坦で単調な大通りを足早にセカセカ歩いて行った。

アクトンには、今でもいくらかまだ、昔のおもかげの残っているところもあって、それがダーネルの気持をやわらげ、おもしろくもない考えごとからかれを引きはなしてくれた。やがて高い煉瓦塀のつづいている静かな区域へはいると、騒がしい人声や笑い声もきこえなくなって、いつのまにかかれは、小さな原っぱへ出る小径へきていたので、道ばたの静かな木かげに腰を下ろした。そこからは楽しい谷戸（やと）を見下ろすことができた。夕日はすでに丘のかげに沈んで、夕焼雲が満開のバラ園のようにまっ赤（か）に染まっていた。かれはその木の下に、夕闇がようやく濃くなって、涼風が立つころまで坐りこんでいたが、やがて深い溜息といっしょに腰をあげると、さっき来た道を、明るい灯のともった町の方へとひき返してきた。町には、賑やかなのらくら連中が一杯飲（や）りにゾロゾロ歩いていた。ダーネルは、なにやらおまじないの歌みたいな文句を口のうちで呟きながら、それを心の支えにして、わが家の門をくぐった。

ニクソン夫人は一時間半まえに帰ったと、メアリが告げた。ダーネルはやれやれとホッとして、そのまま夫婦は庭へ出て、ベンチに並んで腰をおろした。

しばらく二人は黙っていたが、やがてメアリが、こころもち声をふるわせながら言いだした。

「じつはねエドワード、叔母があなたにぜひ聞いて頂かなければならない申出をしたのよ。それでね、あたしたち、じっくりと考えなければならないと思って。」

「申出？　そりゃいいが、あの一件はどうなったんだ？　今でもやっぱり続いてるのかい？」

「ええ、そうなの。それについて、叔母はいちぶしじゅう話してくれました。叔父はてんで悔悛の色がないんですって。女のために、どことかへ家を一軒買って、だいぶお金をかけて造作をすっかり直したそうで、叔母が文句をいっても、ただエヘラ、エヘラ笑って、しまいにはおひゃらかしてしまうんですってさ。叔母の傷心をご覧になったでしょ？」

「うん、とても気の毒だね。叔父さんはしかし、叔母さんに一文も金をやらないのかね？　あの身分の人としては、ずいぶんひどいなりをしてたじゃないか？」

「叔母は大した衣裳持ちなんですけど、着ないで簞笥の肥やしにしとくのが好きらしいのよ。衣裳を汚すのがとても心配なのね。それこそ叔父が申し分のないいい旦那さまだった時分、二年前ですわ、叔父は巨額のものを叔母の名義にしたんだから、お金がないわけじゃないのよ。それがあるから、あたしあなたにお話しする気になったんですけど、叔母はね、あたし達といっしょに暮らしたがっているのよ。そりゃ叔母のことですから、食い扶持（ぶち）や何かはちゃんと入れますよ。ねえ、どうでしょうね？」

「叔母さんがぼく達といっしょに暮らしたいって？」ダーネルは思わず声が高くなって、手に持っていたパイプを草の上に落とした。かれは同居人としてのマリアン叔母のことを考えて、こりゃまあ、このあと今夜はどんな化物が出るかと、しばらくは啞気（あっけ）にとられて、目の前をポカンと見つめていた。

「この計画をあなたがおいやなのは、よくわかってますわ」と細君は話をつづけた。「でもねあなた、これは真面目によく考えもしないで、頭から断わるべきことじゃないと思うのよ。あなたは気の毒なあの叔母のことを、あんまり考えてはいらっしゃらないようね。」

ダーネルは黙って首を横にふった。

「いいえ、そうですよ。叔母は気が顚倒してるんですのよ。かわいそうだわ。あなたは叔母のいいとこ、ご存じないのよ。叔母はほんとにいい人ですわ。ねえ、聞いてらっしゃるの？　あたしたち、叔母の申出を断る権利ないと思うんだけど、どう？　叔母が自分のお金を持ってることは、さっき申し上げたわね。ですから、もしあたし達が叔母に来てもらっては困るといったら、叔母はものすごく怒るにきまってると思うの。あなたにもしものことがあったらよ、あたしはどうなって？　うちに貯金のないことは、あなただってご承知でしょう？」

「いや、ただね」とダーネルは言った。「そういうことになると、何もかもがガタガタになってしまうような気がするんだ。今はさ、おまえとぼくは二人きりでこうやって、とてもしあわせでいるよ。そりゃね、むろんぼくは、君の叔母さんは大へんお気の毒だと思ってるよ。大いに同情すべきだと思うよ。だけど、この家に常びったりいるとなると――」

「それはわかってますよ、あなた。わたしが先行きを楽しんでいると思って頂いては、困りますわ。そりゃあなたは、あたし以外に誰もいらないことはわかってますわよ。でもね、おたがいに将来のことは考えるべきだと思うのよ、あたし。二人とも、今よりもっともっといい暮らしができるのよ。都心であなたが精出して働いていらっしたあと、当然いろんなことして差上げられるのよ。そのときは収入も倍になってるでしょうし――」

「叔母さんが年に百五十ポンド出すというのかい？」

「もちろんよ。叔母は、あの明き部屋の飾りつけにだって、お金を出すでしょうし、自分ゆえの余分の支出は、何でも出しますよ。叔母は言ってました、知合のお友だちが一人二人、ときどき会いに見えるから、お客間の暖房の費用やガス代、それに女中さんも二重の手間がかかるからその心付けなど、自分が負担するからって。そうなれば、今の倍ぐらい暮らしがよくなってよ。ねえエドワード、二度とない申出じゃありませんか。それにさっきも言ったように、将来のことも考えなければ。ご存じ？　叔母はあなたのこと、たいへんお気に入りよ。」

ダーネルは身ぶるいが出たが、なにも言わなかった。細君はさらに主張をつづけた。

「それに、大して手はかからないようよ、朝食はベッドでとるし、夜は夕食のあと、さっさと二階へ上がってしまうこともあると言ってましたね。なかなかお察しのいい、けっこうなことよ。水入らずでいたいこっちの気持を、叔母はじゅうぶん承知しているんですよ。ねえエドワード、いろいろこうして考えると、あたしたち、叔母を置いて上げると返事した方がいいんじゃありません？」

「うん、そりゃそう思うさ」ダーネルは唸るように言った。「経済的には大へん結構な申出だし、無下に断わったら阿漕になるだろうしな。そう思われるのは、厭だものな、正直いって。」

「まあ、よかった、賛成して下すって。大丈夫よ、あなたが懸念なさるような都合のわるいことは、半分もないことよ。こっちの都合はさておいて、気の毒な叔母には、できるだけの親切はつくしてやりましょうよ。かわいそうに、あなたがお出かけになったあと、大へんだったのよ、泣いて泣いて。自分はもう、あの人の家には一日たりともいまいと腹はきめたけれど、お前のところで断わられたら、あたしゃ行きどころがないんだよ、どうなってしまうか自分でもわからないって、おいおい泣くのよ。」

「そうかい。まあいいさ。とにかく、一年ばかりやってみよう。おそらく君の言うようになるだろう。今ほどには困らなくなるだろうさ。……そろそろ中へはいろうか。」

ダーネルはそういって、さいぜん草の上に落としたパイプを拾おうと身をかがめたが、パイプは見えなかった。蠟マッチを擦ってさがすと、パイプはベンチの下にころがっていた。パイプのすぐそばに、なにやら書物からでも破きとったらしい紙きれが落ちていたので、何だろうと思って、いっしょに拾い上げた。

客間にはガスの火が灯(とも)っていた。メアリは、さっそく叔母に申出を受諾する旨を知らせてやろうと思って、書簡箋の用意をしていると、いきなり夫が大きな声をあげたので、びっくりした。

「どうなすったの?」と彼女は夫のただならぬ声の調子に驚いて、「怪我なすったの?」

「おい、これを見ろよ」夫はそう言って、一枚の小さな紙きれを彼女に渡しながら、「たった今、庭のベンチの下で見つけたんだ。」

メアリは怪訝(けげん)な目つきで夫の顔を見てから、紙きれの文句を読みだした。――

アブラハムの新しき裔
本年実現されるべき予言

一、ターシ群島に百四十四隻の船団出動。
二、反アブラハム文書に云為されたる、犬の権力の廃滅。
三、ターシ群島より帰還の船団、アブラハムの新都市建設資金として、アラビア金塊を満載して帰る。
四、教祖の花嫁さがしに、七十七名に印形を授与す。
五、教祖の玉顔、光を発すること。その光、モーゼより赫奕（かくえき）たり。
六、ローマ法王、ベレク・ジイトルの谷の石をもって石像となるべし。
七、教祖は三人の大支配者がこれを認め、二人の大支配者は教祖を否認せしによって、直ちに教祖の怒りと毒気により死滅すべし。
八、小さき角笛をもって獣らを縛し、審判官はことごとく倒さるるべし。
九、目下ロンドン西部に在（まし）ます教祖によりて啓示されたる花嫁、エジプトに見出ださる。
十、教祖の弟子七十七人、並びに百四十四人に新しき言葉を授くべし。教祖、花嫁の部屋に進む。
十一、ロンドンを壊滅し、「無」なる都市を再建す。これぞアブラハムの新しき都なり。
十二、教祖は花嫁と合卺（ごうきん）し、現世の地上は三十分のうちに太陽に移るなり。

ダーネル夫人は読んでいくうちに、こんな支離滅裂なことなら、かくべつ悪意はなさそうだという気がして、まずまず愁眉は晴れた。さっきの夫の声から察して、彼女はこんなでたらめな予言よりも、もっと何か不穏なものかと思って、内心怖ず怖ずだったのである。

「何でしょうね、これ？」

「何だろうな？　叔母さんがそれを落としたの、お前見なかったのか？　叔母さん、どこかへんなところなかったか？」

「まあエドワード、言うことに事欠いて。だいいち、叔母が落とした物だって、あなたどうしておわかりになるの？　よそのお庭から風で飛んできたものかもしれないじゃありませんか？　よしんば叔母のものだったとしても、気ちがい呼ばわりするのはひどいわ。叔母がそんな人とは、あたし考えられません。あたしはこんなものが予言だなんて信じません。世間には違う考えを持ってる人がたくさんいます。あたし前に、お年寄りの親切な奥さまとお附合いしたことがありましたけど、その方も、毎週こういう予言をいっぱい書いた刷りものを取っていましたわ。でも、その方を気ちがいだと言った人はいませんでしたし、父なんか、あの人は仕事ぶりを見ても、なかなか頭の明敏な人だといってましたわ。」

「いいんだよ、君の好きなようにして。だけど、おたがいに困ることになるぞ。」

二人がしばらく黙っているところへ、女中のアリスが、おやすみの支度ができましたといって、顔を出した。二人はそのまま坐りこんでいたが、やがて細君が、あたし疲れたから、お先へ横になりますと言った。

　ダーネルはキスをして、「ぼくはもう少し起きてるから、さきに寝なさい。すこし考えごとをしたいんだ。いやいや。料簡は変えやしないさ。さっき言ったように、叔母さんに来てもらっていいんだよ。だけど、一、二気持の整理をしときたいことがあるんだ。」

　かれは、それからだいぶ長いこと、部屋のなかをあちこち歩きながら、考えごとに耽(ふけ)っていた。エドナ通りの灯が、一つ一つ順々に消えて、界隈の人々はどこもみんな眠りについたのに、ダーネルの部屋にはいつまでもガスの灯がついていて、主人は部屋のなかを静かに歩きまわっていた。かれはメアリと自分との生活を考え、いろんな面から狂気の奇怪な形、混乱、無秩序、脅迫などが考えられるように思った。まるで別の世界から、まるで赤の他人がはいってくるのである。ちょうどそれは、谷戸(やと)の間の小さな古風な町の、眠っているような静かな通りへ、いきなり太鼓やラッパや放歌の声がとびこんでくるようなものであった。見なれない派手な扮装をしたチンドン屋の一隊が、ドンチャカピーピー笛や太鼓にあわせて踊り狂い、ひっそり暮らしている家庭や平穏な生活から市民たちをひっぱり出して、踊り狂うかれらの仲間に誘いこもうと、どっと広場へくりこんでくるようなものであった。

　でもかれは、さだかな、いつも変わらない一つの星の光を、遠く且つ近くに見た。（それはかれの胸の奥に隠れていた星であった。）下界には闇がせまり、霧と影が町を包んでいた。町のまんなかに、赤いカンテラの火がチラチラ燃えていた。しつこい魔法のような歌声は、なにか早口に唱える呪文のような高く低い抑揚のうちに、だんだん大きくなってきた。太鼓は狂ったように叩かれ、笛は金切り声みたいな癇高い音で吹かれ、さあさあ、これからおもしろい祭の儀式をはじめるから、みんな和やかな炉ばたから出ておいで、というように鳴りひびいた。ひんやりとした静かな闇の帷にしっとりと静まりかえって、太白星の光にまもられながら、これから眠りに入ろうとしていた街は、チラチラするカンテラの光に踊りだし、高圧的な呪文に引かれたように飛び出してきた人々のワイワイいう声で沸きだした。歌声はふくれて凱歌をあげ、ドンドコ囃し立てる太鼓の音はいよいよ大きくなり、目のさめた町のまんなかで、演奏者たちは怪しげなかっこうで勢揃いをして並び、カンテラのギラギラした赤い光の下で、中入りの間奏曲を奏しだした。ダーネルは、あの連中はたちまちやってきて、たちまち丘の道へ姿を消していくチンドン屋なのか、それともまた、かれらは真言秘密の念力でこの大地を焦熱地獄に変えてしまうような、偉大な呪文の使えるほんとうの魔法家たちで、見物している連中はただの通りすがりの見世物だと思って見物しているうちに、かれらが演ずる音と姿に釣られて、怪しい踊りの巧みな姿態に引きこまれ、そこから先へ行ってはならない山の迷路へと、クルクル踊り回りながらはいって行ってしまう、そんな連中なのかどうか知らなかった。

でも、ダーネルは恐れなかった。それは自分の胸のなかに、暁の明星がのぼっていたからであった。明星は、日ごろからかれの胸のなかにいつもかかっていて、しだいにそれは光を澄まし、しだいに螢々と光をましてきていた。自分の生活は、当分、魔法家どもの賑やかな歌や行列にみだされた、古風なこの町の暮らしのなかにあるだろうが、でも、清らかで確固たる光明の世界と、人間野外劇のやっさもっさを見下ろすような、言葉ではちょっと言えない高さのなかに住んでいた。人間野外劇といっても、自分はそれに出て演ずる役者ではなく、どこまでも見物人であって、いくら誘ったって神聖な都の高い城壁から自分を引きずり下ろすことなんか出来ない魔法の歌を、ただ聞いているだけなのである。……

寝ている妻のわきに身を横たえて、眠りに落ちたときのかれの心は、大きな歓びと大きな安らぎに満ちていた。翌朝、目がさめたとき、かれは晴れ晴れとしていた。

四

次の週にはいった最初の一日二日、ダーネルの思考は、茫茫（ぼうぼう）たる夢のなかをゆらゆら揺れ動いているようであった。生まれついた天性は、かれを実務家にも仕上げなかったし、また、世間でいうような「健全なる常識人」としての資質をも与えなかったようであるが、それでも平生の修養訓練で、善良で平明な心を望む人間には仕立てられてきていたし、いつぞやの日曜日の晩のような、ときどきどうかすると、自分の少年時代や青年時代の気まぐれを説明しようとするような妙な気分になるのを、つとめて自責するようにしていた。はじめのうちかれは、自分の修養の足りないことに悩んだ。朝はアイス・ブリッジの停留場でバスに遅れるから、朝刊は手にとるだけで、いつも読まずに家を出る。おかしな婆さんが脅やかすように飛びこんできたことが、朝の黙想のできない言訳にはならないと考えて、理屈にもならない理屈をこじつけもした。朝の黙想のなかで、どうもかれの思考は、いっぷう変わった習慣のうちに装いをするらしい。それは、自分だけにわかる言葉で、自分と議論をたたかわすのである。

　毎朝、おきまりのその議論をしているうちに、バスはホランド公園の坂道をのぼり、ノッティング・ヒル・ゲイトの混雑のなかを通りぬける。このゲートのところで、一本の道はベイズウォーターの木蔭の多い静かな区域へと伸び、もう一本の道は、貧民街へはいるその門が見える。朝の通勤の顔なじみの連中は、みんなかれの近くに座席を占めているので、連中の話す政治論などがいつもガヤガヤ聞こえる。お隣りの席はアクトンから来る人で、今の政府をあなたはどう思うかと、かれにたずねた。前の方の席では、大黄(ルーバーブ)は果物か野菜かということで、だいぶ議論がはずんでいる。じきそばの席にいる、レッドマンの声もきこえている。かれは女房の世帯のやりくりをしきりと褒めちぎっている。

「女房がどんなふうにやってるのか、ぼくは知らないがね、きのう、おれの家では何を食ったと思う？　朝食が魚の揚げしんじょ、それにいため野菜がたっぷり。こいつは叔母の伝授でね、なかなかいけるんだ。それにコーヒーにパンにバターにマーマレード。大体いつもこんな献立だ。夕食はロースト・ビーフに、馬鈴薯に青野菜、ワサビ・ソース、プラムの菓子にチーズ。夕食にこれ以上の御馳走がどこで食えるね？　そうですよ、ぼくは大牢(たいろう)の美味と称しているんだ。いや、ほんとだよ、君。」

　こういう気の散ることはあるけれども、それでもバスが都心へ向かうガタクリの長道中の間、かれは黙想にふけった。そして、日曜の晩徹夜をした、あの謎を解こうとした。目の前を立木の姿や、芝生の緑、人家などが通りすぎて行き、舗道を歩いている人の列を見たり、街の騒音を耳に入れたりしながら行くと、まるでどこか外国の都の並木通りでも通っているような、すべてが見なれない珍らしいものに見えるのであった。とうから頭にこびりついていて、漠然とフワフワしているような気まぐれな考えが、しぜんとまとまった形になってきて、逃れたいと思ってももはや逃れることのできない、確固たる決論に固まってきたのは、おそらくこうして毎朝、機械的な仕事をしに都へかようバスの中でのことだったのであろう。ダーネルは、世間でいう健全な商業教育をうけてきた男だから、思考する価値のある思考を、うまい言葉で表現することには、えらい困難を自分で感じていたはずであるが、このところ毎朝、今まで自分がこれこそは人間の最高の能力として賞揚してきた「常識」なんてものは、たいてい、蟻の平均知能指数のうちの最低のものなんだということが、だんだんはっきりしてきた。そして、それがはっきりしてくると、当然の結果として、自分がそのなかで活動している生活組織というものが、どう考えても、とんでもない不合理のなかに崩落してしまうという、確信が湧いてきたし、また、自分のともだちや同僚の連中は、人間として興味をもつ意味のないことに興味をもち、追求する意味のない目的を追求している、ということがわかるようになってきた。あれじゃまるで、聖壇のりっぱな石を豚小屋の壁に使ってるようなものだ。生とは偉大なる探究である。——何を探究するのかわからないが、かれにはそう思われた。そして齢をかさねるにつれて、いままで閉されていたり埋もれていた道に、——つまり、今まで徐々に忘れられつつあった言葉の意味に、本当の立札が立てられてきた。まえには、その立札がひっくり返っていたり、本当の入口は草がぼうぼうはえていたり、道そのものも、高いところから低い谷底へとなだれこんでいて、そして最後には、巡礼者たちは代々、たとえそれがどこへ行く道であっても、いずれは壊えてしまう道の石切り工や溝浚いになってしまったのだ。ダーネルの心臓は、かつてない身ぶるいの出るような喜びにゾクゾクした。そして、こうした今までの損耗は、けっして絶望的なものではない、困難はかならず乗りこえられないことはない、ということが頭に閃いたとき、その喜びは全く新しい喜びであった。ひょっとすると、石切り工はハンマーをおっぽりだして測量だけしたのかもしれない。おそらく道は、目のまえに坦々とあったのだろう。あと一歩で、泥だらけな穴掘り工は、きたない溝泥のなかから自由になれたのだろうと、かれは思った。

むろん、こういうことがはっきりわかってくるには、困難と時間を要した。かれは十九世紀も終りの「爛熟」した時代の、イギリスの首府の一勤人であった。何世紀にもわたって堆積した塵芥は、一朝一夕にそうおいそれと払い落とせるものではなかった。同僚たちはよくかれに言った。――君ね、真の世界とは、目の前に見えているこの有形の世界のことだよ。われわれがこうして毎日精出していい手紙を書いて、それで一定量のパンや肉に換えてさ、雨露をしのげる部屋にはいっていられる、この世界が真の世界だよ。いい手紙を書く人間は、女房も殴らないし、無駄使いもしないし、本来の目的を達する人間だよ。――こういう下らない精神が、くりかえしかれには植えつけられていたのである。でも、そんな意見や、かれのまわりにいる連中がみんな平気で受け入れている卑俗な考えのなかにいながら、かれにはそういう周囲の意見がことごとく間違っており、下らぬものだと見る度量があった。かれが安直な「学問」をまったく知らなかったことは、しあわせであった。もしかれが書棚にある書物を全部鵜呑み(うの)に頭に入れていたら、その知識は、「光のなかで知ったものを闇の中で否定する」ようにかれを動かすことは絶対にしなかったろう。ダーネルは、人間は謎と幻影のために、さらに神秘をつくりあげるものだということを、経験によって知った。もったいないほどの喜びを意識しながらの実感も、全世界が一変してしまうような大歓喜も、あらゆる喜悦をこえ、あらゆる悲しみに打ち勝つ大歓喜も、すべて神秘となるものであった。なにとはなしに朧(おぼ)ろげに知ったのだが、かれはたしかにそうだと知った。そしてかれは、自分で実験するために、ほかの連中から離れてしまったのである。

　こういう考えこそ自分の宝ものだ、という考えのおかげで、かれはニクソン夫人の脅迫的な闖入(ちんにゅう)にも、だんだん無関心な気持で我慢することができたのであった。あの老夫人が自分と妻との間にあらわれるのはおもしろくないことだと承知していたし、彼女の正気の程度については疑問をもっていたのであるが、でもそんなことを言ったところで、事態がどうなるものでもなかった。それに、ちょうどかれ自身のなかに、自己否定の糧(かて)となりそうな、ほのぼのとした光明が、すでに生まれていた矢先だったし、それにまた、この事件については、最初からかれは、自分の意志よりも、妻の意志を尊重していたのであった。Et non sua Poma（自分の「リンゴ」（享楽）ではなく）しかも自分でも驚いたことは、自分の願望をなきものにすることに、むしろ喜びを見いだしていたのである。これは日常かれが最も嫌っていたやり方であった。悲惨な環境のなかで暮らしているみじめな階級の人たちもあるし、中国哲学の askesis（生活様式）ぐらいのことはかれも知っていたし、自分の魂の奥に光りだしてきた光明を否定しないだけの雅量のあるかれではあったが、そのかれにさっぱりわからないのは、現在の状態であった。

都心で一日ばからしい仕事をしたあと、夕涼のわが家で迎えてくれたメアリの目には、じゅうぶん酬いてくれるものがあった。二人は手に手をとって、庭の桑の木の下に、あたりが暗くなるまで坐りこんでいた。二人を囲んでいる不体裁な塀が、影のない夕闇のなかに黒く消えてしまったころに、やっと二人はシェファード・ブッシュの束縛から解放されて、塀の外の汚れていない世界を自由に闊歩できる心持になった。メアリはこのへんを歩いてみたことがないので、ほとんど知らなかった。彼女の親戚は、みんな現代世界に泥んでいるものばかりで、田舎といえばすぐにおっ怖ないところ、薄気味わるいところと考えている連中だから、メアリもこのへんは歩いた経験がないので、ほとんど知らない。父親のレイノルズは、これはまたそれとは別の、近頃の人によくある迷信——年に一度はかならずロンドンを離れなければならないという迷信を持っていた。おかげでメアリも、南海岸や西海岸のいろんな海浜保養地の知識は持っていた。そういう保養地では、都人士が大ぜい集まって、砂浜を大きなミュージック・ホールにして、けっこうそこから利益を上げていた。しかしそんな経験では、田舎の田舎たる真の姿、深い意味での知識なんか得られやしない。それでもメアリは、闇のなかで青葉のさやさや鳴る木の下にしずかに坐っていると、多少なりとも深い森のなかや、高い山に囲まれて、しじゅうきれいな水が淙々と流れている谷間の秘密がわかるのであった。そうしてダーネルには、大きな夢を見る夜があった。かれにとって、夜は仕事の時間であり、変身の時間であった。奇蹟というものを知らないかれは、ほとんど奇蹟は信じていなかったが、それでも内心は半信半疑ながら、水が新しい生命をもった酒になることは知っていた。これはかれの内奥の夢の音楽であって、かれはそれへさらに、子供のころの遠い昔のしずかな神々しい夜の記憶を加えていたのである。まだ世間の波にもまれない少年のころ、かれは西の方の古い灰色の屋敷に旅寝をしたことがあって、まる一と月の間、寝室の窓から毎日森のつぶやきを聞いて暮らした。山風のヒューヒュー鳴る音、葦の根を洗う水の音、ときには朝早く目をさますと、葦間からおこるけたたましい鳥の声に、窓から外をのぞいて見ると、夜明けの光に白んだ谷が見え、海に注ぎこむうねうねした川も白々としていた。そんな思い出はとうの昔に色あせてしまい、長ずるにつれてさらに影のようになって、日常生活の鎖はかれの心魂のぐるりに深く食いこんでしまったのである。昔かれのまわりを囲んでいたあらゆる雰囲気が、今日のかれの思考とは切っても切れない因縁があるわけで、ときどき半分現でいるような時に、それが蘇ってきたり、夢のなかで遠い西の国のあのなつかしい谷間を訪れたりするのであった。そこでは風の音さえが呪文のことばで、一枚々々の木の葉も、小川の流れも、小高い丘も、みんな言葉ではいえない深い秘密を語っていた。今でもそれは、切れ切れのまぼろしになって、心のどこかにあらかた蔵ってある。たとえばかれが、妻の眼をいとしさこめて覗きこむと、あの静かな森のなかの溜池の光をそこに見るし、迂縷とした小川の調べが、そこから聞こえてくるのであった。

　ニクソン夫人のおかしな訪問に始まったその週も、きょうはもう金曜日で、夕方、二人でそうやって庭に坐っているところへ、玄関のベルがけたたましく鳴って、女中のアリスがびっくりして飛んで出て行ったと思うと、旦那さまにお目にかかりたいという方がお見えになりましたと告げた。ダーネルは舌打ちをして客間へはいって行った。アリスが一本だけつけたガス灯が、ボーボー音を立てて燃えていた。さだかでないその光のなかに、でっぷり太った、顔を知らない年配の紳士が待っていた。ダーネルはちょっと戸惑いながら、物を言いかけようとすると、客の方が先に口を切った。

「あんた、わしのことはご存じないが、名前はご存じだろう。ニクソンだよ。」

あるじの挨拶も待たずに、客はさっさと椅子に腰をおろすと、すぐに話にはいった。最初の二言三言のあとは、ダーネルも泡を食った動揺がおさまったので、そう大して驚きもせずに相手の話に聞き入った。

「それで、手短かにいうとだね」とニクソンは言った。「家内はすっかりもう狂ってしもうてね、とうとうきょうは、追い出さにゃならんことになってな。――不憫なやっちゃ。」

声がすこしつぶれたと思うと、急いで目がしらを拭いた。躯の頑健な、功成り名を遂げた人であったが、けっして情なしの男ではなく、糟糠の妻を嫌っているのでもなかった。せかせかした早口の喋りかたで、精神病の専門医なら興味をもちそうないろいろ綿密なことを、気軽にぶちまけて喋った。ダーネルは、よそ目にも悲嘆のほどのあからさまに見えるニクソン氏を、心から気の毒に思った。

ニクソン氏は一と息入れて、「きょうここへ顔を出したのは、先週の日曜日に、婆さんがここへ邪魔したことがわかったんでな。婆さんとしては、いろいろ打ち明けたい話があったことは、わしもわかっとるんだ。」

　ダーネルは、あの日、ニクソン夫人が庭へ落として行った例のビラを出して見せて、「これについては、ご存じでおいでなんですか？」

「あはは、またやつだな」と、老人は愉快に近い調子で言って、「知っとるとも。一昨日（おとつい）だったか、やつを痣（あざ）になるくらい殴りつけてやったんだ。」

「その人、頭がへんなんですか？　何という人です？」

「気ちがいじゃないが、ウエールズ人で、リチャーズという鼻っつまみの男なんだよ。ここんとこ二、三年、ニュー・バーネットで、なにか分教会みたいなものを開いていて、うちの婆さんが教区にいい教会がないもんだから、ここ一年ばかり、やつのそのインチキ教会へ通って（かよって）いてね、これが家内をめちゃめちゃにしたんだな。そうなんだよ、だから一昨日（おとつい）、わしゃやつを殴りつけてやったんだ。なあに、警察の呼び出しなんか怖わかないさ。わしはやつを知っとるんだし、むこうはこっちがやつを知っとることを承知だもの。」

　ニクソン老人は、ダーネルの耳になにか耳こすりをすると、三度目のきまり科白（せりふ）を言って、クックと咽喉の奥で笑った。

「おとつい、わしゃ痣になるほど張りとばしてやったよ。」

　ダーネルは、ただひたすら、奥さんほんとによくなって頂きたいものですねと、そればかり慰め顔に述べていた。

　老人は首を横にふって、

「いや、そいつはどうも覚束ないな。わしもせいぜい意見を出してみたんだが、医者は打つ手がないといっとる。そういうまあ話だ。」

やがて老人は姪に会わしてくれといった。ダーネルは座をはずして、メアリに極力説いて叔父に会う覚悟をさせた。彼女は叔母が治る見込みのない狂人になったという知らせは、ほとんど信用することが出来なかった。というのは、ふだんから叔母は神経の細い、ものに感じやすい典型的な人として身うちのものに通っていたから、このところ叔母が腑抜けたような毎日を送っていることを、すなおにその通りに受けとっていたからである。レイノルズ家のばあいも、世間の多くの連中と同じように、空想力の欠けた、みな健全な精神の持主である。われわれはロンブロゾー（チェザーレ・ロンブロゾー（一八三六―一九〇九）はイタリアの犯罪学、精神病学者。生来性犯罪者説を唱える）の名前なんか聞いたことはなくても、みんなかれの出来合いの信奉者なのである。詩人は狂人だとわれわれはつねに信じてきた。そして、あいにく古来詩人で精神病院へはいったものはないと統計で示されると、精神病院へはいらなくたって、百日咳にはみんなかかったろう。百日咳は、あれはアル中みたいなもので半気違いのうちさ、と聞いたふうな気休めを言っている。

「でも、ほんとなんですの？」とメアリは夫にたずねた。「ほんとに叔父に騙されてるんじゃないんでしょうね？　叔母はふだんからひどく感じやすかったようなのよ。」

その一例として、彼女は叔母がとんでもなく早起きだったことを挙げたりしたが、とどのつまり、夫婦は客間へ出て行って、ニクソン老人と話をしあった。どこから見ても正直そうな叔父の様子が、叔母のつくり話をまだ信じながらも、メアリにもだんだんと呑みこめてきた。そして帰りぎわに叔父は、また近いうちに話をしに寄せてもらうといって、帰って行った。

ダーネル夫人はすこし疲れたからといって、ベッドに横になったので、ダーネルはふたたび庭にひき返して、あちこち歩きながら、考えをまとめにかかった。結局のところ、ニクソン老夫人がここへ転がりこんで来ないことになったので、かれはほっとした。一度は許可したものの、やはり自分の危惧がひじょうに大きかったことを、かれは知った。今その重荷は取り除けられたのだから、自分の惧(おそ)れていた奇怪な侵入とは関係なしに、自分の生活を大手をふって考えていいのである。うれしさに、かれは溜息がでる思いであった。そして庭を歩きまわりながら、夜の香わしい空気を胸の奥までふかぶかと吸いこんだ。煉瓦で仕切られた郊外でかすかに嗅ぐ甘い夜気は、むかし少年のころにしばらく寄宿していたところで知った夜の香りを、遠い歳月をこえてかれに思い出させた。それは赤あかと燃えていた夕日が山のむこうに沈んで、残光に空も野も青白くなると、大地から立ちのぼってくる香りであった。そうした仙境の失われた夢のかずかずを、できるだけ克明に思い出していると、自分の幼年時代のべつの映像が浮かんできた。忘れられながらしかも忘れられていないそれらの映像は、記憶の暗い隅にそのままそっと住んでいたもので、呼び出せばすぐにも飛び出そうと待ちかまえていたのである。かれは長いこと心にまつわりついている一つの幻想を思い出した。忘れもしない、その田舎へ行った夏の暑い日の午後のことであった。森のなかに寝ころんでうつらうつらしていると、今でもかれはそう信じているが、うす青い狭霧と緑蔭のみどりの微光のなかから、一人の友だちが現われた。それは色の白い、黒い髪を長く垂らした女の子であった。かれの父が木の下で昼寝をしている間、その女の子といっしょに遊んでいると、女の子がかれの耳に小さな声で、自分の秘密をいろいろ囁いてくれた。そうしてその日から、毎日々々、その女の子はかれの側にいた。彼女は、のちにかれがロンドンの索漠たる荒地のなかにいた時にも、訪ねてきた。いや、つい近年になってからも、かれはときどきロンドンの暑さと熱鬧(ねっとう)のまんなかで、彼女が自分のすぐ眼の前にありありといるような心持になることがよくあった。最後にその田舎を訪れた時のこともよく憶えている。それは自分が結婚する二、三週間前のことであった。銀行でつまらない仕事に没頭している最中に、きゅうにあたりに新緑の匂いがして、ふっと木の葉のさやめきや葦間を流れる川音がきこえて、何だろうと不審の目をあげることがある。すると、昔自分がすっかり魅せられて呼び名をつけた、あのとつぜんの狂喜が戻ってくるのであった。かれはその時、この人間の柔かな肉体が、いかに火のように燃えるかを知ったのであった。そして今このことを、別の経験と新しい観念からふりかえって見ると、自分の生活のなかで現実にあったことが、どれもうれしいものではなかったこと、おそらくそれは自分のなかにある引っ込み思案の性質のために起こったものであることがわかった。そうしてしかも、よくよく反省してみると、自分の半生を通じて、そこに一連の証拠があるのを見た。これまでよくかれは、自分の耳に妙な言葉が囁かれた経験がたびたびあって、それが今、自分の生まれつきの声であったことがわかった。どこの大道を歩いても、自分の生まれた故郷のまぼろしが浮かんだ。この広い世間を行ったり来たりしているうちに、いつどんなところでも、自分には今すぐにでも旅へ飛び出す手引きをしてくれる、なにか忍者みたいなものがくっついていることがわかった。

ニクソン老人が訪ねてきてから二週間ばかりたつと、ダーネルは例年のとおり暑中休暇をとった。

まさかの時の用意に、基本的な額だけは手をつけずに置きたいという妻の願いに同意したかれは、ことしはネイズ岬のウオルトンとか、そういう場所へも行くことは断念した。ところが、天気はずっと快晴つづきで、しょうことなしにかれは庭の木かげで暇をつぶしたり、ロンドンの西郊を当もなくほっつき歩いたりして、休暇を過ごした。そこは灰色の入り組んだ狭い町筋が煤けたヴェールに包まれた、何ともいえない古色蒼然とした趣きがあって、前からかれはそれが好きで何度も歩いた区域であった。一日、雨降りの日があって、徒然のまま二階の納戸部屋へはいって、古トランクに詰めた古い反古をひっくりかえして見た。新聞や雑誌の切り抜き、家族の歴史の半端もの、そのなかには父の手蹟のものや、インクの色の褪せた書類の束、さらに古い時代の手記や、記録のいっぱい書かれた古い帳面、――そういう昔のものは、インクの色も今日日文房具店で売ってる品よりも、もっとボッテリとした濃い色をしていた。ダーネルはこの納戸に、まえから先祖の肖像をかけ、がっしりした台所用のテーブルと腰掛を一脚入れておいたのであるが、細君は夫がそうした古い記録類に丹念に目を通しているのを見て、この部屋を「ダーネルの書斎」と呼ぼうと思ったりしたこともあった。かれはここ何年も、そうした一家の形見の品を覗いたことがなかったが、その雨降りの日の朝、なにげなくこの部屋へはいってから、休暇の切れる日まで、ほとんど常浸りにそこへ籠って、何かしら捜しものをしていた。それは一つの新しい興味であった。かれは頭のなかに、遠い祖先のかすかな面影や、噴井だの小川だの年古りた森などのある、西の国の谷間のあの古い屋敷での先祖の暮らしぶりを、あれこれと描きはじめた。すると、古い反古文書のがらくたのなかの一家の歴史を記したものよりも、もっと目新しい珍らしいものが浮かんでくるのであった。休暇が明けて、ふたたび市内の勤めに戻ったとき、同僚のなかには、どことなくかれの様子が変わったと思ったものもいたが、休暇中どこへ行ったと聞かれたとき、かれはただ笑って、ずっと家にいて何かかんかやってたよと答えた。しかしメアリは、夫が毎晩二階の納戸で、最低一時間はすごしていたことに注目していた。彼女は夫が、昔の死んだ人達のことを書いた文書を読んで暇つぶしをしているのを、むしろ気の毒に思った。休暇中のある日、二人して午後からアクトンへ退屈な散歩に出かけたとき、夫は大した目ぼしいものもなさそうな、しけた古本屋の店先に足をとめて、ウインドに出ている古本にざっと目を通したのち、店のなかへはいって二冊の本を買った。それはラテン語の辞典と文法の本であった。彼女はそのとき、夫がラテン語を習得したい意向を洩らしたのを聞いて、意外な思いがした。

ところが、それ以来、彼女はほんとに夫がガラリと打って変わったという印象をうけた。そのときの不安な気持は言葉にはいえなかったが、彼女は少々心配になってきたのである。といっても、べつにそれははっきりした形のものではなかった。夏以来の二人の生活が変わった、というようなはっきりした考えを摑んだわけでもなかったし、今までと同じ様相を呈したものが一つもないというようなことでもないことは、わかっていた。たとえば、ブラブラ歩いている人などめったにない、退屈な町の通りなどを眺めると、いつもと同じ町だが、どこかが変わっている。朝早く窓を明けると、吹きこんでくる風が、自分にはなにか意味のわからない便りをもった、今までとは違った息吹きをもっているように感じる。来る日も来る日も、今までどおりの手順で日は過ぎていくが、でも、家の四方を囲んでいる塀までが、なにか馴染みのないものになって、近所で聞こえる男のひとや女のひとの声なんかも、なにかこう今までなかった調子に——まるで谺のように、知らない山の上からでも聞こえてくる音楽か何かのように聞こえるのである。彼女はあいかわらず、毎日毎日の家事にはげみ、町の店屋から店屋へ買物に出かけた。退屈な町の通りは蜘蛛の巣のように入り組んでいて、どっち向いても灰色の人気のまるでない、はいったら最後出口のわからない迷路で、なにかこう別世界の姿が、朧ろげながらそこに見えるような感じがした。まるで彼女は夢のなかを歩いているようなあんばいで、一時一時が自分を光と目覚めに導いていくような、そしてハッと目がさめると、今まであった灰色はしだいに消えて、あこがれの世界が眩しいような光とともに、目の前にあらわれている……そんな心持がした。まるで隠れていたものが、ごく鈍い感覚にも顕われてくる——そんな感じがしたことが何度もあった。退屈な郊外の町の通りをあちこち歩きながら、灰色の材料でできた方々の家の塀を見ると、その塀のうしろに皓々とした光がさしているような気がしたり、薫香の香りのような不思議な香りが、つい手のとどくような別の世界から鼻にかよってきたり、自分の行くさきざきに隠れた合唱隊がいて、それの歌う夢のような歌声が耳に聞こえてくるような気がしたりするようなことが、何度もあった。しかし、三百年もの間、人間が信頼してきた意見のあらゆる圧迫が、真の知識を標示する方向にみちびいて、それが効果的に達成されたからこそ、われわれは多くの苦難を経て真理を奪回することができたのだから、彼女は自分の五官の証拠に同意することを拒みながら、それらの印象に極力抵抗した。そういったわけで、メアリは常識にすがりながら、朝目がさめたら自分は知らない世界で違った生活をしているのを惧(おそ)れるような、これまで味わったこともない妙な錯乱のなかで、幾日かを過ごした。そして夫は毎朝勤め先へ出て行き、夕方に帰ってきた。夫の眼のなかや顔には、あの光がいつもさしていて、ふしぎそうに物をじっと凝視するふうが、日ましにだんだん繁くなってきた。まるでかれにとっては、物を包んでいるヴェールがだんだん薄くなって、やがてそのうちに消えてしまいでもするといったようなふうであった。

　自分と夫の両方にあらわれたこの大きな事態から、もし何か尋ねれば、かえってもっと奇妙な返事がかえってきそうな気がして、それが心配で、彼女はそういうことから一歩うしろへ身を退(ひ)いていた。そして、つまらないことにクヨクヨする自分を、むしろたしなめた。夫のエドワードは、あいかわらず毎晩のように二階の納戸に籠(こも)りきりだが、あんな古い記録の一体どこがおもしろいのだろうと、彼女は自問した。いちど夫に呼ばれて、彼女も古い文書に目をさらしてみたけれども、あんなもののおもしろさなど、さっぱりわからなかった。ペンとインクで粗(あら)っぽく描いた、西国の古い屋敷のスケッチが一つ二つあったが、なんだか不格好な妙な家で、つき出した玄関にへんな柱とへんな飾りがあり、片側の屋根が地面スレスレまで下がっていて、まんなかに、何か塔のようなものが、ほかの棟を見下ろすように高く立っている。また、名前と生年月日の記録もあった。これには、余白のあちこちに紋章が描いてあった。彼女は、“ap”

という字でいくらでも際限なく鎖みたいにつながっている、見馴れないウエールズ語の長ったらしい名前に出会った。また、彼女には何の意味かわからない印（しるし）や形を紙一面に書いたものや、おっそろしく古風な書体で何かいっぱい書いてある帖面などもあったが、その大部分は、夫がおしえてくれたとおり、すべてラテン語で、彼女が考えたところでは、それは円錐曲線幾何学論のような、意味も何もないものの集成であった。それなのに、ダーネルは毎夜、こんな黴（かび）くさい文書のなかに閉じこもっていた。そして、そこから出てくる時のかれの顔には、なにか今までにない大冒険でもしたような凜（りん）としたものがあらわれているのであった。

　かれはそのことで何か尋ねられると、ひどく機嫌がよかった。夫婦はこの何週間か、話らしい話をほとんどしずであったが、かれは自分の生家の古い記録のことや、森と川の間にある灰色をした石造りの珍らしい屋敷のことなどを、彼女に語って聞かせた。かれの一族は、ずっと古く遡（さかのぼ）ると、昔々のノルマン人やサクソン人以前のローマ人時代まで、遠い遠い霞（かす）んだような古い時代まで遡るのであった。数百年の間、一族は森のまんなかの丘の上に、堅固な砦を高く築いていた小大名であった。今でも大きな塚がのこっていて、そこへ登ると木々の間から、一方には大きな山、一方には黄いろい海が見渡される。一族の本当の名前はダーネルではなくて、十六世紀には、ジョウロウ・アプ・ティルジン・アプ・ジョルワースと名のっていた。なぜそう名のっていたのかは、ダーネルにもわからないらしい。それから何世紀かの間、一族は繁栄をつづけて豪族になったが、今日では灰色の古い屋敷と、川を境にした数エーカーの土地しか残っていないのだそうである。

「ねえメアリ、どうだね」と夫は言った。「ぼくはいずれいつかはそこへ行って暮らそうと思ってるんだ。現在その家には、ぼくの大伯父が住んでいる。大伯父は若いころ事業で金をこしらえた人でね、ぼくにそこをそっくり譲ってくれるはずだよ。身うちといったら、ぼく一人なんだからね。きっとおもしろいぜ。今のこの生活とはまるで変わるんだからね。」

「今までそんなお話、いちどもなさらなかったわね。その大伯父さまが、家屋敷やお金を、あなたのご存じのほかの方に上げてしまうようなことはないんですの？　あなた、子供の時分にお会いになったきりなんでしょ？」

「いや、毎年一回は文通してるよ。おやじがよく言ってたが、人間は年をとると、たしかに先祖の出た家を離れたくなくなるものなんだな。どうだね、いやかね？」

「さあ、わかりませんわね。とても寂しいところなんでしょ？」

「まあ、そうだろうな。小さい時だから、家から見えるところに、ほかの家があったかどうか忘れてしまったが、近所に一軒もないとは思えないさ、しかし、ここととは大違いだ！　都会はないし、町もないし、通行人なんかもウヨウヨいないしね。あるのはただ風の音と、緑の木の葉と、みどりの山と、大地の歌声だけだ」……そう言って、きゅうにかれは、言ってはならないことを口に出しかけたのを恐れるかのように、言葉をのんだ。かれは今住んでいるこのシェファード・ブッシュの小さな街から、遠い西の国の森のなかの古い屋敷へ引越すことを語りながら、じっさいにこの移転はすでにかれの心に取り憑いているらしく、話す声までが何か古代の歌謡のような抑揚を帯びていた。メアリは夫の顔をじっと見つめながら、夫の腕をしずかにさすっていると、夫は長い息を一つついてから、ふたたび語りだした。

「昔の血が昔の土地へ呼ぶんだな。ぼくはこのごろ、自分がロンドンの一銀行員であることを忘れつつある。」

疑いもなく、昔の血がかれのなかで、にわかに騒ぎだしたのであった。おそらく、われわれが今日考えてもいない、幾世紀もの間まめやかに隠れひそんでいた昔の精神の復活が、いまやかれの心のなかで日ましに活潑になってきて、もうこれ以上抑え匿(かく)していられないほど、強烈になってきたのであろう。じっさいかれは、なにか物語のなかの人物になっているようなものであった。その人物は、突然の電気ショックで、ロンドンの街の自分の周囲にある物の映像を喪失して、地球の向こう側にある、どこかの孤島の海と浜辺を見ているのである。なぜかなら、ダーネルはつい昨日まで、自分にとって全世界と思われていたものの興味と雰囲気に、懸命にしがみついていたのが、とつぜん、別の世界のシンボルである灰色の屋敷と川と森に、そのままそれがロンドンの郊外の風景となって飛びこんでこられたのだから。

かれはなおも遠慮しいしい、遠い先祖のものがたりを語りつづけた。――いちばん遠い先祖の一人は「聖者」と呼ばれて、古い文書のなかに、「ジョウロウ聖者の忍び歌」としてしばしば出てくるような、神力(じんりき)を持っていると思われていたという。そこから話はきゅうに一転して、ダーネルは父の思い出ばなしをはじめた。――ロンドンの裏町のきたない安下宿での父の無為徒食の生活。自分の一ばん最初の思い出である、暗い漆喰づくりの街々。北ロンドンの今はもう忘れ去られてしまった辻々の広小路。もっともらしい顎ひげなんかはやして、しじゅう夢を見ていたような父の風貌。――父も堅い石塀のむこうに、まぼろしの天地を求めていたのである。それは広い果樹園があって、日に輝いている丘があり、森の木かげにキラキラ光った泉や溜池があるような土地であった。

「おやじはそれでも、自分の暮らしは何とか稼いでいたんだと思うよ。登記所だとか大英博物館などの賃仕事をしてね。おやじは昔の監察官になりたくて、法律家とか田舎牧師になる仕事を漁(あさ)っていたようなんだが、大した稼ぎもなくてね、下宿を転々とかえては、急速にさびれだした場末の町へ町へと移って行った。あんまり頻繁に引っ越すもんだから、ぼくなんか隣近所はまるで知らなかったな。でもおやじは、五、六人の同年輩の友だちがあって、そういうおっさん達がよく遊びにやってきた。金のあるときは、下宿の女中がビールを買いに行ったりして、夜遅くまで煙草をふかしながら、話しこんでいたものだ。おやじの友達のことは、ぼくもよくは知らないが、みんなおんなじような風采をした連中でね、みんな何か隠れたものを捜し求めているような顔つきをしていたな。来ればかならず、子供のぼくなんかが聞いてもわからないような、むずかしい話ばっかりしていて、暮らしの話なんかほとんど出なかったな。世間ばなしをしてるときも、金があるとかないとか、そんなことは取るに足らないことと考えてるような話しっぷりだった。後年ぼくは大きくなって市内へ出たとき、若い同僚たちの話しっぷりを聞いて、おやじやおやじの友達たちは、頭がちっとおかしかったんじゃないかと思ったくらいだった。でも今は、おやじやおやじの友達の気持はよくわかる。」

こんなぐあいに、ダーネルは毎晩のように妻に語った。少年時代を父や父の友人の探究者たちのなかで過ごした、きたない安下宿から、話は漫然とまた、西の郷里の谷間にあった古い屋敷や、山のかなたに沈む太陽を長年見て暮らしている、古い家柄の話にいつのまにか移って行ったりしたが、じつはかれの語ることには一つの目的があったのである。メアリはそれを、べつにとりたてて何ということもない言葉の下に捉(とら)えた。なにか隠している目的がある。いまに何かどえらい、目を見はるような大冒険がとび出して来そうなものを、彼女は感じたのである。

そんなふうで、日ましに家のなかが魔法めいたものになってきた。離れ離れに何かするようになって、粗(あら)っぽいことも念入りに始末されるようになってきた。ダーネルは仕事に使う道具などもなおざりにしなかった。そして近頃では、日曜に午前中家でのったりそったりしているようなこともなく、そうかといって、教会と称して神を冒瀆しているような所へ、妻をつれて行くこともしなくなった。夫婦はとうから裏町の方に、別派の教会を見つけていたのである。そしてダーネルは、納戸にあった古い帖面のなかに Incredibilia sola Credenda（信じ難き事のみ信ぜよ）という格言を見つけて、そういう奉仕に参加できたら、どんなに尊い栄(はえ)あることだろうと言っていた。われわれの愚昧な祖先は、人間は「科学」の本を勉強すれば賢くなれる、それには試験管をいじくったり、動植物の標本をこしらえたり、顕微鏡をのぞいたり、そんなことをしろと教えた。ところが、そういう愚論を捨てた連中は、科学の本なんか読まないで、弥(ミ)撒(サ)の書を読め、人間の魂は神の儀式や至高の礼拝に深く思いを致すことで賢くなることを知っていた。ダーネルは形だけの信仰よりもそういう儀式に、ふしぎな霊妙な言葉が匿秘(とくひ)に、しかもじかに語られていることを知って、ある意味では、この現世こそ、目に見える形でその超絶の秘義をおしえる一大儀式の場であり、大洗礼であると観じたのである。かれが教会の儀式のなかに、浮生の完き像を見いだしたのは、そういうわけからであって、浄められ、高揚された光耀たる像、——透明な光り耀く石でつくられた神の殿堂で焚かれる松明こそは、星辰よりも意味ふかく、そこで炷かれる薫香は、立ちのぼる霧よりも正覚の証であった。ダーネルの魂は、麻の衣を着た純白の荘厳な行列と、大歓喜のなかの大法悦を意味する踊りとともに前進した。そして殺された「愛」がふたたび勝利に目ざめたのを見た時、かれは一つの姿のなかに、あらゆる物の極致を見た。花嫁のなかの花嫁を、あらゆる神秘をこえた神秘を、世界の根底からそこに達成したものを見たのである。こんなふうで、かれの生活の家は、日ましにいよいよ魔法がかかったようになって行った。

同時にかれは、その「新生」のなかに、今まで知らなかった新しい喜びがあるとすれば、そこには当然今まで知らなかった新しい危険もあると考えはじめた。あの不思議な「ジョウロウ聖者の忍び歌」の外面的な意味を伝えるといっている稿本には、Fons Sacer non in communem Vsum convertendus est（「聖なる泉」は一般の使用に供すべからず）と冒頭に記した一章があって、ダーネルは辞書や文法と首っ引きで、先祖の書いた、手のつけようもない複雑なラテン語を、なんとか解釈することができた。その章のはいっている特別の帖面は、かれのコレクションのなかでも珍らしいものの一つで、"Terra de Iolo"という表題がついており、表紙には本当の意味を表わすことを巧みに避けて、果樹園だの、畑、森、道路、家屋、水路などの物語のように見せかけてあった。ツイストマンの森にある「聖なる泉」——Sylva Sapientum（賢者の森）

のことも、ところどころに記してあり、「この『聖泉』は夏日も涸るることなく、とくとくと噴きあふれ、命の水といわれて、生命を渇望するものがこれを飲めば、たちどころに心気爽快となるによって霊水と呼ばれ、神力ならびに諸聖の利益により、難症の創痍も即坐に癒ゆること奇妙なり」とある。ただし、この「聖泉」は神水として永久に保存さるべきものであるから、咽喉が渇いたというような尋常な目的のために用いてはならない。さればそのあらたかな力を尊び、代々神官が祓い浄めた水として崇めることが肝要である云々といってある。余白の部分には、おそらく後人の手で書かれたとおぼしい書き入れがあって、それを読んでダーネルは禁忌のあることも知った。この水は、人間の贅沢心より、日々手にする酒盃並みに新しい気つけ薬のつもりで用いてはならぬと戒めてある。「いかんとなれば、われら眼前に演ぜらるる劇を見るために、観客として坐れと言うにはあらず、むしろ劇中に立って、偉大なる神秘劇のなかにおいて、おのれの役を熱演せよと申すなり」云々。

ダーネルはこのように述べられている警告を充分に理解できた。むかしかれは、道からすこしはいって行って、こんこんと噴き溢れている神秘の泉を隈なく見とどけたのであったが、今のかれは、自分のまわりの世界を一変させ、自分の生活のなかに今までになかった意義とロマンスのあることを教える、そのあやかしを知っていた。ロンドンはアラビアン・ナイトに出てくる都に見え、街の迷路は妖かしの迷路に似て、外灯のつらなる大通りは星の世界、その広大さは涯なき宇宙の広さに思われた。こういう世界をブラブラ歩いて、どこか離れたところへ腰を下ろして、見たことのない野外劇が目のまえで演ぜられるのを見物したら、どんなに楽しいか、かれには想像できた。しかし、聖なる泉はただごとに使ってはならない。それは魂を洗い浄めるためのものであり、心の悲しい痛手を癒すためのものであった。そこにはまた、別の変身があるはずで、ロンドンはバグダッドになったものの、最後にはシオンに――あの古文書の文句にあった、「聖杯の都」にならなければならないはずであった。

そうしてそこには、ジョウロウ文書（かれの父は家蔵の文書にそう命名していた）がひそかに洩らしている、もっと暗い危険もあるはずだ。人間がいずれははいる恐怖の国――死の国にはいる変身、暗いところから悪の最高の力を呼び出す召喚、あのなかにはそれを仄めかしているところが――言いかえれば、残忍にして、しかもどこか子供っぽい黒魔術に表徴されている世界を暗示しているものがある。そしてここでもまたかれは、その意味のごく朧ろげな会得すら摑めなかった。かれはずっと以前に起こった奇妙な事件を思い出した。それはこの年ごろ、子供の時分のかずかずのつまらない思い出のなかで、ついぞ思い出しもせずに心の隅に残っていたことで、それが今日の前に、いやに鮮やかに、意味のあるものとして浮かんできた。それは故郷の古屋敷を訪れた、あの記念すべき帰郷の際のことで、その全景がごく些細な出来事まで含めて蘇ってきて、声まで耳にひびいてくるほど鮮やかであった。いまでも忘れないが、その日はいやにむしむしと暑い、空のどんより曇った、静かな日で、朝食をすましたあと、庭の芝生に出てみると、子供ごころにも何か大きく豊かな平和と静寂の世界に驚きの目をみはったことを憶えている。庭の木々は葉一枚動かさず、森の繁みも枝一つ鳴らさない。花は夏の夜の夢をまだ息づいているかのように、甘い香りを吐いている。はるか下の谷間には、朝ぐもりの空の下を燻し銀のような川がうねり流れ、緑したたる遠山の翠微が靄のなかに溶けるように消えこんでいる。風のそよりともしない天地の静けさが、なんともいえない心地よさでかれを包んだ。午前中かれは、芝生と牧場をくぎる柵にもたれて、爽やかな空気を吸いながら、靄の切れ目から束の間をこぼれる日の光に、たちまちひらく向日葵の花のようにカッと明るくなる野づらを眺めて過ごした。やがてそこへ、暑さに疲れた、目つきの怖い男が、かれの脇を通って、屋敷へ行く道を歩いて行った。屋敷の鐘楼で古い鐘が鳴るまで、かれは柵のほとりにいた。鐘の音を合図に、静かな森の見える、ほの暗い涼しい部屋で、主従そろって食事をした。かれは大伯父がなにごとかに動顚しているらしい様子を見た。食事がすむと、大伯父がかれの父に、農場に揉めごとがあったことを話しているのを耳にした。その日は午後から、耳なれない名前の場所へ荷馬車で行くことになっていたが、いざ出かけるという時になったら、父が部屋の隅でパイプを燻らしながら、なにか古い書物に読みふけっていて動こうともしないので、エドワードは大伯父と二人で荷馬車で出かけた。荷馬車は細い道をガラガラ走って、やがて川ぞいの村道へ出て、昔ローマ人の築いた城壁のあるカーマエンで橋を渡り、冴がかえるような寂しい村のはずれを通り抜けると、まもなく、白っぽい石灰岩の埃りがもうもうと立つ広い街道へと出た。そこから荷馬車は、エドワードの見たこともない道へときゅうに曲った。そこは荷馬車がやっとすれすれに通れるほどの狭い岩盤の道で、片側は頭より高い土手がつづいている嶮しい坂道を、荷馬車はお練りで登って行った。両側に刈ったこともない高藪がおいかぶさるように茂って、光線を遮っている。土手にはシダや雑草がおい茂っていて、隠れた清水から滴りがポタポタ落ちている。冬になると、この細い道が滝つ瀬のような流れの早い川になるから、人は通れなくなるんだと、大伯父がおしえてくれた。道は登りになるかと思うと下りになり、どこまで行っても荒れほうだいの藪の下の深く窪んだなかを行くので、少年のダーネルは、田舎というところはどうしてこうどっち向いても同じなんだろうと、不思議な思いがした。やがてあたりがさっきより暗くなったと思ったら、土手の境が暗いザワザワする森のはずれになり、灰色の石灰岩の道は、草むらや木の根のはいでた赤土の道に変わって、物音ひとつしなくなった森閑としたなかに、小鳥の囀る声が森の奥から聞こえだしてきた。まるでその声は、人間の心をうっとりと別世界に誘いこむような調べで、子供ごころに、この世の森のかなたにある、傷ついた人間の心を癒す妖精の国を諷っている声のように聞こえた。そのうちに、道はなんどもうねりくねりしたあげくに、ようやくのことに広い公道へ出た。そこは広びろとした高地で、古ぼけた草家が三、四軒ちらばっている村のはずれで、そのなかに鄙びた居酒屋が一軒あった。荷馬車はその居酒屋の前で止まると、中から人が出てきて、疲れた馬を柱につないで、水をのませた。大伯父はダーネルの手をひいて、畑のなかの細い道を歩いて行った。ダーネルはやっとここで広々した田舎を見ることができたが、でもそこはまだ誰にも見つけられていない秘境のような土地であった。見たこともない荒涼とした山と谷のまんなかに、二人は来ていたのである。二人は嶮しい山の斜面の、ハリエニシダやシダのおい茂ったなかの曲りくねった細い径を下りた。日がちょっとの間カッとさして、狭い谷の底には白い谷川の水がキラキラ輝き、水は石から石を流れこえながら、ちいさな波を立てていた。山を下りると藪の中をぬけ、さらにそこから緑の濃い果樹畑をくぐって、やがて棟の低い、細長い、白い漆喰づくりの家の前に出た。石盤葺(ぶ)きの屋根には蘚苔(こけ)がいちめんにはえて、おもしろい色をしている。大伯父が厚いオークの扉をノックして、二人は厚いガラスのはまった深窓(ふかまど)からわずかに光線のさしこんでいる、うす暗い部屋に通された。天井に太い梁(はり)が何本もわたしてあって、大きな炉から榾(ほた)の燃えるいい匂いがしていたのを、ダーネルは今でも忘れない。部屋のなかには、女のひとが大ぜいいて、みんな何かびっくりしたような様子で、コソコソ話し合っていた。大伯父は、背の高い、ごま塩あたまの、コール天の半ズボンをはいた爺さんを手招ぎして呼んだ。ダーネルは背のまっすぐに立った椅子に腰かけさせられたので、大伯父とその爺さんが、窓ぎわを行ったり来たりして何か話してから、庭の小径へ出て行ったのがよく見えた。女の人たちはしばらく話をやめていたが、そのうちに一人の女が、どこか奥のほうの冷蔵室から、牛乳とリンゴを持ってきてくれた。するとそのとき、どこか上にある部屋から、突然なにか金切り声で叫ぶ声がおこり、つづいて女の子の歌い叫ぶ声がした。それは、幼いダーネルがそれまで聞いたこともないような、恐ろしい歌声であった。大人になった今思い出してみて、自分が知ってるものでそれに比べられる歌声といえば、国のために人が一命を捧げようというとき、それを守護してくれる天使や大天使を呼ぶ誦歌の声であろうか。でも、この誦歌は天兵の誦歌であるから、リリスやサマエル（リリスはユダヤ経にいうアダムの先妻で、復讐のためアダムとイヴを楽園から追い出し、のちに淫魔の支配者となる。サマエルはユダヤ経にいう悪魔が人間に化けたもの）を長とする悪魔族を呼ぶ祈禱歌でもある。したがって、重々しい抑揚（neumata inferorum 地獄の抑揚）をつけて歌われるその言葉は、地上の人間の聞いたことのない、不可解な言語であった。

女たちはみな眼に恐怖の色をうかべて、おたがいの顔を見つめ合った。そのなかのいちばん年をとった一人二人は、不器用な手つきで胸に古風な十字を切った。女たちはやがてまた喋りだした。ダーネルはその話をきれぎれに憶えている。

「あの子、上にいただね」と一人が肩の上をそれとなく指さしながら言った。

「今まで行き方を知らなかっただね」と別の女が答えた。「あこへ行ったもんは、みんな死ぬだよ。」

「ゲンリアン、おめえ、どうしてそげんなこと言うかね？　そげんなこと言うもんじゃねえによ。」

「おらとこの曾祖母さんがさね、あこに何だやらあったこと知っとってな」と、だいぶ年をとった婆さんが言った。「その後、今の衆がつれて来られたって話だ。」

そこへ大伯父が入口に姿を現わしたので、女たちは引き揚げて行った。それ以上のことはエドワードも聞かなかったし、その女の子が死んだものか、それともあのへんな発作が治ったものか、それぎり何も聞いていないが、とにかくその時のことは、子供ごころに、いつまでも心にまつわりついて離れなかった。今でもあの時のことを思い出すと、危険標識が行く手に立ってるような、なにか警戒信号みたいなものが浮かんでくるのであった。

エドワード・ダーネルとメアリの物語を、これ以上長々と続けることは無理だろう。どうもこの夫婦の話には、とても起りそうもないような出来事が多すぎて、どことなく聖杯ものがたりに似たようなところがあるからである。なるほどこの世にはアーサー王のように、生命を変えるということはたしかにあることはあるけれども、そんな作品は、これまでどんな記録家も、あり余るおびただしい詳細を苦心して書いたものは、一人もありゃしない。ダーネルには、じつは一冊の著書がある。その内容は、一部分は神がかりの子供が書いたようなへんな詩と、一部分は例の「ジョウロウ文書」から抜萃（ばっすい）した、これまた妙なラテン語で書いた「手記と詠歎文」であるが、これはべつにここへ全文を掲げたところで、この狐につままれたような小説に解明をあたえるものではなさそうである。著者エドワードは、みずからその文章を"In Exitu Israel"（出イスラエル記）と名づけて、本の扉（とびら）に標語として、明らかにかれ自身が書いたものらしいラテン語の次のような文章をのせている。——"Nunc certe scio quod omnia legenda; omnes historiæ, omnes fabulæ, omnis Scriptura sint de ME narrata."（いまや私はすべてが読まれなければならないことを知っている。すべての歴史、すべての物語、聖書のすべてが「私」について語られるだろう。）——むろん、かれのラテン語は、キケロの韻脚で覚えたものでないことは言うまでもないが、この変態語で、かれは自分に現われた「新生」の大縁起を述べている。「詩」の方はもっと妙てけれんなものである。そのなかの一つ、「俄かに陽光に照らされたる寮制学校のロンドンの高台より瞰下（かんか）しつつ詠める」と、古風な書物に倣（なら）った前書（まえがき）つきの詩は、次のように始まっている。——

ある日われ独りなるとき
奇（く）しき小石を見いでつる

人家離(さか)れる道のべに
見落されしその石を
ふと見たる時、われついに
宝獲(え)しよと思いけり
頬に小石を押しつけて
撫でさすることあまたたび
秘めたる場所にかくしける
それより日毎おとずれて
わが法悦と見飽くなし
この小石こそわが名花
真言秘密と念じけり
世に類(たぐ)いなき朱(あけ)色の
賢き石こそ天の欠片(かけら)
星よ　汝(なれ)は命の光
海よ汝(なんじ)は無窮なり
この石こそは永遠(とわ)の火よ
世界を驚異にかえる石
濁世(じょくせ)の塵も汝(なれ)により

浄め祓われ変わるなり
されば十方を見わたせば
大千世界は大法輪
大河も金の波を巻き
荒れたる園も仙女が原
梢に風の生るるときは
阿王生誕のひびきあり（阿王はアーサー王のことなり）
わが見る町に陰翳はなし
されど大都は炎上し
聖杯の峯を照らすかな
神来の酒飲むべかり
神饌卓にかがやけば
唱歌の声ぞ高らかに
神威を諷い讃うなる――

以上のごとき文字から、なにか決め手になるような知識を汲みとるのは、だれが見たって至難だろう。自著の最後のページで、ダーネルは次のように記している。――「そんなわけで、自分はロンドンの郊外の夢から、日々の労役や、退屈で無益な茶飯事の夢から目がさめた。そして目をひらいたとき、自分が古代の森のなかにいるのを見た。そこには、澄明な泉が、溽暑（じょくしょ）に霧（き）らう靄々模糊（あいあいもこ）たる霞（かすみ）のなかへ、こんこんと噴きでていた。すると森のかげから、一人の女がこちらへやってくるのが見えた。そして自分と愛する女とは、その泉のほとりで一つに結ばれたのである。」

恐怖

一、恐怖襲来

あれから二年たった今、われわれは当時の朝刊新聞を、それこそ、のどから手の出るような思いとうれしい期待をいだきながら、もういちど改めて読み返しているのであるが、大戦のはじめのころには、ずいぶんハラハラするようなことがいろいろとあった。とても信じられないことだ、しかしどうも確からしい、……そういった凶報の一喜一憂、――たとえば、ナムールが陥落して、ドイツ軍がなだれのごとくフランスに侵入し、あわやパリの城壁寸前にまで迫ったときなどが、それであった。やがて潮のごとき敵軍が退却して、とにかくこれでパリも世界も、まずまず当分は安泰という吉報がはいったときには、われわれは大勝のよろこびに雀躍(こおどり)したものであった。

それから幾日かのあいだ、われわれはそういう朗報を、あるいはさらにそれを上回る吉報を待ち望んだ。フォン・クルック将軍はもはや包囲されたろうか。今日だめなら、あすはたぶん包囲されるだろう。ところが、日は週となり、週は月となったけれども、西部戦線はどうやら凍結しっぱなしのようであった。ときおり、戦況を好転させそうな動きはあったにせよ、ヌーヴ・シャペールやロースは、まことしやかな世上の風評どおり、しだいに失望のいろが濃くなって、西部戦線は勝利の実行目的のすべてをかけて、当分のあいだ、膠着状態をつづけたままであった。格別、これといって何も起こらないようだったし、新聞も、とるにたらない無意味な作戦の報道以外に、読むべき記事はひとつもなかった。国民は、この無為無策の休戦状態の原因について、さまざまな臆測をした。フランスのジョッフル将軍に一策があって、目下「すこしずつ嚙りつつある」そうだと、楽観説を唱えるものがあるかとおもうと、いや、軍需物資が不足しているんだというものもあり、いやいや、召集された新兵たちが戦争に未熟なんだよと、もっともらしいことを言うものがあったりして、巷説はまちまちであった。そんな状態で幾月かたち、戦争二年目は、膠着状態だったイギリス戦線が長い惰眠からさめて、多少モゾモゾうごきだしはしたものの、それとて一挙に兵をすすめて敵軍を思いきり叩きつぶしもしないうちに、やがてその年もむなしく暮れて行った。

*

このイギリス軍の長期にわたる休戦状態の機密は、よく守られてきた。それは一面には、検閲制度によって厳重に擁護されていたのである。検閲はきびしくて、ときには常軌を逸するほどに峻烈をきわめた。――たとえば、「××部隊長所属○○部隊」というような特殊事項については、とくに太だしかった。げんざい発生しつつある事態、もしくは発生しかけている事態の真意が、軍当局に認知されるや否や、ただちに傍線つきの同文通牒が、イギリス国内、ならびにアイルランド国内の新聞経営者全員にあてて発送された。通牒は各経営者に、本通牒の告示内容は貴紙の編集責任者のみに伝達し、伝達事項を他に漏洩したるときは、責任者を厳罰に処するものとすと戒告してあった。通牒はすでに発生した事実、もしくは発生の可能性ある出来事に関する、いっさいの記事掲載を禁ずるに止まらず、それを匂わせるような記事、もしくはそういう事実の存在の可能性を暗示するような記事をも、いっさい掲載を禁じたのである。印刷物のみならず、いかなる形式においても、それを厳禁した。人と人との談話のなかでも、それに触れてはならないし、あるいは手紙・通信のなかなどでも、よしんば言葉をあいまいに濁したにせよ、それを暗示するようなことをしてはならなかった。要するに、そうした通牒が発せられたということ自体が、告示の内容はさておいて、すでに極秘事項だったのである。

この施策は成功した。北部地方のある財力ある新聞経営者が、賭博師仲間の宴会（こういうものが常時催されていたことを銘記しておこう）のおひらき近くに、酔っぱらって気が大きくなり、隣席の男に、「なあおい、ひょっとして……てなことになりでもしたら、こりゃえらいこっちゃぜ」と、うっかり口をすべらしたのが証拠となってひろまり、あとで「アーノルド老もちっと口をつつしめばいいのに」と悔んだ者もいたが、はたしてかれは金一千ポンドの罰金を科せられた。また、これはウエールズの農業地帯の町で発行されていた、小さな地方週刊紙におこった事件だが、かりに紙名を「メイロス・オブザーバー」としておこう。町の文房具店の裏の地所で発行されている新聞で、四ページの紙面はこの地方の花卉品評会の記事や、牧師館でもよおされた小間物市の記事、教区評議員の報告、めずらしい入浴中の頓死事件などといった記事で埋められている。ほかに当町来訪者芳名簿の欄なんかもあって、毎号五、六名の名前が掲げてある。

この地方文化の一機関紙には、地方の小新聞の長年のしきたりで、購読者の読みもしない社説のようなものが毎号のっているが、べつにそれは読者になんの暗示もあたえるようなものではなかった。だいたい、そんな田舎新聞の読者なんぞに、だれが国家の機密に関する暗示なんか内証にさずけるものか。こういう地方の小新聞は、たいがい経営者が主筆をかねていて、主筆すなわち兼小僧という、何でもござれの万能社長なんだから、かりにそんな知識のはしきれみたいなものがたまたま紙面にのるとすれば、原稿の手直しから割付その他、新聞の最後行程を社員まかせにしてあるから起こることなのであって、社員は町の市場あたりで小耳にはさんだゴシップ種で、四面の二インチほどの雑報欄を埋めるわけである。ところが結果としては、「メイロス・オブザーバー」紙は姿を消してしまった。経営者のいうところによると、「ちょっと厄介なことがあって」とだけで、それ以上は何も言わない。つまり、それ以上の釈明は何もなくて、「なにしろ、こう忙しくちゃ、どうにもならんよ」の一点張りであった。

＊

ところで、水も洩らさぬ万全の検閲制度というやつは、事、陰蔽ということにかけては、まったくもって呆れかえるようなことをやってのけるものである。戦前は、だれもそんなことを考えるものはなかった。検閲なんかあろうがなかろうが、Xでおこった殺人事件も、Yでおこった銀行破りも、ひろく世間に知れわたるはずだと、以前なら誰しもそういうだろう。新聞によらなくたって、むかしは人の口から口へつたわるという伝達手段を通じて、あらゆる出来事が知れわたったのである。いかにもその通りであって、三百年前のイギリスは、ちょうど今日の未開発国と同じだったわけだ。ところが、今日のわれわれは、活字になった言葉、印刷された言葉というものをえらく尊重して、それに信頼依存しているから、口で言うことばによるニューズの伝播という昔の力は、いまではすっかり萎靡(いび)して、ほとんど無力になってしまったのである。早いはなしが、かりにここにジョーンズという男が殺害された事実の報道を、各新聞社に禁止したとする。こんにちでは、それを口から耳に聞きつたえる人は驚くほど少ないだろうし、だいいち、それを聞いた人が全然その話を信用しないのにも驚くだろう。汽車のなかで偶然乗りあわせた人から、サウスワースにあった殺人事件の話を聞いたとする。そういうほんの行きずりの人との偶然の対話から受けた諸君の感銘と、新聞にほんの五、六行、被害者の姓名、住所、犯行日時のしるされた記事からうける感銘とは、まるで違うのである。列車の乗客なんかは、おなじ話をいろんな人に、なんどでもくりかえし話すが、あんなのはたいがい嘘っ話だ。そこへいくと新聞は、犯行されない殺人事件はぜったいに印刷しない。

ところで、極秘というものを助長してきたもう一つの理由がある。世上のうわさとか風説とかがもっていた昔の役目は、もはや今日では存在しなくなったと、わたしは今言ったけれども、さてそうなると、こんどの大戦中の例のロシヤ人のふしぎな伝説や、モンスの天使の神話(マッケン『弓兵・戦争伝説』参照)のことが頭に浮かんでくる。ただ、ここで指摘しておきたいのは、今どきあんなばかげた荒唐無稽な話が、あれほどまでに広くひろまり伝わったのは、ほかでもない新聞のせいだということだ。新聞や雑誌がなかったら、ロシヤ人の伝説もモンスの天使の神話も、それこそ取るにたりない、ごくありきたりの幽霊ばなしに終ったにちがいない。あの話を聞いた人の数よりも、おそらく、あの話を信じなかった人の数の方が多かったろうとおもう。まあ、せいぜい一週間か二週間ぐらいのうわさは流れたろうが、たかだかこの程度で、あの話は立ち消えになってしまったに相違ない。

くどいようではあるが、ああいう無意味なうわさと夢みたいな話が、一時あれほどまでに広く信じられたという事実は、これは何といっても、われわれがあちこちに流布する気まぐれな話をつい信じこんでしまうという、宿命みたいなものにつながるものなのだろう。みんなその手を二度まんまと食わされたというわけだ。あのときは、一見まじめな、信用できそうな人たちまでが、モンスのイギリス軍を救ったお光りさまについて説教をしたり、深夜灰色の外套を着たロシヤ人を満載して大陸をつっ走った列車の証人に立ったりしたけれども、そうしてみると何かそこには、あの眉唾ものの二つの伝説以上に驚奇すべきものがあったのであろう。もっともあのときは、日刊新聞にも、週刊評論にも、教区雑誌にも、確証のことばは一つも出なかったから、話をきいた大多数の人たちは一笑に付したろうし、まじめにとった連中は家へ帰ってから、「戦時心理学――集団幻覚」について何か書くための用意に、メモをとった程度だったろうが。

わたしはあの話はどちらも追いかけなかった。というのは、それよりも極秘の通達が出るまえに、ある新聞の雑報に「有名飛行士の墜落事故」という記事が出ていて、わたしはその方に好奇心が動いたからだった。飛行機のプロペラが、空を飛んでいるハトの群れにぶつかってバラバラになり、そのまま機体が弾丸のように地上に墜落したという記事であった。するとその記事を見てからまもなくあと、中部地方のある大きな軍需工場で、奇怪しごくな爆発事故があったという話を聞いた。わたしはこの二つの別々の事件に、なにかつながりがありそうな気がしたのであった。

たまたま、わたしの書いたその記事を読んでくれた友人から、おまえのあの記事には、軍当局が極秘通牒を出すほど異常な情況におちいっている、西部戦線の膠着状態を述べているような印象をあたえる節(ふし)があるぞといって、わたしは指摘された。もちろん、このことにかぎらず、一九一四年の十月以降、一九一六年七月に至るわが戦線の膠着状態については、いろいろの原因があったことは言うまでもない。その原因は明白だったし、そのことは公けに論議もされ、遺憾を表明されてもいたが、どうもしかしその背後には、なにか底の知れない、もっと重大な要因があるようであった。兵員が不足しているというが、兵員は新しい部隊にどんどん注入されていたし、弾丸が足りないというけれども、不足欠乏は国民が総力をあげて事態を改善せよと、いわゆる国民総蹶起(けっき)が公布されていて、万一、新しい不測の危機が到来するようなことがあれば、国民は兵員と軍需品の両面において、軍の欠乏をみたすために、国をあげて邁進(まいしん)するのである。何事もやれば出来るのだ。その危機が今やってきたのである。いや、危機は今のところ中休みをしているところだ。そして今こそ機密が公表されるべき時であった。

さきほどわたしは、有名飛行士が墜落した新聞記事に注意をひかれたといったが、あいにくわたしは切抜というものをとっておく習慣をもちあわせていない人間なので、事件の詳細なデータについて明確なことが申し上げられないのが残念だが、わたしの信ずるかぎりでは、たしかそれは一九一五年の五月の末か、六月上旬のことだったとおもう。西部戦線部隊所属の飛行将校レイノルズの死去を報じた新聞記事は、ごく簡単なものであった。祖国のために大空を翔ける荒鷲たちの不慮の事故死は、不幸にも、新聞紙上にデカデカと報道されるほど、稀有な出来事ではけっしてなかったのである。それにしても、レイノルズ少尉が死に遭遇した情況は、こんにちわれわれ人間が克服した原理のなかに、一つの新しい危険をさらけ出した異常な事件として、わたしは愕然としたのであった。レイノルズ少尉は、まえにも言ったように、鳥群のために墜落したのである。その鳥は、バラバラに飛び散った血まみれのプロペラの破片に付着していたものから見ると、ハトの群れであった。事故を目撃した同僚の話によると、少尉はその日、午後三時に飛行場を飛び立ったということであるが、天気は快晴で、風はほとんどなかったという。フランスへ行くつもりだったが、その空路はすでに六回以上も往復していたから、安心しきって、楽な気分でいたそうである。

「機はすぐに高度に上昇したから、機影はほとんど見えなかったな。同僚のやつが『おーい、ありゃ何だ?』と大きな声でどなったんで、自分もそっちのほうへ行きながら、やつの指さす空を見上げると、なにかまっ黒な雲のかたまりみたいなものが、南の方からものすごい速度でやってくるのが見えるんだ。自分はそれを見て、すぐに、あれは雲じゃないとわかった。グルグル、グルグル輪をかいて、これまで見た雲の動きかたとはまるでちがう動きかたで、グングン近寄ってくるんだ。自分もとっさには、はっきり何だとはわからなかったね。そいつがね、きゅうにサッと形を変えて、大きな三日月型になったとおもったら、なにかこう捜しものでもしてるみたいにクルクル旋回しだしてよ。自分を呼んだ同僚は望遠鏡を持ってたんで、その間ずっとのぞいてたけど、そのうちに大声で、おーい、鳥だ！　すげえ鳥だぞ！　何千羽いるかなあ！　と叫んだ。何千羽かの鳥はそのまま輪を描きながら、空高く舞い上がっていくから、こっちもこりゃおもしれえやと思って、まさかそいつが飛行機にいたずらするとは思いもよらないから、二人でしばらくそうやって眺めていたんだが、機影はそのときほとんど視界の外すれすれにあって、小さな点になってたな。そのうちにね、三日月型の両方の端が電光のような迅さでサッとつぼんだと思ったら、何千羽という鳥が一団になって、あっというまに、そのまま北々西へ飛んでっちゃったんだ。そのときヘンリーのやつ〔望遠鏡をもっていた同僚〕が『やっ、落ちたぞ！』と叫ぶなり、いっさんに駈け出しやがったから、自分もそのあとを追って、二人で自動車にとびのって、ヘンリーが目撃した墜落地点へ夢中で走らせたが、ヘンリーは、飛行機は雲みたいな鳥の群のなかから落ちてきたように見えたと言ってたから、やつは鳥の群がプロペラにつっこんだと思ったんだろうな。その通りだったよ。自分たちが発見したときには、プロペラの羽根はめちゃめちゃに折れて、血と鳥の羽根がベットリこびりついて、鳥の死骸がプロペラの羽根につっとおったり、間にはさまったりしてたからな」

以上は、若い航空兵が一夕仲間同志のあつまりの席でかたった話であるが、べつに「極秘」でもらした話ではないので、わたしは新聞に再録したが、もちろん、談話の一言一句をそのまま筆記したものではない。でも、こちらがおもしろいと思った記憶談の妙味は、いくらか写せてあるかと思うので、この聞き書は聞いた話にかなり近いものとおもう。とにかく、事件について格別なんの意識もなく、どうもおかしいとか、あるいは信じられないとか、そういった意識の表示なしに話してくれたままを記したものである。この航空兵もいっていたが、かれの知るかぎりでは、この種の事故ははじめてだそうである。以前、フランスの飛行士が一、二度、やはり鳥群——そのときはたしか鶩の群れであった——が猛烈ないきおいで機につっこんできて、困ったことがあったが、西部戦線にむかうわが軍用機が、数千羽のハトの群れにぶつかったのは、今回がはじめてだといっていた。

「この次はたぶんおれの番だな」と、あとでかれは言っていた。「今から縁起でもねえか。まあ何でもいいや、あしたはおれ、『ズーズルー』を見に行くんだ」（「ズーズルー」は第一次大戦中、大当りをとった出征劇）

＊

わたしはこの話を、一般人が大空の驚異や恐怖のはなしを聞くように聞いたのであった。数年前、われわれははじめて空に「エア・ポケット」というものがあることを知った。空中にふしぎな真空の穴ができて、操縦士はえらい危険をともなって、それへ落ちこむのだという。また、一九一一年の猛夏のことであったが、カンバランド山脈の上空を飛んだ操縦士が、とつぜん上昇気流に出会って、あっというまに上空へ吹き上げられたという経験談を聞いたこともある。そのときは、まるで溶鉱炉から熱風が吹きあがるように、岩山から熱風が飛行機の翼をつよく押し上げたということだ。今回の事故のはなしも、わたしはそれらの話をはじめて聞いた人たちと同じような気持で聞いたのであった。人間もいまや未知不可思議な空の領域をようやくのことで飛翔しだしたのであるから、従来経験したことのない、未知の冒険や危険に遭遇することは、当然予期しなければならない。そしてそれが今回のような、西部戦線づきの航空少尉レイノルズの死によって幕が切って落とされ、この種の冒険の新しい記録の第一章となったわけであった。しかも今後の発明と工風(くふう)によって、やがてはさらにまた新しい危険に遭遇するなんらかの道にぶつかることは、疑いないことだろう。

航空士が死んでから、たしか一週間か十日ほどたった後のことだったとおもうが、わたしは北部地方のある町――町の名前は伏せておいた方がよさそうだ――へ取材に出かけた。取材の目的は、その軍需工場の町の工員たちに、このところ、なにか法外な賃金が支給されていることに関する調査であった。うわさによると、週給二ポンド・十シリングとっていたものが、現在では七、八ポンドもとっており、七、八シリングもらっていたほんの「娘っ子」が、二ポンドもとっているというぐあいで、その結果、当然のことながら、町じゅうに飲めや歌えのどんちゃん騒ぎの遊興がひろまっているというのである。わたしの聞いた話でも、なんでも若い娘たちなど、四、五シリングのチョコレートに、二ポンドもの闇値を平気で払っているということだったし、主婦たちは主婦たちで、三十ポンドもする弾けもしないピアノを注文したり、亭主は亭主で、十ギニから二十ギニもする金鎖(きんぐさり)をドシドシ買うという豪勢ぶりだということであった。

問題の町へのりこんでみると、案のじょう、例によって例のごとく、わたしの聞いた話はよくある虚実とりまぜの大法螺(おおぼら)ばなしであった。たとえば、蓄音器なんぞは厳密にいえば必需品ではないけれども、行ってみると、高級品が現金割引の特価品になっていたし、新品のしゃれた乳母車が舗道にたくさん並べてあったが、どれも高級品にふさわしい、おちついた色に塗装された品であった。

ある工員は、わたしにこんなことを言った。「おれたち工員ふぜいが、手当りしだいに片っぱしから物を買いこんだら、世間のやつらはさぞびっくらこくだろうよな。あっしらね、生まれてはじめて金(かね)の顔を見たんだよ。金ってやつはキラキラ光ってやがって、いいもんだよ。その金のために、あっしら今、命がけでいっしょけんめい働いてるんでさ。あんたね、この先にあった爆発事故の話、聞きなすったかい?」

この男は、町はずれにある工場のはなしをしてくれた。もちろん、その工場の名前も、町の名も、これまで新聞に出たことなどなかった。新聞には、「北部地方の軍需工場に爆発事故あり。死傷者多数」という、簡単な記事が出ていただけであった。その工員は、わたしにその工場の話をしてくれた上に、恐ろしいことを話してくれた。

「会社じゃ、死体をいっさい見せてくれねえんだよ。まるで店へでも飾りたてるみてえに、死体をみんな棺箱へ詰めちゃってよ。ありゃあガス爆発だぜ」

「顔なんかまっ黒になってましたか？」

「とんでもねえ、顔なんかズタズタに嚙まれたみてえだった」

というのだから、なにかこれは、今まで知らない新しいガスにちがいなかった。

わたしはその工員に、おっしゃるような異常爆発は、ほかにもこの北部地方の町でおこったことがありますか、とたずねてみたが、かれはそれ以上は口を緘して、多くを語らなかった。まえにも言ったように、新聞に出さないようにというので、極秘はこのようにしてしばしば深く秘められていたのである。つい最近になって、やっとわれわれの話題にのぼるようになった「装甲車」なんかも、昨年の夏ごろは、政府の高官以外のもので知ってるものは誰もいなかった。あの新兵器のテストは、ロンドンから遙か離れたところにある公園でおこなわれ、訓練もそこでされたのであった。そんなわけで、軍需工場の爆発事故をわたしに話してくれた工員などは、そうした災害については何ひとつ知らされていないから、ああやって恪勤工員でいられたのである。話をきいてみると、かれは廃墟になった爆発工場の反対側にある町工場で、長年のあいだ精煉工として働いているベテラン工員であったが、自分が何をこしらえているのか全然知らされておらず、ただ、なんでもものすごい高度の爆発物らしいと想像しているにすぎないのであった。であるから、かれの話は、一般国民の気味のわるい噂ばなしとまったく同じで、おそらくかれ自身も、又聞きのそのまた又聞きの、さらにそのまた又聞きの受売り話ぐらいのところだったのだろう。「ズタズタに嚙まれたような」死体の顔面のすごさは、さすがによほど印象深かったらしいが、それもただ印象深かったというだけに終っていたのである。

その工員のところはそれで切り上げて、わたしはバスに乗って災害のあったという区域へ行ってみた。そこは町の中心から五マイルほど離れた工場地帯であった。問題の工場の所在をたずねると、あすこは誰もいないから、行っても無駄だとおしえられた。それでもいいから行ってみると、塀がこいの空地のなかに、見すぼらしい白木の小屋が一棟建っていて、門は締まっていた。破壊の跡らしいものをさがしてみたが、それらしいものはどこにもない。またしても奇怪な事故だという感じがつよくした。建物のなかにいた多数の工員を死傷させたほどの大爆発なのに、建物そのものはかすり傷ひとつ受けていないのである。

門をあけて出てきた人が、門扉に錠をおろしていたので、わたしはその人に二、三質問をしてみた。「こちらでは、何かおっかない仕事をしていたという話ですな」と誘導尋問をかけてみたが、まるで暖簾(のれん)に腕押しで、かえって逆にその男から、「あんた、町で巡査を見かけたかね?」とたずねられた。「ええ、見かけました」と答えると、——あんたね、商売気出して、何か聞き出そうなんてウロチョロしとると、すぐスパイでしょっぴかれるよ。早いとこ、さっさと引き揚げた方がいいぜ、という。わたしはそれがこの男の精一杯ギリギリの忠告なんだろうと思って、言われたとおりに従った。

つまり、わたしは文字通り煉瓦塀につきあたったというわけだった。いろいろ問題を考えていくと、どうもさきほどの精煉工も、わたしに注意を与えてくれた今の男も、なにかこう、話の文句を妙にひねっているとしか考えられなかった。精煉工は爆発事故で死んだ人間の顔が

「ズタズタに噛まれたようだ」といった。おそらくこれは、「食いちぎられた」の言い誤りだったのだろうが、ひょっとするとそれは、強烈な酸のききめを奇しくも表現した言葉だったのかもしれない。軍需製産の工程には、多量の強い酸が使用される。あるいは、そういう強烈な酸が混合されるような際に、ものすごい爆発をひきおこすこともありうるかもしれなかった。

このことがわたしの脳裏にひらめいたのは、レイノルズという例の航空兵の空中事故があった、一日二日のちのことであった。ふつうの時間の計り方では計れないような微小な一瞬が、わたしにこの二つの災害事故の間の関連の可能性をひらめかしたのであった。そんなことがあるはずはないとも考えたが、わたしはその考えを捨てた。こんなことをいうと、いかにも気ちがいじみた考えと思われるかもしれないが、わたしはどうしてもその考えが頭をはなれなかった。その考えこそ宇宙の謎のなかへわたしを導いてくれる、真言秘密の光明だったのである。

*

日付を合わせると、ちょうどその頃になるのだが、そのころ、世にも不思議な一連の戦慄すべき災厄事件が、ある一部の地方全域を連続的に襲っていたのであった。人によると、あるいは一県全体というかもしれないが、いずれにせよ、事件はある期間まったく不可解な謎のままになっていただけに、なおさら奇々怪々で、恐ろしかった。もっとも、この恐ろしいいくつかの連続事件は、それに関係した人たちには、べつに謎でも何でもなかったのかどうか、そのへんのことはよくわからない。なぜかというと、土地の住民が大ぜい組になって証人に参加するひまもないうちに、べつの新しい禁令が発令されたからであった。したがって、その結果、住民個々の勝手ほうだいな臆測のなかから、これぞという真正疑いない事実をどうやって見分けたらいいのか、誰にもわからなくなってしまったのである。

問題の地方というのは、ウエールズもずっと西のはずれの地域で、便宜上、ここでは「メリオン」と呼んでおこう。そこには、毎年夏になると、五、六週間避暑客がやってくるので多少名を知られている海岸町があるほかには、長い歳月に忘れ去られて、今ではすっかりさびれかえってしまった、昔ながらの眠ったような小さな町が三つ四つ、あちこちに散在している。むかし、物の本で読んだアイルランドの西部の町々をおもい出させるような、どれも小さな、くすぼけた町で、店屋の飾り窓の上にぶら下がっている看板なども、半分は文字が欠けてなくなっていたり、そこここの人家のなかには取り壊されたものもあるし、腐れ朽ちて傾くままになっているのもある。倒れた石材の間からは雑草が伸びほうだいに茂って、往来はどこも森閑(しんかん)としている。むかし繁昌した土地が、今日ではそうした土地ではなくなっているのが目に立つ。ケルト人は昔から建築術が不得手だった。わたしが見ただけでも、タウイ、マーサ・チグヴェス、メイロスなどの町々が、今日のような見る影もないありさまになったのは、当然のことだったのだ。いかにも貧乏ったらしく、けちけちかなじんで建てられた家屋の集落は、保存もわるいし、なんとも見すぼらしい姿をしている。

こうした北部の数すくない町々は、南部から伸びている荒々しい山脈に二分された、未開な地域に散在している。なかには、汽車の駅から十六マイルもあるという町もあるし、その他の町も、なるほど単線鉄道で曲がりなりにつながれてはいるものの、列車は一日に一本か二本で、それも山道を休み休み、よろめき、ためらい、ゴットンゴットン登って行くというあんばいだ。さびしい沼沢地のまんなかにポツンとある、停車場といっている掘立小屋みたいな駅に、うっかりすると三十分も四十分も停車する。五、六年まえに、わたしはアイルランドの人といっしょに、このおかしなローカル線の一つを旅したことがあるが、車窓の右を見れば、末枯(うらが)れた沼地や腐った水をたたえた沼が見え、左を眺めれば、灰色の石塀をおっ立てたような嶮しい山腹が見えるといったふうで、つれのアイルランド人も、「こりゃどうも、アイルランドの荒地から一歩も外へ出たような気がしませんな」といっていたくらいである。

このへんから、そろそろ、荒れはてた飛び地みたいな辺境の山稜地帯と、山ふところの秘境めいた峡谷が見えてくる。この地方の海辺にある白壁の農家をわたしも知っているが、そういう家はどの部落からも、ひどいごろた道を二時間あまりも歩かなければならないほど、かけ離れている。海岸からすこし奥へはいったあたりの農家になると、むかしの人が荒い山風と海からの時化(しけ)風から家を防ぎ守るために植えた、トネリコの木の厚い風垣に囲まれているのをよく見かける。それほど草ぶかく埋れかくれたところで、すっぽりと囲んだ青葉のなかから立ちのぼる炊煙を見て、ああ、あすこに人家があるんだなと、はじめて気がつくようなところだ。ロンドンのどまんなかに住んでる連中などは、こういうところに住んでる人達のことを考えるためには、まずかれらを見なければなるまい。いや、見たって、こういう山村の人々のまったく孤立孤独の暮らしは、とうてい信じられまい。

メリオンというところは、およそまず、そういったところであった。そしてそういう片田舎(かたいなか)に、昨年の夏のはじめごろ、一連の恐怖事件が——人間がかつて知らなかったような、前代未聞の姿なき恐怖事件が降ってわいたのであった。

事件は、ある晴れた日の午後、このあたりの野原へ花を摘みにきて、それきり丘の上の家へ戻ってこなかった、一人の少女の話からはじまる。

二、村の死神

ゆくえの知れなくなった子供は、このへんでは高地(アルト)といっている、けわしい山腹の斜面に立っている一軒家から出たきり帰って来なかったのである。このあたりは自然の起伏の多い山野で、ハリエニシダやワラビが群生していたり、芦(あし)や藺(い)のはえた低い湿地が、隠れた泉から流れでる清水の道をおしえながらひろがっていたり、森林地帯の前哨線ともいうべきやぶ畳や下草が、ところ嫌わずおい茂ったりしている。この荒れほうだいの凸凹(でこぼこ)した山野を貫いている一本道をだらだら下りると、谷あいの底の小径へ出る。そこからまた山になって、それがずっと海岸の上の断崖まで、約四マイルほど高地になってつづいている。ガートルード・モーガンというその少女は、母親から、下の道へ行ってむらさきの花（ランの花）を摘んできておくれといわれ、おやつまでには帰ってくるんだよ、リンゴのパイがあるからねといって、母親は子供を出してやったのだという。

少女はそれきり帰ってこなかった。きっと十字路のところから崖っぷちの方へ出て、ちょうどいまハマカンザシの花がさかりだから、それを摘みにそっちの方へ行ったのだろうと想像された。土地の人たちは、きっと足を踏みすべらして、二百フィート下の海へ落ちたのにちがいないと言ったが、なかにはまた、なるほど、その推測にはたしかに真実性があるけれども、どうも事実とはだいぶひらきがあるようだ、と言うものもあった。けっきょく、少女の死体は見つからなかったところを見ると、汐にのって沖へ流されてしまったのにちがいなかった。

足を踏みはずしたのだろうとか、芝草に滑って岩場に落ちたのだろうとかいう推定は、いちおうの解釈としては受け入れられたけれども、村の連中は、どうもおかしな事故だと思った。というのは、大体、断崖や海岸の近くに住んでいる子供たちは、小さいころから、海や断崖には用心ぶかく育ってきているものだし、それにガートルード・モーガンはすでに十歳にちかい少女だからであった。それにしても、近所の人が言ってたように、「これは偶然の出来事だったにちがいない。ほんに可哀そうなことをした」ものであった。ところが、この言葉は、それから一週間ほどのちに、村の若い屈強な日雇い耕作者が、その日の仕事をおえたあと、自宅へ戻ってこなかったという事件には、あてはまらないようであった。この男の死体は、さきに女の子が転落したと推定される断崖から、約六、七マイル離れた海岸の岩礁で発見された。男はその晩も、ここ七、八年毎夜かよいなれた山道を通って、家にむかって戻ってきたのであった。男はその道は、ほとんど一インチごとにというくらい熟知していたから、どんな闇夜でもまったく安全だったという。駐在の巡査は、男は酒に酔っていたかと尋ねたが、本人は禁酒主義者であった。癲癇持ちではなかったかとも尋ねたが、そんな持病もない。百姓の日雇取りなんかに金持はいないから、金品のために殺害されたのでもなかった。このときも、芝草にすべったのだろうとか、足を踏みすべらしたのだろうとかいう意見が蒸しかえされただけに終ったけれども、村の連中はたび重なる変事に戦々兢々であった。するとこんどは、県の中央部のランヴィアンジェルの、現在は廃坑になっている石切場の底で、首の骨を折った女の屍体が見つかった。この石切場の上は、ハリエニシダの藪で自然の牆がめぐらされていたから、こんどは「足を踏みすべらした」という説はもち出されなかった。その牆をぶちやぶるには、全身が棘だらけになるほど悪戦苦闘しなければなるまい。なるほどその藪垣には、ちょうど女の死体が見つかった真上のあたりに、何者かが乱暴にくぐり抜けたような穴が一カ所あいていたが、妙なことに、女の死体のそばに羊が一頭死んでいた。まるで羊も女といっしょに追っかけられて、石切場のふちから転落したような格好であった。しかし、誰に、あるいは何に追っかけられたのかとなると、これはまた、恐怖の一つの新手の型であった。

つぎは、山麓の沼沢地でおこった事件で、父親と十四、五歳になるせがれが、朝早く仕事に出かけたなり、雇われ先の農家へ着かずじまいになったのである。この親子が歩いて行った道というのは、沼地のへりをとおっている道で、道はばもひろいし、砂利を敷いて沼地よりも二フィートほど高く盛り上げてある、固い道であった。その日の夕方から始められた捜査によって、フィリップというその男とせがれは、沼地のなかで沼と藻をかぶって死んでいるのが見つかった。死体は道から沼のなかへ十ヤードもはいったところにあり、どうやら道路からわざわざそこまではいって行ったらしい形跡があった。もとより、まっくろなヘドロのなかに二人の足跡を求めても無駄であった。大きな石を投げこんでも、一、二秒もすれば、沈んだ跡など消えてしまうような場所である。死体を発見した人たちは、なんとかして加害者の足跡を見つけようと、沼地のへりや周囲にある空地をさがしまわった。放牧の黒牛が草を食(は)んでいる草地の方まで登ったり、小川のふちの榛(はん)の木立のなかなどをさがしたりしたが、なにも見つからなかった。

このようないくつかの戦慄すべき事件のうちで、最も凄惨だったのは、さびしい高地を何マイルもうねりくねりして通っている、人の往き来もまれな街道ばたでおこった強殺事件であった。そこも、よその人家へは一マイルもあるようなところで、暗い森のはずれに小さな一軒家が立っている。ウイリアムズという労働者の家で、女房と三人の子供の五人暮らしである。暑い夏の夕ぐれのことで、三、四マイルはなれた牧師館の庭の手入れに行った一人の日雇い人夫が、この家の前を通りかかって、ウイリアムズと四、五分立話をした。ウイリアムズは家の庭まわりで何か仕事をしていたところで、家のまえの細い道では子供たちが遊んでいた。二人は近所のうわさや馬鈴薯の出来ぐあいなど話しているところへ、ウイリアムズの女房が入口へ顔を出して、夕食のしたくができたことを告げたので、ウイリアムズは人夫と別れて、家のなかへはいろうとした。それが八時ごろのことで、ふつうこのへんの家では、その時刻は家族のものが揃って夕食につく時間で、夕食をすますと、九時か遅くも九時半には寝床へはいる習慣になっている。その夜十時ごろ、村の医師が街道を馬にのって自宅をさして戻ってきた。ウイリアムズの家の前までくると、どうしたのかいきなり馬が棒立ちになって、そこへ立ち往生してしまった。医者が馬をおりて、ひょいと道を見ると、仰天した。ウイリアムズと女房と三人の子供が道にぶっ倒れて、固くなって死んでいたのである。五人とも、なにか鉄製の鈍器のようなものでめった打ちに殴られたように、頭の骨が砕けており、顔面もグチャグチャに打ちのめされていた。

三、医師の意見

メリオンの住民の心に暗い影を投げた当時の恐怖図を描くのは、これは容易なわざではない。これまでに述べた男女や小児が、あれがただの偶発事故で死に遭遇したとは、もはや誰も信ずることも、信じるふりをすることもできなくなってきた。例の少女と若い日雇い労働者、これはあるいは足をすべらして崖から落ちたのかもしれなかったが、石切場の底に羊といっしょに死んでいた女や、沼地の泥のなかへおびきよせられて行った親子、さらにまた、街道ばたでおこった一家殴殺事件などは、これはどう考えたって、ただの奇禍と推定する余地はまったくなかった。ああいう凶悪な、しかも目的の全然ない犯行にたいしては、どんな推理を組み立てることも、いや、推理の輪郭を描くことすら不可能であった。きっと狂人のしわざにちがいない。

首斬りジャック（一八八八年夏から約二カ月にわたって断続的にロンドンに起こった有名な凶悪殺人事件。ロンドンはそのために一大恐怖におちいったが結局、犯人はあがらず、迷宮入りになった）の地方版の変型種に相違ない。死の妄執にとりつかれた恐ろしい変質者が、森や山野にひそみながら、おのれが願望する犠牲者を求めて、さびしい田舎の闇のなかを勝手ほうだいにガサガサあさり歩いているんだろうと、住民たちは一時はそんなふうに言っていた。街道ばたのウイリアムズ一家惨殺の最初の発見者だったルイス医師も、じつはこの不可解な謎の事件のただ一つの可能な解決として、はじめはやはり、この地方に狂人が潜伏していると信じていたのであった。

「わしはね、ウイリアムズ一家はてっきり殺人狂に殺害されたものと確信しとったんだ」とルイス医師は、ずっとのちになってから、わたしに洩らしていた。「殺害の手口が、そう信ぜざるをえんような性質のものじゃったからね。もう何年も前――そうさな、三十六、七年まえになるかな。――ちょうどその頃、あの街道ばたの殺人事件に外見のひじょうによく似た事件を手がけたことがあってな。その時分、わしはモンマスシャのアスクで開業しとったんだが、ある晩のこと、道路っぱたの家に住んどった一家が、何者かに皆殺しに遭ってな。たしかランビキ事件というとった。そういう名前の村の近くに家があったんでな。犯人はニューポートで逮捕された。ガルシアというスペイン人の水夫で、オランダ製の古い置時計の真鍮（しんちゅう）の飾り細工がほしうて、親子五人を殺しよったんじゃ。置時計は、逮捕されたとき犯人が持っとったよ。

ガルシアという男は、なにかつまらん窃盗（せっとう）をはたらいて、アスクの留置所で一カ月の拘留をつとめあげて出所すると、すぐとその足で、小十マイル離れたニューポートへ向かって、テクテク歩きだした。べつの船に雇われるためだったんだろうな。その途中、問題の家のまえを通りかかると、男が庭で働いとった。ガルシアはいきなり船員ナイフで、その男を刺し殺した。かみさんが飛びだしてきたのを、これも刺し殺した。それから家のなかへはいって、三人の子供を刺し殺し、家に火をつけようとして、そのまま飾りのついた置時計を持ってずらかった。ここらはいかにも狂人の行為らしく見えるけれども、が、ガルシアは狂人ではなかった。――おそらく死刑になったろうがね。――やつは程度のすこぶる低い劣等型の男で、人間の生命の価値判断なんちゅうものは微塵ももっとらん変質者じゃったのよ。よくは知らんが、なんでもスペインのどこかの島で生まれた男で、そこの島民は雑婚が多すぎて、ほとんどが変質者だというこっちゃ。

わしの論拠は、ガルシアがどのばあいも相手をひと突きで殺しとるという点じゃ。やつは無意味なめった斬りや、やたらに斬りさいなむようなことは、ひとつもしておらん。ところで、今回のあの街道ばたの気の毒な連中は、猛烈な強打で、一撃のもとに頭を粉砕されとるね。おそらく、五人ともあの一撃で即死したはずじゃよ。ところが、犯人はそのあと、すでに冷たくなった死人を、ハンマーでめった打ちに殴ったにちがいない。こういう手口こそ狂人のやることで、狂人でなけりゃにゃ、ようせんこっちゃ。とまあ、これがあの事件の直後に、わしがひとりで考えた反証じゃったんだがね。

ところが、わしゃまったく誤まっとった。とんでもない間違いじゃったよ。しかしあのばあい、だれに真相が考えられたかね？」

ルイス医師という人は、こういう人であった。わたしはあの恐怖事件の幕が切っておとされた当時の、この地方における知識人の代表者としてのこの人の意見を、以上引用したわけだが、住民たちは、とにかくそれが一つの解明の慰めを提供しているところから、大部分のものはかれの説を支持した。たとえどんな薄弱な解明であろうと、とにかく解明されるということは、とても我慢のならない恐ろしい謎のままでいるよりはましだったのである。それに、ルイス医師の説は、この殺人事件の特徴とおもわれる、目的がないことを説いている点など、いかにも妥当な意見であった。しかし、最初から難点とおもわれる節もいくつかあった。だいいち、他所からはいってきた者はすぐと目につくこの草ぶかい田舎で、見なれない狂人が身を隠しつづけていられるなんてことは、とうていありえないことであって、そんな人間が田舎道や山野をうろちょろしていれば、当然遅かれ早かれ、人目についてしまうにちがいない。そういえば、いつぞやも悪さなど何もしない陽気な酔っぱらいの浮浪者が、ビールをのんで、畑の生垣の下で寝こんでいたところを、百姓と作男にひっとらえられたことが実際にあったくらいで、捕まえられた浮浪者は完全なアリバイがあったから、すぐに釈放されて、そのままた浮浪をつづけて行ったが、とにかく、そういう土地柄なのである。

さて、その後また別の説——というよりも、ドクター説の変形意見があらわれた。この説は、今回の暴虐行為の責めは当然狂人が負うべきものではあるが、しかし狂人というものはそうめったやたらにいるものではないというのが、その趣旨であった。すると、ポースの町のクラブ会員で、レムナントなにがしという人が、この説にさらに細かい注釈を考え出した。レムナント氏は中年の男で、べつにこれといって何もしていない人であるが、暇つぶしに書物はだいぶ読んでいる人だった。かれはクラブの会員たち——医師、退役軍人、牧師、弁護士その他の人たちを前に、「人格」というものについて語り、人格はときに不安定な変わりやすいものだという自分の主張を支持するために、いろんな心理学書から引用したり、この命題のよい例として、スティヴンスンの小説「ジキル博士とハイド氏」まで持ち出して説明したりした。——人間の魂は一つのもので、不可分なものであるから、ここから一つの政体をつくりだすことが可能だ。——つまり、多数の見ず知らずの、おたがいに相手の性格も知らず、意見もまちまちな市民が、為政者も市民も元は一つだという、ごく素朴な意識のなかで、たがいに探り合いなどしないような、そういう一つの社会機構を実現することが可能だという、ジキル博士の考えかたをかれは強調したのである。

「けっきょく、手っとり早くいいますと、当人はそういう事実を全然知らなくても、人間は誰でも殺人者たりうるのであります。この点につきましては、そこにおられるルーエリンに話してもらいましょう」といってレムナント氏は話のくくりをつけた。

ペイン・ルーエリン氏は年配の法律家であった。いうなれば、地方版のタルキングホーンで（タルキングホーンは、ディケンズの『荒涼館』に登場する、デドロック家の顧問弁護士で、事務所はロンドンのリンカーンズ・フィールドにあった）代々、モーガン家の顧問弁護士を勤めていた。モーガン家といったって、ロンドンにお住まいのサクソン人諸君には、べつに豪勢にはひびくまいが、西ウエールズに住むケルト人にとっては、この家名は王侯貴族にはるかまさる貴いものなのである。古い家柄で、テイロ・サントはこのケルト族最初の族長の傍系族だったのである。ペイン・ルーエリン氏は、日ごろこの由緒ある旧家の法律上の助言者としての風格を見せるために、いたく心を砕いていた。貫禄もあるし、思慮もふかく、しっかりした頼もしい人物であった。わたしはこの人をリンカーンズ・イン・フィールドのタルキングホーン氏にくらべたけれども、ルーエリン氏の方は、家重代の髑髏(どくろ)のしまってある戸棚を暇つぶしにのぞくようなことは、夢にもしなかったろう。ルーエリン氏にそんな大戸棚があれば、大枚のポケット・マネーをはずんでも、きっと二重三重の厳重な鍵をつけたことだろう。かれはたしかに新参者であった。ある意味では、人を押しのけてペイン・ターバービル卿の後釜にすわった征服者であったが、古い親株はせいぜい支持していくつもりでいた。

「では、ルーエリンに伺いましょう」とレムナント氏はいった。「どうですな、ルーエリン、あんたあの連中が街道ばたで殺害された晩、どこにおられたか、証言できますかな？　出来ますまい？」

年上のルーエリン氏は、答えるまえに、言い渋った。

「出来ないでしょうな」とレムナント氏はつづけた。「そこで申し上げるが、ルーエリンがメリオン中に死をばら撒(ま)こうと思えば、これは出来ることなのです。ただし、今日すでに名士である彼は、自分のなかにもう一人のルーエリンがおって、そのもう一人のルーエリンは殺人を美術として考えておる、なんてことは、爪の垢ほども考えちゃおられんでしょうがね」

ペイン・ルーエリン氏は、自分が血に荒れ狂う野獣のごとき、良心の苛責をもたない殺人鬼になるかもしれんという、レムナントの発言がまっこうから気にくわなかった。殺人を美術と考えるなんて、およそむちゃな、悪趣味なことばだと思った。これはド・キンシーが有名な論文の題名に用いた言葉ですとレムナントに教えられたが、それでもルーエリンは自分の考えを頑として変えなかった。

「ちょっと言わしてもらうが」とルーエリン氏は冷やかな切り口上で言った。「先週の火曜日、つまり、あの不幸な人達が街道ばたで惨殺された晩は、わたしはカーディフのエンゼル・ホテルに泊っておった。カーディフに所用があったので、木曜日の午後まであちらにいましたぜ」

この完全なアリバイを申し立てると、ルーエリンはさっさとクラブを引き揚げて行った。そしてその週はクラブの近くへ近寄らなかった。

レムナントは、喫煙室にのこっていた会員たちに、今のは自分の意見の具体例として、ルーエリン君をちょっと使ったまでだといって弁明したが、自分の意見にはちゃんとした証拠と根拠があるのだという考えは、固執して譲らなかった。

「二重人格の例はいくらでも記録されていますよ」とかれはいった。「くどいようですが、殺人はね、ここにいるわれわれのなかにだって、第二の人格というやつがそれを犯す可能性はじゅうぶんにあるのですぞ。たとえば、レムナントAは、人を殺すなんてことは全然知らない。おれなんか家じゅうの誰よりも、ニワトリ一羽殺せない人間だと信じこんでいても、かれのなかにいるレムナントBは、殺人者になりうるのです。ルイスさん、そうでしょう?」

ルイス医師は、それは理論上はそうだが、実際上はそうは思わん、といった。

「まあ、従来研究調査されてきた二重人格、あるいは複合性格の多くの例を見ると、ずいぶんいかがわしい催眠術だとか、それよりもっと怪しげな降霊術なんかに関係したものが多いようだね。わしの意見によるとだ、すべてこの種のことは、つまりしろうとが時計細工をチンチカやっとるようなもので、やっとる連中は何も知らんくせに、歯車だの輪っかだの、機械の部分品をわがもの顔にいじくっとるのさ。だからして、やっとのことで時計ができ上がってみると、針が逆に動いちゃったり、お茶の時間に二百四十も時を打っちゃったりしよるんだよ。心霊術の実験なんちゅうもんは、みんなそんなもんじゃとわしは思っとる。第二の人格なんてものもだ、われわれが何もわかっとらん人体のごく微妙な器官を、トンカチ叩いたり、いじくったりしとる結果に似たようなもんさ。いいかね、わしゃ今レムナント君が言うたように、レムナントBの状態で、われわれのなかの誰かが殺人者になることは絶対にありえないとは言わんよ。言わんがだ、そんなことはまあ、ありそうもないことだとわしゃ思うね。ありそうだということ、つまり蓋然性じゃな、これは君、人生の指針じゃよ。のう、レムナント君、そうじゃろうが」とルイス医師は、おれだってこれで若い頃にはちっとは物を読んだんだぞといわんばかりに、レムナントの顔を見てニヤニヤしながら、「したがってだ、ありそうもないこと、こいつも人生の指針であることは、言うまでもなかろう。ひじょうに高度の蓋然性がえられれば、これは当然確実と考えてよろしかろう。逆に、どうも推定が確実性に欠けとるばあいには、それはありそうにないこととして処理するのが当然じゃ。つまり、千例中の九百九十九例というやつさ」

「その千回目の例というのは、どうやってするんです？」とレムナントがいった。「今回のような異常犯罪が千回もおこると考えられますか？」

ルイス医師は、もうこの問題にはいささかうんざり気味だったので、肩をすくめて苦笑していた。ポース・クラブのお歴々連中も、結局きょうの会合はこれという収穫もなかったわいと、なにか割り切れない顔を見合わせたことであった。ところが、レムナントのいささか気ちがいじみた説も、ルイス医師のしごくもっともらしい意見も、その後またまた恐ろしい謎の死の犠牲者が二人も出たとなると、どうやら二人の説にも安心して頼れなくなってきたようであった。さきに女の死体が見つかったランヴィアンジェルの石切場で、こんどは男の死体が見つかり、同じ日に、十五歳になる少女が、ポースの近くの断崖の下の岩礁に打ち砕かれて死んでいたのである。死体の状況から見て、この二つの死はほぼ同時に――一時間以内におこったものにちがいないようであった。しかも石切場とブラック・ロックの断崖との距離は、ゆうに二十マイルはあった。

「自動車をつかえばやれるだろう」とある人はいった。

ところが、この二つの現場の間には、国道が一本もないことが指摘された。じっさい、道らしい道は一本もないといってよかった。ざっと十七マイルばかりのその間には、曲りくねった細い小径が網目のように密に、それこそありとあらゆる変則な角度で、たがいにからみあい、もつれあっていた。そういった地形のところが、ちょうどブラック・ロックとランヴィアンジェルの石切場の中間へんのところにあったのである。そのうえ、断崖の上の高地へ出るには、畑のなかの細い道を二マイル近くも通らなければならなかった。しかも石切場は、ハリエニシダや野イバラのしげった荒地のまんなかの一ばん近い道からでさえ、一マイルはたっぷりある。そして結局のところ、片っぽの場所からもう一方の場所まで辿り辿り行った細い道には、自動車の轍はおろか、モーター・バイクの通った跡もなかった。

「飛行機ならどうかな?」と自動車説をもちだした男がいった。なるほどそういえば、この二つの死の現場からほど遠からぬところに、飛行場はあることはあったが、まさか航空隊が殺人犯人を飼っていたなんて、誰も信じるものはなかった。そんなわけで、どうもメリオンの事件に関係した犯人は、一人以上でなければならないことが明白なように思われてきた。そこでルイス医師は自説を撤回した。

「クラブでレムナントに言ったとおり、ありそうもないことは人生の指針にはちがいないが、しかしこの田舎にそんな大量の狂人がおるわけもないし、狂人二人説は信じられんな。わしゃ狂人説は放棄する」とルイス医師は語った。

この新しくおこった事件は、人々の判断を混乱させたうえに、新しい勝手ほうだいな臆測をよびおこす結果となった。というのは、この地方の人たちはようやくその頃になって、自分たちの周辺に起こっている事件は、新聞に出るほどの大きな事件ではないということがわかってきたのであった。

「メイロス・オブザーバー」が廃刊になったことは、前にも述べたが、結局この地方紙は、ある人間が「怪死した」という雑報をのせたことが筆禍となって、当局の弾圧を受けたのであった。おそらくその記事は、ランヴィアンジェルの石切場におこった最初の死に関するものだったのであろう。あれ以来、恐怖は恐怖を追い打ちするような形で相次いで起こったけれども、どこの地方紙にも、その記事は一行も出なかった。不思議なことは新聞社側にもあって、――ここの県内には二紙がのこっていたが、どちらの社も、そのことについては一切言明することを拒否する以外に、なんの手もないらしかった。カーディフの新聞は、そこのところだけ記事が削りとられて、空欄になっていた。そしてロンドンの新聞などは、この比類なき凶悪犯罪が一地方全域を震憾させているという事実を全然知らずにいたのである。なにか起こっているそうだが、何が起こることがあるのかなと、みんな首をかしげているありさまで、そのうちに、なんでもそういった闇の死については、検屍も禁じられているそうだ、というようなことが囁かれだしてきた。

ある検屍官がこんなことを言ったということが伝えられた。「内務省よりの通達の結果、陪審員の任務は、医学上の証言を聴取して、その証言に応じて直ちに評決に入るべし、とのことを諸君に申し渡しておく。この点については、問答はいっさい無用である」陪審員の一人が異議を申し立てた。

陪審長は評決に持ちこむことを拒否した。

「よろしい」と検屍官はいった。「では、わたしから諸君に通告させてもらおう。陪審長ならびに陪審員諸君、本日以降、わたしが諸君に代行して、諸君全員が陪審員であった時と同様、当法廷に提供せられた証言に従って、本官が評決に入る権限をもつものとする」

陪審長ならびに陪審員たちは、協議の結果、拒否できないことを受諾した。ところが、このことが、恐怖事件は疑いもなく官憲の命令によって新聞紙上に伏せられているという事実に加えて、ひろく噂となってひろがり、いまやますます高まりつつある国民の恐怖を増大させ、国民の恐慌(パニック)に一つの新しい方向をあたえることになった。政府のやっている制圧と禁止は、ひたすら戦争のためのものであり、そのような禁止圧制は戦争とのつながりにおいて、由々(ゆゆ)しい危険におちいるだけだということを、人々はようやくのことで悟ったのであった。そんなことがあったので、それ以来国民は、そこまで極秘にしておかなければならぬ無茶なやりかたは、てっきりこれは敵のしわざだ、つまり、ドイツ人のスパイのしわざに違いない、と考えるようになったのである。

四、恐怖蔓延

ここらでひとつ、要点をはっきりさせておこうと思う。わたしはこの実録を、航空士がハトの大群にぶつかって墜落したとか、北部地方のある軍需工場で、すでに述べたような奇怪千万な爆発事故がおこったとか、そういった異常事故をひきあいに出しながら、話をすすめてきた。その間(かん)、わたしはロンドンの近郊から北部地方に疎開し、その北部からもさらに疎開して、一九一五年の夏には、ちょうど謎の連続恐怖事件の発生した、ウエールズの某地方――かりにメリオンと名づけておいたが――に仮寓していたのである。

ところで、同時にここで承知しておいていただきたいのは、わたしがメリオンで起こったことについて詳細を述べたようなことは、とくにこの遠隔の地方だけが全域にわたって恐怖におそわれたことを意味するのではないということである。あの剛健の気風ありといわれるデヴォンシャ州のダートムアに近い村あたりでも、人心はあたかも悪疫天災が猖獗(しょうけつ)したときのように、意気まったく悄沈したものがあったと聞いている。恐怖事件はノーフォークの沼沢地あたりにもおこって、スコーンからテイの上(かみ)の森林高地へ山越しするものが、一時はほとんど一人もなかったと言われている。一方、工業地方はどうかというと、わたしはある日、ロンドンの妙なところで偶然会った男から、その男が知人から聞いたという恐怖談を聞かされた。

「いいか、ネッド、つべこべ言わずに黙って聞けよ」とその男はわたしに言った。「じつはな、ついこの間ベニガンにあった話なんだが、なんでもあすこのじき近くの工場から、棺箱がいっぺんに三百も出たのを見たというやつに、おれは会ったぜ」

するとその話を聞いてからまもなく、テームズ河の河口の外で、帆をあげたまま風にもまれていた船があって、いくら呼んでも応答がなく、灯火もつけずにうろうろしているので、要塞から大砲を一発ぶっぱなしてマストを一本倒したところ、風がきゅうにかわって、船は残りの帆をあげたまんま、イギリス海峡へと向きをかえて動きだし、とうとうアーカションの松林の浜へぶち揚げたが、その船には生きている人間は一人もいないで、ただ白骨がゴロゴロ積み上がっていたという。「セラスミス号」というその船の最後の航海は、さぞかし身の毛のよだつような話なのだろうが、わたしは遠いところにいたので噂ばなしを聞いただけだったが、自分が実地に知っている別の事件とどこか符合するところがあったので、噂ばなしでも信用したのである。

以上が、わたしの言わんとする要点であるが、メリオンに降ってわいた連続恐怖事件をわたしが今こうして書いているのは、たまたま、事件のすぐ近いところに自分が居合わしていたからにすぎない。ほかの場所でおこったことは、みな又聞きの又聞きであるが、ポースとマーサ・チグヴェスの周辺でおこったことは、実際に恐怖の跡を直接自分の目で見た人たちと親しく語りあった話である。

この遠い西部の州の住民たちは、自分たちの州の静かな田舎道や平和な山の上を死神が荒らしまわり、そのうえ何かわけがあって、そのことが極秘に付されているのを知ったと、わたしはさきに述べたけれども、新聞は記事をのせないし、事件を審議するために召集された陪審員たちは審議を停止されたとなれば、この秘密のヴェールは戦争に関係があるにちがいないと住民たちが考えたのはむりもないことで、そういう見方からすれば、そのさきの推論はもはやわかりきっている。罪もない大人子供を殺したのは、ドイツ人か、ドイツ人の手先にきまっている。——かれらはそう結論を下したのであった。大体、ああいう悪魔のような残忍非道な謀略を考え出すのはむかしのフン族にそっくりで、ドイツのやつらはいつだって、そういう計画を何年も前から練りに練って考えぬいているのだ。やつらは何とかしてパリを数週間で陥落させたいと望んだ。そして万一マルヌを叩かれるようなことがあれば、そのときはいつでも退却できるように、とうからアーンにちゃんと地下壕を掘っておいた。なにもかも戦争前に何年もかかって準備しておいたことだ。そんなふうだから、やつらは戦場でわれわれを撃てないときのために、まえまえからイギリス国に対して、こういう恐ろしい計略を練っていたのにちがいない。もちろん、同じようにわが方にだって、命令一下、どこへでも殺戮と破壊にとびだしていく用意のあったことは言うまでもないことだが、とにかくドイツ人はこのやりかたで、わがイギリス全土に恐怖をまきちらし、われわれ国民の心を恐慌と狼狽でかきみだし、本土において敵を弱体化させておいて、海をこえた外地で戦っているイギリス将兵の士気を沮喪させようという魂胆なのにちがいない。それのもう一つの形のあらわれが、ツェッペリンの威嚇だ。ドイツ人はこうした戦慄すべき謎の暴虐行為を犯しつつ、われわれの心胆を寒からしめることを考えているのだと、住民たちは結論を下したのであった。

この結論は、いちいち尤も至極のようであった。なるほど、ドイツはすでに今までに多くの恐ろしいことを犯していたし、悪魔的な発明の才にも長けていたしするから、その忌まわしい悪業もここまでくると、あまりに忌まわしすぎて、とうていありそうに思えぬくらい、昔のフン族のひねった悪意に輪をかけて、さらにいちだんと巧妙に悪質のようであった。しかしそうなると、では一体、そういう恐ろしいことを企画設計するやつらは何者なのか、どこに住んでいるのか、どうやって山野から山野へ、小径から小径へ、人目にたたずに移動する手を工風しだしたのか、という疑問が出てきた、この疑問には、いろいろ空想めいた答が百出したけれども、どうやら一つも答にはならなかったようである。犯人は潜水艇から上陸したのだろうとか、アイルランドの西海岸の隠れ家から飛んできて、夜な夜な出没するのだろうとか、いろんなことが言われたけれども、今挙げた二つの説などは、これはあながち出来ないことでもなさそうであった。いずれにせよ、犯人はドイツ人に相違ないという点では衆口一致していたが、ではその犯行がどんなふうにして行なわれたかということになると、誰も言い当てたものはなかった。ポース・クラブで、だれだったか忘れたが、その点についての意見をレムナントに徴したものがあった。

利口なレムナントは答えた。――「人類の進歩というものは、考えられもしなかったことから、さらにまた別の考えられなかったことへの、一つの長い行進にすぎんというのが、ぼくの持論なんですがね。たとえば、きのうポースの上空へやってきたわが軍の飛行船をごらんなさい。あんなもの、十年前には考えられもしなかったものでしょう。蒸汽機関然り、印刷術然り、引力説然りで、誰かがそれを考えるまでは、みんな考えられもしなかったことです。だからして、いま問題にしている、この悪鬼のごとき極悪非道な企画考案も、おそらくそれに違いありません。フン族はそれを発見したが、われわれはそれを発見しておらない。その証拠には、あの気の毒な人たちがどうやって殺されたのか、われわれにはかいもく見当がつかずにいるでしょう。ということは、殺した方法が、われわれには全然考えのつかない方法だからですよ」

この高踏的な論説を、クラブの連中は一種の畏怖感をもって傾聴した。レムナントが帰って行ったあとで、会員の一人がいった。

「いやどうも大した男だね、あれは」

「そうだよ」とルイス医師がいった。「かれ、何か知っとるかと訊かれた。かれの答は、じつは『何も知らん』というのと同じだった。やっこさん、近頃になく、うまくいなしおったよ」

このポースの少数市民の連中が感づきだした、ドイツ軍ないしはその手先の特殊な秘密犯行の手口について、州民がようやく頭を悩ましはじめたのは、ちょうどこの頃のことだったとおもう。それには、例の街道ばたのウイリアムズ一家が家の前で殺されていたということが関係していたのである。ひとくちに街道といってるその道路が、昔ローマ人がひらいた道だということは、まだ言わなかったかとおもうが、このローマン街道は、えんえんと西へつらなる嶮しい山々を縫って、やがて裾野に下り、末は海へと消えている道である。街道の西側は、あるところは暗鬱な森林に、あるところはひろい高原になだれ落ち、ときには穀物畑もあるが、大部分はアーヴォン地方特有の荒地に裾をひろげている。畑はけわしい山の斜面に、ほそ長い段々畑になって上へ上へと伸び、きゅうにボコンと穴ぼこになって落ちこんでいる窪地には、トネリコやイバラの藪がおいかぶさって木蔭をつくっているそのまんなかに、泉がふき出ていたりして、その下の地面には芦や葭が密生している。それがやがてシダが茂り、ハリエニシダや野イバラが荒れほうだいにはびこり、みどり濃い蘚類が木々の枝からぶらさがっている原野になる。街道の両側は、大体そういった陸地であった。

そういう斜面の麓の、ウイリアムズの家の下の畑が三、四枚あるところに、げんざい、陸軍の野営地がある。ここ数年、よく軍の野営演習に使われている場所で、最近また拡張されて、小屋などもいくつか建っている。一九一五年の夏には、相当数の兵員がテントに寝起きしていた。

これはあとになってわかったことであるが、街道に殺人のあった当夜、放牧の馬がつねになくものに驚いて、えらく暴れたという一と幕があったらしい。

その晩、消灯ラッパの鳴ったのが九時半で、まもなく、野営テントのなかにいたかなりの人数の兵隊たちは、全員眠りについた。一同はあわてふためいてとび起きた。頭の上の山の中腹あたりで、落雷のようなどえらい音がしたと思ったら、いきなりテントの上へ五、六頭の馬が落ちてきたのである。馬はものに狂ったように跳ねあばれ、テントを踏みつけ、兵隊たちを蹴ちらし、兵隊のうち数名は打撲傷をおい、二名は即死した。

暗さは暗し、めったやたらの大混乱となって、まっくら闇のなかで呻るもの、悲鳴をあげるもの、倒れたテントの下敷きになるもの、綱にひっからまるもの。若い初年兵などは、ドイツ軍の上陸だといって喚きちらすし、目にはいった血しぶきを手でこすり拭いているものもある。なかには、寝入りばなをきゅうに起こされたので、寝ぼけて殴りあうものも出る。そこへ上官がとんできて、軍医に命令をどなるで、叫喚の声は倍になった。おりから、ちょうど村からテントへ帰ってきた一隊の兵たちは、まっ暗闇のなかで何も見えず、何を言ってるのかわからない怒号と叫喚と呻き声にふるえ上がって、そのまま一目散にキャンプから逃げだすと、命からがら村をさして夢中でつっ走った。いやもう、言語に絶する大混乱だったという。

兵隊のうちの何人かは、幾頭かの馬が疾風のごとく山から駆け下りてくるのを見たという。まるで恐怖そのものが馬に打ち跨がっているのかのようだったという。馬は闇のなかへ散らばって行ったのもあれば、山の上の牧場へもどって行ったのもあった。一夜明けて朝になってみたら、馬は上の牧場で、なにごともなかったように、しごくのんびりと草を食べていて、昨夜の騒ぎのなごりらしいものといったら、雨あがりの畑のなかをつっ走ったさいに、全身に浴びた泥のあとぐらいのものだったという。土地の百姓たちのいうには、メリオンの馬はみんなおとなしいたちのやつばかりだから、暴走したりするようなはずはないとのことであった。

「馬っこがそんなにおったまげるとは、きっと魔物でも見たにちげえねえす。たまげたこんだのし！」

というようなわけで、あとは騒ぎのあった前とおなじように、万事平穏無事にかえったが、たまたまポース・クラブの連中が、ドイツ人の暴行問題——例の殺人事件のことを会員たちはそう呼んでいた——を論じあっていたときに、この奔馬事件が話題にのぼった。会員のなかの誰だかが、この放牧馬の暴走を、目下活動中の恐ろしい力の稀に見る異常性の証拠として持ち出したのである。会員の一人が、騒ぎのあった当夜、キャンプにいた士官から聞いた話によると、暴走した馬の群れは完全な狂乱状態にあり、あんな状態になった馬は後にも先にも見たことがないということであった。そこでクラブでは、一体あのおとなしい動物を、それほどの狂乱状態におとしいれた原因の音響、あるいは馬が見たものは何だったのだろうと、それについて果てしもない推論がたたかわされた。

するとその話の最中に、またまた不思議な、理解に苦しむ別の出来事が、町へきた在方の百姓の世間ばなしや、市の日にニワトリや玉子や庭木などをポースへ持ってくる、農場労働者の話などから知れてきた。在郷出の女中や下男が、小耳にはさんだ話のきれっぱしをあれこれとかき集めて、奥さまに受け売りをしたのである。そんなことから、プラス・ニュードの上で、養蜂家の飼っている蜜蜂に異変がおこったことが判明した。蜜蜂が熊蜂みたいに気が荒くなって、えらく狂暴になり、蜜を採っていた人たちのまわりに雲霞のように集まってきて、からだの肉が見えないくらいまっ黒に蜂がたかり、医者も手当に窮するほどひどく刺され、それを見に出てきた女の子などは、蜂に目がけられて、全身を刺されて死んだそうである。蜂は農場下の藪のなかへ逃げこんで、立ち木の洞にはいって、夜昼となく人を目がけては襲ってくるので、その近くへは危なくて近寄れないという。

それと同じようなことが、蜜蜂を飼っている何カ所かの農場や農家でもおこったらしかった。それからまた、これはあまりはっきりしないことで信じられない話であるが、羊の番犬のはなしもあった。羊の番犬といえば、従順でおとなしくて信頼されている動物であるが、それがにわかに狼みたいに凶暴になって、農場の小僧にえらい怪我をさせたり、なかには噛まれて死んだ人も出たという。また、オーエンという百姓の婆さんが大事にして飼っていたブラマ・ドーキン種のニワトリが発狂して、土曜日の朝ポースへ来たときのその婆さんが、顔や首に繃帯をして、そこらじゅう膏薬だらけだったという話は、嘘ではなかった。婆さんは前の晩、餌をやりに裏の畑へ出たところが、いきなりニワトリが婆さんを目がけて飛んできて、乱暴につっつきちらし、やっとのことで追っぱらったときには、えらい傷を何カ所にもこうむっていたのだそうな。
「いいあんべえに、すぐねきに三叉鋤があったで、そいでめった打ちに打って、やっと殺してやったども、まあ、世の中いったいどうなったんかいね。どういうことかいのう?」

ところで、レムナントという男は空論家で、同時に極端な閑人であった。この人、若いころにあり余るほどの財産を継いで、ミドル・テンプルの評議員を六期もつとめ、法律の醍醐味をたっぷり味わったのであるが、その後どこでどう悟ったものか、べつに将来門戸を張って開業する気もない弁護士稼業のために、国家試験をパスすることに営々苦労するなんざ馬鹿の骨頂と観じ、テンプル・コートから鳴りひびく「メンジャー」の鐘の音には耳を聾にして、長くもない浮世をのんきにブラリ、シャラリと参ろうずることに一念発起したのであった。そしてヨーロッパ中を漫遊して歩き、アフリカを見物し、東洋の入口にもちょいと首をつっこみ、ギリシャの島々やコンスタンチノープルあたりを含めた旅もした。いまや齢五十のなかばも過ぎて、当人も言ってるとおり、メキシコ海流とフクシン紅の貿易のために、ここポースに居をかまえて、万巻の蔵書と、おのれの空論と、田舎のうわさ話の上を、心ゆくまま気の向くままに漫策しているのである。今でもかれは、謎の犯罪に現をぬかしているこの地方の一般大衆に劣らぬ俗人ではあったけれども、恐怖事件は元来不吉な暗いものなのに、どこかかれの性に合うところがあるのか、これでおれの生活にも新しい一つの情熱が加わったという楽しさもあって、かれは丹念によく詮索したり、調査をしたり、足まめによく探訪に歩きまわったりしていた。そんなわけだから、在方からバターや野兎やグリーン・ピースを入れた百姓の野菜籠といっしょに町へはいってきた、蜜蜂だの羊の番犬だのニワトリなどのふしぎな話にも地獄耳を立て、その結果、ついに前代未聞の珍説を編みだすに到ったのであった。

自分の思いどおりの発見を、思いどおりに達成したレムナントは、ある夜、ルイス医師の門をたたいて、かれの意見を徴したのである。

「あんたに折り入って話したいことがあるんだ」とレムナントはルイス医師にいった。「じつはね、ぼくが仮りにZ光線と命名したもののことなんだけどね」

五、見たことのない木

ルイス医師は、おおような笑顔で迎えながら、またなにか変痴気論の怪気焔を聞かされるのだろうと、それを覚悟のうえで、レムナントを庭と海を見晴らす部屋へ通した。

ここの家は、町の中心から歩いてわずか十分ほどのところにあったが、人家からずいぶん離れている感じがした。門をはいると、こんもりとした植込みと藪があって、そこをぬけると、主屋のぐるりにも、両隣りの家の藪と枝をまじえた茂みがあって、庭は向こう下がりにだらだらとなぞえになっており、土盛りをした芝生の台地が、赤い岩石のあいだを小径のうねっている雑草園までつづき、そのさきは黄いろい砂の窪地になっている。医者がレムナントを招じた部屋からは、今言った台地になっている庭と、はるか入江のむこうの模糊とした陸地の線までが、ひと目に見わたせる。どのフランス窓もみないっぱいに明けはなたれていて、主客はやわらかいランプの灯影のなかに腰をおろした。――まだ、西部一帯にきびしい灯火管制がしかれる前のことであった。青葉の匂いがかぐわしい、夏の宵の美しいひとときであった。レムナントは話を切りだした。

「ときにルイス、あんた最近おこった蜜蜂や羊の番犬のふしぎな話は聞かれたろうね？」

「うん、聞いた。ちょうどプラス・ニュードのタマス・トレヴァのところへ往診に行ってな。いいあんばいに、おやじはもう峠を越した。あすこのメアリという女の子は、ちっと頭の弱い子じゃったが、わしが行ったときにはもう手遅れじゃった。あれは疑いもなく蜂に刺されて死んだんじゃ。同じケースはランタナムやモーエンにもあったが、この方は死ぬほどのことはない。それがどうかしたかね？」

「いや、べつに。では、おとなしい羊の番犬が兇暴になって、子供たちに乱暴した話は？」

「そうそう。あれはわしは診に行かなんだが、あの話はほんとにあった話だと思うよ」

「婆さんがニワトリにやられた話は？」

「あれはほんまの話だ。婆さんの娘というのが、顔や首に多少おまけをつけて、わしのとこへやってきよってな。傷は大体もう治りかけとるようじゃったから、何でもいいから治療をつづけるように言うておいたが」

「ほう、そりゃよかった」レムナントはそう言ってから、そのあと、斜体活字で強調するようなつよい調子でいった。「あんたね、今挙げなすったようなことと、先月来この界隈でおこったあの恐ろしい事件との間に、なにか関連があると見ませんかね？」

ルイスはきょとんとして、レムナントの顔を見つめた。赤い眉毛が顔をしかめたときみたいに、上がったり下がったりした。言葉がお国丸出しになって、

「ホ、こりゃまたえらいこっちゃ！」と大きな声で、「あんた一体、何を考えとる？　気ちがい沙汰じゃて。そうすると何かい、暴れだした蜜蜂や、つむじを曲げた番犬や、へそを曲げた古っトリと、崖からつき落とされたり、往来でハンマーで殴り殺された気の毒な連中との間に、なんぞ関係があると、貴公は考えとるちゅうのかい？　意味ないな、そんなこと君」

「ぼくは大いに意味ありと、真剣に考えている」とレムナントはいやにおちつき払っていった。「いいですかルイス、先日ぼくがクラブの諸君に、今回の一連の凶悪犯罪はまさしくドイツ人の犯行であるが、その犯行の手口がわれわれにはまったくわからんと卑見を述べたときに、ぼくはあんたが冷笑しとったのを見た。あの時ぼくが言わんとした意味はね、こういうことだったんだ。つまりですよ、ウイリアムズ一家以下惨殺された連中は、まったく学理にない――とにかくわれわれが企んだことも考えたこともない、なんらかの方法で殺されたのだ、ということが言いたかったんです。この主旨はわかるでしょう？」

「うん、まあな。その方法には絶対独創的なものがあるというんじゃろう？　そりゃわしもそう思っとるさ。しかし、その先はどうなるね？」

レムナントはやや言い渋るけしきだった。ひとつには、自分がこれから言おうとすることには、驚異的なすばらしいものがあるという気負いと、半分はまた、こういう深い秘事を他人に頒(わか)つのは厭だという気持があったからであった。

「でもね、非常に異常な二組の現象が同時に起こったということは、あんたも認めるでしょう。そうなると、理論上、その二組がたがいに関連があると考えられませんかな？」

「なるほどね、テンタデンの尖塔やグッドウィンの砂洲の哲人は、そう考えたね」とルイスはいった。「しかし、どういう関連かね？　街道の気の毒な一家は蜂にも刺されんし、番犬にも襲われなんだよ。暴走した馬は崖から人間を投げとばしたり、沼のなかで人間を生き埋めにしたりはせなんだよ」

「いや、そんな奇想天外なことを言うつもりはありませんよ。ただぼくに明白なことは、どんな動物でも、恐怖や驚愕や不安が原因で、とつぜん凶暴になるということなんだ。キャンプへ飛びこんだ馬どもは、びっくりして暴走したんでしたろ。ぼくらが論議したほかの例も、原因は同じだとぼくは言うんですよ。動物たちはみんな恐怖の伝染にさらされた。ものに驚いた動物は、鳥だってけものだって昆虫だって、みんなかれらの持っている独自の武器を使う。たとえば、暴れ馬に遭った人間は、かならず後足で蹴とばされる」

「あたりまえだ。それで」

「それでね、ぼくの意見は、ドイツ人はなにかこれまでにない、前代未聞の発見をしたにちがいないと言うんです。それをね、ぼくはかりに『Z光線』と名づけたんです。ご存じのとおり、エーテルというやつは、あれは単に一つの仮説でしょう。マルコニーのいう、電流が一つの場所から他の場所へ流れるという原理は、これはもう証明ずみと考えていいですね。そこで、物的エーテルと同じように、霊的エーテルがあるということを考えてみる。それは人間という媒体をこえたところで、不可抗的な刺戟を指令することができると想定してみる。そしてその刺戟が、殺人、ないしは自殺の方向を目ざしていると想像してみる。そうするとですよ、ここ数週間にメリオンで起こった恐ろしい連続事件の解釈がつくと、ぼくは思うんだ。今のぼくの頭のなかには、あの馬だのほかの動物たちは、この『Z光線』にさらされたのだということがはっきりしているし、その結果として、ああいう残忍な恐怖事件が生まれたということもはっきりしているんです。どうです、何か言うことありますか？　つまり、テレパシーが巧妙に設定されたんですな。それから催眠術の暗示もね。大英百科辞典（エンサイクロペディア・ブリタニカ）を見ればわかるけど、暗示というやつは、まっこう大上段に高圧的にかけたものは非常に強力なんですな。ぼくのいうZ光線の要素は、そのテレパシーと暗示をいっしょにしたものと思ってもらえばいいんですが、どうでしょう？　ぼくとしては、自分の考えたこの仮説は、蒸汽エンジンの発明者が、薬罐（やかん）のふたが湯気で上がったり下がったりするのを見て考えた仮説なんかより、はるかに高度なものだという気がするんだけど、どんなものだろう？」

ルイス医師は何も答えなかった。それよりもかれは、庭に一本、見たこともない新しい木がはえたのを、じっと眺めていたのである。

医者がレムナントの問いに答えなかったのは、一つには、例によって相手が持前の雄弁でさかんにまくしたてるので、――話の要点を絞って喋ってはいたが、――相手の声のひびきにうんざりしていたのと、も一つには、かれの発見したZ光線説はあんまり突飛すぎてついて行けず、腹が立って思いきりやっつけてやりたいほど、馬鹿々々しいものだったからでもあった。退屈な論議がながながとつづいているうちに、ルイスはなんとなく、今夜はなんだか妙な晩だという気がしてきた。

暗い夏の晩だった。入江のむこうのドラゴン・ヘッド岬の上に、かすかな下弦の月がのぼり、あたりは水を打ったように静かだった。夜空にそびえている高い庭木のてっぺんの葉が、そよりともしないのがわかるほど、静かであった。そのくせ、ルイスはさっきから、何の音ともさだかでない何かの音に、自分が耳を澄ましているのに気づいていた。木の葉をわたる風の音でもなかったし、岩に打ちよせる静かな汐騒(しおざい)の音でもなかった。汐騒の音なら、すぐに聞き分けられるはずだったが、なにかほかの音であった。ほとんど響きにならないような音で、まるで空気そのものが震えはためいているような――よく教会などで大きなオルガンのペダルを踏むと、堂内の空気がどよもすように揺れるが、ちょうどあんな感じであった。

医者は耳をすまして聴いた。気のせいではなかった。音は、もしやと一瞬考えたように、頭の上でしているのではなかった。それでいて、どこでしているのか、何の音なのか、さっぱりわからないのである。かれは、夜の花の香のほんのりと甘い庭の闇のしじまを、ややしばらくじっと見まもっていたが、やがてその目を上げて、庭木の梢ごしにドラゴン・ヘッド岬の方を見渡そうとした時であった。ふと、遠い飛行機か飛行船の爆音のような、それとも違う妙な空気震動がするのに、おやと思った。普通のブーンという爆音ではなくて、なにか新しい型のエンジンがおこす響のようであった。ひょっとしたら、敵の飛行船かな？　このところ、敵機の航空距離はぐっと延びたといわれている。ルイスはレムナントの注意を、その音と、音の原因らしきものと、頭上に迫っているらしい危険とに向けてやろうと声をかけようとしたとたんに、思わず息をのんだ。驚きと恐怖に心臓がドキンと止まるようなものを見たのである。

しばらく夜空を見上げていた目を、レムナントに声をかけようとして下におろして、庭の植込みを何の気なしに見下ろしたときに、日が落ちてからわずか二、三時間のあいだに、庭木の一本が形を変えてしまったのを見て、医者はあっと目を見はったのであった。台地になった庭の境にはヒイラギの植込みがあって、その上に前から松の木が一本、笠のようにひろげた枝で空を暗くしていた。

それが今庭を見下ろすと、高いその松の木が、そこになくなっているのである。松の木があったところには、ヒイラギの木より大きそうな、なにかまっ黒に茂ったものが、ヒイラギの植込みの上にもっこりとそびえて、低い植込みの上いちめんに、黒い横雲のようにひろがっていた。

まったく信じられない、到底ありようもない光景が、その時そこにあった。こんなばあいの人間の精神過程が、いままでに分析され記録されたことがあったかどうか、だいいち、記録されうるものであるかどうかも疑問だ。人間は絶対真理を考えることができるからといって、つねに絶対真理を扱っている数学者にこれを持ちこむのは、公正ではない。数学者だって、いきなり二面三角形に直面したら、どんな心持がするだろう。おそらく、とたんに頭がおかしくなって、暴れ狂う狂人になってしまうだろう。ルイスは目をらんらんとさせて、闇のなかを食い入るように見つめ、日ごろ見なれている枝をひろげた大木がないのをまじまじと凝視して、一瞬、あたかも昔の人が、まさかと思っていたアキレスの弱点とカメの子を見たときに感じたような衝撃をおぼえたのである。常識で考えれば、アキレスは、カメの子なんか電光のような早さで追いこしてしまうはずなのに、数学上の絶対不変の真理は、地球がふたたびドロドロに溶けて煮えくりかえり、九天ついに落つるの日まで、カメはアキレスより先をノコノコ前進しつづけることを証明するのである。こうなると、われわれは体面上からいっても、当然頭が狂って来ざるをえないところだが、そこを特別の恩赦によって、最後の上告裁判の法廷で、すべての学問は嘘だ、最高科学だってみんな嘘だということが証明されるから、おかげで発狂はしないかわりに、ダーウィンを冷笑し、ハックスリをあざ笑い、ハーバート・スペンサーを嗤(わら)ったように、アキレスとカメの子を簡単に冷笑するのである。

ルイス医師は冷笑しなかった。かれは闇のなかに目をこらし、そこにあるはずのない、枝をひろげて聳え立っている木を凝視した。すると凝視しているうちに、その大木の茂った葉の深い闇のなかで、なにか不思議な光と色でピカピカ、チカチカ光っているようなものがあるのを見たのである。

ずっと後になって、ルイスはわたしにこう言ったことがある。——

「今おもい出すと、わしはあの時ひとりで思っとったね。『いいか、おれは目なんか眩んじゃおらんぞ。おれはこのとおり正気だぞ。酔っぱらってもおらんぞ。夕食にグラーヴの白ブドー酒を一杯やっただけだ。それからもう三時間もたっとる。べつに毒茸を食べたわけでもない。Anhelonium Lewinii（ウバタマ茸）なら、長年のかんで一目でわかるから、そんなものは採りゃせん。だのに、こりゃ一体、どういうことなんだ。なにが起こったんだ？』とな」

外はいちめんの闇で、雲が薄月と星かげをおぼろにしていた。ルイスはレムナントに、気をつけろ、君はそこにいろよと身ぶりで制しておいて、立ち上がった。レムナントもルイスのただならぬ様子に気づいて、ただ呆気にとられていた。ルイスは明け放してあるフランス窓から、庭の小径へ一歩出ると、まっ黒な怪しい木のすがたを食い入るように見、それから庭の斜面を見下ろし、さらにその目をあげて浜の方を眺めわたした。そして両手をうしろに組んで、部屋の灯影をさえぎるようにして、八方に目をくばった。

そこにあるはずのない大木は、夜空をついて亭々とそびえ立っている。でも、さっきから雲がからんだようで、輪郭や葉の茂みの境目などがはっきりしなかった。風は死んだようにそよりともしないのに、なにかその葉ごみのなかで、ガサガサ動いているものがあるようであった。マッチをすっても、焔が傾いたり揺れたりしないで、まっすぐに燃えているような静かな夜であった。

「それがね」とルイスはわたしに語った。「たとえば、燃えておる石炭の上にのせた紙きれが、燃えながら煙突に吸いこまれるまえに、ヒラヒラ舞って、燃え紙を火がチラチラ走ることがよくあるね。あんなぐあいなんじゃよ、すこし離れて見とると。髪の毛ほどの細い火の条や火の子が見えてな、そのうちにピンの頭ほどのルビー色の火だの、エメラルドが這うような緑いろの光が闇のなかを縫うて、それから濃い青い色の火が走りおった。『こりゃかなわん!』とわしは思わずウエールズ語で呟いた。『なんちゅう色だ、しかも燃えとるわい!』

するとその時、家のなかの部屋のドアがえらい音をたてたと思うと、下男が出て来よって、先生、ガースへすぐに行って下さい。トレヴァさんが重態だそうで、と告げた。トレヴァ爺さんは前から心臓が悪いのを知っとったから、わしはレムナントにあとを頼んで、いそいで患家先へ行かにゃならなんだ」

六、レムナント氏のZ光線

ルイス医師はガースでだいぶ手間どり、帰宅したのはかれこれ十二時すぎになった。さっそく庭と海を見晴らす部屋へ行き、フランス窓をあけて、闇のなかをのぞいて見た。どんよりした空に、あたりもどんよりしていたが、そのなかに、葉の茂ったヒイラギの植込みの上に、日ごろ見なれた松の木が亭々とそびえていた。さきほど目を見はったなじみのない大木は、影も形もなくなって、怪しい色の光も火の子も今はぜんぜん見えなかった。

ルイスは明け放した窓ぎわへ椅子をひっぱってくると、それに腰をおろして、闇のなかを怪訝な思いで穴のあくほど見つめていた。どのくらいの時間がたったか、そのうちに海と空が白く輝いてきて、庭木のかたちがはっきりしてきた。ルイスはやっとそれで寝床にはいったが、なんだか狐にでもつままれているような心持で、いくら自問してみても何の答えも出てこなかった。

医者はレムナントには、怪しい木のことは何も言わなかった。翌日クラブで会ったとき、ゆうべは庭の藪のなかに誰か人がかくれているような気がしたのでなと、例のごとき気をつけなさいやという医者口調でそういって、庭へ出て闇のなかを睨んでいたのはそのためなんだとごまかしておいたが、じつをいうと、きっとまた蒸し返されるにちがいないレムナント学説を恐れて、本当のことを言わなかったのである。しかし内心は、Z光線説のしまいのところが聞きたかった。案のじょう、レムナントはその問題をしつこく再開してきた。

「ゆうべは、せっかくこれからぼくの論拠を述べようというときに、邪魔がはいってしまってね。けっきょく要約すると、こういうことになるんです。――現代のフン族は科学の上で一大飛躍をした。かれらは『暗示』(これは不可抗的な命令になる)を、わが国に送っている。その『暗示』にかかった人間は、自殺狂か殺人狂にかかってしまう。崖からつき落とされたり、石切場で自殺した人間、沼地の泥のなかで発見された親子など、みんなそれです。それから例の街道事件については、犯行のあった夕方、タマス・エヴァンスという男が立ち寄って、ウイリアムズに話しかけておった。ぼくの意見だと、そのエヴァンスという男が犯人だな。かれはZ光線の力をうけて、たちまち殺人狂になり、ウイリアムズの手から鋤をひったくって、あの一家を殺害した」

「死体はわしが路上で発見したんだ」

「光線の最初の衝撃で、神経のはげしい昂奮が生じ、それがおのずから外に向かって現われる、ということが考えられますな。ウイリアムズはおそらく女房を呼んで、エヴァンスとやりあってるから出てこいと言ったんでしょうな。子供たちが母親にくっついて出てくるのは、これはあたりまえですよ。事はしごく簡単だったろうと思うな。それから動物どもですがね、これもね、馬、犬など、やはりあっというまに光線に打たれて、その結果狂暴になったにちがいない」

「では、なぜウイリアムズがエヴァンスを殺さんで、エヴァンスがウイリアムズを殺したんだね？」

「それはね、ある薬品が、ほかの人間には何の作用もおこさんのに、なぜ特定の人間だけに強い反作用をおこすのか？　Aはウイスキーを一罎空（から）にしても平気でいるのに、なぜBはたった三杯飲んだだけで、酒乱みたいな状態になるんですか？」

「それは特異体質（イディオシンクラシー）の問題さ」とルイス医師はいった。

「イディオシンクラシーというのは、ギリシャ語で『自分は知らない』という意味でしょう？」

とレムナントは反問した。

「知らんね」ルイスはおだやかに微笑しながら、「いま、ウイスキーの話が出たから言うが、ウイスキー特異体質はべつに病気の原因にはならんようだな。そうすぐには症状はあらわれんよ。ほかのケースだと、君のいうように、比較的少量の投薬でも、問題のような活力の表出をともなう顕著な悪態症（ケチクシア）があるようじゃがね」

ルイスは医者の専門語で煙にまいて、クラブとレムナントからさっさと随徳寺（ずいとくじ）をきめた。レムナントのいう光線なるものが、およそナンセンスなものであることがはっきりわかったので、これ以上そんな恐ろしい光線の話など聞きたくもなかったのである。でも、なぜナンセンスだと感じたのだろうと自問してみると、正直のところ、自分でもわからないと自白せざるをえなかった。飛行機だって、つくられる前は、およそナンセンスだったと、かれは反省してみた。また、九十年代のはじめのころ、新しく発見されたX光線のことを友人に話した時のことを、かれはおもいだした。友人はまさかといって一笑に付し、X光線という言葉すら真（ま）に受けないようすだったが、ルイスが今週の「土曜評論」にその記事がのってるといって教えてやると、はじめて友人は「ほう、そうかい？　へーえ、してみると、ほんとなんだな。いや、わかったわかった」といって、さっそくその場でX光線信者に改宗した。この話をおもいだしながら、ルイスは、人間のもつふしぎな精神過程、――理屈でもなんでもない、ただ頭から強要されたergos（それゆえに）にすぐに雷同してしまうその過程に、いまさらのように驚いた。そして、そうなるとこのおれもご多分に洩れずで、レムナント教義の熱心な信者になるために、「土曜評論」にZ光線の記事が出るのを待っている口（くち）かなと、首をかしげたことであった。

しかし、そんなことよりもっとつよく首をかしげたのは、自分の家の庭ではっきりとこの目で見た、あの奇怪な現象であった。夜間、庭の立木が、一時間も二時間もまるきり形を変え、ふだん見たこともない藪がはえ、そのなかにエメラルドやルビー色のキラキラした光の火が、にきまっている。

もの怪みたいに現われたなんて、そんなばかげた話は、だれだって開いた口がふさがらない

ルイス医師のこうした案問は、妹夫婦が訪ねてきたことによって、信じられない庭木の不思議からいくらか紛らされた。メリット夫妻は中部地方の著名な工業都市に住んでおり、その市はむろん現在は軍需工業の中心都市になっていた。夫妻がポースに着いた日は、細君のほうは炎暑の長旅に疲れて早目に床に入り、夫君のメリットと義兄のルイスは、夕食後パイプをふかしながらよもやま話をするために、庭に面した部屋にはいった。二人は一別以来のはなしに花が咲き、戦争は長びくこと、戦没した友人知己のこと、この悲惨に早く鳧をつけることは望み薄であることなどが、おもな話題であった。ルイスは、この地方におこった恐怖事件については、義弟には何も話さなかった。煤煙と仕事からの息抜きに、せっかく静かな日あたりのいいところへきた人を迎えるのに、なにも恐怖の話などでよけいな気をもませることはなかった。じつをいうと、ルイスは久しぶりに義弟を見て、顔いろがだいぶよくないと見たのであった。「神経質」らしく、ルイスの好まぬ、ときどき口を曲げる癖があった。

「いや、ほんとによく来てくれたな」とルイスは言葉すくなに、ちびりちびりブドー酒をなめながら、「君の体には、このポースなんかが適っとるんだ。どうもひところのように顔色が冴えんようだぞ。ま、三週間ばかりいなさいて。そりゃもう覿面じゃ」

「ええ、わたしもそうしたいと思っています。自分じゃべつにこれといって体の調子は悪くな

いんですがね。ミドリングハムでは、このところ万事快調に行っています」

「仕事の方は順調なんだろう?」

「ええ、おかげと仕事の方は順調です。ところが、ひとつ困ったことがありましてね。いまわれわれは恐怖時代に生きています。だんだんにそうなって来ますな」

「そりゃまたどういう意味だ?」

「ええ、まあ知ってることは話してもいいと思いますが、べつに大したことでもないから、手紙にゃ書かなかったんですが、ご存じでしょうがこのところミドリングハムの軍需工場では、どこでも銃剣をもった護衛兵が、昼夜警備をしてましてね。爆弾をもった兵隊もいますし、大きな工場なんかになると、機関銃まで備えてるんですよ」

「ドイツのスパイか?」

「いや、ドイツのスパイをやっつけるのに、ルイス式の機関銃なんかいりゃしませんさ。爆弾だって、一斉射撃だって。ゆうべも夜なかに起こされました。ベニングトンの軍のモーター工場でしたが、だいぶ激しく撃ちあってましたね。そのあと、ドカン! ドカン! と、ありゃあ手榴弾でしょうな」

「相手は何なんだ?」

「それがね、さっぱりわからないんです」

「何が起こったのか、だあれも知らないんです」とメリットは重ねてそう言って、目下中部地方のあの大きな軍需都市の上に、雲のように立ちこめている混迷と恐怖について語りだした。

いかに陰蔽の空気が濃厚であるか。言ってはならないという、我慢のならないひた隠しの憂き目、これが中で一ばんの困りものだといった。

「わたしの知っている若い者が、この間帰休をもらって、戦線から帰還してきましてね、ベルモントの自分の家で幾日か過ごしたんですが、ベルモントといえば、ミドリングハムから四マイルほどのところです。その若い者がわたしにこう言いましたよ。『ありがたいことでさ、ぼくは明日また帰るんです。ウイパーズの突出陣地はいい所だなんて、嘘っぱちですよ。ちっともいい所じゃありませんものね。そりゃここに比べたらいい覘い場所です。戦線ではとにかく相手にぶつかるだけですよ』いやね、ミドリングハムでも、みんな何だかわからない、恐ろしいものにぶつかっているという気持ですな。そのために、市民はみんなコソコソ囁きあうようになっています。恐怖は空にあるんです」

メリットの話は、未知の危険の恐怖におびえている大きな町のようすを、絵のように描いた。

「町の連中は、夜は町はずれを一人歩きするのを怖がっていますよ。ちっとでも暗くなったり、帰り道にさびしい場所があったりすると、家へ帰るのにみんな駅で隊をつくってます」

「なぜ？　さっぱりわからんな。なにが怖いんだね？」

「ですから、さっき申したでしょう、モーター工場で機関銃を打つ音がしたんで、夜中に飛び起きたって。爆弾の音もしましたし、とにかくものすごい音でした。あれじゃみんな震え上がるの、むりありませんわ」

「なるほど、そりゃ怖いだろう。そうすると、みんな戦々兢々としているというんだな？　市民がみんないっしょに固まっていたがるような、なにか得体のわからん不安があるというんだな？」

「ありますね、それは。不安なんてもんじゃないですよ。外へ出たっきり帰ってこないものが、ずいぶんいるんです。ホルムへ行く汽車のなかで、二人の男がしきりと議論してました。この二人は、ホルムの在のノースエンドに住んでるんですが、そこへ帰る近道のことで議論してたんですな。ミドリングハムからそっちの方へ行く道をあらかた挙げましてね、一人の方は、国道を行くのが道のりは長いが、いちばん早い。『あすこはスイスイ行けるから早いさ』というと、相手の方は、運河のそばの原っぱをつっ切るのが近道だと考えて、『こっちは半分の距離だぜ』といって主張する。『いや、そりゃ道に迷わないときの話さ』と一方はいう。とどのつまり、二人は半クラウン賭けて、汽車を下りたらめいめいの道を行こうということになって、ノースエンドのウエイゴンで落ち合うことに話がきまりました。『おれが一着さ』といって、原っぱをつっ切る方の男は、柵をのりこえると、さっさと原っぱをつっ切っていきましたが、まだとっぷり暗くなるというほど時刻は遅くなかったので、車中の人たちはみんな原っぱの男の方が勝つと思ってたところが、この男、約束のウエイゴンへ全然姿をあらわさないんですな。

——ほかへも出てこない」

「なにかあったのか？」

「原っぱのまんなかの、道からすこし離れたところにぶっ倒れていたのが見つかったんです。死んでました。医者は窒息死だというんですけど、どうやって死んだんだか誰にもわからないんです。その後も、同じような事件がいくつかありましてね。ミドリングハムではみんなそのことを蔭でひそひそ言うだけで、おおっぴらに言うのを怖がっている始末なんです」

ルイス医師は、話のいちぶしじゅうをじっくりと反芻していた。メリオンの恐怖は、いまや遠くイギリスの中部へと移行している。でも、ミドリングハムの工場の護衛の話や、機関銃がバリバリ撃たれている話などを綜合すると、これは軍の軍需施設にたいする組織的な襲撃事件である。メリオンとストラトフォドシャの恐怖が一つのものだという断定を保証するには、まだまだ自分の知識がじゅうぶんでないのを、ルイスは感じた。

メリットはふたたび語りだした。——

「そういえば、このところ、妙な話が行なわれていましてね。ミドリングハムの在方のほうに向いた側、つまり、ダンウィッチに向いた側の雨戸やカーテンは締めておけというんですな。最近そこに新しい工場が一つ建ったんです。なんでもえらい大きな煙突の立った、赤煉瓦の棟が密集した大きな町になるんだそうですが、一カ月か一カ月半以上もまだ完成しないままでいます。原っぱのまんなかに、工場の建物がでんと並んで、目下工員住宅を突貫工事で建てている最中で、建設員が全部に配備されて作業をしています。

この建設敷地から二百ヤードばかり離れたところに、汽車の駅や山腹の部落へ行く、主要道路から分かれた昔のほそい道路がありましてね、この道がちょっとした大きな森の藪下を抜けています。だいぶ前に、わたしもたまたまこの道を使っていたことがありますが、夜なんか、その藪下のあたりはそれこそまっくらなんですよ。

ある晩のこと、一人の男が、どうしてもこの道を通らなければならないで、その森のところまでは無事にやってきたんですが、ちょうどそこへさしかかったときに、まるで心臓がからだから飛び出すような思いをしたというんですな。あんな森のなかで、ガサガサ、ザワザワえらい物音がしたら、そりゃ怖かったでしょうよ。なんでもその男のいうには、何千人の人間が森のなかにいたというんです。森の中じゅうガサガサ、ザワザワ音がしていて、パタパタ歩く足音だの、地べたに落ちている枯枝の上をペシペシ踏み歩く音だの、草をサクサク踏みわける音だの、なにか喋ってる声、――その声がまるで骸骨が坐りこんで、なにか話してるように聞こえたと、その男は言ってましたが、とにかく、その男はもう命からがら、夢中で野をこえ柵をこえ、小川をジャブジャブ渡って走ったそうです。当人の話だと十マイルは走ったにちがいないというんですが、やっと女房のいるわが家へ辿りついて、表の戸をたたき、中へとびこむが否や、入口にしんばり棒をかったそうです」

「そりゃどこの森だって、夜は何かしらドキンとするようなことがあるものさ」とルイス医師はいった。

メリットは肩をすくめて、

「いいえ、それがね、みんなドイツ兵が上陸したんだ、やつら、今は全国の地下に潜(もぐ)っているんだという、もっぱらの噂なんですよ」

七、ドイツ兵潜入事件

ルイス医師はいっとき息をのんで、メリットの語る風説の偉力を考えながら、しばらく黙りこんでいた。ドイツ兵がすでに上陸して、地下にひそみながら、夜な夜なイギリスの軍隊をひそかにおびやかしている！　この考えのなかには、ロシヤ人の神話をくだらん寓話にした概念があった。この概念のまえでは、モンスの伝説なども、なんの効力もないむだ花であった。

恐ろしいことであった。しかしそれにしても――

ルイスはメリットをしかと睨みつけるように眺めた。角ばった頭をした、髪の毛の黒い、堅物の人間であった。今のところ、すこし神経的にまいっているようであるが、でもかれの語った話が本当かどうか、あるいは当人が、本当と信じているかどうかで、かれを疑う人はないだろう。ルイスは二十年以上この義弟を知ってるわけだが、ふだんこの男のいる小さな世界のなかではしっかりした男だと見てきた。「しかし、こういう男が――」と医者は胸のなかで呟いた。「――その小さな世界の環のなかからひとたび外へ出ると、迷子になってしまうんだな。ブラヴァトスキー夫人（十九世紀の中頃、一世を風靡したロシア人の降霊媒体者）を信じるのは、こういう手合なんだな」

「ところでお前、自分じゃどう思っとるんだ？　ドイツ人が上陸して、この国のどこかに潜伏しとる。――この話、どこかへんなとこないかね？」

「自分じゃどう思ってるか、よくわかりませんが、でも、事実はどう頬かぶりもできないでしょう。げんに小銃をもった兵隊がいて、ストラトフォドシャじゅうの工場に駐留して、ドンパチ撃ってるんですからね。その音をこの耳できいたことは、さっきお話しました。じゃ、どこの誰にむかって兵隊は発砲してるのか？　これが今、ミドリングハムのわれわれの問題になっているんです」

「なるほど。いや、よくわかった。それは非常状態だな」

「非常状態どころじゃありません、恐怖状態ですよ。暗闇の恐怖です。こんな恐いことはありませんよ。さっきお話した若い帰休兵がいったように、暗闇のなかで敵と直面しているんですからね」

「それで町の連中は、どのくらいの数のドイツ兵が上陸して、地下に隠れていると思っているんだね？」

「敵は新しい毒ガス兵器を持ってると、みんな言ってますね。なかには、敵は地下を掘って、そこで毒ガスを製造して、それをパイプで町の店舗に送っていると考えてるものもありますしね、ガス弾を工場へ投げこむと考えてるものもあります。当局が言ってるところから見ると、敵がフランスで使用しているものよりも、さらに一段と凶悪なものにちがいありませんな」

「当局？　当局はドイツ兵がミドリングハム附近に潜入しとることを知っとるのかい？」

「いやいや、当局は『爆発』だといってます。しかし、あれは『爆発』じゃありませんな。そして『爆発』で死んだものは、工場内で棺に納められてしまって、身うちのものも見ることを許されない始末なんです」

「で、お前さんはドイツ兵説を信じているのか？」

「信じているとすれば、人間は何かを信じなくてはいられないからでしょうな。毒ガスを見たものもいるそうですよ。ダンウィッチに住んでる人が、ある晩、公会堂のわきの並木の上に、ピカピカ火の光る黒い雲が浮かんでいるのを見たという話を聞きました」

ルイスの目に、あの庭の立ち木のなかに見た、なんといえない怪しい光が浮かんだ。レムナントが訪ねてきた晩の、あの不思議な空気の震動、日没後いつのまにか庭にニューッとはえていた、あの見たこともない暗い木、エメラルド色とルビー色の火の子が、キラキラ星のように光っていたあの奇怪な葉の茂み、しかもガースの往診先から帰ってきたら、きれいに姿を消していたあの怪木。あれと同じようにキラキラ燃えている雲が、遠くはなれたイギリスの中部地方でも見えたのだという。なんという不可解な謎だろう？　その謎のなかには、なにか恐ろしい運命の前兆が示されているのだろうか？　しかしたった一つだけ確かなことがある。それは、メリオンの恐怖が中部地方の恐怖と同じだということだ。

ルイスは、出来ることならこのことは、義弟には言わずに蔵(しま)っておこうと、心にかたくきめた。メリットはいわばミドリングハムの恐怖から逃げ出してきた避難民として、このポースへやってきた人間である。できることなら何とかして、その目のまえで消えた恐怖の黒雲は、今やこの西部一帯の空にも黒く垂れさがっていることなど、知らせてやりたくなかった。ルイスは港を素通りして、おちついた声でいった。

「ふしぎだなあ、火の子のチカチカした黒い雲だって？」

「わたしもよくは知らないんですが、もっぱらそういう評判ですよ」

「なるほど。それで今夜の話に出たことは、すべてその潜伏しとるドイツ兵に先を越されたと考えとるのかね？　あるいは、そういう考えに傾いとるというのか、君は？」

「いえ、ですからさっきもいったように、人間は何か考えなくてはいられないので……」

「よし、わかった。お前の言わんとする点はよくわかった。それが本当なら、こりゃお前、この国始まって以来の国家存亡の一大打撃であることは必定じゃ。敵さんは、われわれの急所で事をおっぱじめたんだからな。しかしだな、そんなことが果たして出来るかな？　敵はどうやって工作できたのかな？」

メリットは敵の工作ぶり、というより世間の風評にのぼっている敵の工作ぶりを、ルイスに語った。ドイツの策略としては、これはほんの序の口で、肝心かなめはイギリス軍を壊滅させ、大英帝国を滅ぼすのが眼目だというのが、その考え方であった。

この計略は何年もまえから準備されていたもので、普仏戦争後まもなくの頃からのものだと考えているものもあるくらいであった。モルトケ将軍はとうからイギリス侵略を見て、これはひじょうな難事業だといっている。このことはドイツの軍部と総理府とでいつも議論され、関係各省の意見の大勢は、総力をあげてかかっても、イギリス侵攻はドイツを重大な難局に巻きこみ、結果としてはかえってフランスに漁夫の利を占めさせることになろうということが、前から言われていた。これが、プロシャの皇族がスエーデンのユヴェリウス教授に接近したときの、ドイツの国内情勢であった。

メリットはこう言ったが、ここでちょっとつけ加えておくと、このユヴェリウスという人物は、あらゆる点からいって大物であった。かれの書いたものは姑く措くとして、個人的な点から見ると、たいへん愛想のいい人のようであった。スエーデンの一般国民よりも富裕な方で、かの国の大学の平教授にくらべたら遙かに金持であったが、いつも羊羹色のフロックコートを着て、つぶれた毛皮帽をかぶった、一見老措大然たる、風采のあがらないその姿は、かれの住んでいる大学町でも一つの名物になっていた。それを見て笑うものは一人もなかった。というのは、教授が個人的収入として国からもらう俸給の大部分は、すべて慈善事業にはたかれてしまうことを、市民はよく知っていたからである。誰かが言っていたが、教授は、ほかの人間が一階でゆったりと住めるようにと、自分は屋根裏にひっそりともぐりこんでいるのだという。肺病で死にかけているような可哀そうな街の女を、病院で贅沢を味わせてやるために、自分は一カ月の食費を節約して、乾パンとコーヒーで過ごしたようなこともあったという。De Facinore Humano（人類の行為について）という論文を書いて、人類の底知れぬ堕落を立証したのは、この人であった。

　おもしろいことに、ユヴェリウス教授は、非常に高い動因から世界中で最も皮肉な書物を書いた人である。その点、おなじく高い動因から、ホッブズ（タマス・ホッブズ（一五八八―一六七九）イギリスの哲学者。自然と人間性の融和を説き、著書多し）がバラ色の感傷主義を説いたのとくらべると、おもしろい。ユヴェリウスは、人間の不幸や不運や悲しみの大部分は、人間の心情は天性のもので、一から十まで正しいとはいえないまでも、大体申し分なく出来ていて、やさしくて親切だという、誤まった因襲によるものだと主張している。ある文章のなかで、かれはこう言っている。――「殺人、窃盗、暗殺者、侵略者など、すべて人に忌み嫌われる輩は、人間の徳義心の偽装と愚信から生まれるのである。檻のなかのライオンは、なるほど猛獣であるが、もしわれわれがかれに、おまえは羊になれよといって檻の扉をあけてやったら、そのライオンはどうなるであろう？　かれが食い殺すであろう男女子供の死の罪を負うものは、檻の扉をあけた者以外に、誰がいるか？」そしてユヴェリウスは、さらに論をすすめて、帝王ならびに人民の支配者は、人間悪の教義にもとづく施策を実行することによって、人間の不幸の量を大幅に減らすことができるだろうといって、次のように言明している。――「悪の最たるものである戦争は、つねに存在をつづけるであろう。しかし賢明なる王者は、長びく戦争よりも早期に切りあげる戦争を――長い非行よりも短かい非行を望むだろう。そしてこれは、人間を性悪説とみる観点からいえば、敵に対する王者の仁慈から出たものではなくて、王者の制服欲から出たもので、なるべく人間や財宝の浪費を大きくせずに、その制服を容易にしたいという欲望によるものなのである。早いところうまく切り抜ければ、それだけ国民は国王を愛し、王冠は安泰であることを国王は知っている。であるから、国王は自国の国民ばかりでなく、敵国の消耗をも考えて、短期で勝利をあげる戦争をおこなうのである。長い戦争より短かい戦争の方が、敵味方双方に損失の少ないことはわかりきっている」

ユヴェリウスはさらに、しからばそのような戦争はいかにして起こるかと設問している。答えて曰く、――賢明なる王侯は、人間は腐敗愚昧がおもなる特徴ゆえ、まず、敵は愚昧で買収には弱いと考えることから始める。そこで王侯は、敵国の最高幹部に友好的に話をもちかけ、同時に敵国の人民のあいだに、あなたがたには今よりももっと大きな富をつかむ機会を提出しましょうと、富を餌につけて釣り、貧乏人は甘いことばで説き伏せる。「なぜなら、世間一般の通念に反して、富に最も貪婪なのは金持連中である。ところが一般庶民の方は、これまで見たこともない自分たちの守り神である自由というものを、話しあいで得たいと願っている。大衆というものは、自由とか解放とかいう言葉に大いに魅せられる連中であるから、賢いものは貧しいもののところへ行って、なけなしのものを奪い上げたあげくに、思いきり蹴とばして追っぱらい、かれらの受けた扱いこそが自由というものなのだと、かれらが確認すれば、それでもう永久にかれらの心と投票をかちえたことになるのである」

こういう主旨を旗印にかかげて、王侯は自分が制服したいと思う国に、自分の足固めをしておくのだ、とユヴェリウスは言う。「こうして、なんの困難もなく、王侯は戦争をはじめるまえに、敵国の心臓部に、文字どおり、自国の守備隊を投入しておくことになるのである」

退屈な枝葉のはなしが長くなったが、でもこれだけのことは、メリットが義兄に語った長話の説明として、どうしても必要なのである。メリットはその話を、中部地方のさる有力者で、以前ドイツを旅行したことのある人から聞いたのであった。おそらくその話は、いまわたしが引用したユヴェリウスの文章から暗示をうけた話だったのだろう。

メリットは、現代の聖者であるユヴェリウスのことなど、何も知っちゃいない。かれはこのスエーデンの教授のことを、悪の権化みたいに考えていた。「ニーチ」より悪いやつだといっていた。「ニーチ」は、もちろん、「ニイチェ」のことだろう。

　メリットは、ユヴェリウスがいかにして自分の計画をドイツに売ったかという話をした。その計画というのは、イギリスをドイツ兵でいっぱいにするという計画で、すでにそれに適した、よくよく考えぬいた土地を買い上げる手はずで、土地の所有者であるイギリス人が何人か買収され、ひそかに鑿掘（さいくつ）がおこなわれることになっており、やがて国土は文字どおり穴だらけになる。地下のドイツ兵は、じじつ、その選定された地域を掘りはじめており、そこに一大洞窟をつくって、排水、排気、給水の完備した地下都市をこしらえ、そこには食糧・軍需品の大倉庫などが「その日」のために、年を追うて幾カ所にも建設されることになっている。そして、やがて時こそよけれとなれば、号令一下、秘密部隊員がいっせいに商店、旅館、会社、別荘を去って地下に姿を消し、イギリスの心臓部から血をふき出させる仕事を始めるばかりになっている、とこう言うのである。

「これはヘンソンがわたしに話してくれた話でしてね。ヘンソンはバックレー鉄鋼組合の組合長で、ドイツにも土地をもっています」

「なるほどね」とルイスはいった。「いや、そのとおりかもしれんよ。もしそうだとすれば、こりゃ話以上に恐ろしいことだぞ」

　ルイスは、正直のところ、その話のなかに、なにか怖いくらい尤もらしいものを感じた。むろん、途法もない前代未聞の計画だが、出来ないことはなさそうであった。それは大昔のトロイの馬をもっと巨大化したような計画であった。かれはトロイ戦争のことをあらためて思いかえしてみた。あの大きな木馬のなかに、トロイの市民にも知られないように戦士をかくして、それを町のまんなかへひきずりだしたという話は、ヘンソンとやらの話がじゅうぶん根拠のある話ならば、あるいはひょっとしたら、イギリスに起ることの予言的比喩と考えてもいいかもしれなかった。しかもこの話は、われわれが前から聞いていた、ベルギーやフランスにおけるドイツの準備工作——侵攻のためにそなえた兵器の配置、ベルギー領内のドイツの要塞にじっさいにあったドイツの工場群、砲撃にそなえてつくったアーン附近の防弾壕などの噂と、ぴったり一致していた。そうだ、そういえばロンドンを一望に見おろす高台に、なにか腑におちない、コンクリートで固めたテニス・コートがあったっけなと、ルイスはふと思いだしたりした。それにしても、ドイツ軍がイギリスの地下に潜入したとは！　頑健な心臓もヒヤリとする思いであった。

そして、あのキラキラ燃えていた庭木の不思議を見たりすると、ミドリングハムに謎のごとく出没する恐るべき敵は、いまやこのメリオンにもどうやら出没しているようであった。ルイスは自分が知っているこの地方のことを考えると、自然のままにほったらかされているこのへんの山腹や、深い森林、荒地が多くて人家のまれなここらの田舎こそ、潜行するやつらの恐ろしいたくらみには、これ以上打ってつけの土地はないと、本音を吐かざるをえなかった。しかし、また考えなおしてみると、このメリオンには、敵が被害をあたえるようなイギリスの連隊や軍需施設は何もなかった。してみると、敵は恐怖戦術に出ているのだろうか？　あるいはそうかもしれなかった。だが、あの街道下の野営地は？　当然あれが第一目標だったはずだが、あんなところではべつに大した被害のあるわけもなかった。

ルイスはあの奔馬事件以来、あのキャンプで多数の兵隊が死んだことも、あすこに今は深い幅のひろい塹壕が掘られ、まわりには有棘鉄線がいくえにも張りめぐらされ、四隅に機関銃がすえられて、完全な防砦に面目を一新したことも、ぜんぜん知らなかった。

八、メリット氏の発見

メリット氏はだいぶ健康と元気をとりもどしてきた。ルイス医師の家に泊った一日二日は、朝のうち、主屋（おもや）のすぐ近くに、坐りごこちのいいデッキ・チェアを出して、その上でのんびりと楽しんだ。古い桑の木の下で、細君もそばにいて、明るい日ざしが庭の芝生の上や、白い波の秀（ほ）や、遠くから見るとヒースの花のような紫いろに輝いている岬や、白壁の農家などに、さんさんとかがやいているのを眺めていると、ここは海よりもずっと高いので、騒音からも遠く、人間世界のわずらわしさからも遠ざかっていられた。

日ざしは暑かったが、しずかなそよ風が東の方からたえずそよそよと吹いていた。気力の喪失ばかりでなく、煤煙の多い中部地方の町の、息のつまるような油くさい空気からのがれるために、この閑静な田舎へやってきたメリットは、この汚れのない、清水（しみず）のような澄明な東風は、ほんとに命が生きかえるようだといった。一日目は、ポースで豪勢な夕食をたべたりして、なんとなく先が明るいような心持であった。前夜語りあったことについて、かれは義兄に言った。

——まあ、むろんそりゃ多少の困難はあるにちがいありませんし、それもあんまりぞっとしない困難でしょうが、でもキッチナー元帥が、何とかうまいことやってくれまっさ。

といったようなわけで、まずまず万事は好調であった。メリットは庭をあるいてみた。小広い空地があったり、胸がすがすがするような茂みがあったり、田舎の庭特有の思いもかけないようなものがふんだんにあった。台地の右手の方に、白いバラの花におおわれたあずま屋があった。メリットは極地でも発見したように喜んだ。そして、その日は半日そこで、煙草をふかしたり、寝ころんだり、赤本小説を読んだりして過ごし、デヴォンシャのバラの花のおかげで、四、五年若返ったようだといっていた。庭の反対側には、樫の木の茂みがあった。まえに来たときには、ここまで足を踏み入れなかったのであるが、ここでもまた見つけものがあった。樫の茂みのかげに、岩の間からとくとく噴きでている噴井(ふきい)があって、そのまわりや上には、露にぬれた羊歯(しだ)が千姿万態においしげり、そのそばにはヤマウドが一本はえていた。メリットはそこへじかに膝をつくなり、噴井の水を手ですくって、ゴクゴク飲んだ。その晩かれは、夕食にブドー酒を馳走になりながら、この世界の水という水が、あの樫の木の下の噴井のようにうまかったら、それこそ世界じゅうが禁酒主義になるだろうといった。ほんとにその水は、都会の人に田舎の醍醐味を味わせる名水であった。

そんなメリットが、メリオンならどこへ行っても見られる昔のままの平和なたたずまいのなかに、なにか欠けて行きつつあるものがあるのに気づいたのは、それからまもなく、思いきって外へ飛び出して、ほうぼう歩きだしてからのことであった。じつをいうと、この近辺には、何年たってもかれが忘れることのない、好きな散歩道があったのであった。それはメイロスの方へと崖ぞいに行く道で、奥地の方をぐるっとまわって、山地（アルト）の上の羊腸のような細い道をとおって、またポースへ戻ってくる道であった。そこである朝、かれはおもいきって出かけてみたのである。ちょうどこれから崖に登りつこうという道のすぐ下のところに、監視所があって、歩哨が番所の前を行ったり来たりしていた。歩哨はメリットに、許可証を見せろとか、県道へひき返せとかいって、どなりつけた。メリットはほうほうのていで追いかえされてきた。家へ帰って、義兄にきびしい番兵のことを尋ねると、義兄は意外な顔をして、

「ほう、あんなとこへ軍が関所をこしらえたのか。ちっとも知らなんだな。そりゃしかし賢明だ。ここはなるほど西部のいちばん端っこだが、しかしドイツ軍は、われわれがまさかこんなところへ敵は来まいと思っとる所をねらって、ひそかに迂回（うかい）してきて、めちゃめちゃに叩きつぶすかもしれんからな」

「そういえば、あの崖の上には、たしかに砲塁は一つもありませんな」

「うん、ない。そんなものがあるとは聞いとらん」

「はあ。しかし、そうすると、あの崖の上へ一般の人間が登るのを禁じているのは、何のためなんでしょうな？　崖の上に監視所を置くのなら、話がわかるけど、なんにも見えない、海も見えないあんな低いとこに歩哨がいるのは、解（げ）せませんね。なぜ一般の人をあの崖の上へ登ら

せないのかな？　ペンガレグには常備兵がいるから、敵さんはあっちから上陸してくれと言うわけじゃありませんけどさ」

「おかしいな」と医者もそれには同感で、「なにか軍事的な理由があるんだろうよ」

ルイスはあまり気のりがしなかったのか、その話はそれで打ち切った。年中田舎に住んでる人間は、田舎医者なんかもそのくちであるが、ふだん景色をたずねて、のんきに歩きまわるなんてことは、まずしないものである。

崖の下の歩哨の目的が何であるか不明だが、同じような目的不明の歩哨がいろんなところにばらまかれていることは事実で、ルイスはべつに今までそれに不審をいだいたことがなかった。たとえば、ランヴィアンジェルの石切場にも歩哨がいた。ここは数週間前に、女と羊の死体が発見されたところである。石切場のわきの道は、よく人が利用していたので、そこを閉鎖されたことは、その近くの人たちに大いに不便がられていたはずである。それなのに、歩哨は道路わきの監視所から、まるで石切場が要塞ででもあるかのように、何人たりともこの道にははいるべからずという、厳命を課せられていたのである。

ここの歩哨の一人が恐怖の犠牲者にまつりあげられたことは、じつは、一、二カ月前まで知られていなかった。なんでもここに勤務する者には、非常にきびしい命令が出ていたのだそうで、勤務者自身にも、なんでこんなに厳重にするのか、わけがわからなかったようであった。古参兵ならば、わけがわかろうがわかるまいが、命令はあくまで命令だったのだろうが、たまたま、二カ月の訓練もそこそこの若い銀行員あがりの兵隊がここへ回されてきて、この男は戒厳の必要性がよくわからないままに、つまり意味ないと思う命令に服したわけであった。こんな寒村のさびしい山の中腹にひとりぼっちで立っている、自分の一挙一動が監視されているなんてことは全然気づかずにいたから、与えられた命令になにか背いた廉があったらしい。勤務場所は、起伏の多い地形のさびしいところであった。この歩哨は死体となって、石切場の底で発見された。

以上は余談であるが、メリットはこの種の出来事に、散歩の途上足をとめられたことが再三あった。ポースから二、三マイル離れたところに、アヴォン川が海に入るデルタ地帯に、大きな沼地がある。ここは前からメリットがよく植物の採集にきたところで、そこの固い土の土手道は今でもくわしく知っていた。土手道は、ぬた土やヘドロのズブズブした泥沼のなかへと伸びていた。ある日メリットは、そうだ、ひとつあの沼地を奥の方まで探険してやろうと思い立って、暑い日なかを出かけたのであった。沼地にはえるめったにない豆草があるがそいつをきょうはぜひ見つけてやろう。あれだけ広い沼地だから、どこかしらにきっとはえているはずだ。そう思って出かけたのである。

沼の縁をめぐる細い道にはいって、いつもそこから中へはいる木戸のところまで行った。そのへんは前から知っている景色のところで、芦や葭がおいしげったなかに、おとなしい黒い牛が、「島」とこのへんでは言っている固い芝草のはえた砂洲で、のんびり草を食べており、牧草地の甘い香りがただようなかに、背の高いトラノオや、燃えたつようなアヤメ、うす紅と金色の見上げるようなスカンポなどが咲きみだれていた。

ところが、木戸から何人かの人たちが、男の死体を担って出てきた。人夫らしい男が木戸口に立っていたので、メリットはおそるおそる声をかけて、死んだのはどこの人か、どうして死んだのかといって尋ねてみた。

「ポースへ来た人だそうだがの。どっちみち、沼で溺れ死んだだな」

「ここはべつに危険のないとこですがねえ。わたしもここへはなんども来ているけど」

「そうよ。おらたちも、ふだんそう思ってただよ。よんど足をすべらかして、水ン中へ落ちたとって、てえして深かねえかんな。わけなく這え上がれるだよ。この先生も、顔を見ればまんだ若えようだが、気の毒なこんださ。休みにメリオンさ遊びにきて、おっ死んだわけださ」

「故意にやったのかな。自殺ですか？」

「そんげな事情はねえそうだ」

そんな問答をしているところへ、警察の巡査部長が、命令によって、方面委員から委託されてやってきた。どこから出た命令なのか、メリットにはわからなかった。

「いやあ、えらいことだな。なんともはや御愁傷なこっちゃ。あんたもせっかくメリオンへ夏を楽しみに来られて、とんだものを見られましたな。まあ、あとはわれわれ警察官の情ない職務にお任せ下されば、気が晴れるでしょう。そういえば、ポースに来とる紳士連は、ここらには山の景勝もない、ウエールズ全体にそういうところがないと言うとるそうですな」

メリオンの人たちは、だれもみな慇懃な人たちであるが、どうも近頃イギリスでは、こういう話し言葉にも「移りかわり」のあることが、なんとなくメリットにもわかった。

メリットは逃げるようにポースへ帰ってきた。縁起でもないものに出っこわしたので、のんきな散歩気分どころではなかった。死んだ男について、町の人に二、三尋ねてみたが、誰も知ってるものはないようであった。新婚旅行にポースへきて、キャッスルへ泊ったんだそうだという噂もあったが、ホテルではそんな人は聞いたこともないと言っていたという。メリットは気になって、週末の地方新聞も買ってみたが、沼地の変死事件の記事は一行も出ていなかった。幾日かたって、あのときの巡査部長に町でひょっこり出会った。部長はばか丁寧な態度で、ヘルメット帽に手をかけると、「やあ、ご機嫌よう。お顔のいろがたいへんよくなられましたな」と挨拶をしたが、沼地で溺死だか窒息死だかした気の毒な男については、何も知っていなかった。

その翌日、メリットは、なにかあの怪死の手がかりでも見つかりはしないかと思って、もういちど沼地へ行ってみることにした。行ってみると、木戸のそばに、腕章をつけた男が立っていた。腕章には「C・W」という頭文学がついていた。C・Wとは、Coast Watcher（沿岸監視員）の略字だとわかった。その監視員は、自分はこの沼地から人を追っぱらえという厳命を受けているのだといった。なぜなのか？　そのわけは監視員も知らなかったが、人から聞いた話だと、新しい鉄道線路の土手を築造して以来、川の水路が変わって、沼地が事情をしらない人には危険になったからだ、ということであった。

監視員はいっていた。「いや、わたしが受けた命令では、自分もこの木戸のなかへ足を入れてはならん、もし中へはいれば、即刻、絞首刑にされると言われているんです」

　メリットは不審顔に木戸の方を眺めた。沼地はふだんと変わらないようであった。そこには、歩くとコツコツ固い音のする地面があり、いつもそこを通ることにしている細い道があった。川の進路が変わったなどという話は信じられなかった。そして義兄のルイスも、そんな話は聞いたことがないといっていた。このことは、義兄との世間ばなしの中途で尋ねたのであったが、死人の話から川筋のことまでは話が行かなかったので、義兄は知らなかったのである。ルイスがメリットの心のなかに蟠まっている、川の進路と沼地の悲しい死とのつながりを知っていたら、きっとなにか医者としての職業的な解釈を固めたことだったろう。ルイスは、ミドリングハムとメリオンに君臨している恐怖の見えない手から妹夫婦を守ることを、何よりも案じていたのだから。

　ルイス自身は、沼地で死体となって上がった男も、やはり秘密の力で倒されたこと、そして敵はすでにだいぶ悪行の数をあげたことを疑わなかった。しかし、これまで起こったあれやこれやの妙な事件が、みなこの秘密の力によるのだということを誰も知らないでいる。これがこの恐怖事件のいちばん主要な点なのであった。そりゃ誰だって、自分の不注意で崖から落ちることも時にはあるし、スペイン人の水夫ガルシアの事件のように、一家五人が目的もなしに惨殺されるようなことも、ときには起こることもある。ルイスは自分で問題の沼地のまわりを歩いたことはなかったが、レムナントはなんどもあの附近を歩きまわって、あすこで死に会った男のことを——男の名前はポースでは全然不明であった——、あれは自分で沼地の泥のなかに頭をつっこんで、窒息自殺をしたのだと断言していた。詳しいことは何も手にはいらないところを見ると、警察当局があの死をほかの死と同じように闇から闇へ葬っていることは明白で、今もって自殺か、でなければ、いきなり捕まって、あの泥水のなかへ俯伏(うつぶ)せに投げこまれたのだろう、ということになっている。結局このままでいくと、A、B、Cの事件は、どれもふつうの災難、ふつうの犯罪の範疇に入れられていると考えてよさそうであった。ところが、AもBもCも、みなその範疇にはいるものとは考えられない節があった。最後までこんなぐあいで、今もそのままであった。われわれは恐怖が君臨していることは承知しているし、どんなふうに君臨しているかも知っているのだが、いくつかの出来事が起こっていながら、その犯行基準ということになると、どうもそこに疑念の余地が残されているというのが現状であった。

たとえば、メアリ・アン号事件というのがあった。これはメアリ・アン号というボートが、メリットのすぐ目の下といってもいいくらいのところで、奇妙な格好で転覆沈没した事件であるが、わたしの意見では、これはメリット氏に誤認があるように思う。メリット氏はメアリ・アン号が転覆した午後、自分が見つけた、あるいは見つけたと自分で思った閃光による光信号と、ボートの乗組員の悲しい運命とを、こじつけて考えるという誤りをおかしている。たまたまそのとき、前から怪しいと睨まれていた家に、帰化したドイツ人の女家庭教師とその雇主が止宿していたという事実はあったにしても、わたしはメリット氏のいう光信号法はまったく出(で)鱈目(たらめ)なものだと思っている。しかしそれは別として、わたしの頭のなかには、あのボートが転覆して全員が死亡したのは、やはりあれは恐怖のしわざだという確信がある。

九、海上の怪光

ミドリングハムにおこった恐怖事件、これがメリオンにも急速にひろがってきていることを、メリットは今までとんと気づいていなかったということ、これをすこし詳しく記しておこう。ルイスは義弟のことを心にかけて、たえず目を怠らずに監視し、導いてきた。なんとかメリオンに起こった事件に疑惑の念をおこさせないようにと気をつかい、義弟をクラブへつれて行くようなばあいにも、あらかじめ会員たちに、一応それとなくそのことを言い含めておいたくらいであった。ただし、ミドリングハムの恐怖事件の真相——これがまた興味の重点であるわけだが、やれ、恐怖が深刻になるにつれて市民が勝手に自分たちで協同戦線を張ったとか、口づてにみんなが知ってることを当局が秘し隠しにしているのを、誰もがほとんど潜在意識のように非難しているとか、そういうことは会員たちには伏せておいた。——しかし、真相のなかでも、こうあってほしいと思うようなこと、たとえば、義弟は目に立つというほどではないが、このところ「ものに怯(おび)え」やすくなっている。それには何とかして、この居ても立ってもいられないような悲惨な怪事件について、現行法で規制されている範囲内の知識だけは与えてやることが望ましい。——そんな話はしてやった。

「義弟のやつはひょんなことから、沼地から男の死体が出てきたことを知っとるんだよ」とルイスはいった。「だからね、どうもあの事件にはなにか普通でないものがあるという、漠然とした疑惑をいだいとるわけなんだ。今のところ、それ以上ではないがね」

するとレムナントがいった。「あれは明らかに暗示による、というより、命令による自殺というケースですよ。ぼくの説の一つの強力な裏づけだと思うな」

「たぶんな」とルイスは、またぞろかれのZ光線説を聞かされそうなのをおそれて、「しかし、義弟には何も言わんでおいてくれよ。わしもあいつがミドリングハムへ帰るまでに、すっかり丈夫にして帰してやりたいからな」

一方、メリットはメリットで、中部地方の状況については死人のように緘黙していた。かれはそれを考えることを嫌い、さらにそれを口に出して語ることを嫌った。そんなわけで、かれとポース・クラブの会員たちとは、おたがいに各自の秘事を守り合った。恐怖事件の終始一貫した関連性はぜんぜん引き出されなかったのである。もちろん、会員のAとBとは毎日のように顔をあわして、ほかの話題は親密に打ちあけ合って話しあっていたろうが、おたがいに真相の半分はつかんでいても、相手にはそれを隠していた。つまり、双方の半分ずつを合わせて一つにすることはしなかったのである。

ルイス医師が言ってたように、メリットはなにか不安なおちつかない気持――疑念とまではいかないまでも――をもっていた。たとえば、沼地の事件にしてもそうであった。それは公務員の言った、鉄道の土手や川の進路がどうのという、出鱈目な話を考えるからのことであった。しかしそのあと、べつに何事もおこらないので、そのことは念頭から払拭して、せいぜい休暇をたのしもうという気持になっていたのであった。

　ラーナック湾へ行ったときは、いいあんばいに邪魔ものの歩哨や監視員がいなかったので、うれしかった。あすこは美しい入江で、トネリコの藪や、みどりの草地や、ワラビの茂った斜面が、赤い岩と黄いろい砂の浜べまで、なだらかに裾をひいている。腰をかけるのにちょうどいい格好の岩なんかもあって、メリットはそこへ腰をおろして、のんびりと金色の午後をそこで過ごし、紺碧の海や赤い堡塁、サーノーの方へといったん下がった砂浜がふたたび南へ高くもり上がっているのが、ドラゴン・ヘッドという名のとおりのおもしろい形をした岬になっているのなどを、飽かず眺めくらした。ときおり、イルカが飛沫をあげて水の上へ跳ねあがっては、クルリと身を返して潜るのがおもしろくて、見とれたりしていた。汚れのない、輝く陽光をいっぱい含んだ大気、それはミドリングハムの空にいつも立ちこめている油くさい煤煙とは、似てもつかないものであった。白壁の農家が曲浦の高いあたりに点々としているのも美しかった。

　渚から二百ヤードばかり沖合に、小さなボートが一艘浮かんでいるのが目にとまった。人が二、三人乗っているようであったが、人数ははっきりとわからなかった。糸でなにかしているようである。魚でも釣っているのだろう。メリットは魚が嫌いだったので、こんないい天気に、こんな空気の澄みきった海の上で、あの白ちゃけてグニャグニャした、なまぐさい、料理する時だっていやな臭いのする魚なんか釣って、せっかくのこの日和をだいなしにするやつらの気がしれないいな、と思った。どう考えても料簡がわからないから、気をかえて、臙脂いろに輝いている岬の方へ目を移した。そのとき、信号をしているのが目にとまったのだという。光力の強いギラギラする閃光が、海岸の小高い山の上の一軒の農家から照らし出された。まるで白い炎がとび出したようだったと、メリットは言っている。その光が点いたり消えたりするので、これはなにか通信を送っているのだとわかり、とっさに自分が点滅信号を知らないのを悔んだ。閃光は三つ短く光り、一つ長く光り、そのあと二つ短く光った。メリットは手早くポケットから紙と鉛筆を出して、信号を書きとった。書きおえて、ひょいと水平線に目をあげて見て、びっくりした。ボートの姿が消えてなくなっていたのである。とっさに目にとらえたものは、遠く西の方へと汐にのって疾走していく、なにか黒い、ぼんやりした影のようなものであった。

メアリ・アン号というボートが転覆して、二人の少年と、船を預かっていた船頭が一人溺れ死んだのは、不幸にも事実であった。ボートの残骸は、ずっと離れた磯の岩礁のあいだで見つかり、三人の遺体も同じく浜に打ち上がった。船頭は泳ぎが全然できず、少年たちはほんの少しばかり泳げたにしても、ペンガレグの岬をものすごい早さで流れる汐道の外へ泳ぎぬけて出るのは、よほどの水練の達者なものでないと至難であった。

そんなことはとにかく、わたしはこのメリット説を信用していない。メリットは、山の上のペニロールという農家から光った閃光が、メアリ・アン号の遭難となんらかの関係があると思いこんでいた。(わたしの知るかぎりでは、今でもかれはそう思いこんでいる。)その農家に避暑客の家族がきていて、そのなかにドイツ人の女家庭教師がいっしょにいたことも確認された。この女家庭教師は、だいぶ前にイギリスに帰化した人で、そりゃほじればいろいろ埃が出てくるだろうと思うが、メリットはしかし、議論する余地はないと見ているようだ。しかし、わたしに言わせれば、この事件はただの人騒がせな事件にすぎないものであって、閃光みたいな強烈な光というのも、おそらくその農家のどこかの窓が、かわるがわるに日光を反射したのだろうと、わたしは考えている。

ところが、メリットは最初から、——そのドイツ人の女教師の身元が明るみに出るまえから、臭いと信じこんでいた。そしてちょうど遭難のあった日の前の晩、かれは義兄のルイスと夕食後の雑談のさいに、物の常識とかれが言ってるものについて説明していた。

「かりにあなたが銃声を聞いて、人が倒れるのをごらんになったとしたら、何がその男を殺したか、こりゃもうわかりきっていますよね」

そのとき、部屋のなかで、なにかパタパタ羽ばたく音がした。見ると、大きな蛾がいっぴき、天井や壁やガラス戸棚の本箱に狂ったように体をぶつけて、あちこちパタパタはたたいていた。そのうちに、ジ、ジという音がして、ランプがきゅうにスーッと暗くなった。蛾はさかんにまだ奇怪な追及をつづけていた。

ルイスは、メリットの今のことばに答えるかのように言った。「おまえね、蛾はなぜ火のなかに飛びこむか、知っとるか?」

ルイスは、光信号による死についての議論をいいかげんに打ち切りたいと思ったので、とってつけたような蛾の習性についての質問をしたのであった。むろんこの質問は、たまたまランプへ蛾が飛んできたから思いついたのであったが、そのまえにかれは、すこし強面になって、「おい、その話はもうよせ！」といったように思った。そして、じじつメリットは、義兄のたしなめにハッと真顔になって、それなり黙りこみ、助け舟をブドー酒に求めた。

　これでルイスの望みどおり、ボートの話はお預けになったわけだったが、しかしルイスは肚のなかでは、ここのところほとんど毎日のようにひろがっている恐怖事件の長い道中のなかで、メアリ・アン号事件のはなしはまだ一どや二どは話題に出るなと思っていた。大体かれは、こういう災難事件が生じたいきさつについて、粗雑で未熟な意見を聞かされるのは、愉快でなかった。そしてそういう意見には、いまや自分たちの頭上にある恐怖は、陸上ばかりでなく海上にも偉力を見せてきたという証言がふくまれていた。ところが、ルイスには、あのボートが尋常の破壊手段に襲われたものとは、どうしても考えられなかったのである。メリットの話からかんがえると、わりあい水の浅いところで起こったものにちがいなかった。ラーナック湾の海岸はひじょうに遠浅で、海軍省測量の海図によると、あのへんの水深は、二百ヤードの沖合でわずか二尋となっている。二尋では潜行艇の航行には浅すぎる。しかも砲撃もないし、機雷があったとも考えられない。爆発はなかったのである。ひょっとすると、あの惨事は、不注意によるものだったのかもしれなかった。子供というものは、どこにいてもつまらない悪戯をするもので、ボートの中でだってするだろうと、いちおう考えてみたけれども、いや待てよ、船頭がいたのだから、いたずらは止めさせたろう。あるいはあの二人の少年は、じっさいはしっかりした子供たちで、下らないいたずらなんかしない、常識のある少年だったのかもしれないし。

……

ルイス医師は義弟をうまく黙らせたので、しばらくそんな考えにふけっていたが、しかしいくら考えてみても、かんじんの謎にはなんの手がかりも見いだせなかった。ドイツ軍が地下の各所にもぐって隠れているという、ミドリングハム説は、なんとも突飛な説ではあるが、いかにも尤もらしい唯一の解釈のようでもある。しかし、いかに地下のドイツ軍でも、べた凪ぎの海に浮かんでいる小さなボートの難破など、まさか企てることはあるまい。そうなると、二、三週間前の、ここの庭にあらわれたあの火のついた樹木は、いったい何なのか？　中部地方の村の並木の上にあらわれた、あの火のついた雲は、一体何なのか？

まえにわたしは、数学者が二面三角形に出くわしたら、どんな心持がするだろうと書いたと思う。面子からいっても、その数学者は頭が狂わざるをえないだろうと、たしかそういったと記憶する。どうやらルイス医師の現在の立場が、それに近いように思われる。かれは即決を要求されている難問に直面しながら、同時に、いわば同じその息の下から、解決の可能性を否定しなければならない気持に追いこまれているのであった。国民が毎日のように、わけのわからない方法で、かつ、わけのわからない情況で殺されている。そして誰もが、なぜ殺されたのか、どうやって殺されたのかと尋ねている。答は何もないようだ。中部地方の各種軍需製品を製造しているところでは、ドイツの手先が潜入していると解釈している。地下潜入説なんて、あまりにお伽ばなしすぎる、赤本小説すぎるといって否定されながらも、あの説のバックボーンにはたしかに真実性がある。ひょっとするとドイツは、なんらかの方法で、わが国の工業地帯のどまんなかに、手先を配置しておいたのかもしれない。しかし、それにしても、メリオンのようなこんな僻陬（へきすう）の地で、ボートに乗った二人の子供を殺したり、休日をたのしみにきた罪もない男を沼地で殺したりするような、まるで出たとこ勝負みたいな無差別な殺戮をやって、いったい何の効果があるのか？　あれはただ、恐怖と災厄の雰囲気をつくりだしているだけのことなのか？　むろん、そういうことはありうるとしても、ルーヴェン（旧ベルギーのブラッセルに近い都市で、一九一四年ドイツ軍はここを占領して、同市大学の有名な図書館を焼き払った）やルシタニア号（イギリス最大の豪華客船。一九一五年、大西洋を航行中、ドイツの潜行艇に撃沈され、乗客千百九十八人が死亡し、世界最大の惨事になった）の大惨事はさておき、迷惑千万な話どころではないようだ。……

こんな考えにルイスは耽（ふけ）り、メリットも恐縮してしんねりと黙りこんでいるところへ、この家の下男が扉をたたいてどなった。せっかくこれから気らくにのんびりしようと思っているところへ、そののんびり気分をいきなりぶち壊すような声だった。「先生さまよ、先生さまよ、すみましねえが、ちょっくら手術をお願（ねげ）えしてえそうで」ルイスはあたふたと往診に出かけて行ったなり、その晩は帰ってこなかった。

医者は、本街道を半マイルか四分の三マイルほど行った、ポースの町はずれの部落へ呼ばれて行ったのであった。そこはだれが見ても、部落とより呼びようのないような小さな村だった。掘立て小屋のような家が四軒ずらりと並んでいて、今は廃坑になった石切場の石工たちのために、百年ほどまえに建てられた家であった。ルイス医師が呼ばれて行ったのは、そのうちの一軒で、行ってみると、おやじとかみさんが「先生さま、ワー！　先生さま、ワー！」といって、おいおい泣いているそばに、子供が二人おろおろしており、もう一人いる子は冷たくなって死んでいた。死んだのは、ジョニーという末っ子であった。

　診察してみると、窒息死であった。着ていたものにさわってみたが、服は濡れていないから、溺死ではなかった。頸部をしらべたが、べつに絞殺された形跡もない。ルイスは父親に事情をたずねたが、二人ともただおいおい泣くばかりで、泣きながら、なんでこんなことになったのかわからない、「近所のやつがやったでなくば」という。ケルトの仙女は、今でも意地の悪いことをするのだろうか？　ルイスは、一体今夜どういうことがあったのか、この子はどこにいたのかと尋ねた。

「兄ちゃんや姉ちゃんといっしょにおったのかね？　姉ちゃんは何か知っとるだろう？」

　来たときの気の毒なくらいの癲倒から、ようやく両親の気持の整理がついてきたときに、ルイスが根ほり葉ほり聞きあつめた話というのは、次のようなものであった。――

　三人の子供は、きょうは一日元気で、きげんがよかった。ひる過ぎ、かみさんがポースまで買物に行くので、子供たちもいっしょに歩いて行った。家へ帰ってきて、三時のおやつを食べたあと、子供たちは家の前の道路で遊びまわっていた。あるじのジョン・ロバーツが仕事からすこし遅くなって戻ってきたので、みんなが夕食に坐ったときには、外はもう暗くなったあとであった。夕食がすむと、三人の子供は、遊びにきたお隣りの子供たちと表に出て、また遊んでいた。母親は、もう三十分したら、みんな寝るんだよと声をかけた。

　ロバーツのかみさんと隣りのかみさんは、同じ時刻にここの家の門のところまで出てきて、子供たちに、さあ、もう家にはいりなと声をかけた、二軒の家の子供たちは、道路のむこうの原っぱの木戸の方へゆるい斜面になっている空地で遊んでいた。ほかの子供たちはみんないたが、ジョニー・ロバーツだけがいなかった。ジョニーの兄のウィリーがあとでいうのに、——母ちゃんが呼ばったとき、ジョニーのやつ、大きな声でいうとったで。「やあ、あこの木戸のむこうの、光ったきれいなもん、何じゃろなあ？」いうて。

十、子供と蛾

ロバーツの家の子供たちは、道路をつっきると、あかりのついた部屋のなかへドヤドヤ駆けこんできた。そのとき兄と姉は、ジョニーがついて来ないのに気がついた。母親は暗い台所でなにかしていたし、父親はあしたの朝焚く薪を家のなかへ運びこむために、物置にいた。母親は子供たちが駆けこんできたのを耳にしながら、仕事の手をつづけていた。兄妹が、ジョニーのやつ、あれ捕まえたんかなと、小声で話しあっているところへ、母親が台所から出てきて、ジョニーがいないのを知った。しかし兄妹は、もうジョニーが明いている部屋の入口から駆けこんでくる頃だと思っていた。が、五分たち、七分たち、やがて十分たっても、ジョニーはもどって来なかった。

父親と母親は台所へ行ってみたが、台所にもチビ助はいなかった。

なにかいたずらでもしているんだろうと、親たちは思った。兄と姉がチビを部屋のどこかへ

——戸だなの中へでも隠したんだろうと思った。

「おまえたち、ジョニーに何をしたんだよ?」と母親がいった。「出てきな、いたずら坊主、いいから、早く出てきな」

いたずら坊主はいっこうに出てこなかった。すると姉のマーガレットが、ジョニーはあたいたちといっしょに道をわたって来なかったで。きっとまだ柵のとこで、ひとりで遊んでるだべ、といった。

「あんであの子を置いてきただよ?」と母親はいった。「ほんとに片時だってまかせておかれやしねえよ。いい子だな、二人とも母ちゃんにもうよけいな心配かけるじゃねえぞ」そういって、母親は玄関の方へ出て行った。「ジョニー! 早う帰ってこう! あとで泣いたって知んねえぞ。ジョニー!」

母親は玄関で呼び、さらに門のところまで出て行って呼んだ。

「ジョニー! 早う来うや! いい子だから、来うや! あんなとこに隠れてんな。見えてるぞ!」

きっと生垣のかげにでも隠れているんだろうと、母親は思った。いまにゲラゲラ笑いながら、道をつっきって走ってくるだろうと思った。——「のんき坊主、いつだってそうなんだから」——だが、小さな陽気なすがたは、もうとっぷりと暮れた宵闇のなかから出て来なかった。あたりはしんとしていた。

母親は、それでもなお、迷子になった子を元気に呼びつづけなから、そろそろ心臓がひやひやしだしてきた。惣領の子が、ジョニーは原っぱの木戸のそばに、なにかきれいなものがいると言っていたと告げたのは、その時であった。「きっとあすこ乗りこえてな、原っぱ駆けまわって、道わかんなくなっただべよ」

そのうちに、父親もカンテラを下げて出てきて、家じゅうのものが大きな声をして、草地を呼びまわった。――帰ってくれれば、菓子でもおもちゃでも、なんでも好きなものをやるから、といって。

原っぱのまんなかのトネリコの木立の下で、かれらは小さな死体を見つけた。子供はすでにじっとなって、死んでいた。そのじっとなった死骸の額(ひたえ)のところに、大きな蛾が一匹とまっていた。蛾は、死体を抱き上げたときに、ハタハタとどこかへ飛んで行った。……

ルイス医師は、ざっと以上のような話を聞いたのであるが、いかんせん、その時はすでにもう手の施こしようもなかった。なんとも気の毒な親子に、言う言葉もなかった。

「とにかく、こうなったうえは、あとに残った二人の子供にくれぐれも気をつけてな」とルイス医師は帰りしなに両親に言った。「むりなことだろうが、なるべく目のとどかんところへはやらんようにしてな。おたがいに、こういう恐ろしい御時世に生きとるんじゃけんな」

その恐ろしい御時世に、よくしたもので、「季節(シーズン)」だけはこのポースにも、やはり例年どおりの足なみでやって来ていた。戦争のおかげで、避暑客の数は多少減ってはいたけれども、それでもけっこう臨時(ふり)の客が、ホテルや賄(まかな)いつきの貸間、お泊まりだけの宿などに逗留していて、浜ではあの古風な汐浴び車で押しだしているものがあるかと思うと、新柄流行のテントを張って、泳いだり甲羅を干したりしている連中もあり、渚近くまではえている松の木蔭でのんびり寝ころんでいるものもあった。砂浜で、見世物めいたエチオピアまがいの裸踊りなどは、さすがにポースでは御法度(ごはっと)になっていたが、打ち揚げ花火は夏の娯楽として城跡でよく催され、臨時委員が会場へ出張して、入場券を男女の客に売りつけているということであった。

ポースは、おおむね中部地方と北部地方から来る客が多く、金持の固定した顧客がついている。ランディドノは混雑して厭だし、コルウィン湾はどうも新開地気分で困るといった連中が、この南西の古いおちついた町へ和(なご)やかな土地の気分を楽しみにやってくる。そして一九一五年の夏も、ここはそういった連中で賑わった。そうした避暑客も、メリットと同じように、ここも以前のようにのんきにぶらぶら歩けなくなったと気づくようになったが、かれらが歩哨や監視員を認めているのは、これも戦争のおかげで止むをえないというよりも、景色を眺めるにはここが絶好だと親切に教えてくれる人として認めているのであった。いや、それどころか、マンチェスターから来た男などは、キャステル・コッチの散歩から帰ってきて、いやどうも、散歩も護衛つきだと思うと、ありがたくなるね、などといっていたくらいである。

おまけにその男は、こんなことも言っていた。「わたしの見たかぎりでは、敵の潜行艇があのイーニス・サントの岬あたりへきて、折り畳みの舟艇で、五、六人ずつあのへんの浜へ上陸されでもしたら、こりゃ防禦の手はありませんな。そうなると、われわれは馬鹿な面(つら)をして砂浜で咽喉をかっ切るか、でなきゃ潜行艇に乗せられてドイツへ送られるか、どっちかじゃないですか？」

この男、沿岸監視員に半クラウンの心づけをやって、「いいんだいいんだ、とっときたまえ。あんたがたはわれわれに情報を与えてくれるんだから」とぬかしたそうである。

ところで、どうもこれにはおかしい点がある。北部地方出身のこの男が、神出鬼没の潜行艇やドイツの特攻隊について、独自の考えをもっていたということもおかしいし、また、キャステル・コッチの監視員が、べつにこれというはっきりした理由も示されずに、ただあすこの原へは人を入れるなという命令を受けていたのも、おかしい。おそらく当局は、あの原を「恐怖地帯」にあると指定して、極秘に命令を出したにちがいないが、あすこで起こった殺戮事件のもようなどは、当局自身、何も知っていやしないはずである。何があったかわかっていたら、かれらの弾圧が役に立たないこともわかっていたろう。

マンチェスターの男は、ジョニー・ロバーツの死のあった十日ほど後に、散歩を咎められて追い返されてきた。じつはその前夜、若い農夫が城跡のすぐそばの草原に倒れていたのを女房が見つけたので、監視員がそこに置かれたのであった。その農夫は、傷ひとつなく、暴行の形跡もなくて、石のようになって死んでいたのである。

ジョゼフ・クラドックという死んだその男の女房は、露のしとどな芝原に倒れていた亭主を見つけて、青くなって村へ走り、二人の村びとをつかまえて、その人たちの手を借りて死体を家に運んでもらった。ルイス医師はさっそく呼ばれて駆けつけたが、死体をひと目見て、これはロバーツの家の子供と同じ手口で殺されたものとわかった。クラドックも窒息死であった。これはこんども咽喉を絞められた形跡は全然なかった。ひょっとすると、これはバークとヘア（一八二〇年代に、スコットランドのエジンバラで犯行を繰り返した有名な二人組の窒息殺人犯）が用いた手かもしれんなと、ルイスは考えた。膏薬で人の口と鼻孔をふさいでしまう手口である。

そのとき、ふとルイスの頭に浮かんだことがあった。まえに義弟のメリットが、なにか新しい毒ガスで中部地方の軍需工員が殺られたようなことを話していたことがあったが、こんどのこの男やロバーツの子供の死は、なにかそういう手段によるものではないのか？　そう思って、その方の検査もやってみたが、べつに毒ガスの使われた痕跡は何も出てこなかった。もっとも、大の男が明けっぴろげの空の下で、毒ガスで死ぬなんてことはあるわけがない。毒ガスで殺すには、大きな桶の底とか、あるいは井戸の底とか、そういった密閉した狭い場所が必要だろう。

クラドックという男がどんな方法で殺されたのか、ルイス医師にはかいもく見当がつかなかった。かれは自分自身にも正直にそう白状していた。言えることは、窒息させられたということ、それだけであった。

この男は、犯行のあった晩、九時半ごろに、兎かなにか捕りに外へ出かけたらしい。兎のよくいる原っぱは、家から歩いて五分ぐらいのところにあった。出がけにかれは女房に、十五分か二十分したら戻ってくる、と言い置いて出かけて行った。が、戻ってこないので、二十分たってから、女房が捜しに行った。彼女は兎のいつもいる野原へ行ってみたが、あたりにべつに変わったところはなく、ただクラドックの姿だけがどこにも見えなかった。大きな声で呼んでみたが、返事はなかった。

その野原のすこし小高いところに、牛や羊を放牧してある牧場があって、野原とは木の柵でしきってあった。野原の方はそこから城跡と海の方へと、ゆるい傾斜でだらだらと下がっている。クラドックの女房は、その牛や羊の群れのなかにも亭主の姿が見えないので、キャステル・コッチの方へ行く細い道へと曲がって行った。なぜそっちの方へ行ったのか、当人にもよくわからないらしいが、牛が一匹生垣を破って外へとび出していたので、たぶんクラドックはそれを追って行ったのだろうと思って……と最初はそういっていたが、あとでそれを訂正して、次のようにいっていた。――

「はじめはそう思ったですけど、よく考えると、自分にもようわからんものがありました。牧場の生垣もふだんと変わっとらんようだったしね。夜は物が変わってみえるもんじゃけんど、あのときは海霧(じり)が立ちこめとって、なんかこうへんに見えて、『あれ、道に迷うたんかいな』と自分でも言うたくらいでした」

彼女は、生垣の木のかたちがきゅうに変わってしまったようで、そのうえ「まるで木に灯がともっている」ように見えたので、どうしたんだろうと思って見にいくと、近くまで行ったら何もかも普段のとおりだった、と言っている。そこで生垣ごしに夫を呼び、夫がこっちへやってくるか、それとも返事があるかと思ったが、返事がないので、ひょいと道の下を見ると、なにか地面に光ってるものがあるのを見た。「ちょうど地ざかいの土手の藪に群らがるホタルみたいな、ほのかな光」だったという。

「それでね、わたし柵をのりこえて道の下へおりて行ったら、その光はスーッと溶けるように消えてしもて、そこんとこに夫(うち)が俯伏せになって、倒れとったんですわ。夢中で声をかけて、抱きつきました」

そんなことがあって、今やルイスにとって、恐怖はしだいに険悪なものになって、抛ってお
けないものになってきた。そして、ほかの人たちも自分と同じ思いでいることがわかった。ロ
バーツの子供や若い農夫の怪死を、クラブの連中は聞いたかどうか、ルイスは知らなかったし、
べつにこちらから尋ねてもみなかったが、だれもそんな話はしていないようであった。

正直のはなし、このところ連中もだいぶひと頃とは変ってきたようであった。恐怖の起こり
始めのころは、みんなその話で持ちきりだったのが、最近は、知ったかぶったお喋りや、無い
知恵を絞った上の屁理屈みたいなものは空恐ろしくなってきたのか、ぱったり影をひそめてい
た。ルイスはミドリングハムへ帰った義弟のメリットから手紙を受け取ったが、そのなかにこ
んな文句があった。――「家内の健康はポースへ行っても大した効目はなかったようです。ど
うもまだおもしろくない症状が二、三あるようです」ルイスはこの言いまわしのなかに、今も
って中部地方の町には恐怖が重苦しく残っているのを、メリットも認めていることを読みとっ
た。

ポースの北部の山間部で、夜な夜な怪しい物音がきこえるという妙な話を土地の人達が言い
だしたのは、クラドックの怪死があってからまもなくのことであった。メイロス発の終列車に
乗りおくれて、メイロスとポースの間の十マイルほどの夜道を徒歩ったという男が、それを聞
いた最初の男であった。その男のいうには、トレドノックのそばの山のてっぺんまで来たのが

十一時近くで、そのときはじめて、なんだかわからない妙な音に気づいたんだそうで、かなり遠くの方から——遠くだから微かではあったが、なにか犬の遠吠えのような、哀れっぽい叫び声が聞こえてきたという。最初は森でフクロでも鳴いてるのかとおもって、立ち止まって耳をすまして聞いてみたが、どうもフクロの声とはちがうようで、かなり長いこと鳴いて、やがて鳴きやむと、しばらく時をおいてまた鳴きだす。なんの声だかさっぱり見当がつかず、そのうちにおっかなくなってきたので、正体のわからないまんま急ぎ足にどんどん歩いて、ポースの駅の灯がようやくのことで見えたときには、やれやれとほっとしたそうであった。

この男は、その晩の不気味な音のことを女房にも話し、女房は近所の人たちに吹聴(ふいちょう)したが、たいていの人は「気のせいだろう」とか、「大方(おおかた)一盃(ぱい)はいってたんだろう」とか、「そりゃフクロにきまってるよ」としか考えてくれなかった。ところが、その後、やはり夜遅くのこと、メイロス街道からすこし離れた家で小酒盛をやっていた四、五人の連中が、十時すぎに家に帰る途中で、その音を聞いた。この連中も、やはり犬の遠吠えのような声だといい、おりから秋の夜の静けさのなかで、なんともいえない気味のわるい声だったといっている。「ありゃあ声の幽的(ゆうてき)だぜよ」と一人がいうと、べつの男が「まるで地の底から聞こえてくるような声だに」といった。

十一、トレフ・ロイン農場

くどいようであるが、こうした恐怖がつづいている間に発生した恐ろしい事件については、公表された報道の資料が全然ないことを、ここで重ねて記憶しておいていただきたい。新聞や雑誌がそれについてひとことも言わないから、国民の大多数は、雲をつかむような風説のなかから、事実を識別するための批判を何ひとつ得られず、政府の極秘政策が弾圧したものと、ふつうの不幸災難とを見分ける眼識が全然得られなかったのである。

このところ連続しておこっている出来事が、すべてそうであった。商用で旅をしている、悪意も害悪もまったくない商人が、旅の途中、さびれたメイロスの大通りへでも姿を現わそうものなら、それこそ、こいつひょっとしたら殺し屋じゃなかろうかと、その商人は衆人から不安と疑惑のまなざしでジロジロ見られるくせに、ほんものの恐怖の手先は見のがされて、大手をふってまかり通っているというのが、現状であった。大体、かずかずの謎の死のその謎の正体がわかっていないのだから、敵の合図や警告や予告はなおさらわからないという、のんき千万なことになるのは当然のことであった。恐怖がここにあった、あそこにあったというだけで、一つの恐怖が別の恐怖へつながりがあるかもしれないという、そのつながりを知るための共通の土台になるものが、何もないというわけだった。

であるから、ポースの北の地区で夜な夜な聞こえたという、気味のわるい怪しい声が、紫いろの花を摘みに行ったきり帰らなかった少女の事件や、沼地の泥土のなかから死体をかつぎ出された男の事件や、死体のまわりにホタルの火みたいな妙な光がピカピカしていたと細君がいっている、自分の地所の草地で死んだクラドックの事件に、なにか関係がありそうだと疑念をいだくような奇特な人は、一人もいないのである。で、そうなると、その陰気な哀れっぽい真夜の叫び声の噂が、どのようにして遠いところまで伝わって行ったのか、これがまず問題だ。田舎の医者なんてものは、黙っていてもいろんなことが耳にはいってくるもので、ルイスなんかもあちこち往診に飛んで歩いている間に、この話を聞いたのであるが、べつに大して関心ももたなかったし、恐怖事件とそれがなにか関係があるとも考えなかった。ところがレムナントは、闇夜にこだまのごとくに聞こえるこの声のはなしを、一幅の彩色図に仕立てあげたのである。かれは週に一回、自分の屋敷の庭の手入れに、トレドノックの男を雇っていた。その男は、直接その声を聞いてはいなかったが、その声を聞いたという男を知っていた。

「ペントッピンのタマス・ジェンキンという男でやすが、ゆうべ遅くなってからに、あした玉蜀黍(もろこし)を刈るだで、空あんべえ見ようとって、首つん出しただね。あんでもやつは、カーディガンでメソジスト宗の人といっしょにいたおりに、あの宗派の礼拝堂で讃美歌をたんまり聞いたそうでがす。そいつが、あれは審判の日のうめき声みてえだと申しておりやした」

レムナントは、この話をいろいろと考えて、きっとその音は、どこか海底の洞穴(ほらあな)からおこるものにちがいないと思った。トレドノックの森のどこかに、半分あいている不完全な風穴でもあって、下の方でおこる汐騒(しおざい)の音がそこを通りぬけるときに、遠くで泣きうめくような効果をあげるのだろうと想像した。しかし、真夜中のまっ黒な山のむこうから、聞くも恐ろしいこだまを返してくるその声を聞いたごく少数の人以外に、だれもそんな声に注意を払うものはいなかった。

その音は、三晩か四晩つづけて聞こえたらしかった。すると、その次の日曜日の朝、朝拝がすんで、トレドノックの教会からぞろぞろ出てきた村の人たちは、教会の墓地に、黄いろい毛色の大きな羊の番犬がいるのに目をとめた。犬は教会に人のあつまるのを、そこで待っていたというふうだった。というのは、村の人たちが出てくると、犬はすぐと一人々々にからだをすりつけるようにして、やがて右の方へ曲がって行く人たちのあとについてきたのである。村の人たちは、やがて野原をつっきって、めいめいの家をさして行ったが、田舎の日曜日の朝なんてものはのんびりしたもので、四人ばかりがのんきにぶらぶら歩いて行くすぐその後から、犬はずっといっしょについてきた。四人の百姓たちは、乾草のことだの、玉蜀黍のことだの、市場の話に気をとられて、犬のことなど気にもかけずに、秋の田舎道をぶらぶら歩いて、やがて野原の境の生垣のところまでやってきた。そこから草ぼっかの農道が一本野原をぬけて、森のなかへと下り、トレフ・ロインの農場へとかよっていた。

その生垣のところまでくると、きゅうに犬が憑きものでもしたようになった。ワンワンけたたましく吠えたて、四人の百姓の一人のそばへ駆けよると、あとでその男が言ってたように、「まるで命乞いでもするように」しきりと顔を見上げては、また生垣のところへ駆け戻り、尾をふっては吠え、尾をふっては吠えして、そこに立っている。四人はそのようすを見て、ゲラゲラ笑った。
「どこの犬だ、これ？」

「トレフ・ロインのタマス・グリフィスのとこの犬だっぺさ」

「ほう。だれば、あんで家さ帰らねえだ？　これ、家さ帰れって！」といって、石をぶつけるかまえをして見せて、「これさ、帰れったら！　ぬしなら、この生垣こえられっぺによ！」

しかし、犬は微動もしなかった。吠えてはウーと唸り、みんなのところへ走ってきては、また生垣のところへ戻るのである。しまいに犬は、一人の百姓のそばに来て、地べたにペタリと這いつくばると、百姓の上衣の裾を嚙んで、生垣の方へグイグイひっぱった。その百姓はふり切るように犬を離すと、それをしおに四人は道を歩きだした。犬は道につっ立って、四人の後をしばらく見送っていたが、やがて首をのけぞるように上へあげたと思うと、絶望したような長い悲しい遠吠えの声をあげた。

四人の百姓は、べつにそれを何とも思わなかった。こんな田舎では、羊の番犬は羊の番をする犬であって、犬の気まぐれな思いつきなんか考えてやりはしない。ところが、その黄いろい犬――コリー種とはいっても、だいぶ何代か血が混っていた――は、その日からトレドノックの道をうろつきはじめたのである。夜になると、どこかの家の門口にきては、ガリガリ戸をひっかき、戸をあけてやると、そこへおとなしく寝そべっているが、そのうちに庭の木戸の方へ走って行って、まるで自分の後からついてくる人を迎えるように、ワンワン吠えて待っている。その家の人が何遍も追っ払うと、例の長い苦悶のような遠吠えをくりかえすのであった。その声は、幾日か前の晩に聞いた、あの山のこだまの声と同じような、気味のわるい声だったそうである。こんなことが村の誰彼の家の庭先で、毎晩のように起こったが、しかしわたしが調査したところでは、このトレフ・ロインの番犬の奇妙な行動は、ここしばらく前から姿を見ない主人のタマス・グリフィスとは、とくに関係はないようであった。タマス・グリフィスは、ポースの市（いち）の日に家を出たきり、蒸発したままであった。日曜日にはかならず朝拝に出席する常連の一人だったが、それ以来、トレドノックの教会へもふっつりと姿を見せなかった。村の衆の寄り合いの席でも、そういえばもう何日もグリフィスの家の者を見ないなと、今更のようにはじめてそのことに気づいたような次第であった。

ところで、たとえどんな小さな町でも、ひとつの町でみんなが鳩議に集まるということは、これはよくよくの緊急のばあいである。ことに草深いへんぴな山村で、農家や農場がポツンポツンと散らばっているようなところでは、そういうことは時間がかかる。ちょうど収穫（とりいれ）がはじまっているときで、みんな畑仕事にいそがしく、骨の折れる長い一日がおわると、百姓の手つだいの男たちも、村のニュースや噂あさりにうろちょろ駆けまわるなんて気には、とてもなれない。収穫（とりいれ）をしている連中は、一日がおわれば、夕食をたべて寝ることよりほかに考えやしない。

そんなこともあって、タマス・グリフィスとその一家の者がこの世から姿を消したことが発覚したのは、その週もかれこれ終るころになってしまった。

わたしはよく、おまえは毒にも薬にもならないことに興味をもつ男だといって叱られるのであるが、たとえば、遠いところに蠟燭の灯がともっているとして、それが見えるか見えないか、といったような質問を好んでする。かりにその蠟燭が田舎の静かなまっ暗な晩にともっているとしたら、どのくらいの距離のところまで、あすこに灯火があるということが肉眼で見てわかるだろう？　人間の声についても、これと同じことがいえるわけで、条件がよければ、むろん言ってる言葉まで聞きわけられるが、言葉は別として、ただのひびきとしての声は、いったい、どのくらいの距離のところまで届くものだろう？

もちろん、こんな質問は、それこそ毒にも薬にもならない、くだらない質問にちがいないが、どうもわたしはこんなことにいつも興味をもつのだ。ところで、この声の問題は、じつをいうと、トレフ・ロイン農場の奇怪な事件にあてはまるのである。例のトレドノックの山道で、たまたま聞いた人の心に嘆きの声ときこえた、あのもの悲しいこだまのような音は、じつはあれは、ただならない異例な出し方で叫んだ人間の声だったのである。そしてそれは、農場から一マイル半から二マイル離れた、いろんな所で聞こえたものとみえる。こういうことは、まったく異例なばあいなのかどうか、それもよく知らないし、また、なにか特別な声の出し方で、音を送るばあいの力の増減を計算に入れてあったものなのかどうか、そのへんのこともわたしはよく知らない。

わたしは再三この恐怖ものがたりが、メリオンのなかでも奇妙に農場や農家の密集したところからは離れた、さびしい、人家のまれな所で起こったということを、くどいくらい強調してきた。それは都会に住む人たちに、かれらが全然知らずにいるものを多少でもわからせてやろうと思って、あんなふうに強調してきたのである。ロンドンのどまんなかに住んでいる、いわゆる生粋のロンドン子なんかは、郊外のとびとびの灯火からまだ十町も奥の、二百ヤードもの周囲に人家は一軒もないような寂しい家は、それこそお化けか幽霊に打ってつけの家だぐらいにしか考えないだろう。そういうロンドン人に、あのメリオンの白壁の農家のほんとの寂しさが、どうして理解できよう？　あのへんの百姓家は、おおくは細い道も羊腸のような山道もないところに、あっちに一軒、こっちに一軒と、離ればなれに散在していて、ある家はひろい野原のまんなかに、またある家は海を見下ろす砦のような岬にポツンと一軒、……いずれにせよ、浜べの高い断崖の上か山の上、もしくは奥地の窪地とか、人跡まれな、ふつうの物音から遠く隔たったところに根をすえているのである。たとえば、医者の義弟のメリットが、そこから光信号が発せられたと馬鹿げたことを考えた、ペニロールという百姓家なんかも、そういう場所にある。海の方から見ると、いかにも広々と見えるけれども、さて逆に陸地の方から見ると、入江がぐっと彎曲して深く入りこんでいるせいもあって、三マイル以上離れたまわりの人家からも、見えるかどうか保証できない。

　しかも、そういう人里はなれた隠れた場所のなかでも、トレフ・ロインほど深く埋もれかくれた所は、ちょっとほかにないように思われる。残念ながら、わたしはウエールズ語のことは何も知らないといってもいいくらいだが、どうも「トレフ・ロイン」という村の名は、「茂りの中」という意味の「トレリン」、もしくは「トルフィ・リン」から転訛したものではないかとおもう。そして、実際そこは昼なお暗い、おいかぶさるような鬱蒼とした森のまんなかに位している。深くて狭い峡谷が、いわゆる高地(アルト)から走りくだって森林をつらぬき、シダやツルバミのおいしげった嶮しい山腹をぬけて、そのずっと先の先の涯(はて)は、メリットが男の死体がかつぎ出されてきたのを見た、例の沼沢地へまっすぐに下っている。この谷間(たにあい)は村道からも枝道(車の通れない細い道だが)からも遠くて、例の四人づれの百姓たちが、羊の番犬の妙なそぶりを見て面くらったのは、この細道であった。この谷間は両がわにトネリコの密林があって、それが両方から枝をさし出して、ひとつに綴(と)じ合わさっているほどの狭さだから、遠くからその下は覗くことができない。わたしは上の高地(アルト)から見下ろしたのであるが、とにかく、トレフ・ロインの全貌をひと目に見渡されるような高いところは、どこにもなかった。ただ、みどりの森のあいだから、隠れた煙突の青い煙が立ちのぼっているのが見えただけで、あとは何も見えなかった。

こういうところへ、九月某日の午後、一団の人々がグリフィス家のようすを見とどけに行ったのである。一行は数名の百姓と警官が二名、これと銃剣をつけた兵隊四名であった。兵隊は、例のキャンプ隊長から回してもらったのである。ルイス医師も一行に加わっていたが、かれはグリフィス一家の消息を村の連中が誰も知らないということを小耳にはさんで、じつはこの夏トレフ・ロインに止宿していた、顔なじみの若い画家の安否を案じて、同行したのであった。

一行はトレドノックの教会の門前に集合して、ほそいつづらおりの道を登っていった。行った先で何に出こわすのか、かいもくわからないお先まっくらな連中だから、おそらく、いくばくかの不満の気持のなかに、なにか暗い不安をいだいていたことと思う。ルイスは、伍長と三人の兵が、自分たちの受けてきた命令について話し合っているのを耳にした。

「隊長殿はおれにこう言われた」と伍長が小声で言った。「面倒なことがおこったら、遅疑せず発砲せいと」

「何を撃てというんです?」とわたしが横合からきくと、伍長は、「面倒なことです」と答えた。伍長から聞き出せたことは、これだけであった。

ほかの連中は、何かゴヤゴヤ言っていた。ルイスは百姓たちが殺鼠剤のことを何か話しているのが聞こえたように思ったが、かれらが何を話しているのか気になった。

やがて一行は、生垣にある木戸のところまでやってきた。そこから道はトレフ・ロインへと下る、とびとびに敷き並べた石の間から雑草のはえた、ひどいでこぼこ道であったが、そこを辿っていくと、道は藪垣にそって森へと下り、やがていきなり谷間の壁とトネリコの密林へ出た。ここから道は嶮しい山の中腹を弧を描きながら南の方へと下っていて、そのさきには木々のかげにかくれた、谷間の窪地がつづいていた。

そこはもう、目ざす農場の囲いのなかで、中庭の作事場の外塀、納屋、小屋、離れ家などが丸見えに見えた。一行のなかの百姓の一人が、まっさきに門をあけて中庭にはいるが否や、どうま声をはりあげてどなり立てた。

「おーい、タマス・グリフィス! タマス・グリフィス! おぬし、どこにいるだよう!」

あとの連中もそのあとにつづいて中へはいった。伍長が大喝一声、うしろへ号令をかけると、いっせいに銃剣をつける金属性の音がカチャカチャと鳴り、いままでビールでもひっかけたがっていたような罪のない連中が、たちまちのうちに地獄から来た恐ろしい死の商人に早変わりをした。

「おーい、タマス・グリフィスよう！」先頭の百姓が、またも破鐘のような声で呼んだ。

いくどかの呼びかけに、家のなかからは何の返事もなかった。返事のかわりに、一行は中庭のまんなかの池のふちに、当のグリフィスがあおのけにぶっ倒れているのを見つけた。死体の横っ腹に、なにか鋭利な刺叉でもつき刺したような、見るもむざんな痕口がパックリ口をあけていた。

十二、怒りの手紙

しずかな九月の昼さがりであった。トレフ・ロインの古家をかこんで鬱蒼とおいかぶさっている森には、そよりとの風もなかった。霞んだような大気のなかには、牛の鳴く声のほかに、聞こえるものは何もなかった。牛の群れは、どうやら牧草地から農場の門のそばまでフラフラはいりこんで来たものとみえて、あたかも死んだ主人を弔らうかのごとく、悄然とそこに立っていた。馬も四頭いて、これも長い、辛抱づよそうな面がまえをして、やはりそこに立っていた。下の草原には羊の群れもいて、これも主人の手から餌をもらうのを待っているかのように、立っていた。

「なあおい、動物たちもみんな、どこか様子がへんだと知ってるようだな」と兵隊の一人が仲間にささやいていた。白い秋の日ざしが銃剣にキラキラ光っている。兵隊たちはきびしい顔つきで、グリフィスの死体のまわりにしゃちこばって立っていた。伍長がさらに何か号令をかけると、兵隊たちは「構え」の姿勢をとった。ルイス医師は死体のそばにしゃがみこんで、横腹に大きな口をあいている傷口を、ためつすがめつ、しさいに眺めていたが、

「死後、だいぶ時間がたっとるね。一週間、いや二週間になるかな。なにか先の尖った凶器で殺（や）られたんだな。家族の人たちはどうなっとる？　何人家族かね、ここの家は？　わしゃ一ぺんも往診にきとらんので、わからんが……」

「グリフィスに、女房に、伜（せがれ）のタマス、娘のメアリ・グリフィス。それと、この夏部屋を借りとった紳士がいたったようだの」

　これは百姓の一人の証言であった。一同はただ顔を見合わせるばかりであった。救援団の連中は、みな、おとなしい人達ばかりのこの家を襲った災難のことは、なにも知らなかった。来て見たら、中庭の作事場に死んだ人間がいて、その死んだ人間の飼っていた牛や馬が、死んだ主人が起き上がって飼葉（かいば）をくれるのを待っているかのように、辛抱づよくまわりにつっ立っている――そんな危難のあった家へ行くなんて、つゆほども考えていなかった連中である。医者に聞かれて、一同はそのとき改めて主屋（おもや）の方をふり向いて見た。十六世紀風のみごとな迫持（せりもち）のある古い大きな家で、屋根にはメリオン地方の特徴である、オランダ風の煙出しがつき出ている。外壁は雪のような白壁づくりで、窓は深い石の切り出しになっており、石を畳んだ入口の

ポーチは、谷あいの窪地へ吹きおろす風をよけるために、木深い茂みの蔭になっている。窓はどれもみなぴったりと締まっていた。家のまわり、あたり一帯には、人間の生きているけはいや動きのしるしは何ひとつなかった。一行はもういちど顔を見合わせた。百姓のなかの教会委員をしている男と、巡査部長と、ルイス医師と、伍長は、たがいに袖をひっぱりあった。

「医師どんよ、一体これはどういうこんだね?」と教会委員の百姓がいった。

「わしにも何とも言えん。――そこの気の毒な人が心臓を刺されとるということ以外には」

「みんな中におって、わしらを撃ってきやせんかね?」と別の百姓がいった。この男は、自分の言った「みんな」とはどういう意味なのか、自分でもわからなかった。それは誰もが同じであった。何が危険なのか、どこからこっちを撃ってくるのか、外からなのか中からなのか、それも知らなかった。一同は殺された人間をあらためて眺め、おたがいに暗い顔を見合わせた。

「とにかく、何かせにゃならん」とルイスがいった。「家の中へはいって、ようすを見んことには」

「そりゃそうだが、しかし中へはいる間に覘われるでしょう」と巡査部長がいった。「そうなると、どこにおったらいいかな?」

伍長は、部下の一人を中庭の作事場のとっつきの門のところに配置し、あとの二人をいちばん手前の木戸のそばに配置し、相手が挑戦してきたら発砲しろと命じた。医者とのこりの連中は、主屋のまえの庭の木戸をあけて、玄関のポーチまで行って、入口の大扉のそばで耳をすました。家のなかはコトリともしなかった。ルイスは百姓の一人からトネリコの杖をかりて、古めかしい鋲が打ってある、まっくろけな樫の大扉を三度はげしく叩いた。

三度ガンガン叩いたあと、一同は待った。中からは何の返事もなかった。もういちど叩いたが、依然として家のなかはしんと静まりかえったままであった。医者は大きな声で、中の人に呼びかけてみた。しかし、何の答もなかった。一同はふり返って、たがいに顔を見合わせたが、もともと救援隊の連中は、自分たちが何を捜しているのか、また、どんな相手に会おうとしているのか、そんなことはかいもく知らないのである。大扉には大きな鉄の鐶がついていた。ルイスはそれを回してみたが、大扉はびくともしなかった。きっと中から閂かしんばり棒がかってあるのにちがいなかった。巡査部長が、明けろといってどなったが、やはり答はなかった。

一同は額をあつめて相談した。とにかく、大扉をぶち明けるほかに手はなかった。そこで一人が、中の人は大扉のそばからどいて下さい。さもないと殺されますよと、大きな声で家のなかへ申し入れた。するとその時、いつどこから来たのか、例の黄いろい番犬が作事場へ弾むように駆けこんできたと思うと、やたらにみんなの手をなめたり、じゃれついたりして、さもうれしそうに吠えたてた。

「なるほど」と百姓の一人がいった。「こいつ、まずいことあったのを知ってただな。のう、ウイリアムズよ、この前の日曜日にこいつがせがんだ時によ、おらたち蹤いてってやらなんで、不便なことをしたよなあ」

伍長は、みんなに後へ下がるように合図をした。一同はポーチの入口のところまで下がって、あたりを不安そうに見まもった。伍長は銃から剣をはずすと、発砲するまえに、もういちど家の中へ声をかけてから、大扉の鍵穴に一発ぶっぱなした。そして二発、三発とつづけざまに撃った。それほど大扉は部厚で堅く、また、それほど中の閂や桟は厳丈だったのである。さいごには、大きな蝶番を覘って撃たなければならなかった。

そうしておいてから、連中総がかりで扉をグイグイ押すと、さしもの厳丈な大扉もグラグラとかしぐように明いて、前の方へメリメリと倒れた。伍長は左手をあげて、一同を五、六歩うしろへ下がらせておいてから、作業場の上と下にいる二人の部下を大声で呼んだ。二人の兵隊は「安全であります」と答えた。そこで一同は倒れた大扉を踏みこえて、家のなかの土間にはいり、そこからさらに、農家では焚き場といっている炉部屋へはいった。

燃し木が白い灰になって消えている大きな炉の前に、伜のグリフィスが伸びて死んでいた。一同が客間へドヤドヤはいっていくと、部屋の入口のところに、ちょうど焚き場へ出ていこうとして倒れたような格好で、画家のセクレタンの死体があった。二階には二人の女――グリフィスの女房と十八歳になる娘が、大きな寝室のベッドの上で、しっかりと抱き合ったまま死んでいた。

「いいかね、諸君！」一同がひろい炉部屋へもどってきたときに、ルイス医師がいった。「よく見たまえ、まるでここの家は包囲されていたみたいだぜ。あすこにほら、半分食べかけのベーコンがあるだろうが？」

なるほど、そう言われてみると、焚き場の壁にぶら下がっている片身のベーコンから切りとった切れっぱしが、家のなかのあちこちにあった。そして、パンはひと切れもなかった。牛乳も、水もなかった。

百姓の一人がいった。「いやしかし、ここの家はメリオンでも名代のいい水のある家でな、井戸はすぐこの下の森のなかにあるだが、評判の名水だぜよ。年より連中は『フィノン・テイロ』というて、あれは『聖テイロの泉』だというとるくらいだに」

「みんな渇水死らしいぞ」とルイスはいった。「死んでからだいぶ日数がたっとるな」

兵隊たちは広い炉部屋につっ立って、おたがいに睨めっこをしていたが、その眼にはひどく混乱当惑の色があった。死体はそこらじゅうにころがっているし、家の中にも外にもある。なぜこんなふうに死んだのかと尋ねてみたところで、はじまらない。老人はなにか鋭利なものでめった突きに刺されて殺されているし、あとのものは、たぶん渇死したもののようである。それにしても、これだけの農場を包囲して、家人を家のなかに閉じこめておけるような加害者とは、一体どんなやつなのだろう？　答はぜんぜんなかった。

巡査部長は荷馬車を一台手に入れたから、それで死体をひとまずポースへ運ぼうと言っていた。ルイス医師は、死んだ画家の遺品か遺作のようなものがあれば、ひとまとめにしておいてやろうと思って、セクレタンが居間に借りていたという客間へはいって行ってみた。客間には、片方の隅に大きな紙挾みが五つ六つ積みかさねてあり、側卓の上に本が四、五冊、扉のかげに釣竿と魚籠(びく)――これで全部のようであった。衣類のようなものは、きっと二階にあるのだろう。二階の方は、台所にいる連中にもいっしょに行ってもらうことにしようと思いながら、ルイスはなんの気もなく、側卓の上に、本といっしょにバラバラの紙きれが何枚かのっているのに目をおとした。するとその紙きれの一枚に、「ドクター、ジェイムズ・ルイス、ポース在住」としてあるのを見て、ドキンとした。それはたどたどしい震え文字で走り書きに書いたもので、ほかの何枚かの紙も調べて見ると、どれもみな紙一面にびっしりと書いてある。

側卓は部屋のうす暗い隅にあったので、ルイスは紙きれをかきあつめて、窓ぎわへ持って行って読みはじめたが、そのなかのある文句に目がとまって、かれはハッとなった。ところが、原稿の順序がありゃこりゃになっていた。それは、あたかもこれを書いた故人が、ちゃんとした順序に紙をそろえるひまのなかったことを物語っているかのようで、各ページを正しい順序にそろえ直すのに、いいかげん暇(ひま)を食った。驚異が一刻ごとに深まっていくような画家の手記を読んでいるあいだに、一方、百姓たちの方は、裏庭にいた馬のなかの一頭を、二人がかりで荷馬車につけ、あとの連中は死んだ女たちを二階から運びおろしてきた。

「ぼくはもう余命いくばくもないと思う。われわれはもうだいぶ前に最後の水の一滴を頒けあった。幾日前のことだったかもぼくにはわからない。ぼくらはぶっ倒れたまま眠り、夢を見、夢のなかでこの家のまわりを歩きまわり、ときおり目がさめているのか、まだ夢のなかにいるのかさえはっきりせず、昼と夜とが頭のなかでこんがらかっている始末だ。はっきり目がさめていたのは、そんなに前のことではないとおもうが、とにかく気がついたら、ぼくは通路にぶっ倒れていた。なにかすごくありありした恐ろしい夢を見ていたような混乱した気持だった。何でもいい、本当にあったことを知ろう、それが救いだ、といっとき考えた。ともあれ元気をつけるために少し歩いてみようとおもい、あたりを見まわしたら、自分が通路の石の上に寝ころがっていたことがわかり、そしたら、すべてのことがいっぺんに自分に戻ってきた。歩行なんてことは自分にはもうなかったのだ。

グリフィスのおかみさんや娘さんの姿が長いこと見えない。二人は二階へ行ってひと休みしてくると言っていた。二階の部屋を歩く音がはじめのうちは聞こえていたが、今はなんにも聞こえない。息子さんのグリフィスは台所の竈場のまえに寝ている。自分が最後に台所へ出て行ったときには、刈り入れのことと天気ぐあいのことを、なにかひとりごとのように言っていた。ぼくがそこにいることには気がつかぬようすで、なにか早口にブツクサ言いながら、やがて飼い犬の『トラ』の名を呼びはじめた。

みんな誰にも希望はないようだ。ぼくたちは今、死の夢のなかにいる……」

ここで手記は、五、六行分ばかり判読できない。セクレタンは、「死の夢」ということばを三、四回くりかえして書いているのだが、最初書いた言葉を塗り消して、そのあとへ、なんだか意味のわからない妙な文字――なにか恐ろしい言葉の文字（ルイスにはそう思われた）が書いてある。そのあと、きゅうに書体が手記の最初の部分よりも明確になり、文章も流暢になっている。まるで画家の頭の上に垂れていた雲が、いっときカラリと霽れあがったかのようで、そこから行を改めて、こんどはふつうの書翰体で書き出している。

「親密なるルイス。

以下、混乱と脱線はおゆるし下さい。ぼくはあなたにごく普通の手紙を書くつもりでいたのに――かりにこれがうまくお手もとに渡るとして――それがどうもご覧のようなものになってしまいました。今のぼくには、もうそれを破り捨てる力さえありません。この手紙を読んで下されば、これを書いているときのぼくに、どんな悲しいことが起こっていたか、わかっていただけるでしょう。それは幻覚か悪夢にそっくりでした。頭がだいぶはっきりしたらしい今でも、そんな気がしています。この恐ろしい家での最後の幾日かの経験は、一つの長い悪夢――まもなくぼくはそれから醒めて、チェルシーの自分の家へ帰るでしょうが――ではなくて、本当のことであり、現実におこったことだと確信するには、よほど自分をしっかり締めてかからなければならんでしょう。

ぼくが今書いているものについて、『もしそれがあなたの手に渡れば』と申しましたが、ぼくにはその確信はありません。ここで起こっているようなことが、到るところで起こっているとしたら、世界はいよいよ終焉に近づきつつあると思います。それがぼくにはどうしても理解できない。今でもそんなことは信じられません。ぼくは悪夢を見、こんな気ちがいじみた幻想のなかを歩いたことを知っていますから、自分がもう夢を見ているのではないという証拠を、何とかして自分の身のまわりから捜し出さなければなりません。

二カ月ほど前に、あなたと夕食をともにしたときに、二人で話し合ったことを憶えておいでですか？　あのときはどういう風の吹きまわしか、話が時間と空間のことになり、たしか二人とも、人間は時間と空間について理論を打ち立てようとすると、たちまち矛盾撞着の迷路に迷いこんでしまうものだという点で、意見が一致したのでしたね。あなたは、その問題は大いに好奇心をそそられるが、結局まるで夢みたいなことだ、という意味のことを言われました。『人間は自分がナンセンスだと考えていることが目の前に現われると、自分の狂った夢からハッと目がさめるものだ』とあなたは言われました。そして、時間と空間のことを考える場合、どうしても避けられないこうした矛盾は、じつはこの人生全体が一つの夢であり、月も星も悪夢のかけらであることを実証しているのではないかな、と首をかしげておられましたね。ぼくは、このところ、そのことをしばしば考えています。自分の周辺にあるものがそこに実在していることを確かめるために、ジョンソン博士が石を蹴ったように、ぼくは壁を蹴ってみます。するとまた別の疑問がおこってきます。――それは、われわれが四六時中知っているこの世界は、ほんとうに終末に近づきつつあるのか。そして次の新しい世界とは一体どんなものなのか、という疑問です。でも、それはぼくには想像することもできません。ノアの箱舟と洪水のような話です。世界の火の終焉については、誰もがよく話をするけれども、今言ったようなことを考えた人は、いまだかつて一人もありませんからね。

それからもう一つ、ぼくの今悩んでいることがあります。ときどきぼくは、ここの家にいるわれわれは、みんな頭が狂っているのではないかと思うことがあるのです。自分はちゃんと見て、ちゃんとわかっているのに、――いや、自分が見てわかっているなどということはありえないのですから、次のように言い直すべきでしょう。――われわれはみな一つの妄想に苦しんでいるのではないかと。人間はおそらく自分自身の囚人であって、ほんとうは自由に外に出て生きるべきものなのでしょう。われわれが見ると思っているもの、そんなものはたぶん実在しやせんでしょう。ここの家の人達はみんな頭が狂っていると、前にわたしは聞いたことがあったように思います。ぼくも四カ月ここの家で暮らしているうちに、ここの家の感化を受けるようになったのかもしれません。今ここの家の人達は、いちいち附添人がついていて、その人からむりやり食事を咽喉に押しこんでもらって、命をつないでいます。みんな咽喉が塞がって、食べものが嚥みこめないからです。トレフ・ロインではみんなこんなふうなのかな、そんなことはないはずだと心のなかでは確信していても、ときどき不思議に思うことがあります。

しかし、こんな狂人の手紙をぼくはあとに遺す気もないし、だからぼくが見たこと、いや見たと信じていることを、一から十まであなたに申し上げることはよします。ぼくがもし正気の人間なら、その空白の部分はあなたがご自分の知識で埋めることができるでしょう。もしぼくが狂人だったら、この手紙は火中の上、それについて一切口外なさらないで下さい。いや、おそらく――むろん確信はもてませんが、ひょっとしたら、ぼくが目をさますと、メアリ・グリフィスが『朝食もうすぐにできますよ』と、朗らかな声で呼ぶのを聞くかもしれません。そして朝食をおいしく食べたら、ポースまで歩いて行って、一人の人間が見た、世にも不思議な、身の毛のよだつような夢の話をあなたにお話して、今後の善後策をお聞きできるかもしれません。

われわれが初めて、どうもへんだなと気づいたのは、たしか火曜日の晩のことだったと思います。もっとも、そのときはまだ、自分たちの気づいたことに、実際におかしなことがあるとはわからなかったのです。その朝、ぼくは沼を描いてみようと思って、九時すぎに家を出かけたのですが、いざとりかかってみると、だいぶ骨の折れる仕事であることがわかりました。夕方帰ってくると、ここの家の人たちがみんなして老犬の『トラ』を見ながら、陽気に笑いさざめいていました。『トラ』は中庭から主屋の入口の方へひょいひょい走って行っては、さかんにワンワン吠えたて、ハアハア息をはずませています。おかみさんと娘のメアリがポーチに立っていましたが、『トラ』はその側へ行きたくて、二人の顔をかわるがわるに見上げては、また中庭の門の方へと走っていき、そこのところで二人の方をふりかえって、まるで自分についで来るのを待っているかのように、門のところでワンワン吠えています。やがてそんなことを何回もくりかえしたあげくに、『トラ』は、ここの屋敷から出ろといわんばかりに、おかみさんとメアリの裾を嚙んで、力いっぱいグイグイひっぱるのです。

そこへ男たちが野良から戻ってきました。しかし『トラ』は、なおもその動作をくりかえしていました。老犬はさかんに吠えながら、中庭を上から下へ駆けたり駆け戻ったり、納屋だの小屋を出たりはいったりしては、自分の目ざす人のところへ夢中で駆けて行っては、また一直線に駆け去り、そしてあとからついて来るかどうか見るために、かならず後をふりかえって見るのでした。玄関の大扉をしめて、家じゅうのものが夕食に坐ったときにも、いっしょに家のなかへはいった『トラ』はまだ騒いでいるので、とうとう家の外へ追い出されました。すると玄関のポーチに坐りこんで、爪で大扉をガリガリひっかいては、『トラ』はなおも吠えつづけていました。食事をわたしの部屋へ運んできてくれたときに、メアリは言っていました。『トラ』、どうしたんかしら。考えられんわ。ふだんはあんなにおとなしいくせに』

老犬は、その夜ひと晩じゅう、吠えたり、ガリガリ戸をひっかいたり、哀れっぽい声でクンクン鳴いたりしていました。それでもういちど家のなかへ入れてやりましたが、まるで気が狂ったように家人の側へかわりばんこに走りより、目は血走り、口には泡をため、みんなの服をひっぱって破るので、とうとうまた外の闇のなかへ追い出してしまいました。すると、恨めしそうな長い遠吠えをひと声あげたとおもうと、それっきり膿んだとも潰れたとも聞こえなくなりました。

十三、セクレタン氏の最後の言葉

その夜、ぼくはよく眠れませんでした。不安な夢を見て、なんどもなんども目がさめました。眠りのなかで、ぼくは妙な叫び声や、騒がしい物音や、つぶやく声や、扉をたたく音などを聞いたようでした。眠りのなかに谺のように響きかえる、太い、力のない声もありました。目がさめると、家の上の山に、哀しい秋風の音がきこえていました。いちど恐ろしい悲鳴の声を耳にして飛び起きましたが、そのときはまだ家のなかがしんとしていたので、ぼくはそのままた、おちつかない眠りに落ちたようです。

やっとぼくが起きあがったのは、空が白んでまもないころでした。家のなかの人たちはおたがいに高い声で、ぼくには何のことやらわからないことを言い合っていました。

『あの糞忌々しいジプシーのやつらださ』とグリフィス老人がいうと、おかみさんが、『なんであいらがそんなことをするだね？　盗みをするなら――』

すると伜のグリフィスがいいました。『いや、それよかジョン・ジェンキンが腹いせにやったらしげだぞ。やつ、この前、密猟しとる現場をふん捕えたときに、この恨みは忘れねえぞとぬかしくさったで』

ぼくの推測したかぎりでは、どうやらみんな当惑しきって、プリプリ腹を立てているふうでしたが、怖がっているようすはないようでした。ぼくは起きて服を着かえましたが、そのとき部屋の窓から外をのぞいて見ることは考えませんでした。部屋においてある化粧台の鏡が背が高くて幅がひろいために、窓が狭くなっていて、なにか見るためには、鏡のまわりの狭いすきまに首をつっこまなければならなかったからです。

階下ではまだ言い合いをする声がしていました。やがて老人の言ってる声がきこえました。――『よしゃ、ともかく、おっぱじめるべえ』そして大扉がバタンと締まりました。

一瞬ののち、老人が伜にどなったようでした。とそのとき、どえらい騒ぎとよりほかに書きようがないような物音がおこったと思うと、家のなかでキャーというものすごい悲鳴がきこえ、夢中で駆けまわるような足音がしました。同時に、家じゅうの者が大声で呼びあい、娘のメアリが『駄目だ、母ちゃん、父ちゃん死んだだよ。あいつらが殺しただ』と泣き叫ぶのがきこえ、母親がかなきり声で、いいからお前は逃げな、と叫んでいるのがきこえました。そのとき、台所から誰か一人駆けこんできて、入口の大扉に太い閂をはめたとたんに、なにか大扉にぶつかった、落雷のような音が家じゅうにひびきました。

　ぼくが階下へ駆け下りていくと、階下は、悲歎と恐怖と驚愕の衝撃で、まるでもうてんやわんやのありさまで、みんな何か恐ろしいものを見て気が狂ったような顔つきでいました。

　ぼくは中庭の作事場をのぞこうと思って、急いで窓ぎわに駆けよりました。そこに何を見たかは申し上げますまい。ただその時中庭の池のそばに、主人のグリフィス老人が横腹からドクドク血を噴きだして、鮮血(あけ)に染まって倒れているのを見たのでした。

　ぼくはすぐに表へ出て、主人を中へ運びこもうと思いましたが、みんなが主人はもう石のようになって死んでるはずだし、今表へ出たら命がないにきまっているから、出るのは止せといって引きとめました。死んだあるじの死骸を目のあたりに見ながら、みんなそれが信じられなかったが、しかしそれは事実でした。ぼくは前からよく、もし落ちた林檎がそのまま空へ舞い上がって見えなくなってしまったら、それを見た人はどんな気持がするだろうと、つまらんことを考えたものでしたが、今その気持がわかったような気がしました。

　ぼくはまさかこんなことが長く続こうとは考えてもいませんでした。みんなも自分の身の危険など、べつに深刻に心配してはいないようでした。一、二時間したら、とにかく夕食の前に表へ出てみようと話し合ったのですが、とてもそれまで待ちきれませんでした。十二時に、伜のグリフィスが、おれ裏道から井戸へ下りて行って、もう一杯水を汲んできておくといいました。ぼくは裏口のところに身をひそめて窺っていると、ものの五、六ヤードと行かないうちに、やつらがグリフィスに襲いかかってきました。グリフィスは命がけで走りました。われわれは二人がかりで扉に閂をはめるのにやっと間に合いました。そしてその時から、ぼくは怖くなりだしてきたのです。

　それでも、みんなまさかと思っていました。一、二時間もすれば、誰かが声をあげて来てくれるだろう。そうすれば、なにもかもきれいに解消してしまう。なにも危険なんかおこるわけがない。肉は燻製がたっぷりあるし、パンは三、四日分は焼いてあるし、地下倉にはビールもいくらかある。茶も一ポンドぐらいはあるし、前の晩に井戸から汲んでおいた水も、まだ水差にいっぱいある。日が出ればこっちのもので、朝のうちにみんな退散させてしまうさ。

　ところが、その日が過ぎて翌日になっても、情況は依然として変わりません。ぼくはこのトレフ・ロインが寂しい場所だということは前から知っていたし、だからこそ、人間を生きながら殺すようなロンドンの喧騒からのがれて、しばらく頭を休めようと思ってここへ来たのです。ここがトネリコの茂みにおおわれた狭い谷間に埋もれかくれた、どの道からも遠いところだから、わざわざこうしてやって来たのです。ここのまわりにある細い道は、ほとんど誰も来たことのない道です。ここの家の息子のグリフィスが言っていましたが、ここから一ばん近い家で一マイル半はあるそうです。この農場のこの閑寂さをおもうと、ぼくはいつも楽しくなったものでした。

　ところが、それが今や楽しさではなく、恐怖となって戻ってきたのです。息子のグリフィスは、静かな夜ここから大きな声をあげれば、うまく聞いている人がいたら、はるか高地(アルト)の上の方まで聞こえるはずだと考えました。ぼくの声はかれの声よりよく透る高い声なので、二日目の晩には、ぼくが二階の寝室へ上がって、あすこの窓をあけて、助けを呼んでみようと言いました。その晩、ぼくはあたりがまっ暗になるのを待ちながら、窓をあける前に、窓ごしに外をのぞいて見ました。すると、中庭の作事場のむこうにある細長い納屋のはずれに、今までそんなところに立木なんかなかったのに、なにか立木のような格好をしたものが見えるのです。たしかに夜空に黒々と枝をひろげて、こんもりと茂っている木です。そんなことがあるかな、おかしいなと思いながら、ぼくは窓をあけてみました。助けを呼ぶためばかりでなく、納屋の上に夜目にもありありと黒く立ってるものは一体何なのか、もっとはっきりとよく見たかったからです。

よく見ると、まっ黒なその木の茂みのなかに、なにか点々と火の子のようなものが見えます。色のある光で、それがみんなキラキラ光りながら動いていて、陽炎(かげろう)のようにゆらゆらしています。ぼくは闇のなかに目を凝らしました。まっ黒な木は納屋の屋根よりも高く空にそびえていて、それがぼくのいる方へとふわふわ動いてきます。とうとう主屋のすぐ側へくるまで、ぼくはじっと動かずに見ていました。そして、そいつの正体を見たのと、驚いて窓をしめたのとがほとんど同時でした。それでうまく間に合いました。よし、戦ってやるぞという気になって、ひょいと見ると、燃えている夕焼雲みたいだった木は、また元どおり闇のなかに沈んで、黒ぐろと納屋の上にそそり立っているのです。

ぼくは階下にいる人達に、このことを話しました。みんなまっさおな顔になりました。おかみさんのいうには、今この地上には悪いことがはびこっているので、昔の悪魔どもが羽根をのばして森や山から出てきたのだそうで、おかみさんはひとりでなにか口のなかで唱えごとをしていました。よくわからないが、どうやら間違いだらけのラテン語のように、ぼくには聞きとれました。

一時間ほどたってから、ぼくはまた二階へ上がって行ってみると、さっきの黒い木はやはり納屋の上にこんもり茂って立っていました。一日たって、夕方またのぞいて見たら、また火の子の目がこっちを睨んでいたので、ぼくは窓をあけるのをやめました。

そこでぼくは一策を考えました。ここの家には昔風の大きな暖炉が切ってあって、オランダ風の丸い煙突が棟の上に高くつきでています。窓をあけて大声でどなるよりも、あの煙突の煙の吸い口のところからどなれば、丸い煙突がメガフォンの役目をするから、もっと遠くまで声がよくひびくだろうと思ったのです。そこで、それからは毎日、夜になると、九時から十一時まで、ぼくは暖炉のなかに立って、大きな声で助けを呼びました。トネリコの木に蔽われた谷底の一軒家で、ぐるりを山また山に囲まれた寂しい山村のことです。ぼくは遠く離れたところにある人家のことを考え、そこに住んでいる人達のうち、一人でもいいからぼくの声を聞きつける人がいてくれればいいが、と思いました。高地(アルト)の上の方へとうねりくねり登っている細い山道のことを考えると、あんなところを夜通る人なんかあるまいとは思いながらも、それでももしや一人でもぼくの声を聞く人があればと、一縷(いちる)の望みをかけたのでした。

けれども、われわれはもう、蓄えてあったビールもすでに飲みつくしてしまったし、このうえ露命をつなぐには、ひと雫の水にたよるほかになくなってきました。四日目の晩には、もう咽喉がカラカラに干からびて、からだの調子がへんになり、げっそり力がなくなってきました。こうなっては、自分の肺から出す声では、とてもじゃないが、農場のはずれの野原までとどくのさえおぼつかないでしょう。

ぼくはその時から、あの涼しい谷間の森の岩の間から、手の切れるような冷たい清水を噴き上げている、あの噴き井を夢に見るようになりました。われわれはもう食事のことはとうに諦めていました。ときおり、焚き場の壁に吊してあるベーコンの塊からひとかけら切ってきても、あの塩気が火のようでした。

ある晩、篠つくような豪雨が降りました。娘のメアリが、この際二階の窓をあけて、ボールでも洗面器でもいいから外へさし出して、雨水をとったら、というので、ぼくが例の火の子の目をもったモヤモヤしたもののことをいうと、彼女は、『そんだら酪農室の窓へ行けば、なんとか雨水はとれるわ』といって、洗面器をもって酪農室の踏石の上に立ち、しばらく外をのぞきながら滝のような雨音を聞いていましたが、やがて窓の輪かぎをはずすと、片手に洗面器を持ち、片手で窓を一インチばかりあけました。あとで彼女は言っていました。『窓をあけたらさ、いつだったかセント・テイロの聖歌祭へ行ったときに、オルガンが鳴って、境内が夕焼けでまっかっかになった時みたいに、外の空気がビリビリ揺れてたみたい』

そしてそのころから、ぼくのいうように、われわれはみんな夢を見はじめたのです。ある暑い日の夕方、日がまだカンカンしているなかで、ぼくは二階の居間で目がさめました。夢のなかで、ぼくは家じゅうを家探しして歩いて、いまは使われていない古い地下倉へ下りていったのです。地下倉には柱が何本もあって、まるで墓穴みたいでした。ぼくは用心のために、鉄のさすまたを手にさげていました。そこへ行けば水があると、なにかがぼくにそう言ったからで、夢のなかでは地下倉の中央にある柱のねきに重い石があって、その石を持ち上げたら、その下に冷たいきれいな水がこんこんと噴き出ていたので、やれうれしやと思って片手で掬って飲もうとしたときに、ハッと目がさめたのでした。ぼくは台所へ行って、息子のグリフィスにそのことを話して、ここの地下倉にはたしかに水があるというと、グリフィスは首をふっていましたが、でも焚き場にある大きな火挾みを手にとると、二人して地下倉へ下りて行きました。ぼくがそこだよといって、太い柱のねきの大きな石をさしてやると、グリフィスはその石を持ち上げました。しかし、そこには井戸なんかありませんでした。

そのときぼくは、なぜかこの世で会ったいろんな人達のことをふっと思い出しました。これはどういうことでしょう？　ぼくにはどうもよくわかりません。とにかく、そこに井戸があったことは、自分でもはっきりしているので、台所にちょうど肉屋の使うような肉切り庖丁があったから、それを持ってぼくはもういちど地下倉へ下りて行って、地面へやたらに庖丁をつきさしてみました。ほかの連中も、そんなことをするぼくに、もう邪魔もしませんでした。こんなことをして時を過ごしましたが、ほとんどもうおたがいに口もききません。みんな思い思いに家のなかを歩きまわったり、二階へ上がったり、階下へ下りたりしながら、めいめいが愚にもつかん工風を考えたり、頭がどうかしたような計画を自分自分に練っているようすでしたが、だれ一人それを口に出しては言いません。ぼくは何年か前に、一時俳優になったことがあります。今でもよく初日の晩のことなどを思い出します。男優たちが舞台の袖で出を待ちながら、自分自分の役の科白のおさらいにブツブツ口をうごかしながら、誰とも口をきかずに、足音しずかにあっちへ歩き、こっちへ歩きしている。ちょうど今のぼくらがあれでした。ある晩ぼくは、ここの家の壁をどこか一カ所ぶち抜いて、そこから地下道を掘ろうと思い立って、息子のグリフィスのところへ相談に行きました。この男の頭が狂っていることは、ぼくも承知していましたが、むこうもぼくが地下倉に井戸を掘るのを見て、とうとうこいつも気が狂ったかとわかったらしいようすでしたが、二人とも、ほかの連中には何も言わずにいました。

今のところ、こんなことをしてぼくらは過ごしています。みんなもうだいぶ弱っています。目がさめている時も――自分では目がさめていると思っている時でも、ぼくらは夢を見ています。夜と昼は来ては去り、去りては来、そうしてみんなおたがいにどこか調子がへんです。聞いていると、息子のグリフィスはまっ昼間、星のことかなんかブツブツ言ってますし、そういうこのぼくが、真夜中に、高い岩の間からざんざん落ちる清冽な谷川のほとりの、陽のさんさん輝いている草原を歩いていると思ったりしている始末です。

やがて夜明けになると、火のともった蠟燭を手にもった黒衣の人々が、そこらをグルグルとゆっくり歩きまわり、なにか恐ろしい大儀式が始まるときのようなおごそかなオルガンの音が、あたりをどよもすようにひびきわたって、地の底から太古の歌の甲高い声がわきあがるなかに、叫ぶような叫喚の諸声がきこえるのでした。

そのほんのちょっと前に、ぼくは自分の耳もとで、なにか言っている声を聞いたのですが、その声は、どこかの寺院の墓穴からでも陰々と鳴りひびくみたいな、なにかゾーッとするような抑揚があって、それが耳もとでリンリン鳴り、こだまのように響きかえってくるのです。言っている言葉は、かなりはっきりと聞きとれました。

ここに我等が神なる主の瞋恚の書は始まるなり。

やがてその声が、『アレフ』という言葉を、まるで昔から幾代も幾代もかかって長く長くひっぱっているかのように誦し、そしていよいよ経文にかかると、蠟燭が一つ消えました。

その日主の言い給いけるは、やがてこの国土を蔽う雲あらん。その雲のなかに燃えさかる火の形なせるものあり。その雲より我が使者たち出づるべし。使者たち共にひた走りて、脇を向くことなからん。今は受難の日にして、救抜の道なし。かくて民草の主は高き丘の上に登りて言い給いぬ。我が見張りの者を置きて、神の軍人をして谷々に天幕を張りて屯せしめ、葎のなかなる家にて我が審判を行なうべし。盤石の武器造廠に逃るるとも効なけん。頭上に木の葉天幕のごとくに茂れる森の奥に、殺戮の剣を見いだすべし。都府の城壁にたよる輩は、覆えされん。武装せる兵に禍あれ。兵力に喜びをいだく者に禍あれ。何となれば、小さきものら汝らを噛み、力を有たざる者によって塵に帰すべければなり。これよりは低きもの高きに昇るなり。神は羊らの老いたるも若きも、ヨルダンの丘より獅子となして放たん。主言い給いけるは、羊らよ、汝ら己れを低うすること勿れ。鳩はエンゲディの山の鷲とならん。これより後、戦の突撃を甘んじて受くる者、一人もなかるべし。

今、こうしていても、ぼくはその声が、あたかもどこか大きな教会堂の聖壇からおこって、自分がその教会堂の入口に立っているかのように、しだいに遠くへ消え去っていくのが聞こえています。広い広い底なしの闇のはるか遠くの方に、きらきら点っている灯が、一つ、また一つと、つぎつぎに消えて行きました。そして今またぼくの耳には、ふたたびあの終りなき抑揚をもった誦唱の声がきこえているのです。その声は登り昇って星までとどき、そこで燦然とかがやくと見るや、たちまちにして九天直下、地底の闇にさっと落ちると、そこからふたたびまた登りだします。唱えているのは、ＺＡＩＮという言葉です」

ここで手記は、ふたたび判読できなくなって、ついに全く憐れむべき混乱におちいっている。ページの上に、波線のようなものが幾すじも書きなぐってあるのは、セクレタンの耳に陰々ときこえた、この世ならぬ楽の調べを写しとろうとした跡らしい。インキのこすれや消しでもわかるように、かれはここで行を改めて、新しく書き出そうと努力したのであろう。とうとう最後にペンが手から落ちたとおぼしいところは、インキが飛び散ってよごれている。

ルイスは、廊下を大ぜいの足音がバタバタ騒がしく通るのを聞いた。それは死体を荷馬車まで運びだす人たちの足音であった。

十四、恐怖の終焉

ルイス医師は主張した。――われわれが今日、解明がつかんから大したことではないといって片づけたり、看過(みす)ごしたりしている現象を、徹底的に追究研究してかからんうちは、いつまでたっても、人生の真の意義なぞわかるはずがない、と。

われわれ二人は、二、三カ月前にやっとこの国から退散して行った恐怖事件の恐ろしかった跡を、いろいろ論じあっていたところであった。わたしは自分のやった実地調査や、直接報告を受けた事実などから、自分は自分なりの意見を立ててきたのであるが、こうして今、いろいろと合言葉のやりとりを交換しあってみると、ルイス医師はだいぶ違う方法から、同じ結論に達していたということがわかった。

「しかし、まだ本当の結論じゃないよ。まあ、人間が探究した結論なんてものは、みんなそんなものだな。そこからまた一つの大きな謎にぶつかっていくのさ。正直いって、世界歴史というものは、いつだって、起こったことは多分起こるかもしれなかったことだと、言わざるをえんだろう。こんどのことだって、事実上、一年前までは起こらなかったことだ。だからして、そんなことが起こるわけがないと、みんな多寡をくっとった。そんなことは想像の埒内のことだなんていっとったのは、まだしもいい方だったくらいだ。これが人間の流儀なのさ。こんにち、たいがいの人間は、『黒死病』――いや、『黒死病』にかぎらず、一般に疫病といってもいいが、――そんなものはもう二どとヨーロッパへははいって来まいと、確信しとるわな。あんなものは汚ない下水や汚水のせいなんだといって、得々としておる。ところが、実際は下水や汚水は疫病には関係がないのだ。しかも明日のイギリスには、それの猖獗を防止する対策が何ひとつないのが現状だ。しかし、世間の連中にそんな話をしたって、だれも真に受けるものはありゃせんよ。大衆というものは、人が話してやってるときにそこにないことは、何事も信用せんものなんだ。こんどの恐怖事件のばあいだって、疫病のはなしとおんなじさ。だれだって、あんな事件が起こるなんて信じられやせんさ。レムナントが、何といおうが、そんなのは局外の理屈だ、われわれの理論をはずれた理屈だといったのは、あれは君、正論だよ。平面国（二次元しかない想像上の国）（平面）では、立方体や球体は信じられんのさ」

この意見は、わたしもことごとく同意見であった。大衆というものは、自分の目の前にあるものを信ずるはおろか、どうかすると、目の前にあるものが見えない時さえありますからな、とわたしはかれの言葉の尾についていった。

「十八世紀版のゴシック寺院の絵なんかご覧なさい。よほど目の肥えた人でも、目のまえにある建築物を正しい鑑識で捉えることは、なかなか出来にくいものです。わたしもいつぞやピーターバラ寺院の古い版画を見たことがあるが、まるで画工が針金細工か子供の積木かなにかをモデルにして描いたみたいに見えましたからな」

「ほんにな。ゴシックというのは、あれは当時の埒外の美学理論だからね。だから、まぼろしだよ。人間は見ないものは信じられんのだ。というより、信じないものは見えんのさ。こんどの恐怖事件の期間がそれだった。詩人コールリッジが、事実の前で意想をもつことの必要を説いて、それはその人になんらかのプラスになるといったのは、ここのことだ。コールリッジが正しかったことは言うまでもない。事実というものは、相関的な考えがなければ、無きにひとしいものであって、そんなところから何の結論も引きだせやせん。こんどのことだって、われわれはあり余るほどの事実を持ってたくせに、なにもそこから生むことができなんだ。わしはね、あのトレフ・ロインから、あの恐ろしい行列の殿(しんが)りについて帰って来たったが、あのときはほんに気が狂いそうな心持だったよ。するとね、兵隊が仲間に言っとるんだ。『なあビル、いくらなんでも、人間の心臓に五寸釘をぶっ刺す鼠はいねえよな』わしゃそのとき、もうそんな頭がへんになるような話は、たくさんだと思った。どうやらそれがわしの正気の分かれ道だったらしいな。それから兵隊たちと別れて、野原をつっ切って近道をしてポースに戻ると、本町通りのデイヴィスのところへ寄って、すまんが今夜ひと晩おれの代診を頼むとたのんで、それから家へ帰って、下男に、デイヴィスがお前に今夜来てくれというとると言伝(ことづて)をつたえて、それからひとりで部屋にこもって、出来れば今日の事件をひとつじっくり考えてみようと思うたんだ。

あの日の経験が、わしに一縷の光明をもたらしてくれたなどと考えてもらっちゃ困るよ。正直いうと、自分の家の作事場でズタズタに刺されて死んどったあの哀れなグリフィスの死体を見なんだら、わしはセクレタンが暗示しとること、――つまり、一家全員が集団幻覚の犠牲になって、ほんとのキ印になって家に立てこもったあげくに渇水死したという事実を、あるいは承認しかけたかもしれん。そういう事例は過去にもいくつかある。自己抑制狂といって、自分が事実上完行できないことは、絶対に行動することができないものと思いこんどる精神異常だ。ところが、わしは殺された被害者の死体も見たし、致命傷になった裂傷も見たんだ。

セクレタンの遺書から、何かヒントが得られなかったかというのかね？　いや、あれは混乱をよけい悪化させたように思えたな。君もあれは見たね。どうだね、あのなかには何カ所か、だれが見ても譫言（うわごと）――つまり、死んでいく人間の精神の彷徨のようなところがあるわな。全体の謎をとく鍵がないのに、あの幻想からどうやって事実を分離するかね？　譫言というやつは一種の夢想であって、廓大（かくだい）され歪曲された現実の影である場合が多いんだが、当人の頭のなかのモヤモヤに投影されたその歪曲されたものから、現実の建物を再建するのは、こりゃ君、至難というよりもまず不可能なことだよ。あの異常な記録を書いたときのセクレタンは、自分は正気ではないという事実――いく日もいく日も、眠るかとおもうと目がさめ、さめるかと思うと錯乱状態でおるという事実を、言わず語らずのうちにはっきり述べておるが、事実と譫言を分離するのに、あの陳述をどう判断したらよいのかね？　ただ一つ、自分が正気だったという証人に立っておる部分がある。あんたも憶えとられるだろうが、かれはトレフ・ロインのあの古風な煙突にのぼって、助けを呼んだと書いとるね。あれはどうも、山地の尾根できこえたあの遠吠えのような声と照応するように思えるんだ。実際の経験の記録者としてのかれを考えたばあいだよ。それからね、あの農家の地下倉をわしがのぞいたときに、地下倉の柱のねきにウサギの掘った穴があった。そのこともかれは証言しておる。つまり、あのときもかれは正気だったわけだ。しかしだよ、あの聖歌をうたう声だの、ヘブライ語のアルファベットだの、それから無名の予言のことばの引用だのは、一体どう考えたらいいのかね？　そりゃ鍵さえあれば、事実を腑分けしたり、幻想のなかから事実らしきものを探り出したりすることも容易だったんだろうが、あいにく、あの九月の晩には、わしゃまだ鍵をつかんでおらなんだのでなあ。それから言い忘れたが、あのそれ、光と火の子が中で燃えて光っとるという『木』な、あれはわしはセクレタンが感じた以上に、実際にあった話としてつよい印象を受けた。わしも自家の庭のついその下のところで、同じようなものを見たんだが、何だったのかなあ、あれは？

　そこでね、わしは言うとったんだ。逆説的にいうと、人生というものは、不可解なことによってのみ解明されていくものなんだとな。われわれはよく『非常に不思議な暗合』だといって、もうこれ以上言うことはない、これですべて蹴がついたというて、あっさり事を片づけてしまう癖がある。しかし、わしはやっぱり、ただひとすじの本当の道は、めくら谷のなかにあるんだと思うね」

「それはまたどういう意味です？」

「いや、これはわしの言わんとする意味のほんの一例じゃがね。まえにわしは義弟のメリットのはなしと、メアリ・アン号というボートが転覆した話をしたったね。義弟のいうところによるとあの海岸の百姓家の一軒から光信号が発信されて、その光信号と船の転覆とは、原因結果の密接な関係があるに相違ないということだった。わしはそんな馬鹿なことがと思ったが、あのとき大きな蛾が窓からとびこんできて、そこらをパタパタとび舞ったあげくに、ランプの灯に生きながら身を焼いたときに、わしは義弟の口をどうやって封じてやろうかなと考えとった。そこでさっそくの思いつきで、義弟に、おまえは蛾がなぜランプ灯とかそういうものに飛びこむか知っとるか、といって尋ねた。わしの考えでは、義弟が光信号にこだわって、生煮え(なま)の屁理屈に悩んどるのに、なんらかの暗示になればとおもうて尋ねたんだが、義弟はそのときいやな顔をして、それきり黙りこんでしもうた。

それが、ものの三、四分もたったたか、わしは一時間ばかり前に近所の野原で自分の子供が死んどるのを見つけたという男に呼ばれて、そこへ出かけた。死んどった子供の額に大きな蛾が一匹とまっておって、みんなが死体をかつぎ上げたら、その蛾はヒラヒラどこかへ飛んでいったと、村の連中は言うておった。これはいかにも非論理千万なことではあるが、わしの家のランプに来た蛾と、死んだ子供の額にとまっておった蛾のこの不思議な暗合、じつはこれがわしを最初に軌道にのせてくれたとっかかりだったんだよ。実際の意識のなかでそれが指針になったとはいえんけれども、まあ、塀に赤ペンキで大きな火の玉がかいてあるのを見た以上に、わしの注意をあおり立てたな。言ってみれば、大太鼓をドンと叩かれた時みたいに、ドキンとしたね。義弟のメリットは、あの晩はなにか特別の行きがかりで、馬鹿げたことを話していたんだろうな。百姓家から発信された光信号なんか、ボートの転覆に何の関係もありゃせんものね。

しかし、かれの一般原理は健全だった。銃声がきこえて人が倒れたのを見た場合、『暗合』だなんてのんきな考えは出まいさ。この問題を書いたら、おもしろい本ができるかもしれんて。題して『暗合の原理』とでもいうかな。

ところがね、あんたも憶えとるだろうが、わしの手控えによると、それから十日ほどたったころに、わしはクラドックという男のところへ呼ばれて行っとるんだ。自分の農場の近くで死んでおった男だ。これも夜のことで、女房が死体を発見したんだが、その女房の話のなかに、ひどくおかしなことがあった。畑の境の生垣がいつもと違っているように見えたので、これは道をまちがえて、ちがった畑へ来たのかと思ったと言うんだ。しかもその生垣が、蛍でもいっぱいおるようにピカピカ光っとって、畑の木戸ごしにのぞいて見たら、地面もピカピカ光っとって、やがてその光がスーッと消えたと思ったら、その光っとった地べたのすぐ近くに亭主の死体があったというんだな。ところでこのクラドックという男は、まえにロバーツという家の子供や、中部地方の男が暗くなってから近道をして窒息死したのと同じように、これも窒息死だった。そのときわしは、そういえばジョニー・ロバーツというあの可哀そうな子が、なにかいたずら遊びをする直前に、『なにか光ってら！』と大声でいったことを思い出した。わしの方はたまたまそのとき、自分の家の庭を眺めて、例の不思議な現象を見た矢先だったということを特記しておかなければならん。そんな木なんかなかったところに知らん木がはえて、しかもそれが火の粉が燃えとるようにキラキラ光って、その色がいろんな色に変わった。ちょうどあのストラトフォドシャの人達が、並木の上に浮かんでおった黒い雲のなかに、点々と火の子が光っとるのを見たのと同じように、ジョニーという子供も、クラドックの女房も、このわしも、同じような光りものを見た。しかもクラドックの女房は、生垣の木のかたちが変ったと思ったのだ。

　わしはそのとき、肚のなかで思ったことをあやうく口に出しかけたが、これは迂闊には言えなんだ。この一連の事件は、わしの見るかぎりでは、どうやっても今回の恐怖事件とは関係がつかん。軍需工場のぐるりを武装した兵隊が日夜警備しておる中部地方の爆弾騒ぎや機関銃事件とこれとを、どうやって結びつけられるかね？　まだまだほかにも、断崖から落ちたり、石切場へ落ちたりした連中、それから沼地の泥土のなかで窒息した男たち、街道ぞいの家で一家五人が殺された事件、さらにはメアリ・アン号の転覆事件と、こんなぐあいに変死した人たちの長い人名簿があるわけだが、どうもわしには、これらもろもろの出来事を一括するような脈絡が見られなんだのだ。みなこれ、情ないほど全然結びがつかんようにわしには思えてな。ウイリアムズ一家の脳味噌をぶちまけた力と、ボートをひっくりかえした力との間に、なにか関係があるとは考えようがない。まだこれはわからんことだが、もしこれ以上もう何事もおこらんければ、全部の事件を、一九一五年の夏メリオンでおこった一連の不思議な犯罪事件と偶然事故として記しておくのが、いちばんいいようにわしは思うね。いや、もちろん、メリットの話のなかの事件などを考えると、それはむりな考え方だ。しかしね、人間、どうにも解決できんことにぶつかったら、それはそのまま未解決のままでおいておけばいいのさ。謎がどうしても解けんと、人間は、なあに謎なんかどこにもないんだというふりをする。それが自由思想というものを正当づけようとする弁明なのさ。

　そんなふうに思っとったところへ、あのトレフ・ロイン事件がおこった。これは傍観しとるわけにはいかんわ。不思議でもなんでもないとか、とんだ離れたところで起こったとかいって、すました顔をしてはおれんわ。瞞しも言いのがれもなかった。わしはあの怪事件の現場をこの目で見た。自分の論法は忘れてしもうたが、人はあるいはトレフ・ロインは死の形で謎の存在を立証したというかもしれん。

　いまも言うたように、わしはあの事件のすべてを親しく見、その晩は現場に坐りこんでおった。事件現場の凄惨さばかりでなく、ここでもまた条件に食い違いがあるのに、わしは慄然とした。おやじのグリフィスは、わしの判断だと、魚把か、あるいは先の尖った杭のようなもので突き殺されたのだが、それと納屋のはずれにボーッと浮かんでピカピカ火の子の燃えとった立木と、一体どう関係がつけられるかね？　それこそさっきもいうたように、『ここに溺死した男がいる。そしてここに火だるまになって死んだ男がいる。どちらの死も同じ力によることを証明せよ』だよ。それでね、わしはトレフ・ロインのこの特殊な事件はひとまず脇において、別の例からなにか光明を得ようと思って、いろいろ考えておるうちに、ふと、森のなかでガサガサやっておった何千という人間の足音を聞いたという、中部の男のことを思い出した。あの男は、死人が白骨になって話しあっているような声も聞いておる。わしは自分に言うたね。『そうなると、ベタ凪ぎの海で転覆したボートは、どう考えたらいいんじゃ？』と。いくら考えても際限がなく、解決のメドなんかとうてい望めそうになかった。

ところがね、こうしたこんぐらかりから、とつぜん考えが飛躍した。論理をこえたんじゃな。わしは義弟のメリットが光信号のことをしつこく言うとったあの晩のことに戻り、蠟燭の灯にとびこんだ蛾のことに戻り、可哀そうなジョニー・ロバーツの額にとまった蛾のことに戻った。べつにそこには何の意味もなかったが、ふとわしは、あの子供と、百姓のジョゼフ・クラドックと、それから何とかいうたストラトフォドシャの男と、この四人はみんな夜間に死体を発見されて、しかもみんな窒息死をしておるが、あれはみな蛾の大群によって息がつまったのだと思いついた。これで証明がついたなどと口幅ったいことをいうつもりは毛頭ないけれども、しかしこれが真相じゃという確信は充分あるね。

ところで君、まっ暗闇のなかでだよ、ああいう昆虫の大群に出会ったと想像して見たまえ。それもだよ、鼻の孔へとびこむような小さな蛾だぜ。そういうやつが何百匹も口のなかへとびこんで、食道へはいり気管にはいったら、どうなると思うね？　たちまちのうちに息がつまって、窒息死してしまうよ」

「でも、そのばあい、蛾のほうだって死ぬでしょう。死体のなかで発見されるでしょう」

「蛾がかい？　君ね、蛾というやつは青酸カリでもなかなか死なんやつなんだぜ。カエルをつかまえて、そいつを殺して、胃袋をひらいて見ると、夕食にたべた蛾だの小さな甲虫類などが見つかる。ところが、この『夕食』ども、ブルブルッとからだをふるうと、元気にノコノコ歩きだして、もとどおりの元気な生態にもどるんだよ。そんなことは、それこそ朝飯前さ。

そこでわしは考えた。まず、ほかの事件は棚上げにしておいて、一つの公式にはまることだけに限ってみたんだ。被害者のうち、幾人かの人達は、蛾の活動のために窒息した。こういう仮定、もしくは結論――どっちでも好きに呼ぶがいいが、とにかく、そういう考えにわしは到達したのだ。次にわしは、うちの庭に見たこともない妙な木がはえたときに、じっさいにこの目で見た、例のいろんな色に光った光のことを考えてみた。ストラトフォドシャの男が新しい毒ガスだと思った黒い雲にも、中に点々と火の子が光っとったというし、ジョニー少年が畑の木戸ごしに見たものも、ピカピカ光っておった。クラドックの女房を亭主の死体のところへひっぱって行ったピカピカした光、トレフ・ロインを夜なかに睨んどった百目の光、――みなそれだった。このことがわしの頭にピンときた手がかりは、まえに一どまっ暗なこの部屋へはいったときに、窓ガラスの外側を蛾が一匹這いのぼっておって、その蛾の目玉がみごとな五色の火の色に光っておったのに、びっくりしたことがあったのだ。そういう五色に光る目の玉が何万とあつまったら、どういうことになるか想像して見たまえ。大体ああいう昆虫は、ひとつ所にかたまっておるときは、モゾモゾ動いとるからね、大群の蛾がおるなかで、五色に光る目玉がモゾモゾ動いておったら、どんなふうになるか、わしはそれをはっきり、まざまざと感じた。

さて次の段階だが、もちろん、われわれは蛾について本当のことは何も知っておらん。蛾のことを、あるいは蛾だけのことを専門に扱った書物はたくさんある。しかしそういうのは学術書であって、それもごくうわっつらだけの学問で、現実の問題とは無関係なものが多い。そういう書物で現実の問題を処理しようと思ったら、それは慾ばりすぎるよ。ごく些細なことを採り上げてみても、蛾がなぜ灯に寄ってくるかということさえ、われわれにはわかっとらんのだからね。ただ、蛾が人間の生命をほろぼすために、そんな大群にならんことは、こりゃわかりきっとるさ。しかし仮説としてだよ、蛾がそういうことをする場合があるとしたら、それは蛾族が人類に対して悪質な反逆をはじめた時だろう。むろん、そんなことは断じてあるわけがない。つまり、開闢(かいびゃく)以来、そんなことはなかったからだ。しかしどうもわしは、この結論から抜け出す道が見つからなかった。

　仮説のようなことになれば、蛾という昆虫はまさしく人間の敵だ。このことは明白に思えたんだが、このあともう一歩というところが見えなんだので、ここで止まってしまった。わしは救援にきた兵隊たちがトレフ・ロインへ行く途中で話したことも、断崖のきわからとびのいたことも、しごくもっともなことだと思う。兵隊たちは、ネズミが人間の心臓を食い破らんような『殺鼠剤』の話をしとった。わしはそれを聞いて、きゅうに目の前がはっきりしたんだ。もし蛾が人間の怨みを受けて、協同して人間に刃向(はむか)う計画と力をもったとしたら、その計画と力は、人間以外のほかの生物にも分配されると考えてもいいじゃないか。

　恐怖事件の秘密は、ひょっとすると、『動物どもが人間に反逆した』という一語に煮つめられるかもしれん。

　さあ、そう考えると、謎解きはしごく容易になってきた。あとは分類さえすればいい。断崖から落ちて死んだ人間、石切場のへりから落ちた人間の例をとってみよう。われわれは羊という動物は臆病な動物だと思っとるね。いつも逃げていくからね。ところが、逃げて行かん羊を想像してみる。羊は道理上、はたして逃げなければならんものなのかね？　石切場があろうがなかろうが、断崖があろうがなかろうが、羊がもし逃げんで君を追っかけてきたら、君にどういうことが起こるかね？　助けなんかないところでだよ。羊は君を倒して、君を踏んづけて殺すか、窒息させるだろうな。そこでだ、崖っぷちか石切場のわきに、男か女か子供がいて、そこへとつぜん羊が突進してきたとする。もちろん助けはない。としたら、そこから飛び下りるよりほかにないだろう。あの事件は、すべてこんなぐあいに起こったにちがいないね。

くどいようだが、君は田舎で、よく畑や原っぱを家畜が群をなして、むきになって人を追っかけることがあるのをご存じだろう。まるで君なら君をぐるっと取り巻こうとするような行動に出る。町の連中なら、びっくりして悲鳴をあげて駆け出す。君やわしなら、そんなときは見て見ないふりをするか、いよいよとなればステッキをふり上げてやれば、やつらはおとなしく立ち止まるか、さもなければ、いっせいにドタドタ逃げてしまうわな。ところが、ごくおとなしい羊より牛になると、よく憶えときなさいよ、こいつはなまなかの男よりも強いよ。長年、弱いものを丈夫で柔順な奴隷にしてきたあの抑制が、いったんきかなくなったとなったら、五人や六人の男で五十頭の家畜に何が刃向かえるものか。かりに君が、ポースに滞在しとった義弟のように、沼地で植物採集でもしとるところへ、四、五十頭の放牛がきて、だんだん君を包囲したとする。君が喚(わめ)こうがステッキをふり上げようが、相手は動かばこそ、かえってますます近寄ってきて、とどのつまりは君を泥沼のなかへはめこんでしまうさ。どこに助けがあるかね？　自動拳銃でも持っておらんかぎり、五分も牛どもがそこに立っとるうちに、君はそのままズブズブ泥のなかへ沈んでしまわにゃならん。トレフ・ロインの死は、もっとそれより早かった。――飼牛の一匹がひと突きで主人の心臓をつき刺して殺した。そしてその朝から、家のなかにおった連中は、牛や馬や羊どもに一分の隙もなく包囲された。不幸な屋内の連中は、窓をあけて助けを呼んだり、ひっつくような咽喉の渇きを医すために雨の雫をうけたりしておるときに、空では雲が火の子の百目をもってかれらを待ちうけていたのだ。あんた、セクレタンの遺書を読んで、ところどころに偏執狂めいたところがあるのをへんだと思われたろう？　あれで、トレフ・ロインの連中が恐ろしい状況におかれておったことがよくわかるよ。連中は死が迫っておるのを見たばかりじゃない、夢魔のなかで――いや、夢魔によって自分が死のうとしている、そんな信じられもしないような一歩々々のうちに迫りつつある死というものを、かれらは見たのだ。セクレタンが見たような、ああいう狂気じみた烈しい夢のなかで、あのような運命を想像したものは、まずあるまいな。セクレタンが、ある瞬間には自分が正気でいる証拠にうすうす感づき、またある瞬間には、世界の終りがきたと考えとるのも、べつにわしは意外とは思わんね」

「ところで、街道ばたで殺されたウイリアムズ一家については、どうお考えですか？」

「あれは馬が犯人さ。あのあと、馬どもは、道路下のキャンプへ暴れこんだ。馬どもは、わしにもまだよくわからん何らかの手段で、あの一家のものを道におびき出しておいて、脳味噌を踏みさらけたんだね。蹄鉄を打った馬の蹄が凶器だったというわけだ。それからメアリ・アン号という、あの転覆したボートな、あれはラーナック湾を泳ぎまわっておったイルカの群れに跳ねあげられて、ひっくり返ったのさ。イルカは目方があるからね、五、六頭もいれば、あんな軽い手漕ぎのボートなんか、わけなくひっくり返せるさ。軍需工場か？　あの敵はネズミだな。たしか大ロンドン市でも、ネズミの数は市の人口の数と同じで、約七百万頭と推定されとるようだ。この比率は、人口の密集しとる大きな中心地なら、どこでも同じだろう。そのうえ、ネズミというやつはときおり大移住をする習性がある。セミラミス号という機帆船がテームズ河口付近で舵をあやまって、アカシヨンの近くへ打ち上がったら、乗組員が白骨の山になっとったという話も、これで理解できるわけだ。ネズミは密航者の大立物じゃからね。それから、新設の軍需工場からの帰り道に、森のそばを通ってびっくりした男の話も、これでわかる。あの男は、森のなかを何千という人間が忍び歩きしていた足音を聞いたり、なにかうす気味わるい言葉でペチャペチャ喋りあっているのが聞こえたようだったというとったが、その聞こえた音は、ネズミの大軍が整列する音だったのさ。——戦のまえの整列のね。

そして、それが攻撃に移ったときのすさまじさを考えてみたまえ。一匹のネズミだって、狂暴になったらすごいもんだぜ。ましてや何千匹というものすごい大群が、助けも用意もない軍需工場の工員たちにどっと押しよせたら、どんなことになるかさ」

ルイス医師は、むろん、以上のような世にも珍らしい風変りな結論で、すべてを立証しつくしたものと確信しているに相違あるまい。じつは、わたしも別の方法からであるが、ルイス説とほぼ同じような結果に達したのである。でも、わたしのはむしろ一般的な立場によったもので、ルイス医師はメリオンの南部一帯に多くの患家をもっている医師として、かれが直接往診する範囲内におこった恐怖事件の事情を、かれはかれなりの立場で独自の研究をしたのである。もちろん、かれが論評した事件のなかには、かれがじかにぶつかって仕入れた知識でないものもあることは疑いない。そういうものは、かれが個人的な認知のもとに起こった事実との類似によって、事件を判断したのである。たとえば、ランヴィアンジェルの石切場の事件は、ポースの近くの断崖の下で発見された死者とまったく同じだと見て、そういうやり方で立証している。事件全体を考えると、恐怖事件そのものは、べつに自分には意想外な気もせんし、わしが結論に達したこの妙ちくりんな方法だって、べつに驚くにはあたらんことだよと、かれはわたしに言っていた。

「そうだろ、君」とかれは言った。「蜂が子供を刺して死なせる、信用しとった羊の番犬が狂犬になる。みんなこれはわれわれの知っとる動物の狂暴性の例じゃないか。あんなものから、わしは何の光明もえなんだし、暗示するものは何もなかったよ。――理由は簡単だ。コールリッジの言うた、すべての探究に必らず持たんばならん『アイディア』、これが得られなんだからさ。事実としての事実とよく言うけれども、これは何の意味もないし、そこからは何も生まれて来やせん。信じないから、見えんのだ。

それでね、真実がやっと姿を見せたのは、わしとこのランプに飛んできた蛾と、死んだ子供の額にとまっとった蛾の『暗合』だった。『暗合』なんて妙な符牒だけども、あれはただの『暗合』ではなかったよ」

「どうもしかし、一匹だけ動物が終始忠実でいたようですな。トレフ・ロインの犬がね。あれが不思議ですな」
「あれは今でも謎だね」

ところで、何カ月かの恐怖暗黒時代の北部・中部地方における軍需工場地帯で見られた恐ろしい場面を、いまさらここでくだくだしく述べるのもどうかと思うけれども、真夜中に工場から蔽いをかけた棺箱が何十体も出てきて、親戚身内のものすら、どうして死に見舞われたのか、いっこうにわからぬまま、町全体が喪の家になり、暗い恐ろしい流言がひろがったのである。信じられない現実としての不信であった。なにかが起こり、なにか蒙ったことがあったのだが、それは今後も絶対に明るみに出ることはないだろう。そして、当時の出来事のおもいで、内々の言い伝えが家族のなかで囁かれて、それが父から子につたえられ、年がたつにつれてだんだんそれは正鵠をはずれたものになっていくだろうが、しかし真実だけは歪められることはないだろう。

連合軍が一時断末魔の危機にさらされた原因についても、言うことはたくさんある。戦線の兵士たちは、その窮境のなかにあって、銃と弾丸を送れと叫んだ。その銃と弾丸をつくっている所で何が起こっていたかを、戦場の兵士に言ってやったものは一人もいなかったのである。
最初のころ、戦況はまったく絶望的で、上官たちはほとんど敵に降伏を申し入れようと考えたくらいであった。第一回の騒ぎのあと、メリットが事態の報告のなかで述べていたような法令が告示された。工員たちは特別の武器を装備し、警備兵が配属され、部署々々には機関銃が据えられ、敵の夜襲にそなえて爆弾や火炎砲が用意され、「夕焼雲」は自分の色よりもまっかな猛火の色を見たのである。航空兵のあいだにも多数の死者が出たが、しかし敵も広い範囲に散発する特殊武器をもっていて、飛行機を威嚇する夜間飛行で逃げ去った。

そして、やがて一九一五年から一六年にかけての冬になると、恐怖は始まったときと同じように突然に終熄した。羊はふたたび小さな子供からも本能的に逃げる、びくびくした臆病な動物にかえり、牛は元のようなのっそりとした、無害でのろまな生きものにかえり、人間に仇をなす下心があると因襲的に思われていた魂胆は、いっさいの家畜の心から消え去った。そして、動物たちが一時おっぽり捨てた鎖は、ふたたびかれらの首や脚に巻かれたのである。

そうなると、当然のことながら、「なぜだろう?」という疑問がおこってくる。なぜこれまで人間に従順に我慢づよく仕え、人間の顔さえ見ればおどおどしていた動物が、きゅうに自分たちの力倆を知り、徒党を組むことを知り、昔からの主人に対して猛烈な戦闘を宣言したのだろう?

これはたいへんむずかしい、わかりにくい質問である。どんな解釈をくだすにしろ、まったく自信のない気持で、もっとはっきりした光明が見つかったらその時は大幅に訂正するという条件つきで、答えなければならない。

わたしの友人たちで、その判断力にはわたしなどつねに多大の尊敬を払っている連中のなかには、なにかこれは動物どものあいだに、怨念の伝播みたいなものがあったのだろうと考えている向きもある。いまや全世界が戦争にわきたって、全人類を壊滅にみちびくような死の恐怖が世界中にひろがっているので、それがついには下等動物にまで影響して、かれらに怒りと怨みと狂暴をあたえたのだろうと、その連中は見ている。

これはあるいは解明になるかもしれない。わたしなんか、宇宙の作用を知悉しているとは義理にもいえないから、そんなことはないと言い切ることはできないけれども、正直のところ、この説は奇抜だとわたしは思った。ひょっとすると、怨念なんてものも、天然痘の伝染みたいに伝播するものなのかもしれない。よくはわからないが、わたしにはどうも信じられない。

わたしの意見では、これはほんの一私見であるが、動物どもの大反逆の原因は、きわめて精密な探究の世界で求められるべきものだと考えている。わたしは、国王が退位したから臣下が反逆したのだと思っている。人間は長い長い年月にわたって、動物どもを支配してきた。人間の持っている、そして人間が人間である所以の霊性というものの美質によって、霊的なものが理性の上に立って、かれらを支配してきた。人間がこの力と美徳を持ちつづけていた間は、人間と動物のあいだに、ある盟約と同盟が成り立っていたことは明白だとわたしは思う。一方は優位、一方は従属。しかし同時にそこには、よく組織された状態の主従間にある温情というものが、両者のあいだに存在していた。わたしはある社会主義者が、チョーサーの「カンタベリ物語」こそ、真の民主主義の絵巻物だと主張しているのを知っている。詳しいことは知らないけれども、あの物語のなかで、騎士と粉屋がけっこう楽しくいっしょに暮らしているのは、けっきょく、騎士がおのれの騎士である分をよくわきまえ、粉屋も自分が粉屋である分をよくわきまえているからこそだと、わたしは見ている。あのばあい、粉屋の方では、自分は騎士なんぞになれる身分じゃないと心得ているのに、もし騎士の方で、騎士たる自分の身分に反対意識をいだいていたら、きっと二人の交友関係はむずかしくなり、おもしろくなくなって、おそらく果たし合いがはじまったにちがいないとおもう。

人間同志にして然りである。わたしは伝承の力と真実性を信じている。つい二、三日まえにも、ある学者がわたしにこんなことを言った。――「伝承の証言と記録の証言のどちらかを選べといわれたら、わたしはつねに伝承の証言を信じている。記録はしばしば誤まっていることがあるが、伝承には嘘いつわりがない」と。まったくそのとおりである。むかしは人間と動物との間に、みごとな友愛が結ばれていたことを主張するすべての民話に、人間はもっともっと信頼をおいていいと、わたしは考えている。有名なディック・ホィッティングトンと飼猫のはなし（リチャード・ホィッティングトンは十四世紀のロンドン市長。貧しい孤児だったが飼猫のおかげで立身出世する）は、昔の伝説を比較的近世の人物に翻案した代表的なものにちがいないが、われわれはすべからく古代にもういちど還って、動物が人間の隷属物であったばかりか、人間の友だちだったといっている民間伝承を見なおすべきである。

すべてこれは、もののわかる動物にはない、人間だけが持っている霊的要素のおかげなのである。「霊的」ということは、「尊敬さるべきもの」という意味ではない。それは「道徳的」な意味もなければ、世間でいうごく普通の意味での「善行」でもない。それは人間をけだものから区別する、最も高い人間の特典を意味するものなのである。

人間は、長年、このすばらしい王者の衣を脱いで、自分の飼っている動物どもの献身の汗と膏（あぶら）を拭いてきたのである。そして、くどいほど、おれは万物の霊長でも何でもない、ただ道理のわかった存在なんだといって、——言いかえれば、むかしおれが君臨支配していた動物と同等なんだと表明してきたのである。つまり人間は、おれはオルフェース（ギリシャ神話に出てくる詩人・音楽家。彼が竪琴をかなでると、禽獣草木も恍惚とした）ではなくて、キャリバン（シェクスピア劇「テンペスト」の主人公プロスペロの奴隷。魔女サイクロックスの伜で、心のねじけた怪物男）だと見得を切ってきたわけである。

しかし、けだものだって、かれらの内奥には、人間の霊的資質に相応するものを持っている。——われわれはそれを本能と呼んで澄ましている。動物だって、王座がからっぽになったことは知っている。もう両者の間には友情なんてものはありっこないことも、人間が勝手にひとりでつくりあげた王座なんてありっこないことも、動物たちは承知していた。人間が王者でないとなれば、あんなやつは、どうせ自滅するにきまっている、大山師のインチキ野郎だ。

恐怖事件は、おもうに、そんなところから出たものなのであろう。一度あったことは、ひょっとすると二度あるかもしれない。

アーサー・マッケン作品集成　解説

アーサー・マッケンは小泉八雲と共に平井呈一がもっとも愛し、共感をもって翻訳に取り組んだ作家である。二十代の頃、友人から借りた英国の文芸誌で「パンの大神」を初めて読んだ平井青年は、読後の興奮収まらず、深夜、家を抜け出して夜が明けるまで東京の街を歩き回ったという。戦後、翻訳家として再出発した平井は、江戸川乱歩編『怪奇小説傑作集I』(世界大ロマン全集、東京創元社、一九五七)で「パンの大神」を翻訳、続いて企画した本邦初のマッケン集『怪奇クラブ』(世界恐怖小説全集、東京創元社、一九五九)では「怪奇クラブ(三人の詐欺師)」「大いなる来復」を手掛けた(現在は創元推理文庫に収録)。「今でも一番好きな怪異作家は誰かと聞かれれば、躊躇なくマッケンだと答えられるほど、わたしはこの人に心酔している」(「私の履歴書」)という平井呈一が、晩年、懇意の編集者、菅原貴緒が創業した牧神社でついに実現したのが『アーサー・マッケン作品集成』全六巻(一九七三—七五)の個人全訳である。各巻に付された解説は、マッケンの生涯を辿りつつ収録作品を読み解き、平井呈一のマッケン論としてまず第一に繙くべき文献といえるだろう。本書未収録作品の巻を含め、全六巻の解説をここに再録した。(なお、読者の便を考慮して若干の固有名詞等の統一、修正を施した。巻末の編集注記を参照のこと)

第Ⅰ巻『白魔』

この巻には、初期の短篇五篇をおさめました。まず、各篇の書誌的なことを述べておきます。

——

「パンの大神」——〔※“*The Great God Pan*”〕一八九〇年、ロンドン発行の*Whirl Wind*という雑誌に掲載されたのが初出。（同じ号に、若いころのＨ・Ｇ・ウェルズの“*Cone*”という、煙に関する気味のわるい小説が載っています。）数年後〔※一八九四年〕、ロンドンのジョン・レイン書店（第Ⅱ巻の解説参照）から、“*The Inmost Light*”といっしょに「キーノート叢書」の第五編に加えられて公刊されました。のち、グラント・リチャーズ書店刊の“*The House of Souls*”〔※一九〇六年〕に収載。今日では多くの怪奇小説アンソロジーに収録されて、マッケンの代表作になっています。

「内奥の光」——“*The Inmost Light*”は、前記「キーノート叢書」に収められたのが初出で、のちに“*The House of Souls*”に収録。

「輝く金字塔」——“*The Shining Pyramid*”は、一八九五年、ロンドンの*The Unknown World*という

新聞に掲載されたのが初出。のち、リチャーズ書店刊の“*The House of Souls*”に収録。それから二十数年へたのち、アメリカでマッケンが再発見されたとき、礼讃者の一人であったヴィンセント・スターレットが、この題名を書題にして、ほかに単行本にまだ収録されていない小品・随筆をあつめて刊行しました。

「白魔」——“*The White People*”は、一九〇四年、ロンドン発行の*The Horlick Magazine*に掲載されたのが初出。その後、“*The House of Souls*”に収録。

「生活の欠片」——“*A Fragment of Life*”は、一八九〇年、ロンドンの新聞*The Unknown World*に、“Resurrectio Mortuorum”（「死者の復活」）という題名で連載したのが初出〔※*The House of Souls*の序文には、同紙の編集者が“*The Resurrection of the Dead*”に変えた、とある〕。のちに、それにすっかり手を入れて書き改め、題名を“*A Fragment of Life*”と変えて、*The Horlick Magazine*に再発表し〔※一九〇四年〕のち“*The House of Souls*”に収録されました。

以上が各篇の書誌的考察ですが、ちなみに今回の「作品集成」のテクストに用いた、マッケン自選の「カーレオン版全集」（一九二三年刊）は、それらの既刊の単行本とは、ごくわずかですが、ところどころ文句に多少の違いがあります。形容詞を抜くとか、前置詞を変えるとか、ごく微小な異同で、文脈を大きく変えているような個所はありません。ひとこと、お断りしておきます。

Arthur Llewelyn Jones Machen——アーサー・レウェリン・ジョーンズ・マッケンは、一八六三年三月三日に、英国ウエールズのカーレオン・オン・アスクで生まれました。家は代々、大祖父のころから同地の牧師職を勤め、アーサーの父ジョン・エドワード・ジョーンズも、ランデウィ牧師館の貧乏牧師でした。生来、頑固一徹の、曲がったことの大きらいな変屈人で、そのかわり教区内の無智文盲な百姓たちのめんどうをよく見、一身の栄達や富などまるで顧みない、なりふりかまわぬ変わりものでした。一家は、この父と、病弱な母と、家事万端をやってくれている母方の妹のアンとの四人ぐらしでした。

アスク川のほとりのこのカーレオンというところは、今でこそ文明からとりのこされたような、荒れ果てた一寒村にすぎませんが、むかしローマ人がイギリスに侵入したころは、ここは地形的にも要害にいい山地が多いし、肥沃な牧草地もあるし、物資の集散する枢要な中心地として、そうとう繁栄したところだったのです。小高い山の上には当時の砦（とりで）のあともあり、ローマ人がひらいた軍用道路――いわゆるローマン・ロードも草深いなかにのこっています。そういう遺跡といっしょにローマ人がのこして行った伝説や民間伝承なども、父祖の代からいろいろ語りつがれて残っています。ことにケルト族というのは、そういう民間信仰のつよい民族なので、なおさらそれは濃厚なものがありました。こうした環境のなかで、ひとりっ子のマッケンは、幼いころから孤独で夢見がちな子として、牧師館のなかで育ったのです。後年のかれの作風が、こうしたかれの生い立ちと切っても切れないものであることは、言うまでもありません。父のジョーンズ牧師は、そうした草深い寒村の田舎牧師としては、まれに見る蔵書家でした。その書斎には、神学に関するもののほかに、一般の文学書から哲学書、隠秘学（オカルト）に関する古書や魔女事件の記録類など、ふつうの牧師の家には見られない秘籍まであつめられていました。外見はおとなしいが、父親ゆずりの強情な負けぬ気のマッケンは、悪童仲間と遊ぶときには餓鬼大将になって野山をかけずりまわりましたが、そのうちに、だんだん一人で父の書斎からもちだした本を読みふけるような子になっていきました。ディ・キンシーの「阿片吸飲者」を読んで、アンとの出会いのくだりを何度も何度も読みかえしたのは、小学生の時分だと、マッケンは自叙伝のなかで言っています。――十五歳のとき、Hereford Cathedral School に進学しました。上がってみると、この学校は旧弊な形式づくめのまことに厳格な学校で、アーサーは学業は抜群の成績で級の首席をつとめましたが、どうも校風が気にくわず、けっして柔順な優等生ではなく、むしろ反対に、学校にはもて余された放縦な反逆児でした。（この学校経験を、マッケンはのちに「秘めたる栄光」〔本集成Ⅴに収録〕という小説のなかに書いています。）一年ののち、校風が自分にあわないという理由と、父の学資窮乏という理由から、かれは学校を中退しました。しかし、父は成績のいい息子にたいする自分の貧乏に責任を感じ、息子にマッケンという母方の姓をつけさせて再入学させました。マッケンはふたたび古典学や韻律学や歴史などに最優賞を受けて、首席になりはしたものの、どうしても校風や教師に我慢がならずとうとう一八八〇年の四月に決然退学して、王立軍医学校の入試を受けるために、単身ロンドンへ飛びました。ところが、試験準備の数学をみっちり勉強するはずのところを、たまたま読んだスウィンバーンの「夜明け前の歌」にひどく感心し、それに釣られて童謡みたいなものばかりつくっていたものだから、試験はみごと落第、かれはすごすご郷里へかえってきました。

ここでマッケンの文学への志が固まった、などといったら、お座なりの言葉になるでしょうが、とにかく落第が一つの契機になって、かれは家にブラブラしている無聊の時間を詩作に凝りだしました。そのとき出来たのが“*Elensinia*”という長詩で、かれはこれを自費で印刷して本にしました。これがマッケン十八歳のときのことです。多くの文学者が若いときに、誰でもいちどは腕だめしにやってみる試作の一つでありますが、しかしマッケンのばあい、作詩はどうもかれの本領の世界ではなかったようであります。後年かれはそれを自覚して、手もとに残っていた“*Elensinia*”のうち二部を残して、あとは全部焼きすててしまったそうです。おかげで、今では蒐集家のあいだにまぼろしの書として、垂涎のものになっているといいます。

とにあれ、このまま田舎に埋れている手はないので、翌々年（一八八三年）の六月に、かれはロンドンに出、郊外のクラレンドン・ロードに小さな部屋を借り、家庭教師をしながら、極端に切りつめた耐乏生活のなかで、孤独と飢餓と絶望とたたかいながら黙々と書いたのが、“*The Anatomy of Tobacco*”（「タバコの解剖学」）でした。これは天下の奇書として有名なロバート・バートンの「憂鬱の解剖学」の向こうを張って書いたもので、三度の食事よりも好きな、かれの唯一の嗜好品である「タバコ哲学」の書であります。この時分から物質主義を蛇蝎のごとく嫌ったかれは、おなじタバコ好きでも、嗅ぎタバコや嚙みタバコの愛用家は頭からこきおろし、タバコは煙のなかのヴィジョンに陶酔すべきが本筋だといっているのは、おもしろいと思います。結局これは、自分の現実逃避をタバコのロマンチックな幻想に托した、風変りなエッセーで、かれは三年がかりで、これを苦しい耐乏のなかで書きあげました。そしてそのころ知り合いになった、ジョージ・レドウエーという小さな古本屋から、自費出版しました。このレドウエーという古本屋と知り合ってから、マッケンは猟奇癖に凝りだし、レドウエーの店の稀覯書のカタログの解説を書いたりして、二人はだいぶ気があい、まもなく「ヘプタメロン」英訳のはなしが実ったのです。ボッカチオの「デカメロン」と並ぶ、ナヴァールのマルグリット女王の書いたというこの奇書のマッケン訳は、いまもなお名訳としてさまざまな形で流布していますが、この翻訳でマッケンの窮乏生活もやっといくらか潤いました。「ヘプタメロン」の出版が一応成功したのに目をつけた同業の古書肆が、こんどは「カザノヴァ回想録」の英訳をマッケンに持ちかけ、これは前よりも大部な翻訳の上に、物が物なので、マッケンも慎重を期し、ジャン・ラフォルグの仏訳本から重訳することを引き受けましたが、当時は今日と社会事情もちがい、ことに頭の古い道学者が幅をきかしているイギリスでは、カザノヴァのような艶笑文学の出版は検閲がきびしく、いきおい秘密出版のような形にならざるをえないので、本屋とのあいだの翻訳料年千ポンドという契約も、けっきょく小遣い稼ぎ程度のものに終ったようで、労したわりにあまり酬われるものはなかったようでした。

この間にマッケンは結婚をしています。時にマッケン二十五歳、相手のアメリア・ホッグという婦人は、マッケンより十三も年上の老嬢でしたが、一生ひとりで暮らせるだけの財産をもっている教養のある裕福な人という以外に、素姓その他はどうもよくわかりません。夫婦生活約十年ののち、彼女は一八九九年に、マッケンより先に亡くなりました。

結婚後、マッケンは“*The Chronicle of Clemendy*”という中世に材をとった風流騎士物語を書きました。「ヘプタメロン」翻訳のかたわら、マッケンは一時現実逃避の意味もあって、中世の艶笑文学を手あたりしだいに耽読しました。リチャード・バートン訳の「アラビヤン・ナイツ」、マロリーの「アーサー王ものがたり」、ラブレエの「ガルガンチュア」、バルザックの「コント・ドロラティク」などを片っぱしから読んで、自分も一篇でいいからああいう風流艶笑譚を書こうと思い立って書いたのが「クレメンディ年代記」で、マロリーの「アーサー王」の顰(ひそ)みに倣って聖杯ならぬ、聖壺をさがし求めて歩く遍歴譚であります。品のいい艶笑味と煽情味を巧みに配分して、結構もととのっているし、文章も古風に凝ったもので、それはそれなりのなかなかの佳作といえますが、しょせんは戯作であり、現実逃避の遊びであります。遊びの文学として読めば、今読んでもおもしろいものですが、マッケンは思うところあって、一九二三年にカーレオン版の自選作品集九巻をマーティン・セッカー書店から刊行したとき、これら初期の作品は全部削除しております。これは作家として正しかったとわたくしは思っています。

マッケンがアメリア嬢と結婚した年の秋九月、父親のジョーンズ牧師が郷里で亡くなりました。結婚と父の死、どうやらマッケンもここらで人生の一つの岐路にさしかかったようでありまず。そろそろもう、本当の仕事をしなければならない時がきたようで、内心の焦燥も隠しきれぬものがあったことと思われます。

世はすでに世紀末へと突入していました。新しい思想と古い思想の対決、烈しいその戦い、因襲の破壊、自我の確立、新奇なものへの驚異、新しい美の価値発見、そうした息のつまるような新旧の対立の激しい渦のなかで、若い世代は怖れげもなく自我と存在を主張し、新人は毎日のように華々しく輩出し、ウォルター・ペイターの新しい審美観、オスカー・ワイルドのような時代の大きな代弁者の出現、その傘下からイエロー・ブックに集まる詩人・小説家の運動、大陸文学——ことにフランス自然主義文学の影響等々、どこを見ても目のくるめくような、いわゆる「ストルム・ウント・ドラング」の激しい波が、文芸・絵画・演劇はいうに及ばず、あらゆる思想と理念の岸辺にとうとうと押しよせてきつつある、いまや新しい文芸復興の逆巻く潮流の真只中だったのであります。

　マッケンもむろんその激流のなかに棹さす一人でしたが、しかし田舎者の孤独で内気な性質のかれは、「詩人クラブ」に集まる人々のような、アブサンを飲んで人生と詩を論ずる都会謳歌の連中たちとは、あまり深い友好を持たなかったようであります。その点、かれは９０年代の人でありながら、社会的にも知性的にも、９０年代の中心的人物にはなりませんでした。これは素質的なもので、かれが二流の人といわれる所以もそこにあるのでしょうが、言いかえれば一匹狼で、どこまでも一人でわが道を行く人でした。年齢もようやく青春の終りに近づき、時代の嵐のなかに鬱勃としたものを感じたかれは、ここで今までのような中世の物語に仮托した戯作的態度ときっぱり訣別して、近代文学に参入する決意を固めたように見受けられます。そして父のいなくなった郷里に帰って、しばらくのあいだ静観し、志を新しくして構想を練ったすえに書き上げたのが、出世作「パンの大神」だったのであります。由来、出世作というものは、その作家のもっているよいものを出し尽している点に魅力と価値があるものですが、この一作もその例に洩れず、かれの生涯の数多い作品のなかでの傑作の一つとして、今もなお光芒を保っています。

世評はさんざんでした。旧思想からは、こんな汚らわしい小説ははじめてだ、作者は精神病院へはいった方がいいとまで言われたくらいでしたが、マッケンはそれにひるまず、この巻に収めたものや「三人の詐欺師」などを次々と発表して行きました。

マッケン文学には、作者の抱懐する一つの思想の主張があります。「パンの大神」以下の作品を読まれればおわかりになるでしょうが、そこに扱われているものは、すべて人間の「善」に悖(もと)るもの、すなわち「悪」、もしくは「罪」と称されるもの、それの根源についての追究であります。そしてそれにかかずらうものに、古代の邪神や前史人の生きのこりが出てきます。つまり、人間の「悪」を司(つかさど)るものはそういうものであって、それは現代の日常生活の上にも、昼となく夜となく、都会と地方を問わず、四六時中跳梁している。そうマッケンは主張しているのであります。神に叛(そむ)いた人智による学問・科学の実験施行は地獄への直通道路で、その案内人は悪魔であり邪神である。「パンの大神」のレイモンド医師も、「内奥の光」のブラック医師も、ともに悪魔の使徒となった人たちであって、かれらの神に叛いた人智の撒いた結果は、ごらんの通りの慄然たるものだと、作者は具象的に語っているのであります。もう一つ蛇足をつけ加えると、マッケンのこの哲理は物質文明に対する、かれの一つのレジスタンスにも通うものであると言えましょう。ここらに、マッケンが他のいわゆる怪奇作家とは本然的に異なるオリジナリティをもった作家である所以があるのであって、わたくしの敬慕心酔する所以も、ほかならぬそこにあるのであります。さらにもう一つ蛇足をつけ加えるならば、マッケンの哲理を現代にまでひろげると、公害社会の原因の批判にもつながるものがあると言えましょう。第Ⅲ巻の「恐怖」はかれの戦争批判、いずれ第Ⅵ巻でお目にかける「縁地帯」は文明の自然破壊に対する批判、もしかれが現代まで生き存らえていたら、地球汚染や宇宙侵入に対する第三の痛烈な批判があったにちがいありません。

そしてこの哲理を、マッケンは何から得たのか？　それはかれのなかに流れるケルト精神が、かれの郷里ウエールズに残る民間伝承のなかに、その核を見いだしたと見るのが至当であるように思われます。「輝く金字塔」や第Ⅱ巻の「赤い手」などがその実験的所産であります。たいへん割り切ったような言い方をしましたが、文学を解説すると大体そんなことになりがちで、マッケン文学の特質を抽き出して申すと、大体こんなことではないかと思っています。

「白魔」を英米ではいやに高く買う人が多いようでありますが、楽屋をいうと、「赤い手」「輝く金字塔」とだいぶ謎解きの形式がつづき、少々マンネリ気味に鼻についてきたので、ここらで一つ新しいパターンを思って書いたのがこの一篇で、「罪悪論」を額縁にして、ミスティックな淡彩画を中に入れたものでそれはそれとして成功していますが、いわば複合的な一種の風変わりなエッセーぐらいに、わたくしは考えています。

「生活の欠片」――これは、あるいは怪奇ファンの方々には、なんだこんなものと思われる作品かもしれませんが、じつは白状しますと、わたくしもずっと前に、*"The House of Souls"* を読んだとき、この作品を読みかけたところ、どうも勝手がちがうので、そのまま途中で投げ出したままになっていたので、こんどこの「作品集成」のために初めて読み通してみて、マッケンにこんなすぐれた作品があったのかと、じつはびっくりしたのであります。これは「パンの大神」とは別の意味で、マッケン初期の作品のなかでの傑作だと信じます。これは熟読玩味して頂きたいと思います。——主人公エドワード・ダーネルはロンドンの平凡な一銀行員で平凡な妻があり、毎日バスで通うような郊外の新興住宅地に住んでいます。小説は、そうした夫婦の平穏無事な日常生活の精細な描写でくりひろげられていきます。女中のこと、竈のこと、叔母の贈り物の百ポンドの使いみち、友人のいかにも平サラリーマンらしい、みみっちい通ぶった趣味、こうした風俗生活の小さな出来事の積み重ねのなかを、ダーネルの奇異な望郷の夢がふしぎな縦糸となって縫い、そこへ突如おこった叔母一家の事件で一家はかき乱され、最後はその事件が悲しい落着を告げ、ダーネルの夢は家にあった古文書に魅せられ、夫婦の将来を暗示しながら、小説は終っていますが、ここにはナチュラリズムとスピリチュアリズムとの巧みな融合がみごとに遂げられており、同時代の誰もが試みなかったものが達成されています。マッケンの魂は、かれの心のふるさとであるウエールズの山河と、仕事の場としての大都会ロンドンとの間を、つねに振子のように動いていています。ダーネルもその作者の代弁者の一人であって、かれは覚醒せざる物質文明忌避者であります。そうした生活の欠片を、即きすぎず離れすぎず、リアルに書いている点、じつにいい出来栄えの作品で、今回これを訳してみて、まるで今月号の雑誌に出た作品のようなその新鮮さに、あらためて驚いたしだいです。「白魔」や「輝く金字塔」を好む読者が、この「生活の欠片」を自分の好みの埒外の作品と思うとしたら、その人はマッケン文学の真の愛好者ではないと、わたくしは断言して憚りません。

第Ⅱ巻『三人の詐欺師』

「赤い手」――〔※ "The Red Hand"〕一八九五年に、「チャップマン・マガジン」（ディケンズの作品を一手に刊行していた、ロンドンのチャップマン書店が出していた雑誌）に、"The Telling of Mystery"として発表されたのが初出。のち、一九〇六年に、単行本 "The House of Souls"（「たましいの栖（すみか）」）〈グランド・リチャーズ社〉のなかに収録。年代順や作品の傾向からいいますと、当然、第Ⅰ巻に入れるべきものでありますが、紙数の均衡上、ここに入れました。したがって、この作品のモチーフなどについては、「パンの大神」以下初期の作品といっしょに述べる方が便宜なので、そちらで一括して触れることにしますが、ごらんのごとくこの作品は、奇妙な殺人事件を犯行現場で発見し、その証拠物件から推理して、ついに犯人をつかまえるという点からいいますと、一般的な範疇からすれば、あきらかに推理小説とか探偵小説とかの部類にはいるものでありましょう。同じ傾向のものに、「内奥の光」「輝く金字塔」（第Ⅰ巻収録）がありますが、作中人物の素人探偵が犯人をつかまえたのは、マッケンの作品のなかではこれ一つだけで、その点では探偵小説の条件を具備したものにはなっていますが、べつに犯人を警察につき出しているわけではなく、最後には、話をきいてそのまま野放しに釈放するという、探偵小説の定石からいったら、まことにのんき千万な結末になっています。定石をかつぎ出すまでもなく、後年の推理小説復興全盛期のパズル化した有名作品から見たら、およそ単純未熟なものであります。作者としては、そんなものはお座興なのであって、むしろ古代の石斧だとか、石片の紋様の解読だとか、なかんづく、犯人が見たウエールズの山奥の前史人の生きのこり、それが本命なのであります。けっきょくこの一篇も、探偵小説に形をかりた、やはりマッケン独特の都会奇譚の一つと見るのが正しいかと思われるのであります。その点、見落としてならないのは、当時はまだロンドンの街上に大道芸人として生計を保っていた大道絵師を使ったり、犯行現場を場末の陋巷(ろうこう)の寂しい小路に設定したりしている点で、わたくしはあすこの描写を読むと、なぜかいつも荷風の「濹東綺譚」の一節や、随筆「元八まん」の名文を思いだすのであります。これが唐突な比喩でないことは、あとでまた述べます。(ちなみに、この小説に重要な役をふられている大道絵師というのは、わが国の江戸末期にあった、大道の「砂絵かき」のようなものではないかと思われます。わたくしの子供の時分には、東京の下町の縁日などでよく見かけました。さしずめ今日でいえば、街頭似顔屋のようなものでありますが、雰囲気はまるでちがいます。)

「三人の詐欺師」――〔※ *"The Three Impostors"*〕一八九五年、ロンドンのジョン・レイン書店から上梓。はじめマッケンは、この作品をウイリアム・ハイネマン書店に送りました。ハイネマン書店といえば、あの風車の商標で知られた、一時は新人小説家の登竜門とされていた有力な出版社であります。マッケンはその編集部あてに長い手紙をそえて、原稿を送ったのでした。まもなく編集部から、貴下の作品はスティヴンソンの佳作よりはるかに上作だという返事がきました。編集者というものはたいへんなおべんちゃらをいうもんだなと面食らっていると、その後膿(う)んだともつぶれたとも音沙汰がない。三カ月ほどたち、マッケンはしびれを切らして、あの原稿はどうなったかと詰問状を出すと、こんどは打てばひびくように、原稿が送り返されてきました。「当社の都合により、貴下の作品は当分出版の見込なし」という意味の手紙がそえてありました。出版社というものは由来そういうところで、若いマッケンは苦い経験をしたわけでした。しかし出版社の側にもむりのない事情があったようで、というのは、前の年に出たマッケンのデビュー作「パンの大神」が、一部の旧思想から不道徳な汚らわしい文学だといって、こっぴどく非難されたことと、「三人の詐欺師」はさらにその上を越す凄酸な汚穢(おえ)文学として、出版社は世評を顧慮して、出版を忌避したのだろうと推測されます。マッケンの竹馬の友アーサー・ウエイト（聖杯やバラ十字会員など、古代錬金術や黒魔術に関する研究著書が多い）は、世の中のしくみは、とかくそういういたずらのグレハマがあるものなんだよといって慰めてくれましたが、とにかくそんなわけで、マッケンは断られた原稿を、まえに「パンの大神」を出してくれたジョン・レイン書店へ改めて持ちこんだのであります。

　このジョン・レイン書店というのは、大きな出版社ではありませんが、例の「イエロー・ブック」を発行してそのころ売り出した書店で、姉妹店のエルキン・マシューズ書店とともに、イギリス世紀末、いわゆる九〇年代の新しい詩人や作家の運動に、いち早く理解を示した書店として、文学史上忘れてはならない存在であります。マッケンは、前年の一八九四年、この書店が刊行した「キイノーツ叢書」の第五篇に、「パンの大神と内奥の光」を出してもらった縁故があります。――「キイノーツ叢書」というのは、当時「新しい女」をとり扱った作品で売り出した新進女流作家、ジョージ・エジャートン（ジョージという男名前を用いていますが、これはジョージ・エリオットの顰みに倣った変名であります）の「キイノーツ」という短篇集の題名をとり、新しい時代のキイノーツ（主調音）の意味をかけて、新人の作品を続々叢刊したもので、ビアズレーが装幀に意匠をこらし、各巻、各著者の名まえの頭文字をデザインした鍵の印が、本の背と扉ウラに印刷してあります。抓みのところが名の頭文字、鍵のところが姓の頭文字で、マッケンのは、本集成のラッパーの背に使用したのがそれです。

レイン書店に持ちこんだ「三人の詐欺師」は、「キイノーツ叢書」の第十八編として、その年、一八九五年の八月に出版されました。ところが不幸なことに、一八九五年という年は、例のオスカー・ワイルドが男色事件で投獄されるという一大スキャンダルのあった年で、そのためにロンドンの世論は鼎のごとく沸騰し、新しい思想を排斥指弾し、新しい詩人・作家を危険人物と見て極端に蛇蝎視したときだったので、そのとばちりを受けて、「三人の詐欺師」は世評からぜんぜんそっぽを向かれるという、不成功の憂き目を見たのでした。マッケンが大いに腐ったことは言うまでもありません。

「三人の詐欺師」は、ごらんのとおり、リプシウス、ジャック・スミス、バートンという三人の詐欺師と、その配下の男女が裏切り者を追って織りなす犯罪奇譚で、いくつかの話が関連あるがごとくなきがごとくに、それぞれ独立して語られ、ダイスンとフィリップスという狂言まわしのような二人の人物が、不即不離にそれぞれに接触しながら、ティベリウス金貨という、世界に一つしかないという不吉な貨幣が不気味な伏線となって、奇々怪々に展開されます。——このダイスンという人物、これはマッケンの初期の作品には、本巻の「赤い手」にも、第I巻の「内奥の光」や「輝く金字塔」にも出てくる、いわば作者の分身のような存在であります。その相手にかならずコンビのように出てくる人物があって、これはフィリップスであったり、サリスベリ（「内奥の光」）であったり、ヴォーン（「輝く金字塔」）であったりしますが、ダイスンの方は戯画化された文士で、観照を享楽するタイプ、コンビの相手の方は多くの場合、ダイスンとは対照的な、これも戯画化された学究人で、非行動的な書斎人タイプで、この二人が形影相伴するがごとく、かならず出てきます。こういう設定は、とかく経験範囲の狭い、純一孤独な詩人肌の作家がしばしば用いる叙述形式なのでありますが、ダイスンの方はロンドンという大都会の風物を愛し、この大きな人間の巣におこる何でもいい珍奇なことを漁るのをわが使命のように考えて（このへんは世紀末人だけに、ウォルター・ペイターの人生美学の影響が見られ、マッケンももちろんその一人であることは、言うまでもありません。わたくしがダイスンを作者の分身と申すのは、こういうところを指すのであります）、暇さえあれば町を散歩して、変わったことを物色しています。しかし、かれはどこまでも観照家であって、磊落ではありますが、けっして積極的な行動人ではないようであります。自分の発見した謎（ミステリ）を推理探偵するにしても、いわゆるアームチェア・スルースに過ぎません。いや、マッケンの作品にかぎらず、じっさい、マッケンと同時代の作家の作品を読むと、じつによく街を歩いているのに気づきます。今日とちがって交通地獄もなく、それだけのんびりした、よき時代だったのでしょう。かれらは大なり小なり人生観照派で、情緒を重んじ、人生の哀感を好み、画家のホイッスラーが発見したような都会美を愛し、あるものは、港や埠止場とそこに群がる水上生活者の生態に、あるものは陋巷のうらぶれた迷路のなかに哀愁を求めたのであります。大都会の喧騒、汐騒（しおさい）のような街のどよめき、そのなかの寂寥、霧、夜、灯火——マッケンの初期の作品にはどれにも、「赤い手」にも、「三人の詐欺師」にも、こうした書割とリズムが煩らわしいくらい出てきます。わたくしが「三人の詐欺師」のなかの「クラークンウエルの不思議な出来事」にあるダイスンの散策記を読んで、荷風の「日和下駄」や「濹東綺譚」の一節をおもい出すのは、けっして突飛でもなければ、故なきことでもないのであって、半世紀前の写実作家のよき気質とよき嗜好とは、ふしぎと東西軌を一にしているように思えるのであります。そんなふうに考えますと、ひょっとするとこの「三人の詐欺師」なども、小うるさい理屈は抜きにして、マッケンという世紀末の一文人が、大都会のかげでおこなわれる罪と欺瞞の世界が書きたくて書いた、都会小説の変わり種と見るのが正しいのではないかとさえ、わたくしには思われてくるのであります。そしてそのなかに、かれの創見である「罪」と「悪」を鏤（ちりば）めたものと見るのが本当なのではないのかと思われるのであります。

マッケン自身は、「三人の詐欺師」について、後年、自伝的随筆"*Things Near and Far*"（「おちこち草」）のなかで、「あれはスティヴンソンの模倣で、お恥かしい若書だ」といっています。なるほど、作者自身の告白するとおり、作品の色調、構成などから見ると、スティヴンソンの「ダイナマイター」あたりの影響が濃厚のようであります。「プロローグ」と「エピローグ」の間にはさんで、いくつかの奇談をつめこみ、一篇が鎖の環のようになっている構成もよく似ています。内容は似てもつかないものですが、その構図の緊密なこと、人物の描出、読者を興味でグイグイひっぱっていく力、そういう点で、虚構小説の上での手腕力倆ということになると、これはもう比較にならないほど、スティヴンソンの方が異論なく、二たまわりも三まわりも上なことは、誰でも認めるにちがいありません。けれども、スティヴンソンにはないもので、マッケンにはあるものが、たった一つあるように思われます。一言でいえば、それは思想であります。あるいは哲学といってもいいかもしれません。人間、世界、宇宙というもののかかわりあいを深く洞察した上で自得した一つの考え方――一つの立場といってもいいようなもの。マッケンのばあい、それは人間の「罪」、人間の「悪」というものの源流に対する深い思索と哲理であります。この現実世界のヴェールのかなたの超自然世界に、善悪をこえた神や、天使のなれの果の悪魔や、それと交わる獣にちかい前史人のあぶれ者どもの住む世界がある。そこはあらゆる欲望と黒い法悦の乱舞する世界であって、ここが罪と悪の根源である。現実世界の割れ目から、ときにはそれを見る人間もあるし、ときには人智をもって、かかげてはならないヴエールをかかげて、見てはならないものを見、黒い法悦に参ずるものもある。そのときは人間は地上の形骸を失って、原質に帰する。これが「罪」といい「悪」というエクスタシーの実相であり、帰結だ。――これがマッケンの思想の核であり、つねにかれの作品のモチーフになっているものであり、この戦慄こそはスティヴンソンにはないもので、マッケン文学にある独自の生理であります。すくなくともわたくしはそう思っています。この生理は、晩年はだいぶ老化しましたが、とにかく、生涯かれを支えました。怪奇小説家などという出来合いの言葉で呼ぶには、マッケンはあまりにもオリジナルな作家であると、わたくしは考えています。そして「黒い石印のはなし」と「白い粉薬のはなし」は、かれの「罪・悪」の哲学を具象した、汚穢文学の最高峰ともいうべきものであり、かれの書きのこした *De Profundis* であろうかと思うのであります。

第Ⅲ巻『恐怖』

マッケン作品集成〈Ⅲ〉に訳載した三つの作品──正確にいうと八篇──は、いずれも第一次世界大戦中、マッケンが主脳記者として働いていたロンドンの夕刊新聞、「イヴニング・ニューズ」に連載発表されたものであります。

「弓兵」──"*The Bowmen*"は、新聞に発表されたとき（一九一四年）には、"*The Angels of Mons*"（「モンスの天使たち」）という題名だったのを、発表の翌年、ロンドンのシンプキン書店から出版する際に、"*The Bowmen*"と改題して、他の五篇といっしょに、"*The Bowmen and other Legends of War*"という書題で刊行しました。

「大いなる来復」──"*The Great Return*"は一九一五年に「イヴニング・ニューズ」に連載され、一九一五年にロンドンの The Faith Press 社から出版されました。

「恐怖」──"*The Terror*"は、一九一七年に「イヴニング・ニューズ」に連載され、同じ年にロンドンのダックワース書店から単行本として刊行されました。

今回の翻訳には、マッケンの自選になるカーレオン版全集（一九二三年、マーティン・セッカー社刊）をテキストに用い、作品の配列その他、すべて同版に従いました。

一九一四年六月、バルカン半島の一角におこった一不祥事件――ボスニア国の首都サラエボを訪問したオーストリア・ハンガリ国の皇太子夫妻が、セルビア国の一青年に暗殺された事件――が導火線となって、ヨーロッパ全土は旬日を出でずして、史上いまだかつてない大規模の戦火に蔽われました。世にいう第一次世界大戦がこれであります。ドイツ対ロシア、フランス、イギリス、のちにはアメリカ、日本、中国も連合軍に参加し、戦争は四年の長きにわたり、この戦禍によって、ヨーロッパのほとんど大部分は完全な廃墟になったのでした。

この大戦に、ドイツが開発使用したかずかずの新兵器こそ、近代兵器の基礎を築いたといわれるほど、ことごとく斬新精鋭なもので、連合軍はこのドイツの新兵器――機関銃、戦車、飛行機、飛行船、潜水艇、毒ガス弾などの驚異的な猛威に、さんざんに痛めつけられたのであります。飛行機はむろんまだ今日ほどの滞空力と速度と飛行距離をもっていませんでしたから、ドイツ軍はツェッペリン飛行船をさかんに駆使して、遠く海峡をこえて、ロンドン市にたびたび脅威をあたえましたし、潜水艇は地中海・大西洋を暴れまわって、多くの貨物船や客船を無差別に撃沈して軍事物資の輸送をはばむし、大陸の前線の連合軍将兵たちは、長い塹壕生活に生命をさらされながら、累々たる戦友の死体をまえに一秒後の生命も保証されず、ほとんど発狂せんばかりの困憊（こんぱい）と窮迫の極限状態におかれ、一方また銃後の国民は、きびしい軍当局の弾圧統制のもとに、物資の欠乏と肉身を失なった悲しみと流言の不安とに、明日の方途もつかな

いような最悪の日々を耐え忍んだのでした。──

「恐怖」以下、この巻に収めた数篇の作品を理解するためには、ざっと以上のような前線と銃後における、戦争の恐怖と不安状態の実体を背景に踏まえておくことが、なによりも肝要かと思われます。

ところで、この数篇の戦時下の作品には、それぞれに共通したテーマがあります。それは各篇いずれも民間伝承、あるいは民間信仰が主なる動因になっている点であります。マッケンの作品と、ウエールズを中心にしたケルト的民間伝承および民間信仰との関係は、処女作「パンの大神」以来不可分なものになっているので、そのことはいずれ第〈I〉巻の解説に詳しく述べることにして、ここでは八篇の作品の基調になっている民間伝承について触れるだけにとどめておきますが、「弓兵」ではセント・ジョージという武神信仰、「大いなる来復」では聖杯信仰が大きな支柱を占めていることは、読まれた通り明白であります。おもしろいことには、「弓兵」が新聞に発表されたとき、作者自身が唖然として戸惑ったほど、この話はたいへんなセンセーションを巻きおこしたのであります。それはマッケンが自作の反響について生涯に経験したこともない一大センセーションで、イギリス国内は言うにおよばず、連合軍諸国のあいだにまで、銃後の庶民はもとより、前線の将兵の間にまで、恐ろしいほどの勢いで語り伝えられ、マッケンという名など見たことも聞いたこともない人の口から口に伝えられて、またたくまにヨーロッパ中に流布したといいます。つまり、作者というものから全く遊離して、いわば伝説の伝説として人々の口に伝承されて行ったのであります。そしてイミテーションは、多くの帰休将兵の口から実見談としていろいろ尾鰭がつけられ、それをまた新聞や雑誌が追いかけ、「モンスの天使」の話は止まることを知らない洪水のように、ヨーロッパの到るところを浸したのでした。ここまで来ると、もはやマッケンの作品ではない、一個の戦争伝説でありますから、作者のマッケンが関知する範囲を越えてしまったことなので、マッケンは沈黙して、なにも語りませんでした。伝説は伝説の世界へますます拡がるばかりでした。

これは何を意味するのでしょう?

伝説はつねにこのように広まるものだとか、ブームとはいつもこうしたものだとか言っただけでは、すまされないものがあるようであります。

ロンドンで「弓兵・戦争伝説」が単行本として出版されてまもなく、これまでのしきたりで、同じものが同じ書題で、アメリカのプトナム社からも出版されました。このアメリカ版にはマッケンの序文があり、そのなかでマッケンは次のように書いています。——

「昨年八月、正確にいうと、昨年八月の最終日曜日のことであった。炎暑の日曜日の朝食と教会のミサの間の時間の読物にしては、身の毛のよだつような恐ろしい記事が出ていた。モンス退却の凄絶な記事をわたしが見たのは、『ウィークリ・ディスパッチ』紙上であった。細かいことは思い出せないが、そのとき自分の心に受けた印象は今も忘れない。なんだか七たびも熱した苦悩と死と苦悶と恐怖の熔鉱炉がドロドロに燃えたぎっているそのまん中に、わがイギリス軍がいるのを見たような心持がした。ゴウゴウと燃えさかって、まわりに白光の輪ができている灼熱の炎のなかに、灰殻となって、しかも勝利の誇りをいだきながら死んで行った、永久に光り輝く炎のただなかに、イギリス兵が飛び散っている、そんな心持がした。わたしは教会で牧師が福音書を誦唱しているあいだに、五体のまわりに後光がさしているわが兵たちの姿を思いうかべながら、じつはある物語を頭のなかにつくりあげていたのであった。それがあの「弓兵」という作品、つまり『モンスの天使たち』の始まりだったのである」

マッケンはさらにそれに付け加えて、次のように言っている。——

「あの作品を書くまえに、作者は誰かから何か聞きこんだことがあるのだろうと、いろいろの方面で呟かれ、あてこすられ、囁かれた。……〈中略〉……あの作品があのように、作者および作品とは無関係な形で、広大な範囲に流布されたということは、あの作品が失敗だったということである」

ここでマッケンは図らずも、かれのきびしい文学の基準を洩らしています。マッケンは「象形文字」と題するユニークな文学論のなかで主張しているように、文学は法悦(エクスタシー)であると観じている人であります。この意味についてはまた別の機会に述べることにしますが、要するに作品の燃焼度のことであります。作品はそれ自体が法悦にまで燃焼していなければいけない。それが文学だというのであります。その点わたくしは、マッケンの尻馬に乗って言うわけではありませんが、「弓兵・戦争伝説」は、「恐怖」や「大いなる来復」に比べると、法悦がやや稀薄なように思っています。マッケンの自責とは別の意味で、失敗作に近い作品のように思われるのであります。

ところで、ふたたび民間信仰のことに戻りますが、マッケンが牧師の福音書を誦みあげるあいだに物語をつくり上げたとき、おそらくかれは、古い民間信仰に自分の光をあてたのです。このことはマッケンの作品の要諦ともいうべきもので、非常に肝要なことであります。そして「モンスの天使たち」があれほど流布したのは、あの作品が庶民の心の奥に深く眠っている民間信仰を揺り醒ましたからに外ならないのだと思います。そこまではよいとして、それが作者および作品とは無関係なところまで拡がってしまったところに、法悦の薄さがあるように、わたくしには思われるのであります。これは作者および作品の責任であると考えられます。

「恐怖」は、数多くないマッケンの作品のなかでも、第一級に属する作品の一つであるかと思われます。わたくしはかねがね、初期の「パンの大神」、中期の「夢の丘」、後期ではこの「恐怖」を、マッケンの三つの代表作と考えていますが、戦争の悲惨や残虐というより、戦争を課せられた人々の恐怖を書いたものとして、これほど異色ある渾成した作品は、ちょっとほかに見当りません。ここには、マッケン独特のいわゆる魔法的手法、——遠まわしな暗示のうちに、奇怪な事実を次から次へと重ねていくスリリングな雰囲気の醸成が、完璧なまでに発揮され、謎はさらに深い謎へと発展して、ほとんど息をつくひまもありません。また、ことにこの作品で著しく感じられるのは、新聞連載という形式の制約もあるためか、初期の作品に見られるようなプロットの構成的な結構が捨てられて、いわば構成なき構成といったような、随筆的というか私小説的というか、そうしたリベラルな筆致で叙述がすすめられている点であります。小説そのものに対する作者の角度が、このようにくだけたものに移ったとともに、一見構成を欠いたような平俗な語りかけのうちに細心な布置を目だたずに行ないながら、最後のクライマックスに悠々と導いてゆく技術過程は、いかにも円熟した、親近感に満ちたものになっています。同じことは「大いなる来復」にも言えますが、晩年のこの傾向は「緑地帯」その他、この集成の第〈Ⅵ〉巻に収めた作品にまで及んでいます。

「恐怖」の最後の謎とき――ルイス医師（作者の分身）の結論と、「わたし」の付加的意見は、一見はなはだ奇想天外な、奇矯なものに見えましょうが、じつはこれがこの作者独自の一貫した人間の罪悪に対する思念の象徴ともいうべきものなのであって、奇矯なことでも何でもありません。戦争は人間悪の最大のものであります。それに対する家畜の叛逆は、浅薄な天譴（てんけん）説以上の深い哲理の象徴であって、マッケン哲学の真諦なのであります。いうならば、「恐怖」一篇は、マッケンの戦争罪悪観、文明を通した人間悪と人間の愚昧に対して、マッケンが長年抱懐してきた抵抗思想の象徴的叙事詩ともいえるようであります。

「一度起こったことは、二度起こるかもしれない」――これは「恐怖」の最後のことばでありますが、戦争とは別の形の人間の愚かさから、これほどまでに地球を汚してしまった今日、この次に来るものは地球そのものの反逆であるのかもしれません。

「大いなる来復」は、聖杯信仰が骨子になっています。――キリストが最後の晩餐に用いた酒杯は、アリマテのヨゼフが保持して、キリストが十字架にかけられたとき、その血をこの酒杯に受けました。これが聖杯で、それの行衛（ゆくえ）については今もって不明で、古くから神学者や史家のあいだで、その存在の有無さえ学問的には確証がついていませんが、しかし聖杯信仰、あるいは聖杯伝説は中世以来、ヨーロッパの各民族の間に、それぞれの特徴ある様相と形態をもって、根づよく浸透しています。聖杯伝説というと、われわれはすぐにアーサー王物語を連想しますが、あの聖杯を諸国に探し求めて歩く騎士ランスロットの物語も、民族によっていろいろの形をもっているにしても、聖杯を手に入れたものが最高の恩恵を与えられ、罪あるものはたとえ手に入れても、もしくは手に入れたがために罰を蒙（こうむ）って死ぬという信仰は共通しています。ケルト族には、とくにこの信仰が強いとされています。「大いなる来復」のなかには、そうした聖杯信仰のほかに、ウエールズ地方に特有の民間信仰がいろいろ出てきますが、たとえば、教会の鐘の音を聞いて、かな聾の老婆が耳が聞こえるようになったり、瀕死の肺病患者の少女がたちどころに快癒する奇蹟談などが出てきます。教会の鐘に関する民間信仰は、ウエールズ地方には中世の昔からあったようで、とりわけマッケンの生まれ故郷のカーレオン（ここは現在では寒村になっていますが、昔ローマ人が征服した頃、今のロンドンがまだ小さな村里だったころには、ここは相当の中心都市として繁栄した土地でした）には、昔レウェリン何某という領主が教会に寄進した鐘の音が、病人を癒やしたり、盗賊や殺人者のゆくえを知らせたというような伝説さえ伝えられています。

このように考えてくると、「大いなる来復」という作品の性格は、戦時下の強い圧迫という設定のもとに、マッケンのなかにある、かれを培んだそうした民間伝承に対する郷愁をうたいあげた、滅びゆく古い民間信仰への挽歌（エレジー）であると考えてもよさそうであります。しかも奇蹟を見、奇蹟をこうむった人たちは、当然のことながら、いずれも教育の低い、つまり近代文明の埒外にある素朴な漁民や農民であります。ここらにも文明拒否の作者のまなざしが感じられるように思われます。そうした意味で、この作品は「恐怖」に比べると、エスプリのやや低い次元のものといえるかもしれませんが、そのかわり作者が、自分をはぐくみ育ててくれた精神的原野を懐かしみながら、たのしく歩いている晩年の温顔に、親近をいだけるものがあるようにも思えるのであります。

第Ⅳ巻『夢の丘』

「夢の丘」――"*The Hill of Dreams*"は、一九〇七年にロンドンのグラント・リチャーズ社から出版されましたが、マッケンはこの作品の構想を、それより十二年前の一八九五年に立てて、ぽつぽつ書きだしていたのであります。じつは、「パンの大神」や「三人の詐欺師」その他の初期の作品を、新聞や雑誌の書評家たちが、まるで馬鹿のひとつ覚えみたいに、あれはスティヴンソンの亜流だとか、これもスティヴンソン的作風だとか、だれもがそういうきまり文句のレッテルを貼るのに、作者自身もほとほとうんざりし、自分ももうここらで(かれはそのとき三十二歳でした)、そろそろ今までの作風から蟬脱(せんだつ)して、自分本来の仕事をしなければいけないなと考え、それからしばらく郷里のカーレオン・オン・アスクにひきこもって、心気一転、文字どおり筆硯(ひっけん)を新たにする覚悟で構想を立て、懐しい故郷の自然のなかで、すこしずつ書きすすめていったのでした。――「こんどは精神上のロビンソン・クルーソーを書くのだ」と前から自分に言いきかせていたと、自叙伝のなかで、マッケンは当時のことを回顧して述べています。その精神上のロビンソン・クルーソーが、自分の分身である主人公のルシアン・テイラーであったことは、言うまでもありません。しかし、今までとはまったく違った新しい手法で行こうと思うので、なにか勝手がちがうようで、なかなか思うように筆がすすまず、途中で息ぬきにフランスへ旅行に出かけたりして、二年ほどかかってやっと一八九七年の三月に、なんとか曲がりなりにも脱稿しました。ちょうど折も折、グラント・リチャーズ社という生面の新しい出版社から、手紙で何かあなたのお作を出版したいという申出があったのを幸い、マッケンは渡りに舟と、書き上げたばかりの「夢の丘」の原稿を送ると、書店主のグラント・リチャーズから、この本はお出しにならない方がいい、あなたの信用にかかわるからという忠告の返事といっしょに、原稿が送りかえされてきました。マッケンは、勝手にしろ、たぶん先方は「三人の詐欺師」のようなものがほしいんだろうと、返事も出さずにおっぽり出しておいたところ、それから十年たった一九〇七年になって、忘れたころ、同じリチャーズ社からの要請で、この作品はようやく陽の目を見たのでした。

「夢の丘」が出版されるまでには、以上のようないきさつがあったのですが、この小説はかれの文学上の一転機でもありましたが、同時にこれを書き上げた年は、かれの一身上にも一つの大きな挫折のあった年でした。最初の妻アメリアが、その年の七月に亡くなり、マッケンは悲歎やるかたなく、一時は仕事も何も手につかず、茫然としてなすところを知らなかったほどの傷心でした。その深い傷心をなんとか紛らすために、かれは思いきって、ベンソン劇団に飛びこんだのです。ずいぶん思いきったことをしたものですが、それほど愛妻の死が大きな打撃だったともいえるのでしょう。マッケンは若いころから芝居好きで、ロンドンへ出てきて、アルバイトに古本屋に勤め、古書のカタログの解題を書いたり（隠秘学（オカルト）関係の稀覯書の解題を書いたこのカタログは、当時でも大へん凝った専門的なもので、愛書家の間で珍重されたものだといいます）、翻訳の仕事をしたりしていた、あまり懐（ふところ）ろのゆたかでなかった頃でも、週に二、三度は芝居の木戸をくぐるという好劇家だったので、ベンソン劇団の幹部連とも前から顔なじみだったのです。この劇団は素人劇団のようなものですが、シェクスピア劇を上演する劇団としてはかなり古いもので、イギリスでは知られた劇団でした。むろんかれは舞台に立ち、といっても、どうせ仕出し役か、せいぜい代役ぐらいが関の山で、いくら好劇家だといっても俳優としては素人ですから、わずかな給金できびしい稽古をしいられました。でも、劇団の人たちは座頭（ざがしら）をはじめみんないい人たちで、よく面倒を見てくれ、一つの芸道にはげむことに喜びをおぼえ、辛いことも多かったがいろんな経験になって、なかなか楽しかったと、自叙伝のなかでも述べています。一時は、どうせこの道で食っていくなら、やはりゲイティ座やセント・ジェイムズ劇場の檜舞台の名優につかなければと思って、当時の梨園の大御所ビアボーム・ツリーやジョージ・アレキサンダーの一座にはいって旅まわりをしたこともあり、そんなわけで名優アーヴィングや名女優エレン・テリー、その他劇場開係の連中とは知己がたくさんできました。後年マッケンの随筆小品のなかに、故人の名優にまつわる怪異談が散見されるのは、この時期の収穫だったのでしょう。

　このベンソン劇団にいたあいだに、マッケンは第二の結婚をしました。相手は同じ劇団の女優のドロシー・ドルストンという人でした。この後妻との間に二子をもうけました。一子は第一次大戦中に失い、老妻ドロシーはマッケンの亡くなる八カ月ほど前に、夫に先立って世を去りました。

劇界にあること三年ほどで、マッケンはふたたび文筆にもどり、劇団を辞して、生活のためにひとまずロンドンの新聞社に籍をおき、文壇に復帰しました。それを機会に、十年前に原稿をつっ返したグラント・リチャーズ社が、「夢の丘」を出版したというわけです。「夢の丘」は、十年ぶりに文壇に返り咲いた、半ば忘れられた作家の作品として、批評家のあいだに意外な好評を博し、初期の怪奇ものを好まなかった人たちからも、これはマッケンの傑作だといって激賞され、今世紀に残る記憶すべき作品の一つだといって、高く評価されました。評家は口をそろえて、この作品の象徴性と神秘性を高く買ったのであります。

ひとくちに言うならば、「夢の丘」は、一人の青年の魂の遍歴を象徴的にあつかった、青春文学の傑作といえるかと思います。以下、しばらく章を追って、この作品を鑑賞してまいりたいとおもいます。

第一章。――まず書き出しの第一行がみごとであります。由来、長篇小説の書き出しは、洋々たる作品の全貌と前途を一、二行で暗示するという大事なものなので、どんな大作家もひとしく苦心するところでありまして、そのよい例として、トルストイの「アンナ・カレニナ」の書き出しがしばしば引き合いに出されるのは周知のことと思います。手近な例で、日本の近代作家の作品で申すと、島崎藤村の旧版「破戒」の「蓮華寺では下宿を兼ねた」、また誰でも知っている同じ藤村の「夜明け前」の、「木曾路はすべて山の中である」云々、漱石の「門」

や「明暗」の書き出し、秋声の「足迹」「黴」「爛」、ごく近くは川端康成の「雪国」の「トンネルを出ると」や、横光利一の「旅愁」など、名書き出しは枚挙に遑がありませんが、「夢の丘」の冒頭は、本国の批評家のあいだでも好評だったようで、赤い燃えるような夕焼空の色は、この小説の全篇を通じての一つの基調のようになっていて、最後の一行もこの夕焼空の光で終っています。それが何を暗示し、何を象徴しているかは、読みすすんでいくうちに読者の心緒にひびいてくるはずであります。この小説は自伝的要素の濃厚な作品なので、第一章から第四章ぐらいまでの舞台は、大体マッケンの郷里のカーレオン・オン・アスクとその付近に限られています。第一章は、主人公ルシアンの生まれ育った牧師館における、中学生時代の暑中休暇の生活からはじまり、緑したたる草深い山野のたたずまいとかおりのなかに、ルシアンの初恋の娘、アン・モーガンもちょっと顔を出します。

第二章。——ここでは、ルシアンがロンドンに送った小説が盗作にあうという事件が起こり、ただでさえ家の貧しさからくるコンプレックスのために、裕福な家の友だちの侮蔑やその家庭の偽善と尊大に傷つけられていた屈辱の上に、こんどは不良出版社と不良著述家の非道徳をはじめて知った社会悪に憤り、ルシアンはいよいよ支えのない絶望と孤独の思いを深める一方、制作の意欲がいっそう熾烈になっていきます。こうした冷熱の撞着する心に悩んでいるとき、アニーとの恋の契りの喜びにかれは救われます。月下の法悦の夢幻のような美しい場面は、牧神の世界のような荒々しい妖光が霧のように燦めいているようです。

大体、この小説は、普通の小説にある形のような筋の発展も時の経過もなく、主人公の空想と幻想が妖しいモザイクのように意識の流れの上に組みこまれながら、霧のように流れていくところに進展がとらえられていますから、読むものは読むことによってその流れにのって、そこに統一的に縷(ちりば)められている象徴に陶酔していけばよいので、そこにこの小説のユニークな美しさがあるのだと思います。すべての筆致がことごとく象徴に統一され、森も、野も、夜も、星も、悲しみも喜びも憤りも寂しさも、すべてルシアンという一人の青年の内側から描かれているところに、みごとな象徴が結晶されているのであります。それがこの小説の生命の証(あかし)でもあるのです。

　第三章。――ルシアンはアンのために憧憬と尊敬を自分の制作に祈りこめるために、自分の肉体に苦痛を加える苦行者のような苦行の法悦をつづけます。そしてその傷つき破れた憔悴したからだで、友だちの家の会に招かれ、そこで息子の学業をやむなく断念した貧しい父と自分がどのように思われているかを改めて感じさせられ、また若い娘たちの軽薄さと虚栄を見せられて幻滅軽侮をいだいて帰る途中で、村童たちが小犬を殺す残虐な場面を見せられ、まるで伝説のなかに出てくる醜怪な矮人(こびと)どもの非情を見せられたような戦慄をおぼえ、重い心で家に帰ります。

　第四章。――ルシアンは自分をとりまく見せかけと偽善の世界から逃避するために、自分の夢想する理想の都「アヴァラニウスの園」の幻想にとりつかれます。

　第五章。――ルシアンはロンドンへ出て、郊外の陋巷(ろうこう)に一室を借りて、そこで苦しい制作生活をはじめます。初恋の女アニーはすでに縁戚の男と結婚し、でもルシアンは彼女との遠い日の思い出をいまでも心の支えとし、毎日苦しい制作をつづけます。やがて郷里の父も亡くなり、かれは天涯孤独の人になります。このあたりは過去と現在が巧みに錯綜して、ルシアンの孤寥(こりょう)な心象の象徴に重厚な綾(あや)を織りなし、文学するという作業のきびしい虚しさ——人間というものが本然的にもつ孤寥な姿と、人間のする作業の虚しさとを、ぎりぎりの線で告白しているあたりに、読者の心をぐいぐい吸いこんでいく充実した一章であります。

第六章。——季節は冬に入り、寒い濃霧のなかに、ルシアンの彷徨がつづきます。ここである夜、ルシアンは街の雑沓のなかで一人の街娼に誘われて、野中のあばら家へ行くのですが、すべては夢魔のような雰囲気のうちに、まるで都会のなかのサバトに臨んだような、夢とも現(うつつ)ともつかないその幻想的な筆致は、マッケンの独壇場であります。

第七章。——ルシアンは長い間かかった長篇を、ようやく苦心の末書き上げた晩、ついに刀折れ矢つきて、睡眠薬を多量に嚥(の)んで死ぬのでありますが、外は荒れ狂うあらしのなかで、かれの魂をゆすぶった半生の出来事が、薬のためにもうろうとした末期(まつご)の頭のなかを、走馬灯のように去来するところは、なにか凄愴(せいそう)としたものをひしひしと感じさせる、この小説の圧巻ともいうべき無類の名文章で、ただただ感嘆のほかはありません。しかもそのあとの、ルシアンが死んだあとの最後のところが、またすばらしい。——数分ののち、かれの部屋にあらわれたのは、生前かれがしばらく馴染をかさねた街娼とそのひもか子分のような男で、ここでいきなり世界は卑俗な現実世界にひき戻されて、二人の間に雑風景な会話がかわされます。この対比というか転換というか、まことに絶妙というべきで、この象徴的な小説の結末に、最も大きな象徴の終止符がみごとに打たれたという感じがするのであります。

　この一作は、マッケンが所謂スティーヴンソニアンの世界からみごとに脱却した証拠の作品であります。初期の作品では一つの意匠としてあった「恐怖」が、ここでは一人の人間の魂を抜き出して見せるという、もう一つ上の高度な「恐怖」に昇華しています。しかもそれがどこまでも象徴の形であらわされている点、かれの作品のなかで後世に残る、いちばん高い作品であると考えます。

第V巻『秘めたる栄光』

「秘めたる栄光」（*"The Secret Glory"*）は、一九二二年にロンドンのマーティン・セッカー書店から刊行されました。伝によると、この小説は、構想をたてて筆を執りだしたのが一九〇七年、マッケンが四十四歳のときだといいますから、「夢の丘」のばあいと同じように、この作品も本になって世に出るまでには、約十四年間、作者の篋底に眠っていたわけであります。

本になって世に出たときの世評は、例によってさんざんなものでした。

マッケンに *"Precious Balms"*（一九二四年刊）という、自分の作品にたいする刊行のさいの反響――当時の新聞・雑誌にでた書評をあつめた、いっぷう変わったおもしろい編著があります。わずか二百六十五部の限定本で、出世作「パンの大神」以来、*"Dog and Duck"*（随想集、一九二四年刊）に至るまでの主なる作品の書評を洩れなく集めたもので、いかにも孤峭な、偏屈人の、自信にみちたマッケンらしい、いたずら気たっぷりのおもしろい編著でありますが、さいわいなことに、わたくしはこの貴重な稀少本を、フランス文学者の畏友生田耕作さんから恩借して、目下座右においてあります。こころみに、そのなかの「秘めたる栄光」に関する部分を見てみますと、どの書評もほとんど例外なしに、「こんな退屈な本ははじめてだ」「作者が何を書こうとしたのか意図を疑う」「イギリス公立学校制度にたいするゆゆしき偏見的誹謗(ひぼう)」「聖杯伝説をもちだした構想上の破綻」等々を指摘した、悪罵と不評に終始したものばかりなのに驚きます。異常児の心理を描いてユニークな存在であるアイルランド作家のフォレスト・リードや、女流作家のローズ・マコーレー、批評家のジョン・ミッドルトン・マレなど、マッケンの理解者たちはさすがに同情的な見方をしているものの、しかしそれらの人達も、どうも困ったものを書いてくれたなという顔つきで、この作品の核心に触れているとは思えません。

おそらく、この集成の読者のなかにも、この作品を読まれて面くらう方が多いのではないかとおもいます。これまで読まれたマッケンの作品とはジャンルがやや違うので、勝手がちがう感じを受けられることでしょう。従来のマッケンの小説は、いちおう一般にいわれる写実小説の形式と構成をもったものとして、そういう尺度を逸脱しない、まともな作品でした。ですから、短篇、長篇、小品のどれも、その内容を写実的な文章を追って逐次的につかんでいけたはずであります。ところがこの「秘めたる栄光」は、そこのところが成り立ちからすでに違うところがあるのであります。従来の尺度にあてはまらないものが、本質的にここにはあるのであります。新聞の書評家たちはそれが読みとれなかったために、みな見当ちがいな罵評を加えたわけで、当然それは作者にとっても、この作品にとっても、まったく何のかかりもない妄言にすぎませんでした。みんな申し合わせたように、公立学校制を汚すようなことは許せないとか、それと聖杯信仰と何の関係があるのかとか、まるで見当ちがいな憤懣を述べているのは、評者の鑑賞力の無能さを露呈して、滑稽というより哀れというほかはありません。マッケンの冷笑が目に見えるようであります。

そもそも、この小説を書いた作者の動機について、次のような事実がつたえられています。――マッケンがまだジョンソニアン劇団〔※ベンソン劇団か〕にいたころ、ある年、劇団が学校巡回公演をくわだて、イギリス四大公立校の一つであるハロー校で公演をしたときに、同校の生徒たちから俳優たちがはなはだしい侮辱と乱暴行為をうけたことがありました。マッケンはこのことに深い衝撃を受け、なぜ由緒ある公立校の生徒にこういうことが起こったかに疑問と関心をいだき、それから公立学校の制度、青少年教育の現状を徹底的に追究し、有名校長の人物、経歴、思想などを、興行のあいまに丹念に調べあげた結果、イギリスの公立中学校を諷刺する小説を書こうという意欲に進展していったのだと言います。

ですから、この小説は最初から、多くの書評家が非難したような、イギリスの公立学校の欠陥と醜状を衝いた暴露小説でもなければ、教育制度の改革を主張したプロパガンダ小説でもなく、じつは公立学校を舞台にした純粋の諷刺小説なのであります。この小説の諸様相から、そういう作者の意図を忖度(そんたく)理解した上での看点に立たないと、この小説は書評家の見たような、支離滅裂な、箸にも棒にもかからないものになってしまいます。書評家たちは、作者が何を書こうとしたのかわからないと告白しているとおり、作者の諷刺をただ暴露とうけとったために、公立学校の悪口をいうのが納得できなかったり、学校攻撃とメイリックの神秘主義と何の関係があるのかというような、見当はずれの非難がでてきたりしたわけであります。要するに、スウィフト以来、諷刺(サタイア)の本場ともいうべきイギリスに生まれながら、半世紀前のジャーナリスト書評家たちは、残念ながら、マッケンのこの小説に一杯食ったわけで、かれらとしては以て瞑すべきでありましょう。（ついでながら、マッケンの上記“*Precious Balms*”という編著は、そういう意味で、一種の「文壇諷刺史」になっている点、マッケンという人はほんとにお人が悪い。“*Precious Balms*”という題名からして、まことにお人の悪い、穿(うが)った題名です。おもしろい人ですね。）

諷刺とは何か、諷刺小説とは何か。――そんな大問題を今ここで述べる余裕もないし、だいいちそんな資格はわたしなんかにはないから省きますが、諷刺小説としてこの小説が成功しているかいないか、それは各人各説まちまちでしょうが、正直いうと、わたしは大へんおもしろいと思っている作品で、この六巻の集成のうち、おもしろいという点、痛快という点では、この小説がいちばんおもしろいのではないでしょうか。作者は適当にまじめにふざけています。この作者の持ち味である、このもっともらしい「ふざけ」がわからないと、この作品はまことに馬鹿げた作品になりますが、じつはその馬鹿げたところが、この小説の身上(しんしょう)ともいえるのであって、その馬鹿げさかげんがどれだけ大きいかが、この小説の価値判断になるとさえ申せましょう。諷刺とは、人間および人間性に対する、作者の透徹した犀利な眼(まなこ)の証(あかし)であり、マッケンはスウィフトとは性格がおのずからちがいますから、スウィフトの苛辣(からつ)はないかわりに、人のいい無類の陽気さがあります。

作中に出てくる人物は、みな歪曲された俗物になっています。ホーベリはじめ、教師たちはみなメイリックのいうブタ野郎どもで、それはどれも実社会——ここでは学校という小さな共同体——のなかで生きている人間どもの最大公約数であります。作者がとくに筆を多く費やしている象徴的人物ホーベリ教頭は、出世欲のつよい偽善者で、教育者としての成功は企業家となることだと考えている人物であります。かれのラプトン校の未来像は、まことに抜け目のない、至れり尽せりの学校企業の青写真であって、かれはこれをパスポートにして次期校長の椅子を夢見るのですが、組織内の内紛からか、かれ自身の素行上のミスからか、せっかくの空中楼閣は最後の一瞬に崩壊して、ついに敗亡します。これがことごとくみな学校という狭い世界のなかとその周辺におこった葛藤で、そういう狭い世界のなかに蠢く、狭量な形式主義者・事大主義者の豚どもに強制支配されている生徒たちの世界は、当然また国家的画一理念によって青春を一つの固定された軌道にそうて盲動する、内省も自由思考も許されない、弱肉強食を誇りとする索漠たる世界であります。

そしてこのような国家制定の学園諷刺のアンティテーゼとして、アンブローズ・メイリックが迫害のなかの殉難者として登場します。アンブローズは、「夢の丘」のルシアンと同じように、多分に作者の自画像的要素をそなえており、その生い立ちから生来の神秘主義者に仕立てられているところが、この小説のなかではみごとな象徴になっています。そして、かれのふるさとウエールズの古い民譚・伝説の豊かな山野を背景に、聖杯信仰が同じくアンティテーゼとして組みこまれ、殉難者の精神的支柱として、豚バコ学園との対比のなかで色濃く打ち出されるのでありますが、そのアンブローズも、あるときの思い上がった幻想のなかで、「秘めたる栄光」をのぞき見たために、神から殃禍（わざわい）と不幸を宣告されます。

　そこでアンブローズは、穢土（えど）ラプトンを脱出するために、学生寮の女中ネリー・フォーランと未知の都ロンドンへ旅立ちます。旅のあいだネリーは、殉難者アンブローズにふさわしい天使のような象徴として描かれ、二人がロンドンという大都会の喧騒のなかで、まるで牧歌のなかに出てくるような清純無垢な、無邪気な日夜を暮らすところは、この小説のなかの最もほほえましい楽しい部分であります。しかしネリーはすでに男に汚されて、男を知っている女であります。二人がディエップへ発とうという日の夜明けに、彼女は欲情をもってアンブローズを誘惑するところで、彼女は天使の象徴から失墜して、ただの女になり、それを抱擁したアンブローズも同じく象徴を失格して、二人はこの諷刺小説からアダムとイヴのように退場します。

　諷刺小説「秘めたる栄光」は、事実上、ここで局を結んでいると見るのが至当でしょう。そのあとの「エピローグ」はつけたりで、アンブローズは聖杯をもって東洋におもむき、使命をはたしたのちに、年老いたヴァイオリン弾きの予言したとおり、「赤い殉教者」になって生涯を閉じます。

　かつては人間悪の正体の究明をオカルトの世界に求めたマッケンは、その後聖杯伝説の研究に没頭してから、人間の魂の浄化のゆくえを聖杯信仰に見きわめました。本来の宗教的欣求（ごんぐ）からほど遠くなった現代宗教にあきたらず、もっと素朴な祖先の信仰の法悦を、かれは故郷ウエールズの民譚と伝説の世界に見つけたのであります。アンブローズ・メイリックのノートブックは、その点、マッケンの存念の一端を披瀝したものとして、かなり重要なもののように思われます。あのなかには東洋の箴言(しんげん)なども出てきて、諸念の滅却から正念がはじまるという、禅の思想のようなものさえ窺われます。しかし年若いメイリックは、それだけの鍛練も修行もしないのに、覗くべからざるものを覗き見たという未熟増上の罪によって、神から罰せられます。西洋神学のことはいっこうにわたしは知りませんが、マッケンのミスティシズムをどう受け止めるか、これは今日的な問題として、かれの諷刺といっしょに、改めて見直されてもいいような気がします。そして同時に、マッケンという作家も、もういちど本質的に見直されてほしいと思います。

第Ⅵ巻『緑地帯』

「緑地帯」(“*The Green Round*”)は一九三三年、ロンドンのアーネスト・ベン書店から、「池の子たち」(“*The Children of the Poool*”)は一九三六年、ロンドンのハッチンソン社から刊行されました。二つながらマッケンが七十歳代、最晩年の作品であります。

晩年、マッケンは、ほとんど赤貧ともいえるほどのひどい窮乏におちこみました。あのボブ刈りの頭髪がみごとな銀髪になって、温顔淡爾、われわれの国でいえばめでたく喜寿の齢をむかえるころになって、二人の子息の教育費に追われながら、袖口や肱(ひじ)のあたりの破れほつれた粗服にかけかまいなく、老渋のペンを握って新聞や雑誌に十枚か二十枚のものをたまに書くぐらいの収入では、とても追いつきようもないような暮らしが、かなり長く続いたようであります。もともと俗受けするような作家ではありませんし、若いときから金銭には縁のうすい、世渡りは下手な方で、ごく限られた少数の愛好者だけに支えられてきた人ですから、著作は六十過ぎてからもつぎつぎと出してはいたものの、そこからはいる印税などは微々たるものだったにちがいありません。例の「モンスの天使」(弓兵)の一篇で、第一次大戦の末期に、マッケンの名は一時たいへんな勢いで揚がったことは事実ですが、それはただ戦争という異常な時流のなかで、作者の本質と真価には全く関係なく、マッケンの名も知らない大衆のあいだに狐火のようにあがった虚名であって、そのなかからマッケンの新しい愛好家や理解者が出たというわけではけっしてありませんでした。作者自身が戸惑ったような龍巻が一過すると、マッケンの名は跡方もなく忘れられてしまったのであります。これはあたりまえの話で、カーレオン版の自選作品集九巻が出たのが一九二三年のことですが、もうあのころから、マッケンは世紀末の古い作家として、世の中からそろそろ忘れられかけていたのであります。一九二三、四年というと、大戦後の新しい文学――ジョイスやガーネットやウルフなどの二十世紀の新思潮が擡頭してきたころで、もはや古いジョージアン時代は影が薄くなってきた転換期にあたります。あの自選全集も、イギリス国内宛が五〇〇部、アメリカ宛が五〇〇部という割当の番号入りの署名本でしたが、売れ行きはあまり思わしいものではなかったようであります。げんにわたくしが持っているのは、NO・948ですが、アンカットの本文はページ一つ切ってなく、カヴァなども手垢一つついていない、誰も読んだことのない新品同様の善本であることを見ても、おそらく出版元のセッカー書店の倉庫に長く眠っていた品かとおもわれます。マッケンの読者層の広さが大体推測されようと思います。そのかわり、マッケン・ファンの根の深さは、これはまた測り知れないものがあるようで、文学的影響ということとは別に、マッケニアンは今や年々殖えているようです。

すこしきびしいことを言うようですが、わたくしはあのカーレオン版の自選全集で、マッケンの創作活動は終ったものと見ております。その後は三巻の自伝、近世の謎の事件もの、「よき時代」の追憶小品や随想など、総括的に第二義的なものが多く、それはそれで独自のおもしろい読みものではありますが、現役から退いた隠者の筆のすさびであることは否めません。かれを愛する昵懇な書店から、そうした随想類をこまめに出してはいますが、親子四人がそれで食っていけるほどのものは、それからは獲られなかったようで、最後には長年住みなれたロンドンをとうとう捨てて、一九二七年には、ロンドンもずっと西北のはずれの、東京でいったら三多摩あたりに当るでしょうか、バッキンガムシャのラウダンという小さな町に移り、さらに二年ののち、そのまた奥のアマシャムという町にひっこみました。しかし、貧乏はそこまでも容赦なく追いかけてきました。当時の生活について、マッケンの友人が書いたものを見ますと、主人のマッケンは弊衣を着ながら少しも貧乏にめげず、あいかわらず好きなパイプをふかしながら、おだやかな童顔に微笑をうかべ、客がくれば頰を紅潮させて文学を論じ、世相を諷していたといいます。そういうなかでの年老いた夫人の内助の功を、その友人は偉大なる妻だといって、口をきわめて讃えています。

ちょうどその頃、アメリカで、若い文学者たちによって、マッケンが発見されたのでありま す。アメリカも、メンケンが「アメリカン・マーキュリ」を発刊したりして、新興文学の波が澎湃としておころうとしていた時で、*"Jurgen"*の著者ジェイムズ・ブランチ・キャベルが*"Beyond Life"*（一九二五年）という、自分の読書経歴の形で書いた文学論のなかで、それまでアメリカでは知られていなかったマッケンの存在を高く評価したのがきっかけになって、当時ニューヨーク・タイムズの書評欄を担当していたヴィンセント・スターレットが、"*A Novelist of Ecstacy and Sin*"と題する長文のマッケン礼讃を発表し、また新進作家の異色カール・ヴァン・ヴェクテンも、小説"*Peter Whiffle*"のなかで、マッケンこそわれわれの新しいシンボルだといって、マッケン支持を声高く提唱しました。それと時を同じうして、当時ニューヨークで新しい優雅な文芸ものの出版社として出発したアルフレッド・クノッフ社が、マッケンの既往の作品を、黄いろいバクラム装幀の桝型本で逐次出版しだしたことなどが偶然重なって、アメリカ文壇の若いグループの間に、小さなしかし根深いマッケン・ブームの渦が巻きおこったのであります。スターレットなどは紹介や批評の段階ではおさまらずに、新聞雑誌に発表したまま未収録になっているマッケン習作時代の作品や断片を苦心して探しあつめ、例のマッケンがロンドンの古本屋に勧めたころに作成した、オカルト関係の古書解題目録なども手に入れて、"*The Glorious Mystery*"という書題で、友人のシカゴの小さな出版社から出すほどの熱の入れ方でした。これは筆者に無断でやったので、マッケンの怒りを買いましたが、その後善意の勇み足だったことがわかって氷解しましたが、とにかく今から考えますと、時代や国民性の相違もあることでしょうが、発表当時本国では異端文学として悪評をこうむったマッケンの作品が、三十年近くたってから海を隔てた新大陸で、はじめてまともな評価を得たことを思うと、一人の文学者の機縁というか、その作品の真の出会いというか、まことに端倪(たんげい)すべからざるものがあることを改めて痛感させられるようであります。おそらく、ラヴクラフトなども、"*Weird Tales*"誌にせっせと投書していたころに、マッケンやダンセニーの洗礼を受けて傾倒心酔して、そこからかれはかれなりのコスモロジーを編みだし、あの汚穢（おえ）の神々の系譜をつくりあげて、自分の文学の骨格に仕上げたのでしょう。この人などは、文学的血統からいえば、マッケン正系の唯一人のひとでしょうが、「ダンウィッチの怪」や「インスマウスの影」が認められるまでには、やはり二十年近い年月がかかっているのであります。

ところで、アメリカで、一部の文学者の間にマッケン発掘がおこったとはいえ、クノップ社の作品集も六、七冊つぎつぎに出たものの、見る見る版を重ねることもなかったようで、印税も大した額にはのぼらなかったようでした。でも、マッケンにとっては少額にしろ新しい収入源ができたことは、自分の旧作が海を隔てて再評価されたという喜び以上に、正直のところ、経済的にありがたいことだったのに違いありません。それほど貧困は底をついていたのであります。

ラウダンやアマシャムのマッケンの茅屋（ぼうおく）を、アメリカの若い讃仰者が足しげく訪れるようになりました。かれらはマッケンの窮乏を見かねて、仲間同志で拠金をして、マッケンに贈ったり、なかには詩人のロバート・ヒリヤーのように、七年間に数千ドルを匿名で送ったものもありました。こういう動静がそれとなく耳にはいったためかどうか知りませんが、本国でもマックス・ビーヤボームやバーナード・ショウが肝入（きもい）りをして働きかけ、一九三三年には、国王から奨励年金が年百ポンド下賜（かし）されるようになり、三八年には百四十ポンドに増額されました。マッケンは御存じのとおり世紀末の生き残りで、世紀末の運動からはなるべく離れていたマッケンも、生粋のロンドン子のダンディスト、マックスとは、どこでウマが合ったものか、他の詩人たちよりもわりあい親しくしていたようですし、またショウとマッケンとはおよそ考えられない交友と思われるでしょうが、演劇関係の方からか、マッケンという男はおもしろいやつだといって、アイルランド生まれの天下の毒舌家は、若いころからマッケンに目をかけていたようであります。マックスとショウが奨励金下賜者にマッケンを推薦したというのは、文壇のかくれた美挙のように思われて奥床しいと思います。

アメリカの若い友達が大ぜい出来たりして、清貧のなかにもマッケンは今までにない賑やかな信頼と尊敬に恵まれ、わりあい安穏な晩年を過ごしたようでありますが、七十歳を過ぎてからは、ほとんど仕事らしい仕事はせず、視力も弱り、からだの衰えは隠すべくもなく、話好きなかれも人に会うと疲れるので、ほとんど閉居していたようで、手紙も息子が代筆していたようであります。そして一九四七年三月に糟糠の妻に先立たれてからは、きゅうにガックリして、同じ年の十二月十五日、老妻のあとを追うようにして、八十四歳の長い生涯を安らかに閉じたのであります。オーガスト・ダーレスは「アーカム・サンプラー」の創刊号の編集後記に、「巨星隕(お)つ！」としていち早く長文の誄(るい)をかかげ、作家としてのマッケンの真価について縷々(るる)所懐をのべて愛惜したあと、「それにしても、今この巨匠の死が、大方の人にはわずかに『弓兵』の作者を思い起こさせるに過ぎないであろうことを、自分は心から歎く」と結んでいたのが、今でも記憶にのこっております。

収録の作品について、解題めいたことを少しばかり記しておきます。

「緑地帯」は、出版の前年（69歳）に書いたもので、御覧のとおりの中篇であります。若いころの作品に比べると、これがマッケンの作かと意外に思われるくらい、すっかり脂もアクも抜けて、淡々飄々としているのに気づかれるでしょう。文章もごくさりげない、どちらかというと随筆風な何げない文体で話を淡々と運んでいます。しかしその裏では、若い時のものよりも、もっと入り組んだ、こまかい、凝った布置がなされていて、ペルシャ絨氈の裏を見るように、みごとにからみ合った入念な織りかたになっているのに気づかれるでしょう。絢爛なかわりに、老年らしい渋い柄行になっています。まず「プロローグ」は新聞の投書記事にはじまって、スミス某という人の奇怪な体験が布石の第一手になり（これがのちのヒリヤーの体験につながる一篇の骨子になります）、そのあと、文明の破壊浸蝕されている当時の国内の世相の証例がいくつも並べられているところは、三十年後の今日のわれわれが、それよりもさらに深刻複雑な、乱暴きわまりない自然環境の浸害に苦しめられている慨嘆につながるもので、歴史はくり返すだけのものではない、くり返しつつ終焉の一途をひた走るものだという、まことに暗澹たる思いを……いや、こんなことは作品とは関係ないことで、余計なお喋りでした。……さて第一章に入ると、作者の分身のような主人公が出てきます。以下第四章まで、ヒリヤーの身辺におこるさまざまな奇怪な事件とかれの言動と想念が叙され、マッケン独持の世界がかれ独自のマジック手法で執拗に展開され、読者は作者の老獪な暗示法にあやつられて、ミスティックな霧のなかを彷徨するあたり、さすがに老境に入って筆は古淡になりながらも、いや、むしろ枯淡になっただけに、作者のマジックはいよいよ手だれて日常的なものになり、何ということなく出口のない藪のなかに迷いこんでいく感じは、いっそうユニークで無理がなく、老練というよりも名人芸といった方がよさそうであります。第三章の「三」に、主治医の話が出てきますが、あれはヒリヤーの病的言動を医者としての裏づけをしているかたわら、作者として、科学者というものはここまでしか見ていない、ここから先は実験的科学者(学問)の領域の外のことで、「おかしな患者だったよ」ですましている専門家の愚を、作者はあすこで嗤っておきたかったのでしょう。そして「エピローグ」には語り手(作者)が現われて、「ヴェールの向こうのことは禁句なのだ」といって、平凡に一篇を括っています。結局、解明も解決もない、probability と improbability のかねあい、これが作者の「ねらい」であり、作品の身上なのだと思われます。そしてそのかねあいの一つの説明、あるいは表象として、作者は「緑地帯」というものを創案しました。

——この地上には、ウインブルドンのスミスやロレンス・ヒリヤーが落ちこんだような「緑地帯」がある。それは今日の言葉でいうと、ミステリ・ゾーンというようなものでしょうが、そこは Fairy Queen の支配する数少ない領域で、そこへは Fairyland に住むいろんな魔物が出没して、そこへはいった人間に憑きまとってはいろんないたずらをする。ヒリヤーの場合は、その憑きまとった魔物は小人でした。緑地帯にいるあいだは当人には小人は見えないが、緑地帯の外にいる人(ミスティックなものを信じない人)には、小人は見える。ですから、何とか広場にいた老人には、ヒリヤーのベンチにいた小人が見えたし、またホテルの滞在客にも小人が見えたので、その小人をプロテロ殺しの犯人と思ったから、あの砂丘での捕物事件が起こった。そのかわり、当人の眼に小人が見えればそれは小人がその人間から離れた時で、離れてしまえば、その人間は正常な人間に戻る。ヒリヤーがその後外国へ行って、海綿事業だかに成功したのは当然な話のわけだ。——と、こう底を割ってしまっては身も蓋もないことになりますが、作者の哲理はまあそんなところかと思うので、あえて贅言を記しましたが、「緑地帯」はマッケン最後の作品として、老熟したユーモアもあり、サタイアもあり、いろいろ詰めものがあり、あそび気分もあり、さばけたおおらかな趣きがあって、よく見ると構成もこまかく緊密ですし、しかも老境の作らしくさらりとしていて、わたくしは最後の作品としてはけっして悪くないものだと思っていますが、出版されたとき、本国ではほとんど顧みられなかったようであります。

「池の子たち」は、ハッチンソン社から出たのですから、かなりの部数を刷ったのだろうと思いますが、前にも申したように、ラウダンへ移ってからのマッケンはほとんど筆を絶っており、ただ以前から親しかったシンシア・アスキス女史、この人は劇作家のジェイムズ・バリーの秘書を長く勤めていた人で、ゴースト・ストーリーのアンソロジストとしては定評があり、自分でもすぐれたゴースト・ストーリーを書いており、この人のアンソロジーだけには特別にマッケンは新作を書いております。「池の子たち」の短篇はそれ以前に新聞雑誌に書いた作品で、その初出については、テキサス大学出版部から出た「マッケン書誌」が入手できないので、今のところ正確な出次がわかりません。

六篇ともみなおもしろいものですが、奇談としては「神童」と「生命の樹」がおもしろく、二つながら最後のドンデン返しの離れ業がみごとに成功しています。ことに「神童」の法廷場面は、鬼匠北斎の描いた地獄図のような、慄然たる凄惨の妖気がただよっています。北斎と同じように、マッケンの craft も死に近くして骨髄に入ったように思われます。

「オメガ」と「絵から抜ける男」は、ともにマッケンの過ごした「よき時代」の追懐が基調になっているところが共通していますが、異様な話のおもしろさはともかくとして、この二篇には小説の作法上でちょっとひっかかるところがあります。「オメガ」は、第一章で作者（語り手）はマンセルという老文学者（マッケンの分身、というよりマッケン自身）を客観的に描いていますが、それが第二章になると、語り手が「わたくし」となって顔を出してきて、霊媒者ラディスローを支持するウエリングという男と知り合う。どうもこのへんからスチエーションがこんがらかってきて、読者は戸惑いを感じる。どうもこの一篇の構成には捌き方の不手際があり、そこから印象上の混迷が生じているようであります。それにオメガの因縁ばなしも少々持ってまわりすぎているようで、説得力が薄弱なように思われます。それから「絵から抜ける男」の方は、最後の一つ手前までの運び方は渋滞なくおもしろく行っていますが、最後に持ち札を一枚手に匿しておいたこと、それはそれでいいのですが、その匿していた持札が、「アーヴィング・スクエアで発見された包み」として唐突に出てきます。その包みには、問題の画家のデッサンか何かがはいっていたのでしょうが、それが種明かしになるものだけに、包みが発見されたいきさつが前に何も書かれていないのでは、この持札は少々強引すぎると思われます。以上の二つの点がどうもひっかかり、マッケンの老耄が思いもかけない、しかも作品としての急所に出たような気がして、忌憚のないことを言えば、何かわたくしは老人の失禁を垣間見たような哀れな寂しさを覚えたことを告白せざるをえません。

「池の子たち」と「変身」は、そういう欠点はなく、手際よくまとまった好短篇で、「池の子たち」の懐しい故郷の草いきれまでが匂うような山野や、あの黒い腐れ池の描写もさることながら、あの小篇のどこか裏の方で、「おい、ジェイムズの神経病は医者や心理学者には癒せないぜ。おれのような文学者だから癒せたんだぞ」と豪語しているマッケンの声がきこえるような気がします。「変身」のなかに出てくる谷の奥に突然展ける寂しい原っぱは、あのころも村のものがサバトに使っていた原っぱなのでしょう。ひょっとすると今日でも使われているかもしれません。

解説

南條竹則（なんじょうたけのり）

平井呈一の『こわい話・気味のわるい話』は、近代怪奇小説の不朽の名アンソロジーだと筆者は思っているが、この本の解説で、編者は「ブライトン街道で」の作者リチャード・ミドルトンについて、こんな風に記している。

> もちろん、ミドルトンは二流（マイナー）作家である。十束（ぱ）ひとからげの文学史には名前も出ない、日蔭の作家である。わたしは二流作家を愛する。彼らには純粋の精神と情熱があるからである。わたしの好きなダウスンもクラッカンソープもマッケンもポウイスも、みな二流の作家である。ただ少数の人に発掘されて、その孤峭（こしょう）な才能を愛慕されるにすぎない。

「二流」という言葉の響きに抵抗を感じる方もおられようが、「マイナー」とルビを振ってあることからしても、「大作家」に対する「小作家」くらいの意味合いで言っているのだろう。作品の質が低いのではなく、読者や世界が限られるということである。

そうした作家を「発掘」する才能を平井呈一ほど持っていた人も稀ではないかと筆者は思う。そしてアーサー・マッケンは、この目利きにたまたま出遭った遠い西洋の作家だった。

正統と異端という二分法の図式が崩れて来て、いわゆる幻想文学がアカデミックな研究の対象としても認められた今日、少なくとも欧米に於いて、マッケンはけして知られざる作家ではない。とはいえ、ワイルドやスティーヴンソンのような一般的知名度はもちろんなく、主要作品がペーパーバックで容易に読めるようになったのも、割合と近年のことだ。

それに較べると、この日本国で早くも一九七〇年代に主要作品が訳され、一部は文庫にまでなったのは、異例の現象と言えるだろう。マッケンの魅力をいち早く認めた人に江戸川乱歩がいることを忘れてはならないが、このような状況を生み出したのが平井呈一であり、その訳業『アーサー・マッケン作品集成』全六巻であることは言うを俟たない。

彼が牧神社から出した『集成』はマッケンの生前にマーティン・セッカー社から出た『カーレオン版作品集』の収録作品を、自伝二巻と評論「神聖文字」以外網羅し、さらに後期の作品「緑地帯」「池の子たち」を加えている。「N」のように未収録の傑作もあるとはいえ、フィクションに関する限り、この作家の全体像を知らしめるに十分な内容である。

本書はその『集成』から、代表作と言っても良い「パンの大神」を含む初期の短篇と後期の中篇「生活の欠片」「恐怖」を収めたもので、まことにマッケン・ファン必読の内容だ。

それぞれの作品については訳者自身による解説に譲るとして、本稿では翻訳者平井呈一について思うところを述べたい。

明治以降の我が国には、名翻訳家と呼ばれる人が幾人も出た。

詩の翻訳の話は今しばらく措くとして、散文の名訳者はと考えると、筆頭に彼の森鷗外が挙げられる。平田禿木、神西清といった名前も思い浮かぶし、特定の作家や作品の訳者として名高い人には、シェイクスピアの坪内逍遙、ホフマンの石川道雄、ラブレーの渡辺一夫、ヴィリエ・ド・リラダンの齋藤磯雄、「聊斎志異」の柴田天馬のような人々もいる。もちろん、愛書家のみなさんの頭の中にはもっと長いリストが出来ているだろう。

そうした中でも、平井呈一は比類のない個性を持つ一人だ。

彼の業績と経歴を詳しく記すつもりはないが、『小泉八雲全集』や『吸血鬼ドラキュラ』の訳者として英米怪奇小説の翻訳史に足跡を残し、紀田順一郎氏や荒俣宏氏を初めとする斯道の紹介者達に大きな影響を与えたことは周知の通りである。そして若い頃は永井荷風に傾倒し、不幸な事件で訣別するまで、荷風は平井を自己の文学のもっとも良き理解者と考えていた。

平井の翻訳の文章はいわば東京弁で、荷風の影響も多少感じさせるが、荷風とはまた違う軽妙さとリズムを持っている。個性の強さはクセの強さと感じられることもあるから、好き嫌いは当然あるだろうが、彼の仕事が筆まかせの安易なものではなく、周到な用意と苦吟の産物だったことを見逃してはならない。

雑誌「牧神」創刊号に載った生田耕作との対談で、平井は自らの翻訳作業について、こう述べている——

私の場合、例えば今「アーサー・マッケン作品集成」を訳していますが、自分の文章が翻訳したという気持が持てるまでに、三回は清書します。それでなくちゃ、自分としては駄目です。職人としての意識があるもんで、しようがないですね。初めさっと下訳みたいに書き、しばらくおっぽり出しておいて、それから二回は書き直します。

こうして練り上げた日本語の作品が、例えばホレス・ウォルポールの「オトラント城綺譚」だった。

ゴシック小説の鼻祖(びそ)というべき「オトラント城」を、平井呈一は口語と文語で二度訳している。どちらも良いが、ことに文語訳は、おそらく馬琴(ばきん)の読本のようなものを頭に置いて、存分に腕をふるったとおぼしい見事なものだ。

もちろん、彼もすべての翻訳に一様に凝(こ)ったわけではないが、ともかく、文章に対し一家の見識を持つ翻訳家として、ハーンの「怪談」、シェリダン・レ・ファニュの「カーミラ」、サッカレの「馬丁粋語録」、ダウスンの「遺愛のヴァイオリン」など幾多の名品を残した。

しかし、演奏家と作曲家の相性があるように、翻訳者と原作者の相性というものもある。すべての作家を同じように生き生きと訳すことはできないし、一人の人間に駆使できる文体も限られる。平井は言う――

結局ぼくが翻訳するとき、まず考えるのは文体ですね。その作者のもっている文体のくせみたいなものに応じてやるんだが、むずかしいね。八人芸や百面相はできませんや。

この文体とか相性とかいう点からすると、平井呈一にもっとも向いていた作家の一人がマッケンだと筆者は思う。訳文の硬度のようなものが、原作にとって硬すぎず柔らかすぎず、程良い感じがするのだ。もしも原書と平井訳を並べて一字一句引き較べれば、あらも見つかるだろうし、違和感をおぼえる箇所もあるだろう。しかし、両者を別々に通読すると、受ける印象がじつに似ている。

だから、本書を初めて手に取られた方が、もしもマッケンの良い読者となるはずの方だったら、この作家と知り合うために最良の翻訳を手にしておられることを信ずる。

蛇足かもしれないが、例の「ブライトン街道で」の解説に名前が出た「二流作家」たちについて、一言ずつ述べておきたい。

ダウスンはもちろん詩人のアーネスト・ダウスンで、「シナラ」をはじめとする抒情詩は、大正期以来、日本の多くの文人に愛誦された。平井はその全短篇を訳し、単行本『ディレムマ』として上梓したが、これには佐藤春夫（さとうはるお）がじつに良い序文を寄せている。

クラッカンソープは、ダウスンの友人でもあった小説家ヒューバート・クラッカンソープ（一八七〇―九六）である。

一八九〇年代に輩出した群小作家の一人で、フランスの自然主義、ことにモーパッサンの影響を受けたと言われ、その繊細な筆致はダウスンの小説にも似ている。市井の人々の日常を描いた短篇集を数冊残したが、若くしてフランスで変死した。邦訳は少なく、世紀末文学に造詣の深かった翻訳家の小倉多加志（おぐらたかし）が『破船』を訳しているくらいだ。

「ポウイス」とあるのは、T・F・ポイス（一八七五―一九五三）のことだろう。平井呈一の旧蔵書には蔵書印を押したポイスの本が何冊もあった。不思議な発想と一種の鄙（ひな）びた味を持つユニークな作家だが、彼も邦訳に恵まれず、龍口直太郎（たつのくちなおたろう）による短編集『山彦の家』があるくらいだ。代表作と言っても良い長篇「ウェストン氏の美酒」はたしか昔研究社から注釈付きテクストが出ていたが、筆者の知る限り、まだ翻訳はない。

ちなみに、彼はマッケンの親戚にあたる作家シルヴィア・タウンゼンド・ウォーナーの友人だった。その縁で、マッケンはある時ポイスに会いに行ったが、作品を読んで予想したほど厭（いや）な奴ではなかったと友人への手紙に書いている。

筆者などはポイスの作品にマッケンとの共通点も感じるのだが、まことに人間の相性というものは面白い。

出典一覧

訳者のことば――『作品集成』パンフレット（一九七三年）
パンの大神　The Great God Pan（1894）――『作品集成Ⅰ』
内奥の光　The Inmost Light（1894）――『作品集成Ⅰ』
輝く金字塔　The Shining Pyramid（1895）――『作品集成Ⅰ』
赤い手　The Red Hand（1895）――『作品集成Ⅱ』
白魔　The White People（1904）――『作品集成Ⅰ』
生活の欠片　A Fragment of Life（1904）――『作品集成Ⅰ』
恐怖　The Terror（1917）――『作品集成Ⅲ』
アーサー・マッケン作品集成　解説　『作品集成Ⅰ～Ⅵ』

※『作品集成』＝『アーサー・マッケン作品集成』牧神社
　第Ⅰ巻　白魔（一九七三年九月刊）
　第Ⅱ巻　三人の詐欺師（一九七三年七月刊）
　第Ⅲ巻　恐怖（一九七三年四月刊）
　第Ⅳ巻　夢の丘（一九七三年十二月刊）
　第Ⅴ巻　秘めたる栄光（一九七五年九月刊）
　第Ⅵ巻　緑地帯（一九七五年一月刊）

編集注記

用字、送り仮名は牧神社版底本に従い、明らかな誤字・脱字・不統一等はこれを訂正し、また読みやすさに配慮して適宜ルビを追加・整理しました。なお、訳注における事実関係の誤りなど、最小限の訂正を施しています。

「パンの大神」四八頁、牧神社版では「無名氏」がなぜ二十番地の「家に住んでいたのか」となっていますが、これは明らかに取り違えで（住んでいたのはハーバート）、原文を参照の上「家にいたのか」と修正しました。また、固有名詞のうち、「ベノス・アイレス」は「ブエノス・アイレス」としました。

「白魔」三〇三頁、「エスキラス」を「アイスキュロス」としました。

「恐怖」五一三頁、牧神社版「ペニロールの山の上の農家」を原文を参照の上「山の上のペニロールという農家」と修正しました。この農家のことは五三四頁に出てきます。

付録の「アーサー・マッケン作品集成 解説」では、マッケンの生地 Caerleon の表記に「カーレオン」「カーリオン」「カーリアン」の揺らぎが見られますが、「カーレオン」に統一しました。また、「ジェイムズ・ブランチ・ケイブル」を「～・キャベル」に、「オーガスト・ダレット」を「～・ダーレス」に訂正。発表年の誤りを正し、原題、刊行年などの追加情報を〔※〕で挿入しています。なお、第Ⅰ・Ⅴ・Ⅵ巻の末尾には、羅典語の訳出に鷲田哲夫氏の教示を得たことへの謝辞が記されていますが、今回は割愛しました。

なお、本文中には現在では穏当を欠くと思われる表現や時代的な偏見も含まれますが、発表当時の事情を考慮し、かつ文学作品の原文を尊重する観点から、原則としてそのまま掲載しました。

企画編集＝藤原編集室

検印
廃止

訳者紹介　1902年東京に生まれる。早稲田大学中退。67年、〈小泉八雲作品集〉12巻完成により日本翻訳文化賞を受賞。主な訳書は『吸血鬼ドラキュラ』『吸血鬼カーミラ』『怪奇小説傑作集1』『幽霊島』など。著書に『真夜中の檻』。76年没。

恐　怖
アーサー・マッケン傑作選

2021年5月21日　初版

著　者　アーサー・マッケン

訳　者　平井呈一（ひらいていいち）

発行所（株）東京創元社
代表者　渋谷健太郎

162-0814/東京都新宿区新小川町1-5
電　話　03・3268・8231-営業部
　　　　03・3268・8204-編集部
URL　http://www.tsogen.co.jp
暁印刷・本間製本

ISBN978-4-488-51003-9　C0197

あまりにも有名な不朽の名作

FRANKENSTEIN◆Mary Shelley

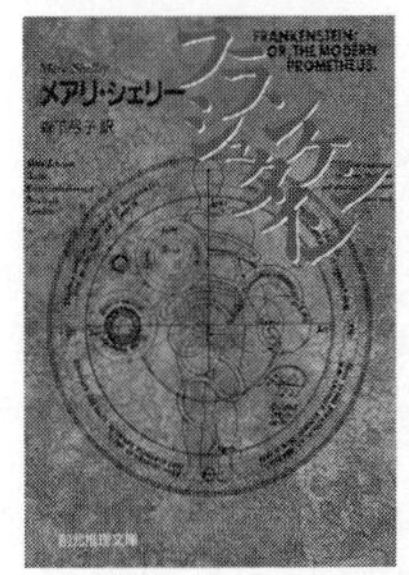

フランケンシュタイン

メアリ・シェリー
森下弓子 訳
創元推理文庫

◆

●柴田元幸氏推薦——「映画もいいが
原作はモンスターの人物造型の深さが圧倒的。
創元推理文庫版は解説も素晴らしい。」

消えかかる蠟燭の薄明かりの下でそれは誕生した。
各器官を寄せ集め、つぎはぎされた体。
血管や筋が透けて見える黄色い皮膚。
そして茶色くうるんだ目。
若き天才科学者フランケンシュタインが
生命の真理を究めて創りあげた物、
それがこの見るもおぞましい怪物だったとは！

猫好きにも、不思議好きにも

BEWITCHED BY CATS

猫のまぼろし、猫のまどわし

東 雅夫 編

創元推理文庫

◆

猫ほど不思議が似合う動物はいない。
謎めいたところが作家の創作意欲をかきたてるのか、
古今東西、猫をめぐる物語は数知れず。
本書は古くは日本の「鍋島猫騒動」に始まり、
その英訳バージョンであるミットフォード（円城塔訳）
「ナベシマの吸血猫」、レ・ファニュやブラックウッド、
泉鏡花や岡本綺堂ら東西の巨匠たちによる妖猫小説の競演、
萩原朔太郎、江戸川乱歩、日影丈吉、
つげ義春の「猫町」物語群、
ペロー（澁澤龍彦訳）「猫の親方あるいは長靴をはいた猫」
など21篇を収録。
猫好きにも不思議な物語好きにも、
堪えられないアンソロジー。